SECONDE SÉRIE

DE LA

BIBLIOTHÈQUE
LATINE-FRANÇAISE

DEPUIS ADRIEN JUSQU'A GRÉGOIRE DE TOURS

publiée

PAR C. L. F. PANCKOUCKE

OFFICIER DE LA LÉGION D'HONNEUR

ÉCRIVAINS

DE

L'HISTOIRE AUGUSTE

SPARTIANUS

VIES D'ADRIEN, D'ÆLIUS VERUS, DE DIDIUS JULIANUS, DE SEPTIME SÉVÈRE, DE PESCENNIUS NIGER, DE CARACALLA ET DE GETA

VULCATIUS GALLICANUS

VIE D'AVIDIUS CASSIUS

TREBELLIUS POLLION

VIES DE VALÉRIEN LE PÈRE, DE VALÉRIEN LE FILS, DES DEUX GALLIENS, DES TRENTE TYRANS, ETC.

traduction nouvelle

PAR M. FL. LEGAY

Docteur ès lettres, Professeur de seconde au collège Rollin

TOME PREMIER

PARIS

C. L. F. PANCKOUCKE, ÉDITEUR

OFFICIER DE L'ORDRE ROYAL DE LA LÉGION D'HONNEUR

RUE DES POITEVINS, 14

1844

ÆLIUS SPARTIANUS.

NOTICE

SUR ÆLIUS SPARTIANUS.

Les écrivains de l'*Histoire Auguste*, dans les trente-quatre biographies qui nous restent d'eux, embrassent une période de cent soixante-huit ans, depuis l'avénement d'Adrien (117 ap. J.-C.) jusqu'à la mort de Carus et de ses fils (285). Cet ouvrage pourrait donc servir de continuation à Suétone, s'il n'y manquait les vies de Nerva et de Trajan, et qu'il n'y eût point une lacune de neuf ou dix ans depuis les trois Gordien, Maxime et Balbin, jusqu'à Valérien.

Des six écrivains auxquels sont attribuées ces biographies, aucun, à l'exception peut-être de Vopiscus, n'a vu les événements qu'il raconte; aucun ne paraît avoir fait par lui-même de recherches sérieuses pour s'assurer de la vérité. Ils se contentent de copier les historiens contemporains des événements, dont il ne nous est rien resté, quoique, à en juger par les noms qu'ils citent, ils aient dû être assez nombreux[1]. Dans ce travail de compilation, fait à la hâte, ils mettent une telle insouciance, un tel manque de jugement, que les phrases, qu'ils prennent de côté et d'autre, ne sont pas liées entre elles, que les choses les plus disparates se trouvent mêlées et confondues, qu'aucun ordre des faits ni des temps n'est observé, et que, souvent même, passant d'un auteur à un autre, ils rapportent d'après lui les mêmes événements, sans paraître s'apercevoir qu'ils se répètent.

[1] Schœll, dans son *Histoire de la littérature latine*, a recueilli les noms des principaux : l'empereur Septime Sévère, Ælius Maurus, Lollius Urbicus, Aurelius Philippus, Encolpius, Gargilius Martialis, Marius Maximus, Æmilius Cordus, Ælius Sabinus, Vulcatius Terentianus, Curius Fortunatianus, Mœonius Astyanax, Palfurnius Sura, Cœlestinus, Acholius, Julius Aterianus, Gallus Antipater, Aurelianus Festivus, Cornelius Capitolinus, Gellius Fuscus, Suetonius Optatianus, Onesimus, Fabius Cerilianus, Aurelius Apollinaris, Fulvius Asprianus, Asclepiodotus et Claudius Eusthenius.

Ils se font une espèce de gloire de dédaigner le mérite du style, et Trebellius Pollion nous assure qu'il n'écrit pas, mais qu'il dicte, et encore avec une telle rapidité, qu'il n'a pas même le temps de respirer.

En un mot, l'incorrection du style, le manque de goût et l'absence totale de critique, sont des défauts communs aux écrivains de l'*Histoire Auguste*, excepté cependant Vopiscus, qui a un peu plus de méthode que les autres.

Mais cette époque, si féconde en événements et même en princes dignes d'être connus, est tellement stérile en monuments historiques, que, tels qu'ils sont, ces écrivains ne manquent point d'une certaine importance. Ils représentent à eux seuls les historiens latins contemporains des événements; ils leur empruntent un certain degré d'autorité, et, à ce titre, ils peuvent servir de contrôle ou d'appui aux historiens grecs Dion Cassius et Hérodien, qui ont traité les mêmes époques. Ils comblent à peu près la lacune que nous laissait la perte si regrettable des treize premiers livres d'Ammien Marcellin. Enfin, nous leur devons la connaissance d'un grand nombre de faits et même d'institutions dont, sans eux, les traces auraient été entièrement perdues pour nous. Ils contiennent des documents précieux pour le jurisconsulte, pour l'historien, pour le philologue; en un mot, ils sont un anneau nécessaire dans la chaîne des temps, et plus nous sentons leur insuffisance, plus nous sommes obligés de reconnaître qu'ils nous sont indispensables.

Quoique les vies dont se compose l'*Histoire Auguste* soient attribuées à différents auteurs, nous ne les trouvons nulle part séparées. Aucun renseignement d'aucune espèce ne nous permet de fixer à quelle époque, ni par qui s'est faite leur réunion. Dans le petit nombre de manuscrits qui nous restent de cet ouvrage, nous trouvons partout le même désordre dans le classement de ces diverses biographies, partout aussi les mêmes lacunes et les mêmes altérations : ce qui nous force de conjecturer, avec Saumaise, que ce petit nombre de manuscrits qui nous restent, ne sont que les copies d'un seul et unique manuscrit, gravement altéré lui-même. Comment nous expliquer autrement l'absence des vies de Nerva et de Trajan, lorsque nous savons, par le témoignage de Spartianus lui-même, qu'il avait fait la biographie de tous les princes depuis Jules César jusqu'à Adrien? Et d'ailleurs, la vie de Valérien, dont le commencement nous manque, et dont la portion même qui nous reste porte des traces visibles d'altérations, prouve irrésistiblement que la lacune qui la précède n'est le fait ni des auteurs, ni de celui qui a formé un ensemble de ces biographies séparées. Nous devons d'autant moins en douter, que Vopiscus déclare positivement que Trebellius avait écrit les vies des princes depuis les Philippe jusqu'à Claude II.

Les auteurs auxquels on attribue communément les vies contenues dans l'*Histoire Auguste*, sont au nombre de six : Ælius Spartianus, Julius Capitolinus, Vulcatius Gallicanus, Ælius Lampridius, Trebellius Pollio et Flavius Vopiscus.

Ælius Spartianus, qui se présente le premier dans ce recueil, vivait du temps de Dioclétien et de Constantin; car plusieurs de ses vies leur sont adressées. Nous n'avons sur lui aucun autre renseignement, et nous ne le voyons cité dans aucun auteur contemporain.

Spartianus avait conçu et exécuté en partie un plan d'une vaste étendue : il voulait écrire les vies, non-seulement de tous les empereurs depuis Jules César jusqu'à Dioclétien, mais même de tous ceux qui, de quelque manière que ce fût, s'étaient approchés du rang suprême. Il dit, au commencement de la *Vie d'Ælius Verus* : « In animo mihi est, Diocletiane Auguste, tot principum maxime, non solum eos, qui principum locum in hac statione, quam temperas, retentarunt, ut usque ad divum Hadrianum feci, sed illos etiam, qui vel Cæsarum nomine appellati sunt, nec principes aut augusti fuerunt, vel quolibet alio genere aut in famam, aut in spem principatus venerunt, cognitioni numinis tui sternere. » A la fin de cette même vie, il dit encore : « Mihi propositum fuit, omnes, qui post Cæsarem dictatorem, hoc est, divum Julium, vel cæsares, vel augusti, vel principes appellati sunt, quique in adoptionem venerunt, vel imperatorum filii, aut parentes, Cæsarum nomine consecrati sunt, singulis libris exponere. »

Il est manifeste, d'après ces passages, qu'à l'époque où il adressait à Dioclétien cette biographie d'Ælius Verus, il avait déjà écrit l'histoire des empereurs depuis Jules César jusqu'à Adrien. Mais il ne paraît point qu'il ait poussé son travail jusqu'aux limites qu'il s'était fixées, et qui sont celles de l'histoire Auguste elle-même.

En effet, Flavius Vopiscus, qui a vécu un peu plus tard que lui, affirme que, de son temps, la vie d'Aurélien n'avait encore été traitée par personne. Il dit, de plus, que Trebellius Pollio avait écrit les vies des empereurs depuis Philippe jusqu'à Claude II. D'autre part, Saumaise cite un *Excerpta* appartenant à la bibliothèque Palatine, et dont il fait un très-grand cas, qui n'attribue à Spartianus que les vies depuis Adrien jusqu'aux Maximin inclusivement. Enfin, les autres manuscrits, suivis en cela par toutes les éditions, restreignent encore les prétentions de Spartianus, et ne lui assignent que sept vies : celles d'Adrien, d'Ælius Verus, de Didius Julianus, de Septime Sévère, de Pescennius Niger, de Caracalla et de Geta.

D'un autre côté, Fabricius (*Biblioth. lat.*), s'appuyant sur l'*Excerpta* manuscrit cité par Saumaise, et sur un passage de Vopiscus, revendique pour Spartianus la *Vie d'Avidius Cassius*, attribuée à Vulcatius Gallicanus ; il enlève à Julius Capitolinus les *Vies des Antonin*, qui portent généralement son nom ; enfin, il ne voit dans Ælius Spartianus et Ælius Lampridius qu'un seul et même écrivain, dont le nom entier serait Ælius Lampridius Spartianus. Il réduit ainsi à quatre les écrivains de l'*Histoire Auguste*. Quoique cette opinion ne manque point d'une certaine probabilité, et qu'il y ait dans les diverses biographies dont il est question une grande conformité de style, nous avons cru devoir, en l'absence d'une certitude absolue, respecter les manuscrits et les éditions, et conserver la répartition de ces vies telle que l'usage l'a consacrée[1].

L'*Histoire Auguste* a excité l'attention d'un grand nombre de savants, et surtout de Casaubon et de Saumaise, dont les précieuses études nous ont été d'un grand secours au milieu des difficultés de tout genre que nous présentait à chaque pas un texte incorrect et souvent obscur.

FL. LEGAY.

[1] *Voir*, pour plus de détails, les Notices sur Vulcatius Gallicanus, Capitolinus et Lampridius.

ÆLIUS SPARTIANUS.

[A. U. 870 — 891]

HADRIANI IMPERATORIS VITA[1]

AD DIOCLETIANUM AUGUSTUM.

I. Origo imperatoris Hadriani vetustior a Picentibus, posterior ab Hispaniensibus[2] manat : siquidem Hadria ortos[3] majores suos, apud Italicam[4], Scipionum temporibus, resedisse, in libris vitæ suæ Hadrianus ipse commemorat. Hadriano pater Ælius Hadrianus, cognomento Afer, fuit, consobrinus Trajani imperatoris[5]; mater, Domitia Paulina, Gadibus orta[6]; soror, Paulina, nupta Serviano[7]; uxor, Sabina; atavus, Maryllinus[8], qui primus in sua familia senator populi Romani fuit[9]. Natus est Romæ[10], IX kalend. febr., Vespasiano septies et Tito quinquies consulibus[11]. Ac decimo ætatis anno patre orbatus, Ulpium Trajanum, prætorium virum, consobrinum suum, qui postea imperium tenuit, et Celium Attianum, equitem Romanum, tutores habuit : imbutusque impensius Græcis studiis, ingenio ejus sic ad ea declinante, ut a nonnullis *Græculus* diceretur.

II. Quintodecimo anno ad patriam rediit[12] : ac statim militiam iniit ; venandi usque ad reprehensionem

ÆLIUS SPARTIANUS.

[De J.-C. 117—138]

VIE DE L'EMPEREUR ADRIEN

ADRESSÉE A DIOCLÉTIEN AUGUSTE.

I. L'EMPEREUR Adrien tire son origine de l'Espagne, et, si l'on remonte beaucoup plus haut, du Picentin; car lui-même, dans ses Mémoires, raconte que ses ancêtres, originaires d'Adria, s'établirent à Italica du temps des Scipion. Il eut pour père Ælius Adrien, surnommé Afer, cousin de l'empereur Trajan, et pour mère, Domitia Paulina, originaire de Gadès. Sa sœur Paulina fut mariée à Servien, et lui-même épousa Sabina. Son trisaïeul Maryllinus fut le premier de sa famille qui porta le titre de sénateur du peuple romain. Adrien naquit à Rome, le 24 de janvier, sous le septième consulat de Vespasien et le cinquième de Titus. A l'âge de dix ans, ayant perdu son père, il eut pour tuteurs Ulpius Trajan, son cousin, qui avait été préteur, et qui, plus tard, gouverna l'empire, et Célius Attianus, chevalier romain. On lui fit étudier avec soin les lettres grecques, et il y prit tant de goût, qu'on l'appelait quelquefois *le petit Grec*.

II. A quinze ans, revenu dans sa patrie, il entra au service militaire; et comme il se livrait avec trop de pas-

studiosus [13]; quare a Trajano abductus a patria, et pro filio habitus: nec multo post decemvir litibus judicandis datus [14]; atque inde tribunus secundæ Adjutricis legionis [15] creatus: post hæc in inferiorem Mœsiam translatus, extremis jam Domitiani temporibus. Ibi a mathematico quodam, de futuro imperio id dicitur comperisse, quod a patruo magno, Ælio Hadriano, peritiam cœlestium callente, prædictum esse compererat. Trajano a Nerva adoptato, ad gratulationem exercitus missus, in Germaniam superiorem translatus est: ex qua festinans ad Trajanum [16], ut primus nuntiaret excessum Nervæ, a Serviano, sororis viro (qui et sumptibus et ære alieno ejus prodito, Trajani odium in eum movit), diu detentus, fractoque consulte vehiculo tardatus, pedibus iter faciens, ejusdem Serviani beneficiarium antevenit [17]; fuitque in amore Trajani: nec tamen ei per pædagogos puerorum [18], quos Trajanus impensius diligebat, Gallo favente, defuit [19]. Quo quidem tempore, quum sollicitus de imperatoris erga se judicio, Virgilianas sortes consuleret [20],

Quis procul ille autem ramis insignis olivæ
Sacra ferens? nosco crines incanaque menta
Regis Romani, primam qui legibus urbem
Fundabit, Curibus parvis et paupere terra
Missus in imperium magnum, cui deinde subibit,

sors excidit: quam alii ex Sibyllinis versibus ei prove-

sion au plaisir de la chasse, Trajan le rappela en Italie : dès lors, il le traita comme son propre fils. Bientôt après, il fut admis au nombre des décemvirs chargés du jugement des procès; puis il fut créé tribun de la seconde légion Adjutrice. Dans les derniers temps de Domitien, on le fit passer dans la basse Mœsie. Là, dit-on, un astrologue lui prédit qu'il parviendrait à l'empire : or il savait que déjà une semblable prédiction avait été faite en sa faveur par son grand-oncle, Ælius Adrien, qui lui-même était habile dans la science des astres. Lorsque Trajan fut adopté par Nerva, Adrien fut chargé de porter au nouveau prince les félicitations de l'armée ; et, à cet effet, il passa dans la Germanie supérieure. Sur ces entrefaites, Nerva étant mort, Adrien avait hâte de repartir de cette province, pour en porter le premier la nouvelle à Trajan ; mais son beau-frère Servien, qui avait indisposé contre lui le prince, en l'informant de ses dépenses et de ses dettes, le retint longtemps, et, pour le retarder, alla même jusqu'à faire briser sa voiture. Adrien, réduit à faire la route à pied, arriva néanmoins avant le courrier qu'avait dépêché Servien. Il obtint les bonnes grâces de l'empereur ; il eut cependant de grandes luttes à soutenir contre les gouverneurs des pages, qui n'avaient que trop d'influence sur l'esprit de Trajan, et dont Gallus suscitait contre lui les intrigues jalouses. Dans ce même temps, inquiet de ce que pensait de lui l'empereur, il consulta les sorts virgiliens, et il tira de l'urne ces vers :

Mais quel noble vieillard paraît dans le lointain,
L'olivier sur le front, l'encensoir à la main ?
A cette barbe blanche, à ce maintien auguste,
Je reconnais Numa, prêtre saint et roi juste,
Qui, créateur du culte et fondateur des lois,
Passe d'un toit obscur dans le palais des rois.

(*Énéide*, liv. VI, trad. de Delille.)

D'autres prétendent que c'est des livres Sibyllins que fut

nisse dixerunt. Habuit autem præsumptionem imperii mox futuri, ex fano quoque Nicephorii Jovis [21] manante responso, quod Apollonius Syrus Platonicus libris suis indicit. Denique statim, suffragante Sura [22], ad amicitiam Trajani pleniorem rediit, nepte per sororem Trajani uxore accepta; favente Plotina, Trajano leviter (ut Marius Maximus [23] dixit) volente.

III. Quæsturam gessit [24] Trajano quater et Articuleio consulibus : in qua quum, orationem imperatoris in senatu agrestius pronuntians, risus esset, usque ad summam peritiam et facundiam Latinis operam dedit [25]. Post quæsturam acta senatus curavit, atque ad bellum Dacicum Trajanum familiarius prosequutus est : quando quidem et « indulsisse vino se dicit, Trajani moribus obsequentem [26]; atque ob hoc se a Trajano locupletissime muneratum. » Tribunus plebis factus est Candido et Quadrato iterum consulibus [27]; in quo magistratu, ad perpetuam tribunitiam potestatem [28] omen sibi factum asserit, quod pænulas amiserit, quibus uti tribuni plebis pluviæ tempore solebant, imperatores autem nunquam; unde hodieque imperatores sine pænulis [29] a togatis videntur [30]. Secunda expeditione Dacica Trajanus eum primæ legioni Minerviæ [31] præposuit, secumque duxit : quando quidem multa egregia ejus facta claruerunt; quare adamante gemma, quam Trajanus a Nerva acceperat, donatus [32], ad spem successionis erectus est. Prætor factus est [33] sub Surano bis, Serviano iterum

tiré ce présage de sa grandeur future. Au reste, son prochain avénement à l'empire lui fut aussi annoncé par un oracle venu du temple de Jupiter à Nicéphore, qu'Apollonius de Syrie, philosophe platonicien, a consigné dans ses ouvrages. Enfin, secondé par les bons offices de Sura, il rentra pleinement en grâce avec Trajan, qui lui donna en mariage sa nièce, fille de sa sœur. Il dut surtout cette alliance à la faveur de Plotine; car, si l'on en croit Marius Maximus, le prince n'y était que médiocrement disposé.

III. Adrien géra la questure sous le quatrième consulat de Trajan et le premier d'Articuleius. Dans cette charge, ayant à prononcer un discours dans le sénat, au nom de l'empereur, il s'en acquitta si mal, qu'il excita la risée de tous : ce fut pour lui un motif de se livrer avec soin à l'étude des lettres latines, et il y parvint au plus haut degré d'habileté et d'éloquence. Après sa questure, il fut chargé de la rédaction des actes du sénat, puis il accompagna Trajan dans la guerre contre les Daces : pendant cette expédition, il vécut avec l'empereur dans une plus grande familiarité : car il dit lui-même que, « pour complaire aux habitudes de Trajan, il se livra avec lui aux excès du vin, ce qui lui valut de sa part de riches présents. » Il fut créé tribun du peuple sous le second consulat de Candidus et de Quadratus. Pendant qu'il exerçait cette magistrature, une circonstance particulière, à ce qu'il raconte lui-même, lui présagea qu'il jouirait de la puissance tribunitienne perpétuelle : c'est qu'il perdit le manteau que les tribuns du peuple avaient coutume de porter en temps de pluie, et dont les empereurs ne se servaient jamais. Aujourd'hui même, les empereurs reçoivent toujours sans manteau ceux qui viennent les saluer le matin. Dans la seconde expédition contre les Daces, Trajan donna à Adrien le commandement de la première légion Minervienne, et le prit avec lui. Il se distingua tellement dans cette guerre, que Tra-

consulibus; quum sestertium iterum vicies ad ludos edendos [34] a Trajano accepit. Legatus postea prætorius [35] in Pannoniam inferiorem missus, Sarmatas compressit [36], disciplinam militarem tenuit, procuratores latius evagantes coercuit: ob hoc consul est factus [37]. In quo magistratu, ut a Sura comperit adoptandum se a Trajano esse, ab amicis Trajani contemni desiit ac negligi. Et defuncto quidem Sura, Trajani ei familiaritas crevit, causa præcipue orationum, quas pro imperatore dictaverat [38].

IV. Usus Plotinæ quoque favore: cujus studio etiam legatus, expeditionis Parthicæ tempore, destinatus est. Qua quidem tempestate utebatur Hadrianus amicitia Sosii Pappi, et Plætorii Nepotis, ex senatorio ordine: ex equestri autem, Attiani, tutoris quondam sui, et Liviani Turbonis. In adoptionis sponsionem venit, Palma et Celso, inimicis semper suis, et quos postea ipse insequutus est, in suspicionem affectatæ tyrannidis lapsis. Secundo consul favore Plotinæ factus, totam præsumptionem adoptionis emeruit. Corrupisse eum Trajani libertos, curasse delicatos, eosdemque sæpe lisse [39], per ea tempora, quibus in aula familiarior fuit, opinio multa firmavit. Quinto iduum augusti [40] die, legatus Syriæ, litteras adoptionis accepit: quando et natalem adoptionis [14] celebrari jussit. Tertio iduum earumdem, quando et natalem imperii statuit celebrandum, excessus ei

jan lui fit présent du diamant que lui-même avait reçu de Nerva; et ce don lui parut un gage de son adoption future. Il devint préteur sous le second consulat de Suranus et de Servien, et reçut de Trajan quatre millions de sesterces pour donner des jeux au peuple. Envoyé ensuite dans la basse Pannonie, en qualité de lieutenant prétorien, il dompta les Sarmates, fit respecter la discipline militaire, et réprima les écarts et les excès des intendants : sa conduite lui valut le consulat. Parvenu à cette dignité, Sura lui fit connaître qu'il serait adopté par l'empereur; dès lors les amis de Trajan cessèrent de le dédaigner et de le négliger. A la mort de Sura, l'affection du prince pour lui s'accrut encore, surtout à cause des services qu'il lui rendait en composant ses discours.

IV. Il jouit aussi de la faveur de Plotine, qui le fit désigner lieutenant de l'empereur dans l'expédition contre les Parthes. A cette époque, Adrien avait pour amis, dans l'ordre des sénateurs, Sosius Pappus et Pletorius Nepos; et parmi les chevaliers, Attianus, jadis son tuteur, et Livianus Turbo. Les chances de son adoption s'accrurent, lorsque Palma et Celsus, qui avaient toujours été ses ennemis, et que plus tard il persécuta lui-même, furent soupçonnés de projets ambitieux, et tombèrent en disgrâce. Il fut une seconde fois nommé consul par le crédit de Plotine, et dès lors il ne douta plus de son élévation prochaine. A cette époque, où il vécut plus familièrement à la cour, bien des gens assurent qu'il s'attacha à gagner les affranchis de Trajan, et à se concilier les bonnes grâces de ses mignons, auxquels il rendait même les soins les plus honteux. Le neuf du mois d'août, tandis qu'il était lieutenant de l'empereur en Syrie, il reçut des lettres qui lui annonçaient son adoption, et il voulut que ce jour fût désormais célébré comme l'anniversaire de son entrée dans la famille impériale. Le onze

Trajani nuntiatus est. Frequens sane opinio fuit, Trajano id animi fuisse, ut Neratium Priscum, non Hadrianum, successorem relinqueret, multis amicis in hoc consentientibus, usque eo, ut Prisco aliquando dixerit: « Commendo tibi provincias, si quid mihi fatale contigerit. » Et multi quidem dicunt, Trajanum in animo id habuisse, ut, exemplo Alexandri Macedonis, sine certo successore moreretur: multi, ad senatum eum orationem voluisse mittere, petiturum, « ut, si quid ei evenisset, principem Romanæ reipublicæ senatus daret; » additis duntaxat nominibus, ex quibus optimum idem senatus eligeret. Nec desunt, qui factione Plotinæ[42], mortuo jam Trajano, Hadrianum in adoptionem adscitum esse prodiderint; supposito, qui pro Trajano fessa voce loqueretur.

V. Adeptus imperium, ad priscum se statim morem[43] instituit, et tenendæ per orbem terrarum paci operam intendit; nam deficientibus his nationibus, quas Trajanus subegerat, Mauri lacessebant, Sarmatæ bellum inferebant, Britanni teneri sub Romana ditione non poterant, Ægyptus seditionibus urgebatur, Lycia denique ac Palæstina rebelles animos efferebant; quare omnia trans Euphratem ac Tigrim reliquit, « exemplo (ut dicebat) Catonis, qui Macedonas liberos pronuntiavit[44], quia teneri non poterant. » Psamatossirim, quem Trajanus Parthis regem fecerat[45], quod eum non magni ponderis apud Parthos videret, proximis gentibus regem

du même mois, lui fut apportée la nouvelle de la mort de Trajan, et ce jour fut aussi célébré chaque année comme l'anniversaire de son avénement à l'empire. Bien des gens ont cru que c'était Neratius Priscus, et non Adrien, que Trajan, après avoir consulté ses amis, avait résolu de désigner pour son successeur; on assure même qu'un jour il lui dit : « Je vous recommande les provinces, Priscus, s'il m'arrivait quelque malheur. » D'autres, il est vrai, disent que Trajan voulait, à l'exemple d'Alexandre le Grand, mourir sans désigner son successeur; d'autres aussi, qu'il se proposait d'écrire au sénat, pour le charger, en cas d'événement, de donner un chef à la république romaine. Il devait seulement ajouter à sa lettre une liste de noms, entre lesquels le sénat ferait son choix. D'autres enfin ont avancé que l'adoption d'Adrien fut l'œuvre de la faction de Plotine, et qu'après la mort de Trajan, on lui substitua un imposteur qui, d'une voix mourante, parla au nom de l'empereur.

V. Quoi qu'il en soit, une fois parvenu à l'empire, Adrien se régla d'après les anciens usages, et mit tous ses soins à maintenir en paix l'univers; car tandis que les nations subjuguées par Trajan secouaient le joug, les Maures nous harcelaient, les Sarmates faisaient des incursions, la Bretagne ne pouvait être contenue, l'Égypte était en proie aux séditions, la Syrie enfin et la Palestine menaçaient. Adrien prit donc le parti d'abandonner tous les pays au delà de l'Euphrate et du Tigre, « suivant en cela, disait-il, l'exemple de Caton, qui déclara libres les Macédoniens, qu'on ne pouvait contenir. » Trajan avait donné pour roi aux Parthes Psamatossiris : Adrien, voyant que ce prince n'avait guère d'autorité sur son peuple, le donna pour roi à d'autres nations voisines. Il affecta d'abord tant de clémence, que, dans les premiers jours de sa nouvelle autorité, Attianus

dedit. Tantum autem statim clementiæ studium habuit, ut, quum sub primis imperii diebus ab Attiano per epistolas esset admonitus, ut et Bæbius Macer præfectus Urbis, si reniteretur ejus imperio, necaretur, et Laberius Maximus, qui, suspectus imperio, in insula exsulabat, et Frugi Crassus, neminem læderet : quamvis Crassum postea procurator[46], egressum insula, quasi res novas moliretur, injussu ejus occiderit. Militibus ob auspicia imperii duplicem largitionem dedit. Lusium Quietum, sublatis gentibus Mauris, quos regebat[47], quia suspectus imperio fuerat, exarmavit; Martio Turbone, Judæis compressis, ad deprimendum tumultum Mauritaniæ destinato. Post hoc Antiochia digressus est ad inspiciendas reliquias Trajani, quas Attianus, Plotina et Matidia deferebant. Quibus exceptis et navi Romam dimissis, ipse Antiochiam regressus, præpositoque Syriæ Catilio Severo, per Illyricum Romam venit[48].

VI. Trajano divinos honores, datis ad senatum, et quidem accuratissimis, litteris postulavit, et cunctis volentibus meruit, ita ut senatus multa, quæ Hadrianus non postulaverat, in honorem Trajani sponte decerneret. Quum ad senatum scriberet, veniam petiit, « quod de imperio suo judicium senatui non dedisset : salutatus scilicet præpropere a militibus imperator, quod esse respublica sine imperatore non posset. » Quum triumphum ei senatus, qui Trajano debitus erat, detulisset, recusavit ipse, atque imaginem Trajani curru triumphali vexit.

l'ayant engagé par lettres à mettre à mort Bébius Macer, préfet de la ville, s'il hésitait à le reconnaître, et en même temps Laberius Maximus et Frugi Crassus, qui, suspects d'aspirer à l'empire, avaient été relégués dans une île ; Adrien ne voulut souscrire à aucun de ces actes de rigueur. Il est vrai que, plus tard, Crassus étant sorti du lieu de son exil, le procurateur le mit à mort, comme coupable de quelque trame criminelle ; mais cette exécution se fit sans l'ordre de l'empereur. Adrien donna aux soldats, à l'occasion de son avénement à l'empire, une double gratification. Lusius Quietus était suspect à l'empereur : il le désarma, en lui retirant le gouvernement de la Mauritanie ; et Martius Turbo, qui venait de réduire les Juifs révoltés, fut chargé de réprimer aussi les troubles de cette province. Alors Adrien sortit d'Antioche pour aller au-devant des restes de Trajan, que transportaient Attianus, Plotine et Matidie. Après cet hommage, il les fit partir sur un vaisseau pour Rome, et lui-même revint à Antioche. Puis, ayant établi Catilius Severus gouverneur de la Syrie, il se rendit à Rome en passant par l'Illyrie.

VI. Il adressa au sénat des lettres écrites avec grand soin, où il demandait que les honneurs divins fussent décernés à Trajan. Sa demande fut accueillie avec un empressement si unanime, que le sénat décerna de lui-même à l'empereur défunt plusieurs honneurs qu'Adrien n'avait point réclamés. Dans ces mêmes lettres, il s'excusait de n'avoir point attendu, pour prendre le titre d'empereur, la décision du sénat : s'y trouvant, disait-il, contraint par le zèle trop ardent des soldats, qui n'avaient pas cru que la république pût rester sans chef. Le sénat lui offrit le triomphe que Trajan avait mérité par ses exploits ; mais il refusa cet honneur, et plaça sur le char triomphal l'image de Trajan, afin que cet excel-

ut optimus imperator ne post mortem quidem triumphi amitteret dignitatem. Patris patriæ nomen sibi delatum statim, et iterum postea, distulit : quod hoc nomen Augustus sero meruisset [49]. Aurum coronarium Italiæ remisit [50], in provinciis minuit, et quidem difficultatibus ærarii ambitiose ac diligenter expositis. Audito dein tumultu Sarmatarum et Roxolanorum, præmissis exercitibus Mœsiam petiit. Martium Turbonem, post Mauritaniæ præfecturam, infulis ornatum, Pannoniæ Daciæque ad tempus præfecit [51]. Cum rege Roxolanorum, qui de imminutis stipendiis [52] querebatur, cognito negotio pacem composuit.

VII. Nigrini insidias, quas ille sacrificanti Hadriano [53], conscio sibi Lusio et multis aliis, paraverat, quum eum etiam successorem sibimet Hadrianus destinasset, evasit. Quare Palma Terracinæ, Celsus Baiis, Nigrinus Faventiæ, Lusius in itinere, senatu jubente, invito Hadriano (ut ipse in vita sua dicit) occisi sunt. Unde statim Hadrianus, ad refellendam tristissimam de se opinionem, quod occidi passus esset uno tempore quatuor consulares, Romam venit, Dacia Turboni credita, titulo Ægyptiacæ præfecturæ, quo plus haberet auctoritatis, ornato [54] : et ad comprimendam de se famam, congiarium duplex præsens populo dedit [55], ternis jam per singulos aureis se absente divisis [56]. In senatu

lent empereur ne fût pas privé, même par la mort, de l'honneur qui lui était dû. Le nom de Père de la patrie lui fut offert dès les premiers jours de son avénement, et une seconde fois plus tard; il différa de l'accepter, suivant l'exemple d'Auguste, qui ne s'en était cru digne qu'après un certain nombre d'années. Il fit remise entière à l'Italie de l'espèce de tribut appelé *coronaire*, et le diminua pour les provinces, après un compte rendu où se trouvaient exposées avec soin les difficultés du trésor. Ensuite, ayant appris que les Sarmates et les Roxolans s'agitaient, il fit prendre les devants à ses armées, et se rendit dans la Mésie. Martius Turbo, qui avait gouverné en qualité de préfet la province de Mauritanie, fut chargé du gouvernement temporaire de la Pannonie et de la Dacie réunies, et reçut les insignes et les honneurs de cette charge. Le roi des Roxolans se plaignait qu'on eût diminué la solde que lui payait l'empire : Adrien prit connaissance de l'affaire, fit un arrangement avec ce prince, et la paix fut conclue.

VII. Nigrinus, qu'Adrien destinait à lui succéder, lui dressa des embûches, de concert avec Lusius et plusieurs autres; ils devaient le frapper pendant qu'il serait occupé à un sacrifice : Adrien échappa à ce danger, et les quatre chefs de la conjuration furent mis à mort : Palma à Terracine, Celsus à Baïes, Nigrinus à Faenza, et Lusius pendant qu'il était en route. Mais ces exécutions eurent lieu par l'ordre du sénat, et contre la volonté d'Adrien; du moins il le dit ainsi lui-même dans ses Mémoires. Quoi qu'il en soit, impatient de se laver du fâcheux reproche d'avoir laissé mettre à mort quatre consulaires à la fois, il laissa le gouvernement de la Dacie à Turbo, qu'il décora du titre et des prérogatives de la préfecture d'Égypte, voulant par là lui donner plus d'autorité. Puis, il se hâta de se rendre à Rome, où, pour mieux effacer les impressions sinistres que l'on avait prises de lui, il

quoque, excusatis, quæ facta erant, juravit, « se nunquam senatorem, nisi ex senatus sententia, puniturum. » Statim cursum fiscalem instituit, ne magistratus hoc onere gravarentur[57]. Ad colligendam autem gratiam nihil prætermittens, infinitam pecuniam, quæ fisco debebatur, privatis debitoribus in Urbe atque Italia, in provinciis vero etiam ex reliquis ingentes summas remisit; syngraphis in foro divi Trajani, quo magis securitas omnibus roboraretur, incensis. Damnatorum bona in fiscum privatum redigi vetuit[58], omni summa in ærario publico recepta. Pueris ac puellis, quibus etiam Trajanus[59] alimenta detulerat, incrementum liberalitatis adjecit. Senatoribus, qui non vitio suo decoxerant, patrimonium, pro liberorum modo, senatoriæ professionis explevit[60]; ita ut plerisque in diem vitæ suæ[61] dimensum sine dilatione restituerit. Ad honores explendos, non solum amicis, sed etiam passim aliquantis, multa largitus est. Feminas nonnullas, ad sustentandam vitam, sumptibus juvit. Gladiatorium munus per sex dies continuos exhibuit; et mille feras natali suo edidit.

VIII. Optimos quosque de senatu in contubernium imperatoriæ majestatis[62] adscivit. Ludos Circenses, præter natalitios[63], decretos sibi sprevit : et in concione, et

donna au peuple un double *congiaire,* quoique déjà, avant son retour, il lui eût fait distribuer trois pièces d'or par tête. Dans le sénat aussi, il se justifia sur ce qui s'était passé, et fit serment que jamais il n'infligerait aucune peine à un sénateur, que sur l'avis du sénat. Il établit que les frais de la poste publique seraient désormais à la charge du fisc, et soulagea ainsi de ce fardeau les magistrats. N'omettant rien de ce qui pouvait lui concilier la faveur du peuple, il fit grâce aux citoyens de Rome et de l'Italie des sommes très-considérables qu'ils devaient au fisc; il remit également aux provinces les dettes dont elles restaient grevées, et, pour donner aux débiteurs plus de sécurité, il fit brûler dans la place de Trajan toutes leurs obligations et tous les comptes. Il voulut que désormais les biens des condamnés entrassent, non plus dans la caisse du prince, mais dans le trésor public. Il augmenta aussi, en faveur des enfants de l'un et de l'autre sexe, les distributions de vivres et les libéralités auxquelles Trajan les avait admis. Pour les sénateurs qui avaient perdu leur fortune sans que leur ruine pût être imputée à leur faute, il compléta le cens requis pour la dignité sénatoriale, ayant égard au nombre de leurs enfants; et la plupart jouirent de cette libéralité sans interruption jusqu'à leur mort. Il aida d'autres citoyens à soutenir les dépenses de leurs charges, et répandit ses largesses indistinctement sur ses amis et sur ceux qui n'avaient avec lui aucune relation personnelle. Il assura aussi à plusieurs femmes des moyens de subsistance. Il donna au peuple pendant six jours entiers des combats de gladiateurs; et, au jour anniversaire de sa naissance, il fit paraître dans l'arène mille bêtes féroces.

VIII. Il appelait à son conseil, et associait aux travaux de la dignité impériale, les sénateurs les plus distingués. De tous les jeux du Cirque qu'on décréta en son honneur, il n'accepta que ceux qui avaient pour

in senatu sæpe dixit, « ita se rempublicam gesturum, ut sciret populi rem esse, non propriam. » Tertio consules, quum ipse ter fuisset, plures fecit : infinitos autem secundi consulatus honore cumulavit. Ipsum autem tertium consulatum, et quatuor mensibus tantum egit, et in eo sæpe jus dixit. Senatui legitimo, quum in Urbe vel juxta Urbem esset, semper interfuit. Senatus fastigium in tantum extulit, difficile faciens senatores, ut quum Attianum ex præfecto prætorii, ornamentis consularibus præditum, faceret senatorem[65], nihil se amplius habere, quod in eum conferri posset, ostenderit. Equites Romanos nec sine se de senatoribus[66], nec secum judicare permisit. Erat enim tunc mos, ut, quum princeps causas cognosceret, et senatores et equites Romanos in consilium vocaret, sententiam ex omnium deliberatione proferret. Exsecratus est denique principes, qui minus senatoribus detulissent. Serviano, sororis viro, cui tantum detulit, ut ei venienti de cubiculo semper occurrerit, tertium consulatum, nec secum tamen, quum ille bis ante Hadrianum fuisset, ne esset secundæ sententiæ[67], non petenti, ac sine precatione concessit.

IX. Inter hæc tamen et multas provincias a Trajano acquisitas reliquit : et theatrum, quod ille in campo

but de célébrer ses anniversaires; il dit souvent, soit dans l'assemblée du peuple, soit au sénat, « qu'il gouvernerait la fortune publique de manière à faire connaître qu'il la regardait comme appartenant, non à lui, mais au peuple. Il ne fut que trois fois consul, et il accorda à plusieurs la même distinction : quant aux honneurs d'un second consulat, il les prodigua à un nombre infini de sénateurs. Pour lui, il ne garda même que quatre mois son troisième consulat, et pendant cet espace de temps il rendit souvent la justice. Il ne manqua jamais aux séances régulières du sénat, lorsqu'il se trouvait dans la ville ou aux environs. Il éleva le plus haut qu'il put la dignité de sénateur en ne l'accordant que difficilement; et lorsqu'il la conféra à Attianus, qui était préfet du prétoire, et revêtu des ornements consulaires, il déclara qu'il n'était point en son pouvoir de rien faire de plus pour son élévation. Il ne voulut point que des chevaliers romains pussent jamais être juges, soit sans lui, soit avec lui, dans les causes qui concernaient des sénateurs : car il était alors d'usage que, quand le prince rendait la justice, il se faisait un conseil de sénateurs et de chevaliers, qui, tous également, prenaient part à la délibération. Il alla même jusqu'à charger d'imprécations les princes qui manqueraient à cette déférence envers les sénateurs. Il témoigna tant d'égards à Servien, son beau-frère, que, toutes les fois qu'il venait au palais, il sortait de son cabinet pour aller à sa rencontre; et même, sans qu'il l'eût demandé ni sollicité, il l'éleva à un troisième consulat, que cependant il ne partagea point avec lui, parce qu'il ne voulait pas que Servien, qui avait été deux fois consul avant lui, eût sur lui la préséance.

IX. D'autre part, il abandonnait plusieurs provinces conquises par Trajan, et détruisait, au grand regret de tout le monde, le théâtre que ce prince avait élevé dans

Martio posuerat, contra omnium vota destruxit. Et hæc quidem eo tristiora videbantur, quod omnia, quæ displicere vidisset Hadrianus, mandata sibi, ut faceret, decreto Trajani esse simulabat. Quum Attiani, præfecti sui et quondam tutoris, potentiam ferre non posset, nisus est eum obtruncare; sed revocatus est, quia jam quatuor consularium occisorum (quorum quidem necem in Attiani consilia refundebat) premebatur invidia. Cui quum successorem dare non posset, quia non petebat; id egit, ut peteret : atque ubi primum petiit, in Turbonem transtulit potestatem : quum quidem etiam Simili, alteri præfecto, Septitium Clarum[68] successorem dedit. Summotis his a præfectura, quibus debebat imperium, Campaniam petit : ejusque omnia oppida beneficiis et largitionibus sublevavit, optimum quemque amicitiis suis jungens. Romæ vero prætorum et consulum officia frequentavit : conviviis amicorum interfuit : ægros bis 6.
ac ter die, et nonnullos equites Romanos ac libertinos, visitavit, solatiis refovit, consiliis sublevavit, conviviis suis semper adhibuit; omnia denique ad privati hominis modum fecit. Socrui suæ honores præcipuos[69] impendit, ludis gladiatoriis, ceterisque officiis.

X. Post hæc profectus in Gallias, omnes causariis liberalitatibus sublevavit[70]. Inde in Germaniam transiit, pacisque magis quam belli cupidus, militem, quasi bel-

le Champ de Mars. Ces choses firent une fâcheuse impression dans les esprits, d'autant plus que, toutes les fois qu'Adrien prenait quelque mesure qu'il sentait devoir déplaire, il ne manquait point de dire qu'il ne faisait que suivre les volontés de Trajan. Ne pouvant plus supporter le pouvoir d'Attianus, préfet du prétoire et jadis son tuteur, il voulut d'abord le faire périr; mais il y renonça, pour ne point ajouter à l'odieux que faisait déjà peser sur lui la mort de quatre consulaires, dont, au reste, il attribuait le malheureux sort aux conseils de ce même Attianus. Comme il ne pouvait lui donner un successeur, tandis qu'il n'en demandait pas, il fit en sorte de le déterminer à cette renonciation; et, aussitôt qu'il l'eut faite, il nomma Turbo à sa place. Dans le même temps, il donna Septitius Clarus pour successeur à Similis, second préfet du prétoire. Après avoir ainsi éloigné de sa personne deux hommes auxquels il devait l'empire, il se rendit dans la Campanie, dont il soulagea toutes les villes par ses bienfaits et par ses largesses; en même temps il avait soin d'attacher à sa personne tous les citoyens les plus distingués. A Rome, il ne manquait à aucun des devoirs de politesse envers les préteurs et les consuls; il assistait aux repas de ses amis, visitait deux et trois fois le jour ceux qui étaient malades, même des chevaliers romains et des affranchis, leur distribuant des consolations et des secours, et les aidant de ses conseils: toujours ils étaient admis à sa table; enfin il agissait en tout comme un simple particulier. Il rendit à sa belle-mère les plus grands honneurs, donna pour elle des combats de gladiateurs, et lui prodigua toute sorte de témoignages de respect et d'affection.

X. Il partit ensuite pour les Gaules, et partout sa libéralité vint au secours du besoin. De là il passa dans la Germanie, et, quoiqu'il aimât mieux la paix que la guerre, il exerça les soldats, comme si la guerre était

lum immineret, exercuit, tolerantiæ documentis eum imbuens; ipse quoque inter manipulares vitam militarem magistrans, cibis etiam castrensibus in propatulo libenter utens, hoc est larido, caseo, et posca, exemplo Scipionis Æmiliani et Metelli, et auctoris sui, Trajani; multos præmiis, nonnullos honoribus donans, ut ferre possent ea, quæ asperius jubebat: siquidem ipse post Cæsarem Octavianum labantem disciplinam incuria superiorum principum, retinuit, ordinatis et officiis et impendiis; nunquam passus aliquem a castris injuste abesse; quum tribunos non favor militum, sed justitia, commendaret; exemplo etiam virtutis suæ ceteros adhortatus, quum etiam vicena millia pedibus armatus ambularet [71]; triclinia de castris, et porticus, et cryptas, et topia dirueret [72]; vestem humillimam frequenter acciperet, sine auro balteum sumeret, sine gemmis fibulas stringeret, capulo vix eburneo spatham clauderet; ægros milites in hospitiis suis videret; locum castris caperet; nulli vitem, nisi robusto et bonæ famæ daret; nec tribunum nisi plena barba faceret, aut ejus ætatis, quæ prudentia et annis tribunatus robur impleret; nec pateretur quidquam tribunum a milite accipere; delicata omnia undique summoveret; arma postremo eorum, supellectilemque corrigeret. De militum etiam ætatibus judicabat, ne quis aut minor, quam virtus posceret, aut major, quam pateretur humanitas, in castris, contra morem veterem, versaretur:

imminente, et leur apprit à supporter les fatigues et les privations : lui-même leur en donnait l'exemple, vivant en soldat au milieu d'eux, aimant à faire ses repas en plein air avec les aliments d'usage dans les camps, tels que le lard, le fromage, et une boisson mélangée d'eau et de vinaigre; en cela, il suivait l'exemple de Scipion Émilien, de Metellus, et de Trajan, son père adoptif. Il donnait aux uns des récompenses, aux autres des distinctions honorifiques, pour les encourager à supporter ce qu'il y avait de pénible dans les travaux qu'il exigeait d'eux. Car il s'attacha à relever la discipline militaire que, depuis Auguste, la négligence des princes avait laissé tomber peu à peu. Il rétablit aussi l'ordre dans l'exercice des emplois et dans les dépenses. Il ne fut plus permis à personne de s'absenter de l'armée sans de justes motifs; car désormais ce fut le mérite, et non la faveur des soldats, qui décida du choix des tribuns. Il encourageait d'ailleurs les autres par son exemple; il faisait à pied vingt milles tout chargé de ses armes; il faisait détruire dans son camp les salles, les portiques, les galeries et les berceaux de verdure; il se montrait la plupart du temps vêtu de la manière la plus simple, il n'avait ni or à son baudrier, ni agrafes de pierreries, à peine une poignée d'ivoire à son épée. Il visitait les soldats malades dans leurs quartiers; il choisissait lui-même ses campements; il ne donnait le sarment de centurion qu'à des gens robustes et d'une bonne réputation; il ne créait tribuns que des hommes mûrs, ou du moins d'un âge à unir la sagesse et la prudence à l'énergie qu'exige cette charge. Il ne souffrait point qu'un tribun reçût quoi que ce fût d'un soldat; il éloigna d'eux tout ce qui flattait la mollesse, il fit même des réformes dans leur équipage militaire et dans les ustensiles dont ils se servaient. Il jugeait lui-même de l'âge des soldats, de peur que, contre l'ancien usage, il n'y en eût dans

agebatque, ut sibi semper noti essent, et eorum numerus sciretur.

XI. Laborabat præterea, ut condita militaria diligenter agnosceret [73]: reditus quoque provinciales solerter explorans, ut, si alicubi quippiam deesset, expleret. Ante omnes tamen enitebatur, ne quid otiosum vel emeret aliquando, vel pasceret. Ergo conversis regio more militibus [74], Britanniam petiit: in qua multa correxit, murumque per octoginta millia passuum primus duxit [75], qui barbaros Romanosque divideret. Septicio Claro, præfecto prætorii, et Suetonio Tranquillo [76], epistolarum magistro, multisque aliis, qui apud Sabinam uxorem, injussu ejus, familiarius se tunc egerant [77], quam reverentia domus aulicæ postulabat, successores dedit: « uxorem etiam, ut morosam et asperam, dimissurus (ut ipse dicebat), si privatus fuisset. » Et erat curiosus non solum domus suæ [78], sed etiam amicorum: ita, ut per frumentarios [79] occulta omnia exploraret; nec advertērent amici, sciri ab imperatore suam vitam, priusquam ipse hoc imperator ostenderet. Unde non injucundum est rem inserere, ex quo constet, cum de amicis multa didicisse; nam quum ad quemdam scripsisset uxor sua, « quod, voluptatibus detentus et lavacris, ad se redire nollet, » atque hoc Hadrianus per frumentarios cognovisset; petente illo commeatum, Hadrianus ei lavacra et voluptates exprobravit; cui ille: « num et tibi uxor

les camps de trop jeunes pour suffire aux travaux et aux dangers de la guerre, ou de trop vieux pour qu'il n'y eût point d'inhumanité à les y retenir ; il s'attachait à les connaître et à savoir leur nombre.

XI. En outre, il prenait une connaissance exacte de l'état des approvisionnements militaires et des revenus des provinces, pour suppléer ce qui pouvait manquer d'un côté ou de l'autre. Avant tout, il s'attachait à ne jamais acheter ni nourrir rien d'inutile. Une fois donc qu'il eut plié les soldats sous la discipline à laquelle il se soumettait lui-même, il passa en Bretagne, où il fit de nombreuses réformes, et éleva une muraille qui s'étendait dans une longueur de quatre-vingts milles, pour séparer les barbares des Romains. Septicius Clarus, préfet du prétoire, Suetonius Tranquillus, son secrétaire, et plusieurs autres, qui, sans ses ordres, avaient, dans la personne de Sabina, son épouse, manqué au respect dû à la maison de l'empereur, furent dépouillés de leurs charges; et, d'après ses propres paroles, « il eût congédié également son épouse elle-même, comme étant d'une humeur difficile et acariâtre, s'il eût été simple particulier. » Il ne s'occupait point seulement de ce qui se passait au palais; sa curiosité cherchait à pénétrer dans l'intérieur même de ses amis : au moyen des employés des vivres, il découvrait leurs actions les plus secrètes, sans qu'ils se doutassent qu'elles fussent connues de l'empereur, jusqu'à ce que lui-même le leur fît sentir. Il ne paraîtra peut-être point hors de propos que je cite ici une anecdote qui prouve combien il était au courant de ce qui se passait chez ses amis. Une femme, dans une lettre à son mari, lui avait reproché, qu'occupé tout entier de plaisirs et de bains, il ne songeait plus à revenir auprès d'elle. Adrien le sut par ses espions, et ce mari étant venu lui demander un congé, il lui reprocha ses bains et ses plaisirs, de telle sorte que cet homme

mea, quod et mihi, scripsit? » Et hoc quidam vitiotissimum putant: atque huic adjungunt, quæ de adultorum amore ac nuptarum adulteriis, quibus Hadrianus laborasse dicitur, asserunt; jungentes, quod ne amicis quidem servaverit fidem.

XII. Compositis in Britannia rebus, transgressus in Galliam; Alexandrina seditione turbatus, quæ nata est ob Apin, qui quum repertus esset post multos annos, turbas inter populos creavit, apud quem deberet locari, omnibus studiose certantibus. Per idem tempus, in honorem Plotinæ basilicam, apud Nemausum, opere mirabili exstruxit; post hæc Hispanias petiit, et Tarracone hiemavit: ubi sumptu suo ædem Augusti restituit[80]. Omnibus Hispanis Tarraconem in conventum vocatis, delectumque jculariter, ut verba ipsa ponit Marius Maximus, detrectantibus, Italicis[81] vehementissime, ceteris prudenter et caute consuluit. Quo quidem tempore non sine gloria gravissimum periculum adiit, apud Tarraconem spatians per hospitiva viridaria, servo in se hospitis cum gladio furiosius irruente: quem retentum ille ministris accurrentibus tradidit; et, ubi furiosum esse constitit, medicis curandum dedit, in nullo omnino commotus. Per ea tempora, et alias frequenter in plurimis locis, in quibus barbari non fluminibus, sed limitibus dividuntur, stipitibus magnis, in modum muralis sepis, funditus jactis atque connexis, barbaros separavit. Germanis regem constituit: motus Maurorum com-

s'écria : « Ma femme vous a-t-elle donc écrit les mêmes choses qu'à moi ? » Outre cette curiosité, que l'on a fort blâmée dans Adrien, on lui reproche des débauches contre nature et des amours adultères ; pour satisfaire ses honteuses passions, il ne ménageait pas même l'honneur de ses amis.

XII. Après avoir réglé les affaires de la Bretagne, il passa dans la Gaule ; là, il apprit avec inquiétude des troubles survenus en Égypte au sujet du bœuf Apis, qu'après bien des années on venait enfin de trouver : les villes de l'Égypte se disputaient avec fureur les unes aux autres l'honneur de lui servir d'habitation. Ce fut à cette époque qu'Adrien fit bâtir à Nîmes, en l'honneur de Plotine, une basilique d'un travail admirable. Ensuite il se rendit en Espagne, et passa l'hiver à Tarragone. Là, il rétablit à ses frais le temple d'Auguste, et convoqua une assemblée générale de la province. Il s'éleva des difficultés au sujet de l'enrôlement militaire, auquel, selon les propres expressions de Marius Maximus, les habitants du pays se refusaient avec dérision et moquerie : Adrien usa d'énergie envers ceux qui étaient originaires d'Italie, et traita les autres avec ménagement et prudence. Dans le même temps, il se conduisit d'une manière honorable dans un grave danger : il se promenait dans un parc voisin de Tarragone, lorsqu'un esclave de son hôte s'élança sur lui avec fureur, une épée à la main ; Adrien l'arrêta et le remit à ses officiers qui accouraient à son secours, et lorsqu'il eut été constaté que cet homme était en démence, il le livra aux soins des médecins. Dans ce danger, il ne donna pas le moindre signe d'émotion. Adrien fit alors en Espagne ce qu'il pratiqua à d'autres époques en beaucoup d'autres lieux, où les Romains n'étaient séparés des barbares que par de simples limites, et non par des fleuves : il établit le long des frontières une espèce de mur, formé de pieux énormes

pressit : et a senatu supplicationes emeruit. Bellum Parthorum per idem tempus in motu tantum fuit; idque Hadriani colloquio repressum est.

XIII. Post hoc per Asiam et insulas ad Achaiam navigavit, et Eleusinia sacra, exemplo Herculis Philippique, suscepit [82] : multa in Athenienses contulit, et pro agonotheta resedit; et in Achaia quidem etiam illud observatum ferunt, quod, quum in sacris multi cultros haberent, cum Hadriano nullus armatus ingressus est. Post in Siciliam navigavit : in qua Ætnam montem conscendit, ut solis ortum videret, arcus specie, ut dicitur, varium. Inde Romam venit, atque ex ea in Africam transiit, ac multum beneficiorum provinciis Africanis attribuit. Nec quisquam fere principum tantum terrarum tam celeriter peragravit. Denique quum post Africam Romam redisset, statim ad Orientem profectus, per Athenas iter fecit, atque opera, quæ apud Athenienses cœperat, dedicavit : ut Jovis Olympii ædem, et aram sibi : eodemque modo per Asiam iter faciens, templa sui nominis consecravit. Deinde a Cappadocibus servitia castris profutura suscepit. Toparchas et reges ad amicitiam invitavit; invitato etiam Cosdroe, rege Parthorum, remissaque illi filia, quam Trajanus ceperat, ac promissa sella, quæ itidem capta fuerat [83]; quumque ad

enfoncés en terre, et fortement liés et attachés entre eux. Il donna un roi aux Germains; comprima des mouvements séditieux dans la Mauritanie, et le sénat, à l'occasion de ces succès, ordonna que des actions de grâces seraient rendues aux dieux. Il y eut aussi, dans le même temps, chez les Parthes, un commencement d'agitation; mais il suffit à Adrien d'une seule conférence pour étouffer ces étincelles de guerre.

XIII. Alors, traversant l'Asie et les îles, il revint par mer en Achaïe, où, à l'exemple d'Hercule et de Philippe, il se fit initier aux mystères d'Éleusis. Il combla de bienfaits les Athéniens et présida leurs jeux. On fit l'observation que, quand il assista aux cérémonies religieuses, en Achaïe, quoiqu'il s'y trouvât beaucoup de gens armés de couteaux, aucun de ceux qui accompagnaient Adrien ne s'y présenta avec des armes. Il passa ensuite en Sicile, et voulut monter au sommet de l'Etna, pour voir de là le soleil se lever avec les couleurs variées de l'arc-en-ciel. Ensuite, il revint à Rome, puis passa en Afrique, où il répandit un grand nombre de bienfaits. Jamais peut-être aucun prince ne parcourut autant de régions avec autant de célérité. Enfin, à peine revenu d'Afrique à Rome, il repartit pour l'Orient et passa par Athènes, où il consacra les monuments qu'il y avait commencés, entre autres un temple qu'il dédia à Jupiter Olympien, et un autel auquel il donna son propre nom: au reste, il se consacra à lui-même plusieurs autres temples, pendant qu'il voyageait en Asie. Il prit en Cappadoce des esclaves pour le service des camps. Il offrit son amitié aux princes et aux rois de ces contrées. Il fit les mêmes avances à Cosdroès, roi des Parthes, lui renvoya sa fille que Trajan avait faite prisonnière, et lui promit de lui rendre le trône d'or qui, à la même époque, était tombé au pouvoir des Romains. Plusieurs rois vinrent le trouver, et il les accueillit de manière à forcer à se repentir ceux qui

cum quidam reges venissent, ita cum his egit, ut eos pœniteret, qui venire noluerunt, causa speciatim Pharasmanis, qui ejus invitationem superbe neglexerit. Et circumiens quidem provincias, procuratores et præsides pro factis supplicio affecit; ita severe, ut accusatores per se crederetur immittere.

XIV. Antiochenses inter hæc ita odio habuit, ut Syriam a Phœnice separare voluerit, ne tot civitatum metropolis Antiochia diceretur. Moverunt ea tempestate et Judæi bellum, quod vetabantur mutilare genitalia. Sed in monte Cassio[84], quum videndi solis ortus gratia nocte ascendisset, imbre orto, fulmen decidens hostiam et victimarium sacrificanti afflavit. Peragrata Arabia, Pelusium venit, et Pompeii tumulum magnificentius exstruxit[85]. Antinoum suum, dum per Nilum navigat, perdidit; quem muliebriter flevit; de quo varia fama est, aliis eum devotum pro Hadriano asserentibus[86]; aliis, quod et forma ejus ostentat, et nimia voluptas Hadriani[87]; et Græci quidem, volente Hadriano, eum consecraverunt, oracula per eum dari asserentes : quæ Hadrianus ipse composuisse jactatur. Fuit enim poematum et litterarum omnium studiosissimus; arithmeticæ, geometriæ, picturæ, peritissimus. Jam psallendi et cantandi scientiam præ se ferebat; in voluptatibus nimius : nam et de suis dilectis multa versibus composuit : amatoria carmina scripsit. Idem armorum peritissimus, et rei militaris scientissimus; gladiatoria quoque arma

n'avaient point répondu à ses avances, et en particulier Pharasmane, qui les avait rejetées avec orgueil. Dans la visite qu'il fit des provinces, il punit avec tant de sévérité les gouverneurs et les intendants qui s'étaient rendus coupables de quelque délit, qu'on aurait cru qu'il leur suscitait lui-même des accusateurs.

XIV. Il conçut alors une haine si violente contre les habitants d'Antioche, qu'il voulut séparer la Syrie de la Phénicie, pour que cette ville cessât d'être appelée la métropole de tant d'autres villes. Les Juifs, à cette même époque, reprirent les armes, parce qu'on voulait abolir chez eux l'usage de la circoncision. Adrien étant monté pendant la nuit sur le mont Cassius pour voir se lever le soleil, il survint un orage, et la foudre en tombant frappa, pendant qu'on sacrifiait, la victime et le victimaire. Après avoir parcouru l'Arabie, il vint à Péluse, et y rebâtit avec plus de magnificence le tombeau de Pompée. Tandis qu'il naviguait sur le Nil, il perdit son Antinoüs, qu'il pleura avec toute la faiblesse d'une femme. On expliquait de diverses manières la conduite d'Adrien : les uns assuraient qu'Antinoüs s'était dévoué pour prolonger ses jours; les autres trouvaient dans la beauté de ce jeune homme, et dans l'infâme passion d'Adrien, l'unique cause de cette excessive douleur. Les Grecs, du consentement d'Adrien, consacrèrent Antinoüs, et prétendirent même qu'il rendait des oracles : or on assure que ces oracles étaient de la composition d'Adrien. Car ce prince aimait beaucoup les vers, comme toutes les autres branches de la littérature; il était habile dans l'arithmétique, la géométrie et la peinture. Il avait aussi des prétentions à l'art de la musique : il chantait, il jouait de la lyre. Il poussait à tout excès son amour pour les plaisirs : il fit des vers pour ses mignons, et com-

tractavit. Idem severus, lætus, comis, gravis, lascivus, cunctator, tenax, liberalis, simulator, sævus, clemens, et semper in omnibus varius.

XV. Amicos ditavit; et quidem non petentes, quum petentibus nihil negaret[88]. Idem tamen facile de amicis, quidquid insusurrabatur, audivit : atque ideo prope cunctos vel amicissimos, vel eos, quos summis honoribus evexit, postea ut hostium loco habuit; ut Attianum, et Nepotem, et Septicium Clarum. Nam Eudæmonem, prius conscium imperii, ad egestatem perduxit; Polyænum et Marcellum ad mortem voluntariam coegit; Heliodorum famosissimis litteris lacessivit[89]; Titianum, ut conscium tyrannidis, et argui passus est, et proscribi; Numidium Quadratum, et Catilium Severum, et Turbonem, graviter insequutus est; Servianum, sororis virum, nonagesimum jam annum agentem, ne sibi superviveret, mori coegit; libertos denique et nonnullos milites insequutus est. Et quamvis esset oratione et versu promptissimus, et in omnibus artibus peritissimus, tamen professores omnium artium semper, ut doctior, risit, contempsit, obtrivit[90]. Cum his ipsis professoribus et philosophis, libris vel carminibus invicem editis, sæpe certavit. Et Favorinus quidem[91], quum verbum ejus quoddam ab Hadriano reprehensum esset, atque ille cessisset; arguentibus amicis, quod male cederet Ha-

posa des poëmes érotiques. Il maniait les armes avec dextérité, et connaissait à fond l'art militaire; il se livra aussi aux exercices des gladiateurs. Il était à la fois sévère et riant, affable et hautain, impétueux dans ses passions et retenu, avare et libéral, plein de dissimulation, tantôt cruel, tantôt clément : enfin tout en lui était contraste.

XV. Il enrichit ses amis, sans même attendre leurs demandes; car pour ceux qui sollicitaient sa libéralité, il ne sut jamais leur rien refuser. Néanmoins, il prêtait facilement l'oreille aux soupçons qu'on lui suggérait contre eux : aussi, de tous ceux qu'il aima le plus, ou qu'il combla d'honneurs, il n'en est presque aucun qui n'ait fini par être traité par lui en ennemi; comme Attianus, et Népos, et Septicius Clarus. Il réduisit à la misère Eudémon, avec qui jadis il partageait les soins de l'empire; il força Polyénus et Marcellus à se donner la mort; il diffama Héliodore par des libelles atroces. Il permit que Titien fût accusé et proscrit comme coupable d'aspirer à l'empire. Il poursuivit avec acharnement Numidius Quadratus, Catilius Severus et Turbon. Servianus, le mari de sa sœur, était dans sa quatre-vingt-dixième année : Adrien craignit qu'il ne lui survécût, et le força à se donner la mort; enfin il persécuta même des affranchis et des soldats. Il s'exprimait avec facilité en vers et en prose, et il était fort entendu dans tous les arts; mais il se croyait plus habile que ceux-là même qui en faisaient profession, et sans cesse il s'attachait à les décrier, à les rabaisser, à les écraser. Souvent il faisait assaut de vers ou de prose avec ces savants et ces philosophes. Un jour, Favorinus, qu'Adrien avait repris sur une expression qui avait pour elle d'excellentes autorités, se hâta de céder à sa critique; ses amis lui en faisaient reproche : « Vous avez tort, mes amis, leur dit-il avec gaîté, de ne pas vouloir que je reconnaisse comme

driano de verbo, quod idonei auctores usurpassent, risum jucundissimum movit; ait enim : « Non recte suadetis, familiares, qui non patimini me illum doctiorem omnibus credere, qui habet triginta legiones[92]. »

XVI. Famæ celebris Hadrianus tam cupidus fuit, ut libros vitæ suæ, scriptos a se, libertis suis litteratis dederit, jubens, ut eos suis nominibus publicarent : nam Phlegontis libri, Hadriani esse dicuntur[93]. Catacrianos libros obscurissimos[94], Antimachum imitando[95], scripsit. Floro poetæ scribenti ad se[96],

> Ego nolo Cæsar esse[97],
> Ambulare per Britannos,
> Scythicas pati pruinas,

rescripsit :

> Ego nolo Florus esse,
> Ambulare per tabernas,
> Latitare per popinas,
> Culices pati rotundos.

Amavit præterea genus dicendi vetustum; controversias declamavit. Ciceroni Catonem, Virgilio Ennium, Sallustio Cœlium prætulit[98]; eadémque jactatione de Homero ac Platone judicavit[99]. Mathesim sic scire sibi visus est, ut sero kalendis januariis scripserit, quod ei toto anno posset evenire : ita ut, eo anno quo periit, usque ad illam horam qua est mortuus, scripserit quid acturus esset. Sed quamvis esset in reprehendendis musicis, tragicis, comicis, grammaticis, rhetoribus,

le plus savant de l'univers, un homme qui a trente légions à son service. »

XVI. Adrien avait un désir si immodéré de gloire, qu'il composa sa propre histoire, et qu'il ordonna, à des hommes lettrés parmi ses affranchis, de la publier sous leur nom : car l'ouvrage de Phlégon sur Adrien est, à ce que l'on assure, d'Adrien lui-même. Il écrivit, à l'imitation d'Antimaque, des livres très-obscurs, appelés catacriens. Le poëte Florus lui ayant adressé des vers où il disait :

« Je ne veux point être César, pour courir à travers la Bretagne, et endurer les frimas de la Scythie; »

Adrien lui répondit, également en vers :

« Je ne veux point être Florus, pour courir les tavernes, m'enterrer dans les cabarets, et endurer les moucherons et leurs piqûres. »

Il aimait aussi le langage des vieux auteurs, et s'exerçait lui-même à des déclamations. Il préférait Caton à Cicéron, Ennius à Virgile, Célius à Salluste. Il jugeait avec la même légèreté et la même impertinence Homère et Platon. Il se croyait si habile dans l'astrologie, que dès le soir du premier jour de janvier, il mettait par écrit tout ce qui pouvait lui arriver dans l'année; de sorte que, l'année même où il périt, il avait écrit tout ce qu'il ferait, jusqu'à l'heure où effectivement il mourut. Quoiqu'il se plût à critiquer les musiciens, les poëtes tragiques et comiques, les grammairiens et les rhéteurs, et qu'il ne cessât de les persécuter de ses observa-

facilis; tamen omnes professores et honoravit, et divites fecit, licet eos quæstionibus semper agitavit. Et quum ipse auctor esset ut multi ab eo tristes recederent[100], dicebat « se graviter ferre si quem tristem videret. » In summa familiaritate Epictetum et Heliodorum philosophos, et (ne nominatim de omnibus dicam) grammaticos, rhetores, musicos, geometras, pictores, astrologos habuit; præ ceteris, ut multi asserunt, eminente Favorino. Doctores, qui professioni suæ inhabiles videbantur, ditatos honoratosque a professione dimisit.

XVII. Quos in privata vita inimicos habuit, imperator tantum neglexit, ita ut uni, quem capitalem habuerat, factus imperator diceret, « Evasisti[101]. » Iis, quos ad militiam ipse per se vocavit, equos, mulos, vestes, sumptus, et omnem ornatum semper exhibuit. Saturnalitia et sigillaritia frequenter amicis inopinantibus misit, et ipse ab his libenter accepit, et alia invicem dedit. Ad deprehendendas obsonatorum fraudes, quum plurimis summatibus pasceret[102], fercula de aliis mensis etiam ultimis quibusque jussit apponi. Omnes reges muneribus suis vicit. Publice, et frequenter, et cum omnibus lavit: ex quo ille jocus balnearis innotuit; nam quum quodam tempore veteranum quemdam notum sibi in militia, dorsum et ceteram partem corporis vidisset atterere, percontatus cur se marmoribus destringendum daret, ubi audivit, hoc idcirco fieri quod servum non haberet, et

tions malveillantes, cependant il honora et enrichit tous ceux qui faisaient profession de ces divers arts. Tandis que bien souvent il forçait ceux qui venaient le trouver, à se retirer la tristesse dans le cœur, il disait « qu'il ne pouvait supporter de voir quelqu'un mécontent. » Il admettait dans sa familiarité les philosophes Épictète et Héliodore, et (pour ne point les citer tous par leurs noms) des grammairiens, des musiciens, des géomètres, des peintres, des astrologues; mais, à ce que l'on assure, il préférait à tous Favorinus. Lorsque des maîtres ne paraissaient plus propres à l'enseignement dont ils faisaient profession, il les congédiait d'une manière honorable, et après avoir assuré leur fortune.

XVII. Une fois empereur, bien loin de poursuivre ses anciennes inimitiés, il dit à quelqu'un qui s'était montré son ennemi le plus acharné : « Je suis empereur, vous êtes sauvé. » Il donna toujours à ceux qu'il appelait par lui-même aux armées, des chevaux, des mulets et des vêtements; il pourvoyait à tous leurs frais et à tout leur équipage militaire. Il envoyait souvent à ses amis, sans qu'ils s'y attendissent, de petits présents dans le genre de ceux que l'on se fait aux Saturnales; lui-même en recevait d'eux avec plaisir, et leur en offrait d'autres à son tour. Lorsqu'il donnait de grands repas, pour découvrir les fraudes de ses officiers de bouche, il se faisait servir des mets des autres tables, même des dernières. Il vainquit tous les rois à force de bienfaits. Souvent il se baignait en public et avec tout le monde, ce qui donna lieu à un trait plaisant, et qui fit alors du bruit. Voyant un jour au bain un vétéran qu'il avait connu à l'armée, qui se servait de la muraille pour se frictionner le dos et le reste du corps, il lui demanda pourquoi il chargeait la muraille d'un semblable soin. « C'est, lui répondit celui-ci, que je n'ai point d'esclave. » Adrien lui donna

servis cum donavit, et sumptibus; verum alia die quum plures senes ad provocandam liberalitatem principis, parieti se atterererent, evocari eos jussit, et alium ab alio invicem defricari. Fuit et plebis jactantissimus amator. Peregrinationis ita cupidus, ut omnia, quæ legerat de locis orbis terrarum, præsens vellet addiscere. Frigora et tempestates ita patienter tulit, ut nunquam caput tegeret. Regibus multis plurimum detulit : a plerisque vero etiam pacem redemit; a nonnullis contemptus est; multis ingentia dedit munera; sed nulli majora, quam Hiberorum, cui et elephantum, et quinquagenariam cohortem, post magnifica dedit dona. Quum a Pharasmane ipse quoque ingentia dona accepisset [103], atque inter hæc auratas quoque chlamydes, trecentos noxios cum auratis chlamydibus [104] in arenam misit, ad ejus munera deridenda.

XVIII. Quum judicaret, in consilio habuit non amicos suos aut comites solum [105], sed jurisconsultos, et præcipue Julium Celsum [106], Salvium Julianum, Neratium Priscum, aliosque; quos tamen senatus omnis probasset. Constituit inter cetera, ut in nulla civitate, domus aliquæ transferendæ ad aliam urbem [107], ullius materiæ causa diruerentur. Liberis proscriptorum duodecimas bonorum concessit [108]. Majestatis crimina non admisit. Ignotorum hereditates repudiavit [109] : nec notorum accepit, si filios haberent. De thesauris ita

des esclaves et de l'argent. Mais comme un autre jour, plusieurs vieillards, pour appeler sur eux la libéralité du prince, se frottaient également à la muraille, il les appela, et leur dit de se frotter les uns les autres. Il affectait, en toute circonstance, le plus grand amour pour le peuple. Sa passion pour les voyages était telle, que tout ce qu'il avait lu sur les diverses régions de l'univers, il voulait le voir par lui-même. Il supportait si bien le froid et les intempéries des saisons, que jamais il ne se couvrait la tête. Il traita beaucoup de rois avec toutes sortes d'égards et de ménagements; il acheta même la paix à la plupart; quelques-uns cependant dédaignèrent ses avances. Il fit à beaucoup d'entre eux de grands présents, mais à nul autre de plus considérables qu'au roi des Ibères : car, outre d'autres dons magnifiques, il lui offrit un éléphant et une cohorte de cinquante hommes. Lui-même aussi reçut de grands dons de Pharasmane, et comme, entre autres choses précieuses, il s'y trouvait des chlamydes brodées en or, Adrien, pour se moquer des présents de ce prince, couvrit de chlamydes resplendissantes d'or trois cents criminels, et les exposa ainsi dans l'arène.

XVIII. Lorsqu'il rendait la justice, il avait pour assesseurs, non point seulement ses conseillers ordinaires et les officiers de sa maison, mais des jurisconsultes, tels que Julius Celsus, Salvius Julianus, Neratius Priscus, et d'autres encore, dont le sénat tout entier aurait approuvé le choix. Entre autres ordonnances, il établit que, dans aucune ville, il ne serait permis de démolir une maison, pour en transporter les matériaux dans une autre ville. Il accorda aux enfants des proscrits la douzième partie des biens de leurs pères, repoussa les accusations de lèse-majesté, refusa les héritages de ceux qui lui étaient inconnus, et n'accepta pas même ceux des gens qu'il connaissait, s'ils se trouvaient avoir des enfants.

cavit[110], ut, si quis in suo reperisset, ipse potiretur: si quis in alieno, domino daret: si quis in publico, cum fisco æqualiter partiretur. Servos a dominis occidi vetuit, eosque jussit damnari per judices[111], si digni essent. Lenoni et lanistæ servum vel ancillam vendi vetuit, causa non præstita. Decoctores bonorum suorum, si suæ auctoritatis essent, catamidiari in Amphitheatro[112] et dimitti jussit. Ergastula servorum et libertorum tulit[113]. Lavacra pro sexibus separavit[114]. Si dominus in domo interemptus esset, non de omnibus servis quæstionem haberi, sed de his qui per vicinitatem poterant sentire, præcepit.

XIX. In Etruria præturam imperator egit. Per Latina oppida dictator, et ædilis, et duumvir fuit; apud Neapolim demarchus; in patria sua quinquennalis: et item Hadriæ quinquennalis, quasi in alia patria; et Athenis archon fuit. In omnibus pæne urbibus et aliquid ædificavit, et ludos edidit. Athenis mille ferarum venationem in stadio exhibuit. Ab Urbe nunquam ullum venatorem aut scenicum avocavit. Romæ post ceteras immensissimas voluptates, in honorem socrus suæ, aromatica populo donavit; in honorem Trajani balsama et crocum per gradus theatri fluere jussit: fabulas omnis generis more

Il ordonna que celui qui trouverait un trésor dans un fonds qui lui appartiendrait, en aurait seul la possession ; que s'il appartenait à un autre, il partagerait le trésor avec le propriétaire ; enfin que le fisc en aurait la moitié, si le fonds appartenait au public. Il priva les maîtres du pouvoir arbitraire de vie et de mort sur leurs esclaves ; et, s'ils méritaient la peine capitale, il voulut qu'ils y fussent condamnés par sentence des juges. Il défendit de vendre des esclaves, de l'un ou de l'autre sexe, à un maître de gladiateurs, ou au chef d'une maison de prostitution, sans l'autorité du juge. Il condamna ceux qui, étant majeurs, avaient dissipé leurs biens, à être livrés à l'insulte et à la raillerie dans l'amphithéâtre, et ensuite chassés honteusement. Il supprima les prisons particulières, où les maîtres contraignaient à de pénibles travaux les esclaves et les affranchis. Il voulut que les bains des hommes fussent séparés de ceux des femmes. Lorsqu'un maître était assassiné dans sa maison, il ne fut plus permis d'appliquer à la torture tous ses esclaves, mais ceux-là seulement qui s'étaient trouvés assez près de lui pour avoir connaissance du crime.

XIX. Empereur, il géra la préture en Étrurie. Il fut dictateur, édile, duumvir dans les villes latines, démarque à Naples, et magistrat quinquennal dans sa patrie ; il le fut également à Adria, son autre patrie ; à Athènes, il fut archonte. Il n'est presque pas de ville où il n'ait construit quelque édifice et célébré des jeux. A Athènes, il donna une chasse de mille bêtes féroces. Il ne bannit jamais de la ville aucun des esclaves employés aux chasses ou aux spectacles publics. Après des fêtes sans nombre qu'il donna à Rome, en l'honneur de sa belle-mère, il fit distribuer au peuple des aromates précieux. Pour honorer la mémoire de Trajan, il fit répandre sur les degrés du théâtre des essences et du safran ; des pièces de toute espèce y furent représentées selon les

antiquo in theatro dedit : histriones aulicos publicavit. In Circo multas feras, et sæpe centum leones, interfecit. Militares pyrrhicas populo frequenter exhibuit : gladiatores frequenter spectavit. Quum opera ubique infinita fecisset, nunquam ipse, nisi in Trajani patris templo, nomen suum scripsit. Romæ instauravit Pantheum, septa[115], basilicam Neptuni, sacras ædes plurimas, forum Augusti, lavacrum Agrippæ : eaque omnia propriis et veteribus nominibus consecravit. Fecit et sui nominis pontem[116], et sepulcrum juxta Tiberim[117]; et ædem Bonæ Deæ transtulit : et colossum, stantem atque suspensum[118] per Decrianum architectum, de eo loco, in quo nunc templum Urbis est[119], ingenti molimine, ita ut operi etiam elephantes viginti quatuor exhiberet; et quum hoc simulacrum, post Neronis vultum, cui antea dicatum fuerat, Soli consecrasset; aliud tale, Apollodoro architecto auctore, facere Lunæ molitus est.

XX. In colloquiis etiam humillimorum civilissimus fuit; detestans eos qui sibi hanc voluptatem humanitatis, quasi servantes fastigium principis[121], inviderent. Apud Alexandriam in Musæo, multas quæstiones professoribus proposuit; et propositas ipse dissolvit. Marius Maximus dicit eum natura crudelem fuisse; « et idcirco multa pie fecisse, quod timeret ne sibi idem quod Domitiano accidit, eveniret. » Et quum titulos in ope-

anciens usages, et il fit jouer devant le peuple les acteurs de son théâtre particulier. Dans le Cirque, il fit paraître un grand nombre de bêtes féroces, et souvent cent lions y périrent frappés de traits. Souvent aussi il offrit au peuple des danses militaires appelées pyrrhiques, et des combats de gladiateurs, auxquels il assistait quelquefois lui-même. Quoiqu'il ait construit un nombre infini de monuments, il n'inscrivit nulle part son nom, si ce n'est sur le temple de Trajan, son père d'adoption. A Rome, il restaura le Panthéon, le parc Jules, la basilique de Neptune, un grand nombre d'édifices religieux, la place d'Auguste, les bains d'Agrippa; et il consacra tous ces monuments sous leurs anciens noms. Il construisit aussi un pont et un sépulcre sur les bords du Tibre, qui tous deux portent son nom. Il transféra dans un nouveau temple la statue de la Bonne-Déesse. Il fit aussi enlever le colosse de l'endroit où est maintenant le temple de la ville : l'architecte Decrianus, qui en fut chargé, le transporta debout et suspendu en équilibre, et cette masse était si lourde à mouvoir, qu'il fallut, outre les hommes, y employer vingt-quatre éléphants. Cette statue, qui représentait l'image de Néron, avait été depuis consacrée par Adrien au Soleil, et, sur les conseils de l'architecte Apollodore, il voulait en élever une autre semblable en l'honneur de la Lune.

XX. Adrien était très-affable envers les particuliers, même les plus obscurs, et s'indignait contre ceux qui, sous le prétexte de conserver la majesté du trône, voulaient lui interdire les douceurs de la société. Étant à Alexandrie, il proposa des questions, dans le Musée, aux savants de cette académie, et lui-même résolut à son tour celles qui lui furent faites. Marius Maximus dit qu'il était naturellement porté à la cruauté, et que, s'il a fait plusieurs actes de bonté et de piété, c'était dans la crainte d'avoir le même sort que Domitien. Il n'ai-

ribus non amaret, multas civitates Hadrianopoles appellavit, ut ipsam Carthaginem, et Athenarum partem. Aquarum etiam ductus infinitos hoc nomine nuncupavit. Fisci advocatum primus instituit. Fuit memoriæ ingentis, facultatis immensæ; nam et ipse orationes dictavit, et ad omnia respondit. Joca ejus plurima exstant: nam fuit etiam dicaculus. Unde illud quoque innotuit, quod, quum cuidam canescenti quiddam negasset, eidem iterum petenti, sed infecto capite, respondit, « Jam hoc patri tuo negavi. » Nomina plurimis sine nomenclatore reddidit, quæ semel et congesta simul audiverat, ut nomenclatores sæpius errantes emendaverit. Dixit et veteranorum nomina, quos aliquando dimiserat. Libros statim lectos, et ignotos quidem, plurimis memoriter reddidit. Uno tempore scripsit, dictavit, audivit, et cum amicis fabulatus est. Omnes publicas rationes ita complexus est, ut domum privatam quivis paterfamilias diligens non satis novit. Equos et canes sic amavit, ut eis sepulcra constitueret. Oppidum Hadrianotheras in quodam loco; quod illic et feliciter esset venatus, et ursam occidisset aliquando, constituit [122].

XXI. De judicibus omnibus semper [123] cuncta scrutando, tamdiu requisivit, quandiu verum inveniret. Libertos suos nec sciri voluit in publico, nec aliquid

mait point à inscrire son nom sur les monuments; néanmoins il appela Adrianople plusieurs villes, entre autres Carthage même et une partie d'Athènes. Il donna aussi son nom à une infinité d'aqueducs. Il établit le premier un avocat du fisc. Il avait une mémoire remarquable et une grande facilité d'intelligence, car il faisait lui-même tous ses discours et toutes ses réponses. Il aimait la raillerie, et on a conservé de lui un grand nombre de mots plaisants, entre autres celui-ci. Un homme, dont l'âge blanchissait la chevelure, lui avait demandé une grâce, et avait été refusé. A quelque temps de là, il revint à la charge, et il avait teint ses cheveux : « J'ai déjà refusé la même chose à votre père, lui dit Adrien. » Il saluait en les nommant une multitude de citoyens, sans que sa mémoire eût besoin du secours de personne : il suffisait qu'il eût entendu une seule fois leurs noms, tous ensemble, pour qu'il les retînt; et souvent il reprenait ses nomenclateurs, lorsqu'ils se trompaient. Il pouvait nommer tous les vétérans qu'il avait congédiés, à quelque époque que ce fût. Après avoir lu un livre pour la première fois, il lui arriva souvent de le rendre de mémoire d'un bout à l'autre. Dans le même temps, il écrivait, il dictait, il écoutait, et conversait avec ses amis. Il était tellement au fait de tous les comptes publics, qu'il n'est point de particulier qui connaisse aussi bien ses affaires domestiques. Il avait une telle passion pour les chevaux et pour les chiens, qu'il leur éleva des tombeaux. Parce qu'un jour, en chassant, il avait tué une ourse, il bâtit une ville dans le lieu même où il avait fait cette heureuse chasse, et l'appela Adrianothère.

XXI. Il surveillait avec une attention assidue les juges dans leurs moindres actions, et ne cessait ses investigations que quand il s'était assuré de la vérité. Il ne voulait point que ses affranchis eussent le moindre crédit

apud se posse, dicto suo omnibus superioribus principibus vitia imputans libertorum; damnatis omnibus libertis suis, quicumque se de eo jactaverant. Unde exstat etiam illud severe quidem, sed prope joculare, de servis; nam quum quodam tempore servum suum inter duos senatores[124] e conspectu ambulare vidisset, misit qui ei colaphum daret, et diceret : « Noli inter eos ambulare, quorum esse adhuc potes servus. » Inter cibos unice amabat tetrapharmacum, quod erat de fasiano, sumine, perna et crustulo. Fuerunt ejus temporibus fames, pestilentia, et terræ motus : quæ omnia, quantum potuit, procuravit, multisque civitatibus, vastatis per ista, subvenit. Fuit etiam Tiberis inundatio. Latium multis civitatibus dedit[125] : tributa multis remisit. Expeditiones sub eo graves nullæ fuerunt[126] : bella etiam silentio pæne transacta. A militibus, propter curam exercitus nimiam, multum amatus est, simul quod in eos liberalissimus fuit. Parthos in amicitia semper habuit; quod inde regem retraxit, quem Trajanus imposuerat. Armeniis regem habere permisit, quum sub Trajano legatum habuissent. A Mesopotamiis non exegit tributum, quod Trajanus imposuit. Albanos et Hiberos[127] amicissimos habuit, quod reges eorum largitionibus prosequutus est, quum ad illum venire contempsissent. Reges Bactrianorum, legatos ad eum, amicitiæ petendæ causa, supplices miserunt.

auprès de lui, ni même qu'on pût leur en supposer dans le public ; et il faisait retomber sur tous les princes ses prédécesseurs la responsabilité des vices et des crimes de leurs affranchis. Si quelqu'un des siens osait se vanter de son crédit, il ne manquait point de le punir. De là ce trait, sévère, il est vrai, mais qui ne laisse point d'avoir quelque chose de plaisant : un jour qu'il avait vu de loin un de ses esclaves se promener entre deux sénateurs, il envoya quelqu'un lui donner un soufflet, et lui dire : « Ne t'avise point de te promener entre deux hommes dont tu peux encore être l'esclave. » De tous les mets, celui qu'il préférait, était un mélange de faisan, de tétine de truie, de jambon, et d'une pâte croquante. Il arriva de son temps plusieurs calamités publiques, famines, maladies épidémiques, tremblements de terre : Adrien apporta à ces maux tous les remèdes qui dépendaient de lui, et vint au secours de beaucoup de villes qui en avaient souffert de grands dommages. Il y eut aussi sous ce prince un débordement du Tibre. Adrien donna à un grand nombre de villes le droit de cité latine ; à beaucoup aussi, il fit la remise du tribut. On n'entreprit sous son règne aucune expédition importante ; les guerres même qu'il y eut éveillèrent à peine l'attention. Le soin excessif qu'il prit de l'armée, et sa libéralité envers elle, la lui attachèrent fortement. Il vécut toujours en bon accord avec les Parthes, auxquels il avait retiré le roi que leur avait imposé Trajan. Il consentit à ce que les Arméniens fussent gouvernés par un roi, quoique, sous son prédécesseur, ils n'eussent à leur tête qu'un lieutenant de l'empereur. Il affranchit la Mésopotamie du tribut que lui avait imposé Trajan. Les Albains et les Ibériens furent pour lui des alliés et des amis très-fidèles, parce qu'il avait comblé leurs rois de ses largesses, quoiqu'ils eussent dédaigné de venir le trouver. Les rois de la Bactriane lui envoyèrent des ambassadeurs pour solliciter son amitié.

XXII. Tutores sæpissime dedit. Disciplinam civilem non aliter tenuit, quam militarem. Senatores et equites Romanos [128] semper in publico togatos esse jussit, nisi si a cœna reverterentur [129]. Ipse, quum in Italia esset, semper togatus processit. Ad convivium venientes senatores stans excepit : semperque aut pallio tectus discubuit, aut toga submissa. Judicum sumptus [130] constituit, et ad antiquum modum redegit. Vehicula cum ingentibus sarcinis Urbem ingredi prohibuit. Sederi equos [131] in civitatibus non sivit. Ante octavam horam in publico [132] neminem, nisi ægrum, lavari passus est. Ab epistolis et a libellis primus equites Romanos habuit. Eos, quos pauperes et innocentes vidit, sponte ditavit : quos vero calliditate ditatos, etiam odio habuit. Sacra Romana diligentissime curavit : peregrina contempsit. Pontificis maximi officium peregit. Causas Romæ atque in provinciis frequenter audivit, adhibitis consilio suo consulibus atque prætoribus, et optimis senatoribus. Fucinum lacum emisit [133]. Quatuor consulares per omnem Italiam judices constituit. Quando in Africam venit, ad adventum ejus, post quinquennium pluit : atque ideo ab Africanis dilectus est.

XXIII. Peragratis sane omnibus orbis partibus capite nudo, et in summis plerumque imbribus atque frigori-

XXII. Souvent il donna lui-même des tuteurs aux pupilles. Il maintint une discipline aussi sévère dans l'ordre civil que dans les armées. Il exigea que les sénateurs et les chevaliers romains ne parussent jamais en public que revêtus de la toge, excepté lorsqu'ils revenaient d'un repas. Lui-même en donnait l'exemple, tant qu'il était en Italie. Il recevait debout les sénateurs qu'il avait invités à sa table : dans les repas, il était toujours revêtu du pallium ou de la toge rabattue sous l'épaule droite. Il fixa les dépenses des magistrats, et les ramena aux anciennes limites. Il défendit d'entrer à Rome avec des voitures chargées de fardeaux pesants, et même d'aller à cheval dans les rues des villes. Il ne voulut point que personne pût aller aux bains publics avant la huitième heure du jour, excepté les malades. Il fut le premier qui se servit de chevaliers romains pour faire l'office de secrétaires et de maîtres des requêtes. Il vint de lui-même au secours de ceux qu'il voyait pauvres sans qu'il y eût de leur faute; mais il avait horreur de ceux qui s'étaient enrichis par de mauvais moyens. Il prit le plus grand soin de tout ce qui concernait la religion des Romains, sans s'occuper des cultes étrangers, pour lesquels il n'avait que du mépris. Il remplit les fonctions que lui imposait sa charge de grand pontife. Il rendit fréquemment la justice, soit à Rome, soit dans les provinces, admettant dans son conseil les consuls, les préteurs, et les sénateurs les plus distingués. Il donna un écoulement aux eaux du lac Fucin, dont il fit nettoyer et dégager l'ouverture. Il partagea entre quatre consulaires l'administration de l'Italie. Lorsqu'il vint en Afrique, il y avait cinq ans qu'il n'était tombé de pluie : à son arrivée, il plut, et cette circonstance le fit chérir des Africains.

XXIII. Il avait parcouru toutes les parties de l'univers, toujours la tête nue, souvent même au milieu des

bus, in morbum incidit lethalem [134]: factusque de successore sollicitus, primum de Serviano cogitavit, quem postea, ut diximus, mori coegit: Fuscum, quod imperium, præsagiis et ostentis agitatus, speraret, in summa detestatione habuit: Plætorium Nepotem [135], quem tantopere ante dilexit, ut veniens ad eum ægrotantem Hadrianus impune non admitteretur, suspicionibus adductus, eodem modo: et Terentium Gentianum; et hunc vehementius, quod a senatu diligi tunc videbat; omnes postremo, de quorum imperio cogitavit, quasi futuros imperatores, detestatus est. Et omnem quidem vim crudelitatis ingenitæ usque eo repressit, donec in villa Tiburtina profluvio sanguinis pæne ad exitum venit; tunc libere Servianum, quasi affectatorem imperii, quod servis regiis cœnam misisset, quod in sedili regio juxta lectum posito sedisset, quod erectus ad stationes militum senex nonagenarius processisset, mori coegit: multis aliis interfectis, vel aperte, vel per insidias: quandoquidem etiam Sabina uxor, non sine fabula veneni dati [136] ab Hadriano, defuncta est. Tunc Cejonium Commodum, Nigrini generum, insidiatoris quondam sui, forma commendatum, adoptare constituit. Adoptavit ergo Cejonium Commodum Verum, invitis omnibus: eumque Ælium Verum Cæsarem appellavit. Ob cujus adoptionem ludos Circenses dedit, et donativum populo ac militibus expendit; quem prætura honoravit, ac statim Pannoniis imposuit; decreto consulatu cum sumpti-

plus grandes pluies et des froids les plus rigoureux : de là, peut-être, lui vint la maladie grave qui finit par le conduire au tombeau. Il pensa alors à se donner un successeur, et ses idées se portèrent d'abord sur Servien, que plus tard, comme nous l'avons dit, il força à se donner la mort. Fuscus espérait l'empire, que lui annonçaient des présages et des prodiges : Adrien le prit en aversion. Il soupçonna également et poursuivit de sa haine Plétorius Nepos, qu'il avait tant aimé, que, ayant été le voir pendant qu'il était malade, il souffrit patiemment que sa visite ne fût point reçue. Il en fut de même de Terentius Gentianus : pour celui-ci, sa haine fut d'autant plus violente qu'il voyait le sénat lui témoigner plus d'estime et d'affection. En un mot, tous ceux auxquels il avait pensé comme étant dignes de lui succéder, il les détesta comme autant d'empereurs futurs. Cependant il réprima la violence de sa cruauté naturelle, jusqu'au moment où un flux de sang le prit dans sa maison de campagne de Tibur, et faillit l'enlever. Dès lors il cessa de se contraindre : Servien avait envoyé aux esclaves du palais des mets de sa table, il s'était assis sur le siége du prince qui se trouvait près de son lit ; ce vieillard, âgé de quatre-vingt-dix ans, s'était présenté aux postes des soldats la tête droite et ferme : sur des imputations si frivoles, Adrien le soupçonna d'aspirer à l'empire, et le força à se donner la mort. Il en immola encore plusieurs autres à ses soupçons, soit ouvertement, soit par des embûches. L'on dit même que Sabine, son épouse, qui mourut alors, périt empoisonnée par lui. Adrien se détermina enfin à adopter Cejonius Commodus Verus, gendre de ce Nigrinus qui avait autrefois conspiré contre lui. C'était un jeune homme dont la beauté faisait tout le mérite. Il l'adopta donc malgré tout le monde, et le nomma Ælius Verus César. A cette occasion, Adrien donna des jeux du Cirque, et fit

bus, eumdem Commodum secundum consulem designavit. Quem quum minus sanum videret, sæpissime dictitavit : « In caducum parietem nos inclinavimus, et perdidimus quater millies sestertium [137], quod populo et militibus pro adoptione Commodi dedimus. » Commodus autem præ valetudine, nec gratias quidem in senatu agere potuit Hadriano de adoptione. Denique, accepto largius antidoto, ingravescente valetudine, per somnum periit, ipsis kalendis januariis; quare ab Hadriano votorum causa lugeri est vetitus [138].

XXIV. Sed mortuo Ælio Vero Cæsare, Hadrianus, ingruente tristissima valetudine, adoptavit Arrium Antoninum, qui postea Pius dictus est : sed ea demum lege, ut ille sibi duos adoptaret, Annium Verum et Marcum Antoninum. Hi sunt, qui postea duo pariter augusti primi rempublicam gubernaverunt. Antoninus quidem Pius idcirco appellatus dicitur, quod socerum fessum ætate manu sublevarit; quamvis alii cognomentum hoc ei dicant inditum, quod multos senatores Hadriano jam sævienti eripuisset; alii, quod ipsi Hadriano magnos honores post mortem detulisset. Antonini adoptionem plurimi tunc factam esse doluerunt; speciatim Catilius Severus, præfectus Urbis, qui sibi præparabat imperium; qua re prodita, successore accepto, dignitate

des largesses au peuple et aux soldats. Il revêtit de la préture le nouveau césar, lui donna aussitôt après le gouvernement des Pannonies, lui décerna un premier consulat dont il paya les frais, et le désigna pour un second. Mais en voyant combien était faible la santé de ce prince, il dit plus d'une fois : « Nous nous sommes appuyés sur un mur qui menace ruine, et nous avons perdu les quatre cents millions de sesterces que nous avons donnés au peuple et aux soldats pour l'adoption de Commodus. » La santé du nouveau prince ne lui permit pas même de rendre grâce de son adoption à Adrien devant le sénat. Enfin, ayant pris une trop forte dose d'un remède, sa maladie empira, et il expira en dormant, le jour même des calendes de janvier. Adrien défendit qu'on le pleurât, à cause des vœux que l'on renouvelle à cette époque pour la prospérité du prince et de l'empire.

XXIV. Ælius Verus César étant mort, Adrien, dont la maladie allait en empirant, adopta Arrius Antoninus, qui depuis fut surnommé le Pieux, mais à la condition qu'il adopterait lui-même Annius Verus et Marcus Antoninus : ce sont eux que, plus tard, l'on vit les premiers gouverner, tous deux à la fois, la république en qualité d'augustes. Antonin fut, dit-on, surnommé le Pieux, parce qu'il soulageait la vieillesse de son père, et lui prêtait le bras pour soutenir sa marche ; d'autres, il est vrai, prétendent que ce surnom lui fut donné, parce qu'il avait soustrait plusieurs sénateurs aux fureurs d'Adrien ; d'autres encore, parce qu'il rendit à ce prince de grands honneurs après sa mort. L'adoption d'Antonin fut vue de mauvais œil par bien des gens, et, en particulier, par Catilius Severus, préfet de la ville, qui cherchait à s'assurer l'empire. Ses projets ambitieux ayant été découverts, il fut dépouillé de sa dignité, et on lui donna un successeur. Adrien, fatigué au dernier point

privatus est. Hadrianus autem, ultimo vitæ tædio jam affectus, gladio se transfigi a servo jussit; quod quum proditum esset, et in Antonini usque notitiam venisset, ingressis ad se præfectis et filio, rogantibus, « ut æquo animo necessitatem morbi ferret; » iratus illis, auctorem proditionis jussit occidi : qui tamen ab Antonino servatus est, dicente Antonino, « parricidam se futurum, si Hadrianum, adoptatus ipse, pateretur occidi. » Statimque testamentum scripsit : nec tamen actus reipublicæ prætermisit. Et post testamentum quidem iterum se conatus occidere, subtracto pugione, sævior factus est; petiit et venenum a medico : qui se ipse, ne daret, occidit.

XXV. Ea tempestate supervenit quædam mulier, quæ diceret « somnio se monitam ut insinuaret Hadriano ne se occideret, quod esset bene valiturus : quod quum non fecisset, esse cæcatam. Jussam tamen iterum, Hadriano eadem diceret, atque genua ejus oscularetur, recepturа visum, si id fecisset. » Quod quum insomnium implesset, oculos recepit; quum aqua, quæ in fano erat, ex quo venerat, oculos abluisset [139]. Venit et de Pannonia quidam natus cæcus ad febrientem Hadrianum, eumque contigit : quo facto et ipse oculos recepit, et Hadrianum febris reliquit : quamvis Marius Maximus hæc per simulationem facta commemoret. Post hoc Hadrianus Baias petiit, Antonino Romæ ad imperandum relicto. Ubi quum nihil proficeret, arcessito Antonino, in

d'une vie de souffrances, ordonna à un de ses esclaves de le percer d'un coup d'épée. Cet acte de désespoir fut connu, Antonin lui-même en fut instruit; aussitôt il vint chez l'empereur avec les préfets, et, tous ensemble, ils le conjurèrent de supporter avec patience les douleurs inévitables de sa maladie. Adrien s'emporta contre eux, et ordonna de mettre à mort celui qui l'avait trahi : Antonin cependant le sauva; ce bon prince disait qu'il se regarderait comme un parricide, si, après avoir été adopté par l'empereur, il souffrait qu'on lui ôtât la vie. Adrien fit alors son testament, et continua néanmoins de s'occuper des affaires de la république. Il voulut encore depuis se donner la mort, mais on lui enleva le poignard des mains, ce qui redoubla ses fureurs. Il exigea aussi d'un médecin qu'il lui donnât du poison; mais celui-ci, pour se soustraire à la nécessité de lui obéir, se tua lui-même.

XXV. Dans ce même temps, il vint au palais une femme qui disait avoir été avertie en songe d'engager l'empereur à ne point se donner la mort, parce qu'il devait recouvrer la santé : qu'ayant négligé d'obéir à cet avis, elle avait elle-même perdu la vue; mais qu'elle avait reçu une seconde fois le même ordre, avec la promesse que, si elle allait se jeter aux genoux du prince, et le suppliait ainsi de conserver ses jours, elle recouvrerait l'usage de ses yeux. Cette femme, après avoir rempli sa mission, et s'être lavé les yeux avec de l'eau du temple d'où elle était venue, fut guérie. Il vint aussi de Pannonie un homme, aveugle de naissance, qui s'approcha d'Adrien, pendant qu'il avait la fièvre, et le toucha; aussitôt lui-même recouvra la vue, et la fièvre quitta l'empereur. Du reste, Marius Maximus raconte ces faits comme n'étant que des artifices. Adrien se retira alors à Baïes, laissant Antonin à Rome pour gouverner l'empire. Ne se trouvant pas mieux dans ce nouveau séjour,

conspectu ejus apud ipsas Baias periit, die sexto iduum juliarum. Invisusque omnibus, sepultus est in villa Ciceroniana Puteolis [140]. Sub ipso mortis tempore et Servianum, nonaginta annos agentem, ut supra dictum est, ne sibi superviveret, atque (ut putabat) imperaret, mori coegit; et ob leves offensas plurimos jussit occidi, quos Antoninus reservavit. Et moriens quidem, hos versus fecisse dicitur :

Animula, vagula, blandula [141],
Hospes comesque corporis,
Quæ nunc abibis in loca,
Pallidula, rigida, nudula;
Nec, ut soles, dabis jocos.

Tales autem, nec multo meliores, fecit et Græcos. Vixit annis septuaginta duobus, mensibus quinque, diebus septemdecim. Imperavit annis viginti uno, mensibus undecim [142].

XXVI. Statura fuit procerus, forma comptus, flexo ad pectinem capillo, promissa barba [143], ut vulnera, quæ in facie naturalia erant, tegeret, habitudine robusta. Equitavit ambulavitque plurimum, armisque et pilo se semper exercuit. Venatu frequentissime leonem manu sua occidit. Venando autem jugulum et coxam fregit. Venationem semper cum amicis participavit. In convivio tragœdias, comœdias, Atellanas, sambucas, lectores, poetas, pro re semper exhibuit. Tiburtinam villam mire exædificavit, ita ut in ea et provinciarum et locorum celeberrima nomina inscriberet : velut Lycæum, Aca-

il manda Antonin, et expira en sa présence, le dix juillet; objet de haine pour tout le monde, il fut enseveli à Pouzzol, dans la maison de campagne de Cicéron. Presque au moment de rendre le dernier soupir, craignant que Servien, âgé de quatre-vingt-dix ans, comme nous l'avons dit plus haut, ne lui survécût et ne devînt empereur, il le fit mourir. Il condamna aussi à la mort, pour de légères fautes, un grand nombre d'autres personnes, qu'Antonin sauva. On dit qu'en mourant il fit ces vers :

> Ma petite âme, ma mignonne,
> Tu t'en vas donc, ma fille ! et Dieu sache où tu vas.
> Tu pars seulette et tremblotante. Hélas !
> Que deviendra ton humeur folichonne ?
> Que deviendront tant de jolis ébats ?
>
> (Traduction de FONTENELLE.)

Il fit aussi des vers grecs du même genre, et qui ne valaient guère mieux. Il vécut soixante-douze ans cinq mois et dix-sept jours. Il fut empereur vingt et un ans et onze mois.

XXVI. Il était grand, bien fait et robuste : sa chevelure était bouclée avec art; il portait sa barbe longue pour cacher des marques et comme des cicatrices naturelles qu'il avait à la figure. Il se donnait beaucoup d'exercice, soit à cheval, soit à pied. Il se plut toujours à manier les armes, à lancer le javelot. Très-souvent, à la chasse, il tua un lion de sa main. Il s'y brisa la clavicule et la cuisse. Il ne chassait jamais sans quelques amis. Les festins qu'il donnait étaient accompagnés, suivant les occasions, de tragédies, de comédies, de musique, de lectures en vers ou en prose. Il orna sa campagne de Tibur de constructions admirables. On y voyait reproduits les lieux les plus renommés de l'univers, tels que le Lycée, l'Académie, le Prytanée, le

demiam, Prytaneum, Canopum, Pœcilen, Tempe, vocaret, et, ut nihil prætermitteret, etiam inferos finxit [144]. Signa mortis hæc habuit. Natali suo ultimo, quum Antoninum commendaret, prætexta sponte delapsa caput ei aperuit [145]. Annulus, in quo imago ipsius sculpta erat, sponte de digito delapsus est. Ante diem natalis ejus, nescio quis ad senatum ululans venit: contra quem Hadrianus ita motus est, quasi de sua morte loqueretur, quum ejus verba nullus agnosceret. Idem, quum vellet in senatu dicere, « post filii mei mortem; post mortem meam » dixit. Somniavit præterea, se a patre potionem soporiferam impetrasse; item somniavit, a leone se oppressum esse.

XXVII. In mortuum eum a multis multa sunt dicta. Acta ejus irrita fieri senatus volebat; nec appellatus esset Divus, nisi Antoninus rogasset. Templum denique ei, pro sepulcro, apud Puteolos constituit, et quinquennale certamen, et flamines, et sodales, et multa alia, quæ ad honorem quasi numinis pertinerent; qua re, ut supra dictum est, multi putant Antoninum Pium dictum.

Pœcile, Canope, Tempé, et même, pour que rien n'y manquât, les Enfers. Voici par quels signes fut présagée sa mort. Au dernier anniversaire de sa naissance, tandis qu'il faisait des vœux pour Antonin, sa robe, se détachant d'elle-même, lui découvrit la tête. Son anneau, où était sculptée son image, tomba de son doigt. La veille de cet anniversaire, il vint au sénat un homme inconnu qui parlait en hurlant; et, quoique personne ne pût rien comprendre à ce qu'il disait, Adrien en fut aussi ému que s'il lui avait annoncé sa mort. Lui-même, voulant dire au sénat, « après la mort de mon fils, » se trompa et dit, « après ma mort. » En outre, il rêva que son père lui donnait une potion assoupissante; une autre fois, qu'un lion l'étouffait.

XXVII. Lorsqu'il fut mort, c'était à qui dirait du mal de lui. Le sénat voulait annuler tous ses actes, et il n'aurait point été mis au rang des dieux, sans les instances d'Antonin. Ce prince enfin lui fit bâtir un temple à Pouzzol au lieu d'un tombeau, y établit des prêtres, une confrérie, des jeux qui devaient s'exécuter tous les cinq ans, et beaucoup d'autres choses par lesquelles on honore les dieux. Ce fut cette conduite, comme nous l'avons déjà dit, qui, au dire de plusieurs historiens, mérita à Antonin le surnom de Pieux.

[A. U. 888—891]

ÆLII VERI VITA

AD DIOCLETIANUM AUG.

DIOCLETIANO AUG.

Ælius Spartianus suus salutem [1].

In animo mihi est, Diocletiane Auguste, tot principum maxime, non solum eos qui principum locum in hac statione, quam temperas, retentarunt, ut usque ad divum Hadrianum feci [2], sed illos etiam, qui vel cæsarum nomine appellati sunt, nec principes aut augusti fuerunt, vel quolibet alio genere aut in famam, aut in spem principatus venerunt, cognitioni numinis tui sternere : quorum præcipue de Ælio Vero dicendum est, qui primus tantum cæsaris nomen accepit, adoptione Hadriani familiæ principum adscriptus. Et quoniam nimis pauca dicenda sunt, nec debet prologus enormior esse quam fabula, de ipso jam loquar.

I. Cejonius Commodus, qui et Ælius Verus appellatus est, quem sibi Hadrianus, ævo ingravescente, morbis tristioribus pressus, peragrato jam orbe terrarum, adoptavit, nihil habet in sua vita memorabile, nisi quod

[De J.-C. 135 — 138]

VIE D'ÆLIUS VERUS

ADRESSÉE A DIOCLÉTIEN AUGUSTE.

A DIOCLÉTIEN AUGUSTE,

Son serviteur Ælius Spartianus, salut.

Dioclétien Auguste, le plus grand de tous les princes, je me suis proposé de soumettre à vos divines lumières, non point seulement l'histoire des princes qui ont occupé le trône où vous êtes assis, comme je l'ai déjà fait jusqu'au règne du divin Adrien, mais encore de ceux qui, honorés du nom de césars, n'ont été ni princes ni augustes, ou qui, appelés par la renommée ou par d'ambitieuses espérances, ont paru s'approcher du rang suprême. Je dois parler avant tout d'Ælius Verus, qui, le premier, après avoir été introduit par l'adoption d'Adrien dans la famille des princes, ne porta cependant que le nom de césar. Mais comme je n'ai que bien peu de choses à en dire, et que le prologue ne doit pas être plus long que la pièce, j'entre dans mon récit.

I. Cejonius Commodus, qui fut aussi appelé Ælius Verus, et qu'Adrien, après de longs voyages par tout l'univers, adopta dans sa vieillesse, lorsqu'il était épuisé par de cruelles maladies, n'aurait rien dans sa vie qui fût digne de souvenir, s'il n'avait point été le premier

primus tantum cæsar est appellatus : non testamento, ut antea solebat, neque eo modo quo Trajanus est adoptatus, sed eo prope genere, quo nostris temporibus a Vestra Clementia Maximianus atque Constantius cæsares dicti sunt, quasi quidam principum filii viri, designati augustæ majestatis heredes. Et quoniam de cæsarum nomine in hujus præcipue vita est aliquid disputandum, qui hoc solum nomen indeptus est; cæsarem vel ab elephanto, qui lingua Maurorum *cæsar* dicitur, in prœlio cæso, eum, qui primus sic appellatus est, doctissimi et eruditissimi viri putant dictum; vel quia mortua matre, ventre cæso sit natus; vel quod cum magnis crinibus sit utero parentis effusus; vel quod oculis cæsiis, et ultra humanum morem viguerit. Certe quæcumque illa, felix necessitas fuit, unde tam clarum, et duraturum cum æternitate mundi, nomen effloruit. Hic ergo, de quo sermo est, primum Lucius Aurelius Verus est dictus, sed ab Hadriano adscitus, in Æliorum familiam, hoc est in Hadriani transcriptus, et appellatus est cæsar. Huic pater Cejonius Commodus fuit, quem alii Verum, alii Lucium Aurelium, multi Annium prodiderunt : majores omnes nobilissimi : quorum origo pleraque ex Etruria fuit, vel ex Faventia. Et de hujus quidem familia plenius in vita Lucii Aurelii Cejonii Commodi Veri Antonini, filii hujusce, quem sibi adoptare Antoninus jussus est, disseremus. Is enim liber debet

qui fut appelé du seul nom de césar, et qui fut adopté, non point par testament, selon l'ancien usage, ni comme l'avait été Trajan, mais à peu près de la même manière que, de nos jours, Votre Clémence a adopté Maximien et Constance en leur donnant le nom de césars, comme à des fils de prince, désignés ainsi pour être les héritiers de la majesté et de la puissance des augustes. Il me paraît convenable de m'arrêter un instant sur ce nom de césar, surtout en écrivant la vie de celui qui le premier porta ce titre isolé de tout autre. A en croire des hommes pleins de science et d'érudition, ce mot viendrait d'un éléphant qu'aurait tué dans un combat celui qui fut ainsi nommé le premier ; car, dans la langue des Maures, l'éléphant s'appelle *césar* : ou de ce que sa mère étant morte en couche, il fallut, pour lui donner le jour, avoir recours à l'opération césarienne ; ou de ce qu'il vint au monde la tête garnie de longs cheveux (1) ; ou enfin de ce qu'il avait les yeux bleus (2) et d'une vivacité extraordinaire. Du reste, quelle que soit la circonstance qui lui ait servi d'origine, grâces lui soient rendues de nous avoir donné ce nom glorieux, qui durera aussi longtemps que l'univers. Celui donc qui nous occupe maintenant, se nomma d'abord Lucius Aurelius Verus ; mais en l'adoptant Adrien le fit passer dans la famille des Ælius, c'est-à-dire dans la sienne, et le nomma césar. Il eut pour père Cejonius Commodus, que les uns ont appelé Verus, d'autres Lucius Aurelius, d'autres Annius. Tous ses ancêtres, dont la plupart tiraient leur origine de l'Étrurie ou de Faenza, furent des personnages très-illustres. Du reste, je parlerai avec plus de détails de sa famille dans la vie de son fils Lucius Aurelius Cejonius Commodus Verus, que l'empereur Antonin adopta, pour se conformer aux ordres d'Adrien. C'est dans le livre consacré à la vie de ce prince, dont nous aurons

(1) En latin *cæsaries* — (2) *Cæsii oculi*.

omnia, quæ ad stemma generis pertinent, continere, qui habet principem, de quo plura dicenda sunt.

II. Adoptatus autem Ælius Verus ab Hadriano, eo tempore, quo jam, ut superius diximus, parum vigebat, et de successore necessario cogitabat: statimque prætor factus, et Pannoniis dux ac rector impositus, mox consul creatus, et, quia erat deputatus imperio, iterum consul designatus est. Datum etiam populo congiarium causa ejus adoptionis, collatumque militibus HS ter millies[3], Circenses editi; neque quidquam prætermissum, quod posset lætitiam publicam frequentare. Tantumque apud Hadrianum principem valuit, ut, præter adoptionis affectum, quo ei videbatur adjunctus, solus omnia, quæ cuperet, etiam per litteras impetraret. Nec provinciæ quidem, cui præpositus erat, defuit; nam bene gestis rebus, vel potius feliciter, etsi non summi, medii tamen obtinuit ducis famam. Hic tamen valetudinis adeo miseræ fuit, ut Hadrianum statim adoptionis pœnituerit; potueritque eum amovere a familia imperatoria, quum sæpe de aliis cogitaret, si forte vixisset. Fertur denique ab his, qui Hadriani vitam diligentius in litteras retulerunt, Hadrianum Veri scisse genituram, et eum, quem non multum ad rempublicam gerendam probaret, ob hoc tantum adoptasse, ut suæ satisfaceret voluptati; et, ut quidam dicunt, jurijurando, quod intercessisse inter ipsum ac Verum secretis conditionibus ferebatur. Fuisse enim Hadrianum peritum

plus de choses à dire, que doit se trouver tout ce qui concerne l'illustration de sa race.

II. Ælius Verus fut donc adopté par Adrien dans le temps où déjà, comme nous l'avons dit plus haut, l'affaiblissement de sa santé faisait à ce prince une nécessité de penser à se donner un successeur. Verus fut aussitôt créé préteur, et chargé du gouvernement des Pannonies; bientôt après, il devint consul, et, comme il était destiné à l'empire, il fut en outre désigné pour un second consulat. Pour célébrer son adoption, on donna le congiaire au peuple, trois cents millions de sesterces aux soldats et des jeux dans le Cirque; rien ne fut négligé de ce qui pouvait exciter l'allégresse publique. Verus jouissait d'un tel crédit auprès d'Adrien, qu'outre les témoignages d'affection qu'il lui prodiguait comme à son fils adoptif, il lui accordait tout ce qu'il lui demandait, même par lettres. Du reste, sa présence ne fut point inutile à la province qui lui était confiée : il conduisit bien la guerre, ou plutôt heureusement, et s'il ne se fit point la réputation d'un grand général, du moins il montra qu'il n'était point dépourvu de talents. Mais il était d'une santé si misérable, qu'Adrien ne tarda point à se repentir de son adoption : souvent il pensait à faire un autre choix, et peut-être il l'aurait écarté de la famille impériale, s'il avait vécu plus longtemps. Enfin, les écrivains qui ont raconté la vie d'Adrien avec le plus d'exactitude, disent que ce prince connaissait l'horoscope de Verus, et qu'en adoptant un homme qui lui paraissait si peu propre à gouverner l'empire, il n'avait d'autre but que de satisfaire sa passion, et de s'acquitter d'un serment qu'ils s'étaient fait, dit-on, l'un à l'autre, à de secrètes conditions. Adrien, en effet, était très-habile dans l'astrologie, et Marius Maximus, qui l'affirme, assure que ce prince était si bien au fait de tout ce qui le concernait, qu'il écrivit exactement tout ce

matheseos, Marius Maximus usque adeo demonstrat, ut cum dicat cuncta de se scisse, sic, ut omnium dierum, usque ad horam mortis, futuros actus ante perscripserit.

III. Satis præterea constat, eum de Vero sæpe dixisse,

> Ostendent terris hunc tantum fata, neque ultra
> Esse sinent.

Quos versus quum aliquando in hortulo spatians cantitaret, atque adesset unus ex litteratis, quorum Hadrianus speciosa societate gaudebat, velletque addere,

> . . . . Nimium vobis Romana propago
> Visa potens, superi, propria hæc si dona fuissent:

Hadrianus dixisse fertur, « Hos versus vita non capit Veri; » illud addens:

> . . . . Manibus date lilia plenis:
> Purpureos spargam flores, animamque nepotis
> His saltem accumulem donis, et fungar inani
> Munere.

Quum quidem etiam illud dicitur cum irrisione dixisse: « Ego mihi divum adoptavi, non filium. » Eum tamen quum consolaretur unus de litteratis, qui aderant, ac diceret, « Quid si non recte constellatio ejus collecta est, quem credimus esse victurum? » Hadrianus dixisse fertur: « Facile ista dicis tu, qui patrimonii tui, non reipublicæ, quæris heredem. » Unde apparet, eum habuisse in animo alium deligere, atque hunc ultimo vitæ suæ tempore a republica submovere; sed ejus consilia juvit eventus; nam quum de provincia Ælius redisset,

qui devait lui arriver chacun des jours de sa vie jusqu'à l'heure de sa mort.

III. Il paraît certain qu'Adrien dit plus d'une fois, en parlant de Verus :

> Les destins ne feront que le montrer au monde.
>
> (*Énéide*, liv. VI, trad. de Delille.)

Un jour qu'en se promenant dans un jardin, il répétait ces vers de Virgile, un des hommes de lettres dont Adrien aimait à s'environner, voulut continuer :

> Dieux, vous auriez été trop jaloux des Romains,
> Si ce don précieux fût resté dans leurs mains !
>
> (*Ibid.*)

Adrien l'interrompit : « Ces vers-là, dit-il, ne conviennent point à la vie de Verus ; » il ajouta :

> . . . . Que le lis, que la rose,
> Trop stérile tribut d'un inutile deuil,
> Pleuvent à pleines mains sur son triste cercueil ;
> Et qu'il reçoive, au moins, ces offrandes légères....
>
> (*Ibid.*)

On rapporte aussi qu'il dit en plaisantant : « C'est un dieu que j'ai adopté, et non un fils. » Un des hommes de lettres qui étaient présents, cherchait à le distraire de ses inquiétudes, et lui disait : « Mais quoi ! si son horoscope avait été mal fait, et qu'il vécût, comme nous le croyons ? — Cela vous est facile à dire, répondit Adrien, à vous qui cherchez un héritier pour vos biens, et non pour la république. » Cela prouve assez qu'il avait dans la pensée de se choisir un autre successeur, et dans les derniers instants de sa vie, d'éloigner Verus de l'empire. Au reste, l'événement vint seconder ses intentions : en effet, Ælius était revenu de la province, et avait, soit par lui-même, soit à l'aide de

atque orationem pulcherrimam, quæ hodieque legitur, sive per se, sive per scriniorum aut dicendi magistros parasset, qua kalendis januariis Hadriano patri gratias ageret; accepta potione, qua se existimaret juvari, kalendis ipsis januariis periit; jussusque ab Hadriano, quia vota interveniebant, non lugeri.

IV. Fuit hic vitæ lætissimæ, eruditus in litteris, Hadriano, ut malevoli loquuntur, acceptior forma, quam moribus. In aula diu non fuit: in vita privata, etsi minus probabilis, minus tamen reprehendendus, ac memor familiæ suæ: comptus, decorus, pulchritudinis regiæ, oris venerandi, eloquentiæ celsioris, versu facilis, in republica etiam non inutilis. Hujus voluptates ab iis qui vitam ejus scripserunt, multæ feruntur; equidem non infames, sed aliquatenus diffluentes; nam tetrapharmacum, seu potius pentapharmacum, quo postea semper Hadrianus est usus, ipse dicitur reperisse; hoc est sumen, fasianum, pavonem, pernam crustulatam et aprugnam; de quo genere cibi aliter refert Marius Maximus, non pentapharmacum, sed tetrapharmacum appellans: ut et nos ipsi in ejus vita prosequuti sumus. Fertur etiam aliud genus voluptatis, quod Verus invenerat; nam lectum eminentibus quatuor anacliteriis fecerat, minuto reticulo undique inclusum; eumque foliis rosæ, quibus demptum esset album, replebat; jacensque cum concubinis, velamine de liliis facto se tegebat, unctus

quelqu'un de ses secrétaires, composé un très-beau discours, qu'on lit encore aujourd'hui, et qu'il se proposait de prononcer le jour des calendes de janvier, pour rendre grâces à son père adoptif; il prit une potion dont il espérait du soulagement, et ce jour même des calendes de janvier, il rendit le dernier soupir. Adrien défendit toute démonstration de deuil, parce que c'était l'époque où se renouvelaient les vœux pour la prospérité du prince et de l'empire.

IV. Verus était d'un commerce très-agréable, d'un esprit cultivé, et, si l'on en croit les malveillants, il dut l'affection d'Adrien plus à sa figure qu'à ses vertus. Il ne vécut pas longtemps à la cour; et, dans la vie privée, s'il ne mérita guère l'estime, du moins il se conserva exempt de blâme, et n'oublia point la dignité de sa famille; soigné dans sa parure, beau de visage, plein de noblesse dans sa taille et dans tout son extérieur, il joignait à ces avantages une éloquence élevée, de la facilité à faire des vers, et même des talents qui auraient pu n'être point inutiles à la république. Ses plaisirs, si l'on en croit tout ce que disent ceux qui ont écrit sa vie, sans aller jusqu'à l'infamie, passaient cependant de bien loin les bornes de la modération. Il fut, dit-on, l'inventeur d'un mets dont Adrien fit toujours depuis ses délices, et qui se composait de cinq choses diverses : de ventre de truie, de chair de faisan, de paon et de sanglier, le tout enfermé dans une croûte de pâtisserie. Marius Maximus dit, en parlant de ce genre de mets, qu'il était composé non point de cinq choses différentes, mais de quatre seulement, comme nous l'avons dit nous-mêmes d'après lui, dans la vie d'Adrien. On cite aussi un autre raffinement de volupté, dont Vérus était également l'inventeur : c'était un lit à quatre dossiers saillants, entouré de tous les côtés d'un réseau très-fin; il faisait remplir ce lit de feuilles de rose, dont on avait ôté

odoribus Persicis. Jam illa frequentantur a nonnullis, quod et accubitationes ac mensas de rosis ac liliis fecerit, et quidem purgatis: quæ etsi non decora, non tamen ad perniciem publicam prompta sunt. Atque idem Ovidii libros Amorum in lecto semper habuisse; idem Martialem [4], epigrammaticum poetam, Virgilium suum dixisse. Jam illa leviora, quod cursoribus suis exemplo Cupidinum alas frequenter apposuit, eosque ventorum nominibus sæpe vocitavit; Boream alium, alium Notum, et item Aquilonem, aut Circium, ceterisque nominibus appellans; et indefesse atque inhumaniter faciens cursitare. Idem uxori, conquerenti de extraneis voluptatibus, dixisse fertur: « Patere me per alias exercere cupiditates meas: uxor enim dignitatis nomen est, non voluptatis. » Ejus filius est Antoninus Verus, qui adoptatus est a Marco, vel certe cum Marco [5], et cum eodem æquale gessit imperium; nam ipsi sunt, qui primi duo augusti appellati sunt, et quorum fastis consularibus sic nomina præscribuntur, ut dicantur non duo Antonini, sed duo augusti: tantumque hujus rei et novitas et dignitas valuit, ut fasti consulares nonnulli ab his sumerent ordinem consulum.

V. Pro ejus adoptione infinitam pecuniam populo et militibus Hadrianus dedit; sed quum eum videret, homo paulo argutior, miserrimæ valetudinis, ita ut scutum solidius jactare non posset, dixisse fertur: « Ter millies perdidimus [6], quod exercitui populoque dependimus:

le blanc; et parfumé lui-même des essences de la Perse, il s'y couchait avec ses maîtresses, et se couvrait d'un voile fait de fleurs de lis. Les siéges de table et les tables elles-mêmes, n'étaient qu'un mélange de lis et de roses choisis et nettoyés avec un égal soin; et en cela il ne manque point aujourd'hui d'imitateurs. Ces recherches de volupté ne sont point convenables, sans doute : mais du moins elles ne sont pas bien dangereuses pour la société. Ce même Verus avait toujours dans son lit les poésies amoureuses d'Ovide et les épigrammes de Martial, qu'il appelait son Virgile. Il se plaisait aussi dans d'autres misérables frivolités; il faisait souvent porter des ailes à ses coureurs, ainsi qu'on représente les Amours; souvent il leur donnait les noms des vents, tels que Borée, Notus, Aquilon, Circius et autres, et les fatiguait sans pitié par des courses continuelles. Un jour sa femme se plaignait de ses infidélités : « Laisse-moi, lui répondit-il, satisfaire ailleurs mes passions : le nom d'épouse est un titre de dignité, et non de plaisir. » Verus eut pour fils Antoninus Verus, qui fut adopté par Marc Aurèle, ou du moins avec Marc Aurèle, et qui gouverna l'empire conjointement avec lui. Car ce sont eux qui, les premiers, ont été appelés les deux augustes, et c'est sous cette dénomination, et non sous celle des deux Antonin, qu'ils sont inscrits en tête des fastes consulaires. Cette nouveauté parut si remarquable, que plusieurs fastes consulaires datèrent de cette époque, pour fixer l'ordre et la suite des consuls.

V. Pour célébrer l'adoption de Verus, Adrien distribua au peuple et aux soldats des sommes immenses; mais ce prince, d'un esprit si pénétrant et si subtil, voyant que Verus était d'une constitution si frêle qu'il ne pouvait manier d'une main ferme un bouclier de quelque poids, dit alors : « Nous avons perdu les trois cents millions de sesterces que nous avons donnés à l'armée et au peuple :

siquidem satis in caducum parietem incubuimus, et qui non ipsam rempublicam, sed nos ipsos sustentare vix possit. » Et hoc quidem Hadrianus cum præfecto suo loquutus est; quæ quum prodidisset præfectus, ac per hoc Ælius Cæsar indies magis magisque sollicitudine, utpote desperati hominis, aggravaretur, præfecto suo Hadrianus, qui rem prodiderat, successorem dedit: volens videri, quod verba tristia temperasset; sed nihil profuit: nam, ut diximus, Lucius Cejonius Commodus Verus Ælius Cæsar (nam his omnibus nominibus appellatus est) periit: sepultusque est imperatorio funere; neque quidquam de regia, nisi mortis habuit dignitatem. Doluit ergo illius mortem ut bonus pater, non ut bonus princeps[7]; nam quum amici solliciti quærerent qui adoptari posset, Hadrianus dixisse fertur his, « Etiam vivente adhuc Vero decreveram: » ex quo ostendit aut judicium suum, aut scientiam futurorum. Post hunc denique Hadrianus, diu anceps quid faceret, Antoninum adoptavit, Pium cognomine appellatum; cui conditionem addidit, ut ipse sibi Marcum et Verum Antoninos adoptaret; filiamque suam Vero, non Marco, daret[8]. Nec diutius vixit, gravatus languore ac diverso genere morborum; sæpe dicens, « sanum principem mori debere, non debilem[9]. »

VI. Statuas sane Ælio Vero per totum orbem colosseas poni jussit; templa etiam in nonnullis urbibus fieri. Denique illius merito, filium ejus Verum, nepotem

nous nous sommes appuyés sur un mur qui n'est guère solide, et qui, bien loin de soutenir la république, peut à peine nous étayer nous-mêmes. » C'était avec son préfet qu'Adrien parlait ainsi; celui-ci répéta ses paroles. Ælius César, qui se voyait traiter en homme dont on n'espère plus rien, fut déchiré de cruelles inquiétudes, et son état empira de jour en jour. Adrien, pour adoucir l'effet qu'avaient produit sur l'esprit d'Ælius ses fâcheuses paroles, destitua le préfet qui les avait rapportées, et lui donna un successeur; mais cela fut inutile, et, comme nous l'avons dit, Lucius Cejonius Commodus Verus Ælius César (car il portait tous ces noms) rendit le dernier soupir. On lui fit les funérailles usitées pour les empereurs; et, de la dignité suprême, il n'eut rien que la sépulture. Adrien le pleura comme un bon père, mais comme bon prince, il ne le regretta point : car ses amis, se demandant avec inquiétude quel autre il pourrait adopter : « J'y avais pensé, leur dit Adrien, du vivant même de Verus. » Par là il montrait la pénétration de son jugement, ou la connaissance qu'il avait de l'avenir. Adrien fut longtemps incertain sur ce qu'il devait faire; enfin il se détermina à adopter Antoninus, surnommé le Pieux. Il lui imposa pour condition qu'il adopterait à son tour Marcus et Verus, et qu'il donnerait sa fille en mariage à Verus, et non à Marcus. Adrien ne survécut pas plus longtemps : épuisé par diverses maladies, et ne faisant plus que languir, il disait souvent « qu'un prince devrait mourir en pleine santé, et non consumé par les souffrances et incapable de tout. »

VII. Du reste, il voulut qu'on érigeât, en l'honneur d'Ælius Verus, des statues colossales dans toutes les parties de l'empire, et même, dans plusieurs villes, il lui fit bâtir des temples. Enfin, en considération de ce

utpote suum, qui pereunte Ælio in familia ipsius Hadriani remanserat, adoptandum Antonino Pio cum Marco, ut jam diximus, dedit; sæpe dicens, « Habeat respublica quodcumque de Vero; » quod quidem contrarium his, quæ de adoptionis pœnitentia per auctores plurimos intimata sunt; quum Verus posterior nihil dignum præter clementiam in moribus habuerit, quod imperatoriæ familiæ lumen afferret. Hæc sunt, quæ de Vero Cæsare mandanda litteris fuerunt; de quo idcirco non tacui [10], quia mihi propositum fuit omnes, qui post Cæsarem dictatorem, hoc est divum Julium, vel cæsares vel augusti, vel principes appellati sunt, quique in adoptionem venerunt, vel imperatorum filii aut parentes, Cæsarum nomine consecrati sunt, singulis libris exponere, meæ satisfaciens conscientiæ; etiamsi multis nulla sit necessitas talia requirendi.

---

prince, il exigea, comme nous l'avons déjà dit, qu'Antonin le Pieux adoptât non-seulement Marc Aurèle, mais aussi le fils de Verus, qui, à la mort de son père, était resté, en qualité de son petit-fils, dans la famille d'Adrien : « Que la république, disait-il souvent, ait du moins quelque chose de Verus. » Ceci paraît contredire ce que plusieurs historiens ont avancé touchant le regret qu'aurait éprouvé Adrien de l'adoption d'Ælius ; car il n'y avait rien dans le jeune Verus, si ce n'est sa douceur et sa clémence, qui fût de nature à faire honneur à la famille impériale. Voilà ce que j'avais à dire de Verus César. Je n'ai pas cru devoir le passer sous silence, parce que je me suis proposé d'écrire séparément l'histoire de tous ceux qui depuis César le dictateur, c'est-à-dire depuis le divin Jules, ont été appelés césars, augustes ou princes, sans en excepter ceux qui sont entrés par l'adoption dans la famille impériale, ou qui, étant fils ou alliés des empereurs, ont été décorés du nom de césar. Quoique, pour bien des gens, de tels détails n'aient guère d'intérêt, j'ai dû ne point les omettre, pour remplir la tâche que je me suis imposée.

[A. U. 916]

DIDII JULIANI VITA

AD DIOCLETIANUM AUG.

I. Didio Juliano, qui post Pertinacem imperium adeptus est, proavus fuit Salvius Julianus[1], bis consul, præfectus Urbi, et jurisconsultus : quod magis eum nobilem fecit; mater, Clara Æmilia; pater, Petronius Didius Severus : fratres, Didius Proculus et Nummius Albinus : avunculus, Salvius Julianus : avus paternus, Insuber Mediolanensis; maternus, ex Adrumentina colonia[2]. Educatus est apud Domitiam Lucillam, matrem Marci imperatoris. Inter viginti viros electus est[3], suffragio matris Marci. Quæstor ante annum quam legitima ætas sinebat, designatus est. Ædilitatem suffragio Marci consequutus est. Prætor ejusdem suffragio fuit. Post præturam legioni præfuit in Germania vicesimæ secundæ Primigeniæ. Inde Belgicam sancte ac diu rexit. Ibi Cauchis, Germaniæ populis[4], qui Albim fluvium accolebant, erumpentibus restitit, tumultuariis auxiliis provincialium; ob quæ consulatum meruit, testimonio imperatoris. Cattos etiam debellavit. Inde Dalmatiam

[De J.-C. 193]

VIE DE DIDIUS JULIANUS

ADRESSÉE A DIOCLÉTIEN AUGUSTE.

I. Didius Julianus, qui succéda à Pertinax, eut pour bisaïeul maternel Salvius Julianus, deux fois consul, préfet de la ville, et, ce qui fit surtout sa gloire, savant jurisconsulte. Sa mère se nommait Clara Émilia; son père, Petronius Didius Sévère. Il avait deux frères, Didius Proculus et Nummius Albinus. Son oncle maternel s'appelait, comme son bisaïeul, Salvius Julianus. Son aïeul paternel était originaire de Milan, et son aïeul maternel de la colonie d'Adrumète. Didius Julianus fut élevé dans la maison et sous les yeux de Domitia Lucilla, mère de Marc Aurèle, qui, plus tard, par son crédit, le fit comprendre dans l'élection annuelle du vigintivirat. Il fut désigné questeur avant l'âge prescrit par les lois. Le suffrage de Marc Aurèle lui valut l'édilité, puis la préture. Sorti de cette magistrature, il obtint le commandement de la vingt-deuxième légion, appelée Primigenia, qui avait ses quartiers dans la Germanie. Ensuite il fut envoyé dans la Belgique, qu'il gouverna longtemps avec honneur. Là, les Cauques, peuple de la Germanie qui habitait sur les bords de l'Elbe, ayant tenté d'envahir le pays, il repoussa leur attaque, sans autre secours que celui des habitants mêmes de la province rassemblés tumultuairement. Sa conduite, en cette circonstance, lui

regendam accepit, eamque a confinibus hostibus vindicavit. Post Germaniam inferiorem rexit.

II. Post hoc curam alimentorum in Italia meruit. Tunc factus est reus per quemdam Severum Clarissimum, militem, conjurationis cum Salvio contra Commodum : sed a Commodo, quia multos jam senatores occiderat, et quidem nobiles ac potentes, in causis majestatis, ne tristius gravaretur, Didius liberatus est, accusatore damnato. Absolutus, iterum ad regendam provinciam missus est. Bithyniam deinde rexit : sed non ea fama, qua cæteras. Fuit consul cum Pertinace, et in proconsulatu Africæ eidem successit, et semper ab eo collega est et successor appellatus : maxime eo die, quum, filiam suam Julianus despondens affini suo, ad Pertinacem venisset, idque intimasset : dixitque « debita reverentia, quia collega, et successor meus est [5]. » Statim enim mors Pertinacis sequuta est. Quo interfecto, quum Sulpicianus imperator in castris appellari vellet [6], et Julianus cum genero ad senatum venisset, quem indictum acceperat, quumque clausas valvas invenisset, atque illic duos tribunos reperisset, Publium Florianum et Vectium Aprum, cœperunt eum hortari tribuni, ut locum arriperet ; quibus quum diceret, jam alium imperatorem appellatum, retinentes eum ad prætoria castra duxerunt. Sed posteaquam in castra ventum est, quum, Sulpiciano, præfecto Urbi, socero Pertinacis, concionante,

valut l'approbation de l'empereur et le consulat. Il vainquit aussi les Cattes, puis il obtint le gouvernement de la Dalmatie, dont il affranchit les frontières des incursions des peuples voisins. Il fut ensuite gouverneur de la Germanie inférieure.

II. A son retour de cette province, il fut nommé intendant des subsistances pour l'Italie. Ce fut à cette époque qu'un soldat, appelé Severus Clarissimus, l'accusa d'avoir conspiré avec Salvius contre Commode; mais ce prince, qui avait déjà fait périr, pour crime de lèse-majesté, un grand nombre de sénateurs illustres et puissants, craignant de trop aigrir les esprits, le renvoya absous, et condamna son accusateur. Didius revint aussitôt à son poste. Plus tard, il gouverna la Bithynie, mais avec moins de succès et d'honneur qu'il n'en avait obtenu dans les autres provinces. Il fut consul avec Pertinax, et lui succéda dans le proconsulat d'Afrique : aussi ce prince l'appela-t-il toujours son collègue et son successeur. Une fois entre autres, lorsque Julianus, ayant fiancé sa fille à un de ses parents, vint lui faire part de cette alliance, Pertinax dit au jeune homme : «Votre beau-père mérite tout votre respect; car il est mon collègue et mon successeur.» Bientôt après eut lieu la mort de Pertinax. A peine venait-il d'être massacré, que Sulpicianus, déjà dans le camp, cherchait à se faire proclamer empereur. Julianus, de son côté, se rendait avec son gendre au sénat qu'on lui avait dit être convoqué. Il en trouve les portes fermées. Là, deux tribuns qu'il rencontre, Publius Florianus et Vectius Aper, l'exhortent à s'emparer de l'autorité. Didius a beau leur répondre qu'un autre est déjà proclamé empereur, les tribuns l'entraînent avec eux au camp des prétoriens. Au moment de leur arrivée, Sulpicianus, préfet de la ville, beau-père de Pertinax, haranguait les soldats, et demandait pour lui-même l'empire. Julianus, du haut de la

sibique imperium vindicante, Julianum, e muro ingentia pollicentem, nullus admitteret; primum Julianus monuit prætorianos, « ne eum facerent imperatorem, qui Pertinacem vindicaret : » deinde scripsit in tabulis, « se Commodi memoriam restituturum : » atque ita et admissus est, et imperator appellatus, rogantibus prætorianis, « ne Sulpiciano aliquid noceret, quod imperator esse voluisset. »

III. Tunc Julianus Flavium Genialem et Tullium Crispinum suffragiis prætorianorum præfectos prætorii fecit, stipatusque est caterva imperatoria per Maurentium, qui se antea Sulpiciano conjunxerat. Sane, quum vicena quina millia militibus promisisset[7], tricena dedit. Inde habita concione militari, vespera in senatum venit, totumque se senatui permisit; factoque senatusconsulto, imperator est appellatus, et tribunitiam potestatem, jus proconsulare, in patricias familias relatus, emeruit. Uxor etiam Mallia Scantilla, et filia ejus Didia Clara, augustæ sunt appellatæ. Inde se ad palatium recepit, uxore ac filia illuc vocatis, trepidis et invitis[8] eo transeuntibus, quasi jam imminens exitium præsagirent. Præfectum Urbi Cornelium Repentinum, generum suum, fecit in locum Sulpiciani. Erat interea in odio populi Didius Julianus, ob hoc, quod creditum fuerat, emendationem temporum Commodi Pertinacis auctoritate reparandam : habebaturque ita, quasi Juliani consilio esset interemptus. Et jam hi primum, qui Julianum

muraille, fit aux soldats de magnifiques promesses; mais personne ne voulait l'admettre dans l'intérieur du camp. « Gardez-vous, leur dit alors Julianus, d'un empereur qui vengerait Pertinax; » puis il écrivit sur des tablettes que, « pour lui, il rétablirait la mémoire de Commode. » C'est ainsi qu'il se fit ouvrir les portes du camp et proclamer empereur. Les prétoriens cependant lui recommandèrent avec instance « de ne faire aucun mal à Sulpicianus, quoiqu'il lui eût disputé l'empire. »

III. Alors Julianus établit préfets du prétoire Flavius Genialis et Tullius Crispinus, que les soldats lui désignèrent par leurs suffrages. Maurentius, qui, un instant auparavant, s'était joint à Sulpicianus pour appuyer sa candidature, se rangea du côté du nouvel empereur, et l'environna d'un cortége nombreux. Didius n'avait promis aux soldats que vingt-cinq mille sesterces par tête, il leur en donna trente. Il harangua ensuite les soldats, et, vers le soir, il se rendit au sénat, et se livra entièrement à sa décision. On fit un sénatus-consulte qui lui déférait le titre d'empereur, la puissance tribunitienne, et en même temps le droit proconsulaire, après l'avoir agrégé aux familles patriciennes. On décora aussi du nom d'augusta sa femme Mallia Scantilla et sa fille Didia Clara. Après quoi, il alla s'établir au palais, et y fit venir sa femme et sa fille : elles n'y entrèrent qu'à regret et en tremblant, comme si déjà elles pressentaient la fin tragique qui les menaçait. Il créa son gendre Cornelius Repentinus, préfet de la ville, à la place de Sulpicianus. Cependant Didius Julianus était odieux au peuple, qui avait espéré de l'autorité de Pertinax la réparation des maux qui avaient pesé sur la république sous l'empire de Commode : on l'accusait d'avoir eu part au meurtre de Pertinax, et déjà ses ennemis répandaient le

odisse cœperant, disseminarunt, prima statim die Pertinacis cœna despecta, luxuriosum parasse convivium, ostreis et altilibus et piscibus adornatum. Quod falsum fuisse constat; nam Julianus tantæ parcimoniæ fuisse perhibetur, ut per triduum porcellum, per triduum leporem divideret, si quis ei forte misisset; sæpe autem, nulla exsistente religione[9], oleribus leguminibusque contentus, sine carne cœnaverit. Deinde neque cœnavit, priusquam sepultus esset Pertinax, et tristissimus cibum ob ejus necem sumpsit, et primam noctem vigiliis continuavit, de tanta necessitate sollicitus.

IV. Ubi vero primum illuxit, senatum et equestrem ordinem in palatium venientem admisit, atque unumquemque, ut erat ætas, vel patrem, vel filium, vel parentem affatus blandissime est[10]. Sed populus in rostris atque ante curiam, ingentibus eum conviciis lacessebat, sperans deponi ab eo posse imperium, quod milites dederant. Lapidationem quoque fecere: descendenti cum militibus et senatu in curiam diras imprecati sunt: rem divinam facienti, ne litaret, optarunt. Lapides etiam in eum jecerunt, quum Julianus manu eos semper placare cuperet. Ingressus autem curiam, placide et prudenter verba fecit. Egit gratias, quod esset adscitus, quod et ipse, et uxor, et filia ejus augustorum nomen acceperunt. Patris patriæ quoque nomen recepit:

bruit que, le premier jour qu'il passa au palais, Julianus, dédaignant la table frugale de Pertinax, s'était fait servir un festin somptueux, composé des mets les plus recherchés en coquillages, poissons et animaux de toute sorte. Or, rien n'est plus évidemment contraire à la vérité; car, telle était, dit-on, l'excessive économie de Julianus, que, si quelqu'un lui envoyait un cochon de lait ou un lièvre, il le divisait en trois pour qu'il servît trois jours; souvent même, sans que la religion le prescrivît, il se passait de viande, et se nourrissait de légumes et de fruits. Il n'est pas vrai, non plus, qu'il ait fait un repas avant que Pertinax eût été enseveli : lors même qu'il prit quelque nourriture, il parut plongé dans la tristesse et occupé des pensées lugubres que lui donnait le sort de son prédécesseur; il passa toute cette première nuit sans dormir, inquiet qu'il était de la situation critique où il se trouvait.

IV. Dès le point du jour, le sénat et l'ordre des chevaliers se présentèrent au palais : Julianus les reçut avec affabilité, donnant à chacun, suivant son âge, les noms de père, de fils, de parent. Mais le peuple, à la tribune aux harangues et devant les portes du sénat, l'accablait d'injures, espérant le forcer à déposer l'autorité que les soldats lui avaient donnée. Il y eut même des pierres de lancées, et lorsque, environné de sénateurs et de troupes, il descendit du palais pour se rendre au sénat, la multitude vomit contre lui des imprécations : tandis qu'il faisait un sacrifice, ils souhaitèrent tout haut que les présages lui fussent contraires; et pendant que, par des gestes bienveillants, il cherchait à les apaiser, alors même des pierres furent dirigées contre lui. Lorsqu'il fut entré dans le sénat, il parla avec prudence et douceur. Il rendit grâces de son élection, et du nom d'auguste qu'on lui avait donné ainsi qu'à sa femme et à sa fille. Il accepta encore le nom de Père de la patrie, mais il refusa une statue d'argent qu'on

argenteam statuam respuit. E senatu in Capitolium pergenti populus obstitit : sed ferro, et vulneribus, et pollicitationibus aureorum, quos digitis ostendebat ipse Julianus, ut fidem faceret, submotus atque depulsus est : inde ad Circense spectaculum itum est. Sed occupatis indifferenter omnium subselliis, populus geminavit convicia in Julianum : Pescennium Nigrum, qui jam imperare dicebatur, ad Urbis præsidium vocavit. Hæc omnia Julianus placide tulit, totoque imperii sui tempore mitissimus fuit : populus autem in milites vehementissime invehebatur, qui ob pecuniam Pertinacem occidissent. Multa igitur, quæ Commodus statuerat, Pertinax tulerat, ad conciliandum favorem populi restituit. De ipso Pertinace neque male, neque bene quidquam egit : quod gravissimum plurimis visum est ; constitit, propter metum militum, de honore Pertinacis tacitum esse.

V. Et Julianus quidem neque Britannicos exercitus, neque Illyricos timebat : Nigrum vero misso primipilario [11] occidi præceperat, timens præcipue Syriacos exercitus. Ergo Pescennius Niger in Syria, Septimius Severus in Illyrico cum exercitibus, quibus præsidebant, a Juliano descivere. Sed quum ei nuntiatum esset Severum descivisse, quem suspectum non habuerat, perturbatus ad senatum venit, impetravitque ut hostis Severus renuntiaretur : militibus etiam, qui Severum sequuti fuerant, dies præstitutus, ultra quem si cum Severo fuissent, hostium numero haberentur. Missi sunt præ-

voulait lui décerner. Lorsque du sénat il se dirigea vers le Capitole, le peuple s'opposa à sa marche, et, pour s'ouvrir un passage à travers cette foule irritée, il fallut en venir aux armes et aux blessures : Didius, de son côté, faisait briller aux yeux du peuple des monnaies d'or, et prodiguait les promesses. De là on se rendit aux jeux du Cirque; mais la populace s'emparant des différents siéges sans distinction, redoubla d'invectives contre Julianus : dans ses insolentes clameurs, elle appelait au secours de la ville Pescennius Niger, qu'on disait avoir pris déjà le titre d'empereur. Julianus supporta tout avec une grande patience, et sa douceur ne se démentit point pendant toute la durée de son règne; mais le peuple était furieux contre les soldats qui, pour de l'argent, avaient massacré Pertinax. Voulant donc, à tout prix, vaincre cette irritation, l'empereur rétablit plusieurs abus qui, introduits par Commode, avaient été réformés par son successeur. Quant à Pertinax lui-même, Didius s'abstint de parler de lui, soit en bien, soit en mal, et bien des gens s'en indignèrent. Il parut évident que c'était par crainte des soldats, qu'il ne rendit aucun honneur à sa mémoire.

V. Julianus ne craignait rien ni des armées de la Bretagne, ni de celles de l'Illyrie; mais les légions de Syrie lui inspiraient de graves inquiétudes; il y envoya un primipilaire, avec l'ordre de mettre à mort Pescennius Niger. Sur ces entrefaites, ce général en Syrie, et Septimius Sévère en Illyrie, firent défection avec les armées qu'ils commandaient. Lorsqu'il apprit la rébellion de Sévère, à laquelle il ne s'attendait aucunement, Julianus, saisi d'effroi, vint au sénat, et le fit déclarer ennemi public; en même temps, un terme fut fixé aux soldats qui avaient embrassé son parti, au delà duquel ceux qui persisteraient dans leur rébellion, seraient également traités en ennemis. En outre, le sénat envoya en députation à l'armée des personnages consulaires, pour enga-

terea legati consulares a senatu ad milites, qui suaderent ut Severus repudiaretur, et is esset imperator, quem senatus elegerat. Inter ceteros legatus est Vespronius Candidus, vetus consularis, olim militibus invisus ob durum et sordidum imperium. Missus est successor Severo Valerius Catulinus; quasi posset ei succedi, qui militem jam sibi tenebat. Missus præterea Aquilius centurio, notus cædibus senatoriis, qui Severum occideret. Ipse autem Julianus prætorianos in campum deduci jubet, muniri turres; sed milites desides, et urbana luxuria dissolutos, invitissimos ad exercitium militare produxit, ita ut vicarios operis, quod unicuique præscribebatur, mercede conducerent.

VI. Et Severus quidem ad Urbem infesto agmine veniebat: sed Didius Julianus nihil cum exercitu prætoriano proficiebat, quem quotidie populus et magis oderat, et ridebat. Sed Julianus, sperans Lætum fautorem Severi, quum per eum Commodi manus evasisset, ingratus tanto beneficio, jussit eum occidi; jussit etiam Marciam interfici. Sed dum hæc agit Julianus, Severus classem Ravennatem occupat: legati senatus, qui Juliano promiserant operam suam, ad Severum transierunt. Tullius Crispinus, præfectus prætorio, contra Severum missus, ut classem produceret, repulsus Romam rediit. Hæc quum Julianus videret, senatum rogavit ut virgines vestales et ceteri sacerdotes cum senatu obviam exercitui Severi prodirent, et prætentis

ger les troupes à abandonner leur général, et à reconnaître pour empereur celui que le sénat avait élu. Parmi ces députés se trouvait Vespronius Candidus, qui avait été jadis lieutenant consulaire, et s'était attiré la haine des soldats par sa dureté et son avarice. Valerius Catulinus fut envoyé pour succéder à Sévère, comme s'il était facile de prendre la place d'un homme qui avait une armée à sa disposition. On fit partir aussi, avec la commission de tuer Sévère, le centurion Aquilius, qui avait déjà fait ses preuves en ce genre par le meurtre de plusieurs sénateurs. Julianus, de son côté, ordonne que l'on exerce les prétoriens, qu'on répare les tours et les fortifications; mais les soldats, énervés par une longue inaction et par les plaisirs de Rome, se portaient avec tant de répugnance aux exercices militaires, qu'ils se faisaient suppléer, dans les travaux qu'on exigeait d'eux, par des gens qu'ils payaient.

VI. Sévère cependant marchait sur Rome avec son armée, et Didius Julianus n'obtenait rien des troupes prétoriennes : d'autre part, il était chaque jour davantage en butte à la haine et aux railleries du peuple. Didius craignit que Létus ne favorisât en secret le parti de Sévère; et, quoique cet homme l'eût jadis soustrait à la cruauté de Commode, oubliant un si grand bienfait, il le fit mettre à mort, ainsi que Marcia. Pendant ce temps, Sévère s'empare de la flotte qui était à Ravenne, et les députés, qui avaient promis à Julianus leurs bons offices, passent dans le parti de son rival. Tullius Crispinus, préfet du prétoire, qui avait été chargé de conduire la flotte contre Sévère, revient à Rome après son désastre. Dans une telle situation, Julianus demanda que les vestales et tous les prêtres avec les bandeaux sacrés, et le sénat lui-même allassent au-devant de l'armée de Sévère pour implorer sa pitié : faible secours contre des soldats qui n'étaient pas même romains! Un des augures, Faustus Quintillus,

infulis rogarent; inane contra barbaros milites præsidium parans. Hæc tamen agenti Juliano Faustus Quintillus consularis augur contradixit, asserens, non debere imperare eum, qui armis adversario non posset resistere; cui multi senatores consenserunt. Quare iratus Didius, milites e castris petiit, qui senatum ad obsequium cogerent, aut obtruncarent. Sed id consilium displicuit; neque enim decebat, ut, quum senatus hostem Severum Juliani causa judicasset, eumdem Julianum pateretur infestum. Quare meliore consilio ad senatum venit, petiitque, ut fieret senatusconsultum de participatione imperii; quod statim factum est.

VII. Tunc omen, quod sibi Julianus, quum imperium acciperet, fecerat, omnibus venit in mentem; nam quum consul designatus de eo sententiam dicens, ita pronuntiasset, « Didium Julianum imperatorem appellandum esse censeo; » Julianus suggessit, « Adde et Severum, » quod cognomentum avi et proavi sibi Julianus adsciverat. Sunt tamen qui dicant nullum fuisse Juliani consilium de obtruncando senatu, quum tanta in eum senatus contulisset. Post senatusconsultum statim Didius Julianus unum ex præfectis, Tullium Crispinum, misit; ipse autem tertium fecit præfectum, Veturium Macrinum; ad quem Severus litteras miserat, ut esset præfectus. Sed pacem simulatam, tentatamque cædem Severi Tullio Crispino, præfecto prætorii, et populus loquutus est, et Severus suspicatus. Denique

personnage consulaire, s'opposa à sa demande, et lui dit en face que, quand on ne savait pas résister à un ennemi les armes à la main, on ne devait point être empereur. Un grand nombre de sénateurs approuvèrent cette parole. Didius, dans un premier mouvement de colère, voulut faire marcher les prétoriens contre le sénat pour le forcer à se soumettre, ou pour le massacrer; mais il revint à de meilleurs sentiments, et il comprit qu'il serait odieux de traiter ainsi en ennemis des hommes qui, pour lui complaire, venaient de déclarer Sévère ennemi de Rome. Il vint donc au sénat avec des idées plus conciliantes, et demanda qu'il fût fait un sénatus-consulte pour associer Sévère à l'empire : on porta aussitôt ce décret.

VII. Alors chacun se rappela un présage venu de Julianus lui-même, au moment où on lui décernait l'empire. En effet, le consul désigné ayant donné son avis en ces termes : « Je vote pour que l'on nomme empereur Didius Julianus » ; celui-ci lui dit : « Ajoutez Sévère ; » c'était le nom de son aïeul et de son bisaïeul qu'il avait réuni aux siens. Il y a des historiens qui assurent que Julianus n'eut jamais la pensée de massacrer le sénat, qui lui avait rendu de si importants services. Aussitôt que le décret fut porté, Julianus chargea un de ses préfets, Tullius Crispinus, de le transmettre à Sévère ; et, en même temps, il reconnut pour troisième préfet du prétoire Veturius Macrinus, à qui celui-ci avait écrit pour le nommer à cette charge. Mais le bruit courut parmi le peuple, et, de son côté, Sévère soupçonna que cette paix qu'on lui proposait n'était qu'un piége, et que Tullius Crispinus ne lui était envoyé que pour chercher l'occasion de l'assassiner. Enfin, du consentement de son armée, il préféra être l'ennemi de Julianus, que

hostem se Juliano Severus esse maluit, quam participem, consensu militum. Severus autem statim et ad plurimos Romam scripsit, et occulte misit edicta, quæ proposita sunt. Fuit præterea in Juliano hæc amentia, ut per magos pleraque faceret, quibus putaret vel odium populi deliniri [12], vel militum arma compesci; nam et quasdam non convenientes Romanis sacris hostias immolaverunt, et carmina profána incantaverunt, et ea, quæ ad speculum dicunt fieri, in quo pueri præligatis oculis incantato vertice respicere dicuntur, Julianus fecit; tuncque puer vidisse dicitur et adventum Severi, et Juliani decessionem.

VIII. Et Crispinus quidem, quum occurrisset præcursoribus Severi, Julio Læto auctore, a Severo interemptus est. Dejecta sunt etiam ea consulta e senatu. Julianus, convocato senatu, quæsitisque sententiis, quid facto opus esset, certi nihil comperit a senatu: sed postea sponte sua gladiatores Capuæ jussit armari per Lollianum Titianum, et Claudium Pompeianum e Tarracinensi ad participatum evocavit, quod et gener imperatoris fuisset, et diu militibus præfuisset. Sed hoc ille recusavit, « senem se et debilem luminibus, » respondens. Transierant et ex Umbria milites ad Severum: et præmiserat quidem litteras Severus, quibus jubebat interfectores Pertinacis servari [13]. Brevi autem desertus est ab omnibus Julianus, et remansit in palatio cum uno de præfectis suis Geniali et genero Repentino. Actum

son associé à l'empire ; et aussitôt il fit passer à Rome, en secret, un grand nombre de lettres, et des édits qui furent rendus publics. D'un autre côté, Julianus poussa la folie jusqu'à consulter les mages pour adoucir, à l'aide de leur science, la haine du peuple, ou rendre impuissantes les armes de ses ennemis; on immola des victimes, et l'on se servit de formules qui n'étaient point conformes aux rites des Romains ; Julianus eut même recours à ce genre de divination qui se fait à l'aide d'un miroir, dans lequel, dit-on, des enfants voient l'avenir, après que leurs yeux et leur tête ont été soumis à certains enchantements. On prétend que, dans cette circonstance, l'enfant vit dans le miroir l'arrivée de Sévère et le départ de Julianus.

VIII. Crispinus ayant rencontré dans sa route les éclaireurs de Sévère, celui-ci, d'après les conseils de Julius Létus, le fit mettre à mort, et rejeta avec dédain le sénatus-consulte qu'il lui apportait. Alors Julianus convoqua le sénat pour le consulter sur les mesures qu'il fallait prendre ; mais, n'en ayant reçu aucune réponse positive, il ordonna de lui-même à Lollianus Titianus d'armer les gladiateurs de Capoue, et invita Claudius Pompeianus, qui était à Terracine, à venir partager avec lui l'empire, parce qu'il était gendre de l'empereur Marc Aurèle, et qu'il avait longtemps commandé les armées. Mais Pompeianus n'accueillit point sa proposition, et s'excusa sur sa vieillesse et sur la faiblesse de sa vue. Cependant le parti de Sévère s'était encore accru de diverses troupes qui faisaient défection, et même de celles de l'Ombrie. En attendant son arrivée à Rome, il y envoya des lettres où il ordonnait qu'on s'assurât des meurtriers de Pertinax. Bientôt Julianus se vit abandonné de tout le monde, et resta seul dans le palais avec un

est denique, ut Juliano senatus auctoritate abrogaretur imperium: et abrogatum est, appellatusque statim Severus imperator, quum fingeretur, quod veneno se absumpsisset Julianus; missi tamen a senatu, quorum cura per militem gregarium in palatio idem Julianus occisus est, fidem Cæsaris implorans, hoc est Severi. Filiam suam, potitus imperio, dato patrimonio emancipaverat: quod ei cum augustæ nomine statim sublatum est. Corpus ejus a Severo uxori Manliæ Scantillæ ac filiæ ad sepulturam est redditum, et in proavi monumento translatum, milliario quinto via Lavicana.

IX. Objecta sane sunt Juliano hæc: quod gulosus fuisset, quod aleator, quod armis gladiatoriis exercitus esset, eaque omnia senex fecerit, quum antea nunquam adolescens his esset vitiis infamatus; objecta est etiam superbia; quum ille etiam in imperio fuisset humillimus. Fuit autem contra humanissimus ad convivia, benignissimus ad subscriptiones, moderatissimus ad libertatem. Vixit annis quinquaginta sex, mensibus quatuor: imperavit mensibus duobus, diebus quinque. Reprehensum in eo præcipue, quod eos, quos regere auctoritate sua debuerat, regendæ reipublicæ sibi præsules ipse fecisset.

---

de ses préfets, Genialis, et son gendre Repentinus. Enfin la proposition fut faite au sénat de le déclarer déchu de l'empire: le décret fut porté, et aussitôt Sévère fut nommé empereur. On avait fait courir le bruit que Julianus s'était empoisonné; la vérité est que le sénat envoya des gens au palais pour lui donner la mort, et que Julianus périt frappé par un simple soldat, tandis qu'il implorait la clémence de César, c'est-à-dire de Sévère. A son avénement à l'empire, il avait donné son patrimoine à sa fille et l'avait émancipée : on la dépouilla de ses biens et en même temps du nom d'augusta. Sévère fit remettre le corps de Julianus à sa femme Manlia Scantilla et à sa fille, pour qu'on lui donnât la sépulture : on le porta au monument de son bisaïeul, à cinq milles de Rome, sur la voie Lavicana.

IX. On reprochait à Julianus d'avoir trop aimé la bonne chère et le jeu, et de s'être livré, dans sa vieillesse, aux exercices des gladiateurs, tandis que sa jeunesse avait toujours été pure de tous ces vices. On l'a aussi accusé d'orgueil, quoiqu'il se soit montré modeste et humble, même lorsqu'il se fut élevé à l'empire. La vérité est, au contraire, qu'il fut doux et affable dans le commerce de la vie, humain dans ses arrêts, facile et tolérant envers tout le monde. Il vécut cinquante-six ans et quatre mois, et gouverna l'empire deux mois et cinq jours. Ce qu'on a le plus blâmé en lui, c'est que, dans l'administration de la république, il laissait prendre sur lui-même trop d'empire à ceux qu'il aurait dû tenir soumis à son autorité.

[A. U. 946—964]

SEPTIMI SEVERI VITA

AD DIOCLETIANUM AUG.

I. Interfecto Didio Juliano, Severus[1], Africa oriundus, imperium obtinuit; cui civitas, Leptis[2]: pater, Geta; majores, equites Romani, ante civitatem omnibus datam[3]; mater, Fulvia Pia; patrui, Marcus Agrippa et Severus, consulares; avus maternus, Macer; paternus, Fulvius Pius, fuere. Ipse natus est Erucio Claro bis et Severo consulibus, sexto idus apriles. In prima pueritia, priusquam Latinis Græcisque litteris imbueretur, quibus eruditissimus fuit, nullum alium inter pueros ludum, nisi *ad judices* exercuit; quum ipse, prælatis fascibus ac securibus, ordine puerorum circumstante, sederet ac judicaret. Octavodecimo anno publice declamavit. Postea studiorum causa Romam venit, latum clavum a divo Marco petiit, et accepit, favente sibi Septimio Severo, affine suo, bis jam consulari. Quum Romam venisset, hospitem nactus, qui Hadriani vitam imperatoriam eadem hora legeret, quod sibi omen futuræ felicitatis arripuit. Habuit etiam aliud omen imperii.

[De J.-C. 193—211]

VIE DE SEPTIME SÉVÈRE

ADRESSÉE A DIOCLÉTIEN AUGUSTE.

I. DIDIUS JULIANUS étant mort, Sévère prit possession de l'empire. Originaire de l'Afrique, il était né à Leptis. Son père se nommait Géta, et ses ancêtres étaient chevaliers romains avant l'époque où le droit de cité fut donné à tous les sujets de l'empire. Il eut pour mère Fulvia Pia; pour oncles paternels, Marcus Agrippa et Severus, tous deux personnages consulaires; pour aïeul maternel, Macer, et pour aïeul paternel, Fulvius Pius. Il naquit, le huit d'avril, sous le second consulat d'Erucius Clarus, et le premier de Sévère. Dans sa première enfance, avant qu'il se livrât à l'étude des lettres grecques et latines, où il devint fort habile, il ne jouait avec les autres enfants qu'à un seul jeu, celui *des juges;* il faisait porter devant lui des faisceaux et des haches, et, environné des autres enfants rangés en ordre, il siégeait et jugeait. A dix-huit ans, il s'exerça en public à des déclamations. Plus tard, il vint à Rome pour perfectionner ses études, demanda à Marc Aurèle le laticlave, et l'obtint par le crédit de Septimius Sévère, son parent, qui avait déjà été deux fois consul. A son arrivée à Rome, il trouva son hôte occupé à lire la vie de l'empereur Adrien; et cette circonstance lui parut un présage de sa grandeur future. Ce ne fut point le seul; car ayant été

Quum rogatus ad cœnam imperatoriam, palliatus venisset, qui togatus venire debuerat, togam præsidiariam ipsius imperatoris accepit. Eadem nocte somniavit, lupæ se uberibus, ut Remum inhærere, vel Romulum. Sedit et in sella imperatoria, temere a ministro posita, ignarus quod non liceret. Dormienti etiam in stabulo serpens caput cinxit, et sine noxa, expergefactis et acclamantibus familiaribus, abiit.

II. Juventam plenam furorum, nonnunquam et criminum, habuit. Adulterii causam dixit, absolutusque est a Juliano proconsule : cui et in proconsulatu successit, et in consulatu collega fuit, et in imperio item successit. Quæsturam diligenter egit[4]. Omnibus sortibus natus[5], militari[6] post quæsturam sorte Bæticam accepit : atque inde Africam petiit, ut mortuo patre rem domesticam componeret. Sed dum in Africa est, pro Bætica Sardinia ei attributa est, quod Bæticam Mauri populabantur. Acta igitur quæstura Sardiniensi, legationem proconsulis Africæ accepit. In qua legatione quum eum quidam municipum suorum Leptitanus, præcedentibus fascibus, ut antiquum contubernalem ipse plebeius amplexus esset, fustibus eum sub elogio ejusdem præconis cecidit, « Legatum populi Romani homo plebeius temere amplecti noli[7]. » Ex quo factum est, ut in vehiculo etiam legati sederent, qui ante pedibus ambulabant. Tunc in quadam civitate Africana, quum sollicitus mathemati-

invité au repas de l'empereur, et s'y étant rendu avec un manteau, tandis qu'il devait s'y présenter revêtu de la toge, on lui donna celle que portait l'empereur lui-même lorsqu'il présidait. La même nuit, il eut un songe où il se voyait, comme Rémus ou Romulus, attaché aux mamelles d'une louve. Une autre fois, il s'assit, sans savoir que cela n'était point permis, sur le siége de l'empereur, qu'un des officiers du palais avait mis hors de sa place. Enfin, un jour qu'il dormait dans une hôtellerie, un serpent se roula autour de sa tête, et, ses serviteurs s'étant éveillés et poussant de grands cris, il se retira sans lui avoir fait de mal.

II. Sa jeunesse fut licencieuse, et même alla plus d'une fois jusqu'au crime. On intenta contre lui une accusation d'adultère, et il fut renvoyé absous par Julianus, qui alors était proconsul : Sévère, plus tard, le remplaça dans cette charge, fut son collègue dans le consulat, et lui succéda encore comme empereur. Il géra avec zèle la charge de questeur; et comme s'il était né pour être toujours favorisé du sort, il obtint par le sort la questure de la Bétique. Sur ces entrefaites, son père étant mort, il passa en Afrique, pour mettre en ordre les affaires de sa famille. Mais tandis qu'il était dans ce pays, on lui assigna la Sardaigne au lieu de la Bétique, qui était alors en proie aux ravages des Maures. Après sa questure, il fut nommé lieutenant proconsulaire d'Afrique. Tandis qu'il exerçait cette charge, un de ses compatriotes, simple plébéien, l'ayant rencontré précédé des faisceaux, courut l'embrasser comme un ancien camarade; mais Sévère le fit frapper de verges, tandis que le crieur public proclamait ces mots : « Plébéien, garde-toi d'embrasser témérairement un lieutenant du peuple romain. » De là vint que dans la suite les lieutenants, qui auparavant allaient à pied, ne sortirent plus qu'en voiture. A cette même époque, étant inquiet sur son avenir,

cum consuluisset, positaque hora, ingentia vidisset astrologus, dixit ei : « Tuam, non alienam, pone genituram. » Quumque Severus jurasset suam esse, omnia ei dixit, quæ postea facta sunt.

III. Tribunatum plebis, Marco imperatore decernente, promeruit, eumque severissime exertissimeque egit. Uxorem tunc Marciam duxit, de qua tacuit in historia vitæ privatæ : cui postea in imperio statuas collocavit. Prætor designatus a Marco est, non in candida, sed in competitorum grege, anno ætatis tricesimo secundo. Tunc ad Hispaniam missus, somniavit primo, sibi dici, « ut templum Tarraconense Augusti, quod jam labebatur[8], restitueret : » Deinde ex altissimi montis vertice orbem terrarum Romamque despexit, concinentibus provinciis, lyra, voce, vel tibia. Ludos absens edidit. Legioni quartæ Scythicæ deinde præpositus est, circa Massiliam[9]. Post hoc Athenas petiit studiorum sacrorumque causa, et operum ac vetustatum; ubi quum injurias quasdam ab Atheniensibus pertulisset, inimicus his factus, minuendo eorum privilegia jam imperator se ultus est. Deinde Lugdunensem provinciam legatus accepit. Quum, amissa uxore, aliam vellet ducere, genituras sponsarum requirebat, ipse quoque matheseos peritissimus : et quum audisset esse in Syria quamdam, quæ id genituræ haberet, ut regi jungeretur, eamdem uxorem

il consulta, dans une ville d'Afrique, un astrologue : celui-ci, après avoir bien établi son horoscope, voyant dans l'avenir de grandes destinées, lui dit : « C'est votre nativité, et non celle d'un autre qu'il faut m'indiquer. » Sévère jura que c'était bien la sienne qu'il lui avait dite, et l'astrologue lui prédit tout ce qui arriva depuis.

III. L'empereur Marc Aurèle lui décerna le tribunat du peuple, et il s'acquitta de cette charge avec sévérité et énergie. Il épousa alors Marcia, dont il ne dit rien dans l'histoire de sa vie privée, et à qui plus tard, devenu empereur, il érigea des statues. A l'âge de trente-deux ans, il fut désigné préteur par Marc Aurèle, qui le choisit, non parmi les candidats reconnus, mais dans la foule des compétiteurs. Envoyé alors en Espagne, il eut un songe dans lequel il lui était ordonné de rétablir le temple d'Auguste à Tarragone, qui déjà tombait en ruines. Dans un autre songe qui suivit celui-là, il crut voir du haut d'une montagne très-élevée Rome et toute l'étendue de l'empire, dont les diverses provinces s'unissaient dans un concert de lyre, de voix et de flûtes. Il donna des jeux quoique absent. Il reçut ensuite le commandement de la quatrième légion scythique, qui était cantonnée aux environs de Marseille. Puis il se rendit à Athènes pour s'y perfectionner dans les lettres, se faire initier aux mystères, et visiter les monuments et les antiquités de cette ville. Là, il reçut des Athéniens quelque offense, dont il garda le souvenir, et, lorsqu'il devint empereur, il s'en vengea en restreignant leurs priviléges. Il gouverna ensuite la province Lyonnaise en qualité de lieutenant. Après la perte de sa femme, voulant contracter un second mariage, il s'informa avec soin de l'horoscope des filles à marier ; car il était lui-même très-habile en astrologie. Or, il apprit qu'il y avait en Syrie une jeune fille, qui, d'après son horoscope, était destinée à épouser un roi. Il la demanda en mariage, et l'obtint par

petiit, Juliam scilicet, et accepit, interventu amicorum : ex qua statim pater factus est.

IV. A Gallis ob severitatem et honorificentiam et abstinentiam, tantum, quantum nemo, dilectus est. Deinde Pannonias proconsulari imperio rexit. Post hoc Siciliam proconsularem sorte meruit : suscepitque Romæ alterum filium. In Sicilia, quasi de imperio vel vates, vel Chaldæos consuluisset, reus factus, apud præfectos prætorio, quibus audiendus datus fuerat, jam Commodo in odium veniente, absolutus est, calumniatore in crucem acto. Consulatum cum Apuleio Rufino primum egit, Commodo se inter plurimos designante[10]. Post consulatum, anno ferme fuit Romæ otiosus : deinde, Læto suffragante, exercitui Germanico præponitur. Proficiscens ad Germanicos exercitus, hortos spatiosos comparavit, quum antea ædes brevissimas Romæ habuisset, et unum fundum. In his hortis quum humi jacens epularetur cum filiis parca cœna, pomaque apposita major filius, qui tunc quinquennis erat, cum collusoribus puerulis manu largiore divideret, paterque illum reprehendens dixisset, « Parcius divide ; non enim regias opes possides. » Quinquennis puer respondit : « Sed possidebo. » In Germaniam profectus, ita se in ea legatione egit, ut famam, nobilitatam jam ante, cumularet.

V. Et hactenus rem militarem privatus egit[11]. Dehinc, a Germanicis legionibus ubi auditum est Commodum

l'entremise de ses amis. C'était Julie ; elle ne tarda pas à le rendre père.

IV. Les Gaulois s'attachèrent à lui plus qu'à aucun autre à cause de sa sévérité, de sa probité et de son désintéressement. Il gouverna ensuite les Pannonies avec l'autorité de proconsul ; puis le proconsulat de Sicile lui échut par le sort. Il lui naquit alors à Rome un second fils. Tandis qu'il était en Sicile, il fut accusé d'avoir consulté, dans des vues ambitieuses, des devins ou des magiciens. On lui avait donné pour juges les préfets du prétoire ; mais, comme déjà Commode devenait odieux, on le renvoya absous, et son accusateur fut mis en croix. Il fut consul pour la première fois avec Apuleius Rufinus, Commode l'ayant désigné entre un grand nombre de candidats. Après son consulat, il passa presque une année entière à Rome dans l'inaction ; puis, par le crédit de Létus, il fut nommé au commandement de l'armée de Germanie. Avant de s'y rendre, il acheta des jardins spacieux, tandis qu'auparavant il n'avait qu'une maison fort petite à Rome, et une seule terre. Un jour que, dans ces jardins, il prenait un repas frugal avec ses enfants sur le gazon, et que l'aîné, qui n'avait alors que cinq ans, distribuait trop généreusement les fruits de la table à ses petits camarades, son père le réprimanda en lui disant : « Un peu plus d'économie : tu n'as pas les richesses d'un prince. — Non, répondit l'enfant, mais je les aurai. » Arrivé en Germanie, il s'acquitta si bien de sa charge, qu'il mit le comble à la réputation qu'il s'était déjà faite.

V. Jusque-là, quel que fût l'éclat des fonctions qu'il avait remplies, il n'était point sorti de la condition pri-

occisum, Julianum autem cum odio cunctorum imperare, multis hortantibus, repugnans imperator est appellatus apud Carnutum[12], idibus augustis; sestertia[13], quod nemo unquam principum, militibus dedit. Deinde, firmatis, quas post tergum relinquebat, provinciis, Romam iter contendit, cedentibus sibi cunctis, quacumque iter fecit: quum jam Illyricani exercitus et Gallicani, cogentibus ducibus, in ejus verba jurassent; excipiebatur enim ab omnibus, quasi ultor Pertinacis. Per idem tempus, auctore Juliano, Septimius Severus a senatu hostis est appellatus, legatis ad exercitum senatus verbis missis, qui juberent ut ab eo milites, senatu præcipiente discederent. Et Severus quidem, quum audisset senatus consentientis auctoritate missos legatos, primo pertimuit: postea id egit corruptis legatis, ut apud exercitum pro se loquerentur, transirentque in ejus partes. His compertis, Julianus senatusconsultum fecit fieri de participando imperio cum Severo: incertum, vere id, an dolo fecerit; quum jam ante misisset notos ducum interfectores quosdam, qui Severum occiderent, ita ut ad Pescennium Nigrum interficiendum miserat: qui et ipse imperium contra eum susceperat, auctoribus Syriacis exercitibus. Verum Severus, evitatis eorum manibus, quos ad se interficiendum Julianus miserat, missis ad prætorianos litteris, signum vel deserendi vel occidendi Juliani dedit, statimque auditus est; nam et Julianus occisus est in pala-

vée; mais lorsque les légions de Germanie apprirent que Commode avait péri, et que Julianus s'était élevé à l'empire au milieu de la haine universelle, Sévère se vit assailli de pressantes sollicitations, et, malgré sa résistance, il fut proclamé empereur à Carnute, le treize d'août. Il distribua aux soldats mille sesterces par tête, ce que jamais aucun prince n'avait fait auparavant. Après s'être bien assuré les provinces qu'il laissait derrière lui, il se mit en marche vers Rome. Nulle part il ne rencontra de résistance : car déjà les armées de l'Illyrie et des Gaules, entraînées par leurs chefs, lui avaient prêté serment. Partout il fut accueilli comme le vengeur de Pertinax. Dans le même temps, le sénat, sur la demande de Julianus, déclara Sévère ennemi public, et envoya à l'armée des députés pour ordonner en son nom aux soldats de se séparer de lui. Sévère, lorsqu'il apprit l'arrivée de ces députés et les ordres du sénat, fut un instant alarmé; mais ensuite il sut si bien les corrompre, qu'ils parlèrent eux-mêmes aux soldats en sa faveur, et passèrent dans son parti. A cette nouvelle, Julianus fit faire un sénatus-consulte par lequel Sévère était appelé à partager avec lui l'empire. Cette proposition était-elle faite avec franchise, ou ne cachait-elle point plutôt une perfidie? Déjà auparavant Julianus avait donné commission de tuer Sévère, à des gens qui avaient fait leurs preuves en ce genre, de même qu'il en avait envoyé d'autres pour se défaire de Pescennius Niger, que les armées de Syrie avaient entraîné à se déclarer empereur. Sévère, ayant échappé aux meurtriers, écrivit aux prétoriens, pour leur donner le signal d'abandonner ou de tuer Julianus : ce signal fut entendu; car aussitôt Julianus fut tué dans le palais; et Sévère fut invité à se rendre à Rome. Ainsi, ce qui ne s'était jamais vu, il ne fallut

tio, et Severus Romam invitatus. Ita, quod nulli unquam contigit, nutu tantum Severus victor est factus, armatusque Romam contendit.

VI. Occiso Juliano, quum Severus in castris et tentoriis, quasi per hosticum veniens, adhuc maneret, centum senatores legatos ad eum senatus misit ad gratulandum rogandumque : qui ei occurrerunt Interamnæ, armatumque circumstantibus armatis salutarunt, excussi, ne quid ferri haberent. Et postera die occurrente omni famulitio aulico, septuagenos vicenos aureos [14] legatis dedit; eosdem præmisit, facta potestate, si qui vellent remanere, ac secum Romam redire. Fecit etiam statim præfectum prætorio Flavium Juvenalem, quem etiam Julianus tertium præfectum prætorii sibi assumpserat. Interim Romæ ingens trepidatio militum civiumque, quod armatus contra eos Severus veniret, qui se hostem judicassent. His accessit, quod comperit Pescennium Nigrum a Syriacis legionibus imperatorem appellatum; cujus edicta et litteras ad populum vel senatum intercepit per eos qui missi fuerant; ne vel proponerentur populo, vel legerentur in curia. Eodem tempore etiam de Clodio Albino sibi substituendo cogitavit, cui Cæsarianum decretum aut Commodianum videbatur imperium [15]. Sed eos ipsos pertimescens, de quibus recte judicabat, Heraclitum ad obtinendas Britannias, Plautianum ad occupandos Nigri liberos, misit. Quum Romam Severus venisset, prætorianos cum subarmalibus iner-

à Sévère qu'un signe de sa volonté pour qu'il fût vainqueur ; et il marcha vers Rome à la tête de son armée.

VI. Quoique Julianus fût mort, Sévère continua à prendre, dans la marche de son armée et dans ses campements, les mêmes précautions que s'il eût traversé un pays ennemi. Le sénat lui envoya donc une députation de cent de ses membres, pour lui offrir ses félicitations et ses vœux. Ils le rencontrèrent à Interamne; mais avant de les admettre en sa présence, on les fouilla dans la crainte qu'ils ne portassent sur eux quelque arme cachée. Sévère leur donna audience au milieu de ses gardes, et armé lui-même. Le lendemain, tous ceux qui étaient attachés à la cour étant venus à sa rencontre, il distribua à chacun des députés du sénat quatre-vingt-dix pièces d'or, et, en les congédiant, il permit à ceux qui le voudraient, de rester auprès de sa personne, et de rentrer avec lui à Rome. Il établit aussitôt préfet du prétoire Flavius Juvenalis, que Julianus lui-même avait aussi nommé à cette charge, quoiqu'il y eût déjà deux autres préfets. Cependant, à Rome, les soldats et les citoyens étaient dans l'inquiétude et la terreur, en voyant Sévère s'avancer en armes, comme s'il voulait se venger de ceux qui l'avaient déclaré ennemi de la république. Ajoutez à cela que Sévère, ayant appris alors que Pescennius Niger avait été proclamé empereur par les légions de Syrie, intercepta, à l'aide de ses émissaires, les lettres et les édits que le nouveau prince envoyait au peuple ou au sénat, empêchant ainsi qu'ils ne fussent mis sous les yeux du peuple, ou lus dans le sénat. Il pensa aussi alors à désigner pour son successeur Clodius Albinus, à qui le décret de Commode paraissait assurer le titre de césar et la succession à l'empire. Mais comme il craignait ceux-là mêmes dont il avait bonne opinion, il

mes[16] sibi jussit occurrere : eosdem sic ad tribunal vocavit, armatis undique circumdatis.

VII. Ingressus deinde Romam, armatus cum armatis militibus Capitolium ascendit; inde in palatium eodem habitu perrexit, prælatis signis, quæ prætorianis ademerat, supinis, non erectis. Tota deinde Urbe milites in templis, in porticibus, in ædibus Palatinis, quasi in stabulis manserunt : fuitque ingressus Severi odiosus atque terribilis, quum milites inempta diriperent, vastationem Urbi minantes. Alia die, armatis stipatus non solum militibus, sed etiam amicis, in senatum venit. In curia reddidit rationem suscepti imperii, causatusque est, quod ad se occidendum Julianus notos ducum cædibus misisset. Fieri etiam senatusconsultum coegit, « ne liceret imperatori, inconsulto senatu, occidere senatorem. » Sed quum in senatu esset, milites per seditionem dena millia poposcerunt a senatu, exemplo eorum qui Augustum Octavium Romam deduxerant[17], tantumque acceperant. Et quum eos voluisset comprimere Severus, nec potuisset; tamen mitigatos, addita liberalitate, dimisit. Funus deinde censorium[18] Pertinacis imagini duxit, eumque inter divos sacravit, addito flamine, et sodalibus helvianis, qui Marciani fuerant; se quoque

envoya Héraclite pour s'assurer de la Grande-Bretagne, et chargea Plautianus de s'emparer des enfants de Niger. Arrivé à Rome, Sévère ordonna aux prétoriens de se rendre auprès de lui, revêtus d'une simple tunique et sans armes; et lorsqu'ils se présentèrent selon ses ordres, ils furent environnés de gens armés, et comparurent ainsi devant son tribunal.

VII. Il fit ensuite son entrée à Rome, armé lui-même, à la tête de ses troupes armées. Il monta ainsi au Capitole, et de là se rendit au palais; devant lui on portait renversés les étendards dont il avait dépouillé les prétoriens. Ensuite les soldats se répandirent par toute la ville, et s'établirent dans les temples, les portiques et les édifices qui environnaient le palais, comme dans autant d'hôtelleries. L'entrée de Sévère fut quelque chose d'odieux et de terrible : car les soldats prenaient sans payer tout ce qui leur convenait, et menaçaient de mettre la ville au pillage. Le lendemain, Sévère se rendit au sénat, environné non-seulement de ses gardes, mais d'une escorte d'amis, tous armés. Il rendit compte des motifs qui l'avaient déterminé à prendre le titre d'empereur, et il allégua, pour justification, que Julianus avait envoyé, pour le tuer, des gens déjà connus par le meurtre d'autres chefs d'armée. Il força même le sénat à rendre un décret d'après lequel il ne serait point permis à l'empereur de mettre à mort un sénateur, sans avoir consulté le sénat. Mais tandis que ces choses se passaient, les soldats se mutinèrent et exigèrent du sénat dix mille sesterces, alléguant l'exemple de ceux qui, ayant conduit à Rome Octave Auguste, avaient reçu la même somme. Sévère voulut les réprimer, mais en vain : il parvint cependant à calmer leur effervescence et à les éloigner du sénat, en leur accordant une gratification. Il célébra ensuite, en l'honneur de Pertinax, des funérailles solennelles, le mit au rang des dieux, lui consacra un flamine et le collége des helviens, qui

Pertinacem vocari jussit : quamvis postea id nomen aboleri voluerit, querimonia amicorum [19]. Dehinc æs alienum dissolvit.

VIII. Filias suas dotatas, maritis Probo et Aetio dedit. Et quum Probo genero suo præfecturam Urbis obtulisset, ille recusavit, dixitque, « minus sibi videri præfectum esse, quam principis generum. » Utrumque autem generum suum statim consulem fecit, utrumque ditavit. Alia die ad senatum venit, et amicos Juliani, incusatos, proscriptioni ac neci dedit. Causas plurimas audivit. Accusatos a provincialibus judices, probatis rebus, graviter punivit. Rei frumentariæ, quam minimam repererat, ita consuluit, ut, excedens ipse vita, septem annorum canonem populo Romano relinqueret. Ad Orientis statum confirmandum profectus est, nihil adhuc de Nigro palam dicens. Ad Africam tamen legiones misit, ne per Libyam et Ægyptum Niger Africam occuparet, ac populum Romanum penuria rei frumentariæ perurgeret. Domitium Dextrum in locum Bassi præfecti Urbi reliquit; atque intra triginta dies, quam Romam venerat, est profectus. Egressus ab Urbe ad Saxa Rubra [20], seditionem ingentem ob locum castrorum metandorum ab exercitu passus est. Occurrit ei et statim Geta frater suus : quem provinciam sibi creditam regere præcepit, aliud sperantem. Nigri liberos, ad se adductos, in eo habuit honore, quo suos. Miserat sane legionem, quæ Græciam Thraciamque præriperet, ne eas Pescennius

jadis étaient les prêtres de Marc Aurèle. Lui-même voulut être appelé Pertinax : plus tard cependant il renonça à ce nom, sur les observations de ses amis. Ensuite il acquitta les dettes qu'il avait contractées.

VIII. Il donna ses filles en mariage, après les avoir dotées, l'une à Probus et l'autre à Aetius. Il offrit à Probus, devenu son gendre, la préfecture de la ville ; mais celui-ci la refusa, en disant qu'à ses yeux, le titre de gendre du prince valait mieux que celui de préfet. Au reste, il fit aussitôt consuls ses deux gendres et les combla de richesses. Un autre jour, il vint au sénat, et accusa les amis de Julianus, qui furent proscrits et mis à mort. Il rendit des arrêts dans un grand nombre de procès. Il écouta les plaintes des sujets de l'empire contre les magistrats qui gouvernaient les provinces, et infligea de graves punitions à ceux qu'il reconnut coupables. Il pourvut avec un tel soin aux approvisionnements de Rome, qui se trouvaient fort insuffisants, qu'à sa mort il laissa des vivres pour sept ans. Il partit pour rétablir en Orient les affaires de l'empire, et même alors il ne fit en public aucune mention de Niger. Cependant il envoya des légions en Afrique, dans la crainte que ce général, traversant la Libye et l'Égypte, ne s'emparât de cette province, et ne réduisît Rome à la famine. Il nomma Domitius Dexter préfet de la ville, à la place de Bassus, qu'il dépouilla de cette dignité ; et, trente jours après son arrivée à Rome, il partit. À peine sorti de la ville, à la Roche-Rouge, il essuya une grave sédition de la part de son armée, à l'occasion du lieu où il voulait que le camp fût établi. Dans ce temps, Geta, son frère, étant venu le trouver, il le renvoya gouverner la province qui lui était confiée ; et les belles espérances qu'il s'était faites, furent ainsi déçues. Les enfants de Niger furent amenés à Sévère, qui les traita avec les mêmes égards que les siens. Il avait envoyé une légion dans la Grèce et dans la Thrace, de peur que Pescennius

occuparet : sed jam Byzantium Niger tenebat. Perinthum etiam Niger volens occupare, plurimos de exercitu interfecit : atque ideo hostis cum Æmiliano est appellatus. Quumque Severum ad participatum vocaret, contemptus est. Promisit sane Nigro tutum exsilium, si vellet : Æmiliano autem non ignovit. Æmilianus dehinc victus in Hellesponto a Severi ducibus, Cyzicum primum confugit, atque inde in aliam civitatem : in qua eorum jussu occisus est. Fusæ sunt item copiæ ab iisdem ducibus etiam Nigri.

IX. His auditis, ad senatum Severus Pertinax, quasi confectis rebus, litteras misit; deinde conflixit cum Nigro, eumque apud Cyzicum interemit, caputque ejus pilo circumtulit. Filios Nigri post hoc, quos suorum liberorum cultu habuerat, in exsilium cum matre misit. Litteras ad senatum de victoria dedit. Neque quemquam senatorum, qui Nigri partium fuerant, præter unum [21], supplicio affecit. Antiochensibus iratior fuit, quod et administrantem se in Oriente riserant, et Nigrum etiam victu juverant; denique multa his ademit. Neapolitanis etiam Palæstinensibus jus civitatis tulit, quod pro Nigro diu in armis fuerant. In multos animadvertit, præter ordinem senatorium, qui Nigrum fuerant sequuti. Multas etiam civitates ejusdem partis injuriis affecit et damnis. Eos senatores occidit, qui cum Nigro militaverant ducum vel tribunorum nomine; deinde circa Arabiam plura gessit : Parthis etiam in ditionem redactis, nec

ne s'en emparât; mais déjà celui-ci l'avait prévenu : il était maître de Byzance, et cherchait à s'emparer aussi de Périnthe. Dans l'attaque de cette ville, il tua un grand nombre de soldats romains, et, pour ce motif, on le déclara ennemi public, ainsi qu'Émilien. Niger proposa alors à son rival de partager avec lui l'empire; mais Sévère rejeta sa proposition avec mépris, et lui offrit à son tour la vie sauve, mais dans l'exil : encore ne voulait-il point pardonner à Émilien. Ce dernier fut vaincu dans l'Hellespont par les généraux de Sévère, et se réfugia d'abord à Cyzique, puis dans une autre ville, où il fut tué par l'ordre des vainqueurs. Les mêmes généraux mirent aussi en déroute l'armée de Niger.

IX. A cette nouvelle, Sévère Pertinax écrivit au sénat, comme si tout était terminé. Ensuite il combattit lui-même contre Niger, le tua près de Cyzique, et fit promener sa tête au bout d'une pique. Après cette victoire, il envoya en exil avec leur mère, les enfants de Niger, qu'il avait jusque-là traités comme les siens. Il écrivit au sénat pour lui annoncer le succès de ses armes. De tous les sénateurs qui avaient été du parti de Niger, un seul fut mis à mort. Il témoigna plus de ressentiment aux habitants d'Antioche, parce que, dans le temps où il était gouverneur en Orient, ils avaient fait des plaisanteries contre lui, et que, plus tard, ils avaient fourni des vivres à Niger : il les dépouilla d'un grand nombre de priviléges dont ils jouissaient. Il retira aussi le droit de cité aux habitants de Naplouse en Palestine, parce qu'ils avaient longtemps porté les armes en faveur de Niger. Il sévit contre beaucoup d'autres partisans de son rival, qui n'appartenaient point au sénat. Un grand nombre de villes furent, pour le même motif, honteusement dépouillées de leurs priviléges et de leurs avantages. Les sénateurs qui avaient combattu contre lui en qualité de généraux ou de tribuns, furent mis à mort. Ses vengean-

non etiam Adiabenis; qui quidem omnes cum Pescennio senserant. Atque ob hoc, reversus, triumpho delato, appellatus est Arabicus, Adiabenicus, Parthicus. Sed triumphum respuit, ne videretur de civili triumphare victoria; recusavit et Parthicum nomen, ne Parthos lacesseret.

X. Redeunti sane Romam post bellum civile Nigri, aliud bellum civile Clodii Albini nuntiatum est, qui rebellavit in Gallia; quare postea occisi sunt filii Nigri cum matre. Albinum igitur statim hostem judicavit, et eos, qui ad illum mollius vel scripserunt, vel rescripserunt. Et quum iret contra Albinum, in itinere apud Viminatium[22], filium suum majorem Bassianum, apposito Aurelii Antonini nomine, cæsarem appellavit, ut fratrem suum Getam ab spe imperii, quam ille conceperat, submoveret. Et nomen quidem Antonini idcirco filio apposuit, quod somniaverat Antoninum sibi successurum. Unde Getam etiam quidam Antoninum putant dictum, ut et ipse succederet in imperio. Aliqui putant idcirco illum Antoninum appellatum, quod Severus ipse in Marci familiam transire voluerit. Et primo quidem ab Albinianis Severi duces victi sunt. Tunc sollicitus quum consuleret, a Pannoniacis auguribus comperit se victorem futurum, adversarium vero nec in potestatem venturum, nec evasurum, sed juxta aquam esse periturum. Multi statim amici Albinum deserentes venere, multi duces capti sunt; in quos Severus animadvertit.

ces allèrent plus loin encore envers les peuples de l'Arabie; il réduisit sous la domination romaine les Parthes et les Adiabènes, qui tous avaient embrassé la cause de Pescennius. En récompense de ces derniers succès, on lui offrit, à son retour, le triomphe avec les surnoms d'Arabique, d'Adiabénique, de Parthique. Mais il ne voulut point d'un triomphe qui aurait paru remporté sur des concitoyens; il rejeta également le surnom de Parthique, pour ne point irriter la nation des Parthes.

X. Tandis qu'il retournait à Rome après la défaite de Niger, il reçut la nouvelle d'une autre guerre civile qui venait d'éclater dans la Gaule par la rébellion de Clodius Albinus. Cet événement fut la cause que dans la suite on fit mourir les fils de Niger et leur mère. Sur-le-champ Sévère déclara Albinus ennemi public, ainsi que tous ceux qui lui avaient écrit ou répondu avec trop de ménagement. Pendant qu'il marchait contre Albinus, voulant enlever à son frère Geta tout espoir de s'élever à l'empire, il créa césar, à Viminace, son fils aîné Bassianus, à qui il donna en outre les noms d'Aurelius Antonin. Il lui assigna ce dernier nom, parce qu'il avait vu en songe qu'il aurait pour successeur un Antonin. Geta, son autre fils, reçut le même nom, également pour assurer sa succession à l'empire. D'autres pensent que Sévère appela ainsi Bassianus, parce qu'il avait lui-même l'intention de passer dans la famille de Marc Aurèle. D'abord, les généraux d'Albinus vainquirent ceux de Sévère. Inquiet alors, celui-ci consulta des augures de Pannonie, qui lui dirent qu'il serait vainqueur, mais que son ennemi ne tomberait point entre ses mains, ni ne s'échapperait, mais qu'il périrait près d'un fleuve. Bientôt un grand nombre des amis d'Albinus l'abandonnèrent pour passer dans le parti de Sévère; beaucoup de ses généraux furent faits prisonniers, et l'empereur sévit contre eux.

XI. Multis interim varie gestis in Gallia, primo apud Trinurtium[23] contra Albinum felicissime pugnavit Severus; quum quidem ingens periculum equi casu adiit, ita ut mortuus ictu plumbeæ crederetur, ita ut alius jam pæne imperator ab exercitu deligeretur. Eo tempore lectis actis, quæ de Clodio Celsino laudando, qui Adrumetinus, et affinis Albini erat, facta sunt, iratus senatui Severus, quasi hoc Albino senatus præstitisset, Commodum inter divos referendum esse censuit, quasi hoc genere se de senatu posset ulcisci : primusque inter milites divum Commodum pronuntiavit, idque ad senatum scripsit, addita oratione victoriæ. Senatorum deinde, qui in bello erant interempti, cadavera dissipari jussit. Deinde Albini corpore allato, pæne seminecis caput abscindi jussit, Romamque deferri; idque litteris prosequutus est. Victus est Albinus die undecima kalendas martii. Reliquum autem cadaver ejus ante domum propriam exponi ac dividi jussit. Equum præterea, ipse residens, supra cadaver Albini egit; expavescentemque admonuit, ut effrenatus audacter protereret. Addunt alii, quod idem cadaver in Rhodanum abjici præcepit, simul etiam uxoris liberorumque ejus.

XII. Interfectis innumeris Albini partium viris, inter quos multi principes civitatis, multæ feminæ illustres fuerunt, omnium bona publicata sunt, ærariumque auxerunt : tum Hispanorum et Gallorum proceres multi occisi sunt. Denique militibus tantum stipendiorum,

XI. Cependant la guerre se continua avec des succès divers dans la Gaule. Enfin, Sévère remporta une victoire décisive auprès de Trinurtium ; il y courut lui-même un si grand danger, par la chute de son cheval, qu'on le crut tué d'une balle de plomb, et que déjà il s'agissait presque d'élire un autre empereur. Au même temps, ayant lu un acte du sénat dans lequel il faisait l'éloge de Clodius Celsinus d'Adrumète, parent d'Albinus, Sévère, irrité contre ce corps, comme s'il avait voulu par là complaire à son ennemi, ordonna, pour se venger, que Commode fût mis au rang des dieux : le premier, en présence de l'armée, il donna à ce prince le nom de divin, et informa le sénat de ce qu'il avait fait à cet égard, dans la même lettre où il rendait compte de sa victoire. Il ordonna ensuite de mettre en pièces et de disperser les cadavres des sénateurs qui avaient été tués en combattant. Le corps d'Albinus lui ayant été apporté à peine expiré, il lui fit couper la tête, et l'envoya à Rome avec des lettres pour le sénat. Albinus fut vaincu le 19 de février. Sévère ordonna que le reste de son cadavre fût exposé devant sa propre tente et ensuite mis en pièces. Bien plus, il monta lui-même sur le cheval d'Albinus ; et comme, épouvanté à la vue du cadavre de son maître, il résistait au frein, il le força à passer dessus et à le fouler aux pieds. D'autres ajoutent qu'il fit jeter ce même cadavre dans le Rhône avec ceux de la femme et des enfants d'Albinus.

XII. Un nombre infini de partisans d'Albinus furent mis à mort, parmi lesquels on comptait beaucoup des principaux citoyens de Rome, et même des femmes d'un rang élevé, et leurs biens confisqués enrichirent le trésor public : on fit aussi périr un grand nombre d'Espagnols et de Gaulois distingués dans leur pays. Par suite de ces

quantum nemo principum, dedit. Filiis etiam suis ex hac proscriptione tantum reliquit, quantum nullus imperatorum, quum magnam partem auri per Gallias, per Hispanias, per Italiam, imperator jam fecisset; tuncque primum privatarum rerum procuratio constituta est[24]. Multi sane post Albinum, fidem ei servantes, bello a Severo superati sunt. Eodem tempore etiam legio Arabica defecisse ad Albinum nuntiata est. Ultus igitur graviter Albinianam defectionem, interfectis plurimis, genere quoque exstincto, iratus populo et senatoribus Romam venit. Commodum in senatu et concione laudavit, deum appellavit, infamibus displicuisse dixit; ut appareret eum apertissime furere. Post hæc de sua clementia disseruit; quum crudelissimus fuerit, et senatores infra scriptos occiderit.

XIII. Occidit autem sine causæ dictione hos nobiles: Mummium Secundinum, Asellium Claudianum, Claudium Rufum, Vitalium Victorem, Papium Faustum, Ælium Celsum, Julium Rufum, Lollium Professum, Arunculeium Cornelianum, Antoninum Balbum, Postumium Severum, Sergium Lustralem, Fabium Paulinum, Nonium Gracchum, Mustium Fabianum, Casperium Agrippinum, Cejonium Albinum, Claudium Sulpicianum, Memmium Rufinum, Casperium Æmilianum, Cocceium Verum, Erucium Clarum, Lucium Stilonem, Clodium Rufum, Egnatuleium Honoratum, Petronium

proscriptions, Sévère donna aux soldats des gratifications plus considérables, et laissa à ses fils de plus grandes richesses, que jamais aucun prince avant lui : ajoutez à cela qu'il avait déjà tiré, depuis qu'il était empereur, des sommes d'or immenses de la Gaule, de l'Espagne et de l'Italie. Alors fut établie l'intendance du trésor privé. Même après la mort d'Albinus, un grand nombre de ses partisans lui restèrent fidèles : Sévère leur fit la guerre et les vainquit. Dans le même temps, on reçut la nouvelle que la légion d'Arabie elle-même s'était déclarée en faveur de son rival. Sévère, après s'être cruellement vengé de la défection d'Albinus, en massacrant un grand nombre de ses partisans, et en détruisant entièrement sa famille, revint à Rome, outré de colère contre le peuple et les sénateurs. Il fit l'éloge de Commode au sénat et devant le peuple, l'appela dieu, et dit qu'il n'avait eu pour ennemis que des infâmes; il alla si loin, qu'il était évident que la fureur lui faisait perdre la raison. Ensuite, il fit étalage de sa clémence, lui qui s'était montré si cruel et qui fit mourir tant de sénateurs : j'en donne ici la liste.

XIII. Il fit périr, sans aucune forme de procès, Mummius Secundinus, Asellius Claudianus, Claudius Rufus, Vitalius Victor, Papius Faustus, Ælius Celsus, Julius Rufus, Lollius Professus, Aruncuieius Cornelianus, Antoninus Balbus, Postumius Severus, Sergius Lustralis, Fabius Paulinus, Nonius Gracchus, Mustius Fabianus, Casperius Agrippinus, Cejonius Albinus, Claudius Sulpicianus, Memmius Rufinus, Casperius Émilianus, Coccéius Verus, Erucius Clarus, Lucius Stilon, Clodius Rufus, Egnatuleius Honoratus, Petronius Junior; de la famille de Pescennius périrent Festus, Neratianus, Aurelianus, Materianus, Julianus et Albinus; de celle de Cerellius : Macrinus, Faustinianus et Julianus. Ajoutez à tant de victimes Herennius Nepos, Sulpitius Canus,

Juniorem; Pescennios, Festum, et Neratianum, et Aurelianum, et Materianum, et Julianum, et Albinum; Cerellios, Macrinum, et Faustinianum, et Julianum; Herennium Nepotem, Sulpitium Canum, Valerium Catulinum, Novium Rufum, Claudium Arabianum, Marcum Asellionem. Horum igitur tantorum ac tam illustrium virorum (nam multi in his consulares, multi prætorii, omnes certe summi viri fuere) interfector, ab Afris ut deus habetur. Cincium Severum calumniatus est, quod se veneno appetisset, atque ita interfecit[25].

XIV. Narcissum deinde, Commodi strangulatorem, leonibus objecit. Multos præterea obscuri loci homines interemit, præter eos, quos jus prœlii absumpsit. Post hæc, quum se vellet commendare hominibus, vehicularium munus a privatis ad fiscum traduxit. Cæsarem deinde Bassianum filium suum Antoninum a senatu appellari jussit, decretis imperatoriis insignibus. Rumore deinde belli Parthici exstincto, patri, matri, avo, et uxori priori per se statuas collocavit[26]. Plautianum ex amicissimo, cognita ejus vita, ita odio habuit, ut et hostem publicum appellaret, et, depositis statuis ejus, per orbem terræ gravi eum insigniret injuria; iratus præcipue, quod inter propinquorum et affinium Severi simulacra suam statuam ille posuisset. Palæstinis pœnam remisit, quam ob causam Nigri meruerant. Postea iterum cum Plautiano in gratiam rediit, et veluti ovans Urbem ingressus Capitolium petiit: quamvis et ipsum

Valerius Catulinus, Novius Rufus, Claudius Arabianus, Marcus Asellio : tous personnages très-distingués, dont un grand nombre étaient consulaires ou prétoriens. Or le meurtrier de tant de citoyens illustres est regardé comme un dieu par les Africains. Il accusa Cincius Severus d'avoir tenté de l'empoisonner, et, sous ce prétexte, il le fit mourir.

XIV. Ensuite il exposa aux lions Narcisse, qui avait étranglé Commode. Il fit encore mourir un grand nombre de gens obscurs, outre ceux qui avaient péri dans les combats. Puis, pour se concilier l'affection, il affranchit les citoyens de l'obligation de fournir les transports publics, et en chargea le fisc. Il fit ensuite donner, par le sénat, le nom d'Antonin à son fils Bassianus, qui avait déjà celui de César, et lui décerna les ornements impériaux. Il avait été question d'une guerre contre les Parthes; lorsque cette alarme se fut dissipée, il érigea par lui-même et de sa propre autorité des statues à son père, à sa mère, à son aïeul, et à sa première femme. Il avait beaucoup aimé Plautien; mais lorsqu'il connut sa conduite, il le prit tellement en aversion, qu'il le déclara ennemi public, et, pour comble d'outrage, fit abattre ses statues dans tout l'empire. Ce qui l'irritait surtout contre lui, c'est qu'il avait fait placer sa statue entre celles des parents et des alliés de Sévère. Il fit grâce aux habitants de la Palestine des peines qu'ils avaient encourues à l'occasion de Niger. Il se réconcilia ensuite avec Plautien, et, rentrant avec lui comme en triomphe dans la ville, il monta au Capitole; plus tard cependant il le

procedenti tempore occiderit. Getæ minori filio togam virilem dedit; majori Plautiani filiam uxorem junxit. Hi, qui hostem publicum Plautianum dixerant, deportati sunt; ita omnium rerum semper quasi naturali lege mutatio est. Filios deinde consules designavit. Getam fratrem extulit. Profectus deinde ad bellum Parthicum est, edito gladiatorio munere, et congiario populo dato. Multos inter hæc causis, vel veris, vel simulatis, occidit. Damnabantur autem plerique, cur jocati essent; alii, cur tacuissent; alii, cur pleraque figurata dixissent, ut « ecce imperator vere nominis sui[27], vere Pertinax, vere Severus. »

XV. Erat sane in sermone vulgari, Parthicum bellum affectare Septimium Severum, gloriæ cupiditate, non aliqua necessitate, deductum. Trajecto denique exercitu a Brundusio, continuato itinere venit in Syriam, Parthosque submovit. Sed postea in Syriam rediit, ita ut se pararet, ac bellum Parthis inferret. Inter hæc Pescennianas reliquias Plautiano auctore persequebatur, ita ut nonnullos etiam ex amicis suis, quasi vitæ suæ insidiatores, appeteret. Multos etiam, quasi Chaldæos aut vates de sua salute consuluissent, interemit: præcipue suspectos unumquemque idoneum imperio, quum ipse parvulos adhuc filios haberet, idque dici ab his vel crederet, vel audiret, qui sibi augurabantur imperium. Denique quum occisi essent nonnulli, Severus se excu-

fit mourir. Il revêtit de la toge virile Geta, son plus jeune fils, et donna la fille de Plautien en mariage à son aîné. Ceux qui avaient parlé de Plautien comme d'un ennemi de la république furent déportés : ainsi, par je ne sais quelle loi de la nature, tout, dans l'univers, n'est que changement et vicissitude. Il désigna ses fils consuls, et rendit les derniers devoirs à son frère Geta, qui venait de mourir. Il partit ensuite pour la guerre des Parthes, après avoir donné au peuple un combat de gladiateurs, et lui avoir distribué un congiaire. Pendant tout ce temps, il fit périr un grand nombre de personnes pour des motifs vrais ou supposés. On condamnait les uns pour une plaisanterie, les autres pour s'être tus, d'autres pour s'être servis, en parlant de lui, d'expressions figurées, de jeux de mots, tels que celui-ci : « voilà un empereur qui porte bien son nom ; il est vraiment tenace (1), vraiment sévère (2). »

XV. L'on disait généralement que Sévère entreprenait la guerre des Parthes sans aucune nécessité, et par le seul désir de se faire de la gloire. Il embarqua son armée à Brindes, passa en Syrie, et marcha contre les Parthes, qu'il força à se retirer. Puis il revint dans la Syrie, où il fit des préparatifs pour porter la guerre jusque dans le pays ennemi. Au milieu de tous ces soins, il continuait à poursuivre, à l'instigation de Plautien, les restes du parti de Pescennius : quelques-uns même de ses amis furent mis à mort, comme ayant conspiré contre lui. Beaucoup d'autres aussi périrent, pour avoir consulté des Chaldéens ou des devins sur la vie de l'empereur ; il suspectait surtout quiconque était digne du pouvoir suprême, parce que ses fils étaient encore dans l'enfance, et qu'il s'imaginait à raison ou à tort que cette idée occupait également tous ceux qui pouvaient prétendre à l'empire. Lorsqu'il avait fait périr quelques victimes, Sévère cherchait à se

(1) *Pertinax*. — (2) *Severus*.

sabat : et post eorum mortem negabat fieri se jussisse, quod factum est : quod de Læto præcipue Marius Maximus dicit. Quum soror sua Leptitana ad eum venisset, vix Latine loquens, ac de illa multum imperator erubesceret, dato filio ejus lato clavo, atque ipsi multis muneribus, redire mulierem in patriam præcepit : et quidem cum filio, qui brevi vita defunctus est.

XVI. Æstate igitur jam exeunte, Parthiam ingressus, Ctesiphontem, pulso rege, pervenit : et cepit, hiemali prope tempore, quod in illis regionibus melius per hiemem bella tractantur, quum herbarum radicibus milites viverent, atque inde morbos ægritudinesque contraherent : quare quum, obsistentibus Parthis, fluente quoque per insuetudinem cibi alvo militum, longius ire non posset, tamen perstitit, et oppidum cepit, et regem fugavit, ac plurimos interemit, et Parthicum nomen meruit. Ob hoc etiam filium ejus Bassianum Antoninum, qui Cæsar appellatus jam fuerat, annum decimumtertium agentem, participem imperii dixerunt milites. Getam quoque, minorem filium, Cæsarem dixerunt, eumdem Antoninum, ut plerique in litteras tradunt, appellantes. Harum appellationum causa donativum militibus largissimum dedit, concessa omni præda oppidi Parthici, quod milites quærebant. Inde in Syriam rediit victor, et Parthicum deferentibus sibi patribus triumphum, idcirco recusavit, quod consistere in curru affectus articulari morbo non posset; filio sane

justifier, et prétendait que l'on avait agi sans ses ordres : c'est ce qu'il fit surtout à l'occasion de Létus, d'après ce que dit Marius Maximus. Sa sœur vint de Leptis à Rome pour le voir ; et comme elle parlait à peine latin, et faisait rougir l'empereur, son frère, il se hâta de la combler de présents, donna à son fils le laticlave, et les renvoya tous deux dans leur patrie : le fils mourut bientôt après son retour.

XVI. Sur la fin de l'été, Sévère entra dans le pays des Parthes, pénétra jusqu'à Ctésiphon, mit le roi en fuite, et s'empara de la ville au commencement de l'hiver : car, dans ces contrées, c'est la saison la plus favorable pour faire la guerre. Ses soldats vivaient de racines, et, par suite de la mauvaise nourriture, avaient contracté de cruelles maladies. La résistance des Parthes, et, en outre, la dyssenterie qui régnait dans l'armée, paraissaient s'opposer à ce qu'on allât plus loin : Sévère cependant persista, prit la ville, mit le roi en fuite, et fit un grand carnage des ennemis. Ce succès lui mérita le surnom de Parthique. Son fils Bassianus Antoninus avait déjà reçu le nom de César : quoiqu'il ne fût alors que dans sa treizième année, les soldats, à l'occasion de cette même victoire, le déclarèrent associé à l'empire. Si l'on en croit le témoignage de la plupart des écrivains, ils donnèrent aussi à la fois les noms de César et d'Antonin à Geta, le plus jeune fils de Sévère. En reconnaissance de ces honneurs à ses enfants, l'empereur fit aux soldats de grandes largesses et leur accorda le pillage de la ville, qu'ils avaient demandé. De là il rentra en vainqueur dans la Syrie. Le sénat lui offrit le triomphe; mais il le refusa, parce que, souffrant de la goutte, il ne pouvait supporter le mouvement du char. Il permit cependant à son fils de jouir de cet honneur; car le sénat avait décerné à ce jeune prince le triomphe sur les Juifs,

concessit, ut triumpharet: cui senatus Judaicum triumphum decreverat, idcirco, quod et in Syria res bene gestæ fuerant a Severo. Deinde quum Antiochiam transisset, data virili toga filio majori, secum eum consulem designavit: et statim in Syria consulatum inierunt. Post hoc, dato stipendio cumulatiore militibus, Alexandriam petiit.

XVII. In itinere Palæstinis plurima jura fundavit. Judæos fieri sub gravi pœna vetuit. Idem etiam de christianis sanxit. Deinde Alexandrinis jus buleutarum dedit[28], qui sine publico consilio, ita ut sub regibus, ante vivebant, uno judice contenti, quem Cæsar dedisset. Multa præterea his jura mutavit. Jucundam sibi peregrinationem hanc propter religionem dei Serapidis, et propter novitatem animalium vel locorum fuisse, Severus ipse postea semper ostendit; nam et Memphin, et Memnonem, et Pyramides, et Labyrinthum, diligenter inspexit. Et quoniam longum est minora persequi, hujus magnifica illa: Quod victo et occiso Juliano, prætorianas cohortes exauctoravit, Pertinacem contra militum voluntatem in deos retulit, Salvii Juliani decreta jussit aboleri; quod non obtinuit. Denique cognomentum Pertinacis non tam ex sua voluntate, quam ex morum parcimonia videtur habuisse; nam et infinita multorum cæde[29] crudelior habitus, et quum quidam ex hostibus eidem se suppliciter obtulisset, dixissetque ille, « Quid tu facturus esses[30]? » Non mollitus tam pru-

parce que Sévère avait aussi obtenu quelques succès en Syrie. Ensuite il passa par Antioche, y donna la robe virile à son fils aîné, le désigna consul avec lui, et aussitôt tous deux entrèrent en charge dans la Syrie. Ensuite il augmenta la paye des soldats, et se rendit à Alexandrie.

XVII. Dans sa route, il fit divers règlements pour la Palestine, établit de graves châtiments contre quiconque embrasserait la religion des juifs ou des chrétiens. Puis, il accorda aux habitants d'Alexandrie le droit d'être régis par un sénat, tandis qu'auparavant ils étaient gouvernés despotiquement, comme sous leurs anciens rois, par un seul juge que leur donnait l'empereur. Il fit, en outre, beaucoup d'autres changements à leurs lois. Le voyage d'Égypte lui fit grand plaisir : le culte de Sérapis, la singularité des lieux et des animaux qu'ils produisent, piquèrent sa curiosité, et il en garda toujours depuis un agréable souvenir. Il visita avec soin Memphis et Memnon, et les Pyramides et le Labyrinthe. Au reste, pour ne point entrer dans des détails qui me mèneraient trop loin, voici ce que Sévère a fait de plus remarquable : après avoir vaincu et fait périr Julianus, il cassa les cohortes prétoriennes, et plaça Pertinax au rang des dieux contre la volonté des soldats. Il voulut faire abolir les décrets de Salvius Julianus; mais en cela il ne réussit point. Il paraît qu'on lui donna le nom de Pertinax, moins parce qu'il le voulait, qu'à cause de sa sordide avarice; car, pour satisfaire son avidité, il se montra cruel à l'excès, et fit périr un nombre infini de personnes. Un jour, entre autres, qu'un de ses ennemis s'était présenté à lui en suppliant, et lui disait : « Qu'auriez-vous fait à ma place? » Sévère ne fut point touché d'une pa-

dente dicto, interfici eum jussit. Fuit præterea delendarum cupidus factionum : prope a nullo congressu nisi victor[31].

XVIII. Persarum regem Abgarum subegit. Arabas in deditionem accepit. Adiabenos in tributarios coegit. Britanniam, quod maximum ejus imperii decus est, muro per transversam insulam ducto, utrimque ad finem Oceani munivit : unde etiam Britannici nomen accepit. Tripolin, unde oriundus erat, contusis bellicosissimis gentibus, securissimam reddidit : ac populo Romano diurnum oleum gratuitum, et fecundissimum agrum donavit[32]. Idem quum implacabilis delictis fuit, tum ad eligendos industrios quosque judicii singularis. Philosophiæ ac dicendi studiis satis deditus, doctrinæ quoque nimis cupidus : latronum ubique hostis : vitam suam privatam publicamque ipse composuit ad fidem, solum tamen vitium crudelitatis excusans. De hoc senatus ita judicavit, illum aut nasci non debuisse, aut non mori ; quod et nimis crudelis, et nimis utilis reipublicæ videretur. Domi tamen minus cautus, qui uxorem Juliam famosam adulteriis tenuit, etiam conjurationis consciam. Idem, quum pedibus æger bellum moraretur, idque milites anxie ferrent, ejusque filium Bassianum, qui una erat, augustum fecissent[33]; tolli se, atque in tribunal ferri jussit, adesse deinde omnes tribunos, centuriones, duces, et cohortes, quibus auctoribus id acciderat, sisti deinde filium, qui augusti nomen acceperat : quum-

role si raisonnable, et le fit mettre à mort. Il poursuivit avec acharnement les partis, et sortit presque toujours vainqueur de la lutte.

XVIII. Il soumit le roi des Perses Abgare, força les Arabes à reconnaître sa domination, et rendit les Adiabènes tributaires. Il éleva dans la Bretagne un mur qui la traversait d'une mer à l'autre, et lui servait ainsi de rempart : cela fut la plus grande gloire de son empire, et lui valut même le nom de Britannique. Tripolis, d'où il tirait son origine, était sans cesse exposée aux attaques de nations très-belliqueuses : Sévère affranchit ce pays de ses alarmes continuelles en domptant ses ennemis, et assura en même temps au peuple romain des distributions gratuites d'huile pour ses besoins de chaque jour, et des moissons abondantes. Autant Sévère était implacable pour les délits, autant il avait d'habileté à distinguer le mérite et à le mettre en lumière. Il se livra avec assez de goût à l'étude de la philosophie et de l'éloquence ; mais il aimait la science avec trop de passion. Il se montra partout l'ennemi des malfaiteurs et des brigands. Il écrivit lui-même l'histoire de sa vie publique et privée, et son récit serait fidèle en tout, s'il ne cherchait point à se justifier du reproche de cruauté. Le sénat porta de lui ce jugement, qu'il aurait dû ne pas naître, ou ne pas mourir ; parce que, d'un côté, il fut trop cruel, et que de l'autre, il était trop nécessaire à la république. Dans son intérieur, cependant, il ne prenait point assez garde à ce qui se passait, puisqu'il conserva sa femme Julia, qui s'était déshonorée par des adultères, et avait même trempé dans une conjuration contre son mari. Ce même Sévère étant tourmenté par la goutte, qui l'empêchait d'agir, et entravant ainsi les opérations de la guerre, les soldats s'irritèrent, et proclamèrent auguste son fils Bassianus, qui l'avait accompagné ; mais l'empereur se fit porter sur

que animadverti in omnes auctores facti, præter filium, juberet, rogareturque omnibus ante tribunal prostratis, caput manu contingens ait : « Tandem sentitis caput imperare, non pedes. » Hujus dictum est, quum eum ex humili per litterarum et militiæ officia ad imperium plurimis gradibus fortuna duxisset, « Omnia, inquit, fui, et nihil expedit. »

XIX. Periit Eboraci[34] in Britannia, subactis gentibus quæ Britanniæ videbantur infestæ, anno imperii decimo octavo, morbo gravissimo exstinctus jam senex. Reliquit filios duos, Antoninum Bassianum et Getam, cui et ipsi, in honorem Marci, Antonini nomen imposuit. Illatus sepulcro Marci Antonini, quem ex omnibus imperatoribus tantum coluit, ut et Commodum in divos referret, et Antonini nomen omnibus deinceps quasi Augusti adscribendum putaret. Ipsi a senatu, a gentilibus liberisque ejus funus amplissimum exhibitum fuit, atque inter divos est relatus. Opera publica ejus, præcipue Romæ, exstant, Septizonium[35] et thermæ Severianæ[36], ejus denique etiam Jani[37] in Transtiberina regione ad portam nominis sui, quorum forma intercidens statim[38] usum publicum invidit. Judicium de eo post mortem magnum omnium fuit : maxime quod diu nec a filiis ejus boni aliquid reipublicæ venit, et postea invadentibus

son tribunal, et appela devant lui et les officiers et les cohortes qui avaient pris part à cet acte. Puis ayant fait aussi comparaître son fils, qui avait accepté le nom d'auguste, il condamna au supplice tous les coupables, excepté Bassianus. Tous se prosternèrent devant son tribunal en le suppliant; Sévère alors porta la main à sa tête, et dit · « Vous comprenez donc enfin que c'est la tête qui commande, et non les pieds. » On cite une autre parole de cet empereur qui, de la condition la plus humble, avait été porté par la fortune à travers tous les degrés, soit civils, soit militaires, jusqu'à l'autorité suprême : « J'ai été tout ce qu'on peut être, dit-il, et tout cela ne me sert de rien. »

XIX. Sévère, après avoir soumis les nations ennemies de la Grande-Bretagne, mourut à York, dans un âge déjà avancé, après une cruelle maladie, la dix-huitième année de son empire. Il laissa deux fils, Antoninus Bassianus et Geta, auquel il donna aussi, en l'honneur de Marc Aurèle, le nom d'Antoninus. Il fut déposé dans le tombeau de ce prince, pour qui il avait une telle vénération qu'il mit même son fils Commode au rang des dieux, et qu'il voulut que désormais tous les princes portassent le nom d'Antoninus tout aussi bien que celui d'Auguste. Le sénat, sa famille et ses enfants lui firent de magnifiques obsèques, et le placèrent au rang des dieux. Il existe de lui des monuments publics, surtout à Rome, entre autres le Septizonium et les bains appelés les thermes de Sévère, et le passage qu'il bâtit au delà du Tibre, auprès de la porte qui conserve son nom; la voûte de ce passage, à peine achevée, menaça ruine, et ne put servir à la circulation publique. Lorsque ce prince fut mort, il fut estimé et regretté par tout le monde, surtout parce que ses enfants ne firent rien en faveur de la république, et que, plus tard, l'empire

multis rempublicam res Romana prædonibus direptui fuit. Hic tam exiguis vestibus usus est, ut vix tunica ejus aliquid purpuræ haberet, et cum hirta chlamyde humeros velaret. Cibi parcissimus, leguminis patrii avidus, vini aliquando cupidus, carnis frequenter ignarus. Ipse decorus, ipse ingens, promissa barba, cano capite et crispo, vultu reverendus, canorus voce, sed Afrum quiddam usque ad senectutem sonans : ac post mortem multum amatus, vel invidia deposita, vel crudelitatis metu.

XX. Legisse me apud Ælium Maurum Phlegontis Tralliani libertum memini, Septimium Severum immoderatissime, quum moreretur, lætatum, quod duos Antoninos pari imperio reipublicæ relinqueret, exemplo Pii, qui Verum et Marcum Antoninos per adoptionem filios reipublicæ reliquit : hoc melius, quod ille filios per adoptionem, hic per se genitos, rectores Romanæ reipublicæ daret, Antoninum scilicet Bassianum, quem ex priore matrimonio susceperat[39], et Getam, quem de Julia genuerat. Sed illum multum spes fefellit ; nam unum parricidium, alterum sui mores reipublicæ inviderunt : sanctumque illud nomen in nullo diu bene mansit. Et reputanti mihi, Diocletiane Auguste, neminem prope magnorum virorum optimum et utilem filium reliquisse satis claret. Denique aut sine liberis viri interierunt, aut tales habuerunt plerique, ut melius fuerit de rebus humanis sine posteritate discedere.

romain, envahi par un grand nombre de tyrans, se trouva en proie au brigandage et à la dévastation. Sévère était si simple dans ses vêtements, qu'à peine y avait-il un peu de pourpre sur sa tunique, et qu'il couvrait ses épaules d'un grossier surtout de laine. Il vivait avec une extrême sobriété, aimait surtout les légumes de son pays, buvait quelquefois du vin avec plaisir, mangeait rarement de la viande. Il était beau de sa personne, et d'une haute taille; il avait la barbe longue, la chevelure blanche et crépue, la figure imposante, la voix sonore; mais jusque dans sa vieillesse il conserva quelque chose de l'accent africain. Après sa mort il fut beaucoup aimé, parce que l'on cessa soit d'envier sa fortune, soit de craindre sa cruauté.

XX. Je me souviens d'avoir lu dans Ælius Maurus, affranchi de Phlégon de Tralles, que Septime Sévère témoigna en mourant beaucoup de joie de ce qu'il laissait à la république deux Antonin avec un égal pouvoir, à l'exemple d'Antonin le Pieux, qui avait laissé deux fils adoptifs, Verus et Marc Antonin; encore avait-il sur lui cet avantage, que ce n'était point à des fils adoptés qu'il remettait les rênes de l'empire, mais à ses propres enfants, à Bassianus Antonin qu'il avait eu d'un premier mariage, et à Geta que lui avait donné Julie, sa seconde femme. Mais son espoir fut loin de se réaliser : car l'un fut enlevé à la république par un fratricide, et l'autre par ses mœurs, et ni l'un ni l'autre ne tardèrent à démentir le nom sacré qu'ils portaient. En effet, Dioclétien Auguste, à bien considérer les choses, il n'est que trop évident que presque aucun des grands hommes n'a laissé après soi un fils qui, par ses vertus et ses talents, se soit montré digne de son père. Ou ces hommes illustres sont morts sans enfants, ou, pour la plupart, ils en ont eu de tels, que, pour le bonheur de l'humanité, il eût mieux valu qu'ils mourussent sans postérité.

XXI. Et ut ordiamur a Romulo : hic nihil liberorum reliquit, nihil Numa Pompilius, quod utile posset esse reipublicæ. Quid Camillus? num sui similes liberos habuit? Quid Scipio? Quid Catones, qui magni fuerunt? Jam vero quid de Homero, Demosthene, Virgilio, Crispo, et Terentio, Plauto, ceterisque aliis loquar? Quid de Cæsare? Quid de Tullio, cui soli melius fuerat liberos non habere? Quid de Augusto, qui nec adoptivum bonum filium habuit, quum illi eligendi potestas fuisset ex omnibus. Falsus est etiam ipse Trajanus in suo municipe ac nepote deligendo. Sed ut omittamus adoptivos, ne nobis Antonini, Pius et Marcus, numina reipublicæ, occurrant, veniamus ad genitos. Quid Marco felicius fuisset, si Commodum non reliquisset heredem? Quid Severo Septimio, si Bassianum non genuisset? qui statim insimulatum fratrem insidiarum contra se cogitatarum, parricidiali etiam figmento interemit : qui novercam, matrem quin immo, in cujus sinu Getam filium ejus occiderat, uxorem duxit : qui Papinianum juris asylum, et doctrinæ legalis thesaurum, quod parricidium excusare noluisset, occidit, et præfectum quidem suum, ne homini per se et per scientiam suam magno deesset et dignitas. Denique, ut alia omittam; ex hujus moribus factum puto, ut Severus tristior vir ad omnia, immo etiam crudelior, pius et dignus deorum altaribus duceretur; qui quidem divinam Sallustii orationem[10], qua Micipsa filios ad pacem hortatur, ingra-

XXI. Pour commencer par Romulus et par Numa Pompilius, ils sont morts l'un et l'autre sans laisser d'enfants qui pussent être utiles à la république. Et Camille, et Scipion, et les Caton, qui furent de si grands hommes, ont-ils laissé des enfants qui fussent semblables à leurs pères? Que dirai-je d'Homère, de Démosthène, de Virgile, de Salluste, de Térence, de Plaute, et de tant d'autres? Parlerai-je de César? de Cicéron, pour qui c'eût été un bonheur que de n'avoir point d'enfants? d'Auguste, qui ne put pas même par adoption se donner un bon fils, lui qui pouvait choisir entre tous les citoyens? Trajan lui-même s'est trompé en adoptant son concitoyen et son neveu. Mais laissons les fils d'adoption, parmi lesquels nous rencontrerions Antonin le Pieux et Marc Aurèle, ces deux divinités tutélaires de la république, et ne parlons que des enfants que donne la nature. N'eût-ce point été un bonheur pour Marc Aurèle, de n'avoir point Commode pour héritier de sa puissance? pour Septime Sévère, de n'avoir point donné la vie à Bassianus, à ce monstre qui, son père à peine mort, accusa son frère de lui avoir dressé des embûches, et, sous ce prétexte parricide, lui donna la mort; qui épousa sa belle-mère, ou plutôt sa mère, après avoir massacré dans ses bras son fils Geta; qui fit périr, parce qu'il se refusait à justifier son infâme parricide, l'illustre Papinien, cet asile inviolable du droit, ce trésor de la jurisprudence et de la législation romaine, qui, de plus, était préfet de l'empereur, de sorte que cet homme, si grand par lui-même, joignait l'illustration du rang à celle de la science? En un mot, je serais disposé à croire que c'est surtout aux vices et aux crimes de son fils que Sévère, si dur et même si cruel en toutes choses, a dû d'être regardé comme un prince pieux et digne des autels. Lorsque déjà la maladie mettait ses jours en danger, on dit qu'il envoya à son fils aîné le discours divin de Salluste,

vatus morbo misisse filio dicitur majori; idque frustra; et hominem tantum valetudine[41]. Vixit denique in odio populi diu Antoninus, nomenque illud sanctum ac venerabile diu, minus amatum est: quamvis et vestimenta populo dederit, unde Caracallus est dictus, et thermas magnificentissimas fecerit. Exstat sane Romæ Severi porticus, gesta ejus exprimens, a filio, quamplurimo decore, structa.

XXII. Signa mortis ejus hæc fuerunt. Ipse somniavit, quatuor aquilis et gemmato curru, prævolante, nescio qua, ingenti humana specie, ad cœlum se raptum, quumque raperetur, octoginta et novem numeros explicuisse[42] (ultra quot annos ne unum quidem annum vixit: nam ad imperium senex venit), quumque positus esset in circulo ingenti æreo, diu solus et destitutus stetit: quum vereretur autem ne præceps rueret, a Jove se vocatum vidit, atque inter Antoninos locatum. Die Circensium, quum tres Victoriæ more solito essent locatæ gypseæ cum palmis, media, quæ ipsius nomine adscriptum orbem palmis tenebat, vento icta, de podio stans decidit, et humi constitit: eaque, quæ Getæ nomine inscripta erat, corruit, et omnis comminuta est: illa vero quæ Bassiani titulum præferebat, amissa palma venti turbine vix constitit. Post murum aut vallum missum[43] in Britannia, quum ad proximam mansionem

où Micipsa exhorte ses enfants à la concorde; mais ce dernier conseil d'un père fut sans effet sur le cœur de son fils, et Geta périt dans toute la force de l'âge, tandis qu'Antonin vécut longtemps pour être le fléau du peuple romain. A force de crimes, il parvint à affaiblir l'amour que l'on portait à ce nom d'Antonin, jusque-là si saint et si vénérable. En vain il distribua au peuple des vêtements, d'où lui vint son nom de Caracalla, et fit construire des bains magnifiques; il ne continua pas moins à être l'objet de la haine universelle. On voit encore à Rome un superbe portique que Bassianus fit élever en l'honneur de son père, et où se trouvent retracées ses grandes actions.

XXII. Voici quels furent les présages de la mort de Sévère. Il eut un songe dans lequel il se voyait enlevé au ciel par quatre aigles, sur un char étincelant de pierreries. Devant lui volait un fantôme gigantesque qui avait la forme d'un homme : pendant le trajet, il ne put compter que jusqu'à quatre-vingt-neuf (et dans le fait, il ne vécut point un an de plus que ce nombre : car il parvint à l'empire déjà vieux). Il fut ensuite déposé sur un cercle immense d'airain, où il resta longtemps seul et abandonné; puis, tandis qu'il craignait de perdre pied et de se précipiter, Jupiter l'appela à lui, et le plaça entre les Antonin. Le jour où se donnaient les jeux du Cirque, on y établit, selon la coutume, trois Victoires de gypse avec des palmes. Celle du milieu, qui tenait à la main un globe où était inscrit le nom de Sévère, frappée d'un coup de vent, tomba de son support sans se renverser, et resta debout sur le sol; celle où était inscrit le nom de Geta, tomba également, mais se brisa en éclats; celle de Bassianus perdit sa palme, et faillit être enlevée par la violence du tourbillon. Lorsque, dans la Grande-Bretagne, il venait d'élever le rempart ou le mur qui défend le pays contre les incursions des barbares, il revint au canton-

rediret, non solum victor, sed etiam in æternum pace fundata, volvens animo quid omi... sibi occurreret, Æthiops quidam e numero militari, claræ inter scurras famæ, et celebratorum semper jocorum, cum corona e cupressu facta eidem occurrit: quem quum ille iratus removeri ab oculis præcepisset, et coloris ejus tactus omine, et coronæ, dixisse ille dicitur joci causa, « Totum fuisti[44]: totum vicisti: jam deus esto victor[45]. » Et in civitatem veniens, quum rem divinam vellet facere, primum ad Bellonæ templum ductus est, errore haruspicis rustici, deinde hostiæ furvæ sunt applicitæ; quod quum esset aspernatus, atque ad palatium se reciperet, negligentia ministrorum nigræ hostiæ usque ad limen domus Palatinæ imperatorem sequutæ sunt.

XXIII. Sunt per plurimas civitates opera ejus insignia; magnum vero illud in civitate, ejus[46], quod Romæ omnes ædes publicas, quæ vitio temporum labebantur, instauravit, nusquam prope suo nomine adscripto, servatis tamen ubique titulis conditorum. Moriens septem annorum canonem, ita ut quotidiana septuagena quinque millia modiorum expendi possent[47], reliquit: olei vero tantum, ut per quinquennium non solum Urbis usibus, sed et totius Italiæ, quæ oleo egeret, sufficeret. Ultima verba ejus dicuntur hæc fuisse: « Turbatam rempublicam ubique accepi, pacatam etiam Britannis relinquo: senex et pedibus æger: firmum imperium Antoninis meis relinquens, si boni erunt; imbecillum, si

nement le plus proche : non-seulement il était vainqueur, mais il avait à jamais consolidé la paix. Dans sa route, il était attentif aux présages qui se présenteraient à lui : or, un Éthiopien attaché à l'armée, qui s'était fait une réputation par ses bouffonneries, se présenta à l'empereur avec une couronne de cyprès. Sévère, irrité contre cet homme, dont la couleur et la couronne lui semblaient de mauvais présage, ordonna de l'éloigner de ses yeux; mais celui-ci, à ce que l'on assure, lui dit, croyant être bien plaisant : « Tu as été tout, tu as tout vaincu : vainqueur, tu n'as plus qu'à être dieu. » Arrivé à Rome, et voulant faire un sacrifice, un aruspice ignorant le conduisit d'abord, par erreur, au temple de Bellone, puis on lui présenta des victimes noires. Sévère les rejeta avec mécontentement, et se dirigea vers le palais; mais, par la négligence des prêtres, les victimes noires le suivirent jusqu'à la porte.

XXIII. Sévère a construit, en beaucoup de villes, un grand nombre de monuments remarquables; mais ce qui lui fait le plus d'honneur, c'est qu'à Rome, où il a réparé tous ceux des édifices publics que le temps avait détériorés, il n'inscrivit son nom sur presque aucun d'eux, et conserva religieusement celui des premiers fondateurs. Lorsqu'il mourut, Rome était approvisionnée de blé pour sept ans, à soixante-quinze mille boisseaux par jour; et ses magasins d'huile étaient si abondamment fournis, qu'ils pouvaient suffire pendant cinq ans, non-seulement à Rome, mais à l'Italie entière, qui en était dépourvue. On dit que telles furent ses dernières paroles : « La république était partout dans le trouble et la confusion, lorsque je l'ai reçue; je la laisse partout en paix, même dans la Grande-Bretagne : vieux et infirme, je remets à mes fils un empire solide et assuré, s'ils sont bons; mais faible et fragile,

mali. » Jussit deinde signum tribuno dari, « Laboremus : » quia Pertinax, quando in imperium adscitus est, signum dederat, « Militemus. » Fortunam deinde regiam, quæ comitari principes et in cubiculis poni solebat, geminare statuerat, ut sacratissimum simulacrum utrique relinqueret filiorum; sed quum videret se perurgeri sub horam mortis, jussisse fertur, ut alternis diebus apud filios imperatores in cubiculis Fortuna poneretur. Quod Bassianus prius contempsit, quam faceret parricidium.

XXIV. Corpus ejus a Britannia Romam usque cum magna provincialium reverentia susceptum est : quamvis aliqui urnulam auream tantum fuisse dicant [48], Severi reliquias continentem, eamdemque Antoninorum sepulcro illatam, quum Septimius Pertinax Severus illic, ubi vita functus est, esset incensus. Quum Septizonium faceret, nihil aliud cogitavit, quam ut ex Africa venientibus suum opus occurreret : et nisi absente eo per præfectum Urbis medium simulacrum ejus esset locatum [49], aditum palatinis ædibus, id est regium atrium, ab ea parte facere voluisse perhibetur : quod etiam post Alexander quum vellet facere, ab haruspicibus dicitur esse prohibitus, quum hoc sciscitatus non litasset.

s'ils ne le sont point. » Ensuite il fit donner pour mot d'ordre au tribun : « Travaillons ; » Pertinax avait donné pour mot d'ordre à son avénement : « Combattons. » Il était d'usage que la statue d'or qui représentait la Fortune de l'empire accompagnât partout les princes et fût placée dans leur chambre. Sévère voulait qu'on en fît une seconde, afin de laisser à l'un et à l'autre de ses fils ce simulacre sacré ; mais, se voyant pressé par l'heure de sa mort qui approchait, il ordonna, dit-on, que la statue de la Fortune impériale fût, chaque jour alternativement, portée chez l'un et chez l'autre des deux empereurs. Mais Bassianus ne fit aucun cas de cette recommandation, même avant de commettre son parricide.

XXIV. Le corps de Sévère, depuis la Bretagne jusqu'à Rome, fut reçu, par toutes les provinces où il passa, avec une grande vénération. Il y a des gens qui prétendent que le corps fut brûlé dans l'endroit même où mourut Sévère, et que l'on ne porta à Rome, dans le sépulcre des Antonin, que ses cendres renfermées dans une urne d'or. Lorsqu'il construisit le Septizonium, il tint beaucoup à ce que ce monument se présentât le premier à ceux qui arrivaient d'Afrique : il aurait même établi de ce côté l'entrée d'honneur du palais impérial, si, pendant qu'il était absent, le préfet de la ville n'avait point déjà placé sa statue au milieu de cet édifice. Alexandre, plus tard, voulut aussi faire le même changement ; mais il en fut empêché par les aruspices, parce qu'ayant consulté les dieux, les augures n'avaient point été favorables.

[A. U. 946 — 948]

PESCENNII NIGRI VITA

AD DIOCLETIANUM AUG.

I. Rarum atque difficile est, ut, quos tyrannos aliorum victoria fecerit, bene mittantur in litteras : atque ideo vix omnia de his plene in monumentis atque annalibus habentur. Primum enim, quæ magna sunt in eorum honorem, ab scriptoribus depravantur, deinde alia supprimuntur, postremo non magna diligentia in eorum genere ac vita requiritur : quum satis sit audaciam eorum, et bellum, in quo victi fuerint, ac pœnam, proferre. Pescennius ergo Niger, ut alii tradunt, modicis parentibus, ut alii, nobilibus fuisse dicitur : patre Annio Fusco, matre Lampridia, avo curatore [1] Aquini [2], ex equestri familia originem ducebat [3]; quod quidem dubium, etiam nunc, habetur. Hic eruditus mediocribus litteris, moribus ferox, divitiis etiam modicus, vita parcus, libidinis effrenatæ ad omne genus cupiditatum, ordines diu duxit, multisque ducatibus pervenit, ut

[De J.-C. 193 — 195]

VIE DE PESCENNIUS NIGER

ADRESSÉE A DIOCLÉTIEN AUGUSTE.

1. Il est rare que l'on écrive bien l'histoire de ceux qui, voulant s'élever au pouvoir suprême, ont été condamnés par la victoire de leurs adversaires à n'être que des rebelles et des usurpateurs : les monuments et les annales ne nous donnent le plus souvent sur eux que des détails incomplets. En effet, les grandes actions qui pourraient leur faire honneur, tantôt sont altérées par les écrivains et présentées sous un faux jour, tantôt sont entièrement supprimées. On s'inquiète peu d'approfondir et leur origine et leur vie, et l'on se borne à faire le récit de l'audacieuse entreprise où ils ont succombé, et des supplices qu'ils ont subis. Il en a été ainsi de Pescennius Niger. A en croire les uns, il était d'une condition médiocre; selon les autres, il sortait d'une noble famille : il avait pour père Fuscus, pour mère Lampridie, pour aïeul un curateur d'Aquinum, et sa famille appartenait à l'ordre équestre; mais rien de tout cela n'est certain, même aujourd'hui. Quant à lui, assez peu instruit dans les belles-lettres, d'un caractère farouche, médiocrement riche, économe dans sa manière de vivre, se livrant avec une violence effrénée à toutes sortes de pas-

exercitus Syriacos jussu Commodi regeret, suffragio maxime athletæ, qui Commodum strangulavit : ut omnia tunc fiebant.

II. Is posteaquam comperit occisum Commodum, Julianum imperatorem appellatum, eumdemque jussu Severi et senatus occisum, Albinum etiam in Gallia sumpsisse nomen imperatoris, ab exercitibus Syriacis, quos regebat, appellatus est imperator ; ut quidam dicunt, magis in Juliani odium, quam in æmulationem Severi. Huic ob detestationem Juliani primis imperii diebus ita Romæ fautum est a senatoribus duntaxat, qui et Severum oderant, ut inter lapidationes exsecrationesque omnium illi feliciter optarent, illum principem insuper, et illum augustum populus acclamaret. Julianum autem oderant populares, quod Pertinacem milites occidissent, et illum imperatorem adversa populi voluntate appellassent. Denique ingentes ob hoc seditiones fuerunt. Ad occidendum autem Nigrum, primipilarem Julianus miserat, stulte ad eum, qui haberet exercitus, et se tueri posset : perinde quasi quilibet imperator a primipilario posset occidi. Eadem autem dementia etiam Severo jam principi Julianus successorem miserat. Denique etiam Aquilium centurionem, notum cædibus ducum, miserat, quasi imperator tantus a centurione posset occidi. Par denique insania fuit, quod cum Severo

sions, il resta longtemps dans les degrés inférieurs de l'armée, puis, s'élevant de rang en rang, il fut appelé par Commode au commandement des armées de Syrie; il dut surtout cette haute position au crédit de l'athlète qui, plus tard, étrangla ce prince : car c'est ainsi que tout se faisait alors.

II. Lorsque l'on eut appris que Commode avait péri, que Julianus, nommé empereur, avait été massacré par l'ordre du sénat et de Sévère, qu'Albinus, dans la Gaule, avait pris aussi le titre d'empereur, les légions de Syrie proclamèrent à leur tour Pescennius, bien plus encore, selon quelques auteurs, par haine contre Julianus, que dans un esprit de rivalité contre Sévère. A Rome, Julianus était si violemment détesté, que, dans les premiers jours de son empire, on lui lança des pierres, on vomit contre lui des imprécations, et qu'au milieu de ce tumulte, les sénateurs, qui ne haïssaient guère moins Sévère que Julianus, firent publiquement des vœux pour la prospérité de Niger, tandis que le peuple le proclamait empereur et auguste. Or, la cause de cette haine universelle, c'est qu'il avait été élu, contre la volonté du peuple, par les mêmes soldats qui avaient massacré Pertinax : aussi y eut-il de graves séditions. Julianus fit la sottise d'envoyer à l'armée de Niger un centurion pour le tuer, comme si ce général, qui avait une armée à ses ordres, n'était point en état de se défendre, et qu'il fût bien facile à un centurion de mettre à mort un empereur. Il envoya aussi, avec la même extravagance, un successeur à Sévère déjà proclamé empereur, et même, plus tard, il donna la commission de le tuer au centurion Aquilius, qui déjà s'était fait connaître par des meurtres de ce genre; comme si un centurion pouvait venir à bout de tuer un tel empereur au milieu de son armée. Julianus montra tout aussi peu de bon sens, lorsque, pour défendre contre Sévère ses droits à l'empire, il s'appuya sur le

ex interdicto de imperio egisse fertur[4], ut jure videretur ad principatum pervenisse.

III. Et de Pescennio Nigro judicium populi ex eo apparuit, quod quum ludos Circenses Julianus Romæ daret[5], et indiscrete subsellia Circi maximi repleta essent, ingentique injuria populus affectus esset, per omnes uno consensu Pescennius Niger ad tutelam Urbis est expetitus, odio, ut diximus, Juliani, et amore occisi Pertinacis : quum quidem Julianus dixisse fertur, « Nec sibi, neque Pescennio longum imperium deberi, sed Severo, qui magis esset odio habendus a senatoribus, militibus, provincialibus, popularibus. » Quod probavit rei eventus. Et Pescennius quidem Severo eo tempore, quo Lugdunensem provinciam regebat, amicissimus fuit : nam ipse missus erat ad comprehendendos desertores, qui innumeri Gallias tunc vexabant. In quo officio quod se honeste gessit, jucundissimum fuit Severo, ita ut de eo ad Commodum Septimius referret, asserens necessarium reipublicæ virum. Et revera in re militari vehemens fuit. Nunquam sub eo miles provinciali lignum, oleum, operam extorsit; ipse a milite nihil accepit, quum tribunatus ageret, nihil accipi passus est. Nam et imperator tribunos duos, quos constitit stellaturas accepisse[6], lapidibus obrui ab auxiliaribus jussit. Exstat epistola Severi, quam scribit ad Ragonium Celsum Gallias regentem : « Miserum est, ut imitari ejus disciplinam militarem non possimus, quem bello vicimus.

droit commun, et invoqua en sa faveur la priorité de la possession.

III. Voici une preuve manifeste des sentiments du peuple à l'égard de Pescennius Niger. Julianus donnait des jeux au grand Cirque; le peuple vient, tous les bancs sont occupés sans distinction; alors, au milieu de l'indignation générale, tous d'une seule voix appellent Pescennius Niger à la défense de la ville, témoignant à la fois ainsi, comme nous l'avons dit plus haut, leur haine pour Julianus et leur amour pour Pertinax, que le crime des soldats leur avait enlevé. On rapporte qu'à cette occasion Julianus dit « que l'empire ne resterait pas plus à Pescennius qu'à lui-même, mais bien à Sévère, qui cependant méritait plus qu'eux la haine du sénat, de l'armée, des provinces et du peuple. » L'événement prouva qu'il ne s'était point trompé. Dans le temps que Sévère gouvernait la province Lyonnaise, il témoigna beaucoup d'affection pour Pescennius, qui avait été envoyé dans les Gaules pour arrêter les innombrables déserteurs dont les brigandages désolaient alors ce pays. Il s'acquitta si bien de sa mission, que Sévère en fut charmé, et fit à Commode un rapport dans lequel il disait que Pescennius était un officier précieux pour la république. En effet, il déploya dans le métier des armes des talents et de l'énergie. Jamais, sous son commandement, le soldat n'extorqua aux habitants des provinces ni bois, ni huile, ni corvées; jamais lui-même, lorsqu'il était tribun, ne reçut rien des soldats, ni ne permit d'en rien recevoir. Devenu empereur, il fit lapider, par les soldats auxiliaires, deux tribuns, qui étaient convaincus d'avoir fait des profits illicites. Il existe une lettre de Sévère à Ragonius Celsus, gouverneur des Gaules, où il dit : « C'est chose misérable, que nous ne puissions pas imiter la discipline militaire de celui que nos armes ont vaincu. Vos soldats courent de tous les côtés;

Milites tui vagantur, tribuni medio die lavant, pro tricliniis popinas habent, pro cubiculis, meritoria : saltant, bibunt, cantant, et mensuris conviviorum vacant, quum sine mensura potent [7]. Hæc, si ulla vena paternæ disciplinæ in nobis viveret, fierent? Emenda igitur primum tribunos, deinde militem : quem quamdiu timueris, tamdiu non timeberis. Sed scias id de Nigro, militem timere non posse, nisi integri fuerint tribuni et duces militum. »

IV. Hæc de Pescennio Severus augusto ; adhuc milite, Marcus etiam [8] Antoninus ad Cornelium Balbum : « Pescennium mihi laudas, agnosco : nam et decessor tuus eum manu strenuum, vita gravem, et jam tum plusquam militem dixit. Itaque misi litteras recitandas ad signa, quibus eum trecentis Armenicis, et centum Sarmatis, et mille nostris præesse jussi. Tuum est ostendere, hominem non ambitione (quod nostris non convenit moribus), sed virtute venisse ad eum locum, quem avus meus Hadrianus, quem Trajanus proavus, non nisi exploratissimis dabat. » De hoc eodem Commodus : « Pescennium fortem virum novi, et ei tribunatus jam duos dedi : ducatum mox dabo [9], ubi per senectutem Ælius Corduenus rempublicam recusaverit. » Hæc de eo judicia omnium fuerunt. Sed et Severus ipse sæpe dixit, « Ignoturum se Pescennio, nisi perseveraret. » A Commodo denique Pescennius consul declaratus, Severo præpositus est : et quidem irato, quod primipilaribus

vos tribuns se baignent au milieu du jour; ils font de leurs salles à manger des cabarets, de leurs chambres des lieux de débauches : ils dansent, ils boivent, ils chantent. Ils n'ont aucune règle, aucune mesure dans leurs festins; car ils boivent sans mesure et sans règle. Verrait-on de semblables désordres, s'il restait en nous la moindre trace de l'ancienne discipline? Réformez donc avant tout les tribuns, ensuite vous réformerez vos soldats; et souvenez-vous que, tant que vous les craindrez, ils ne vous craindront pas. Or, apprenez ceci de Niger, que le soldat ne peut craindre, que quand ses tribuns et ses officiers sont irréprochables. »

IV. Voilà ce que Sévère disait de Pescennius empereur. Déjà, lorsqu'il était encore dans les gardes inférieurs de l'armée, Marc Aurèle écrivait ainsi, à son sujet, à Cornelius Balbus : « Vous me faites l'éloge de Pescennius; je reconnais son mérite : car votre prédécesseur m'a dit également qu'il était brave, d'une vie austère, et, même alors, au-dessus de son rang dans l'armée. Aussi j'ai envoyé des lettres qui seront lues aux soldats, par lesquelles je lui donne le commandement de trois cents Arméniens, cent Sarmates et mille soldats romains. C'est à vous à bien expliquer aux soldats que cet homme doit, non à la brigue (ce qui serait indigne de nous), mais à son propre mérite, ce poste que mon aïeul Adrien, et Trajan, mon bisaïeul, n'accordaient jamais qu'à des gens éprouvés. » Commode disait aussi de lui : « Je sais que Pescennius est un brave militaire, et déjà je lui ai donné deux tribunats : je lui donnerai un commandement d'armée, aussitôt que l'âge aura déterminé Ælius Corduenus à se retirer. » C'est ainsi que Pescennius fut jugé par tout le monde; Sévère même alla souvent jusqu'à dire « qu'il lui pardonnerait, à moins qu'il ne persévérât dans sa révolte. » Enfin Commode le déclara consul, de préférence à Sévère, qui en fut d'autant plus irrité, que c'était sur

commendantibus, consulatum Niger mereretur. In vita sua Severus dicit, se, priusquam filii sui id ætatis haberent ut imperare possent, ægrotantem id in animo habuisse, ut, si quid forte sibi accidisset, Niger Pescennius eidem et Clodius Albinus succederent, qui ambo Severo gravissimi hostes exstiterunt. Unde apparet, quod etiam Severi de Pescennio judicium fuerit.

V. Si Severo credimus, fuit gloriæ cupidus Niger, vita fictus, moribus turpis, ætatis provectæ, quum imperium invasit : ex quo cupiditates ejus incusat, perinde quasi Severus minor ad imperium venerit, qui annos suos contrahit, quum decem et octo annis imperarit, et octogesimo nono perierit. Sane Severus Heraclium ad obtinendam Bithyniam misit : Fulvium autem ad occupandos adultos Nigri filios[10] : nec tamen in senatu quidquam de Nigro Severus dixit, quum jam audisset de ejus imperio, ipse autem proficisceretur ad componendum Orientis statum. Tantum sane illud fecit proficiscens, ut legiones ad Africam mitteret, ne eam Pescennius occuparet, et fame populum Romanum perurgeret. Et videbatur id facere posse per Libyam Ægyptumque, vicinas Africæ, difficili licet itinere ac navigatione. Et Pescennius quidem, veniente ad Orientem Severo, Græciam, Thracias, et Macedoniam, interfectis multis illustribus viris, tenebat, ad participatum imperii Severum vocans : a quo, causa eorum, quos occiderat, cum Æmiliano hostis est appellatus : deinde a ducibus Severi

la recommandation de ses primipilaires que Niger avait obtenu cette dignité. Sévère dit dans l'histoire de sa vie que, se trouvant malade, et ses fils étant trop jeunes pour gouverner l'empire, il avait pensé à se donner pour successeurs, en cas d'accident, Niger Pescennius et Clodius Albinus, qui, plus tard, se montrèrent ses plus cruels ennemis. Ceci prouve quelle opinion Sévère lui-même avait de Pescennius.

V. A en croire Sévère, Niger fut avide de gloire, dissimulé, dépravé dans ses mœurs, et, lorsqu'il se fit empereur, il était déjà d'un âge avancé. A cette occasion, il lui reproche ses pensées ambitieuses, comme si lui-même était arrivé plus jeune à l'empire, lui dont cependant il est si facile de calculer l'âge, malgré tout le soin qu'il met à le dissimuler, puisqu'il a gouverné l'empire pendant dix-huit ans, et qu'il est mort dans sa quatre-vingt-neuvième année. Quoiqu'il en soit, Sévère envoya Heraclius dans la Bithynie pour s'assurer de cette province, et chargea Fulvius de s'emparer des fils de Niger, qui étaient déjà grands; et cependant il ne fit pas la moindre mention de lui dans le sénat, quoiqu'il eût déjà appris que Niger avait été proclamé empereur, et que lui-même partît pour aller pacifier l'Orient. Seulement, à son départ, il envoya des légions en Afrique, dans la crainte que Pescennius ne s'en emparât, et ne réduisît ainsi le peuple romain à la famine : or il le pouvait en traversant la Libye et l'Égypte, qui le séparaient de l'Afrique, quoique la route ne fût pas sans de grandes difficultés, soit par terre, soit par mer. Lorsque Sévère vint en Orient, Pescennius était maître de la Grèce, de la Thrace et de la Macédoine, dont il s'était emparé en faisant périr plusieurs personnages illustres. Il offrit néanmoins à Sévère de partager avec lui l'empire. Mais celui-ci, prétextant les meurtres dont Niger s'était rendu

per Æmilianum pugnans victus est. Et quum illi tutum exsilium promitteret, si ab armis recederet, persistens iterum pugnavit, et victus est, atque apud Cyzicum circa paludem fugiens sauciatus, et sic ad Severum deductus, atque statim mortuus.

VI. Hujus caput circumlatum pilo Romam missum [11], filii occisi, necata uxor, patrimonium publicatum, familia omnis exstincta. Sed hæc omnia, posteaquam de Albini rebellione cognitum est, facta sunt : nam prius et filios Nigri et matrem in exsilium miserat. Sed exarsit secundo civili bello, immo etiam tertio, et factus est durior. Tunc enim innumeros senatores interemit Severus, et ab aliis Sullæ Punici, ab aliis Marii nomen accepit. Fuit statura Pescennius prolixa, forma decorus, capillo in verticem ad gratiam reflexo, vocis canoræ, ita ut in campo loquens per mille passus audiretur, nisi ventus adversaretur; oris verecundi et semper rubidi; cervice adeo nigra, ut, quemadmodum multi dicunt, ab ea Nigri nomen acceperit. Cetera corporis parte candidus, et magis pinguis; vini avidus, cibi parcus, rei venereæ, nisi ad procreandos liberos, prorsus ignarus. Denique etiam sacra quædam in Gallia, quæ castissimis decernuntur, consensu publico celebranda suscepit. Hunc in Commodianis hortis, in porticu curva, pictum de musivo inter Commodi amicissimos videmus, sacra

coupable, le déclara ennemi de la république, ainsi qu'Émilien : bientôt ses généraux livrèrent bataille à ce dernier qui commandait l'armée de Niger, et le vainquirent. Sévère alors fit offrir à son rival une retraite assurée, s'il déposait les armes ; mais Niger persista, combattit de nouveau et fut vaincu. Dans sa fuite, il fut surpris et blessé dans un marais aux environs de Cyzique ; on le conduisit dans cet état à Sévère, et il mourut aussitôt.

VI. Sa tête fut promenée au bout d'une pique, et ensuite envoyée à Rome ; ses fils et sa femme furent mis à mort, ses biens confisqués, et toute sa famille détruite. Cependant ces dernières cruautés n'eurent lieu que quand on apprit la révolte d'Albinus ; jusque-là, Sévère s'était contenté d'envoyer en exil la mère et les fils de Niger : mais la seconde guerre civile, ou plutôt la troisième avait aigri son caractère. Alors, en effet, il fit périr un nombre infini de sénateurs, ce qui lui fit donner, par les uns, le surnom de Sylla le Punique, par d'autres, celui de Marius. Pescennius était d'une taille élevée et d'une belle figure. Ses cheveux se relevaient avec grâce sur sa tête. Sa voix était si sonore, qu'à moins que le vent ne fût contraire, elle pouvait se faire entendre en plaine à mille pas de distance ; sa figure, toujours colorée, annonçait la pudeur et la modestie ; il avait le cou si noir que bien des gens supposent qu'il dut à cette circonstance le surnom de Niger. Le reste de son corps était blanc et avait de l'embonpoint ; il aimait beaucoup le vin, mangeait peu, et ne se livrait jamais aux plaisirs des sens que pour perpétuer sa famille. Enfin, dans la Gaule, il célébra, du consentement de tous, des sacrifices dont on ne chargeait que les plus chastes. On le voit, dans les jardins de Commode, peint en mosaïque, à la voûte d'un portique, au milieu des amis de ce prince ; il est représenté portant les objets sacrés du culte d'Isis, pour

Isidis ferentem : quibus Commodus adeo deditus fuit, ut et caput raderet, et Anubim portaret, et omnes pausas expleret. Fuit ergo Niger miles optimus, tribunus singularis, dux præcipuus, legatus severissimus, consul insignis, vir domi forisque conspicuus, imperator infelix : usui denique reipublicæ sub Severo, homine tetrico, esse potuisset, si cum eo esse voluisset.

VII. Sed deceptus est consiliis Severi Aureliani, qui filias suas ejus filiis despondens, persistere eum fecit in imperio. Hic tantæ fuit auctoritatis, ut ad Marcum Antoninum primum, deinde ad Commodum scriberet, quum videret provincias facili administrationum mutatione subverti, primum ut nulli ante quinquennium succederetur provinciæ præsidi, vel legato, vel proconsuli, quod prius deponerent potestatem, quam scirent administrare : deinde ne novi ad regendam rempublicam accederent. Præter militares[12] administrationes, intimavit etiam, ut assessores, in quibus provinciis assedissent, in his administrarent : quod postea Severus, et deinceps multi tenuerunt, ut probant Pauli et Ulpiani præfecturæ, qui Papiniano in consilio fuerunt : ac postea quum unus ad memoriam, alter ad libellos paruisset, statim præfecti facti sunt. Hujus etiam illud fuit, Ut nemo assideret in sua provincia, ut nemo administraret Romæ, nisi Romanus, hoc est oriundus Urbe. Addidit præterea consiliariis salaria[13], ne eos gravarent, quibus

lequel Commode avait une telle vénération qu'il se rasait la tête, portait l'Anubis, et accomplissait religieusement toutes les stations prescrites. Niger fut donc un bon soldat, un excellent tribun, un grand général, un lieutenant très-sévère, un consul d'un rare mérite, un homme, enfin, également remarquable pendant la paix et pendant la guerre; mais, comme empereur, il lui manqua d'être heureux. S'il avait voulu reconnaître l'autorité de Sévère, il aurait pu, sous ce prince farouche et austère, rendre de grands services à la république

VII. Mais il écouta trop les conseils de Sévère Aurélien, qui, ayant fiancé ses filles aux fils de Pescennius, lui persuada de persister dans ses prétentions à l'empire. La sagesse de ses vues lui donnait une telle autorité, que, voyant le tort que faisait aux provinces le fréquent changement de leurs magistrats, il écrivit à Marc Aurèle, et plus tard à Commode, pour leur proposer à cet égard quelques réformes : d'abord il voulait que, dans les provinces, les gouverneurs, les lieutenants et les proconsuls ne conservassent jamais moins de cinq ans leur charge, alléguant que, sans cela, ils sortaient de leur emploi avant que d'avoir appris à le gérer; en second lieu, que ces dignités élevées de la république ne fussent jamais confiées à des hommes nouveaux dans l'administration des affaires; qu'excepté dans l'ordre militaire, les magistrats supérieurs, pour chaque province, fussent choisis parmi ceux qui y avaient servi comme assesseurs. Sévère, dans la suite, et plusieurs de ses successeurs observèrent fidèlement ces règles, comme le prouve l'exemple de Paulus et d'Ulpien, qui, après avoir fait partie du conseil de Papinien, l'un en qualité de secrétaire, l'autre comme rapporteur, furent, sans aucun autre intermédiaire, élevés à la dignité de préfets. C'est encore Pescennius qui établit que nul ne serait assesseur dans sa province; que nul ne serait administrateur à Rome, s'il n'était originaire de Rome même.

assidebant, dicens, « Judicem nec debere dare, nec accipere. » Hic erga milites tanta fuit censura, ut, quum apud Ægyptum ab eo limitanei milites vinum peterent, responderit, « Nilum habetis, et vinum quæritis! » siquidem tanta illius fluminis dulcedo, ut accolæ vina non quærant. Idem tumultuantibus iis, qui a Sarracenis victi fuerant, et dicentibus, « Vinum non accepimus, pugnare non possumus; Erubescite inquit, illi, qui vos vincunt, aquam bibunt [14]. » Idem Palæstinis rogantibus, ut eorum censitio levaretur idcirco, quod esset gravata, respondit: « Vos terras vestras levari censitione vultis; ego vero etiam aerem vestrum censere vellem [15]. »

VIII. Denique Delphici Apollinis vates in motu reipublicæ maximo, quum nuntiaretur tres esse imperatores, Severum Septimium, Pescennium Nigrum, Clodium Albinum, consultus quem expediret reipublicæ imperare, versum Græcum hujusmodi fudisse dicitur:

Optimus est Fuscus, bonus Afer, pessimus Albus.

Ex quo intellectum, Fuscum, Nigrum appellatum vaticinatione; Severum, Afrum; Album vero, Albinum dictum. Nec defuit alia curiositas. Requisitum est, qui esset obtenturus rempublicam; ad quod ille respondit alium versum talem:

Fundetur sanguis Albi, Nigrique minantis,
Imperium mundi Pœna reget urbe profectus.

Il assigna aussi des honoraires aux conseillers, dans la crainte qu'ils ne se fissent payer par les clients. Il s'appuyait sur cette maxime, « qu'un juge ne doit ni donner ni recevoir. » Dans le service militaire, il était d'une grande sévérité. Un jour, en Égypte, les soldats qui gardaient la frontière lui demandant du vin : « Quoi! leur dit-il, vous avez le Nil, et vous voulez du vin! » Il est de fait que les eaux de ce fleuve sont si agréables, que les habitants ne recherchent pas d'autre boisson. Dans une autre circonstance, des troupes, qui avaient été battues par les Sarrasins, faisaient du tumulte et criaient : « On ne nous a point donné de vin; nous ne pouvons combattre. — Vous devriez rougir, leur dit Pescennius; ceux qui vous ont battus ne boivent que de l'eau. » Les habitants de la Palestine le suppliaient de diminuer l'impôt dont on les avaient surchargés : « Vous voulez, leur dit-il, qu'on diminue la taxe de vos terres; et moi, je voudrais imposer l'air même que vous respirez. »

VIII. Enfin, dans ce moment de trouble et de confusion, où trois empereurs à la fois étaient proclamés, Septime Sévère, Pescennius Niger et Clodius Albinus, on consulta l'oracle de Delphes pour savoir lequel d'entre eux convenait le mieux à la république. On assure qu'il répondit par un vers grec, dont tel était le sens :

« L'Africain est bon, le noir est meilleur, le blanc est le pire. »

L'on comprit que, par le noir, l'oracle désignait Niger; par l'Africain, Sévère, et par le blanc, Albinus. La curiosité ne s'arrêta point là : l'on demanda qui des trois resterait le maître de l'empire; l'oracle répondit par un autre vers :

« Le sang du blanc sera répandu; le noir périra malgré ses menaces : l'empire du monde restera aux mains de celui qui sera venu d'une ville africaine. »

Idem, quum quæsitum esset quis illi successurus esset, respondisse itidem Græco versu dicitur :

Cui dederint Superi nomen habere Pii.

Quod omnino intellectum non est, nisi quum Bassianus Antonini, quod verum signum Pii fuit, nomen accepit. Item quum quæreretur quamdiu imperaturus esset, respondisse Græce dicitur :

Bis denis Italum conscendet navibus æquor ;
Sic tamen una ratis transiliet pelagus[16].

Ex quo intellectum, Severum viginti annos expleturum.

IX. Hæc sunt, Diocletiane, maxime augustorum, quæ de Pescennio didicimus ex pluribus libris. Non enim facile, ut in principio libri diximus, quisquam vitas eorum mittit in libros, qui aut principes in republica non fuerunt, aut a senatu appellati non sunt imperatores, aut occisi citius, ad famam venire nequiverunt. Inde, quod latet Vindex, quod Piso nescitur[17], quod omnes illi, qui aut tantum adoptati sunt, aut a militibus imperatores appellati, ut sub Domitiano Antonius, aut cito interempti, vitam cum imperii usurpatione posuerunt[18]. Ac ne quid ex iis, quæ ad Pescennium pertinent, præterisse videamur (licet aliis libris cognosci possint), de hoc Pescennio vates dixerunt, quod neque vivus neque mortuus in potestatem Severi venturus esset, sed juxta aquas illi pereundum esset : quod quidam dicunt ipsum Severum de mathesi, quam callebat,

On demanda encore quel serait son successeur; l'oracle répondit de nouveau en un vers grec :

« Celui auquel les dieux auront accordé de porter le nom du Pieux. »

Cette réponse ne fut comprise que quand Bassianus reçut le nom d'Antonin, qui expliquait clairement celui de Pieux, dont s'était servi l'oracle. Enfin on demanda combien de temps l'Africain serait empereur; l'oracle répondit encore en grec :

« Il s'embarquera sur la mer d'Italie avec vingt vaisseaux : un seul néanmoins en traversera l'étendue. »

L'on comprit par cette réponse que Sévère règnerait vingt ans.

IX. Tels sont, auguste Dioclétien, tous les détails que nous avons pu recueillir sur Pescennius dans un grand nombre d'ouvrages. Car on n'écrit pas facilement, comme je l'ai dit en commençant, l'histoire de ceux qui ont été princes autre part qu'en Italie, ou qui n'ont point été nommés empereurs par le sénat, ou qui ont été tués avant d'avoir eu le temps de se faire connaître. Voilà pourquoi l'on ne sait rien de Vindex ni de Pison, ni de tous ceux qui n'ont eu que le titre de fils adoptifs, ou qui ont été proclamés empereurs par les soldats, comme Antoine sous Domitien, ou qui, aussitôt massacrés, ont perdu à la fois la vie et l'empire qu'ils avaient usurpé. Pour qu'on ne puisse m'accuser d'avoir rien omis de ce qui concerne Pescennius (quoiqu'on puisse voir ces détails dans les autres vies que j'ai écrites), j'ajouterai quelques mots. Les devins dirent de lui qu'il ne tomberait ni vivant ni mort entre les mains de Sévère, mais qu'il périrait au bord de l'eau : il y a des gens qui assurent que cette prédiction fut faite par Sévère lui-même, qui était habile dans la divination. Du reste, elle se vérifia,

dixisse. Nec abfuit responsis veritas, quum ille inventus sit juxta paludem semivivus.

X. Hic tantæ fuit severitatis, ut, quum milites quosdam in caveo argenteo expeditionis tempore bibere vidisset, jusserit omne argentum submoveri de usu expeditionali, addito eo, ut ligneis vasis uterentur : quod quidem illi odium militare concitavit. Dicebat enim, posse fieri, ut sarcinæ militares in potestatem hostium venirent; ne se barbaræ nationes argento nostro gloriosiores facerent, quum alia minus apta hosticam viderentur ad gloriam. Idem jussit vinum in expeditione neminem bibere, sed aceto universos esse contentos[19]. Idem pistores sequi expeditionem prohibuit, buccellato jubens milites et omnes contentos esse. Idem ob unius gallinacei direptionem, decem commanipulones, qui raptum ab uno comederant, securi percuti jussit; et fecisset nisi ab omni exercitu prope usque ad metum seditionis esset rogatus : et quum pepercisset, jussit ut denorum gallinaceorum pretia provinciali redderent decem, qui simul furto convixerant, addito eo, ut tota in expeditione in commanipulatione nemo focum faceret, ne unquam recens coctum cibum sumerent, sed pane ac frigidis vescerentur, appositis speculatoribus, qui id curarent. Idem jussit, ne in zonis milites ab bellum aureos vel argenteos nummos portarent, sed publice commendarent[20], recepturi post prœlia, quod dederant : addens, liberis eorum et uxoribus et heredibus certe reddendum,

puisque Pescennius fut trouvé demi-mort près d'un marais.

X. Pescennius se montrait si rigide envers les troupes, qu'ayant remarqué des soldats qui, dans une expédition, buvaient dans une coupe d'argent, il interdit l'usage de toute vaisselle d'argent pendant la guerre, et ordonna de se servir de vases de bois : cette défense excita contre lui le ressentiment des soldats. Il disait qu'il ne fallait pas que les barbares, s'ils venaient à s'emparer des bagages, pussent se glorifier d'une argenterie conquise sur les Romains; que le triomphe serait moindre pour leur vanité, s'ils n'y trouvaient rien de semblable. Il ne permit à personne de boire du vin pendant la guerre, et ordonna que tout le monde se contentât de vinaigre. Il ne souffrit point non plus que des boulangers suivissent l'armée : les officiers comme les soldats devaient se nourrir de biscuit. A l'occasion d'une poule volée, il ordonna que l'on tranchât la tête à dix soldats qui l'avaient mangée ensemble, quoiqu'un seul d'entre eux fût coupable du vol; et il aurait fait exécuter son ordre, si toute l'armée n'avait demandé leur grâce avec une insistance presque séditieuse. Encore ne leur pardonna-t-il qu'à la condition que les coupables rendraient chacun la valeur de dix poules au propriétaire de la poule volée. De plus il les condamna à ne point faire de feu pendant toute la campagne, à ne manger rien de chaud, et à se contenter de pain et d'aliments froids. Il eut soin que l'on veillât à l'exécution de ses ordres. Il fit aussi défense aux soldats de porter sur eux de la monnaie d'or ou d'argent, lorsqu'ils marchaient contre l'ennemi : ils devaient en faire le dépôt dans la caisse de l'armée, qui le leur rendrait après la guerre; et, si la fortune leur était contraire, il s'engageait à remettre cet argent à leurs femmes et à leurs enfants, ou à leurs autres héritiers, aussitôt qu'ils se présenteraient. Par là aussi on éviterait, en cas de

qui venissent, ne ad hostes aliquid prædæ perveniret, si quid forte adversi fortuna fecisset. Sed hæc omnia, ut se habuerat Commodi temporum dissolutio, adversa eidem fuere. Denique etsi nemo fuit, qui suis temporibus dux severior videretur, ad perniciem illi magis ista fuere, quam mortuo, ubi et invidia et odium deposita erant, talia exempla valuerunt.

XI. Idem in omni expeditione ante omnes militarem cibum sumpsit ante papilionem : nec sibi unquam vel contra solem, vel contra imbres quæsivit tecti suffragium, si miles non habuit. Tantum denique belli tempore, ratione militibus demonstrata, sibi et servis suis vel contubernalibus portavit, quantum a militibus ferebatur : quum servos suos oneraret annona, ne illi securi ambularent, et onusti milites, idque ab exercitu cum suspirio videretur. Idem in concione juravit se, quamdiu in expeditionibus fuisset, essetque adhuc futurus, non aliter esse acturum se, quam militem, Marium ante oculos habentem, et duces tales; nec alias fabulas unquam habuit, nisi de Hannibale, ceterisque talibus. Denique quum imperatori facto quidam panegyricum recitare vellet, dixit ei : « Scribe laudes Marii, vel Hannibalis, vel alicujus ducis optimi vita functi, et dic quid ille fecerit, ut eum nos imitemur; nam viventes laudare irrisio est, maxime imperatores, a quibus speratur, qui timentur, qui præstare publice possunt, qui possunt

de malheur, que cette proie ne tombât entre les mains de l'ennemi. Mais telle était la dissolution qui s'était introduite dans les armées du temps de Commode, que tous les soins que prit Pescennius dans l'intérêt de chacun, tournèrent contre lui. Enfin il n'y eut de son temps aucun général plus rigide ni plus austère; mais ses bonnes qualités ne firent que contribuer à sa ruine, tandis qu'après sa mort, lorsque l'envie et la haine eurent été satisfaites, d'autres retirèrent le fruit des exemples qu'il avait laissés.

XI. Toujours, en temps de guerre, il prenait ses repas, semblables en tout à ceux des soldats, devant son pavillon, à la vue de tout le monde; et jamais on ne le vit chercher un abri contre le soleil ni contre la pluie, lorsque le soldat n'en avait point. Enfin il n'emportait pas plus de bagages pour lui, ses esclaves ou les gens qui l'accompagnaient, que les soldats eux-mêmes n'en emportaient pour leurs propres besoins, et il voulait que le détail en fût connu de toute l'armée. Il exigeait que ses esclaves portassent les provisions de vivres, pour que les soldats n'eussent point le chagrin de les voir marcher à leur aise, tandis qu'eux-mêmes étaient chargés d'un lourd fardeau. Aussi, il protesta un jour avec serment, en présence de l'armée, que tant qu'il avait été dans les camps, et tant qu'il y serait encore, il ne s'était jamais traité, ni ne se traiterait jamais autrement que le moindre soldat. Il suivait en cela les traces de Marius et d'autres grands généraux. En effet, Marius, Annibal et les autres grands hommes de ce genre faisaient l'objet continuel de son admiration et de ses entretiens. Enfin, étant devenu empereur, et quelqu'un voulant lire devant lui un panégyrique qu'il avait fait en son honneur : « Faites-nous, lui dit-il, l'éloge de Marius, d'Annibal ou de tout autre grand général qui ne vive plus, et dites-nous ce qu'ils ont fait, pour que nous les imitions. C'est une mauvaise plaisan-

necare, qui proscribere : se autem vivum placere velle, mortuum etiam laudari. »

XII. Amavit de principibus Augustum, Vespasianum, Titum, Trajanum, Pium, Marcum, reliquos fœneos, vel venenatos vocans[21] : maxime tamen in historiis Marium et Camillum et Quintum Coriolanum dilexit. Interrogatus autem quid de Scipionibus sentiret, dixisse fertur, felices illos fuisse magis quam fortes : idque probare domesticam vitam et juventutem, quæ in utroque nimis speciosa domi fuisse apud omnes constat. Quod si rerum potitus fuisset, omnia correcturus fuerat, quæ Severus vel non potuit emendare, vel noluit : et quidem sine crudelitate, immo etiam cum lenitate, sed militari, non remissa, et inepta, atque ridicula. Domus ejus hodie Romæ visitur in campo Jovis, quæ appellatur Pescenniana; in qua simulacrum ejus in trichoro constituit, statim post annum[22] ex Thebaico marmore, quod ille ad similitudinem sui factum a rege Thebæorum acceperat. Exstat etiam epigramma Græcum, quod Latine hanc habet sententiam :

Terror Ægyptiaci[23] Niger adstat militis ingens,
  Thebaidos socius, aurea sæcla volens.
Hunc reges, hunc gentes amant, hunc aurea Roma :
  Hic Antoninis carus et imperio.
Nigrum nomen habet, nigrum formavimus ipsi,
  Ut consentirent forma, metalla, sibi[24].

Quos quidem versus Severus eradi noluit, quum hoc ei et

terie, que de louer des vivants, et surtout des empereurs, de qui l'on a à espérer ou à craindre, qui peuvent faire du bien, ou mettre à mort ou proscrire. Pour moi, ajoutait-il, je veux être aimé pendant ma vie : après ma mort, puissé-je aussi être loué ! »

XII. Parmi les princes, il aimait Auguste, Vespasien, Titus, Trajan, Antonin le Pieux, Marc Aurèle; il appelait les autres des hommes nuls ou des fléaux publics. Parmi les grands hommes de l'histoire, il aimait de préférence Marius, Camille et Quintus Coriolan. Interrogé sur ce qu'il pensait des Scipion, il dit qu'ils avaient été plus heureux que braves; que la preuve est en leur vie privée et la manière dont ils ont passé l'un et l'autre leur jeunesse, au milieu de l'éclat et du luxe. Si Pescennius fût resté maître de l'empire, il eût réformé les abus que Sévère ne put ou ne voulut point corriger, et il l'eût fait sans cruauté, et même avec douceur : non point avec cette douceur molle et imbécile qui ne mérite que le mépris, mais avec cette douceur ferme et soutenue dont il avait pris l'habitude dans le métier des armes. On voit encore aujourd'hui à Rome, sur la place de Jupiter, la maison de Pescennius, qui a conservé son nom; et sur le fronton de cet édifice, sa statue en marbre d'Égypte, que lui avait envoyée le roi de Thèbes, et que l'année suivante il établit en cet endroit. Il y existe aussi une inscription grecque, dont tel est le sens :

« Voici Niger, la terreur de l'Égyptien, l'allié de Thèbes, qui veut faire revivre l'âge d'or. Il est aimé des rois, des nations et de la glorieuse Rome; il est cher aux Antonin et à l'empire. Son nom est Niger, et nous l'avons représenté noir, afin que la couleur du marbre fût en rapport avec celle de son visage. »

Sévère ne voulut point que cette inscription fût effacée,

præfecti suggererent, et officiorum magistri, addens : « Si talis fuit, sciant omnes qualem vicerimus; si talis non fuit, putent omnes non talem vicisse : immo sic sit, quia fuit talis. » Sequitur nunc, ut de Clodio Albino dicam [25], qui quasi socius hujus habetur, quod et pariter contra Severum rebellaverunt, et ab eodem victi atque occisi sunt. De quo ipso neque satis clara exstant : quia eadem fortuna illius fuit, quæ Pescennii, etiamsi vita satis dispar.

---

malgré les conseils du préfet et des officiers du palais, et il ajouta : « S'il fut réellement tel qu'on le dit ici, que tout le monde sache quel homme nous avons vaincu ; s'il ne fut pas tel, qu'on croie néanmoins que tel fut celui que nous avons vaincu. D'ailleurs, que ces vers restent comme ils sont, puisque Pescennius fut réellement tel qu'ils le représentent. » J'ai maintenant à parler de Clodius Albinus, que l'on a coutume d'associer à Niger, parce qu'ils ont fait l'un et l'autre la guerre contre Sévère, et que tous deux également ont été vaincus par lui et mis à mort. Sur lui aussi, les détails nous manquent, parce que sa fortune fut la même que celle de Pescennius, quoique d'ailleurs il n'y ait guère de ressemblance dans leur vie.

[A. U. 964 — 970]

ANTONINI CARACALLI VITA[1].

I. Ex duobus liberis quos Septimius Severus reliquit, Getam et Bassianum, quorum unum exercitus, alterum pater dixit[2], Geta hostis est judicatus; Bassianum autem obtinuisse imperium constat : de cujus majoribus frustra putamus iterandum[3], quum omnia in Severi vita satis dicta sint. Hujus igitur pueritia blanda, ingeniosa, parentibus affabilis, amicis parentum jucunda, populo accepta, grata senatui, ipsi etiam ad amorem conciliandum salutaris fuit. Non ille in litteris tardus, non in benevolentiis segnis, non tenax in largitate, non lentus in clementia, sed sub parentibus, visus. Denique, si quando feris objectos damnatos vidit, flevit, aut oculos avertit : quod populo plusquam amabile fuit[4]. Septennis puer, quum collusorem suum puerum, ob Judaicam religionem[5] gravius verberatum audisset, neque patrem suum, neque patrem pueri, velut auctores verberum[6], diu respexit. Antiochensibus et Byzantiis interventu suo jura vetusta restituit : quibus iratus fuit Severus, quod Nigrum juverant. Plautiani odium, crudelitatis causa

[De J.-C. 211 -- 217]

VIE D'ANTONIN CARACALLA.

I. SEPTIME SÉVÈRE avait laissé deux fils, Geta et Bassianus, tous deux nommés augustes, l'un par l'armée, l'autre par son père. Geta fut déclaré ennemi public, et Bassianus resta seul maître de l'empire. Nous croyons inutile de parler de ses ancêtres, puisque nous en avons dit assez là-dessus dans la vie de Sévère. Il fut dans son enfance doux, spirituel, caressant envers ses parents, gracieux envers les amis de sa famille, et ses aimables qualités lui concilièrent la bienveillance du peuple et du sénat. Il se livra avec zèle à l'étude des lettres, et se montra disposé à tous les sentiments bienveillants, à la libéralité, à la clémence, mais aussi longtemps seulement qu'il fut sous l'autorité de ses parents. Lorsqu'il voyait des criminels condamnés aux bêtes, il pleurait ou détournait les yeux, ce qui plaisait infiniment au peuple. A l'âge de sept ans, ayant appris qu'un de ses compagnons de jeu avait été fortement frappé de verges à cause de la religion juive, il ne voulut point, pendant longtemps, regarder en face son père ni celui de l'enfant, comme étant les auteurs du mauvais traitement qu'il avait subi. Par son intercession, il fit rendre leurs anciens priviléges aux habitants d'Antioche et de Byzance, contre lesquels Sévère était irrité, parce qu'ils avaient embrassé le parti de Niger. Il conçut de la haine contre Plautien

concepit. Quæ a parentibus gratia sigillariorum acceperat, ea vel clientibus, vel magistris sponte donavit. Sed hæc puer.

II. Egressus vero pueritiam, seu patris monitis, seu calliditate ingenii, sive quod se Alexandro Magno Macedoni æquandum putabat, rectrictior, gravior, vultu etiam truculentior factus est, prorsus ut eum, quem puerum scierant, multi esse non crederent. Alexandrum Magnum ejusque gesta in ore semper habuit. Tiberium et Sullam in conventu plerumque laudavit. Patre superbior fuit : fratrem magna ejus humilitate despexit. Post patris mortem in castra prætoria pergens, apud milites conquestus est, circumveniri se fratris insidiis : atque ita fratrem in palatio fecit occidi; ejus corpus statim cremari præcepit. Dixit præterea in castris, fratrem sibi venenum parasse, matri eum irreverentem fuisse : egitque publice iis gratias, qui eum occiderunt. Addidit denique iis, qui fideliores erga se fuerant, stipendium. Pars militum apud Albam[7], Getam occisum ægerrime accepit, dicentibus cunctis, duobus se fidem promisisse liberis Severi, duobus servare debere; clausisque portis diu imperator non admissus, nisi delinitis animis, non solum querelis de Geta et criminationibus editis, sed enormitate stipendii militibus, ut solet, placatis[8] : atque inde Romam rediit. Tunc sub veste senatoria loricam habens, cum armatis militibus curiam ingressus est. Hos in medio inter subsellia duplici ordine collocavit, et

à cause de sa cruauté. Si, à l'époque des Saturnales, il recevait des présents de ses parents, il les distribuait de lui-même à ses clients ou à ses maîtres. Mais alors il était enfant.

II. Lorsqu'il fut sorti de ce premier âge, soit par les conseils de son père, soit par les inspirations de sa propre nature, soit par la pensée d'égaler Alexandre le Grand, il fut plus réservé, plus grave : il y avait même dans sa figure quelque chose de farouche et de menaçant, de sorte que ceux qui l'avaient vu enfant, ne pouvaient plus le reconnaître. Sans cesse il avait à la bouche Alexandre et ses exploits. Il fit plusieurs fois publiquement l'éloge de Tibère et de Sylla. Il se montrait plus fier que son père, et il méprisait l'humilité de son frère. Lorsque Sévère fut mort, il se rendit au camp des prétoriens, et se plaignit à eux des embûches que lui dressait Geta, et, par de telles accusations, il vint à bout de le faire massacrer dans le palais. Il ordonna ensuite que son corps fût brûlé sur-le-champ. Il dit en outre dans le camp, que Geta avait cherché à l'empoisonner, qu'il avait manqué de respect à sa mère, et il rendit publiquement grâces à ceux qui l'avaient tué. Il donna des gratifications à ceux qui lui avaient si bien prouvé leur dévouement. Mais les prétoriens qui étaient à Albe reçurent avec indignation la nouvelle du meurtre de Geta : tous disaient qu'ils avaient juré fidélité aux deux fils de Sévère, qu'ils devaient tenir leur serment envers tous les deux également. Ils fermèrent les portes du camp et en refusèrent longtemps l'entrée à l'empereur. Cependant Bassianus parvint à les adoucir à force de plaintes et d'accusations contre Geta, mais surtout en leur accordant d'énormes largesses, moyen qui manque rarement son effet sur l'esprit des soldats. Ensuite il revint à Rome, et se présenta au sénat, ayant une cuirasse sous sa toge, et entouré de soldats armés qu'il rangea au milieu, sur deux

sic verba fecit. Questus est de fratris insidiis involute et incondite, ad illius accusationem, sui vero excusationem : quod quidem nec senatus libenter accepit, quum ille dixisset, fratri se omnia permisisse, fratrem ab insidiis liberasse, et illum tamen sibi gravissimas insidias fecisse, nec vicem amori reddidisse fraterno.

III. Post hoc relegatis deportatisque reditum in patriam restituit; inde ad prætorianos processit, et in castris mansit. Altera die Capitolium petiit, et eos, quos occidere parabat, affabiliter est alloquutus, innitensque Papiniano et Ciloni o, ad palatium rediit. Quum flentem matrem Getæ vidisset, aliasque mulieres, post necem fratris, mulieres occidere conatus est : sed ob hoc retentus, ne augeretur fratris occisi crudelitas. Lætum ad mortem coegit, misso à se veneno : ipse enim inter suasores Getæ mortis primus fuerat, qui et primus interemptus est. Ipse mortem ejus sæpissime flevit. Multos, qui cædis ejus conscii fuerant, interemit, eumque et imaginem ejus honoravit. Post hoc fratrem patruelem Afrum, cui pridie partes de cœna miserat, jussit occidi; qui quum se præcipitasset percussorum timore, et ad uxorem crure fracto crepsisset, tamen per ludibrium a percussoribus deprehensus est, et occisus. Occidit etiam Pompeianum, Marci nepotem, ex filia natum et ex Pompeiano, cui nupta fuerat Lucilla post mortem Veri imperatoris; quem et consulem bis fecerat, et omnibus bellis

files, le long des bancs des sénateurs. Alors il prit la parole, se plaignit en termes confus et embarrassés des piéges qui lui avaient été dressés, accusant son frère pour se justifier lui-même. Le sénat l'écouta avec dégoût, lorsqu'il dit qu'il avait laissé tout pouvoir à son frère, qu'il l'avait même arraché à des embûches, que cependant Geta avait voulu attenter à ses jours, et n'avait payé que d'ingratitude son attachement fraternel.

III. Après ce discours, il prononça le rappel de tous ceux qui avaient été relégués ou bannis ; puis il revint au camp des prétoriens, où il passa la nuit. Le lendemain, il se rendit au Capitole, combla de caresses ceux que déjà il avait résolu de faire périr, et revint au palais, s'appuyant sur Papinien et sur Cilon. Ayant vu la mère de Geta et d'autres femmes pleurer la mort de son frère, il eut la pensée de s'en venger en les tuant ; mais il craignit d'ajouter à ce qu'il y avait d'atroce dans le meurtre de son frère. Il força Létus à se donner la mort, et lui envoya lui-même le poison : ainsi celui qui le premier avait conseillé le meurtre de Geta, fut le premier que Bassianus fit périr. Lui-même pleura souvent la mort de son frère ; il ôta la vie à la plupart des complices de ce crime, et rendit des honneurs à la mémoire de Geta et à son image. Il fit aussi mettre à mort Afer, son cousin germain, à qui la veille il avait envoyé des mets de sa table. Ce malheureux, pour échapper à ses assassins, se précipita du haut de sa maison, et, la jambe cassée, se traîna jusqu'auprès de sa femme ; les satellites de Bassianus vinrent l'arracher à cet asile, et le tuèrent en insultant à son malheur. Il restait un petit-fils de Marc Aurèle, né de sa fille Lucille et de Pompéien, à qui, après la mort de l'empereur Verus, elle avait été donnée en mariage. Bassianus l'avait fait deux fois consul, et lui avait confié la conduite des guerres les plus importantes de ce temps : Pompéien fut assassiné secrète-

præposuerat, quæ gravissima tunc fuerunt; et ita quidem, ut videretur a latronibus interemptus.

IV. Deinde in conspectu ejus Papinianus securi percussus est, et a militibus occisus; quo facto percussori dixit : « Gladio te exsequi oportuit meum jussum[10]. » Occisus est etiam ejus jussu Petronius ante templum divi Pii, tractaque sunt eorum per plateam cadavera, sine aliqua humanitatis reverentia. Filium autem Papiniani, qui ante triduum quæstor opulentum munus ediderat, interemit. Iisdem diebus occisi sunt innumeri[11], qui fratris ejus partibus faverant. Occisi etiam liberti, qui Getæ administraverant. Cædes deinde in omnibus locis et in balneis factæ. Occisique nonnulli etiam cœnantes : inter quos etiam Sammonicus Serenus, cujus libri plurimi ad doctrinam exstant. In summum discrimen etiam Cilo iterum præfectus et consul venit, ob hoc, quod concordiam inter fratres suaserat. Et quum idem Cilo, sublata veste senatoria, nudis pedibus[12], ab urbanicianis raptus esset, Antoninus seditionem compressit. Multas prætcrea postea cædes in Urbe fecit, passim raptis a militibus nonnullis hominibus, et occisis, quasi seditionem vindicans. Helvium Pertinacem, suffectum consulem, ob hoc solum, quod filius esset imperatoris, occidit. Neque cessavit unquam sub diversis occasionibus eos interficere, qui fratris amici fuissent. Sæpe in senatum, sæpe in populum superbe invectus est, aut edictis propositis, aut orationibus editis, Sullam se etiam ostendens futurum.

ment par ses ordres, de manière qu'il parût avoir été tué par des brigands.

IV. Il fit tuer ensuite sous ses propres yeux Papinianus, et, comme on l'avait frappé avec la hache, Bassianus dit aux soldats : « C'est avec l'épée que vous deviez exécuter mon ordre. » Petronius fut aussi massacré devant le temple d'Antonin le Pieux, et, sans aucun égard pour l'humanité, on traîna leurs cadavres par les rues. Le fils de Papinien qui, trois jours auparavant, avait donné, en sa qualité de questeur, des jeux somptueux, périt également. Dans le même temps furent mis à mort un nombre infini de ceux qui avaient été les partisans de Geta. On tua même les affranchis qui avaient été attachés à son service. L'on massacrait en quelque lieu que ce fût, même dans les bains. Plusieurs furent tués pendant qu'ils étaient à table, entre autres Sammonicus Serenus, dont il reste un grand nombre d'ouvrages importants pour la science. Cilo, deux fois consul et préfet, courut aussi un grand danger, parce qu'il avait exhorté les deux frères à la concorde. Les soldats de la ville se saisirent de lui et le traînèrent, dépouillé qu'il était de ses vêtements de sénateur et les pieds nus; mais Bassianus réprima la fureur des séditieux. Il y eut encore bien d'autres meurtres à Rome: les soldats, par les ordres du prince, enlevaient de tous les côtés de malheureuses victimes et les massacraient, comme s'il y avait quelque grande sédition à châtier. Helvius Pertinax, subrogé consul, fut mis à mort pour le seul motif qu'il était fils d'empereur. Enfin jamais Bassianus ne cessa de faire mourir, sous différents prétextes, ceux qui avaient été les amis de son frère. Souvent il se répandit en violentes invectives contre le sénat et contre le peuple, dans les édits qu'il publia, ou dans les harangues qu'il prononça, donnant clairement à entendre qu'il serait un autre Sylla.

V. His gestis Galliam petiit: atque ut primum in eam venit, Narbonensem proconsulem occidit. Cunctis deinde turbatis, qui in Gallia res gerebant, odium tyrannicum meruit, quamvis aliquando fingeret se benignum; quum esset natura truculentus. Et quum multa contra homines et contra jura civitatum fecisset, morbo implicitus graviter laboravit. Circa eos, qui eum curabant, crudelissimus fuit. Deinde ad Orientem profectionem parans, omisso itinere in Dacia resedit. Circa Rhætiam non paucos barbaros interemit, militesque suos quasi Sullæ milites et cohortatus est, et donavit. Deorum sane se nominibus appellari vetuit, quod Commodus fecerat; quum illi eum, quod leonem aliasque feras occidisset, Herculem dicerent. Et quum Germanos subegisset, Germanicum se appellavit [13]; vel joco, vel serio, ut erat stultus et demens, asserens, si Lucanos vicisset, Lucanicum se appellandum [14]. Damnati sunt eo tempore, qui urinam in eo loco fecerunt, in quo statuæ, aut imagines erant principis: et qui coronas imaginibus ejus detraxerant, ut alias ponerent. Damnati sunt et qui remedia quartanis tertianisque collo annexa gestarent. Per Thracias cum præfecto prætorii iter fecit. Inde quum in Asiam trajiceret, naufragii periculum adiit, antenna fracta, ita ut in scapham cum protectoribus descenderet [15]; unde in triremem a præfecto classis receptus, evasit. Excepit apros frequenter, contra leonem etiam stetit: quo etiam missis ad amicos

V. Il partit ensuite pour la Gaule; aussitôt qu'il y fut arrivé, il mit à mort le proconsul de la Narbonnaise. Cette exécution jeta l'épouvante parmi tous ceux qui administraient les affaires de cette province, et sa tyrannie excita la haine universelle, quoique souvent il voulût cacher sa cruauté naturelle sous des apparences de bonté et de douceur. Après une infinité d'attentats contre les personnes et contre les droits des villes, il tomba dangereusement malade, et sa cruauté s'exerça contre ceux mêmes qui lui donnaient leurs soins. Une fois guéri, il se prépara à partir pour l'Orient; mais, dans la route même, il renonça à ce voyage et s'arrêta dans la Dacie. Il tailla en pièces un grand nombre de barbares voisins de la Rhétie; à cette occasion, dans une harangue à son armée, il donna à ses soldats le nom de soldats de Sylla, et leur fit des largesses. Il faut dire en son honneur qu'il ne permit point, comme l'avait fait Commode, qu'on lui donnât des noms de divinités, quoiqu'on voulût l'appeler Hercule, parce qu'il avait tué de sa main un lion et d'autres animaux féroces. Ayant remporté une victoire sur les Germains, il prit le nom de Germanique; et soit par plaisanterie, soit même sérieusement, tant il y avait en lui de sottise et d'extravagance, il soutint que, s'il avait subjugué les Lucaniens, il prendrait le nom de Lucanique. Il y eut à cette même époque des gens condamnés pour avoir lâché de l'eau dans des lieux où se trouvaient des statues ou des images du prince, et même pour avoir retiré les couronnes dont ces statues étaient ornées, dans l'intention d'en mettre d'autres à leur place. On condamna également ceux qui portaient à leur cou des amulettes contre la fièvre tierce ou quarte. Il traversa le pays des Thraces avec son préfet du prétoire, et, tandis que de là il passait en Asie, il courut le danger de faire naufrage, l'antenne de son vaisseau s'étant brisée, de manière qu'il lui fallut descendre dans une

litteris gloriatus est, seque ad Herculis virtutem accessisse jactavit.

VI. Post hoc ad bellum Armeniacum Parthicumque conversus, ducem bellicum, qui suis competebat moribus, fecit. Inde Alexandriam petiit : in gymnasium populum convocavit, eumque objurgavit[16] : legi etiam validos ad militiam præcepit. Eos autem, quos legerat, occidit, exemplo Ptolemæi Evergetis[17], qui octavus hoc nomine appellatus est. Dato præterea signo militibus, ut hospites suos occiderent, magnam cædem Alexandriæ fecit. Dehinc per Cadusios et Babylonios ingressus, tumultuarie cum Parthorum satrapis manum contulit, feris etiam bestiis in hostes immissis. Datis ad senatum, quasi post victoriam, litteris, Parthicus appellatus est : nam Germanici nomen patre vivo fuerat consequutus[18]. Deinde quum iterum vellet Parthis bellum inferre, atque hibernare Edessæ, atque inde Carras Luni dei gratia venisset, die natalis sui, octavo idus aprilis, ipsis Megalensibus[19], quum ad requisita naturæ discessisset, insidiis a Macrino præfecto prætorii positis, qui post eum invasit imperium, interemptus est. Conscii cædis fuerunt Nemesianus, et frater ejus Apollinaris, Retianusque, qui præfectus legionis secundæ Parthicæ militabat, et qui equitibus extraordinariis præerat, non

chaloupe avec ses gardes. Le préfet de la flotte vint à son secours avec une galère, et il échappa ainsi au péril. Il tint souvent tête à des sangliers, et même un jour il combattit un lion : à ce sujet, il écrivit à ses amis des lettres où il s'en faisait gloire, et se vantait d'avoir égalé la valeur d'Hercule.

VI. Il s'occupa ensuite de la guerre contre les Arméniens et les Parthes, et en confia la conduite à un général, dont la cruauté ne le cédait point à la sienne. Puis il se rendit à Alexandrie, en convoqua les habitants au gymnase, et, après leur avoir adressé de violents reproches, il ordonna que l'on fît un choix de ceux qui étaient propres au service militaire. Lorsque ce choix fut fait, il les massacra tous, à l'exemple de Ptolémée Évergète, le huitième de ce nom. En outre, à un signal qu'il donna à ses soldats, ils se jetèrent sur leurs hôtes, et les mirent à mort : ce fut un horrible carnage dans cette malheureuse ville. Ensuite il se mit en route, traversa le pays des Cadusiens et des Babyloniens, fondit tumultuairement sur les Parthes à leur première rencontre, et lança même contre eux des bêtes féroces. Il écrivit alors au sénat, comme s'il venait de remporter une victoire, et reçut le nom de Parthique : quant à celui de Germanique, il lui avait été donné du vivant même de son père. Voulant de nouveau porter la guerre chez les Parthes, il établit à Édesse ses quartiers d'hiver. De là il se rendit à Carres pour le culte du dieu Lunus; mais le jour anniversaire de sa naissance, le 6 d'avril, pendant les fêtes mêmes de Cybèle, s'étant retiré à l'écart pour quelque besoin naturel, il fut tué par les embûches de Macrin, préfet du prétoire, qui, après sa mort, s'empara de l'empire. Les complices de ce meurtre étaient Nemesianus, son frère Apollinaris, et Retianus qui commandait à la fois la seconde légion parthique et les cohortes supplémentaires de cavalerie. Le complot n'était

ignorantibus Marcio Agrippa, qui classi præerat, et præterea plerisque officialium, impulsu Martialis[20].

VII. Occisus est autem in medio itinere inter Carras et Edessam, quum levandæ vesicæ gratia ex equo descendisset, atque inter protectores suos, conjuratos cædis, ageret. Denique quum illum in equum strator ejus levaret[21], pugione latus ejus confodit : conclamatumque ab omnibus est id Martialem fecisse. Et quoniam dei Luni fecimus mentionem, sciendum, doctissimis quibusque id memoriæ traditum, atque ita nunc quoque a Carrenis præcipue haberi, ut, qui Lunam feminco nomine ac sexu putaverit nuncupandam[22], is addictus mulieribus semper inserviat : at vero qui marem deum esse crediderit, is dominetur uxori, neque ullas muliebres patiatur insidias. Unde, quamvis Græci vel Ægyptii eo genere, quo feminam hominem, etiam Lunam deam dicant, mystice tamen deum dicunt.

VIII. Scio de Papiniani nece multos ita in litteras retulisse, ut cædis non sciverint causam[23], aliis alia referentibus : sed ego malui veritatem opinionum edere, quam de tanti viri cæde reticere. Papinianum amicissimum fuisse imperatori Severo, et, ut aliqui loquuntur, affinem etiam per secundam uxorem, memoriæ traditur : et huic præcipue utrumque filium a Severo commendatum, eumque cum Severo professum sub Scævola, et Severo in advocatione fisci successisse, atque ad hoc concordiam fratrum Antoninorum fovisse : egisse quin

point non plus ignoré de Marcius Agrippa, qui commandait la flotte, ni de la plupart des officiers, que Martialis avait soulevés contre le tyran.

VII. Bassianus fut tué à mi-chemin d'Édesse à Carres : entouré de ses gardes, qui tous étaient complices, il était descendu de cheval pour lâcher de l'eau. Son écuyer, au moment où il le soulevait pour remonter sur son cheval, le frappa dans le flanc d'un coup de poignard : tout le monde cria aussitôt que Martial était le meurtrier. Puisque nous avons fait mention du dieu Lunus, nous devons ajouter que tous les savants ont écrit, et que les habitants de Carres surtout ont encore aujourd'hui la conviction, que ceux qui croient devoir honorer la Lune comme une déesse et lui donner un nom qui suppose ce sexe, sont à jamais les esclaves des femmes; tandis que celui qui lui offre son culte comme à un dieu, et lui en donne le nom, se fait toujours obéir des femmes, et n'a rien à craindre des piéges qu'elles peuvent lui tendre. De là vient que les Grecs et les Égyptiens, tout en désignant par un nom féminin la Lune, comme si elle était une déesse, ont soin cependant de l'appeler dieu dans leur langue sacrée.

VIII. Je sais que, relativement à la mort de Papinien, l'on a écrit tant de choses différentes, qu'il est difficile de dire quelle en fut la véritable cause. Néanmoins, j'aime mieux rapporter les diverses opinions telles qu'elles sont, que de me taire, lorsqu'il s'agit d'un si grand homme. On dit que Papinianus fut très-aimé de l'empereur Sévère; et même, selon quelques-uns, il lui fut allié par la seconde femme de ce prince. C'est à lui spécialement qu'il recommanda ses deux fils. Sévère avait suivi avec lui les leçons de Scévola, et il l'avait eu pour successeur comme avocat du fisc. Aussi Papinien fit tous ses efforts pour maintenir la concorde entre les deux Antonin; et, lorsque déjà Bassianus se plaignait des embûches que lui

etiam, ne occideretur, quum jam de insidiis ejus Bassianus quereretur : atque ideo una cum iis, qui fautores fuerant Getæ, a militibus, non solum permittente, verum etiam suadente Antonino, occisum. Multi dicunt, Bassianum, occiso fratre, illi mandasse, ut et in senatu per se et apud populum facinus dilueret : illum autem respondisse, « Non tam facile parricidium excusari posse, quam fieri. » Est etiam hæc fabella, quod dictare noluerit orationem, qua invehendum erat in fratrem, ut causa ejus melior fieret, qui occiderat; illum autem negantem respondisse : « Aliud est parricidium, accusare innocentem occisum. » Sed hoc omnino non convenit : nam neque præfectus poterat dictare orationem[24] : et constat eum quasi fautorem Getæ occisum. Et fertur quidem, Papinianum, quum raptus a militibus ad palatium traheretur occidendus, prædivinasse, dicentem, « Stultissimum fore, qui in suum subrogaretur locum, nisi appetitam crudeliter præfecturam vindicaret. » Quod factum est : nam Macrinus Antoninum occidit, ut supra exposuimus : qui cum filio factus in castris imperator, filium suum, qui Diadumenus vocabatur, Antoninum vocavit, idcirco quod a prætorianis multum Antoninus desideratus est.

IX. Vixit autem Bassianus annis quadraginta tribus[25]. Imperavit annis sex. Publico funere elatus est. Filium reliquit, qui postea et ipse Marcus Antoninus Heliogabalus est dictus : ita enim nomen Antoninorum inoleve-

dressait son frère, il s'opposa tant qu'il put à ses intentions parricides. Voilà, dit-on, pour quel motif il fut confondu avec ceux qui avaient été les partisans de Geta, et mis à mort sous les yeux mêmes de Bassianus, qui excita ses soldats au meurtre, bien loin de retenir leur bras. D'autres historiens prétendent que Bassianus, après avoir tué son frère, ordonna à Papinien de faire en son propre nom l'apologie de son crime et dans le sénat et auprès du peuple, mais que celui-ci répondit : « Il n'est point aussi facile de justifier le parricide que de le commettre. » On raconte encore que l'empereur lui demandant de composer pour lui un discours où, en accumulant contre Geta les accusations, il diminuerait l'odieux de son crime, Papinien s'y refusa, en disant : « C'est un second parricide, que d'accuser un frère innocent que l'on a tué. » Mais tout cela n'a aucune vraisemblance : car un préfet ne pouvait être chargé de composer pour l'empereur un discours, et il est constant que Papinien fut tué comme partisan de Geta. L'on dit qu'au moment où les soldats le traînaient au palais pour y recevoir la mort, il eut comme un pressentiment de l'avenir, et dit « que celui qui serait mis à sa place aurait bien peu de sens, s'il ne vengeait point la dignité des préfets si cruellement violée dans sa personne. » Sa prédiction s'accomplit; car Macrin fit périr Bassianus, comme nous l'avons exposé plus haut. Celui-ci donc fut proclamé empereur dans le camp avec son fils Diadumène, à qui il donna aussitôt le nom d'Antonin, pour adoucir les regrets des prétoriens.

IX. Bassianus vécut quarante-trois ans, et gouverna six ans l'empire. Ses funérailles eurent toute la solennité des funérailles publiques. Il laissa un fils, qui plus tard prit aussi le nom d'Antonin, de sorte qu'il fut appelé Marc Antonin Héliogabale : car on s'était fait une telle habitude de

rat, ut velli ex animis hominum non posset, quod omnium pectora, velut Augusti nomen, obsederat. Fuit male moratus, et patre duro crudelior. Avidus cibi, vini etiam appetens; suis odiosus, et, præter milites prætorianos, omnibus castris exosus : prorsus nihil inter fratres simile. Opera Romæ reliquit, thermas nominis sui eximias : quarum cellam solearem architecti negant posse ulla imitatione, qua facta est, fieri [26]; nam et ex ære vel cupro cancelli superpositi esse dicuntur, quibus cameratio tota concredita est [27] : et tantum est spatium, ut id ipsum fieri negent potuisse docti mechanici. Reliquit et porticum patris nomine, quæ gesta illius contineret, et triumphos, et bella. Ipse Caracalli nomen accepit a vestimento, quod populo dederat, demisso usque ad talos, quod ante non fuerat : unde hodieque antoninianæ dicuntur caracallæ hujusmodi, in usu maxime Romanæ plebis frequentatæ. Idem viam novam munivit, quæ est sub ejus thermis, Antoninianis scilicet, qua pulchrius inter Romanas plateas non facile quidquam invenias. Sacra Isidis Romam deportavit, et templa ubique magnifica eidem deæ fecit. Sacra etiam majore reverentia celebravit, quam ante celebrabantur. In quo quidem mihi mirum videtur, quemadmodum sacra Isidis primum per hunc Romam venisse dicantur; quum Antoninus Commodus ita ea celebraverit, ut et Anubin portaret, et pausas ederet : nisi si forte iste addidit celebritati, non eam primus invexit. Corpus ejus Antoninorum se-

ce nom d'Antonin, qu'il n'était pas plus possible de l'arracher du souvenir et du cœur des hommes, que celui d'Auguste. Bassianus eut des mœurs dépravées et fut encore plus cruel que son père. Adonné au vin et à la bonne chère, odieux aux siens, détesté de toute l'armée, excepté des prétoriens : il n'y avait aucun trait de ressemblance entre les deux frères. Il laissa à Rome plusieurs monuments, entre autres des bains magnifiques qui portèrent son nom : la salle de ces bains est un ouvrage si admirable, qu'au dire des architectes, il serait impossible d'en faire une semblable. On dit, en effet, que toute la voûte s'appuie sur des barres d'airain ou de cuivre superposées, et qu'elle est d'une telle étendue que d'habiles mécaniciens ne peuvent concevoir qu'on ait pu en venir à bout. Il laissa aussi un portique qu'il appela le portique de Sévère, et où il fit représenter les actions, les guerres et les triomphes de son père. Le surnom de Caracalla qu'on lui donna, venait d'un genre de vêtement, tout à fait nouveau à Rome, qui descendait jusqu'aux talons, et dont il avait fait présent au peuple; aujourd'hui même on donne le nom d'antoniniennes à ces sortes de casaques, qui sont surtout portées par le peuple. Il établit aussi une nouvelle rue qui conduit aux bains qu'il avait construits et que l'on nomme les bains d'Antonin, et il serait difficile d'en trouver une plus belle dans toute la ville. Il transporta à Rome le culte d'Isis, et éleva partout à cette déesse des temples magnifiques. Il célébra aussi ses fêtes avec plus de solennité qu'elles ne l'avaient été avant lui. Ici je m'étonne qu'on lui attribue l'introduction à Rome du culte d'Isis, lorsque Antonin Commode en a tellement lui-même célébré les cérémonies, qu'il portait l'Anubis et accomplissait religieusement les stations prescrites. Bassianus a pu ajouter à la pompe de ces fêtes, mais ce n'est pas lui qui les a le premier introduites à Rome. Son corps fut déposé dans le sépulcre

pulcro illatum est, ut ea sedes reliquias ejus acciperet, quæ nomen addiderat.

X. Interest scire, quemadmodum novercam suam Juliam uxorem duxisse dicatur. Quæ quum esset pulcherrima, et quasi per negligentiam se maxima corporis parte nudasset, dixissetque Antoninus, « Vellem, si liceret : » respondisse fertur ; « Si libet, licet. An nescis te imperatorem esse, et leges dare, non accipere? » Quo audito, furor inconditus ad effectum criminis roboratus est, nuptiasque eas celebravit, quas, si sciret se leges dare, vere solus prohibere debuisset. Matrem enim, non alio dicenda erat nomine, duxit uxorem, ad parricidium junxit incestum : siquidem eam matrimonio sociavit, cujus filium nuper occiderat. Non ab re est, diasyrticum quiddam in eum dictum addere ; nam quum Germanici, et Parthici, et Arabici, et Alemannici nomen adscriberet (nam Alemannorum gentem devicerat[28]), Helvius Pertinax, filius Pertinacis, dicitur joco dixisse : « Adde, si placet, etiam Geticus maximus, » quod Getam occiderat fratrem, et Gothi Getæ dicerentur ; quos ille, dum ad Orientem transiit, tumultuariis prœliis devicerat.

XI. Occidendi Getæ multa prodigia exstiterunt, ut in vita ejus exponemus. Nam quamvis prior ille e vita excesserit, nos tamen ordinem sequuti sumus, ut, qui et prior natus est, et prior imperare cœperat, prior scriberetur. Eo sane tempore, quo ab exercitu appellatus

des Antonin, pour qu'il fût réuni à ceux dont il avait porté le nom.

X. Il est intéressant de savoir comment les historiens racontent son mariage avec sa belle-mère Julie. Cette femme, qui était d'une grande beauté, s'étant laissé voir un jour presque nue, comme par mégarde, à Antonin, celui-ci lui dit : « Que je voudrais, s'il m'était permis !... — Ce que tu veux, t'est permis, répondit-elle. Ignores-tu que tu es empereur, que tu donnes des lois et n'en reçois point ? » Ces paroles enflammèrent à tel point la passion odieuse de ce prince, que le crime s'accomplit, et qu'il contracta un hymen qu'il aurait dû plus que tout autre empêcher, s'il avait su ce que c'est que de donner des lois. Il épousa donc sa mère (car l'on ne pouvait lui donner un autre nom), et il joignit l'inceste au parricide, puisqu'il s'unit par le mariage à celle dont il venait de massacrer le fils. Il n'est point hors de propos de raconter ici une plaisanterie mordante qui fut faite contre lui. Comme il se donnait les noms de Germanique, de Parthique, d'Arabique et d'Allemanique (car il avait vaincu la nation des Allemands), Helvius Pertinax, fils de l'empereur Pertinax, lui dit en plaisantant : « Ajoutez-y, s'il vous plaît, le très-grand Gétique. » Ce mot, tout en faisant allusion au meurtre de Geta, paraissait se rapporter aux Goths, aussi appelés Gètes, que Bassianus avait vaincus pendant qu'il passait en Orient.

XI. Bien des prodiges firent présager le meurtre de Geta, comme nous le dirons dans sa vie. Car, quoiqu'il soit mort avant son frère, nous avons cru devoir parler en premier lieu de celui qui est né le premier, et qui le premier aussi avait été proclamé auguste. A l'époque où, du vivant de Sévère, l'armée décerna ce titre à Bassianus,

est augustus[29] vivo patre, quod ille pedibus æger gubernare non posse videretur imperium, contusis animis militum et tribunorum, Severus dicitur animo voluitasse, ut et hunc occideret, nisi repugnassent præfecti ejus, graves viri. Aliqui contra dicunt, præfectos voluisse id fieri, sed Septimium noluisse, ne et severitas illius crudelitatis nomine inquinaretur : et quum auctores criminis milites fuerint, adolescens stultæ temeritatis pœnas lueret tam gravis supplicii titulo, ut a patre videretur occisus. Hic tamen omnium durissimus, et, ut uno complectamur verbo, parricida, et incestus, patris et matris et fratris inimicus, a Macrino, qui eum occiderat, timore militum, ac maxime prætorianorum, inter deos relatus est. Habet templum, habet salios, habet sodales Antoninianos, qui Faustinæ templum et divale nomen eripuit : certe templum, quod ei sub Tauri radicibus fundaverat olim maritus Antoninus, in quo postea filius hujus Bassiani Heliogabalus Antoninus sibi, vel Jovi Syrio, vel Soli, incertum enim id est, templum fecit.

parce que l'empereur, malade de la goutte, ne paraissait plus capable de gouverner, on dit que ce prince, après avoir accablé de son courroux les soldats et les tribuns, eut la pensée de livrer à la mort son fils lui-même avec les autres coupables; mais que les préfets, qui étaient des hommes graves, l'en empêchèrent. D'autres, au contraire, prétendent que les préfets voulaient la mort de Bassianus; mais que l'empereur s'y refusa, dans la pensée que sa sévérité serait taxée de cruauté, et que, dans un crime dont les soldats étaient les vrais auteurs, s'il condamnait à la mort un jeune homme qui n'était coupable que d'une sotte témérité, on ne verrait dans son supplice que le meurtre d'un fils par son père. Du reste, ce Bassianus, le plus cruel des princes, cet homme parricide, incestueux, également ennemi de son père, de sa mère et de son frère, fut mis au rang des dieux par Macrin, son meurtrier, parce qu'il craignait les soldats, et surtout les prétoriens. Il a un sanctuaire, un culte, un collége de prêtres appelés Antoniniens; il a enlevé à Faustine son temple et les honneurs divins : du moins il est certain qu'il la dépouilla du temple, que son époux Antonin lui avait construit jadis au pied du mont Taurus : plus tard, le fils de ce même Bassianus, Héliogabale Antonin, se le consacra à lui-même, ou peut-être à Jupiter Syrien, ou au Soleil, car il reste là-dessus de l'incertitude.

[A. U. 964—965]

ANTONINI GETÆ VITA

AD CONSTANTINUM AUG.

I. Scio, Constantine Auguste, et multos, et Clementiam Tuam quæstionem movere posse[1], cur etiam Geta Antoninus a me tradatur. Neque enim multa in ejus vita dici possunt, qui prius rebus humanis exemptus est, quam cum fratre teneret imperium. De cujus priusquam vel vita, vel nece dicam, disseram, cur et ipsi Antonini a Severo patre sit nomen appositum. Septimius Severus quodam tempore quum consuluisset ac petiisset, ut sibi indicaretur quo esset successore moriturus, in somnis vidit Antoninum sibi successurum : quare statim ad milites processit, et Bassianum, filium majorem natu, Marcum Aurelium Antoninum appellavit. Quod quum fecisset, paterna cogitatione, vel, ut quidam dicunt, a Julia uxore commonitus, quæ gnara erat somnii, quod minori filio hoc facto ipse interclusisset aditum imperandi, etiam Getam minorem filium, Antoninum vocari jussit. Itaque semper ab eo in epistolis familiaribus dictus est Antoninus; quum, si forte abesset, scriberet, « Salu-

[De J.-C. 211 — 212]

VIE D'ANTONIN GETA

ADRESSÉE A CONSTANTIN AUGUSTE.

I. Je n'ignore pas, Constantin Auguste, que bien des personnes, et même Votre Clémence, pourront s'étonner de ce que je donne aussi la vie de Geta, sur lequel j'ai si peu de chose à dire, puisqu'il a été enlevé au monde avant de partager avec son frère la souveraine puissance. Je n'entrerai point dans les détails de sa vie et de sa mort, sans avoir préalablement essayé d'expliquer pour quel motif son père lui donna, comme à Bassianus, le nom d'Antonin. Septime Sévère ayant, à certaine époque, consulté les dieux pour savoir qui lui succéderait, il vit en songe qu'il aurait pour successeur un Antonin. Il s'empressa donc de donner, en présence des troupes, les noms de Marc Aurèle Antonin à Bassianus, son fils aîné. Après cette démarche, qui fermait à Geta tout moyen d'arriver à l'empire, Sévère, soit par un sentiment de tendresse paternelle, soit, comme le disent plusieurs, par condescendance pour Julie, sa femme, à laquelle il avait communiqué son rêve ordonna que Geta, son second fils, serait également appelé Antonin. Il lui donna toujours lui-même ce nom dans ses lettres à ses amis, et, lorsqu'il était éloigné de ses enfants, il écrivait : « Saluez de ma part les deux Antonin, mes fils et mes successeurs. » Mais cette précau-

tate Antoninos filios et successores meos. » Sed nihil valuit patris matrisve cautio : nam solus ille successit, qui primus Antonini nomen accepit. Et hæc de Antonini nomine.

II. Geta autem dictus est, vel a patrui nomine, vel avi paterni : de cujus vita et moribus in vita Severi Marius Maximus primo septenario satis copiose retulit. Fuit autem Antoninus Geta etiam ob hoc ita dictus, quod in animo habuit Severus, ut omnes deinceps principes, quemadmodum Augusti, ita etiam Antonini dicerentur : atque amore Marci, quem fuisse vel fratrem suum dicebat[2], et cujus philosophiam litterarumque institutionem semper imitatus est. Dicunt aliqui, non in Marci honorem tantum Antonini nomini delatum, quum id Marcus adoptivum habuerit, sed in ejus, qui Pius cognominatus est, Hadriani scilicet successoris : et quidem ob hoc, quod Severum ille ad fisci advocationem delegerat ex formulario forensi[3], quum ad tantos processus ei patuisset dati ab Antonino primi gradus vel honoris auspicium : simul quod nemo ei videretur felicior imperator ad commodandum nomen, eo principe, cujus proprium nomen jam per quatuor principes cucurrisset. De hoc eodem Severus, gnarus genituræ illius, cujus, ut plerique Afrorum, peritissimus fuit, dixisse fertur, « Mirum mihi videtur, Juvenalis amantissime, Geta noster divus futurus, cujus nihil imperiale in genitura video. » Erat enim Juvenalis præfectus ejus prætorio. Nec eum fefel-

tion, soit du père soit de la mère, en faveur de Geta, fut vaine; et celui-là seul succéda à Sévère, qui avait reçu le premier le nom d'Antonin. Mais en voilà assez sur ce sujet.

II. Quant au nom de Geta, il le tenait ou de son oncle, ou de son aïeul paternel. L'on trouve, sur la vie et les mœurs de ce prince, un assez grand nombre de détails dans le premier septénaire de Marius Maximus, où il raconte la vie de Sévère. Un motif qui contribua aussi à faire donner à Geta le nom d'Antonin, c'est que Sévère voulut que désormais tous les princes portassent ce nom comme celui d'Auguste, tant il aimait Marc Antonin qu'il appelait son frère, et dont il imita toujours le goût pour la philosophie et les lettres. D'autres historiens disent que, s'il témoigna tant de vénération pour ce nom, ce fut moins à cause de Marc Aurèle, qui ne le porta que par suite de son adoption, qu'à cause d'Antonin, surnommé le Pieux, qui succéda à Adrien : c'était lui, en effet, qui avait tiré Sévère du barreau pour lui confier la charge d'avocat du fisc, et lui avait ainsi ouvert la carrière des honneurs, où la fortune l'avait porté si loin. D'ailleurs quel nom pouvait-on emprunter qui fût de meilleur augure que celui d'un prince si vénéré, que déjà quatre autres princes après lui s'étaient fait gloire de le porter! Du reste, on dit que Sévère, qui connaissait l'horoscope de Geta, car il était, comme la plupart des Africains, très-habile dans ce genre de science, dit un jour à son préfet du prétoire : « Il me paraît bien étonnant, mon cher Juvénal, que notre fils Geta doive un jour être mis au rang des dieux : car je ne vois rien dans son horoscope qui convienne à un empereur. » Sévère ne s'était point trompé. En effet, Bassianus, après avoir massacré son frère, craignit l'impression que produirait son crime, et quelqu'un lui

lit; nam Bassianus, quum eum occidisset, ac vereretur tyrannicam ex parricidio notam, audiretque, posse mitigari facinus, si divum fratrem appellaret, dixisse fertur, « Sit divus, dum non sit vivus. » Denique eum inter divos retulit, atque ideo utcumque rediit cum fama in gratiam parricida.

III. Natus est Geta, Severo et Vitellio consulibus, Mediolani, etsi aliter alii prodiderunt, sexto kalendas junias, ex Julia, quam idcirco Severus uxorem duxerat, quod eam in genitura habere compererat, ut regis uxor esset, isque privatus, sed jam optimi in republica loci. Statim ut natus est, nuntiatum est, ovum gallinam in aula peperisse purpureum. Quod quum allatum Bassianus frater ejus accepisset, et quasi parvulus applosum ad terram fregisset, Julia dixisse fertur joco, « Maledicte parricida, fratrem tuum occidisti. » Idque joco dictum, Severus altius quam quisquam præsentium accepit: a circumstantibus autem postea, velut divinitus effusum, approbatum est. Fuit etiam aliud omen; nam quum in villa cujusdam Antonini, plebeii hominis, agnus natus esset, qui vellus in fronte purpureum haberet, eadem die atque hora, qua Geta natus est, audissetque ille ab haruspice, post Severum, Antoninum imperaturum, ac de se ille augurarctur, sed tamen tale fati timeret indicium, ferro eum adegit: quod et ipsum signo fuit, Getam ab Antonino interimendum, ut postea satis claruit. Fuit etiam aliud omen ingens postea, ut exitus docuit hujus

ayant conseillé d'adoucir l'indignation publique, en plaçant Geta au rang des dieux : « Qu'il soit dieu, répondit-il, pourvu qu'il ne soit plus vivant. » Il consentit donc à son apothéose, et par là l'infâme parricide se réconcilia, tant bien que mal, avec l'opinion publique.

III. Geta naquit à Milan, quoique cela soit contesté, le 26 de mai, sous le consulat de Sévère et de Vitellius. Il eut pour mère Julie, que Sévère avait épousée, parce qu'il avait appris que son horoscope annonçait qu'elle serait l'épouse d'un roi, dans le temps que lui-même, sans être encore sorti de la condition privée, occupait déjà dans la république un rang distingué. Au moment de la naissance de Geta, on annonça qu'une poule venait de pondre dans la basse-cour un œuf couleur de pourpre. On apporta cet œuf, et Bassianus, qui n'était encore qu'un enfant, le prit, le laissa tomber à terre et le cassa. L'on dit qu'alors Julie s'écria en badinant : « Maudit parricide, tu as tué ton frère. » Sévère prit ce badinage beaucoup plus au sérieux qu'aucun de ceux qui étaient présents, et plus tard on reconnut que cette parole était une vraie inspiration du ciel. Il y eut aussi un autre présage. Au même jour et à la même heure que Geta vint au monde, il naquit dans la métairie d'un plébéien appelé Antoninus, un agneau qui avait au front une toison couleur de pourpre. Or, comme il avait entendu dire à un aruspice que Sévère aurait pour successeur un Antonin, cet homme s'appliqua à lui-même ce présage, et comme un indice si manifeste de sa destinée lui inspirait des craintes, il tua l'agneau : ce fait lui-même fut, comme on le vit clairement plus tard, un présage que Geta serait tué par un Antonin. Je citerai encore un autre fait où l'on reconnut aussi dans la

facinoris, quod evenit. Nam quum infantis Getæ natalem Severus commendare vellet, hostiam popa nomine Antoninus percussit; quod tunc nec quæsitum nec animadversum, post vero intellectum est.

IV. Fuit adolescens moribus asperis, sed non impiis, a natura decorus, tractator, gulosus, cupidus ciborum et vini varie conditi. Hujus illud pueri fertur insigne, quod quum vellet partium diversarum viros Severus occidere, et inter suos diceret, « Hostes vobis eripio; » consentiretque adeo usque Bassianus, ut eorum etiam liberos, si sibi consuleret, diceret occidendos: Geta interrogasse fertur, quantus esset interficiendorum numerus: quumque dixisset pater, ille interrogavit, « Isti habent parentes, habent propinquos? » Quum responsum esset, habere complures: « Ergo in civitate, ait, plures erunt tristes quam læti, quod vicimus. » Et obtinuisset ejus sententia, nisi Plautianus præfectus vel Juvenalis institissent spe proscriptionum, ex quibus ditati sunt. His accedebat Bassiani fratris nimia crudelitas: qui quum contenderet, et diceret quasi joco, quasi serio, omnes cum liberis occidendos partium diversarum, Geta ei dixisse dicitur, « Tu, qui nulli parcis, potes etiam fratrem occidere. » Quod dictum ejus tunc nihil, post vero præsagio fuit.

V. Fuit in litteris assequendis et tenax veterum scriptorum, et paternarum etiam sententiarum memor, fratri

suite un pronostic bien remarquable. Sévère voulant célébrer l'anniversaire de la naissance de Geta, qui était encore dans la première enfance, il se trouva que le sacrificateur qui frappa la victime s'appelait Antonin : pour l'instant, cette circonstance passa inaperçue, mais dans la suite on en comprit toute la portée.

IV. Dans sa jeunesse, Geta montra un caractère plutôt rude que méchant. Il était beau de figure, il aimait à discuter et à contredire ; il était porté à la bonne chère, et montrait trop de passion pour les mets et les vins recherchés. On rapporte de son enfance un trait remarquable. Sévère voulant mettre à mort les partisans de ceux qui lui avaient disputé l'empire, et disant à ses fils : « Ce sont des ennemis dont je vous délivre ; » Bassianus approuva son père, et ajouta même que, si on l'en croyait, l'on tuerait aussi leurs enfants. Geta, au contraire, demanda combien il périrait de victimes : l'empereur le lui dit. « Ont-ils des parents ou des proches ? » reprit Geta. Sur la réponse qu'ils en avaient un grand nombre : « Il y aura donc, répliqua-t-il, plus de gens affligés que joyeux de notre victoire. » Cette parole aurait peut-être fait renoncer Sévère à son projet, sans l'insistance du préfet Plautien ou Juvénal : car l'un et l'autre espéraient s'enrichir par les proscriptions, comme ils le firent en effet. Ils trouvaient d'ailleurs un appui dans la cruauté de Bassianus, qui, tantôt en plaisantant, tantôt sérieusement, disait qu'il fallait tuer tous les partisans de leurs ennemis, et leurs enfants avec eux. On assure qu'à cette occasion Geta lui dit : « Mais vous, qui ne faites grâce à personne, vous pourriez bien aussi tuer votre frère. » Cette parole, à laquelle on ne fit point attention alors, fut regardée plus tard comme un présage.

V. Geta s'appliqua aux lettres, étudia avec soin les anciens, et grava même dans son esprit les maximes de

semper invisus, matri amabilior, quam frater[4], subbalbe, tamen canorus. Vestitus nitidi cupidissimus, ita ut patri doleret : si quid acciperet a præsentibus, id ad suum contulit cultum, neque quidquam cuipiam dedit. Post Parthicum bellum pater quum ingenti gloria floreret, Bassiano participe imperii appellato, Geta quoque Cæsaris et Antonini, ut quidam dicunt, nomen accepit. Familiare illi fuit has quæstiones Grammaticis proponere, ut dicerent, singula animalia quomodo vocem emitterent, velut, « Agni balant, porcelli grunniunt, palumbes minurriunt, ursi sæviunt, leones rugiunt, leopardi rictant, elephanti barriunt, ranæ coaxant, equi hinniunt, asini rudunt, tauri mugiunt, » easque de veteribus approbare. Sereni Sammonici libros familiarissimos habuit, quos ille ad Antoninum scripsit. Habebat etiam istam consuetudinem, ut convivia, et maxime prandia, per singulas litteras juberet, scientibus servis : velut in quo erat anser, aprugna, anas[5]; item pullus, perdix, pavus, porcellus, piscis, perna, et quæ in eam litteram genera edulium caderent; et item fasianus, farta, ficus, et talia. Quare comis etiam habebatur in adolescentia.

VI. Occiso eo, pars militum[6], quæ incorrupta erat, parricidium ægerrime accepit, dicentibus cunctis, duobus se liberis fidem promisisse, duobus servare debere : clausisque portis diu non est imperator admissus. Deni-

son père. Toujours il fut détesté de son frère, mais sa mère l'aimait mieux que Bassien. Il bégayait un peu, et cependant il avait la voix belle et sonore. Il avait une telle passion pour la toilette, que son père s'en affligeait; s'il recevait quelque présent de ceux qui l'approchaient, il s'en servait pour se parer, et jamais lui-même ne donnait rien à personne. Lorsque, après la guerre des Parthes, Sévère se vit dans une situation florissante et glorieuse, il associa Bassianus à l'empire, et, selon quelques historiens, Geta reçut aussi le nom de César et d'Antonin. Ce jeune prince aimait à faire des questions aux grammairiens, par exemple : « Par quels noms désigne-t-on les cris des divers animaux? on dit : les agneaux bêlent, les pourceaux grognent, les pigeons roucoulent, les ours grondent, les lions rugissent, les léopards crient, les grenouilles coassent, les chevaux hennissent, les ânes braient, les taureaux mugissent; » et il appuyait ces diverses expressions sur des témoignages empruntés aux anciens. Il s'était rendu familiers les ouvrages que Serenus Sammonicus a dédiés à Antonin. Il avait aussi l'habitude de commander par une seule lettre ses repas, et surtout celui du matin : ses esclaves étaient au fait de ce que cela voulait dire. Ainsi tel repas était composé de mets commençant tous par la lettre C, tel autre par la lettre P ou F, et ainsi des autres lettres de l'alphabet. Dans l'un, il n'y avait que des coqs, des cailles, des canards; dans l'autre, des poulets, des perdrix, des paons, des porcs, des poissons; dans un autre, des faisans, des mets farcis, des figues, etc. Dans sa première jeunesse, ceci passait pour un agréable badinage.

VI. A sa mort, ceux des soldats que l'on n'avait point corrompus, témoignèrent une vive indignation; tous s'écriaient qu'ils avaient prêté le serment aux deux fils de Sévère et qu'ils devaient le garder à tous deux; ils tinrent même les portes de leur camp fermées, et en

que nisi querelis de Geta editis, et animis militum delinitis, enormibus etiam stipendiis datis, Romam Bassianus redire non potuit [7]. Post hæc denique et Papinianus, et multi alii interempti sunt, qui vel concordiæ faverant, vel qui partium Getæ fuerant, ita ut utriusque ordinis viri et in balneo et cœnantes, et in publico percuterentur; Papinianus ipse securi percussus sit, improbante Bassiano, quod non gladio res peracta sit. Ventum denique est usque ad seditionem urbanicianorum militum, quos quidem non levi auctoritate Bassianus compressit, tribuno eorum, ut alii dicunt, interfecto; ut alii, relegato. Ipse autem tantum timuit, ut loricam sub lato habens clavo, etiam curiam sit ingressus, atque ita rationem facti sui et necis Geticæ reddiderit. Quo quidem tempore Helvius Pertinax, qui postea est ab eodem Bassiano interemptus, recitanti Faustino prætori et dicenti, « Sarmaticus maximus et Parthicus maximus, » dixisse dicitur, « Adde et Geticus maximus, » quasi Gothicus [8] : quod dictum altius in pectus Bassiani descendit, ut postea nece Pertinacis est approbatum : nec solum Pertinacis, sed et aliorum, ut supra dictum est, passim et inique. Helvium autem etiam suspectum habuit affectatæ tyrannidis, quod esset in amore omnium, et filius Pertinacis imperatoris : quæ res nulli facile privato satis tuta est.

refusèrent longtemps l'entrée à l'empereur. Enfin, si Bassianus n'avait adouci les esprits en accumulant les accusations et les plaintes contre Geta, et en distribuant aux soldats d'énormes largesses, il n'aurait pu rentrer à Rome. Ensuite Papinien fut mis à mort, ainsi qu'un grand nombre d'autres qui avaient engagé les deux frères à la concorde, ou témoigné de l'attachement pour Geta, de sorte que les uns furent massacrés dans les bains, les autres pendant qu'ils prenaient leur repas, d'autres dans les rues ou sur les places publiques. Quant à Papinien, il fut frappé de la hache, et Bassien ne désapprouva que le genre de l'exécution, disant qu'on aurait dû le frapper avec l'épée. Les choses furent poussées si loin que les soldats de la ville se révoltèrent, et que Bassianus ne les réprima que par un acte terrible d'autorité, en faisant mettre à mort leur tribun, ou, selon d'autres, en le condamnant à l'exil. Quant à lui, il eut de si sérieuses craintes pour sa vie, qu'il mit une cuirasse sous son laticlave, et se transporta ainsi au sénat, pour rendre compte de ce qu'il venait de faire et de la mort de Geta. Dans ce même temps, Helvius Pertinax, que plus tard Bassianus fit périr, entendant le préteur Faustinus qui lisait un édit, énumérer les titres de l'empereur, et dire « Le très-grand Sarmatique, le très-grand Parthique, » hasarda une cruelle plaisanterie : « Ajoutez, dit-il, le très-grand Gétique : » ce nom équivalait à celui de Gothique. Bassianus garda de cette parole un profond ressentiment, comme il le prouva plus tard par le meurtre de Pertinax. Du reste, ce ne fut pas la seule victime ; car bien d'autres citoyens innocents, comme nous venons de le dire, furent de tous les côtés mis à mort. Pour Helvius, il était en outre suspect, aux yeux du prince, d'aspirer à l'empire, parce qu'il s'était concilié l'amour de tout le monde, et qu'il était fils de l'empereur Pertinax : situation toujours dangereuse pour un simple particulier.

VII. Funus Getæ accuratius fuisse dicitur, quam ejus, qui a fratre videretur occisus. Illatusque est majorum sepulcro, hoc est Severi[9], quod est in Appia via euntibus ad portam dextrum, specie Septizonii exstructum[10], quod sibi ille vivus ornaverat. Occidere voluit et matrem Getæ, novercam suam, quod fratrem lugeret, et mulieres, quas post reditum de curia flentes reperit. Fuit præterea ejus immanitatis Antoninus, ut iis præcipue blandiretur, quos ad necem destinabat, ut ejus magis blandimentum timeretur, quam iracundia. Mirum sane omnibus videbatur, quod mortem Getæ toties ipse etiam fleret, quoties nominis ejus mentio fieret, quoties imago videretur aut statua. Varietas autem tanta fuit Antonini Bassiani, immo tanta sitis cædis, ut modo fautores Getæ, modo inimicos occideret, quos fors obtulisset: quo facto magis Geta desiderabatur.

VII. Les funérailles de Geta se firent, dit-on, avec plus de pompe qu'on n'aurait pu l'attendre de la part de son meurtrier. Il fut porté dans la sépulture de sa famille, c'est-à-dire de Sévère ; ce monument se présente à droite, lorsqu'on arrive à Rome par la voie Appienne : c'est un septizone, que, pendant sa vie, Sévère s'était préparé pour lui servir de tombeau. Bassianus, à son retour du sénat, ayant trouvé la mère de Geta, sa belle-mère, qui pleurait son fils, voulut la tuer elle-même, ainsi que les femmes qui mêlaient leurs larmes aux siennes. Pour comble de cruauté, il ne faisait à personne plus de caresse qu'à ceux qu'il avait résolu de perdre, de sorte que l'on craignait plus encore ses caresses que son courroux. Une singularité qui étonna tout le monde, c'est que Bassianus n'entendait jamais le nom de son frère, ni ne voyait son portrait ou sa statue sans verser des larmes. Il y avait en lui une telle versatilité de pensées, ou plutôt une telle soif de carnage, qu'il faisait mourir au hasard, tantôt les partisans, tantôt les ennemis de Geta : ce qui faisait encore plus regretter ce malheureux prince.

NOTES

SUR ÆLIUS SPARTIANUS.

VIE D'ADRIEN.

(An. de J.-C. 117 — 138.)

1. — Hadriani imperatoris vita. Le meilleur des manuscrits de Spartien, celui de la bibliothèque Palatine, écrit *Hadrianus;* c'est aussi l'orthographe que donnent à ce nom les médailles.

2. — *Posterior ab Hispaniensibus.* — *Hispanus* est l'Espagnol dont les ancêtres même les plus reculés appartenaient également à l'Espagne, ὁ αὐτόχθων; *Hispaniensis* est encore un Espagnol, mais dont les ancêtres sont originaires d'un autre pays. Vopiscus dit : *Bonosus homo Hispaniensis fuit, origine Britannus.* Les ancêtres d'Adrien étaient, selon notre historien, des Italiens du Picenum, qui, dans la seconde guerre punique, s'établirent en Espagne.

3. — *Hadria ortos.* — *Adria*, ville du Picenum, aujourd'hui *Atri*, dans l'Abruzze.

4. — *Apud Italicam.* — *Italica*, dite aussi *Divi Trajani civitas*, ville de la Bétique, aujourd'hui l'Andalousie, à peu de distance de Séville. On croit la reconnaître dans *Sevilla la Veja*, village sur le Guadalquivir. Scipion l'Africain, au rapport d'Appien, après avoir terminé la guerre en Espagne, et voulant retourner en Italie, établit ses blessés et ses malades dans une seule ville, que, du nom de leur patrie, il appela *Italica*.

A calculer les dates, il y avait plus de trois cents ans que les ancêtres d'Adrien étaient établis en Espagne.

5. — *Consobrinus Trajani imperatoris.* Ælius, aïeul de l'empereur Adrien, avait épousé Ulpia, tante du côté paternel de l'empereur Trajan. Ces liens de parenté se resserrèrent encore par le mariage d'Adrien avec Julia Sabina, nièce de Trajan par sa sœur.

6. — *Domitia Paulina, Gadibus orta.* Cadix, île et port de l'Andalousie. Pline dit qu'il y avait dans cette île une ville habitée par des citoyens romains, ce qui explique ces noms d'origine romaine.

7. — *Nupta Serviano.* Ce Servien est celui que nous voyons, dans la *Vie d'Adrien*, parvenir à un troisième consulat, et périr ensuite d'une mort funeste.

8. — *Atavus, Maryllinus.* Divers manuscrits disent *avus*. Casaubon, Saumaise et Gruter adoptent *atavus*, qu'ils trouvent d'ailleurs dans le manuscrit de la bibliothèque Palatine.

9. — *Qui primus in sua familia senator populi Romani fuit.* Les décurions des colonies et des municipes étaient aussi appelés sénateurs; Spartien, pour éviter la confusion, ajoute *populi Romani.*

10. — *Natus est Romæ.* Quoiqu'Adrien fût né à Rome, Spartien parle bientôt après d'Italica comme de sa patrie, sans doute parce que là était le domicile de ses parents. Du reste, Eutrope dit qu'Adrien était né à Italica.

11. — *IX kalend. febr., Vespasiano septies et Tito quinquies consulibus.* Adrien naquit le 24 janvier de l'an 76 de J.-C.

12. — *Ad patriam rediit.* Ce passage a beaucoup occupé Saumaise. Peut-on dire, en effet, qu'Adrien *revienne* dans sa patrie, lorsqu'il n'y est jamais venu auparavant? Sans doute, à ne considérer que le sens simple du mot, l'on peut être choqué au premier abord; mais ne pourrait-on pas dire d'Adrien, qu'il *venait de l'Espagne*, pour dire qu'il en tirait son origine? Pourquoi, dès lors, ne dirait-on pas, par une métaphore, qui n'est que la conséquence de la première, qu'*il y revient?*

13. — *Venandi usque ad reprehensionem studiosus.* La chasse était un des exercices qui préparaient au service militaire; et, si l'auteur ne nous disait point qu'Adrien en poussa le goût jusqu'à un excès blâmable, l'on pourrait ne voir ici qu'un éloge, surtout lorsqu'il ajoute immédiatement après, que Trajan le traita dès lors comme son fils.

14. — *Decemvir litibus judicandis datus.* Ces sortes de décemvirs présidaient les différentes sections du tribunal des centumvirs (Suétone, *Vie d'Auguste*, ch. xxxvi). Ils faisaient partie du vigintivirat, qui comprenait, en outre, les *triumviri capitales*, magistrats préposés à la garde des prisons, à l'exécution des jugements criminels et à la police de Rome; les *triumviri monetales*, chargés de ce qui concernait les monnaies; et les *quatuorviri viales*, qui surveillaient la voie publique dans Rome.

15. — *Tribunus secundæ Adjutricis legionis.* Cette légion avait ses quartiers à Alisca, dans la Pannonie Inférieure, aujourd'hui Almar en Hongrie sur le Danube, à peu de distance de Bude (Dion, liv. lv).

16. — *Ex qua festinans ad Trajanum.* Trajan gouvernait la Germanie lorsqu'il fut adopté par Nerva, et, suivant Aurelius

Victor, il se trouvait à Cologne, dans la Germanie Inférieure, lorsque la mort de ce prince lui donna l'empire.

17. — *Pedibus iter faciens, ejusdem Serviani beneficiarium antevenit.* D'après les diverses circonstances de ce récit, l'on peut supposer que Servien administrait, dans la Germanie, la poste publique, *publicum cursum.* Ce courrier qu'il envoie, *beneficiarium,* était sans doute un de ces soldats qui, attachés spécialement à quelque chef ou à quelque service public, étaient, par privilége, *beneficio,* exemptés des autres charges du service militaire.

18. — *Per pædagogos puerorum.* Casaubon cite plusieurs inscriptions où se retrouvent ces mots : *pædagogo puerorum Cæsaris.* En outre, dans le tableau des dignités de l'empire (*Hist. de la littér. rom.* de Schœll, t. III, p. 369), nous voyons un *primicerius pædagogiorum*, qui paraît être un *gouverneur des pages.* Est-il croyable que le titre de ces gouverneurs se trouvât sur des inscriptions gravées en leur honneur, et fît partie de la maison officielle et publique de l'empereur, si leur ministère ne consistait qu'à servir les honteuses passions du prince? J'ai cru traduire avec plus de vérité, en hasardant le nom de *pages,* qui peut paraître étrange à l'époque où nous l'appliquons, que si je m'étais servi du mot de *mignons,* qui, entraînant nécessairement avec lui une idée fâcheuse, présenterait sous un faux jour la situation de ces enfants à la cour des empereurs. Mais, s'il est possible de défendre, d'une manière générale, contre une interprétation odieuse, cette *pédagogie* du palais, il ne l'est pas également de justifier Trajan du reproche que lui fait l'histoire, d'avoir terni par d'infâmes débauches l'éclat de ses vertus et de ses exploits. Spartien (ch. IV) dit : « Corrupisse eum Trajani libertos, curasse delicatos, eosdemque sæpe lisse.... opinio multa firmavit; » ce qui ne prouve que trop, que de ses pages Trajan faisait des mignons. D'ailleurs, le texte même qui nous occupe, malgré la réserve de l'expression, suffirait à faire comprendre quel était ce honteux amour de l'empereur pour ces enfants, *quos impensius diligebat;* il permettrait même de supposer qu'Adrien fut à son tour l'objet de ses hideuses tendresses, *fuit in amore Trajani.* Mais cette expression se trouve si souvent employée dans un tout autre sens, que je ne n'ai point dû m'exposer, en traduisant, à aller plus loin que mon texte. Spartien lui-même (*Vie de Geta*, ch. VI) dit : « Helvium autem etiam suspectum habuit affectatæ tyrannidis, quod esset in amore omnium. »

19. — *Nec tamen ei per pædagogos puerorum, quos Trajanus*

impensius diligebat, Gallo favente, defuit. Ce passage, qui paraît altéré, a beaucoup exercé les commentateurs. Casaubon, Saumaise et Gruter ne voient d'autre moyen pour l'expliquer que de corriger le texte. Casaubon propose de lire : *Nec tamen ei per pædagogos puerorum, Gallo* faciente, invidia *defuit.* « Ce n'est pas cependant que l'envie des gouverneurs, excitée par Gallus, lui ait manqué. » Saumaise lit : *Nec tamen ei* super *pædagogos puerorum, Gallo favente, defuit.* L'affection de Trajan ne lui manqua point, Gallus, chef des gouverneurs le favorisant. » Ici *tamen* perd toute signification, et *super pædagogos* se trouve signifier *chef des gouverneurs*; or, pas un seul autre exemple de ce genre d'expression ne se trouve dans Spartien, ni même dans les cinq autres écrivains de l'*Histoire auguste.* Gruter hasarde aussi sa correction, et met *malefaventia* à la place de *Gallo favente*. A part ce mot barbare auquel, du reste, il tient peu, nous retrouvons chez Gruter le même sens que chez Casaubon. L'un et l'autre comprennent qu'Adrien a eu à lutter contre l'envie des gouverneurs des pages de Trajan. Ces luttes, en effet, et même un refroidissement dans l'affection de Trajan, se trouvent confirmés dans la phrase suivante, *sollicitus de imperatoris erga se judicio,...* et plus clairement encore quelques lignes plus bas : *ad amicitiam Trajani pleniorem rediit.* D'ailleurs, si Adrien est bien établi dans l'affection de Trajan, si Gallus et les gouverneurs de ces enfants que le prince aimait avec tant de passion, *quos impensius diligebat,* s'accordent tous pour le soutenir, pourquoi ces inquiétudes, et que signifie ce retour en grâce? Mais pour trouver dans le texte un sens qui se lie avec ce qui précède et ce qui suit, faut-il des corrections si étendues que celles que proposent Casaubon et Gruter? je ne le pense pas. Il me semble suffire de changer *nec* en *hic,* et il n'est pas improbable que le manuscrit, vraisemblablement unique, comme nous avons eu déjà l'occasion de le dire, sur lequel se sont établis tous les autres, ait eu les deux premières lettres de ce mot confusément écrites, d'autant plus que l'*h* ne diffère de l'*n* que par un prolongement du premier jambage, et que l'*i* trop courbé se rapproche de l'*e*. Nous aurions alors ce sens : « Adrien obtint l'affection de Trajan; cependant il la perdit, grâce aux gouverneurs des pages, qui avaient malheureusement trop d'ascendant sur l'esprit du prince, et dont Gallus favorisait les intrigues jalouses. »

20. — *Virgilianas sortes consuleret.* Cette manière particulière de consulter le sort, consistait à jeter dans une urne des passages de Virgile, et celui qui en sortait servait de présage.

21. — *Nicephorii Jovis.* La ville de Nicéphore était aux environs d'Édesse : il s'y trouvait un temple de Jupiter. Casaubon voudrait que l'on écrivît *Nicephori Jovis;* ce serait alors le temple de *Jupiter Vainqueur,* et l'on ne saurait plus assigner de quel temple il est ici question, car Jupiter Vainqueur avait plus d'un temple et dans plus d'un pays.

22. — *Suffragante Sura.* Licinius Sura, dont Juvénal, Martial et Dion font mention comme d'un ami de Trajan, était sans doute chargé de composer les discours du prince; nous voyons plus bas Adrien lui succéder dans cet emploi.

23. — *Marius Maximus.* Il paraît avoir été l'un des plus importants historiens latins de l'*Histoire auguste;* Spartien le cite souvent. Ammien Marcellin dit que de son temps il y avait des gens qui, dans leur dégoût pour tous les anciens écrivains, n'admiraient et ne lisaient que Marius Maximus parmi les historiens, et Juvénal parmi les poëtes.

24. — *Quæsturam gessit.* Adrien avait vingt-cinq ans : c'était l'âge exigé par les lois pour cette magistrature.

25. — *Latinis operam dedit.* Il faut évidemment sous-entendre ici *litteris* ou *studiis.* Adrien reçut les leçons du grammairien Scaurus.

26. — *Trajani moribus obsequentem.* Beaucoup d'historiens s'accordent à dire que Trajan avait la passion du vin. Aurelius Victor rapporte que, pour en prévenir les inconvénients, il exigeait qu'on n'exécutât point les ordres qu'il donnerait après de longs repas.

27. — *Candido et Quadrato iterum consulibus.* Une ancienne inscription citée par Casaubon prouve que cet *iterum* s'applique à l'un et à l'autre consul. Adrien avait alors vingt-neuf ans; c'était la huitième année de l'empire de Trajan.

28. — *Ad perpetuam tribunitiam potestatem.* La puissance tribunicienne perpétuelle était inséparable de l'empire.

29. — *Unde hodieque imperatores sine pænulis.* — *Pænula,* venu de φαινόλης, était une espèce de camail ou manteau que les Romains avaient emprunté aux Grecs. Spartien dit ici que, du temps d'Adrien, les tribuns du peuple faisaient usage, en temps de pluie, de ce vêtement étranger; mais les empereurs, jamais; que de son temps même, à lui Spartien, les empereurs, qui sans doute se permettaient ce genre de manteau dans d'autres circonstances, ne le portaient jamais, lorsque, le matin, ils recevaient la visite de ceux qui venaient les saluer. Cette visite se faisait avec le vêtement essentiellement romain, avec la toge, et

l'empereur la recevait également vêtu de la toge. Martial (liv. XIV, épigr. 125) parle ainsi de la toge des visiteurs :

Si matutinis facile est tibi rumpere somnos,
A trita veniet sportula sæpe toga.

Sénèque (épît. IV) : « Ad supervacua sudatur : illa sunt quæ togam conterunt, quæ nos senescere sub tentorio cogunt, quæ nos in aliena litora impingunt. »

30. — *Videntur.* Ce mot employé pour *visuntur, salutantur,* est fréquent dans les auteurs de l'*Histoire auguste.*

31. — *Primæ legioni Minerviæ.* Cette légion avait été créée par Domitien, et tenait ses quartiers dans la basse Germanie (DION, liv. LV).

32. — *Adamante gemma.... donatus.* C'était, chez les anciens, une coutume, de désigner son héritier et son successeur en lui donnant son anneau.

33. — *Prætor factus est.* Adrien avait alors trente et un ans.

34. — *Quùm sestertiùm iterum vicies ad ludos edendos.* On sait qu'avec ces adverbes de nombre joints à *sestertium,* il faut toujours sous-entendre *centena millia.* Il s'agit donc ici de quarante fois cent mille sesterces, c'est-à-dire de quatre millions de sesterces. Or, vers cette époque, d'après l'évaluation des monnaies grecques et romaines publiée par M. Letronne, de l'Institut, en 1817, cent sesterces valaient 17 fr. 79 c. Trajan avait donc donné à Adrien sept cent onze mille six cents francs.

35. — *Legatus postea prætorius.* Le mot *legatus* avait diverses acceptions. C'était tantôt un envoyé, un ambassadeur; tantôt un chef de province et d'armée, l'administration civile et militaire étant réunie et confondue chez les Romains; mais toujours ce mot impliquait délégation de pouvoir. Comme gouverneur de province et général d'armée, il désigne un lieutenant de l'empereur. A ce titre, il pouvait être *legatus consularis,* ou *legatus prætorius,* suivant l'importance du commandement qui lui était confié; et, quoique généralement les lieutenants consulaires fussent pris parmi ceux qui avaient été consuls, et les lieutenants prétoriens parmi ceux qui avaient été préteurs, cependant ils pouvaient devenir consulaires ou prétoriens par le fait même de leur délégation. Quant à Adrien, il avait été préteur, et comme lieutenant prétorien, nous le voyons ici exercer un commandement *civil et militaire.*

36. — *Sarmatas compressit.* Ces Sarmates ou Sauromates furent, selon Eusèbe, non point subjugués par Trajan, mais

reçus dans l'alliance romaine. Ils habitaient au delà du Danube, non loin de ses embouchures. Pline le Jeune dit, dans une de ses lettres à Trajan (liv. x), qu'ils étaient voisins du Bosphore de Thrace.

37. — *Consul est factus.* Adrien avait trente-quatre ans. Il fut consul subrogé avec Publilius Celsus.

38. — *Causa præcipue orationum, quas pro imperatore dictaverat.* Sura était le secrétaire ou le questeur de Trajan, et en cette qualité il composait ses discours. Adrien lui succède dans cette charge, et, par les services qu'il rend au prince, il pénètre plus avant dans son affection.

39. — *Eosdemque sæpe lisse.* Nous adoptons ici la correction de Saumaise, qui sépare ainsi le mot *sæpelisse* ou *sepelisse*, que l'on trouve dans les manuscrits. *Lisse* sera par syncope pour *levisse.* Ce passage voudra dire qu'Adrien, pour obtenir les bonnes grâces des mignons de Trajan, alla jusqu'à leur donner des soins matériels, jusqu'à leur appliquer ces enduits, ces pâtes cosmétiques dont la vanité et la débauche faisaient tant d'usage à cette époque.

40. — *Quinto iduum augusti.* Le 5 avant les ides d'août, c'est-à-dire le 9 août. L'on sait que les ides étaient le treizième jour des mois de janvier, février, avril, juin, août, septembre, novembre, et le quinzième des mois de mars, mai, juillet, octobre.

41. — *Natalem adoptionis.* Les anciens appelaient *natales* les jours anniversaires, non point seulement de la naissance, mais même des événements heureux qui leur arrivaient.

42. — *Nec desunt, qui factione Plotinæ.* — *Voir* DION CASSIUS et AURELIUS VICTOR.

43. — *Ad priscum se statim morem.* Comme du temps de la république on eut pour principe de faire continuellement la guerre, sous les empereurs, la maxime fut d'entretenir la paix; les victoires ne furent regardées que comme des sujets d'inquiétude, avec des armées qui pouvaient mettre leurs services à trop haut prix (MONTESQUIEU, *Grand. et décad.*, ch. XIII). Tacite, dans le premier livre des *Annales*, ch. 11, dit, en parlant du testament d'Auguste : « Addideratque consilium coercendi intra terminos imperii. »

44. — *Qui Macedonas liberos pronuntiavit.* Après la défaite de Persée, dix députés avaient été envoyés dans la Macédoine pour y régler les affaires à leur gré : ils déclarèrent libres les Macédoniens, et leur permirent de se gouverner par leurs lois (TITE-LIVE, liv. XLV).

45. — *Psamatossirim quem Trajanus Parthis regem fecerat.*

Spartien paraît s'être trompé de nom. Psamatossiris était un roi d'Arménie que Trajan avait dépouillé de son trône. Celui dont il veut parler se nomme Parthamaspates. Dion donne des détails sur l'un et sur l'autre.

46. — *Quamvis Crassum postea procurator.* Les procurateurs administraient, dans les provinces, les revenus du prince. On les voit aussi remplir les fonctions de gouverneurs dans certaines provinces moins importantes.

47. — *Sublatis gentibus Mauris, quos regebat.* Spartien fait accorder *quos* avec l'idée qui précède et qui domine, celle des Maures, sans s'occuper de *gentibus*, avec lequel la grammaire voudrait qu'il y eût accord. Cette figure, du reste, est fréquente.

48. — *Per Illyricum Romam venit.* Le nom d'Illyrie appartenait originairement aux côtes de la mer Adriatique; les Romains l'étendirent par degrés à tout le pays depuis les Alpes jusqu'au Pont-Euxin.

49. — *Quod hoc nomen Augustus sero meruisset.* Auguste ne prit ce titre que neuf ans avant sa mort.

50. — *Aurum coronarium Italiæ remisit.* Le *coronaire* était une sorte de tribut que payaient les alliés aussi bien que les provinces à l'occasion d'une victoire remportée, ou lorsque le prince parvenait soit au trône, soit au rang de César.

51. — *Post Mauritaniæ præfecturam, infulis ornatum, Pannoniæ Daciæque ad tempus præfecit.* — *Infulæ*, bandelettes qui ornaient la tête des prêtres, ou servaient de marque distinctive aux diverses magistratures. Ici il s'agit évidemment des insignes d'une magistrature. Or, on pouvait avoir les honneurs et le titre d'une charge sans en exercer les fonctions, ou les fonctions sans le titre, ou même avec le titre d'une fonction différente. Nous trouverions grand nombre d'exemples de ces divers cas dans Tacite et dans Suétone. Ici, le mot *infulis* marquera-t-il les insignes, le titre d'une charge avec la charge elle-même, ou le titre sans la charge? Casaubon ponctue ainsi cette phrase : *Turbonem post Mauritaniæ præfecturam infulis ornatum*, et il veut que le mot *infulis* ainsi isolé de tout ce qui peut le définir, se rapporte à la préfecture de Mauritanie; d'après lui, Martius Turbo, avec les insignes et le titre de préfet de Mauritanie, serait chargé du gouvernement temporaire de la Pannonie et de la Dacie. Saumaise, choqué de l'isolement de *infulis*, retranche la virgule qui le suit, le rapproche ainsi de *Pannoniæ*, et en outre change en *quoque* le *que* dont *Daciæ* est suivi : *Turbonem post Mauritaniæ præfecturam, infulis ornatum Pannoniæ, Daciæ quoque ad

tempus præfecit. Dès lors, tout embarras cesse, l'expression est nette, et Turbo se trouve avoir les insignes et la charge de gouverneur de la Pannonie, et gouverner en outre, mais temporairement, la Dacie. Ne pourrait-on point expliquer le texte à moindres frais? en ajoutant après *præfecturam* une virgule, qui d'ailleurs serait naturelle dans les divers sens, nous trouverions que les deux gouvernements de Pannonie et de Dacie, réunis dans la même main à l'occasion de l'agitation des Sarmates et des Roxolans, sont confiés à Martius Turbo, et que, bien que cette autorité fût une commission temporaire, et non une magistrature régulière et permanente, on lui donna néanmoins les insignes et les honneurs de ce double gouvernement. Quant à cette réunion de provinces sous un même gouverneur, elle n'a rien qui doive effaroucher; les exemples sont nombreux, et nous voyons dans Tacite (*Annales*, liv. I, ch. 80) : « Prorogatur Poppæo Sabino provincia Mœsia, additis Achaia ac Macedonia. »

52. — *De imminutis stipendiis.* Les empereurs, à partir de Domitien, s'étaient habitués à acheter la paix avec les barbares des frontières, en leur donnant des pensions annuelles qui étaient de véritables tributs; mais, pour conserver à leurs propres yeux quelque apparence de dignité, ils appelaient ces tributs *stipendia*, comme si ces peuples étaient à leur solde, et qu'on leur payât ainsi la garde des frontières.

53. — *Sacrificanti Hadriano.* Dion Cassius dit que c'était pendant une chasse qu'on voulait tuer l'empereur.

54. — *Titulo Ægyptiacæ præfecturæ, quo plus haberet auctoritatis, ornato.* Martius Turbo, que nous avons vu plus haut (ch. VI) chargé du gouvernement temporaire de la Pannonie et de la Dacie, n'exerce plus ici que les fonctions de gouverneur de cette dernière province; mais, pour relever sa dignité, on lui donne le titre et les insignes de préfet d'Égypte. Cette province était supérieure en rang à toutes celles qui pouvaient se donner à l'ordre équestre.

55. — *Congiarium duplex præsens populo dedit.* Ce mot, venu de *congius*, mesure romaine, désigne les distributions que les empereurs faisaient au peuple; on appelait *donativum* les largesses qu'ils faisaient aux soldats.

56. — *Ternis jam per singulos aureis se absente divisis.* Cette monnaie d'or valait 25 deniers, ou 100 sesterces; ces trois pièces d'or reviennent donc à 53 fr. 37 c. de notre monnaie.

57. — *Statim cursum fiscalem instituit, ne magistratus hoc*

onere gravarentur. Auguste avait déjà institué une poste (*cursus publicus*) destinée à le mettre rapidement au courant de ce qui se passait dans les provinces : « Quo celerius ac sub manum annuntiari, cognoscique posset quid in provincia quaque gereretur, juvenes primo modicis intervallis per militares vias, dehinc vehicula, disposuit : commodius id visum est, ut qui a loco eidem perferrent litteras, interrogari quoque, si quid res exigerent, possent. » (SUETONIUS, *Aug.*, c. XLIX.) Les provinces étaient chargées de fournir les chevaux et les voitures, et les magistrats de diriger et de surveiller la marche de ce service. Adrien l'établit sur de nouvelles bases, en fit une institution directement administrée par ses officiers, dont le fisc faisait les frais, et qui ne servait plus seulement à transporter les nouvelles, mais aussi les magistrats qu'il envoyait dans les provinces, et les fonds qui rentraient au trésor, ou qui en sortaient pour être distribués soit aux armées, soit dans les diverses parties de l'empire.

58. — *In fiscum privatum redigi vetuit.* — *Fiscus* était le trésor particulier du prince, *ærarium* le trésor public. Mais l'usage de cette époque avait confondu ces deux mots.

59. — *Pueris ac puellis, quibus etiam Trajanus.* Avant Auguste, les enfants au-dessous de onze ans n'étaient point admis aux distributions de vivres. Ce prince dérogea le premier à cet usage; mais Trajan alla plus loin : il établit pour eux le droit permanent de prendre part, comme les autres, à ces largesses (PLINE LE JEUNE, *Panégyrique de Trajan*).

60. — *Senatoribus.... patrimonium.... explevit.* Auguste avait porté le cens des sénateurs de huit cent mille sesterces à douze cent mille, c'est-à-dire de 142,320 fr. à 213,480 (SUÉTONE, *Vie d'Auguste*, ch. XLI).

61. — *In diem vitæ suæ.* — *Dies* est ici pour *tempus*.

62. — *In contubernium imperatoriæ majestatis.* A l'exemple d'Auguste, qui s'était environné d'un conseil, Adrien appelait auprès de lui et associait aux travaux de la dignité impériale les sénateurs les plus distingués (SUÉTONE, *Vie d'Auguste*, ch. XXV).

63. — *Præter natalitios.* — *Voir* plus haut la note 41. Outre l'anniversaire de sa naissance, on voit spécifiés dans la *Vie d'Adrien* celui de son adoption et celui de son avénement à l'empire.

64. — *Ut sciret populi rem esse, non propriam.* Dion Cassius dit de Marc Aurèle : Ὁ Μάρκος πάντα τῆς βουλῆς καὶ τοῦ δήμου καὶ τὰ

χρήματα, καὶ τἄλλα ἔλεγεν εἶναι. Alexandre Sévère s'appelait lui-même l'*Intendant de la république*.

65. — *Ex præfecto prætorii.... senatorem*. La préfecture du prétoire appartenait à l'ordre équestre : ce n'est que plus tard, sous Alexandre Sévère, que cette règle cessa d'être suivie. *Voir* la note suivante.

66. — *Equites Romanos nec sine se de senatoribus*. Capitolin dit la même chose de Marc Aurèle : « Hoc quoque senatoribus detulit, ut quoties de eorum capite esset judicandum, non pateretur equites Romanos talibus interesse causis. » Lampride dit dans la *Vie d'Alexandre Sévère* : « Idcirco senatores esse voluit præfectos prætorii, ne quis non senator, de Romano senatore judicaret. »

67. — *Ne esset secundæ sententiæ*. On se servait généralement de ces mots *primæ*, ou *secundæ sententiæ*, en parlant des sénateurs, et non des consuls. Le rôle de ceux-ci était de faire leur rapport au sénat, celui des sénateurs de dire leur opinion, en premier ou en second lieu, suivant leur rang et leur dignité. Évidemment ces mots ne s'appliquent dans leur sens propre ni à Adrien, ni à Servien, qui, s'ils avaient été ensemble consuls, n'auraient eu aucun rang pour dire leur opinion, puisqu'ils n'auraient point eu d'opinion à dire. Spartien parle-t-il ici de leur rang vis-à-vis l'un de l'autre, et de cette présidence du sénat qui, peut-être, d'après les usages, aurait dû appartenir à Servien, parce qu'il était plus âgé, et que d'ailleurs il avait été deux fois consul avant qu'Adrien eût été revêtu de cette charge une première fois ? cela paraît plus probable. Dans le fait, l'empereur ne présidait le sénat que quand il était consul, et en cette qualité il était soumis aux mêmes règles que les autres.

68. — *Quum quidem etiam Simili, alteri præfecto, Septitium Clarum*. Spartien paraît dire qu'Adrien s'est défait de Similis comme d'Attianus : *Summotis his a præfectura, quibus imperium debebat....* Dion raconte autrement ce fait ; il dit que Similis n'avait accepté que malgré lui cette charge, et qu'il la quitta de lui-même aussitôt après qu'il l'eut reçue : Καὶ τὴν τῶν δορυφόρων ἀρχὴν ἄκων τότε ἔλαβε, καὶ λαβὼν ἐξίστατο· μόλις δὲ ἀφεθείς....

69. — *Socrui suæ honores præcipuos*. Sa belle-mère était Marciana, sœur de Trajan. Des monnaies et des inscriptions attestent qu'elle fut honorée du nom d'Auguste. Après sa mort, elle fut mise au rang des divinités, et Adrien lui consacra des prêtresses.

70. — *Omnes causariis liberalitatibus sublevavit*. — *Causarius*, *qui in causa est*, celui qui est en cause, en danger, en souffrance.

Causarius oculorum, dit Marcellus Empiricus, « celui qui est malade des yeux. » Les libéralités d'Adrien s'adressaient donc à ceux qui souffraient de quelque manière que ce fût. Saumaise voudrait changer *causariis* en *causarios*, ce qui serait plus net.

71. — *Quum etiam vicena millia pedibus armatus ambularet.* C'était l'espace que parcouraient les soldats dans une journée de marche ordinaire (Végèce, liv. I, ch. 9). Le mille était de 1729 mètres 26 centimètres; 20 milles faisaient donc 29 kilomètres 585 mètres.

72. — *Triclinia de castris, et porticus, et cryptas, et topia dirueret.* Le mot *topia*, qui termine ce passage, me paraît expliquer la nature de ces salles à manger, de ces portiques, de ces galeries qui ne laissent point de passage au jour ni, par conséquent, à la chaleur. *Topia*, de τοπίον, « ficelle, cordeau, » désigne différents travaux symétriques de jardinage, tels que salles, portiques, galeries de verdure, ou bien encore ces figures fantastiques que l'on donne aux arbres au moyen de la taille.

73. — *Laborabat præterea, ut condita militaria diligenter agnosceret.* Il est évident qu'il s'agit ici des vivres de toutes sortes et des effets d'équipement militaire déposés dans les magasins.

74. — *Ergo conversis regio more militibus.* Spartien veut dire que les soldats furent ainsi réformés par les exemples de leur prince. L'emploi de *regio* aurait quelque chose de remarquable, si on ne trouvait pas souvent le mot *regnum* pour désigner l'empire, non-seulement dans les auteurs de cette époque, mais même dans Tacite.

75. — *Murum.... per octoginta millia passuum primus duxit.* Ce mur s'étendait depuis la rivière d'Eden, dans le Cumberland, jusqu'à celle de Tyne, dans le Northumberland. Sa longueur était de 118 kilomètres 341 mètres.

76. — *Suetonio Tranquillo.* Il s'agit ici de l'historien auquel nous devons la *Biographie des douze Césars*

77. — *Qui apud Sabinam uxorem, injussu ejus, familiarius se tunc egerant.* Adrien ne cherche point ici à venger Sabina, qu'il maltraitait lui-même au point qu'elle se vit réduite à se donner la mort. Il punit les coupables pour avoir manqué au respect dû à la maison impériale.

78. — *Et erat curiosus non solum domus suæ.* Dans son sens originaire, le mot *curiosus* signifie *qui a soin, soigneux*. Sénèque (*des Bienfaits*, liv. IV, ch. 17) a dit *Deum nostri curiosum*, « Dieu

qui s'occupe, qui prend soin de nous. » Dans le même sens nous disons *curieux de sa réputation*. Mais ici ce mot signifie évidemment *curiosité* dans le sens d'*espionnage*; voici l'origine de ce nouveau sens. Sous les empereurs, on appelait *curiosi* des gens employés à un service public, *qui curam præstandi alicujus officii publici gerebant*. On le voit souvent appliqué aux employés de la poste impériale (*cursus publicus*). Or, la destination de cette poste étant surtout de faire connaître à l'empereur tout ce qui se passait dans l'empire, quel que fût d'ailleurs leur office particulier, ces *curiosi* étaient en outre chargés de tout observer, de tout épier, de tout dénoncer, et leur nom finit par signifier chez les Latins comme chez nous, une curiosité indiscrète, de l'espionnage.

79. — *Per frumentarios*. L'explication de ce mot retombe dans celle que nous venons de donner dans la note précédente. Les *frumentarii* étaient des employés des vivres, chargés de faire rentrer les dîmes en nature, et même les impôts de toute sorte dus au trésor; pour les transports des blés et des fonds de l'État, ils se servaient des voitures du fisc, *cursus fiscalis*; il paraît même qu'ils appartenaient, comme les *curiosi*, à cette administration; comme eux aussi, ils se servaient de leurs fonctions, qui leur donnaient entrée partout, pour observer, épier tout ce qui se passait, et le faire connaître à l'empereur. Nous les voyons ici faire ce dernier rôle.

80. — *Ubi sumptu suo ædem Augusti restituit*. La ville de Tarragone, au rapport de Tacite (*Ann.*, liv. I, ch. 78), avait été l'une des premières à élever des temples à Auguste : « Templum ut in colonia Tarraconensi strueretur Augusto, petentibus Hispanis permissum : datumque in omnes provincias exemplum. »

81. — *Delectumque jculariter.... detrectantibus Italicis*. La politique d'Auguste et de ses successeurs avait éloigné des armées les Italiens, et multiplié les enrôlements chez les peuples conquis. Hérodien, liv. II, ch. 11 : Ἐξ οὗ δὲ εἰς τὸν Σεβαστὸν περιῆλθεν ἡ μοναρχία, Ἰταλιώτας μὲν πόνων ἀνέπαυσε, καὶ τῶν ὅπλων ἐγύμνωσε, φρούρια δὲ καὶ στρατόπεδα τῆς ἀρχῆς προυβάλετο, μισθοφόρους ἐπὶ ῥητοῖς σιτηρεσίοις στρατιώτας καταστησάμενος, ἀντὶ τείχους τῆς Ῥωμαίων ἀρχῆς. L'Espagne, en particulier, était épuisée par les enrôlements, comme le dit, dans une circonstance semblable, Julius Capitolinus, *Vie de Marc Aurèle* : « Hispaniis exhaustis, Italica allectione contra Trajani præcepta, verecunde consuluit. » On conçoit que, dans une telle situation, les habitants de l'Espagne, soit Italiens d'origine, soit vrais Espagnols, aient refusé de se soumettre à des enrôlements dont les uns étaient généralement exempts, et

auxquels les autres ne pouvaient plus suffire. Saumaise adopte, dans ce passage, une ponctuation différente de la nôtre, qui modifie le sens dans quelques détails; il lit ainsi : « Omnibus Hispanis in conventum vocatis, delectumque jocularitor, ut verba ipsa ponit Marius Maximus, detrectantibus Italicis, ceteris vehementissime, prudenter et caute consuluit. » Ce qui voudrait dire que les Italiens mêlèrent la plaisanterie et la dérision à leur refus, tandis que les Espagnols résistèrent d'une manière sérieuse et énergique ; et qu'Adrien agit envers les uns et envers les autres avec prudence et circonspection. Il est peut-être bon de remarquer aussi, relativement à ces mots *ut verba ipsa ponit Marius Maximus*, qu'ils peuvent signifier que cet historien cite les paroles elles-mêmes dont se servirent les Italiens

82. — *Et Eleusinia sacra, exemplo Herculis Philippique, suscepit.* Dans les premiers temps, la république d'Athènes n'accordait l'admission, l'initiation aux mystères d'Éleusis qu'à un petit nombre d'étrangers distingués par leur mérite, ou qui lui avaient rendu de grands services. On cite parmi les initiés Hercule, Castor et Pollux, Hippocrate, Philippe, Démétrius.

83. — *Ac promissa sella, quæ itidem capta fuerat.* C'était le trône d'or qui servait au roi des Parthes Chosroès, et que Trajan lui avait pris en même temps que sa fille, dans une de ses expéditions contre ce peuple, sans doute lorsqu'il s'était emparé de Ctésiphon ou de Suze.

84. — *Sed in monte Cassio.* Il y avait deux montagnes de ce nom, l'une en Égypte près de Péluse, l'autre près d'Antioche. C'est de cette dernière qu'il est ici question. Pline en parle au liv. v, ch. 18 de son *Histoire naturelle :* « Cassii montis excelsa altitudo quarta vigilia orientem per tenebras solem aspicit. » L'on ne sait comment s'expliquer le mot *sed* qui se trouve au commencement de ce passage ; car on ne voit aucun rapport entre la phrase qui précède et celle qui suit.

85. — *Pelusium venit, et Pompeii tumulum magnificentius exstruxit.* Le tombeau de Pompée était sur le mont Cassius d'Égypte, près de Péluse.

86. — *Aliis eum devotum pro Hadriano asserentibus.* C'était une superstition fort répandue chez les anciens, que l'on pouvait, par le sacrifice volontaire de sa vie, prolonger celle d'un autre. C'est ainsi qu'Alceste, chez les Grecs, se dévoua pour son mari.

87. — *Aliis, quod et forma ejus ostentat, et nimia voluptas*

Hadriani. Spartien fait ici entendre, sans oser l'exprimer, la honteuse passion d'Adrien pour Antinoüs.

88. — *Quum petentibus nihil negaret.* Généralement, les éditions représentent ainsi ce texte : « Quum petentibus nihil *non* negaret. ». Si l'on rapproche ce passage de ce qui précède, *tenax, liberalis, etc.*, l'on est disposé à admettre cette leçon. Dans le fait, donner à ceux qui ne demandent pas, refuser à ceux qui demandent, cela s'accorde bien avec le caractère plein de contradictions qu'on vient d'attribuer à Adrien. Mais ce qui suit immédiatement, « Idem tamen facile de amicis, quidquid insusurrabatur, audivit, » serait sans liaison raisonnable avec ce qui précède. De plus, les manuscrits les plus importants disent *nihil negaret*, ce qui implique le sens qu'il ne refusait rien, qu'il ne savait rien refuser à ceux qui sollicitaient sa libéralité. Les faits d'ailleurs sont d'accord avec ce sens, et nous trouvons dans Dion : Καὶ πολλοῖς πολλὰ καὶ δήμοις καὶ ἰδιώταις καὶ βουλευταῖς τε καὶ ἱππεῦσιν ἐχαρίσατο· οὐδὲ γὰρ ἀνέμεινεν αἰτηθῆναι, ἀλλὰ πάνυ πάντα πρὸς τὴν ἑκάστου χρείαν ἐποίει.

89. — *Heliodorum famosissimis litteris lacessivit.* Spartien fait mention d'Héliodore un peu plus loin : « In summa familiaritate Epictetum et Heliodorum philosophos habuit. » Dion parle aussi d'un Héliodore qu'il dit avoir été un habile rhéteur, secrétaire d'Adrien. C'est probablement le même que l'on dit avoir été le père d'Avidius Cassius.

90. — *Professores omnium artium semper, ut doctior, risit, contempsit, obtrivit.* Nous trouvons la même chose dans Dion : Τῶν ἔν τινι προεχόντων πολλοὺς μὲν καθεῖλε, πολλοὺς δὲ καὶ ἀπώλεσε. Spartien, un peu plus bas (ch. XVI), ajoute : « Omnes professores et honoravit et divites fecit. » Est-ce une inadvertance de l'écrivain, ou n'est-ce pas plutôt une de ces nombreuses contradictions du prince lui-même, qui, comme on le voit au commencement du chapitre, comblait de bienfaits ses amis, et les persécutait plus tard comme des ennemis ?

91. — *Et Favorinus quidem.* Favorinus, né à Arles, était à la fois philosophe et orateur. Philostrate (*de Sophistis,* lib. XII et XIV) dit que Favorinus s'étonnait de trois choses : de ce qu'étant Gaulois, il parlait si bien le grec ; de ce qu'étant eunuque, on l'avait accusé d'adultère ; de ce qu'étant haï de l'empereur, on le laissait vivre.

92. — *Qui habet triginta legiones.* Dion (liv. LV) donne les noms de trente-deux légions, et indique les lieux de stationnement de chacune d'elles.

93. — *Nam Phlegontis libri, Hadriani esse dicuntur.* Phlégon, affranchi d'Adrien, sous le nom duquel ce prince avait publié ses mémoires, avait lui-même composé plusieurs ouvrages, entre autres une chronique qui embrassait CCXXIX olympiades, dont la dernière finissait à la quatrieme année du règne d'Antonin le Pieux. Suidas a fait le recensement de ses divers écrits, et Vossius en parle au liv. II de ses *Historiens grecs.* Spartien attribue-t-il ici à Adrien tous les ouvrages qui portent le nom de Phlégon, ou seulement les mémoires de ce prince?

94. — *Catacrianos libros obscurissimos.* Ce mot *catacrianos* a fortement occupé Saumaise, Casaubon, Donat, Turnèbe, et d'autres encore; je ne rapporterai point ici leurs conjectures, qui, toutes également, me paraissent ne s'appuyer sur aucune base solide.

95. — *Antimachum imitando.* Il y a eu plusieurs Antimaque; celui-ci est un poëte né à Claros ou à Colophon en Ionie, qui vivait environ quatre cent huit ans avant notre ère. Il avait composé un très-long poëme sur la guerre de Thèbes; Cicéron l'appelle *Magnum illud volumen* (*Brutus*, ch. LI). Quintilien (*Instit. orat.*, liv. X, ch. I) parle de lui comme d'un poëte de second ordre, qui ne manque pas d'un certain mérite : « In Antimacho vis et gravitas, et minime vulgare eloquendi genus habet laudem. »

96. — *Floro poetæ scribenti ad se.* Il paraît que ce poëte est le même Florus qui, pour complaire à Adrien, a écrit l'élégant *Abrégé de l'histoire romaine* qui nous est resté. *Voir* Vossius, *des Poëtes latins*, p. 5, et *des Historiens latins*, liv. II, ch. 36.

97. — *Ego nolo Cæsar esse.* Ce sont des vers trochaïques continus, comme la plupart de ceux d'Anacréon. Adrien y répond dans le même rhythme.

98. — *Sallustio Cœlium prætulit.* Célius, ancien historien, que citent souvent Aulu-Gelle et Priscien.

99. — *De Homero ac Platone judicavit.* D'après Dion, c'était Antimaque qu'il préférait à Homère.

100. — *Ut multi ab eo tristes recederent.* Titus disait : « Non oportere quemquam a sermone principis tristem decedere. » (Suetonius, *in Tito*, c. VIII.)

101. — *Ita ut uni, quem capitalem habuerat, factus imperator diceret :* Evasisti. Ce mot rappelle celui de Louis XII : « Ce n'est point au roi de France à venger les injures du duc d'Orléans. »

102. — *Quum plurimis summatibus pasceret.* — *Pascere* est pris

dans un sens absolu, donner un repas. J'ai corrigé ici le texte ordinaire des éditions d'après les manuscrits que Saumaise et Gruter estiment les meilleurs. Les autres disent *sumc itibus*.

103. — *Quum a Pharasmane ipse quoque ingentia dona accepisset.* Ce Pharasmane paraît être le roi des Ibères dont il vient de parler, et dont Dion fait mention dans son livre *des Ambassades*.

104. — *Trecentos noxios cum auratis chlamydibus.* Il était d'usage que les criminels fussent conduits dans l'arène revêtus de tuniques dorées et de toges de pourpre, et exposés ainsi à la risée du peuple.

105. — *Non amicos suos aut comites solum.* L'on appelait *amici et comites Augusti*, ceux qui faisaient partie du conseil de l'empereur. Ils appartenaient à sa maison, l'accompagnaient partout, vivaient à sa table; dans les camps, ils avaient leurs tentes auprès de la sienne. C'était un emploi, une charge, et l'on trouve sur des inscriptions les mots *a cura amicorum*. Il est tellement question ici d'un emploi, et non d'un sentiment, que les *amici et comites* étaient distribués en divers ordres, et avaient leur hiérarchie; et Constantin, en fixant cette hiérarchie, n'a fait que régulariser un état de choses déjà existant. Il y avait donc des *amici et comites* de premier, de second, de troisième ordre. Ici nous voyons Adrien appeler à son conseil ordinaire des hommes qui n'en faisaient point partie, des jurisconsultes distingués, dont les connaissances spéciales devaient être d'une grande importance dans l'administration de la justice impériale.

106. — *Julium Celsum.* Sans doute il y a ici erreur, et il est question de Juventius Celsus, jurisconsulte distingué de ce temps. L'on ne doit évidemment point le confondre avec un autre Celsus, ancien ami de Trajan, que nous voyons (ch. VII) impliqué dans une conspiration contre Adrien, et mis à mort.

107. — *Ut in nulla civitate, domus aliquæ transferendæ ad aliam urbem.* — *Voir* cette loi dans Ulpien.

108. — *Liberis proscriptorum duodecimas bonorum concessit.* La loi Cornelia, sur la proscription, portait, 1° l'interdiction des honneurs pour les enfants des proscrits; 2° la confiscation des biens de leurs pères. Jules César (SUÉTONE, *J. César*, ch. XLI) avait détruit le premier article : « Admisit ad honores et proscriptorum liberos. » Adrien adoucit le second, en laissant aux enfants la douzième partie des biens de leurs pères.

109. — *Ignotorum hereditates repudiavit.* Il suivit en cela l'exem-

ple d'Auguste, dont Suétone dit les mêmes choses (*Vie d'Auguste*, ch. LXVI).

110. — *De thesauris ita cavit.* — *Voir* JUSTINIEN, liv. II des *Institutions*.

111. — *Eosque jussit damnari per judices.* Caius, tit. III des *Institutions* : « Si servus dignum morte crimen admiserit, iis judicibus, quibus publici officii potestas commissa est, tradendus est, ut pro suo crimine puniatur. »

112. — *Decoctores bonorum suorum.... catamidiari in Amphitheatro.* Ce passage se trouve différemment écrit dans les éditions et les manuscrits. Les uns disent *catamidiari*, les autres *catomidiari*. De là deux sens différents. Casaubon préfère *catamidiari*, qu'il fait venir du mot grec καταμειδιᾶσθαι; selon lui, les coupables étaient menés à travers l'amphithéâtre, et après avoir subi les railleries et les insultes du peuple, ils en étaient chassés. Saumaise se déclare pour *catomidiari*, qu'il fait venir de κατωμάδια, qui signifie *sur les épaules*; pour cela il change l'*a* en *i*. Puis il ajoute de sa propre autorité l'idée de *frapper*, et il conclut que l'on frappait les coupables sur les épaules. J'ai préféré le sens de Casaubon, parce qu'il demande moins de travail de conjectures, et aussi parce qu'il est conforme aux usages des Romains, qui, dans certains cas, faisaient paraître les coupables devant le peuple, tantôt revêtus d'ornements ridicules, comme nous l'avons vu plus haut (ch. XVII), quelquefois aussi montés sur un âne, pour mieux exciter la risée et les railleries. Or, il s'agit ici de dissipateurs, et non de banqueroutiers : car on ne dit point qu'ils aient été *decoctores suis debitoribus*. N'était-ce point assez pour eux d'être exposés aux insultes du peuple, et d'être exclus désormais de toute réunion publique?

113. — *Ergastula servorum et libertorum tulit.* Par le mot *ergastula*, l'on entendait des lieux de châtiment et de travaux forcés pour les esclaves. Quant aux affranchis qui s'y trouvent également emprisonnés, il faut, d'après Casaubon, entendre par là ceux que la loi Cœlia Sentia faisait retomber en esclavage pour punition de leur ingratitude envers leur ancien maître. Saumaise, d'accord avec les manuscrits et les anciennes éditions, lit ici *liberorum*, que Casaubon a corrigé en *libertorum*, et explique par des citations la présence d'hommes libres dans ces prisons d'esclaves. Suétone (*Auguste*, ch. XXXII) dit : « Rapti per agros viatores sine discrimine, liberi servique, ergastulis possessorum supprimebantur. » Il dit autre part (*Tibère*, ch. VIII) que Tibère fut chargé par

Auguste du soin « repurgandorum tota Italia ergastulorum, quorum domini in invidiam venerant, quasi exceptos supprimerent, non solum viatores, sed et quos sacramenti metus ad hujusmodi latebras compulisset. » De là, Saumaise conclut que c'est surtout dans l'intérêt des hommes libres qu'Adrien détruisit ces repaires où la cupidité les enfermait, et aussi pour enlever tout refuge à ceux qui cherchaient à se soustraire au service militaire.

114. — *Lavacra pro sexibus separavit.* Cet abus résista à l'édit d'Adrien, puisque Capitolin dit de Marc Aurèle, *lavacra mixta sustulit.* Le concile de Laodicée défendit aussi ce mélange indécent des deux sexes, et ne réussit pas mieux que ces deux princes.

115. — *Romæ instauravit Pantheum, septa, etc.* Tous ces monuments, d'après Dion, avaient été attaqués par les flammes dans l'incendie qui, sous le règne de Titus, exerça ses ravages à Rome pendant trois jours et trois nuits. Trajan en avait commencé la restauration.

116. — *Fecit et sui nominis pontem.* Dion le nomme le pont Ælius : on sait qu'Ælius était le nom d'Adrien. Ce pont s'appelle maintenant le pont Saint-Ange.

117. — *Et sepulcrum juxta Tiberim.* Procope (*Guerre des Goths*, liv. I) décrit ce monument, auquel il donne tantôt le nom de *tombeau*, tantôt celui de *tour* ou de *forteresse d'Adrien.* Il était surmonté d'un char au-dessus duquel s'élevait la statue colossale de ce prince. Ce char est maintenant remplacé par la figure en bronze d'un ange tenant une épée, et le monument s'appelle *Château Saint-Ange.*

118. — *Et colossum, stantem atque suspensum.* Il s'agit ici de la statue colossale de Néron, haute de cent vingt pieds. *Voir* SUÉTONE, *Néron*, ch. XXXI.

119. — *De eo loco, in quo nunc templum Urbis est.* Vespasien, au rapport de Dion, l'avait déjà fait transporter du palais d'Or de Néron dans la voie Sacrée.

120. — *Apollodoro architecto.* Dion Cassius donne beaucoup de détails sur cet architecte qu'Adrien fit périr. Trajan s'entretenant un jour avec Apollodore d'édifices et de bâtiments, et Adrien ayant voulu se mêler à la conversation : « Allez peindre vos citrouilles, lui dit l'artiste impatienté; vous n'entendez rien à ceci. »

121. — *Quasi servantes fastigium principis.* J'ai suivi le sens de Saumaise. Casaubon pense qu'il s'agit ici plutôt de ceux qui, à force de respect pour la majesté du prince, le privaient, par leur excessive réserve, des douceurs de la société.

122. — *Oppidum* Hadrianotheras *in quodam loco.... constituit.* D'après Dion, c'est en Mysie qu'il bâtit cette ville.

123. — *De judicibus omnibus semper.* Par *judices*, Spartien entend évidemment les gouverneurs des provinces : car ces magistrats étaient juges aussi bien qu'administrateurs. Cette surveillance continue qu'Adrien exerce sur eux, s'accorde parfaitement avec ce que Spartien a déjà dit de lui : « Et circumiens quidem provincias, procuratores et præsides pro factis supplicio affecit. » Casaubon et Gruter voudraient remplacer *judicibus* par *indicibus*, correction que Saumaise désapprouve avec raison, puisque le passage, tel qu'il est, présente un sens clair et naturel.

124. — *Quum...., servum suum inter duos senatores.* Il est inutile de rappeler que, chez les Romains comme chez nous, la place du milieu était la plus honorable.

125. — *Latium multis civitatibus dedit.* Ce n'est que sous Marc Aurèle que le droit de cité fut donné à toutes les parties de l'empire.

126. — *Expeditiones sub eo graves nullæ fuerunt.* Spartien paraît oublier ici la guerre de Judée, où périrent près de six cent mille Juifs, et où les Romains essuyèrent une grande défaite. *Voir*, sur les détails de cette guerre, Dion Cassius, liv. lix.

127. — *Albanos et Hiberos.* L'Albanie s'étendait à l'est de l'Ibérie, le long de la mer Caspienne, jusqu'au fleuve Cyrus ou Kur. Les Turcs l'appellent Dagh-Istan, ou pays de montagnes. La partie méridionale forme la province appelée aujourd'hui Shirvan. L'Ibérie était la Géorgie actuelle.

128. — *Senatores et equites Romanos, etc.* La toge était le vêtement romain. Tant que l'ancienne discipline se maintint, les citoyens, à quelque ordre qu'ils appartinssent, n'en portèrent point d'autre dans l'intérieur de Rome. Mais déjà du temps d'Auguste, on s'était bien relâché à cet égard, et nous voyons dans Suétone (*Aug.*, ch. xl) que ce prince exigea, par un édit, qu'aucun citoyen ne parût sans la toge dans le Forum ni au Cirque. Adrien, en renouvelant cet édit, paraît en restreindre l'application aux sénateurs et aux chevaliers.

129. — *Nisi si à cœna reverterentur.* Dans les repas, on échangeait la toge contre des robes, *cœnatoriæ vestes*, spécialement destinées à cet usage. Adrien, même dans les repas, portait le *pallium* ou la toge, mais *submissum*, c'est-à-dire rabattue sous l'épaule droite, de manière à laisser libre l'usage du bras.

130. — *Judicum sumptus.* Nous avons vu, à la note 123, ce

que Spartien entend par le mot *judices*. Adrien réforme et règle les dépenses de ces magistrats. C'est le sens de Casaubon, qui cependant aimerait mieux *judiciorum*, ce qui s'entendrait alors des frais des procès. Saumaise trouve dans le manuscrit de la bibliothèque Palatine, dont il fait grand cas : « Diligentia judices sumptus convivii constituit ; » et, à l'aide de deux corrections, il lit : « Diligentia judicis sumptus conviviis constituit. » Il s'agirait alors de lois somptuaires pour les repas.

131. — *Sederi equos*. Expression digne de remarque, pour dire qu'Adrien ne permit pas d'aller à cheval dans l'intérieur des villes.

132. — *Ante octavam horam in publico, etc.* On prenait le bain immédiatement avant le repas, qui avait lieu à la neuvième heure. Le prendre plus tôt, c'était donner au plaisir un temps qui devait être consacré aux affaires, *partem solido demere de die*, comme dit Horace.

133. — *Fucinum lacum emisit*. L'empereur Claude avait fait creuser un canal pour ouvrir au lac Fucin un écoulement dans le fleuve Liris (Suétone, *Claude*, ch. xx ; et Tacite, *Annales*, liv. xii, ch. 56). Il fallut pour ce grand ouvrage percer des montagnes. Ce canal fut négligé par Néron, en haine de son prédécesseur, puis restauré d'abord par Nerva, ensuite par Adrien. Le lac Fucin est aujourd'hui le lac Célano, dans l'Abruzze Ultérieure, et le fleuve Liris s'appelle Garigliano.

134. — *In morbum incidit lethalem*. Le manuscrit de la bibliothèque Palatine, et d'anciennes éditions, donnent *lectualem* au lieu de *lethalem*. Le mot est étrange, il est vrai ; mais il exprime assez bien une maladie qui fait garder le lit.

135. — *Plætorium Nepotem, etc.* Saumaise propose dans tout ce passage une autre ponctuation : « Plætorium Nepotem quem tantopere ante dilexit, ut veniens ad eum ægrotantem Hadrianus impune non admitteretur suspicionibus adductus, eodem modo et Terentium Gentianum, et hunc vehementius, quod a senatu diligi tunc videbat, omnes postremo de quorum imperio cogitavit, quasi futuros imperatores detestatus est. » La ponctuation de l'édition de Deux-Ponts, que nous avons adoptée, nous a paru plus nette et plus vraie.

136. — *Sabina uxor, non sine fabula veneni dati.* Aurelius Victor (ch. x) dit : « Hujus uxor Sabina, dum prope servilibus injuriis afficitur, ad mortem voluntariam compulsa est, quæ palam jactabat quam immane ingenium pertulisset : et elaborasse, ne ex eo ad humani generis perniciem gravidaretur. »

137. — *Quater millies sestertium.* 71,160,000 fr.

138. — *Votorum causa lugeri est vetitus.* Le jour des calendes de janvier était le premier de l'an : on faisait alors des vœux pour la prospérité du prince et de l'empire. Les Romains évitaient dans leurs jours de fête tout ce qui était deuil et affliction.

139. — *Quum aqua, quæ in fano erat, ex quo venerat, oculos abluisset.* Les malades allaient passer la nuit dans les temples, dans l'espoir que les dieux leur enverraient des songes qui leur indiqueraient le remède à leur mal. Sans doute cette femme dont parle Spartien avait fait la même chose.

140. — *Sepultus est in villa Ciceroniana Puteolis.* Cette maison de campagne de Cicéron était sur le rivage de Baïes, entre le lac d'Averne et Pouzzol : elle avait été bâtie sur le plan de l'Académie d'Athènes, et elle en portait le nom. Après sa mort, on y découvrit une source d'eaux minérales, au pied du mont Gaurus, aujourd'hui Monte-Barbaro.

141. — *Animula vagula, blandula.* Spartien, quelques lignes plus bas, apprécie ces vers avec une injuste sévérité : il ne se montre pas meilleur juge à l'égard des poésies grecques d'Adrien, dont il nous reste dans l'*Anthologie* de Brunck et dans celle de Burmann, quelques pièces pleines d'esprit et de grâce.

142. — *Imperavit annis viginti uno, mensibus undecim.* Spartien fait ici une erreur manifeste. Il est en contradiction avec les dates reconnues par lui-même, et avec Dion, qui dit : Ἔτη εἴκοσι, καὶ μῆνας ἕνδεκα; Adrien ne régna que vingt ans et onze mois.

143. — *Promissa barba.* Il paraît qu'Adrien fut le premier des Romains qui laissa croître sa barbe. Ἀδριανὸς πρῶτος γενειᾷν κατέδειξε. (Dion.)

144. — *Etiam inferos finxit.* Il est bien évident, puisqu'il s'agit ici de construction, *exædificavit,* que les enfers, tout aussi bien que le Lycée, l'Académie, etc., étaient représentés, non par des tableaux, comme paraît le penser Casaubon, mais par des réalités, des vallées, des cours d'eau, etc.

145. — *Prætexta sponte delapsa caput ei aperuit.* Il est inutile de rappeler que, dans les sacrifices, on se voilait la tête avec sa toge.

VIE D'ÆLIUS VERUS.

(An. de J.-C. 135 — 138.)

1. — *Ælius Spartianus suus salutem.* Eutrope se sert de la même suscription dans sa lettre à Valens : *Eutropius V. C. peculiariter suus*; c'est-à-dire « le serviteur dévoué de Votre Clémence, Eutrope. »

2. — *Ut usque ad divum Hadrianum feci.* Spartien avait commencé son ouvrage à partir du dictateur Jules César, comme il nous le dit lui-même à la fin de cette vie : « De quo idcirco non tacui, quia mihi propositum fuit, omnes qui post Cæsarem dictatorem, hoc est divum Julium, etc. »

3. — *Collatumque militibus HS ter millies.* Spartien varie sur la somme distribuée au peuple et aux soldats. Dans la *Vie d'Adrien* il fait dire à ce prince : « Perdidimus quater millies sestertium ; » et, dans la *Vie de Verus*, il cite ainsi ces mêmes paroles d'Adrien : « Ter millies perdidimus, quod exercitui populoque dependimus. »

4. — *Atque idem Ovidii libros* Amorum *in lecto semper habuisse; idem Martialem.* Le passage est très-défectueux dans les manuscrits et les anciennes éditions consultées par Casaubon, Gruter et Saumaise. Il y est écrit : « Atque idem Ovidii ab aliis relata. Idem Apicii libros *Amorum*, in lectos semper habuisse. » Saumaise voit ici une transposition fautive, et, rejetant *ab aliis*, il propose dans ses notes de lire : « Atque idem *Apicii relata*, idem Ovidii libros *Amorum* in lecto semper habuisse. » Il donne à *relata* le sens de *scripta*, « les écrits d'Apicius. » Dans le texte que je présente ici, et qui est celui de diverses éditions, reproduit en outre par Casaubon, Saumaise, Gruter, il ne manquerait que d'ajouter *fertur* à *habuisse* pour que le sens fût complet.

5. — *Ejus filius est Antoninus Verus, qui adoptatus est a Marco, vel certe cum Marco.* Le passage indique qu'il y avait diverses opinions sur l'adoption de ce Verus, qui plus tard fut empereur : les uns disaient qu'il avait été adopté par Antonin le Pieux, en même temps que Marc Aurèle, et d'autres qu'il avait été adopté par Marc Aurèle, et non par Antonin.

6. — *Ter millies perdidimus.* — Voir plus haut la note 3.

7. — *Doluit..... illius mortem ut bonus pater, non ut bonus princeps.* Saumaise paraît comprendre par là qu'Adrien pleura Verus comme un bon père, et non point comme un bon prince aurait dû le faire, et il s'effarouche à bon droit de ce sens; en effet, comme bon prince, il ne devait pas regretter Verus, qu'il regardait comme incapable de gouverner la république. Aussi vou-

drait-il, à l'aide d'une transposition, lire ainsi la phrase : « Doluit illius mortem ut bonus *princeps*, non ut bonus *pater;* » mais cette transposition est-elle bien nécessaire, et le texte, tel qu'il est, ne présente-il point un sens fort naturel? *Ut bonus pater, doluit mortem illius; ut bonus princeps, non doluit.* « Comme bon père, il eut de la douleur de sa perte; mais comme bon prince, il ne le regretta point. »

8. — *Filiamque suam Vero, non Marco, daret.* Capitolin dit, au contraire, dans la *Vie de Marc Aurèle*, qu'Adrien destinait à ce prince la fille de Cesonius Commodus : « Et L. Cesonii Commodi filia desponsata est ex Hadriani voluntate. » Du reste, la condition qu'Adrien impose ici à Antonin ne fut point remplie; car ce fut Marc Aurèle, et non Verus, qui épousa Faustine, la fille d'Antonin.

9. — *Sanum principem mori debere, non debilem.* C'est le mot si connu de Vespasien, *imperatorem stantem mori debere.*

10. — *De quo idcirco non tacui.* Spartien répète ici presque mot pour mot ce qu'il a dit en commençant cette même vie.

VIE DE DIDIUS JULIANUS.

(An de J.-C. 193.)

1. — *Proavus fuit Salvius Julianus.* C'était un jurisconsulte très-célèbre du temps d'Adrien, très-probablement l'auteur de l'édit perpétuel.

2. — *Adrumentina colonia.* Adrumète, ville d'Afrique, aujourd'hui Mahometta, royaume de Tunis

3. — *Inter viginti viros electus est.* — *Voir* la note 16, *Vie d'Adrien.* Le vigintivirat était le premier degré pour parvenir aux magistratures, qui donnaient entrée au sénat.

4. — *Ibi Cauchis, Germaniæ populis.* Les Cauques bordaient l'Océan depuis l'embouchure de l'Ems jusqu'à celle de l'Elbe; et, dans l'intérieur des terres, ils touchaient aux frontières des Cattes, la Hesse actuelle.

5. — *Dixitque « debita reverentia, quia collega et successor meus est. »* Évidemment il manque ici quelque chose. Mais Capitolin, dans la *Vie de Pertinax*, nous donne les moyens de rétablir le sens, en racontant le même fait, à peu près dans les mêmes termes : « Adhortatus juvenem ad patrui observationem, adjecit, « Observa collegam et successorem meum. »

6. — *Sulpicianus imperator in castris appellari vellet.* Sulpi-

cien, beau-père de Pertinax, avait été envoyé par ce prince au camp, pour calmer les prétoriens.

7. — *Quum vicena quina millia militibus promisisset.* 25,000 sesterces ou 4,447 fr. 50 c. de notre monnaie; 30,000 sesterces, ou 5,337 francs. Hérodien prétend que Didius ne put acquitter la somme énorme qu'il avait promise aux soldats. Spartien, au contraire, paraît dire qu'il paya plus qu'il n'avait promis. Si l'on considère que la phrase de Spartien, à l'endroit où elle se trouve, interrompt évidemment l'ordre des idées, et qu'elle se rapporterait plus naturellement à l'instant où Sulpicianus et Didius enchérissaient l'un sur l'autre, ne serait-il pas possible que la première portion de la phrase se rapportât à Sulpicianus, et la seconde à Didius, de sorte que le sens fût que Sulpicianus ayant promis 25,000 sesterces, Didius en donna, c'est-à-dire en offrit 30,000? Je donne cette conjecture pour ce qu'elle vaut.

8. — *Uxore ac filia illuc vocatis, trepidis et invitis.* Spartien est encore ici en désaccord avec Hérodien, qui prétend que Didius, en achetant l'empire, n'avait fait qu'obéir aux suggestions de sa femme et de sa fille.

9. — *Sæpe autem, nulla existente religione.* Les Romains s'abstenaient souvent de viande par des motifs religieux, et ne se nourrissaient alors que de légumes.

10. — *Atque unumquemque, ut erat ætas, vel patrem, vel filium, vel parentem affatus blandissime est.* Gruter ne voit aucune différence entre *patrem* et *parentem*, et il soupçonne quelque altération dans le texte. Il oublie qu'à cette époque le mot *parentes* avait déjà quelquefois le sens que nous lui donnons en français, et qu'il était pris pour *cognati, sanguine juncti.* A la fin de la *Vie de Verus*, Spartien s'en sert encore dans le même sens : « Quique in adoptionem venerunt, vel imperatorum filii, aut parentes, cæsarum nomine consecrati sunt. » Nous voyons aussi dans Trebellius Pollio, *Triginta tyranni, de Regilliano :* « In quorum parentes graviter Gallienus sævierat. »

11. — *Nigrum vero misso primipilario.* Le primipilaire était le premier centurion de chaque légion. Il commandait les *triarii*, appelés aussi *pilani*, parce qu'ils étaient armés de la javeline ou *pilum*. C'était l'élite et le premier corps de la légion.

12. — *Quibus putaret vel odium populi deliniri, etc.* Julianus, dans son effroi, a recours à diverses pratiques superstitieuses qui, malgré les lois qui les interdisaient, étaient fort en usage chez les Romains. Il veut, à l'aide de la magie, adoucir la haine du

peuple, comme les amants se servaient de philtres pour vaincre les rigueurs de celles qu'ils aimaient. N'espérant pas résister aux armes de ses compétiteurs, il emploie des enchantements pour réduire ces armes à l'impuissance, comme bien des gens le faisaient pour s'assurer la victoire, soit dans les factions du cirque, soit en présence de l'ennemi. Il immole des victimes que réprouvait la religion des Romains, et se sert de paroles et de formules magiques. Enfin il emploie les miroirs enchantés, à l'aide desquels on voyait ce qui devait arriver et par quels moyens on pouvait se soustraire aux malheurs. Par ces miroirs, on entendait également toutes les substances qui, par leur poli et leur luisant, pouvaient reproduire les objets. Des magiciennes, que l'on croyait avoir commerce avec la lune, inscrivaient des caractères sanglants sur ces miroirs, et ceux qui les consultaient lisaient la réponse à leurs questions, non point dans le miroir, mais dans le globe de la lune. Des enfants étaient aussi, comme nous le voyons dans le passage qui nous occupe, employés à ce dernier genre de magie, et, pour cela, on soumettait d'abord leurs yeux et leur tête à des fascinations et à des enchantements de diverses sortes.

13. — *Interfectores Pertinacis servari.* Sévère s'annonçait comme le vengeur de Pertinax. Il est évident que par *servari*, Spartien veut dire « mettre en prison et garder les meurtriers de Pertinax, » et non « les conserver, les sauver. »

VIE DE SEPTIME SÉVÈRE.

(An. de J.-C. 193 — 211.)

1. — *Severus.* Le manuscrit royal, sur lequel s'appuie surtout Casaubon, attribue la *Vie de Sévère,* non à Ælius Spartien, mais à Ælius Lampride. *Voir* la Notice sur Spartien.

2. — *Cui civitas, Leptis.* Aujourd'hui Lebeda, à 13 myriam. 3 kilom. à peu près de Tripoli.

3. — *Ante civitatem omnibus datam.* C'est sous Marc Aurèle que le droit de cité fut donné à tous les hommes libres de l'empire. Son édit contenait cependant quelques restrictions, que, plus tard, Caracalla fit disparaître.

4. — *Quæsturam diligenter egit.* Il y avait trois sortes de questeurs, ceux de la ville, *urbani,* qui administraient le trésor public; ceux des provinces ou des armées, *provinciales* ou *militares,* et ceux du prince, *quæstores principis* ou *palatini.* Spar-

tien ne dit point quelle fut cette première questure que géra Sévère ; mais les mots qui suivent, *omnibus sortibus natus*, font entendre que c'était une des questures que l'on tirait au sort, et, par conséquent, ce n'était point celle du palais. D'un autre côté, les mots qui viennent ensuite, *militari post quæsturam sorte Bæticam accepit*, en mettant en présence la questure militaire qu'il obtint du sort avec celle qu'il avait déjà exercée, permettent de conjecturer qu'il avait été d'abord questeur de la ville.

5. — *Omnibus sortibus natus.* Ce passage, tel qu'il est dans les manuscrits et les éditions les plus anciennes, est sans doute altéré : « Omnibus sortibus natu militari post quæsturam sorte Bæticam accepit. » Les commentateurs le corrigent de diverses manières peu satisfaisantes. Le texte des éditions plus récentes paraît dire qu'il était né pour être toujours heureux dans le tirage au sort des provinces où on devait l'envoyer. Peut-être les questures de la Bétique et de la Sardaigne étaient-elles regardées comme plus avantageuses que d'autres : du moins est-il vrai que l'Afrique, où le sort l'envoie comme proconsul, était regardée comme la première des provinces sénatoriales.

6. — *Militari.... sorte.* Cette expression paraît être une abréviation pour *sorte quæsturæ militaris*, le tirage au sort d'une questure militaire. *Voir* la note 4.

7. — *Legatum populi Romani homo plebeius temere amplecti noli.* Ce trait de Sévère, qui nous paraît si étrange, doit être imputé bien moins à son orgueil et à sa dureté, qu'aux usages de Rome. On voit dans Tacite (*Ann.*, liv. XV, ch. XXXI) que Vologèse demande pour Tiridate, roi des Parthes, qui venait à Rome, l'exemption de certains détails humiliants, entre autres, *ne complexu provincias obtinentium arceretur, foribusve eorum adsisteret.*

8. — *Quod jam labebatur.* Nous avons vu dans la *Vie d'Adrien* que ce prince avait déjà réparé ce temple.

9. — *Legioni quartæ Scythicæ deinde præpositus est, circa Massiliam.* La quatrième légion scythique, d'après Dion, était cantonnée dans la Syrie. Saumaise suppose, avec vraisemblance, qu'au lieu de *Massiliam* il faut lire *Syriam*.

10. — *Commodo se inter plurimos designante.* — *Se* pour *eum*. Même emploi abusif de *se* au ch. VI ; *qui se hostem judicassent* : c'est ainsi que Gruter explique ce passage. Casaubon l'entend d'une autre manière ; il veut que Commode se soit lui-même désigné consul, en même temps que beaucoup d'autres, ce qui, du

reste, était dans ses habitudes, et l'on sait, par Lampride, qu'il créa vingt-cinq consuls dans une seule année.

11. — *Et hactenus rem militarem privatus egit.* Dans un état de choses où tous les pouvoirs publics étaient concentrés et absorbés dans un seul, toutes les charges n'étaient en réalité que des délégations, et tous les citoyens, même les généraux et les consuls, n'étaient, relativement à l'empereur, que des hommes privés.

12. — *Apud Carnutum.* Les uns croient que c'est aujourd'hui Saint-Pétronil, près de Hambourg, en Autriche, et d'autres Altenbourg, en Hongrie.

13. — *Sestertia.* Divers manuscrits disent *quingena sestertia*, texte évidemment erroné : il n'est pas possible que chaque soldat ait reçu près de cent mille francs. Nous avons adopté le texte le plus probable, et qui d'ailleurs se trouve appuyé par l'autorité de Dion, qui donne le même nombre. Chaque soldat a donc reçu cent soixante-dix-huit francs.

14. — *Septuagenos vicenos aureos.* Cette manière d'exprimer quatre-vingt-dix paraît singulière. La pièce d'or dont il est ici question, *aureus nummus*, valait cent sesterces, et par conséquent 17 fr. 79 c. de notre monnaie.

15. — *Cui Cæsarianum decretum aut Commodianum videbatur imperium.* Cette phrase, singulièrement embarrassée, s'explique par les faits. Commode avait donné à Albin le titre de césar, et par là le désignait pour son successeur. *Voir* Julius Capitolinus, *Vie d'Albin*, ch. II.

16. — *Prætorianos cum subarmalibus inermes.* Ce vêtement appelé *subarmale* (venant de *arma*, ou de *armus*) était une tunique que les soldats portaient sous leurs armes, ou qui se rejetait sous l'épaule. Hérodien, dans la *Vie de Sévère*, lorsqu'il raconte le même fait, en parle comme d'un vêtement de fête.

17. — *Exemplo eorum qui Augustum Octavium Romam deduxerant.* — *Voir* Dion, liv. XLVI.

18. — *Funus deinde censorium.* On appelait ainsi des funérailles solennelles célébrées aux frais de l'État, soit parce que, dans l'origine, c'étaient les censeurs qui en réglaient la dépense, soit parce que les censeurs étant les magistrats les plus honorés de l'ancienne république, leurs funérailles étaient les plus magnifiques. Il serait difficile de dire s'il y avait une différence entre *funus publicum* et *funus censorium*.

19. — *Postea id nomen aboleri voluerit, querimonia amicorum.*

Dehinc æs alienum dissolvit. Le manuscrit Palatin, cité par Saumaise, présente ici une leçon toute différente : « Quamvis postea id nomen aboleri voluerit, *quæ omen* amicorum. Dehinc æs alienum dissolvit. » Saumaise propose de lire « ....voluerit. *Atque omne* amicorum dehinc æs alienum dissolvit. » J'ai cru devoir m'en tenir au texte vulgaire, malgré le vague des mots qui terminent ce passage. Quelles sont en effet les dettes qu'il paye? sont-ce les siennes? sont-ce celles de Pertinax dont on vient de parler? ou bien, ferait-il, comme Adrien, la remise de leurs dettes envers le trésor, aux citoyens de l'Italie et aux provinces de l'empire?

20. — *Ad Saxa Rubra.* La Grotta Rossa, à deux lieues au-dessus de Rome.

21. — *Neque quemquam senatorum, qui Nigri partium fuerant, præter unum.* Ce passage est contredit par ce qui suit quelques lignes plus bas : « Eos senatores occidit, qui cum Nigro militaverant ducum vel tribunorum nomine. »

22. — *Apud Viminatium.* Peut-être Vienerctz, petite ville dans la Serbie, sur le Danube, près de Viddin.

23. — *Apud Trinurtium.* D'après Dion, Hérodien et Capitolinus, cette bataille eut lieu près de Lyon.

24. — *Tuncque primum privatarum rerum procuratio constituta est.* Spartien paraît attribuer à Sévère l'institution des procurateurs, des intendants du domaine privé des princes, comme si l'on ne voyait point, même du temps d'Auguste, des intendants de cette sorte. Il est difficile de croire que ce soit de sa part erreur ou ignorance. Que veut-il donc dire dans ce passage? s'agit-il ici d'un système nouveau d'administration, d'une intendance générale réunissant dans un centre unique ce qui se trouvait jusqu'alors multiple et séparé? Ne serait-il pas possible qu'il y eût jusqu'alors des intendants, sans qu'il y eût cependant une intendance générale, comprenant et centralisant en elle seule toutes les intendances particulières?

25. — *Cincium Severum calumniatus est, quod se veneno appetisset, atque ita interfecit.* — *Se* me paraît se rapporter à Sévère, et non à Cincius. Ce sens est évidemment beaucoup plus naturel, que de supposer que Sévère fait périr Cincius, parce qu'il a voulu s'empoisonner lui-même.

26. — *Per se statuas collocavit.* Le droit d'ériger en public des statues appartenait au sénat : Sévère ne le consulta point, quoique les convenances, peut-être encore plus que l'usage, dussent lui en faire un devoir.

27. — *Cur pleraque figurata dixissent, ut « Ecce imperator vere nominis sui.* » La construction de ce passage laisse à désirer, surtout dans les éditions qui écrivent *ut esset imperator*. Cependant le sens ne paraît pas douteux : on se servait d'un langage figuré pour parler mal du prince, et dans ce qui suit, l'on voit un exemple de ce langage : car on y joue sur les mots, en donnant aux noms de Sévère la signification qu'ils avaient dans la langue commune.

28. — *Deinde Alexandrinis jus buleutarum dedit.* Auguste, frappé de l importance de l'Égypte, dont la fécondité merveilleuse assurait la subsistance de Rome, lui avait donné un gouvernement tout particulier. Pour réduire à l'impuissance l'esprit d'inconstance et de sédition naturel aux habitants de ce pays, il n'avait point voulu leur accorder un conseil particulier, un sénat, comme aux autres provinces : Τοῖς Ἀλεξανδρεῦσιν ἄνευ βουλευτῶν πολιτεύεσθαι ἐκέλευσε· τοσαύτην που νεωτεροποιΐαν κατέγνω. (DION, liv. LI.) Il les fit gouverner par un seul magistrat, qui réunissait en lui tous les pouvoirs de leurs anciens rois; mais dans la crainte qu'une telle puissance n'excitât trop vivement l'ambition, il donna à ce magistrat le titre modeste de juge ou de préfet augustal, et voulut qu'il fût pris dans l'ordre des chevaliers. Pour dernière précaution, il défendit à tout sénateur et à tout chevalier de pénétrer dans cette province sans une autorisation particulière émanée de lui.

29. — *Nam et infinita multorum cæde.* Cette phrase se lierait bien singulièrement avec ce que l'on vient de dire de l'avarice de Sévère, s'il n'était pas permis de conjecturer d'après les détails que nous a donnés Spartien sur les confiscations dont s'est enrichi ce prince, que tant de cruautés avaient pour principe cette sordide passion.

30. — *Et quum quidam ex hostibus eidem se suppliciter obtulisset, dixissetque ille, « Quid tu facturus esses?* » Ce passage se trouve diversement présenté dans les manuscrits et dans les éditions. D'un côté, l'on voit *quod facturus esset;* d'un autre, *quid facturus es.* J'ai adopté la manière dont Casaubon l'a corrigé, d'autant plus que, ainsi présenté, il s'accorde avec le récit du même fait dans Aurelius Victor. D'après cet historien, un des partisans d'Albinus, tombé au pouvoir de Sévère, lui demande : « Qu'auriez-vous fait à ma place? » Et Sévère lui répond : « J'aurais souffert les mêmes choses que vous. »

31. — *Prope a nullo congressu nisi victor.* Il manque ici quelque chose au texte. Néanmoins le sens n'est pas douteux. Casaubon propose d'ajouter *digressus*.

32. — *Ac populo Romano diurnum oleum gratuitum, et fecundissimum agrum donavit.* Il est inutile de rappeler que les empereurs avaient coutume de faire aux villes, à des époques plus ou moins rapprochées, des distributions d'huile pour les gymnases : Sévère assure ici au peuple des distributions journalières.

33. — *Ejusque filium Bassianum, qui una erat, augustum fecissent.* Spartien paraît ici se contredire. Au chapitre XVI, il a dit qu'après la guerre parthique, les soldats associèrent Bassianus à l'empire, *participem imperii dixerunt;* et qu'à cette occasion, Sévère leur fit de grandes largesses. Ici, au contraire, il dit que Bassianus fut nommé auguste par les soldats malgré son père. Mettrait-il une différence entre *participem imperii* et *augustum?* Dion parle d'une conspiration de Bassianus contre son père, dans le temps qu'il était en Bretagne; et il raconte, comme Spartien, la manière dont Sévère fit rentrer les mutins dans le devoir; mais il ne fait, en cet endroit, aucune mention de ce titre d'auguste donné par les soldats à Bassianus.

34. — *Periit Eboraci.* Sévère avait commencé son règne l'an 193 après J.-C.; il mourut l'an de Rome 964, de J.-C. 211.

35. — *Septizonium.* D'après Ammien (liv. XV), il existait à Rome, avant Sévère, un magnifique monument de ce nom, bâti par Marc Aurèle. Sans doute Sévère ne fit que le restaurer et l'embellir.

36. — *Thermæ Severianæ.* Ces thermes se trouvaient près de la porte Capène, dans la première région de Rome.

37. — *Ejus denique etiam Jani.* Il y avait à Rome un certain nombre de passages livrés à la circulation. Ammien (liv. XXVIII) parle de plusieurs de ces passages, et en cite un qui portait le nom de Septime.

38. — *Quorum forma intercidens statim.* Ce mot *forma* signifie ici une voûte, parce que, pour les établir, on emploie une espèce de moule, une forme. Il est employé souvent dans Ulpien pour signifier la voûte des aqueducs.

39. — *Antoninum scilicet Bassianum, quem ex priore matrimonio susceperat.* Spartien dit positivement que Sévère avait eu Bassianus de Marcia, sa première femme, et que Geta était né de Julia, qu'il avait épousée en secondes noces. Aurelius Victor s'accorde en cela avec lui. Mais Dion et Hérodien donnent Julia pour mère à l'un comme à l'autre fils de Sévère. Peut-être méritent-ils plus de confiance, parce qu'ils ont vécu dans le temps même de ce prince.

40. — *Qui quidem divinam Sallustii orationem.* Il est question ici du discours que fait Micipsa mourant à ses fils, pour les exhorter à la concorde (*Guerre de Jugurtha*, ch. x).

41. — *Et hominem tantum valetudine.* Il y a ici évidemment une lacune, qui se trouve également dans les manuscrits et dans les éditions; ce qui indiquerait, comme d'ailleurs il serait facile de le démontrer par d'autres preuves, que tous les manuscrits et toutes les éditions qui nous restent sont venus d'un seul et unique manuscrit, qui lui-même était altéré. Quelle conjecture faire sur les trois mots de ce passage? Sévère a en vain exhorté ses enfants, et surtout son aîné, à la concorde : voilà ce qui précède. Bassianus devient un objet de haine pour le peuple, et déshonore le nom d'Antonin; voilà ce qui suit. La phrase intermédiaire a dû naturellement parler du meurtre de Geta, qui fut immolé dans toute la force de l'âge.

42. — *Octoginta et novem numeros explicuisse, etc.* Spartien se trompe de chiffre, ce qui n'est pas rare chez les écrivains de l'*Histoire Auguste;* Sévère n'a vécu que soixante-cinq ans.

43. — *Post murum aut vallum missum.* Les Romains, pour garantir les frontières des incursions des barbares, y creusaient de vastes fossés, dont la terre, rejetée et amoncelée sur le bord intérieur, formait un rempart que l'on garnissait en outre d'arbres entrelacés. Spartien a déjà parlé de ces sortes de murs dans la *Vie d'Adrien*. Saumaise pense, avec raison, que le mot *apud* est ici déplacé, et propose de lire *aut vallum*.

44. — *Totum fuisti, totum vicisti.* — *Totum* est pour *omnia*.

45. — *Jam deus esto victor.* Ces paroles étaient de mauvais présage, car les empereurs ne devenaient dieux qu'après leur mort.

46. — *Magnum.... illud in civitate, ejus.* Saumaise propose de sa propre autorité de lire *in vita ejus*. Le texte, quoique embarrassé, peut se suffire à lui-même : *Illud ejus fuit magnum*, « Cette chose de lui fut grande. »

47. — *Ita ut quotidiana septuagena quinque millia modiorum expendi possent.* Ce passage a fourni au savant Budé l'occasion d'un calcul assez curieux sur la population de Rome à cette époque. Le *modius*, ou boisseau, chez les Romains, contenait huit *chœnix :* or le *chœnix* de farine ou de pain suffisait à la vie d'un homme pour un jour; c'était la ration journalière des esclaves. Il y avait donc à Rome, du temps de Sévère, six cent mille indigents nourris par les distributions publiques. Qu'on juge par là de sa population totale.

48. — *Quamvis aliqui urnulam auream tantum fuisse dicant.* Dion raconte que le corps de Sévère fut brûlé au lieu même où il était mort, et que ses cendres, recueillies dans une urne de porphyre, furent transportées à Rome. Sur un tel fait, cet historien mérite toute confiance; car il vivait du temps de Sévère, et, comme sénateur, il avait pu voir lui-même les funérailles.

49. — *Per præfectum Urbis medium simulacrum ejus esset locatum.* Une fois qu'une statue était consacrée, on ne pouvait sans sacrilége la changer de place. Ce motif empêcha, à ce qu'il paraît, de modifier la disposition de l'édifice lui-même.

VIE DE PESCENNIUS NIGER.

(An. de J.-C. 193 — 195.)

1. — *Avo curatore.* Les curateurs étaient des percepteurs d'impôts publics. L'empereur les choisissait généralement parmi les chevaliers, et les envoyait indistinctement dans ses provinces et dans celles du peuple (Dion).

2. — *Aquini.* Ville de l'Abruzze, dans le royaume de Naples.

3. — *Ex equestri familia originem ducebat.* Les manuscrits disent *ex qua familia.* J'ai adopté la correction de Casaubon et de Saumaise, qui s'accorde avec les paroles de Dion : Ἰταλὸς ἦν ἐξ ἱππέων.

4. — *Cum Severo ex interdicto de imperio egisse fertur.* Il y avait dans le droit régulier des Romains l'*action* et l'*interdiction.* Julianus défend ses droits comme s'il s'agissait d'une affaire qui pût être soumise aux formes ordinaires, et fait opposition aux prétentions de son adversaire, arguant en sa faveur de la priorité de possession. Le manuscrit palatin donne à la fin de cette phrase *imperium prævenisse* au lieu de *ad imperium pervenisse*, et Saumaise juge avec raison que cette leçon exprime plus nettement que celle du texte vulgaire, cette priorité de possession dont Julianus prétend se faire un droit.

5. — *Quod quum ludos Circenses Julianus Romæ daret.* Spartien a dit dans la *Vie de Julianus*, ch. IV : *Inde ad circense spectaculum itum est.* Il est évident, d'après ce qu'il développe ici, que, dans ce premier passage, il ne s'agissait point seulement du Cirque, mais des spectacles, des jeux qui s'y donnaient.

6. — *Stellaturas accepisse.* L'on appelait *stellatura*, une retenue frauduleuse que faisaient les officiers romains sur la paye et sur l'étape des soldats. L'on appelait également de ce nom une

marque particulière que l'on donnait aux soldats pour se faire fournir l'étape ou des vivres. Sans doute, c'était en livrant ces marques à leurs officiers qui les réduisaient en argent, qu'ils obtenaient d'eux certaines faveurs, comme des exemptions de service, des congés.

7. — *Et mensuris conviviorum vacant, quum sine mensura potent.* Par *mensuræ conviviorum*, les Romains entendaient les coupes d'inégale capacité, dont le maître du festin réglait l'emploi. Cet usage avait eu, sans doute, pour but, dans le principe, de prévenir les excès.

8. — *Hæc de Pescennio Severus augusto; adhuc milite Marcus etiam.* J'ai adopté ici la correction de Saumaise. Le texte du manuscrit et des éditions porte : « Hæc de Pescennio Severus *Augustus* adhuc milite. » Il suffit de lire la lettre qui précède pour voir que Sévère parle de Pescennius devenu auguste, puisqu'il fait mention de sa victoire sur lui. *Adhuc milite* joint par la ponctuation avec ce qui suit, rétablit un sens fort naturel, puisqu'il n'est question dans la lettre de Marc Aurèle que des premiers pas de Pescennius dans la carrière militaire.

9. — *Ducatum mox dabo.* Le mot *ducatus* est pris dans diverses acceptions, et exprime des degrés différents dans la hiérarchie militaire. *Ducatus ordinum*, paraît exprimer les grades inférieurs au tribunat, qui mettaient l'officier dans un rapport direct et immédiat avec les soldats. D'autres fois, comme ici, on désigne par le mot *dux*, un général d'armée, et par conséquent un grade supérieur à celui de tribun. On voit à la fin du premier chapitre de la même vie, ce mot *ducatus* employé dans la première de ces deux acceptions.

10. — *Sane Severus Heraclium ad obtinendam Bithyniam misit : Fulvium autem ad occupandos adultos Nigri filios.* Les mêmes faits sont racontés d'une manière différente au ch. IV de la *Vie de Sévère.* « Heraclitum ad obtinendas Britannias, Plautianum ad occupandos Nigri liberos misit. » Spartien appelle d'un côté Héraclite, celui qu'il appelle de l'autre Heraclius; il l'envoie ici en Bithynie, et là en Bretagne. Il est évident que c'est dans la *Vie de Sévère* que se trouve l'erreur. Car, au ch. VIII de cette même vie, il rend compte de l'une et de l'autre mission. Héraclien ne put occuper la Bithynie, parce que Niger était déjà maître de Byzance. Quant au Fulvius dont il parle ici, c'est Fulvius Plautianus dont il a parlé dans la *Vie de Sévère*, en ne le désignant que par l'un de ses noms.

11. — *Hujus caput circumlatum pilo Romam missum.* Dion n'est

point d'accord ici avec Spartien : il dit (liv. LXXIV, ch. 8) que la tête de Pescennius fut envoyée par Sévère à Byzance : Τὴν κεφαλὴν ὁ Σεβῆρος ἐς τὸ Βυζάντιον πέμψας, ἀνεσταύρωσεν, ἵν' ἰδόντες αὐτὴν, οἱ Βυζάντιοι προσχωρήσωσι.

12. — *Deinde ne novi ad regendam rempublicam accederent. Præter militares administrationes, etc.* Saumaise veut que le point qui suit *accederent* soit reporté après *administrationes*, et que *novi* s'entende des gens sans naissance. Les carrières civiles devaient être interdites à ceux-ci, mais non la carrière militaire, où la valeur et le mérite personnel doivent être seuls considérés. Ce sens paraît difficile à adopter. Dans cette première partie des réformes de Pescennius, il s'agit d'obtenir des garanties d'expérience de ceux que l'on envoie administrer les provinces et les armées; et, pour cela, il faut deux choses, laisser assez longtemps le magistrat dans ses fonctions pour qu'il apprenne à bien les remplir; et, en second lieu, que ces magistrats eux-mêmes soient pris parmi ceux qui, dans des emplois inférieurs, ont pu déjà donner des garanties de science et d'habileté. Ainsi les administrateurs seront pris parmi les assesseurs, et, excepté pour les emplois militaires, on aura soin de leur donner ces fonctions administratives dans la province même qu'ils auront appris à connaître comme assesseurs. Quant aux conditions de la naissance, Spartien en parle plus loin dans un article séparé : « Hujus etiam illud fuit, ut nemo assideret in sua provincia, ut nemo administraret Romæ, nisi Romanus, hoc est oriundus Urbe. »

13. — *Addidit præterea consiliariis salaria.* Auguste, qui le premier avait assigné des émoluments aux gouverneurs des provinces, n'avait pris aucune mesure de ce genre en faveur des assesseurs et des conseillers (DION, liv. LIII).

14. — *Illi, qui vos vincunt, aquam bibunt.* Il est digne de remarque que ces mêmes peuples s'abstiennent encore aujourd'hui de vin, par suite d'une prescription religieuse.

15. — *Etiam aerem vestrum censere vellem.* Le vœu de Pescennius s'est accompli, et, comme le fait observer Casaubon, non-seulement les Juifs, mais tous les citoyens de l'empire, eurent à payer un impôt pour l'air qu'ils respiraient : les Grecs donnaient à cet impôt, pour spécifier sa nature, le nom de ἀερικόν.

16. — *Sic tamen una ratis transiliet pelagus.* Spartien explique les autres vers, mais ne dit rien sur celui-ci. Saumaise, qui ne recule devant aucun obstacle, fait de grands efforts pour y trouver un sens clair. Il dit, avec Spartien, que les vingt vaisseaux repré-

seulent les années de l'empire de Sévère, et, de sa propre autorité, il ajoute que par ce seul vaisseau dont il est question au second vers, il veut entendre Sévère lui-même. Pour arriver à cette explication, il met *sic* au commencement du vers à la place de *si* que donnent les manuscrits et les éditions. J'ai adopté cette correction, dans le désir de me couvrir d'un grand nom, et de trouver un sens quelconque à ce passage. Cependant ce sens lui-même est peu satisfaisant; car Sévère n'a point gouverné l'empire pendant vingt ans, de l'aveu même de Spartien, qui, au ch. XIX de la vie de ce prince, dit : « Periit.... anno imperii decimo octavo. »

17. — *Inde, quod latet Vindex, quod Piso nescitur.* Tous les deux ont conspiré contre Néron. Tacite et Suétone en font mention, mais l'un et l'autre en peu de mots.

18. — *Vitam cum imperii usurpatione posuerunt.* Après ces mots, se trouve dans tous les manuscrits et dans toutes les anciennes éditions un morceau commençant ainsi : « Sequitur nunc, ut de Clodio Albino dicam, qui quasi socius hujus habetur, etc. » Casaubon, autorisé par le manuscrit de la Bibliothèque royale dont il s'appuie, a rejeté à la fin de cette Vie ce morceau, qui est évidemment une transition pour passer à celle d'Albinus. Peut-être aurait-il bien fait de rejeter au même lieu tout le commencement de ce chapitre : « Hæc sunt, Diocletiane, maxime augustorum, quæ de Pescennio didicimus, etc. » Spartien, dans ce passage et les réflexions qui suivent, paraît annoncer qu'il n'a plus rien à dire sur Pescennius : c'est une fin. D'ailleurs ce qui suit : « Ac ne quid ex iis, quæ ad Pescennium pertinent, etc., » se lie tout naturellement avec le chapitre précédent, qui est consacré aux oracles et aux réponses des devins relatives à Pescennius.

19. — *Aceto universos esse contentos.* Un mélange de vinaigre et d'eau, appelé *posca*, était la boisson des camps. Il est fait mention de cet usage dans la *Vie d'Adrien*, ch. X : « Ipse quoque inter manipulares vitam militarem magistrans, cibis etiam castrensibus in propatulo libenter utens, hoc est lardo, caseo, et posca, etc. »

20. — *Sed publice comm[...]larent.* C'était une ancienne coutume chez les Romains : au moment d'une bataille, les soldats venaient déposer dans la caisse de la légion ce qu'ils avaient d'argent, pour que leur famille n'en fût pas frustrée, s'ils venaient à périr. Pescennius ne fait que rétablir cet usage.

21. — *Reliquos fœneos, vel venenatos vocans.* Au lieu de *fœneos*, qui se trouve dans le manuscrit de la bibliothèque Palatine, on

trouve généralement *femineos*. Il n'y a aucun motif pour rejeter ce mot, qui présente un sens aussi net que notre expression française, *des hommes de paille*.

22. — *In qua simulacrum ejus in trichoro constituit, statim post annum*. Ce passage est fort embarrassé. Quel est celui qui établit la statue de Pescennius au fronton de cette maison? si c'est Pescennius lui-même, il faudrait *simulacrum suum*, et non *ejus*. Il faut bien avouer cependant que ce ne serait pas la première fois que Spartien aurait mis un de ces pronoms pour l'autre. Que signifie *statim post annum?* de quelle année est-il question? est-ce aussitôt après l'année qu'il avait reçu cette statue? cela est du moins probable. Casaubon veut que ce soit Statius Postumius, devenu propriétaire de la maison de Pescennius après la mort de ce prince et l'extinction de sa famille, qui ait établi cette statue à l'endroit où elle se trouvait. Cela peut bien être; mais il faut avouer qu'il y a là une grande hardiesse de conjectures, et que c'est trancher bien vivement une question. Quant à *statim post annum*, il déclare que cela n'admet aucune interprétation.

23. — *Terror Ægyptiaci*. Il est superflu de dire que l'auteur de ces vers fait brève la diphthongue d'*Ægyptiacus*, et, quelques vers plus bas, la terminaison de *gentes*. Ce sont des fautes qui se trouvent fréquemment chez les poètes de cette époque.

24. — *Ut consentirent forma, metalla, sibi*. La leçon vulgaire est : *ut consentirent forma metalla tibi*. Gronove défend ce texte, à la condition de mettre *forma* entre deux virgules. On s'adresse alors à la figure de Pescennius, et on lui dit : Nous avons représenté Pescennius noir, c'est-à dire avec du marbre noir, pour que ce marbre fût en rapport avec toi. Saumaise trouve dans son manuscrit palatin : *ut consentiret forma, metalle, tibi*. Ici, c'est au marbre que l'on adresse la parole, et on lui dit : Nous avons rendu Pescennius noir (en le brûlant de notre soleil, dans le temps où il commandait les frontières d'Égypte), afin que sa figure fût en rapport avec toi. Cette explication ne manque pas du moins de singularité. Casaubon, enfin, trouve dans le manuscrit royal : *ut consentiret forma metalla sibi*. Il corrige ce texte et lit : *ut consentirent forma, metalla, sibi*; ce qui veut dire : Nous l'avons représenté noir, c'est-à-dire avec du marbre noir pour qu'il y eût accord entre la couleur du marbre et celle de la figure de Pescennius. Ce texte et ce sens m'ont paru plus naturels que les autres. Il faut encore remarquer dans le passage qui nous occupe *metalla* pris pour le marbre.

25. — *Sequitur nunc, ut de Clodio Albino dicam.* — *Voir* plus haut la note 18.

VIE D'ANTONIN CARACALLA.

(An. de J.-C. 211 — 217.)

1. — ANTONINUS CARACALLUS. D'autres écrivains latins disent *Caracalla*, et cette dernière forme est passée dans nos habitudes.

2. — *Quorum unum exercitus, alterum pater dixit.* Il y a ici évidemment un mot qui manque, et ce ne peut être que *Cæsarem*, *Augustum* ou *Antoninum*. Mais lequel des trois? C'est ce qu'il est difficile de décider; car il y a là-dessus, dans Spartien, grande confusion, et même des contradictions manifestes. Voici les différents passages où il est question de ces noms décernés aux deux fils de Sévère; *Vie de Sévère*, ch. X : « Et quum iret contra Albinum, in itinere apud Viminatium, filium suum majorem Bassianum, apposito Aurelii Antonini nomine, cæsarem appellavit. » Plus loin, ch. XVI : « Ob hoc etiam filium ejus Bassianum Antoninum...... participem imperii dixerunt milites. Getam quoque, minorem filium, eumdem Antoninum, ut plerique in litteras tradunt, appellantes. » Plus loin, au ch. XVIII, les soldats donnent le titre d'Auguste à Bassianus : « Quum.... milites,...... ejus filium Bassianum, qui una erat, Augustum fecissent; » ce qui indique, soit dit en passant, ou qu'il y avait une différence entre *participem imperii* et *Augustum*, ou qu'il y a erreur dans Spartien. Plus loin encore, au ch. XIX : « Reliquit filios duos, Antoninum Bassianum et Getam, cui et ipsi, in honorem Marci, Antonini nomen imposuit. » Il rejette ici ce qu'il a cité plus haut comme ayant été dit par beaucoup d'historiens, qu'après la guerre des Parthes, les soldats avaient aussi donné à Geta le nom d'Antonin, et affirme que c'est Sévère lui-même qui l'appela de ce nom. Enfin, ch. XX, Sévère se réjouit de laisser deux Antonin égaux en autorité : « Lætatum, quod duos Antoninos pari imperio reipublicæ relinqueret. »

3. — *Frustra putamus iterandum.* C'est *iteratum iri* qu'il veut dire.

4. — *Quod populo plusquam amabile fuit.* Pour *valde amabile.* On trouve dans Aurelius Victor : *plus quam pius* pour *valde pius.*

5. — *Ob Judaicam religionem.* On se souvient que Sévère avait fait défense d'embrasser la religion soit juive, soit chré-

tienne. Généralement, à cette époque, on confondait l'une avec l'autre.

6. — *Velut auctores verberum.* Casaubon propose, avec raison, de lire *velut* au lieu de *vel*, leçon généralement adoptée.

7. — *Pars militum apud Albam.* On sait qu'outre le camp des prétoriens à Rome, il y en avait un autre à Albe.

8. — *Enormitate stipendii militibus, ut solet, placatis.* Hérodien (liv. IV, ch. 4) dit que, dans cette circonstance, Caracalla promit aux soldats du camp d'Albe deux mille cinq cents deniers, 1,779 fr. de notre monnaie.

9. — *Et Ciloni.* Τὸν Κίλωνα τὸν τροφέα, τὸν εὐεργέτην, τὸν ἐπὶ τοῦ πατρὸς πεπολιαρχηκότα. (DION, liv. LXXVII.)

10. — *Quo facto percussori dixit : « Gladio te exsequi oportuit meum jussum. »* On voit qu'alors on regardait comme plus honorable d'être exécuté avec l'épée qu'avec la hache. Τῷ τε Παπινιανὸν φονεύσαντι ἐπετίμησεν, ὅτι ἀξίνῃ αὐτὸν, καὶ οὐ ξίφει διεχρήσατο. (DION, liv. LXXVII.)

11. — *Iisdem diebus occisi sunt innumeri.* On voit dans Dion que vingt mille partisans de Geta furent tués alors, soit dans le palais, soit dans Rome, et que les femmes mêmes ne furent point épargnées.

12. — *Et quum idem Cilo, sublata veste senatoria, nudis pedibus.* Dion (liv. LXXVII) nous explique comment Cilon se trouve dépouillé de ses vêtements de sénateur et les pieds nus : il était au bain lorsque les soldats des cohortes urbaines vinrent le saisir.

13. — *Germanicum se appellavit.* Le mot *germanus* signifie à la fois *Germain* et *frère ;* on conçoit ce qu'il y avait d'absurde à prendre un surnom qui rappelait tout aussi bien le meurtre de Geta, son frère, que la victoire qu'il avait remportée sur les Germains.

14. — *Asserens, si Lucanos vicisset, Lucanicum se appellandum.* On donnait le nom de *lucanica* à une espèce de saucisson ou de boudin, et celui de *lucanicus* aux amateurs de cette sorte de mets (AMMIEN MARCELLIN, liv. XXVIII).

15. — *Cum protectoribus descenderet.* Ceux qui gardaient sa personne, ses gardes du corps.

16. — *Eumque objurgavit.* Bassianus était irrité contre le peuple d'Alexandrie à cause de ses plaisanteries contre lui. Dion et Hérodien donnent le détail du désastre de cette ville.

17. — *Eos autem, quos legerat, occidit, exemplo Ptolemæi Evergetis, etc.* C'est de Ptolémée Physcon qu'il veut parler : il fut aussi surnommé Évergète, à ce que rapporte Strabon. Le trait dont il est ici question est rapporté par Valère Maxime, liv. IX, ch. II.

18. — *Nam Germanici nomen patre vivo fuerat consequutus.* Spartien a dit, au ch. V, que Caracalla prit le nom de Germanique, à l'occasion d'un succès qu'il avait obtenu sur les Germains, étant déjà seul sur le trône : *Germanicum se appellavit.* Ce n'est qu'une contradiction apparente : après sa dernière victoire sur les Germains, il ne fait que reprendre ce surnom que le sénat lui avait donné du vivant de son père. D'ailleurs, le même surnom pouvait être décerné plusieurs fois à la même personne.

19. — *Ipsis Megalensibus.* Cette fête en l'honneur de la mère des dieux commençait le 12 d'avril et durait six jours de suite. On promenait processionnellement la statue de la déesse par toute la ville, et on se donnait des festins (TITE-LIVE, liv. XXVIII, ch. 14; CIC., *Rép. des arusp.,* ch. XII).

20. — *Impulsu Martialis.* Dion (liv. LXXVIII) dit que Martialis attenta à la vie de Caracalla, parce que ce prince n'avait pas voulu le nommer centurion. Hérodien, au contraire (liv. IV, ch. 13), dit que Martialis était centurion, et qu'il voulut venger la mort de son frère, que Caracalla avait fait périr.

21. — *Denique quum illum in equum strator ejus levaret.* Les Romains ne connaissaient point encore l'usage des étriers, et, pour monter à cheval, ils se faisaient soulever par des esclaves chargés de ce soin.

22. — *Ut, qui Lunam femineo nomine ac sexu putaverit nuncupandam.* Casaubon croit que cette variété de genre, pour désigner la lune, vient de ce que, dans les langues orientales, cet astre était tantôt du genre masculin, tantôt du féminin.

23. — *Ut cædis non sciverint causam.* Ce passage est difficile, et Saumaise ne s'en tire qu'en changeant *adsciverint*, que lui donne le manuscrit Palatin, en *adseruerint*, ce qui voudra dire que, au milieu de la variété et de l'incertitude des relations, beaucoup d'historiens n'ont osé rien affirmer sur la vraie cause du meurtre de Papinien. J'ai cherché à traduire en conservant le texte vulgaire, qui, à tout prendre, ne me paraît ni plus ni moins embarrassant que celui de Saumaise. J'ai donné à *sciverint* pour sujet *homines* sous-entendu. « Les historiens ont écrit de telle ma-

nière sur la mort de Papinien, se contredisant les uns les autres, qu'on n'a pas su, » et par suite, « qu'on ne sait pas quelle fut la cause du meurtre. »

24. — *Nam neque præfectus poterat dictare orationem.* Il est de fait que les empereurs ne s'adressaient point à leurs préfets du prétoire pour leurs discours et leur correspondance; ils se servaient généralement pour cela de leurs questeurs ou de leurs secrétaires. Mais pourquoi Caracalla n'aurait-il pas pu, par extraordinaire, charger Papinien de lui composer un discours?

25. — *Vixit autem Bassianus annis quadraginta tribus.* Aurelius Victor et Eutrope s'accordent avec Spartien sur l'âge qu'avait Bassianus quand il mourut; mais Dion Cassius ne lui donne que vingt-neuf ans. Ce dissentiment, du reste, repose de l'une et de l'autre part sur des calculs raisonnés. Les premiers donnent pour mère à Bassianus Marcia, première femme de Sévère; ils ont dû nécessairement lui supposer une plus longue vie qu'Hérodien et Dion, qui le disent fils, ainsi que Geta, de Julie, seconde femme de Sévère.

26. — *Negant posse ulla imitatione, qua facta est, fieri.* — *Qua* ne se rapporte évidemment pas à *imitatione*, mais à *ratione*, sous-entendu, comme en grec ᾗ ἐποιήθη.

27. — *Cancelli superpositi esse dicuntur, quibus cameratio tota concredita est.* Des manuscrits portent *suppositi*, que Casaubon et Saumaise voudraient changer en *subterpositi*. Alors cela voudrait dire seulement que ces barres de fer étaient placées sous la voûte : ce qui n'est pas douteux, puisqu'elles la soutenaient. Mais je ne vois pas bien pourquoi l'on renoncerait au texte vulgaire, qui s'appuie aussi sur de bonnes autorités. On comprend facilement que des barres superposées, c'est-à-dire placées l'une sur l'autre, très-probablement se croisant de manière à former une espèce de réseau, ce que signifie aussi *cancelli*, aient pu soutenir cette voûte, et que même elle n'en ait été que mieux appuyée.

28. — *Nam Alemannorum gentem devicerat.* Voici peut-être la première mention qui soit faite des Allemands dans l'histoire romaine. Aurelius Victor nous indique, en racontant la victoire de Caracalla, dans quelle région se trouvait cette nation ou cette confédération de nations, dont le nom commençait à se distinguer parmi celles de la Germanie, et devait un jour effacer celui de toute cette vaste contrée : « Alemannos, gentem populosam, ex equo mirifice pugnantem, prope Mœnum amnem devicit. » Nous voyons dans Flavius Vopiscus l'époque d'un nouveau pro-

grès de cette nation allemande. Il dit, en parlant du tyran Proculus : « Nonnihil tamen Gallis profuit : nam Alemannos, qui tunc adhuc Germani dicebantur, non sine gloriæ splendore devicit. » Dire que les *Alemanni* étaient encore appelés Germains du temps de Proculus, n'est-ce pas dire que de son temps, à lui Vopiscus, ils n'étaient plus appelés ainsi, et que, par conséquent, ils s'étaient déjà fait une nationalité indépendante?

29. — *Eo sane tempore, quo ab exercitu appellatus est augustus.* — *Voir* sur ce fait *Vie de Sévère*, note 33.

VIE D'ANTONIN GETA.

(An. de J.-C. 211 — 212.)

1. — *Quæstionem movere posse, etc.* Les manuscrits et les éditions présentent ainsi tout ce commencement : « Scio, Constantine Auguste, et multos, et Clementiam Tuam quæstionem movere posse cur etiam Geta Antoninus a me tradatur : de cujus priusquam vel vita, vel nece dicam, disseram cur et ipsi Antonini a Severo patre sit nomen appositum. Neque enim multa in ejus vita dici possunt; qui prius rebus humanis exemptus est, quam cum fratre teneret imperium. Septimius Severus.... » Ces phrases ont un tel manque de liaison, une telle incohérence d'idées, qu'il est impossible de ne pas reconnaître, avec Casaubon, qu'il y a une transposition manifeste, d'autant plus qu'il suffit de mettre la troisième phrase avant la seconde, pour que la liaison et la suite des idées se trouvent parfaitement rétablies. Je n'ai pu me dispenser d'adopter dans le texte et dans la traduction un changement si nécessaire.

2. — *Atque amore Marci, quem fuisse vel fratrem suum dicebat.* Sévère voulait entrer, autant qu'il était en lui, dans la famille de Marc Aurèle, qu'il appelait son frère. Il faut d'ailleurs se rappeler que ces dénominations de père, de frère, de fils, s'employaient souvent, chez les Romains, comme des expressions de respect et d'affection. Nous en avons vu un exemple dans la *Vie de Didius Julianus*, ch. IV : « Unumquemque, ut erat ætas, vel patrem, vel filium, vel parentem affatus blandissime est. » Dans Dion (liv. LXXV), Sévère se dit fils de Marc Aurèle et frère de Commode : Μάρκου υἱὸν, καὶ τοῦ Κομμόδου ἀδελφὸν ἑαυτὸν ἔλεγε.

3. — *Ad fisci advocationem delegerat ex formulario forensi.* L'avocat du fisc se choisissait naturellement parmi les praticiens

des tribunaux, qui, mieux que d'autres, connaissaient les textes des lois et les formes des procédures. *Formulario forensi* sera pour *formulariis forensibus*, comme nous avons vu dans la Vie de Pescennius *administrationes* pour *administratores*. Sévère fut donc choisi parmi les praticiens, les avocats du barreau.

4. — *Matri amabilior quam frater*. Spartien paraît ici oublier ce qu'il a dit tant de fois, que Bassianus était fils de Marcia, et Geta de Julie. Sans cela, qu'y a-t-il d'étonnant qu'un fils soit plus aimé de sa mère que de sa belle-mère?

5. — *In quo erat anser, aprugna, anas*. J'ai traduit *anser* et *aprugna* par d'autres noms de mets, parce que je ne pouvais faire que l'oie, le sanglier et le canard commençassent dans notre langue par la même lettre.

6. — *Occiso eo, pars militum, etc*. Spartien, dans ce chapitre, comme dans presque toute cette Vie, ne fait que répéter ce qu'il a dit dans la *Vie de Sévère*, et surtout dans celle de Caracalla.

7. — *Romam Bassianus redire non potuit*. Que veut-il dire ici? Suppose-t-il que le meurtre de Geta a eu lieu pendant le retour des deux princes de la Grande-Bretagne à Rome? ou bien, ce qui est plus vrai, que sans les largesses de Bassianus, les prétoriens du camp d'Albe ne l'auraient pas laissé revenir à Rome?

8. — *Quasi Gothicus*. On sait que l'on appelait primitivement Gètes, les mêmes peuples que l'on commençait alors à appeler Goths.

9. — *Illatusque est majorum sepulcro, hoc est Severi*. Dans ce sépulcre de ses ancêtres, il n'y a que son père. Mais comme Sévère avait lui-même adopté pour ancêtres les Antonin, le sens du passage s'explique de lui-même.

10. — *Specie Septizonii exstructum*. Y avait-il à cet édifice sept rangs de colonnes qui l'environnaient comme de sept ceintures, ou y avait-il sept enceintes de bâtiments?

VULCATIUS GALLICANUS

V. C.

NOTICE

SUR VULCATIUS GALLICANUS.

Les lettres V. C. qui, dans les manuscrits, suivent le nom de Vulcatius Gallicanus, paraissent indiquer qu'il jouissait au moins du rang de sénateur. En effet, elles signifient *quintum consul*, consul pour la cinquième fois; ou *vir consularis*, personnage consulaire; ou *vir clarissimus*, titre qui, d'après Isidore de Séville (*Origines*, liv. IX, ch. 4), se donnait aux sénateurs du troisième ordre, les deux autres ordres étant désignés, le premier par le titre de *illustres*, et le second par celui de *spectàbiles*. Le nom de Vulcatius Gallicanus ne se trouve point dans les Fastes: il est donc plus probable qu'il était personnage consulaire, ce titre se donnant souvent, à cette époque, à des gens qui n'avaient point été consuls, ou seulement personnage *clarissime*, c'est-à-dire sénateur du troisième ordre[1].

Cet écrivain vivait à la même époque que Spartianus, sous l'empire de Dioclétien. Comme lui, c'est à ce prince qu'il adresse

[1] A ces diverses conjectures, qui ont pour elles l'autorité des savants, on pourrait en ajouter une autre encore. Les lettres V. C. ne peuvent-elles pas signifier *Vestræ Clementiæ*, ce qui serait alors tout simplement une dédicace de Vulcatius à Dioclétien? Ce titre d'honneur que la flatterie donnait alors aux empereurs, se trouve souvent dans les écrivains de l'*Histoire Auguste* (*Voir*, par exemple, le commencement de la Vie de Geta dans *Spartianus*). Quant au barbarisme de *vestræ* pour *tuæ*; nous en avons aussi des exemples dans les mêmes écrivains (*Voir* Trebellius, *les Trente tyrans*, à la fin de l'article d'Émilien : *Vestrum parentem*, *etc.*). Au delà de cette époque, cette forme est habituelle. Eutrope signe ainsi la lettre de dédicace à Valens : *Eutropius V. C. peculiariter suus*, ce qui paraît vouloir dire : « De Votre Clémence le serviteur dévoué, Eutrope. » Là aussi, je le sais, les commentateurs ont voulu voir *vir clarissimus*, et faute, peut-être, de pouvoir l'expliquer d'une manière satisfaisante, ils ont jugé à propos de retrancher cette fin. Dans l'explication de ce dernier passage, j'ai du moins pour moi Casaubon.

son travail : comme lui aussi, il se proposait d'écrire l'histoire de tous les augustes et de tous les césars : *Proposui, Diocletiane Auguste*, dit-il au chapitre III de la Vie d'Avidius, *omnes, qui imperatorum nomen, sive juste, sive injuste, habuerunt, in litteras mittere, ut omnes purpuratos augustos cognosceres.* Si l'on considère, en outre, qu'il y a une analogie remarquable entre le style et le langage de l'un et de l'autre, on ne sera point éloigné de penser que ces deux auteurs ont bien pu, en réalité, n'en être qu'un seul. Plusieurs circonstances viennent encore à l'appui de cette conjecture. Saumaise, comme nous l'avons dit dans une Notice précédente, a eu entre les mains un *Excerpta* très-ancien, appartenant à la bibliothèque Palatine; et ce manuscrit présente, sous le nom de Spartianus, toutes les Vies de l'*Histoire Auguste*, depuis Adrien jusqu'aux deux Maximin inclusivement. D'autre part, Vopiscus, qui a vécu un peu plus tard que les autres écrivains de ce recueil, fait mention, en les nommant, de Jules Capitolin et d'Ælius Lampride; et nulle part, ni chez lui, ni dans aucun autre auteur de cette époque, on ne trouve le nom de Vulcatius Gallicanus. Ces diverses considérations ont fait conjecturer à Fabricius, dans sa *Bibliothèque latine*, que le nom de Vulcatius devait être effacé de l'*Histoire Auguste*.

Quoi qu'il en soit, à l'exception de l'*Excerpta* cité par Saumaise, tous les manuscrits et toutes les éditions attribuent à Vulcatius Gallicanus la biographie d'Avidius Cassius, et nous avons cru devoir respecter cette espèce de prescription acquise en sa faveur.

Cette Vie, la seule qui porte son nom, emprunte un grand intérêt à plusieurs lettres de Marc Aurèle, qui y sont contenues.

FL. LEGAY.

VULCATIUS GALLICANUS.

[A. U. 927]

AVIDII CASSII VITA.

I. Avidius Cassius, ut quidam volunt, ex familia Cassiorum fuisse dicitur [1], per marem tamen novo genitus Avidio Severo [2], qui ordines duxerat, et post ad summas dignitates pervenerat. Cujus Quadratus in historiis meminit, et quidem graviter, quum illum summum virum et necessarium reipublicæ asserit, et apud ipsum Marcum Antoninum prævalidum; nam jam eo imperante perisse fatali sorte perhibetur. Hic ergo Cassius ex familia, ut diximus, Cassiorum, qui in Caium Julium conspirarunt, oderat tacite principatum, nec ferre poterat imperatorium nomen : dicebatque, « nihil esse gravius nomine imperii, quod non posset e republica tolli, nisi per alterum imperatorem ; » denique tentasse in pueritia dicitur extorquere etiam Pio principatum : sed per patrem, virum sanctum et gravem, affectationem tyrannidis latuisse; habitum tamen semper a ducibus suspectum. Vero autem illum parasse insidias, ipsius Veri

VULCATIUS GALLICANUS.

[De J.-C. 174]

VIE D'AVIDIUS CASSIUS.

I. Avidius Cassius, au dire de quelques historiens, appartenait à la famille des Cassius, mais seulement du côté maternel; son père, Avidius Severus, était un homme nouveau qui, des grades inférieurs de l'armée, s'était élevé aux plus hautes dignités. L'historien Quadratus parle de lui d'une manière fort honorable. Il dit que c'était un homme d'un grand mérite, qui rendit des services importants à la république, et fut très-considéré de Marc Aurèle lui-même; car déjà ce prince gouvernait l'empire lorsque Severus mourut. Ce Cassius donc, issu, comme nous l'avons dit, de l'antique famille des Cassius qui conspirèrent contre Jules César, détestait secrètement le pouvoir souverain, et ne pouvait supporter le nom d'empereur : il disait que « ce qu'il y avait de plus fâcheux dans ce nom, c'est qu'il ne pouvait désormais être anéanti que par un autre empereur. » Enfin on assure que, à peine sorti de l'enfance, il tenta même d'enlever le pouvoir à Antonin le Pieux; mais que son père, homme honnête et grave, étouffa cette entreprise insensée, et en cacha avec soin les indices. Néanmoins Cassius fut toujours dès lors regardé comme un homme dont il fallait se défier. Qu'il ait aussi tramé contre Verus des

epistola indicat, quam inserui. Ex epistola Veri : « Avidius Cassius avidus est imperii, quantum et mihi videtur, et jam inde sub avo meo, patre tuo, innotuit : quem velim observari jubeas. Omnia ei nostra displicent, opes non mediocres parat, litteras nostras ridet; te philosopham aniculam, me luxuriosum morionem vocat. Vide, quid agendum sit; ego hominem non odi : sed vide, ne tibi et liberis tuis non bene consulat, quum tales inter præcinctos habeas[3], quales milites libenter audiunt, libenter vident. »

II. Rescriptum Marci de Avidio Cassio : « Epistolam tuam legi, et sollicitam potius, quam imperatoriam, et non nostri temporis; nam si ei divinitus debetur imperium, non poterimus interficere, etiamsi velimus; scis enim proavi tui dictum : « Successorem suum nullus « occidit; » sin minus, ipse sponte sine nostra crudelitate fatales laqueos inciderit. Adde, quod non possumus reum facere, quem et nullus accusat, et, ut ipse dicis, milites amant. Deinde in causis majestatis hæc natura est, ut videantur vim pati, etiam quibus probatur. Scis enim ipse, quid avus tuus Hadrianus dixerit : « Misera « conditio imperatorum, quibus de affectata tyrannide « nisi occisis non potest credi. » Ejus autem exemplum ponere, quam Domitiani[4], qui hoc primus dixisse fertur,

projets criminels, c'est du moins ce que l'on peut conjecturer d'après ce passage d'une lettre que ce prince écrivit à Marc Aurèle : « Avidius Cassius, autant que j'en puis juger par moi-même, voudrait s'emparer de l'empire, et déjà sous mon aïeul, votre père, son ambition s'est fait connaître. Je vous engage à donner des ordres pour qu'il soit surveillé. Tout ce que nous faisons lui déplaît : il accroît autant qu'il peut son crédit et ses ressources; il tourne en dérision notre goût pour les lettres : il nous donne, à vous le nom de vieille philosophe, à moi celui d'extravagant et de débauché. Voyez ce que vous avez à faire. Pour moi, je n'ai aucune haine contre cet homme; mais prenez garde qu'il n'y ait du danger, et pour vous et pour vos enfants, à conserver à la tête de vos armées des gens de cette sorte, que les soldats voient avec plaisir, et qu'ils sont tout disposés à écouter. »

II. Marc Aurèle répondit : « J'ai lu votre lettre; elle est plutôt d'un homme inquiet que d'un empereur, elle ne convient ni à nous, ni aux circonstances où nous sommes; car si les dieux destinent l'empire à Cassius, quoi que nous fassions, nous ne pourrons nous défaire de lui. Vous savez ce mot de notre bisaïeul : « Jamais « prince n'a tué son successeur. » Si, au contraire, il ne doit point régner, sans que notre cruauté s'en mêle, il tombera de lui-même, entraîné par sa destinée. Ajoutez que nous ne pouvons traiter en coupable un homme que personne n'accuse, et qui, comme vous le dites vous-même, est aimé des soldats. De plus, telle est la nature des accusations de lèse-majesté, que ceux-là mêmes dont le crime est le mieux prouvé, passent toujours pour des victimes de l'oppression. Vous savez ce que disait votre aïeul Adrien : « Misérable condition des princes! on ne « croit aux trames qui menacent leurs jours que quand ils « ont péri. » Domitien, à ce qu'on assure, avait dit la

malui. Tyrannorum enim etiam bona dicta non habènt tantum auctoritatis, quantum debent[5]. Sibi ergo habeat suos mores; maxime, quum bonus dux sit et severus, et fortis, et reipublicæ necessarius. Nam quod dicis, liberis meis cavendum esse morte illius : plane liberi mei pereant, si magis amari merebitur idius, quam illi, et si reipublicæ expediet, Cassium vivere, quam liberos Marci. » Hæc de Cassio Verus; hæc Marcus.

III. Sed nos hominis naturam et mores breviter explicabimus; neque enim plura de his sciri possunt, quorum vitam illustrare nullus audet, eorum causa, a quibus oppressi fuerint. Addemus autem, quemadmodum ad imperium venerit, et quemadmodum sit occisus, et ubi victus. Proposui enim, Diocletiane Auguste, omnes, qui imperatorum nomen sive juste sive injuste habuerunt, in litteras mittere, ut omnes purpuratos augustos cognosceres. Fuit his moribus, ut nonnunquam trux et asper videretur, aliquando mitis et lenis; sæpe religiosus, alias contemptor sacrorum; avidus vini, interim abstinens; cibi appetens, et inediæ patiens; Veneris cupidus, et castitatis amator; nec defuere, qui illum Catilinam vocarent : quum et ipse se ita gauderet appellari, addens, « futurum se Sergium[6], si dialogistam occidisset; » Antoninum hoc nomine significans, qui tantum enituit in philosophia, ut, iturus ad bellum Marcomannicum, timentibus cunctis, ne quid fatale proveniret,

même chose avant lui; mais j'ai mieux aimé citer Adrien, parce que les paroles des tyrans, même lorsqu'elles sont bonnes et vraies, n'ont point toute l'autorité qu'elles devraient avoir. Laissons donc là Cassius et ses projets, puisque d'ailleurs c'est un bon général, plein de fermeté et de courage, et utile à la république. Quant au conseil que vous me donnez de pourvoir par sa mort à la sûreté de mes enfants, qu'ils périssent plutôt, si Cassius mérite plus qu'eux d'être aimé, et s'il est plus de l'intérêt de la république qu'il vive que les enfants de Marc Aurèle. » C'est ainsi que s'exprimaient Verus et Marc Aurèle sur le compte de Cassius.

III. Pour nous, nous dirons en peu de mots quels furent son caractère et ses mœurs; car les détails manquent sur de semblables hommes, personne ne se hasardant à exposer au grand jour leurs actions, dans la crainte de déplaire au parti vainqueur. Nous ajouterons cependant comment il parvint à l'empire, comment il fut mis à mort, et où il fut vaincu. Car, Dioclétien Auguste, voulant mettre sous vos yeux tout ce qu'il y a eu de princes revêtus de la pourpre, je me suis imposé la tâche d'écrire la vie de tous ceux qui, justement ou non, ont porté le titre d'empereur. Tel était le caractère de Cassius, qu'on le voyait tantôt farouche et rude, tantôt doux et indulgent; souvent religieux, d'autres fois se moquant de tout ce qu'il y avait de plus sacré; il aimait le vin avec passion, et parfois il se montrait tempérant et sobre; il recherchait la bonne chère, et savait supporter la faim; tantôt il se plongeait dans la débauche, tantôt il était pur et chaste. Il y avait des gens qui lui donnaient le nom de Catilina, et lui-même aimait à s'entendre ainsi appeler, disant « qu'il ne demandait pas mieux que d'être un Catilina, pourvu qu'il fît périr le faiseur de sentences. » Il nommait ainsi Antonin, qui se distingua tellement dans la philosophie, que, lorsqu'il

rogatus sit, non adulatione, sed serio, ut præcepta philosophiæ ederet : nec ille timuit, sed per ordinem paræneseon, hoc est præceptionum, per triduum disputavit. Fuit præterea disciplinæ militaris Avidius Cassius tenax, et qui se Marium dici vellet.

IV. Quoniam de severitate illius dicere cœpimus, multa exstant crudelitatis potius, quam severitatis ejus, indicia; nam primum milites, qui provincialibus aliquid tulissent per vim, in illis ipsis locis, in quibus peccaverant, in crucem sustulit. Primus etiam id supplicii genus invenit, ut stipitem grandem poneret pedum octoginta et centum, id est materiam, et a summo usque ad imum damnatos ligaret, et ab imo focum apponeret, incensisque aliis, alios fumi cruciatu, timore etiam alios necaret. Idem denos catenatos in profluentem mergi jubebat, vel in mare. Idem multis desertoribus manus excidit, aliis crura incidit ac poplites, dicens, « majus exemplum esse viventis miserabiliter criminosi, quam occisi. » Quum exercitum duceret, et inscio ipso manus auxiliaria, centurionibus suis auctoribus, tria millia Sarmatarum, negligentius agentium in Danubii ripis, occidissent, et cum præda ingenti ad eum redissent; sperantibus centurionibus præmium, quod perparva manu tantum hostium, segnius agentibus tribunis et ignorantibus, occidissent : rapi eos jussit, et in crucem tolli, servilique

était sur le point de partir pour la guerre des Marcomans, et que tout le monde craignait pour ses jours, on le conjura, non par flatterie, mais avec un désir sérieux, de publier ses préceptes philosophiques. Marc Aurèle, quoiqu'il ne partageât point leurs craintes, développa avec ordre, pendant trois jours, une suite de préceptes. Cassius maintenait avec une excessive rigidité la discipline militaire; il aurait voulu qu'on le regardât comme un autre Marius.

IV. Puisque nous avons commencé à parler de sa sévérité, nous devons dire que l'on trouve dans sa vie plus d'un trait auquel le nom de cruauté conviendrait mieux. Et d'abord, toutes les fois que des soldats avaient enlevé quelque chose par la force aux habitants des provinces, il les faisait mettre en croix sur le lieu même où s'était commis le crime. Il inventa un nouveau genre de supplice, qui consistait à planter en terre un mât de quatre-vingts à cent pieds de hauteur, auquel on attachait dans toute sa longueur ceux qu'il avait condamnés à mourir. Puis, au pied de ce mât, on allumait un grand feu, qui brûlait les plus voisins, étouffait les autres par la fumée, et faisait mourir de frayeur les plus éloignés. Ce même Cassius faisait jeter à la fois, dans le courant d'un fleuve ou dans la mer, dix malheureux, enchaînés les uns aux autres. Il punit un grand nombre de déserteurs en coupant aux uns les mains, aux autres les jambes ou les jarrets; et il disait « que l'exemple d'un criminel, traînant une vie misérable, faisait plus d'impression que celui d'un coupable mis à mort. » Tandis qu'il commandait l'armée, un corps peu nombreux de troupes auxiliaires, entraîné par ses centurions, surprit, sans qu'il en sût rien, trois mille Sarmates sur les bords du Danube, les tailla en pièces, et revint au camp avec un grand butin; les centurions s'attendaient à une récompense pour avoir, avec si peu de monde, détruit un si

supplicio affici, quod exemplum non exstabat, dicens, « evenire potuisse, ut essent insidiæ, ac periret Romani imperii reverentia; » et quum ingens seditio in exercitu exorta esset, processit nudus, campestri solo tectus, et, « Percutite, inquit, me, si audetis, et corruptæ disciplinæ facinus addite. » Tunc, conquiescentibus cunctis, meruit timeri, quia non timuit [7]. Quæ res tantum disciplinæ Romanis addidit, tantum terroris barbaris injecit, ut pacem annorum centum ab Antonino absente peterent: siquidem viderant, damnatos Romani ducis judicio etiam eos, qui contra fas vicerant.

V. De hoc multa gravia contra militum licentiam facta inveniuntur apud Æmilium Parthenianum, qui affectatores tyrannidis, jam inde a veteribus, historiæ tradidit; nam et virgis cæsos in foro et in mediis castris securi percussit, qui ita meruerunt, et manus multis amputavit. Et, præter laridum ac buccellatum atque acetum, militem in expeditione portare prohibuit: et, si aliud quippiam reperit, luxuriem non levi supplicio affecit. Exstat de hoc epistola divi Marci ad præfectum suum talis: « Avidio Cassio legiones Syriacas dedi, diffluentes luxuria, et Daphnicis moribus agentes [8]: quas totas excaldantes se reperisse Cæsonius Vectilianus scripsit; et puto me non errasse: siquidem et tu notum habeas

grand nombre d'ennemis, tandis que leurs tribuns laissaient échapper, par leur négligence, une si belle occasion, et ne se doutaient pas même de ce qui se passait. Mais Cassius les fit saisir et mettre en croix comme des esclaves, chose dont il n'y avait point d'exemple jusque là, disant « qu'il pouvait arriver que ce fût un piége, et que le respect du nom romain y pérît. » Une violente sédition éclate dans l'armée : Cassius sort nu et en simple caleçon de sa tente, et s'avance au milieu des rebelles : « Frappez-moi, si vous l'osez, s'écrie-t-il, et à votre insubordination ajoutez un crime. » A ces mots tout rentra dans l'ordre, et il fut craint, par cela même qu'il ne craignit point. Cet acte de sévérité donna tant de vigueur à la discipline, et aux barbares tant d'effroi, qu'ils sollicitèrent d'Antonin, alors absent de l'armée, une paix de cent ans : c'est qu'ils avaient vu un général romain condamner à mort ceux-là mêmes qui avaient vaincu sans avoir le droit de vaincre.

V. Cassius prit contre la licence des mesures sévères, dont un grand nombre se trouvent citées dans Émilius Parthenianus, qui a écrit l'histoire de ceux qui, à partir des temps anciens, ont aspiré à la tyrannie. Il faisait fouetter de verges et frapper de la hache les coupables, au milieu du camp, en face de l'armée; d'autres fois, il leur faisait couper les mains. Il défendit à tout soldat de porter avec lui en campagne autre chose que du lard, du biscuit et du vinaigre, et la moindre infraction était sévèrement punie comme une débauche criminelle. Voici, au sujet de Cassius, une lettre de Marc Aurèle à son préfet : « J'ai confié à Avidius Cassius les légions de Syrie, qui sont plongées dans la mollesse et dans toutes les débauches de Daphné : Césonius Vectilianus, d'après ce qu'il m'écrit, les a trouvées toutes faisant usage des bains chauds. Je crois ne m'être pas trompé dans mon choix, et vous serez de mon avis, si vous

Cassium, hominem Cassianæ severitatis et disciplinæ; neque enim milites regi possunt, nisi in vetere disciplina. Scis enim versum a bono poeta dictum, et omnibus frequentatum :

Moribus antiquis res stat Romana virisque [9].

« Tu tantum fac adsint legionibus abunde commeatus; quos, si bene Avidium novi, scio non perituros. » Responsio præfecti ad Marcum : « Recte consuluisti, mi domine, quod Cassium præfecisti Syriacis legionibus; nihil enim tam expedit, quam homo severior Græcanicis militibus. Ille sane omnes excaldationes, omnes flores de capite, collo et sinu militi excutiet. Annona militaris omnis parata est, neque quidquam deest sub bono duce : non enim multum aut quæritur, aut impenditur. »

VI. Nec fefellit de se judicium habitum; nam statim ad signa edici jussit, et programma in parietibus fixit, « ut, si quis cinctus inveniretur apud Daphnen, discinctus rediret. » Arma militum septima die semper respexit, vestimenta etiam, et calceamenta, et ocreas : delicias omnes de castris submovit : jussitque eos hiemem sub pellibus agere, nisi corrigerent suos mores : et egissent, nisi honestius vixissent. Exercitium septimi diei fuit omnium militum, ita ut sagittas mitterent, et armis luderent. Dicebat enim, « miserum esse, quum exercerentur athletæ, venatores, et gladiatores, non exerceri milites : quibus minor esset futurus labor, si consuetus esset. » Ergo correcta disciplina, et in Arme-

connaissez bien Cassius, homme d'une sévérité et d'une discipline dignes de son nom : car ce n'est qu'avec l'ancienne discipline que l'on peut conduire des soldats. Vous connaissez ce vers, si souvent cité, d'un bon poëte :

« C'est par les mœurs et par les hommes antiques que se « maintient la république romaine. »

« Vous, faites seulement que les vivres ne manquent point aux légions. Si je connais bien Avidius, il n'y aura rien de perdu. » Le préfet répondit à l'empereur : « Prince, vous avez sagement fait, en donnant à Cassius le commandement des légions de la Syrie. Il faut absolument à des soldats grecs un chef sévère. Cassius ne manquera point d'interdire les bains chauds, et fera disparaître toutes les fleurs et de la tête, et du cou, et du sein des soldats. Tout ce qui est nécessaire pour l'approvisionnement de l'armée est prêt : rien ne manque sous un bon général, parce qu'il ne demande, ni ne dépense beaucoup. »

VI. Avidius ne trompa point les espérances qu'on avait conçues de lui : car il fit aussitôt publier dans le camp et afficher sur les murs, que « tout officier ou soldat que l'on trouverait à Daphné, serait cassé avec ignominie. » Il fit régulièrement tous les sept jours l'inspection des armes, des vêtements et des chaussures ; il purgea le camp de toute espèce de délicatesses ; il déclara aux légions qu'il leur ferait passer l'hiver sous les toiles, si elles ne changeaient de mœurs ; et il aurait tenu parole, si elles ne s'étaient réformées. Tous les sept jours il y avait un exercice général, où les soldats apprenaient à lancer des flèches et à manier les armes ; car il disait « que c'était une chose misérable de voir s'exercer des athlètes, des chasseurs et des gladiateurs, tandis que des soldats ne s'exerçaient point, eux à qui les travaux et les fatigues seraient moins pénibles, s'ils en avaient contracté l'habitude. » Une fois la discipline rétablie,

nia, et in Arabia, et in Ægypto res optime gessit: amatusque est ab omnibus Orientalibus, et speciatim ab Antiochensibus, qui etiam imperio ejus consenserunt, ut docet Marius Maximus in vita divi Marci. Nam quum Bucolici milites per Ægyptum gravia multa facerent, ab hoc retusi sunt, ut idem Marius Maximus refert in eo libro, quem secundum de vita Marci Antonini edidit.

VII. Hic imperatorem se in Oriente appellavit, ut quidam dicunt, Faustina volente, quæ valetudini Marci jam diffidebat, et timebat, ne infantes filios tueri sola non posset, atque aliquis exsisteret, qui, capta statione regia, infantes de medio tolleret. Alii autem dicunt, hanc artem adhibuisse militibus et provincialibus Cassium contra Marci amorem, ut sibi posset consentiri, quod diceret, Marcum diem suum obiisse. Nam et Divum eum appellasse dicitur, ut desiderium illius leniret. Imperatorio nomine quum processisset, eum, qui sibi aptaverat ornamenta regia, statim præfectum prætorii fecit; qui et ipse occisus est, Antonino invito, ab exercitu: qui et Mæcianum, cui erat commissa Alexandria, quique consenserat spe participatus Cassio, invito atque ignorante Antonino, interemit. Nec tamen Antoninus graviter est iratus, rebellione cognita, nec in ejus liberos aut affectus sæviit. Senatus illum hostem appellavit, bonaque ejus proscripsit: quæ Antoninus in privatum ærarium congeri noluit; quare, senatu præcipiente, in ærarium publicum sunt relata. Nec Romæ terror defuit,

il remporta de grands succès en Arménie, en Arabie et en Égypte; il se concilia l'affection de tous les peuples de l'Orient, et, en particulier, des habitants d'Antioche, qui allèrent jusqu'à le reconnaître pour empereur, ainsi que le rapporte Marius Maximus dans la vie de Marc Aurèle. En effet, les soldats bucoles, commettant de grands ravages en Égypte, Cassius les repoussa, selon le même Marius Maximus, dans le second livre de la vie du même prince.

VII. Cassius se fit proclamer empereur en Orient. Il avait été, dit-on, encouragé dans sa révolte par Faustine, qui, voyant la santé de Marc Aurèle chancelante, ses enfants en bas âge, et elle-même impuissante à les protéger, craignit que l'empire ne tombât aux mains d'un prince qui ne ménagerait point sa famille. On dit aussi que Cassius, n'espérant point se faire reconnaître empereur, s'il ne parvenait à neutraliser l'amour de l'armée et des provinces pour Marc Aurèle, eut recours à l'artifice, et répandit le bruit que le prince était mort. On dit même que, pour adoucir la douleur de sa perte, il lui donna le nom de Divin. La première fois qu'il parut en public en qualité d'empereur, il nomma préfet du prétoire celui qui l'avait revêtu des ornements impériaux : cet homme, dans la suite, partagea sa disgrâce, et fut massacré par l'armée, contre la volonté de Marc Aurèle. Tel fut aussi le sort de Mécianus, gouverneur d'Alexandrie, qui, dans l'espoir de partager l'empire avec Cassius, s'était associé à sa révolte; il fut tué par les soldats, malgré Marc Aurèle et même à son insu. Du reste, l'empereur apprit sans colère la nouvelle de cette révolte, il ne sévit ni contre les enfants ni contre les amis de Cassius; et lorsque le sénat eut déclaré Avidius ennemi de la république, et confisqué ses biens, il ne voulut point qu'ils entrassent dans son trésor particulier : le sénat les fit donc déposer dans le trésor public. L'alarme

quum quidam Avidium Cassium dicerent. absente Antonino, qui nisi a voluptariis unicè amabatur, Romam esse venturum, atque Urbem tyrannice directurum, maxime senatorum causa, qui eum hostem judicaverant. bonis proscriptis. Et amor Antonini hoc maxime enituit, quod consensu omnium, præter Antiochenses, Avidius interemptus est : quem quidem occidi non jussit, sed passus est ; quum apud cunctos clarum esset, si potestatis suæ fuisset, parsurum illi fuisse.

VIII. Caput ejus ad Antoninum quum delatum esset, ille non exsultavit, non elatus est, sed etiam doluit, ereptam sibi esse occasionem misericordiæ ; quum diceret, « se vivum illum voluisse capere, ut illi exprobraret beneficia sua, eumque servaret. » Denique quum quidam diceret, « reprehendendum Antoninum, quod tam mitis esset in hostem suum, ejusque liberos et affectus, atque omnes, quos conscios tyrannidis reperisset, » addente illo, qui reprehendebat, « Quid si ille vicisset? » dixisse dicitur : « Non sic deos coluimus, nec sic vivimus, ut ille nos vinceret. » Enumeravit deinde, « omnes principes, qui occisi essent, habuisse causas, quibus mererentur occidi ; nec quemquam facile bonum vel victum a tyranno, vel occisum : » dicens, « meruisse Neronem, debuisse Caligulam, Othonem et Vitellium nec imperare voluisse. » Nam de Pertinace et Galba paria sentiebat [16]. quum diceret, « in imperatore avari-

fut grande à Rome : on disait qu'Avidius Cassius profiterait de l'absence de Marc Aurèle, qui était aimé de tout le monde, excepté des débauchés; qu'il viendrait à Rome, et la livrerait impitoyablement au pillage, pour se venger surtout du sénat, par qui il avait été déclaré ennemi public et ses biens confisqués. L'amour que l'on avait pour Marc Aurèle se manifesta dans cette circonstance d'une manière éclatante : car ce fut d'un accord unanime, à l'exception des seuls habitants d'Antioche, qu'Avidius fut mis à mort. L'empereur ne l'ordonna ni ne s'y opposa; il était même manifeste pour tout le monde que, s'il l'avait eu entre les mains, il lui eût fait grâce.

VIII. Lorsqu'on apporta sa tête à Marc Aurèle, bien loin de faire paraître aucun sentiment de joie ou d'orgueil, il se plaignit qu'on lui eût enlevé une occasion de clémence; il dit « qu'il aurait voulu prendre Cassius vivant, pour lui reprocher son ingratitude et lui pardonner. » Quelqu'un blâmant son indulgence excessive pour un ennemi déclaré, pour ses enfants, ses parents et tous les complices de sa révolte, et finissant par dire : « Et quoi! si Cassius eût été vainqueur? —Mais, répondit l'empereur, telle n'a point été notre conduite envers les dieux, ni envers les hommes, que Cassius pût nous vaincre. » Puis, passant en revue tous les princes qui avaient été mis à mort, il prétendit « qu'il n'en était pas un qui n'eût, d'une manière ou d'une autre, mérité son sort, tandis que l'on ne trouverait point facilement un bon prince qui eût été vaincu ou tué par un tyran; que Néron avait mérité de mourir, que Caligula devait inévitablement finir d'une manière funeste, qu'Othon et Vitellius n'avaient pas même voulu sérieusement être empereurs. » Il portait le même jugement sur Pertinax et sur Galba, disant que « l'avarice, dans un prince, est de tous les vices le plus odieux. » Enfin il ajoutait que « ni Auguste, ni Trajan,

tiam esse acerbissimum malum; » denique, « non Augustum, non Trajanum, non Hadrianum, non parentem suum Pium a rebellibus potuisse superari; quum et multi fuerint, et ipsis vel invitis vel insciis exstincti. » Ipse autem Antoninus a senatu petiit, « ne graviter in conscios defectionis animadverteretur, » eo ipso tempore, quo rogavit, ne quis senator temporibus suis capitali supplicio afficeretur : quod illi maximum amorem conciliavit. Denique, paucissimis centurionibus punitis, deportatos revocari jussit.

IX. Antiochensibus, qui Avidio Cassio consenserant, sed et aliis civitatibus, quæ illum juverant, ignovit : quum primo Antiochensibus graviter iratus esset, hisque spectacula sustulisset, et multa alia civitatis ornamenta, quæ postea reddidit. Filios vero Avidii Cassii, Antoninus Marcus parte media paterni patrimonii donavit; ita ut filias ejus auro, argento, et gemmis honestaret; nam et Alexandræ, filiæ Cassii, et genero Druentiano, liberam evagandi, ubi vellent, potestatem dedit : vixeruntque non quasi tyranni pignora, sed quasi senatorii ordinis, in summa securitate; quum illis etiam in lite objici fortunam propriæ vetuisset domus, damnatis aliquibus injuriarum, quod in eos petulantes fuissent : quos quidem amitæ suæ marito commendavit. Si quis autem omnem hanc historiam scire desiderat, legat Marii Maximi secundum librum de vita Marci, in quo ille ea dicit, quæ solum Marcus, mortuo jam Vero, egit; tunc enim

ni Adrien, ni son père Antonin le Pieux n'avaient pu être vaincus par la trahison, tandis qu'un grand nombre de rebelles avaient péri, même contre la volonté et à l'insu de ces princes. » Marc Aurèle supplia lui-même le sénat de ne pas poursuivre avec rigueur les complices de la révolte; et, dans le même temps, il demanda qu'aucun sénateur ne fût mis à mort, tant qu'il gouvernerait l'empire. Cette clémence acheva de lui concilier tous les cœurs. Enfin on punit un petit nombre de centurions, et les bannis furent rappelés.

IX. Il pardonna aux habitants d'Antioche, qui avaient pris parti pour Avidius Cassius, et aux autres villes qui l'avaient secondé dans sa révolte. D'abord, il est vrai, justement indigné contre Antioche, il l'avait dépouillée de ses spectacles, et de beaucoup d'autres avantages ou priviléges; mais plus tard il les lui rendit. Quant aux enfants d'Avidius Cassius, Marc Aurèle donna aux fils la moitié des biens de leur père, et aux filles de l'or, de l'argent et des pierreries. Il accorda à Alexandra, fille de Cassius, et à son mari Druentianus, la liberté d'aller partout où ils voudraient; et ils vécurent en toute sécurité, comme les enfants, non d'un ennemi public, mais d'un sénateur. Marc Aurèle ne souffrit point que, même dans un procès, on leur reprochât la honte de leur maison, et des gens qui n'avaient point respecté leur malheur, furent condamnés pour insulte. Il fit plus, il les recommanda au mari de sa tante, et les mit sous sa protection. Pour connaître plus en détail toute cette histoire, on n'a qu'à consulter le second livre de la vie de Marc Aurèle, écrite par Marius Maximus; ce livre comprend tout ce qu'a fait ce prince, depuis l'époque où, par la mort de Verus, il resta seul à la tête de l'em-

Cassius rebellavit, ut probat epistola missa ad Faustinam, cujus hoc exemplum est : « Verus mihi de Avidio verum scripserat, quod cuperet imperare. Audisse enim te arbitror, quod Veri statores de eo nuntiarent[11]. Veni igitur in Albanum[12], ut tractemus omnia diis volentibus[13] : nihil timeas. » Hic autem apparet, Faustinam ista nescisse, quum dicat Marius, infamari eam cupiens, quod ea conscia Cassius imperium sumpsisset ; nam et ipsius epistola exstat ad virum[14], qua urget Marcum, ut in eum graviter vindicet. Exemplum epistolæ Faustinæ ad Marcum : « Ipsa in Albanum cras, ut jubes, mox veniam[15] : tamen jam hortor, ut, si amas liberos tuos, istos rebelliones acerrime persequaris. Male enim assueverunt et duces et milites : qui nisi opprimantur, oppriment. »

X. Item alia epistola ejusdem Faustinæ ad Marcum : « Mater mea Faustina patrem tuum Pium, ejusdem virum[16], in defectione Celsi sic hortata est, ut pietatem primum circa suos servaret, sic circa alienos ; non enim pius est imperator, qui non cogitat uxorem et filios. Commodus noster vides in qua ætate sit : Pompeianus gener, et senior est, et peregrinus[17]. Vide, quid agas de Avidio Cassio et de ejus consciis ; noli parcere hominibus, qui tibi non pepercerunt ; et nec mihi, nec filiis nostris parcerent, si vicissent. Ipsa iter tuum mox consequor : quia Fadilla nostra ægrotabat, in Formianum

pire. Car, lorsque la révolte de Cassius éclata, Verus n'existait plus, comme le prouve ce passage d'une lettre de Marc Aurèle à Faustine : « Verus ne se trompait pas, lorsqu'il m'écrivait qu'Avidius voulait se faire empereur : car vous savez déjà, sans doute, les nouvelles que nous apportent sur son compte les courriers de Martius Verus. Venez donc à notre maison d'Albe, pour que nous voyions, avec l'assistance des dieux, ce que nous avons à faire : ne craignez rien. » Il est évident par là que Faustine ignorait ce qui se passait, bien loin qu'elle fût de complicité avec Cassius, comme l'en accuse Marius, qui ne cherche qu'à la diffamer. D'ailleurs, il existe aussi une lettre qu'elle adressait à Marc Aurèle, et où elle le presse vivement de tirer une vengeance éclatante de Cassius; en voici un passage : « Je me rendrai moi-même demain, ou du moins bientôt, à notre maison d'Albe, comme vous me l'ordonnez; mais en attendant, je vous conjure, si vous aimez vos enfants, de poursuivre sans relâche et sans pitié ces révoltés. Car ce sont là de dangereuses habitudes pour les chefs et pour les soldats : si on ne les réprime, bientôt ils oppriment. »

X. Voici une autre lettre de Faustine à Marc Aurèle : « Ma mère Faustine, lors de la révolte de Celsus, exhorta Antonin le Pieux, votre père et son époux, à ne pas se montrer moins pieux envers ses proches qu'envers les étrangers; car on ne peut appeler pieux un prince qui ne pense point à sa femme ni à ses enfants. Vous voyez l'extrême jeunesse de notre cher Commode. Pompeianus, notre gendre, est vieux et étranger à Rome. Pensez bien à ce que vous allez faire d'Avidius Cassius et de ses complices. N'épargnez point des hommes qui ne vous ont point épargné, et qui certes, s'ils avaient été vainqueurs, n'auraient point épargné davantage nos enfants ni moi. J'irai bientôt vous rejoindre : c'est la mauvaise santé de notre chère Fadilla qui m'a empêchée

venire non potui. Sed si te Formiis invenire non potero, assequar Capuam : quæ civitas et meam, et filiorum nostrorum ægritudinem poterit adjuvare. Soteridam medicum in Formianum ut dimittas, rogo : ego autem Pisitheo nihil credo, qui puellæ virgini curationem nescit adhibere. Signatas mihi litteras Calpurnius dedit : ad quas rescribam, si tardavero, per Cæcilium senem spadonem, hominem, ut scis, fidelem : cui verbo mandabo, quid uxor Avidii Cassii, et filii, et gener, de te jactare dicantur. »

XI. Ex his litteris intelligitur, Cassio Faustinam consciam non fuisse, quin etiam supplicium ejus graviter exegisse : siquidem Antoninum, quiescentem et clementiora cogitantem, ad vindictæ necessitatem impulit. Cui Antoninus quid rescripserit, subdita epistola perdocebit : « Tu quidem, mea Faustina, religiose pro marito et pro nostris liberis agis ; nam relegi epistolam tuam in Formiano, qua me hortaris, ut in Avidii conscios vindicem. Ego vero et ejus liberis parcam, et genero, et uxori ; et ad senatum scribam, ne aut proscriptio gravior sit, aut pœna crudelior ; non enim quidquam est, quod imperatorem Romanum melius commendet gentibus, quam clementia. Hæc Cæsarem deum fecit, hæc Augustum consecravit, hæc patrem tuum specialiter Pii nomine ornavit ; denique si ex mea sententia de bello judicatum esset, nec Avidius esset occisus. Esto igitur secura : dii me tuentur[18] ; diis pietas mea cordi est.

de me rendre à Formies. Si je ne vous y retrouve plus, je poursuivrai ma route jusqu'à Capoue : la santé de nos enfants et la mienne se trouveront peut-être bien de ce séjour. Envoyez-moi, je vous prie, le médecin Sotéride à Formies : je n'ai aucune confiance dans Pisithée, qui n'entend rien à traiter une jeune fille. Calpurnius m'a remis votre lettre bien cachetée ; j'y répondrai, si je tarde à partir, par le vieil eunuque Cécilius : vous savez que c'est un homme sûr. Je le chargerai de vous faire connaître, de vive voix, les propos que tiennent sur votre compte, à ce que l'on assure, la femme d'Avidius Cassius, ses fils et son gendre. »

XI. Ces lettres montrent clairement que Faustine, bien loin d'être la complice de Cassius, insista vivement pour qu'il fût livré au supplice ; et que, voyant Marc Aurèle pencher vers la douceur et la clémence, elle fit tout ce qu'elle put pour l'entraîner à une vengeance qu'elle regardait comme nécessaire. Voici ce que lui répondit Marc Aurèle : « Pour vous, ma chère Faustine, en prenant si vivement à cœur les intérêts de votre mari et de nos enfants, vous remplissez les devoirs d'une épouse et d'une mère tendre et pieuse ; car j'ai relu à Formies la lettre où vous m'exhortez à châtier les complices d'Avidius. Pour moi, je ferai grâce à ses enfants, à son gendre et à sa femme ; et j'écrirai au sénat pour que les confiscations et les châtiments n'aillent pas trop loin ; car il n'est rien qui concilie plus à un empereur romain l'amour des peuples, que la clémence. C'est elle qui a élevé César au rang des dieux, qui a consacré la mémoire d'Auguste, et qui a mérité, plus que toute autre vertu, à votre père, le nom de Pieux. Enfin, si la guerre se fût terminée au gré de mes vœux, Avidius lui-même n'aurait point péri. Soyez donc sans inquiétude : les dieux me protégent ; les dieux voient ma piété d'un œil

Pompeianum nostrum in annum sequentem consulem dixi. » Hæc Antoninus ad conjugem.

XII. Ad senatum autem qualem orationem miserit, interest scire. Ex oratione Marci Antonini : « Habetis igitur, patres conscripti, pro gratulatione victoriæ generum meum consulem : Pompeianum dico, cujus ætas olim remuneranda fuerat consulatu, nisi viri fortes intervenissent, quibus reddi debuit, quod a republica debebatur. Nunc quod ad defectionem Cassianam pertinet, vos oro atque obsecro, patres conscripti, ut, censura vestra deposita, meam pietatem clementiamque servetis, immo vestram : neque quemquam ullum senatus occidat ; nemo senatorum puniatur, nullus fundatur viri nobilis sanguis ; deportati redeant, proscripti bona recipiant. Utinam possem multos etiam ab inferis excitare[19] ! Non enim unquam placet in imperatore vindicta sui doloris : quæ etsi justior fuerit, acrior videtur. Quare filiis Avidii Cassii, et genero, et uxori, veniam dabitis ; et quid dico veniam? quum illi nihil fecerint. Vivant igitur securi, scientes sub Marco se vivere. Vivant in patrimonio parentum, pro parte donato : auro, argento, vestibus fruantur : sint divites, sint securi, sint vagi et liberi, et per ora omnium ubique populorum circumferant meæ, circumferant vestræ pietatis exemplum. Nec magna hæc est, patres conscripti, clementia, veniam proscriptorum liberis et conjugibus dari ; ego vero a vobis peto, ut conscios senatorii ordinis et eque-

bienveillant. J'ai désigné consul pour l'année prochaine notre gendre Pompeianus. » Voilà ce qu'écrivait Marc Aurèle à son épouse.

XII. Le discours qu'il adressa au sénat dans cette circonstance mérite d'être connu. En voici un passage : « Voulant vous témoigner ma gratitude pour la victoire que vous avez remportée, je vous ai donné mon gendre pour consul : l'âge de Pompeianus lui eût depuis longtemps mérité le consulat, s'il ne s'était présenté des personnages recommandables par leurs services, et envers qui la république avait une dette à acquitter. Quant à la révolte de Cassius, je vous en prie, je vous en conjure, pères conscrits, renoncez à une justice trop rigoureuse, écoutez ma clémence et mon humanité, ou plutôt la vôtre : que personne ne périsse par vos ordres; qu'aucun des sénateurs ne soit puni, qu'aucun sang noble ne soit répandu; que les bannis reviennent, que les biens confisqués soient rendus. Que de morts je voudrais aussi rappeler des enfers! Rien ne répugne plus dans un prince, que de le voir venger ses propres injures; quelque juste que puisse être une telle vengeance, elle paraît toujours cruelle. Ainsi vous ferez grâce aux enfants d'Avidius Cassius, à son gendre et à sa femme; que dis-je, faire grâce? ils n'ont rien fait. Qu'ils vivent donc en toute sécurité, sachant qu'ils vivent sous Marc Aurèle. Qu'ils vivent, et qu'on leur donne une portion des biens de leur père; qu'ils jouissent de son or, de son argent, de ses meubles précieux; qu'ils soient riches, tranquilles, libres d'aller partout où ils voudront; et dans quelque lieu, chez quelques nations qu'ils aillent, qu'ils y portent les témoignages de votre humanité et de la mienne. D'ailleurs, pères conscrits, est-ce donc un si grand effort de clémence, que de faire grâce aux enfants et aux femmes des coupables! Quant aux sénateurs et aux chevaliers, complices

stris, a cæde, a proscriptione, a timore, ab infamia, ab invidia, et postremo ab omni vindicetis injuria : detisque hoc meis temporibus, ut in causa tyrannidis, qui in tumultu cecidit, probetur occisus. »

XIII. Hanc ejus clementiam senatus his acclamationibus prosequutus est[20] : « Antonine pie, dii te servent! Antonine clemens, dii te servent! Antonine clemens, dii te servent! tu noluisti, quod licebat; nos fecimus, quod decebat. Commodo imperium justum rogamus[21] : progeniem tuam robora, fac securi sint liberi nostri. Bonum imperium nulla vis lædit. Commodo Antonino tribunitiam potestatem rogamus : præsentiam tuam rogamus. Philosophiæ tuæ, patientiæ tuæ[22], doctrinæ tuæ, nobilitati tuæ, innocentiæ tuæ! Vincis inimicos, hostes exsuperas, dii te tuentur, » et reliqua. Vixerunt igitur posteri Avidii Cassii securi, et ad honores admissi sunt. Sed eos Commodus Antoninus, post excessum divi patris sui, omnes vivos incendi jussit, quasi in factione deprehensos. Hæc sunt, quæ de Cassio Avidio comperimus : cujus ipsius mores, ut supra diximus, varii semper fuerunt; sed ad censuram crudelitatemque propensiores; qui, si obtinuisset imperium, fuisset non modo clemens, sed bonus, sed utilis et optimus imperator[23].

XIV. Nam exstat epistola ejus, ad generum suum,

de Cassius, je vous en supplie, qu'ils soient affranchis de la mort, des confiscations, de toute crainte, de toute flétrissure, en un mot, de toute poursuite et de tout dommage ; et permettez que l'on puisse dire que, sous mon empire, dans une cause de rébellion, il n'a péri personne, si ce n'est dans le tumulte des armes. »

XIII. Cet acte de clémence fut accueilli par ces acclamations du sénat : « Pieux Antonin, que les dieux te conservent ! clément Antonin, que les dieux te conservent ! clément Antonin, que les dieux te conservent ! tu n'as point voulu ce qui était en ton pouvoir ; nous avons fait, nous, ce qu'exigeait notre devoir. Nous demandons que Commode partage pleinement avec toi l'empire. Consolide ta famille, et assure ainsi le repos de nos enfants. Contre un empire bon et légitime, aucune force ne saurait prévaloir. Nous demandons pour Commode Antonin la puissance tribunitienne. Nous te supplions de nous rendre ta présence. Gloire et bonheur à ta philosophie, à ta patience, à ton savoir, à ta générosité, à l'intégrité de ton cœur ! Tu domptes les rebelles, tu triomphes des ennemis, les dieux te protégent, etc. » Les descendants d'Avidius vécurent donc tranquilles, et furent même admis aux honneurs et aux charges. Mais Commode, après la mort de son divin père, les fit tous brûler vifs, comme s'ils eussent été surpris dans un complot. Voilà les détails que nous avons trouvés sur Cassius Avidius : son caractère et ses mœurs, comme nous l'avons dit plus haut, furent toujours un tissu de contradictions ; néanmoins c'était à la rigueur et à la cruauté qu'il était naturellement le plus porté. Quoi qu'il en soit, s'il se fût maintenu dans le pouvoir suprême, il eût été, au dire de bien des gens, un prince, non-seulement clément, mais bon, mais précieux pour la république, et le plus parfait des empereurs.

XIV. Il existe de lui une lettre qu'il écrivit, étant déjà

jam imperatoris, hujusmodi : « Misera respublica, quæ istos divitiarum cupidos et divites patitur, misera. Marcus homo sane optimus, qui, dum clemens dici cupit, eos patitur vivere, quorum ipse non probat vitam. Ubi Lucius Cassius, cujus nos frustra tenet nomen? ubi Marcus ille Cato Censorius? ubi omnis disciplina majorum? Quæ olim quidem intercidit, nunc vero nec quæritur. Marcus Antoninus philosophatur, et quærit de clementia, et de animis, et de honesto, et justo; nec sentit pro republica. Vides multis opus esse gladiis, multis elogiis[24], ut in antiquum statum publica forma reddatur. Ego vero istis præsidibus provinciarum!... an ego proconsules[25], an ego præsides putem, qui ob hoc sibi a senatu et ab Antonino provincias datas credunt, ut luxurientur, ut divites fiant? Audisti, præfectum prætorii nostri philosophi ante triduum, quam fieret, mendicum et pauperem, sed subito divitem factum. Unde, quæso, nisi de visceribus reipublicæ provincialiumque fortunis? Sint sane divites, sint locupletes : ærarium publicum refercient, tantum dii faveant bonis partibus. Reddant Cassiani reipublicæ principatum. » Hæc epistola ejus indicat, quam severus, et quam tristis futurus fuerit imperator.

empereur, à son gendre; la voici : « Malheureuse la république, d'avoir à supporter et ces riches et ces gens avides de richesses. Marc Aurèle est, sans doute, un excellent homme; mais tandis qu'il ne pense qu'à faire louer sa clémence, il laisse vivre des gens dont lui-même il condamne la vie. Où est ce Lucius Cassius dont je porte vainement le nom? où est M. Caton le Censeur? qu'est devenue toute cette discipline de nos ancêtres? Il y a longtemps qu'elle s'est perdue, et l'on ne songe pas même à la retrouver. Marc Aurèle fait de la philosophie; il disserte sur la clémence, sur l'âme, sur l'honnête et sur le juste, et n'a point un sentiment, une pensée pour la république. Vous voyez combien il faudrait de glaives, combien de condamnations et de supplices pour ramener l'ancienne république. Pour ces infâmes présidents des provinces!... de quel nom puis-je les appeler? Sont-ce des proconsuls, sont-ce des présidents, ces hommes qui s'imaginent que les provinces leur ont été données par le sénat et par Antonin, pour qu'ils vivent dans les délices, pour qu'ils deviennent riches? Vous savez ce que l'on dit du préfet du prétoire de notre philosophe. Trois jours avant que d'être préfet, ce n'était qu'un misérable mendiant, et tout à coup le voilà riche. D'où, je vous prie, cela lui est-il venu, si ce n'est des entrailles de la république et des dépouilles des provinces? Qu'ils soient riches, je le veux bien : qu'ils nagent dans l'opulence, leurs richesses viendront remplir le trésor public épuisé. Puissent seulement les dieux favoriser le bon parti, et que les fidèles émules de Cassius rendent à la république son ancienne autorité! » Cette lettre indique assez combien aurait été rigide et cruel un semblable empereur.

NOTES

SUR VULCATIUS GALLICANUS.

VIE D'AVIDIUS CASSIUS.

(An. de J.-C. 174.)

1. — *Avidius Cassius, ut quidam volunt, ex familia Cassiorum fuisse dicitur.* Dion (liv. LXXI) affirme qu'Avidius, Syrien d'origine, était fils d'un certain rhéteur, nommé Héliodore, qui devint préfet d'Égypte. Avidius Cassius lui-même, au dernier chapitre de cette Vie, fait allusion au nom qu'il porte, sans que rien, dans ses paroles, indique qu'il regarde Lucius Cassius comme un de ses ancêtres. Il dit seulement : « Ubi Lucius Cassius, cujus nos frustra tenet nomen ? »

2. — *Per marem tamen novo genitus Avidio Severo.* Les éditions plus récentes disent *avo genitus.* J'ai rétabli le texte des manuscrits et des anciennes éditions, parce qu'il me paraît présenter un sens qui ne manque point de clarté : « Avidius, à ce que disent quelques historiens, vient de l'antique famille des Cassius, cependant, par les mâles, il tire son origine d'Avidius Severus, homme nouveau. » Le changement que fait Saumaise de *marem* en *matrem*, en ajoutant une virgule après *tamen*, semble également superflu ; le texte ancien suffit pour établir le même sens. En effet, si Avidius Cassius, par son père, est de la famille d'Avidius Severus, il est évident qu'il ne peut descendre des Cassius que par sa mère.

3. — *Quum tales inter præcinctos habeas.* — *Cincti* est souvent employé, dans les auteurs de cette époque, pour signifier *milites. Præcincti* marquera-t-il quelque supériorité sur les soldats ? signifiera-t-il des chefs militaires ?

4. — *Quam Domitiani.* « Conditionem principum miserrimam aiebat, quibus de conjuratione comperta non crederetur, nisi occisis. » (SUETONIUS, *Domit.*, c. XX.) Dion Cassius (liv. LV) développe cette même pensée dans ces paroles que Livie adresse à

Auguste : Οὐδεὶς γὰρ ῥᾳδίως πιστεύει ὅτι τις ἔν τε ἐξουσίᾳ καὶ ἐν δυνάμει τοσαύτῃ ὤν, ὑπὸ ἰδιώτου τινὸς ἀόπλου ἐπιβουλευθῆναι δύναται.

5. — *Tyrannorum enim etiam bona dicta non habent tantum auctoritatis, quantum debent.* C'est le proverbe grec : Οὐχ ὁ λόγος ἐστὶν ὁ πείθων, ἀλλ' ὁ τρόπος.

6. — *Addens « futurum se Sergium, si dialogistam occidisset. »* Je croirais inutile de rappeler que Sergius est le nom de famille de Catilina, et que, par conséquent, il est mis ici pour Catilina lui-même, si Casaubon, par une singulière préoccupation, ne voulait voir ici je ne sais quel affranchi de Catilina, cité une fois par Cicéron dans son discours *pro Domo sua, ad pontifices*.

7. — *Meruit timeri, quia non timuit.* Lucain se sert presque des mêmes mots :

..............Meruitque timeri
Non metuens.

8. — *Daphnicis moribus agentes.* Daphné était un faubourg d'Antioche, ou plutôt un bourg à peu de distance de cette ville. Il était célèbre par la dissolution de ses mœurs.

9. — *Moribus antiquis res stat Romana virisque.* Ce vers est d'Ennius.

10. — *Nam de Pertinace et Galba paria sentiebat.* L'auteur oublie ici Marc Aurèle, pour ne suivre que sa pensée. Comment ce prince pouvait-il parler ainsi de Pertinax, qui ne devait s'élever à l'empire que douze ans après sa mort? Il n'y a cependant pas moyen de changer le texte : tous les manuscrits et toutes les éditions sont d'accord. Gruter, pour sauver notre auteur de cette singulière inadvertance, propose une correction qui ne manque point de probabilité; il propose de lire : *Nam de pertinacitate Galbæ paria sentiebat*, « il portait un semblable jugement sur l'avarice de Galba. » Ce que Marc Aurèle dit ici de ce prince, rappelle la manière dont Tacite parle de lui (*Hist.*, liv. I, ch. 18) : « Constat, potuisse conciliari animos quantulacumque parci senis liberalitate. Nocuit antiquus rigor et nimia severitas, cui jam pares non sumus. »

11. — *Audisse enim te arbitror, quod Veri statores de eo nuntiarent.* Saumaise trouve dans son manuscrit de la bibliothèque Palatine *herispatores*, qu'il change en *Veri statores*, s'appuyant sur ce passage de Dion : Ὁ δὲ δὴ Μάρκος παρὰ τοῦ Βήρου τοῦ τῆς Καππαδοκίας ἄρχοντος, τὴν ἐπανάστασιν αὐτοῦ μαθὼν, τέως μὲν συνέκρυπτεν.

Ce Verus, par les courriers duquel Marc Aurèle apprend la révolte d'Avidius, n'est point l'empereur de ce nom, qui déjà était mort, mais un gouverneur de la Cappadoce, dont parle aussi Capitolin dans la *Vie de Lucius Verus*. Ces *statores* étaient des gens à stations fixes, qui étaient chargés de faire circuler la correspondance de leur maître. Du temps même de la république, cette poste particulière existait déjà, comme on peut le voir par les lettres de Cicéron : « Litteras a te mihi stator tuus reddidit. » Autre part : « Præsto mihi fuit stator ejus cum litteris, quibus ne venirem denuntiabat. »

12. — *Veni igitur in Albanum*. On sait que les empereurs avaient à Albe une maison de plaisance.

13. — *Ut tractemus omnia diis volentibus : nihil timeas*. Les manuscrits et les éditions disent *nihil timens*. J'ai adopté la correction de Gruter.

14. — *Nam et ipsius exstat epistola ad virum*. Les manuscrits et les éditions disent *ad Verum*. La lettre dont il est ici question, est la même dont il cite immédiatement après un passage. Or, elle est adressée par Faustine à son mari, et non à Verus. Casaubon a évidemment raison de lire *ad virum*.

15. — *Ipsa in Albanum cras, ut jubes, mox veniam*. Après avoir dit qu'elle viendra à Albe le lendemain, elle se reprend et dit qu'elle viendra bientôt. Nous voyons dans une seconde lettre que sa fille Fadilla était malade, et que cette circonstance l'empêchait de rejoindre son mari. Peut-être est-ce cette même maladie qui, dans le passage qui nous occupe, lui fait indiquer d'une manière vague l'époque de son arrivée à Albe.

16. — *Mater mea Faustina patrem tuum Pium, ejusdem virum*. Le texte des éditions ne porte point *virum*; mais cet *ejusdem* attend évidemment quelque chose. J'ai adopté la correction de Casaubon, qui s'accorde bien avec ce que doit dire ici la femme de Marc Aurèle.

17. — *Pompeianus gener, et senior est, et peregrinus*. Pompeianus, gendre de Marc Aurèle, est vieux; en outre, comme originaire d'Antioche, il a peu de crédit à Rome, deux motifs pour qu'il soit une bien faible ressource pour la famille impériale.

18. — *Dii me tuentur; diis pietas mea cordi est*. Horace a dit (*Odes*, liv. I, ode 17) :

> Dii me tuentur : Dis pietas mea.
> Et musa cordi est....

19. — *Utinam possem multos etiam ab inferis excitâre!* Casaubon et Saumaise voudraient remplacer *multos* par *mortuos* ou *sepultos*. Je n'en vois pas le motif : le texte, tel qu'il est, présente un sens parfaitement clair, en rapport avec ce que Marc Aurèle doit penser et dire.

20. — *Hanc ejus clementiam senatus his acclamationibus prosequutus est.* La coutume des acclamations chez les Romains, d'abord au théâtre, puis dans le forum, et plus tard dans le sénat même, nous est connue par plus d'un passage des auteurs latins; mais, dans aucun écrivain avant ceux de l'*Histoire Auguste*, nous ne trouvons reproduite la forme elle-même de ces acclamations. On peut juger par l'exemple que nous voyons ici, et par d'autres encore, rapportés dans cet ouvrage, que ces acclamations étaient des actes publics, dont toutes les paroles étaient préparées et convenues à l'avance. Elles étaient prononcées par toutes les voix, avec une certaine modulation qui les rapprochait du chant, tellement que Pline le Jeune leur donne le nom de *cantica*. La formule elle-même avait quelque chose de rhythmique : les mêmes désinences se reproduisaient à des espaces rapprochés, et souvent les mêmes mots se répétaient plusieurs fois. Le nombre de ces répétitions était soigneusement consigné dans le journal des actes publics. Dans l'acclamation du sénat à l'occasion de l'avénement de Claude à l'empire, que nous a conservée Trebellius Pollion, nous verrons religieusement indiqué le nombre de fois que chaque phrase a été répétée : quelques-unes l'ont été jusqu'à soixante, d'autres jusqu'à quatre-vingts fois. Cette coutume et cette forme des acclamations a été, comme le fait très-bien observer Casaubon, introduite dans les assemblées de l'église chrétienne, et même dans certaines prières.

21. — *Commodo imperium justum rogamus.* Par *imperium justum*, on entend évidemment un empire complet, auquel il ne manque rien : tout ce qui suit indique ce sens, et surtout ces mots : *Commodo Antonino tribunitiam potestatem rogamus.* La puissance tribunitienne ne se séparait pas de l'autorité impériale.

22. — *Philosophiæ tuæ, patientiæ tuæ, etc.!* Il manque ici un verbe, qui se devine facilement : ce ne peut être que *bene precamur*, ou quelque autre du même sens.

23. — *Qui, si obtinuisset imperium, fuisset non modo clemens, sed bonus, sed utilis et optimus imperator.* Il est clair que Vulca-

tius ne dit point ici ce qu'il eût pensé lui-même, si Avidius avait réussi, mais bien quel eût été le jugement de la multitude, ou du moins le langage de l'adulation. Δειναὶ γὰρ ἐπισκιάσαι τοῖς κακοῖς αἱ εὐτυχίαι (Démosthène, *Philippiques*). Le sens que nous donnons à ce passage de Vulcatius ne peut-être douteux; car immédiatement après, il cite une lettre de Cassius, qui ne respire que haine et violence, et il la termine par cette réflexion qui répond évidemment à ce qu'il a dit plus haut : « Hæc epistola ejus indicat, quam severus, et quam tristis futurus fuerit imperator. »

24. — *Multis opus esse gladiis, multis elogiis.* Il entend sans doute par *elogia*, les inscriptions, les écriteaux qui indiquaient le crime pour lequel un coupable était puni.

25. — *Ego vero istis præsidibus provinciarum!... an ego proconsules, etc.* La phrase est interrompue et manque de verbe. Cette réticence sous-entend évidemment une menace.

TREBELLIUS POLLION.

NOTICE

SUR TREBELLIUS POLLION.

Trebellius Pollion, que des manuscrits nomment, les uns Trebius, les autres Trevellius, vivait à Rome du temps de Constance Chlore, vers l'an 300 de l'ère chrétienne. Son aïeul, d'après ce qu'il dit lui-même, avait vécu dans l'intimité de Tetricus le Jeune.

Vopiscus, *Vie d'Aurélien*, ch. II, dit expressément que Trebellius Pollion avait écrit la vie des empereurs depuis les deux Philippe jusqu'à Claude le Gothique, et son frère Quintillus : « Et quoniam sermo nobis de Trebellio Pollione, qui a duobus Philippis usque ad divum Claudium, et ejus fratrem Quintillum, imperatores tam claros quam obscuros memoriæ prodidit.... » De ce travail, une grande partie n'est point arrivée jusqu'à nous, et les manuscrits que nous avons sont tous également incomplets; ce qui justifie la conjecture de Saumaise, qu'ils sont tous des copies d'un seul et unique manuscrit, mutilé lui-même. Tout ce qui précède Valérien nous manque : lacune bien fâcheuse; car, pendant cet espace de neuf à dix ans, depuis les Gordien, Maxime et Balbin, jusqu'à Valérien, les événements ont été nombreux, et douze ou quinze empereurs se sont disputé la souveraineté. La *Vie de Valérien* elle-même est loin d'être complète, puisqu'il y manque les soixante-dix années qu'il a vécu avant d'arriver à l'empire. Ce ne sont que des fragments mis à la suite l'un de l'autre; encore se trouvent-ils dans un ordre différent dans les manuscrits dont s'est servi Casaubon, et dans ceux que Saumaise a consultés. Nous les reproduisons à la fin de ce volume, tels que l'un et l'autre les représentent. On verra que l'édition vulgaire qui fait la base de notre texte, en diffère surtout par quelques phrases maladroitement ajoutées au commencement.

De cette mutilation d'un manuscrit unique que les copistes ont reproduit, est résultée, en outre, une grave erreur : comme ils n'y trouvaient pas plus le titre de la *Vie de Valérien* que son commencement, ils l'ont attribuée à Jules Capitolin, dont la biographie de Maxime et de Balbin, par suite de cette fâcheuse lacune, se trouvait la précéder immédiatement.

Malgré l'autorité des manuscrits, le témoignage de Vopiscus suffirait abondamment pour assurer à Trebellius la propriété de cette biographie de Valérien et des livres suivants; mais, de plus, il se trouve y avoir une différence marquée de style et de méthode entre les *Vies* de Jules Capitolin et celles que nous revendiquons en faveur de Trebellius. En effet, sans avoir guère plus de goût que ses devanciers, il n'a point la même sécheresse ni la même incohérence d'idées : son langage parfois cherche à s'animer; et quoiqu'il prenne généralement l'enflure et la déclamation pour de la chaleur, encore faut-il reconnaître que, chez lui, l'on sent du moins de la vie.

Outre les fragments de la biographie de Valérien le Père, dont nous venons de parler, nous avons encore de Trebellius les *Vies de Valérien le Fils* et *des deux Gallien*; un livre sur les trente tyrans qui disputèrent l'empire à ces deux princes; enfin la *Vie de Claude II* et *de son frère Quintillus*.

Une fois que les droits de Trebellius sur la *Vie de Valérien* sont reconnus, il ne nous est plus permis de lui disputer les autres écrits que nous venons d'énumérer : ils appartiennent tous, sans aucun doute, à une seule et même plume. Nous en avons pour preuve le témoignage de l'auteur lui-même qui, dans chacun de ces différents livres, rappelle les autres, et constate ainsi sa propriété. Dans la *Vie de Saloninus*, qui fait partie du livre consacré aux deux Gallien, il dit : « Placuit triginta tyrannos uno volumine includere, idcirco, quod nec multa de his dici possunt, et in *Gallieni Vita* pleraque jam dicta sunt. Et hæc quidem de Gallieno hoc interim libro dixisse sufficiat; nam et multa jam in *Valeriani Vita*, in libro, qui *De Triginta tyrannis* inscribendus est, jam loquemur, quæ iterari, ac sæpius dici, minus utile videbatur. » A la fin du livre des *Trente tyrans*, il annonce la *Vie de Claude* : « Nunc ad Claudium principem redeo : de quo speciale mihi volumen, quamvis breve, merito vitæ illius, videtur edendum, addito fratre singulari viro. »

C'est par allusion aux trente tyrans d'Athènes, que Trebellius donna cette dénomination aux gouverneurs de provinces et aux chefs militaires qui, sous Gallien, usurpèrent l'autorité impériale. Pour que l'analogie fût plus frappante, il tenait beaucoup à ce que son nombre de trente tyrans fût complet; et comme, malgré toutes ses recherches, il n'en trouvait que vingt-neuf, il y glissa un certain Valens qui, neuf ans plus tôt, s'était révolté contre l'empereur Decius. Mais il paraît que, malgré tout, les hommes de lettres, qui se rassemblaient au temple de la Paix, critiquèrent son œuvre. Il avait mis au nombre de ses trente tyrans deux femmes, Zénobie et Victoria : on lui fit une mauvaise chicane grammaticale, on le plaisanta sur ses tyrans femelles. Enfin, pour fermer la bouche à ses critiqués, il leur donna deux tyrans de plus, Titus et Censorinus, dont l'un avait pris la pourpre sous Maximin, et l'autre sous Claude. Après s'être ainsi tiré d'embarras, il est curieux de l'entendre chanter victoire : « Nemo in templo Pacis dicturus est, me feminas inter tyrannos, cum risu et joco, tyrannas videlicet et tyrannides, ut ipsi de me solent jactare, posuisse. Habent integrum numerum.... »

Pour la *Vie de Claude*, on lui faisait des reproches plus graves : on l'accusait de flatter ce prince, pour faire sa cour à Constance Chlore, qui tirait son origine d'un frère de Claude. Dans cette biographie, il se défend vivement contre cette accusation : « Dicat nunc, qui nos adulationis accusat, Claudium minus esse amabilem. » Autre part encore : « Vera dici fides cogit ; simul ut sciant hi, qui adulatores nos existimari cupiunt, id, quod historia dici postulat, nos non tacere. » Mais Trebellius a beau faire ; il aura de la peine à se justifier aux yeux de la postérité de ce reproche d'adulation ; car toute cette *Vie de Claude* est du style le plus déclamatoire, et ressemble bien plutôt à un panégyrique qu'à une histoire. Il nous dit lui-même, en la commençant, qu'il se propose de l'écrire avec plus de soin que ses autres ouvrages, en considération de César Constance : « Ventum est ad principem Claudium, qui nobis intuitu Constantii Cæsaris, cum cura in litteris digerendus est. » Au reste, si, en écrivant la *Vie de Claude*, Trebellius a trop manifesté le désir de plaire à Constance, ses éloges s'appliquaient du moins à un prince qui, par ses vertus et ses exploits, avait bien mérité de son pays.

Un passage de la *Vie de Claude* établit, d'une manière positive, l'époque où Trebellius écrivait ; il dit à la fin du chapitre x : « Quæ ideirco posui, ut sit omnibus clarum, Constantium divini generis virum, sanctissimum cæsarem, et Augustæ ipsum familiæ esse, et augustos multos de se daturum, salvis Diocletiano et Maximiano augustis, et ejus fratre Galerio. » Il résulte évidemment de là, que ce dernier ouvrage de Trebellius se rapporte à l'époque où les deux augustes Dioclétien et Maximien créèrent deux césars, Galère et Constance, et partagèrent ainsi en quatre parties l'administration de l'empire romain, c'est-à-dire de l'an 292 à l'an 305 de l'ère chrétienne.

FL. LEGAY.

TREBELLIUS POLLIO.

VALERIANORUM DUORUM VITÆ.

VALERIANUS PATER.

(A. U. 1006 — 1013) [1]

I. Valerianus imperator, nobilis genere, patre Valerio, censor antea, et per dignitatum omnes gradus suis temporibus ad maximum in terris culmen ascendens, cujus per annos septuaginta vita laudabilis in eam conscenderat gloriam, ut, post omnes honores et magistratus insigniter gestos, imperator fieret; non, ut solet, tumultuario populi concursu, non militum strepitu, sed jure meritorum, et quasi ex totius orbis una sententia. Denique, si data esset omnibus potestas promendi arbitrii, quem imperatorem vellent, alter non esset delectus. Et ut sciatur quanta vis in Valeriano meritorum fuerit publicorum, ponam senatusconsulta, quibus animadvertant omnes, quid de illo semper amplissimus ordo judicaverit. Duobus Deciis consulibus, sexto kalendarum novembrium die, quum ob imperatorias litteras in æde Castorum senatus haberetur, ireturque per sententias

TREBELLIUS POLLION.

VIES DES DEUX VALÉRIEN.

VALÉRIEN PÈRE.

[De J.-C. 253 — 259]

I. Valérien, fils de Valerius, était d'une illustre origine. Il avait été censeur avant de devenir empereur, et s'était élevé de degré en degré jusqu'au plus haut faîte des grandeurs humaines. Sa vie, pendant soixante-dix ans, lui mérita tant d'estime et de gloire, qu'après s'être acquitté avec distinction de tous les honneurs et de toutes les magistratures, il fut proclamé empereur, non, comme il arrive souvent, par un concours tumultuaire du peuple, ni par un mouvement désordonné des soldats, mais par le droit reconnu d'un mérite réel, et, pour ainsi dire, par le consentement unanime de tout l'empire. Enfin, si l'on avait pu consulter chacun en particulier sur le choix d'un empereur, c'est lui, sans aucun doute, qui aurait réuni tous les suffrages. Pour mieux faire connaître à quel point Valérien avait mérité l'estime publique, je citerai ici des décrets du sénat, qui prouveront clairement quelle avait été sur lui, dans tous les temps, l'opinion de ce corps illustre. Sous le consulat des deux Decius, le vingt-sept octobre, le sénat, sur une lettre qu'il avait reçue des empereurs,

singulorum, cui deberet censura deferri[2], nam id Decii posuerant in senatus amplissimi potestate, ubi primum prætor edixit : « Quid vobis videtur, patres conscripti, de censore deligendo? » atque eum, qui erat princeps tunc senatus, sententiam rogasset, absente Valeriano, nam ille in procinctu cum Decio tunc agebat, omnes una voce dixerunt, interrupto more dicendæ sententiæ : « Valeriani vita censura est. Ille de omnibus judicet, qui est omnibus melior. Ille de senatu judicet, qui nullum habet crimen. Ille de vita nostra sententiam ferat, cui nihil potest objici. Valerianus a prima pueritia censor fuit. Valerianus in tota vita sua fuit censor. Prudens senator, modestus senator, gravis senator. Amicus bonorum, inimicus tyrannorum, hostis criminum, hostis vitiorum. Hunc censorem omnes accipimus, hunc imitari omnes volumus. Primus genere, nobilis sanguine, emendatus vita, doctrina clarus, moribus singularis, exemplum antiquitatis. » Quæ quum essent sæpius dicta, addiderunt : « Omnes[3] ! » atque ita discessum est.

II. Hoc senatusconsultum ubi Decius accepit, omnes aulicos convocavit, ipsum etiam Valerianum præcepit rogari : atque in conventu summorum virorum, recitato senatusconsulto, « Felicem te, inquit, Valeriane, totius senatus sententia, immo animis atque pectoribus : totius orbis humani suscipe censuram, quam tibi detulit Romana respublica, quam solus mereris, judicaturus de moribus nostris. Tu æstimabis, qui manere in curia

se réunit dans le temple de Castor et Pollux, pour procéder à l'élection d'un censeur : car les Decius lui avaient confié ce choix. Valérien n'était point présent; il avait suivi Decius à l'armée. Aussitôt que le préteur eut posé la question : « Quel est votre avis, pères conscrits, sur le censeur à choisir? » et que, pour recueillir les suffrages, il se fut adressé à celui qui était alors prince du sénat, tous les sénateurs, d'une seule voix, sans suivre l'ordre accoutumé des délibérations, s'écrièrent : « La vie de Valérien est une véritable censure. Qu'il juge de tous les citoyens, lui qui est le meilleur de tous. Qu'il juge du sénat, lui qui est au-dessus de toute accusation. Qu'il prononce sur notre conduite, lui dont la conduite est exempte de tout reproche. Valérien a été dès sa première enfance un véritable censeur. Valérien a eté un censeur dans tout le cours de sa vie; il a été un sénateur sage, modeste, plein de dignité. Il s'est montré l'ami des gens de bien, l'adversaire des tyrans, l'ennemi des crimes et des vices. C'est lui que nous voulons tous pour censeur, c'est lui que nous voulons tous imiter. Le premier de nous par ses ancêtres et la noblesse de sa naissance, pur dans sa vie, distingué par sa science, irréprochable dans ses mœurs, il est le vrai modèle des vertus antiques. » Après ces acclamations plusieurs fois répétées, on ajouta : « A l'unanimité! » et la séance fut levée.

II. Decius, aussitôt que ce sénatus-consulte lui eut été transmis, convoqua toute sa cour, et fit prier Valérien de se rendre lui-même auprès de lui. Au milieu de cette réunion des personnages les plus distingués, on fit lecture du décret du sénat, et l'empereur dit : « Je vous félicite, Valérien, de cette décision unanime du sénat, ou plutôt de cette estime et de cette affection universelle dont elle est la preuve manifeste. Recevez sur tout le genre humain l'autorité de censeur, que la république vous a confiée comme au seul homme digne de veiller

debeant[4]; tu equestrem ordinem in antiquum statum rediges; tu censibus modum pones; tu vectigalia firmabis, divides statum, respublicas recensebis; tibi legum scribendarum auctoritas dabitur; tibi de ordinibus militum judicandum est; tu arma respicies; tu de nostro palatio, tu de judicibus, tu de præfectis eminentissimis judicabis : excepto denique præfecto urbis Romæ, exceptis consulibus ordinariis, et sacrorum rege, ac maxima virgine vestalium, si tamen incorrupta permanebit, de omnibus sententias feres. Laborabunt autem etiam illi, ut tibi placeant, de quibus non potes judicare. » Hæc Decius. Sed Valeriano sententia hujusmodi fuit : « Quæso, sanctissime imperator, ne ad hanc me necessitatem alliges, ut ego judicem de populo, de militibus, de senatu, de omni penitus orbe, judicibus, et tribunis, ac ducibus. Hæc sunt, propter quæ augustum nomen tenetis : apud vos censura desedit : non potest hoc implere privatus. Veniam igitur ejus honoris peto, cui vita impar est, impar est confidentia; cui tempora sic repugnant, ut censuram hominum natura non quærat. »

III. Poteram multa alia et senatusconsulta, et judicia principum de Valeriano proferre, nisi et vobis pleraque nota essent, ut puderet altius virum extollere, qui fatali quadam necessitate superatus est. Victus est enim a Sapore rege Persarum, dum ductu cujusdam sui ducis, cui summam omnium bellicarum rerum agendarum com-

sur nos mœurs. Vous déciderez quels sont ceux qui doivent conserver le rang de sénateurs; vous rappelerez l'ordre des chevaliers aux règles de son institution ; vous fixerez le cens; vous établirez les tributs et les impôts; vous en règlerez la repartition; vous ferez le recensement de la fortune publique; vous aurez l'autorité de faire des lois; vous jugerez de la discipline des armées; vous ferez l'inspection des armes; votre surveillance s'étendra sur notre palais, sur les juges, sur les magistrats les plus élevés de l'empire ; enfin, excepté le préfet de la ville de Rome, les consuls ordinaires, le roi des sacrifices et la grande prêtresse des vestales, si toutefois elle reste pure, tous les citoyens seront soumis à vos arrêts. Ceux-là même sur lesquels ne s'étend point votre pouvoir s'efforceront de mériter votre approbation. » Valérien répondit à l'empereur : « Je vous en supplie, auguste empereur, ne m'imposez point la nécessité de devenir le juge du peuple, de l'armée, du sénat, des magistrats, des tribuns, des généraux, de l'univers entier. C'est pour remplir ces obligations que vous avez reçu le nom d'auguste ; c'est chez vous que réside la censure : un simple citoyen ne pourrait y suffire. Faites-moi donc grâce d'une charge pour laquelle il me faudrait des forces et une confiance que je n'ai point. Les temps eux-mêmes repoussent une telle autorité, et tels sont les hommes d'aujourd'hui, qu'il ne leur faut point de censeur. »

III. Je pourrais citer encore d'autres décrets du sénat et d'autres jugements de plusieurs princes qui font également honneur à Valérien; mais la plupart vous sont déjà connus, et je me reprocherais d'ailleurs d'élever si haut un homme qu'une fatale destinée s'est plu à renverser. En effet, Valérien fut vaincu par Sapor, roi des Perses, soit que ce fût un coup du sort, soit qu'il faille en accuser la trahison de l'un de ses généraux, qui,

miserat, seu fraude, seu adversa fortuna, in ea esset loca deductus[5], ubi nec vigor, nec disciplina militaris, quin caperetur, quidquam valere potuit. Captus igitur, in ditionem Saporis pervenit : quem quum, gloriosæ victoriæ successu, minus honorifice quam deceret, superbo et elato animo detineret, atque cum Romanorum rege, ut vili et abjecto mancipio, loqueretur[6], litteras ab amicis regibus, qui et ei contra Valerianum faverant, plerasque missas accepit, quarum seriem Julius refert.

IV. « Sapori, rex regum Belsolus[7]. — Si scirem, posse aliquando Romanos penitus vinci, gauderem tibi de victoria, quam præfers; sed quia, vel fato vel virtute, gens illa plurimum potest, vide ne, quod senem imperatorem cepisti, et id quidem fraude, male tibi cedat posterisque tuis. Cogita quantas gentes Romani ex hostibus suas fecerint, a quibus sæpe victi sunt. Audivimus certe, quod Galli eos vicerint, et ingentem illam civitatem incenderint : certe Galli Romanis serviunt. Quid Afri? eos nonne vicerunt? certe serviunt Romanis. De longioribus exemplis, et fortasse ignotioribus, nihil dico. Mithridates Ponticus totam Asiam tenuit : certe victus est, certe Asia Romanorum est. Si meum consilium requiris, utere occasione pacis, et Valerianum suis redde : ego gratulor felicitati tuæ, si tamen illa uti tu scias. »

V. Balerus, rex Cadusiorum, sic scripsit : « Remissa mihi auxilia integra et incolumia, gratanter accepi : sed captum Valerianum principem principum non satis gra-

chargé de la conduite de la guerre, l'engagea dans des lieux où ni le courage ni l'habileté ne purent le sauver. Il tomba donc entre les mains de Sapor, qui, orgueilleux d'une si belle victoire, le retint prisonnier et l'accabla des plus indignes outrages, traitant un empereur romain comme le plus vil des esclaves. A ce sujet, il reçut beaucoup de lettres, dont la plupart venaient de rois ses amis, qui l'avaient même secondé dans sa lutte contre Valerien. Ces lettres ont été recueillies par Julius.

IV. « A Sapor, le roi des rois Belsolus. — Si je croyais que les Romains pussent jamais être entièrement vaincus, je me réjouirais avec vous de la victoire dont vous êtes fier; mais comme cette nation, soit par la volonté du destin, soit par sa valeur, a une grande puissance, prenez garde que, pour avoir pris un vieil empereur, et encore grâce à la ruse, il ne vous arrive malheur, à vous et à vos descendants. Voyez combien de nations les Romains ont subjuguées, après avoir été souvent vaincus par elles. Les Gaulois certes les ont vaincus et ont réduit en cendres leur capitale : aujourd'hui les Gaulois obéissent aux Romains. Et les Africains? n'ont-ils point vaincu les Romains? aujourd'hui ils sont subjugués à leur tour. Pour ne point chercher des exemples éloignés et peut-être moins connus, Mithridate, roi de Pont, a tenu sous sa domination toute l'Asie : eh bien! il a été vaincu, et toute l'Asie obéit aux Romains. Croyez-moi, saisissez cette occasion de faire la paix, et rendez Valérien à son empire. Je vous félicite de votre bonheur, si toutefois vous savez en profiter. »

V. Balerus, roi des Cadusiens, lui écrivit ainsi : « Vous me renvoyez saines et sauves les troupes que je vous avais confiées, je vous en remercie; mais je ne suis pas également charmé que Valérien, le prince des prin-

tulor : magis gratularer; si redderetur. Romani enim graviores tunc sunt, quando vincuntur. Age igitur ut prudentem decet : nec fortuna te inflet, quæ multos decepit. Valerianus et filium imperatorem habet, et nepotem cæsarem; et quid? habet et omnem orbem illum Romanum, qui contra te totus insurget. Redde igitur Valerianum, et fac cum Romanis pacem, nobis etiam ob gentes Ponticas profuturam. »

VI. Artabasdes, rex Armeniorum, talem ad Saporem epistolam misit : « In partem gloriæ venio; sed vereor ne non tam viceris, quam bella severis. Valerianum et filius repetet, et nepos, et duces Romani, et omnis Gallia, et omnis Africa, et omnis Hispania, et omnis Italia, et omnes gentes quæ sunt in Illyrico, atque in Oriente, et in Ponto, quæ cum Romanis consentiunt, aut Romanorum sunt. Unum ergo senem cepisti, et omnes gentes orbis terrarum infestissimas tibi fecisti; fortassis et nobis, qui auxilia misimus, qui vicini sumus, qui semper vobis inter vos pugnantibus laboramus. »

VII. Bactriani, et Hiberi, et Albani, et Tauroscythæ Saporis litteras non receperunt, sed ad Romanos duces scripserunt, auxilia pollicentes ad Valerianum de captivitate liberandum. Sed Valeriano apud Persas consenescente, Odenatus Palmyrenus, collecto exercitu, rem Romanam prope in pristinum statum reddidit. Cepit regis thesauros, cepit etiam, quas thesauris cariores habent reges Parthici, concubinas. Quare, magis reformidans Romanos duces Sapor, timore Balistæ atque Ode-

ces, soit votre prisonnier : je serais plus disposé à vous en féliciter, si vous lui aviez rendu la liberté ; car jamais les Romains ne sont plus à craindre, que quand ils sont vaincus. Agissez donc comme l'exige la prudence, et ne vous laissez point aveugler par la fortune, qui en a trompé tant d'autres. Valérien a un fils empereur, et un petit-fils césar. Que dis-je? il a tout cet empire romain, qui tout entier se lèvera contre vous. Rendez donc Valérien, et faites la paix avec les Romains : elle nous sera avantageuse à nous-mêmes, à cause des nations du Pont. »

VI. Artabasdes, roi des Arméniens, écrivit aussi à Sapor : « Je prends part à votre glorieux succès ; mais je crains que ce soit moins une victoire qu'une semence de guerres. Valérien vous sera redemandé par son fils[1], par son petit-fils, par les généraux romains, par toute la Gaule, toute l'Afrique, toute l'Espagne, toute l'Italie, par toutes les nations de l'Illyrie, de l'Orient, du Pont, qui sont alliées des Romains, ou qui obéissent à leur domination. Vous n'avez donc pris qu'un vieillard, et vous avez soulevé toutes les nations de l'univers contre vous, et peut-être aussi contre nous, qui vous avons envoyé des secours, qui sommes vos voisins et qui souffrons toujours de vos discordes et de vos guerres avec Rome. »

VII. Les Bactriens, les Ibères, les Albains, et les Tauroscythes ne voulurent point recevoir les lettres de Sapor ; bien plus, ils écrivirent aux généraux romains, qu'ils étaient prêts à leur envoyer des secours pour délivrer Valérien de sa captivité. Au reste, tandis que ce malheureux prince vieillissait chez les Perses, Odenat de Palmyre rassembla une armée, et rétablit presque dans leur ancien état les affaires de la république. Il s'empara des trésors du roi, et même de ses concubines, auxquelles les rois des Parthes tiennent encore plus qu'à leurs trésors. Sapor apprit donc à craindre les généraux

nati, in regnum suum ocius se recepit. Atque hic interim finis belli fuit Persici. Hæc sunt digna cognitu de Valeriano; nunc ad Valerianum Minorem revertar.

VALERIANUS JUNIOR[1].

(A. U. .. — 1021)?

Valerianus Junior, alia quam Gallienus matre genitus, forma conspicuus, verecundia probabilis, eruditione pro ætate clarus, moribus perjucundus, atque a fratris dissolutione sejunctus, a patre absente cæsar est appellatus, a fratre, ut Celestinus dicit, augustus; nihil habet prædicabile in vita, nisi quod est nobiliter natus, educatus optime, et miserabiliter interemptus. Et quoniam scio errare plerosque qui Valeriani imperatoris titulum in sepulcro legentes, illius Valeriani redditum putant còrpus, qui a Persis est captus : ne ullus error obrepat, mittendum in litteras censui, hunc Valerianum circa Mediolanum sepultum, addito titulo, Claudii jussu, Valerianus imperator. Non puto plus aliquid vel de Majore Valeriano, vel de Juniore requirendum. Et quoniam vereor ne modum voluminis transeam, si Gallienum, Valeriani filium, de quo jam nobis multus sermo fuit, vel Saloninum filium etiam Gallieni, qui et Gallienus dictus est, huic libro adjungam; ad aliud volumen transeam. Semper enim me vobis dedidi, et famæ, cui negare nihil debeo, neque possum.

---

romains, grâce à Baliste et à Odenat, et se retira au plus vite dans son royaume : ainsi finit la guerre des Perses. Voilà ce qui, dans la *Vie de Valérien*, m'a paru digne d'être rapporté; maintenant je reviens à Valérien le Jeune.

VALÉRIEN LE JEUNE.

[De J.-C. ... — 268]

Valérien le Jeune, né d'une autre mère que Gallien, était recommandable par sa beauté, sa modestie, ses connaissances au-dessus de son âge, la douceur de son caractère, et la pureté de ses mœurs, qui ne ressemblaient en rien à celles de son frère. Son père le nomma césar, pendant qu'il était absent de Rome, et, plus tard, si l'on en croit Celestinus, il reçut de son frère le titre d'auguste. Il n'y a rien de remarquable dans sa vie, si ce n'est la noblesse de son origine, l'excellente éducation qu'il reçut, et la manière déplorable dont il périt. Mais comme il existe un tombeau sur lequel se trouve inscrit le nom de Valérien empereur, et que cette circonstance a accrédité l'erreur que le corps de l'empereur Valérien, mort captif chez les Perses, avait plus tard été rendu, j'ai cru devoir rétablir la vérité des faits, et consigner ici que c'est Valérien le Jeune qui fut enseveli près de Milan, avec cette inscription que Claude y fit graver : Valérien empereur. Je crois en avoir dit assez sur l'un et sur l'autre; et comme je craindrais de donner trop d'étendue à ce livre, si j'y ajoutais la vie de Gallien, fils de cet empereur Valérien, dont j'ai déjà longuement parlé, ou celle de Saloninus, fils de Gallien, qui porta aussi le nom de son père, je les renverrai au livre suivant. Car je serai toujours disposé à tout faire pour mériter votre approbation et les suffrages de la renommée, à laquelle je ne dois ni ne puis rien refuser.

GALLIENORUM DUORUM VITÆ[1].

GALLIENUS PATER.

[A. U. 1006 — 1021]

I. Capto Valeriano (enimvero unde incipienda est Gallieni vita, nisi ab eo præcipue malo, quo ejus vita depressa est?), nutante republica, quum Odenatus jam Orientis cepisset imperium, et Gallienus comperta patris captivitate gauderet; vagabantur exercitus, murmurabant duces, erat ingens omnibus mœror, quod imperator Romanus in Perside serviliter teneretur. Gallieno igitur et Volusiano consulibus, Macrianus et Balista in unum coeunt, exercitus reliquias convocant: et quum Romanum in Oriente nutaret imperium, quem facerent imperatorem, requirunt, Gallieno tam negligenter se agente, ut ejus ne mentio quidem apud exercitum fieret. Denique quum pluries ejus rei causa convenissent, placuit, ut Macrianum cum filiis suis[2] imperatores dicerent, ac rempublicam defensandam capesserent. Sic igitur imperium delatum est Macriano. Et causæ Macriano imperandi cum filiis hæ fuerunt: primum, quod nemo eo tempore sapientior ducum habebatur, nemo ad res gerendas aptior; deinde ditissimus, et qui privatis pos-

VIES DES DEUX GALLIEN.

GALLIEN PÈRE.

(De J.-C. 253 — 268)

1. Lorsque Valérien fut tombé au pouvoir du roi des Perses (car puis-je mieux commencer la vie de Gallien que par cette catastrophe qui a eu sur elle une si funeste influence?), la république fut ébranlée, Odenat s'empara de l'empire en Orient, et Gallien se réjouit de la captivité de son père. D'un autre côté, les armées romaines erraient çà et là, les généraux murmuraient, et tout le monde gémissait de voir un empereur romain retenu dans la servitude chez les Perses. Aussi, sous le consulat de Gallien et de Volusianus, Macrien et Baliste se réunissent, rassemblent les débris de l'armée, et délibèrent sur l'élection d'un empereur; car l'empire romain chancelait en Orient, et telle était l'inaction et l'indolence de Gallien, que l'on ne faisait pas même mention de lui à l'armée. Enfin, après plusieurs réunions à ce sujet, il fut décidé que Macrien serait proclamé empereur avec ses fils, et prendrait en main la défense de la république. L'empire fut donc déféré à Macrien, et voici les motifs qui déterminèrent ce choix : d'abord il passait pour le plus habile des généraux de ce temps, et le plus propre au gouvernement de l'empire; ensuite, il était très-riche, et pouvait avec sa fortune privée faire face aux dépenses publiques. Ajoutez à cela que ses fils, jeunes, courageux,

set fortunis publica explere dispendia. Huc accedebat, quod liberi ejus, fortissimi juvenes, tota mente in bellum ruebant, ut essent legionibus exemplo ad omnia militaria.

II. Macrianus ergo, undique collectis exercitibus, Orientis partes petiit; atque, ut posset late sibi delatum defendere et tueri imperium, bellum sic instruxit, atque copias sic paravit, ut esset omnium circumspectus, quæ contra eum poterant cogitari. Idem Macrianus Pisonem, unum ex nobilibus principibus senatus, ad Achaiam destinavit ob hoc, ut Valentem, qui illic proconsulari imperio rempublicam gubernabat, opprimeret. Sed Valens, comperto quod Piso contra se veniret, sumpsit imperium. Piso igitur in Thessaliam se recepit; ubi, missis a Valente militibus compluribus, interfectus est : ipse quoque imperator appellatus cognomento Thessalicus. Sed Macrianus, retento in Oriente uno ex filiis, pacatis tamen rebus, Asiam primum venit, deinde Illyricum petiit : in Illyrico cum Aureolo imperatore, qui contra Gallienum imperium sumpserat, duce Domitiano nomine, manum conseruit, unum ex filiis secum habens, et triginta millia militum ducens[3]. Sed victus est Macrianus cum filio Macriano nomine, deditusque omnis exercitus Aureolo imperatori.

III. Turbata interim republica totoque penitus orbe terrarum, ubi Odenatus comperit Macrianum cum filio interemptum, regnare Aureolum, Gallienum re-

pleins d'ardeur guerrière, pouvaient servir en tout de modèles aux légions.

II. Macrien donc, après avoir réuni des troupes de tous les côtés, marcha d'abord vers les régions de l'Orient; et, pour mieux défendre et conserver l'empire qui lui était déféré, il se fit un tel plan de campagne, et répartit si habilement ses troupes, qu'il était en mesure de faire face à tout ce que l'on pourrait entreprendre contre lui, de quelque côté que ce fût. Il fit passer en Achaïe Pison, l'un des plus illustres membres du sénat, pour y détruire Valens, qui gouvernait cette province en qualité de proconsul. Mais celui-ci, à la nouvelle que Pison marchait contre lui, se fit proclamer empereur. Pison se retira donc dans la Thessalie, où il prit aussi lui-même le titre d'empereur avec le surnom de Thessalique; mais il fut bientôt mis à mort par des troupes nombreuses, envoyées par Valens. Macrien, ayant rétabli la paix en Orient, y laissa un de ses fils, et passa avec l'autre, qui portait le même nom que lui, d'abord en Asie, puis dans l'Illyrie, où Aureolus, s'étant révolté contre Gallien, avait pris le titre d'empereur. A la tête de trente mille hommes, ils livrèrent bataille à Aureolus, dont les troupes étaient commandées par un général nommé Domitien. Mais ils furent vaincus, et toute leur armée passa du côté du vainqueur.

III. Au milieu de ce trouble et de cette confusion universelle de la république et du monde entier, Odenat, voyant que Macrien et son fils avaient péri, qu'Aureolus régnait, et que Gallien ne sortait guère de son inaction

missius agere, festinavit ad alterum filium Macriani, quum exercitus hoc daret fortuna, capiendum[4]. Sed ii qui erant cum filio Macriani, Quieto nomine, consentientes Odenato, auctore præfecto Macriani Balista, juvenem occiderunt, missoque per murum corpore, Odenato se omnes affatim dediderunt. Totius prope igitur Orientis factus est Odenatus imperator, quum Illyricum teneret Aureolus, Romam Gallienus. Idem Balista multos Emissenos, ad quos confugerant Macriani milites, cum Quieto et thesaurorum custode interfecit, ita ut civitas pæne deleretur. Odenatus inter hæc, quasi Gallieni partes ageret, cuncta eidem nuntiari ex veritate faciebat. Sed Gallienus, cognito quod Macrianus cum suis liberis esset occisus, quasi securus rerum, ac patre jam recepto, libidini ac voluptati se dedidit. Ludos Circenses, ludosque scenicos, ludos gymnicos, ludicram etiam venationem, et ludos gladiatorios dedit : populumque quasi victorialibus diebus ad festivitatem ac plausum vocavit. Et quum plerique patris ejus captivitatem mœrerent, ille specie decoris, quod pater ejus virtutis studio deceptus videretur, supra modum lætatus est. Cor...abat autem, censuram parentis eum ferre non potuisse, votivumque illi fuisse, quod imminentem cervicibus suis gravitatem patriam non haberet.

IV. Per idem tempus Æmilianus apud Ægyptum sumpsit imperium, occupatis horreis multa oppida malo famis pressit. Sed hunc dux Gallieni Theodotus, con-

et de son indolence, marcha en toute hâte contre le second fils de Macrien, pour profiter de l'occasion que lui présentait la défection de l'armée, et s'emparer de sa personne. En effet, les officiers de ce jeune prince, nommé Quietus, à l'instigation de Baliste, préfet de Macrien, s'entendirent avec Odenat, tuèrent Quietus, jetèrent son cadavre par-dessus les murs, et passèrent tous à la fois du côté de l'ennemi. Ainsi Odenat devint l'empereur de presque tout l'Orient, tandis qu'Aureolus régnait en Illyrie, et Gallien à Rome. Baliste, non content d'avoir fait périr Quietus et l'intendant du trésor, mit à mort un grand nombre d'habitants d'Émesse chez lesquels s'étaient réfugiés les soldats de Macrien, de sorte que la ville fut presque entièrement détruite. Cependant Odenat, comme s'il n'agissait que dans l'intérêt de Gallien, lui faisait rendre un compte exact de tout ce qui se passait. Celui-ci, de son côté, en apprenant que Macrien et ses fils avaient péri, comme si désormais il se trouvait à l'abri de tout danger, et que son père lui fût rendu, se plongea plus que jamais dans la débauche et les plaisirs. Il donna des jeux de toutes sortes, courses dans le Cirque, pièces de théâtre, chasses, combats d'athlètes et de gladiateurs; enfin, il appelait le peuple aux fêtes et à la joie, comme s'il était question de victoires et de triomphes. Tandis que la plupart gémissaient sur la captivité de son père, Gallien se faisait gloire de se réjouir d'un malheur dans lequel ce prince n'était tombé que par un excès de candeur et de vertu. Mais, dans la réalité, il ne pouvait supporter les observations de son père, et il ne demandait pas mieux que d'être débarrassé de cette austérité de mœurs qui était une censure continuelle de sa dissolution et de ses débauches.

IV. Dans le même temps, Émilien prit en Égypte le titre d'empereur, et, s'étant emparé des magasins de blé, réduisit par la famine un grand nombre de villes:

flictu habito, cepit, atque imperatori Gallieno vivum transmisit. Ægyptus enim data Æmiliano per Transthebaitanos milites, quum Gallienus in luxuria et improbitate persisteret. Quumque ludibriis et helluationi vacaret, neque aliter rempublicam regeret, quam quum pueri fingunt per ludibria potestates, Galli, quibus insitum est esse leves, ac degenerantes a civitate Romana[5], et luxuriosos principes ferre non posse, Postumium ad imperium vocarunt; exercitibusque consentientibus, qui occupatum imperatorem libidinibus sentiebant querebanturque. Contra hunc Theodotus exercitum duxit[6]: quumque urbem, in qua erat Postumius, obsidere cœpisset, decernentibus Gallis, Gallienus, muros circumiens, sagitta ictus est; nam et per annos septem Postumius imperavit, et Gallias ab omnibus circumfluentibus barbaris validissime vindicavit. His coactus malis Gallienus, pacem cum Aureolo facit, oppugnandi Postumii studio : longoque bello tracto, per diversas obsidiones ac prœlia, rem modo feliciter, modo infeliciter, gessit. Accesserat præterea his malis, quod Scythæ Bithyniam invaserant, civitatesque deleverant. Denique Astacum, quæ postea Nicomedia dicta est, incensam graviter vastaverunt; denique, quasi conjuratione totius mundi, concussis orbis partibus, etiam in Sicilia quasi quoddam servile bellum exstitit, latronibus evagantibus, qui vix oppressi sunt.

V. Et hæc omnia Gallieni contemptu fiebant. Neque enim quidquam est ad audaciam malis, ad spem bono-

mais Théodote, général de Gallien, l'attaqua, le fit prisonnier, et l'envoya vivant à l'empereur. Ce qui avait déterminé en faveur d'Émilien les soldats qui étaient cantonnés sur les frontières de la Thébaïde, c'étaient les débauches de Gallien et les infamies de toute sorte où il restait plongé. Tout entier aux plaisirs et à la bonne chère, il gouvernait la république, comme les enfants, dans leurs jeux, s'amusent à faire les princes et les rois. Aussi les Gaulois qui, outre qu'ils sont naturellement inconstants, ne peuvent longtemps supporter les princes débauchés et indignes de la vertu romaine, appelèrent à leur tour Postumius à l'empire : leur choix fut facilement approuvé par les armées, qui voyaient avec indignation leur empereur uniquement occupé de ses plaisirs. Théodote marcha contre lui, et assiégea la ville où il était renfermé. Les Gaulois la défendirent avec courage, et, tandis que Gallien faisait le tour des murs, il fut atteint d'une flèche. Postumius conserva sept ans le pouvoir impérial, et défendit vaillamment les Gaules contre toutes les incursions des barbares. Gallien, contraint par ces revers, fit la paix avec Aureolus, pour tourner tous ses efforts contre Postumius : néanmoins la guerre traîna en longueur, il y eut divers siéges et divers combats, et les succès furent partagés. Ajoutez à ces maux que les Scythes avaient envahi la Bithynie, et détruit des villes. Enfin ils mirent le feu à Astacum, qui fut ensuite appelée Nicomédie, et y firent d'horribles ravages. Dans cet ébranlement de l'univers, comme si tout conspirait à la ruine de la république, il y eut aussi en Sicile une espèce de guerre d'esclaves, et l'on eut de la peine à réprimer les entreprises des brigands.

V. Or, tout cela ne venait que du mépris qu'inspirait Gallien ; car rien n'encourage plus l'audace des méchants,

rum bonis promptius, quam quum vel malus timetur, vel dissolutus contemnitur imperator. Gallieno et Faustino consulibus, inter tot bellicas clades etiam terræ motus gravissimus fuit, et tenebræ per multos dies; auditum præterea tonitruum, terra mugiente, non Jove tonante : quo motu multæ fabricæ devoratæ sunt cum habitatoribus, multi terrore mortui; quod quidem malum tristius in Asiæ urbibus fuit. Mota est et Roma, mota et Libya : hiatus terræ plurimis in locis fuerunt, quum aqua salsa in fossis appareret. Maria etiam multas urbes occuparunt. Pax igitur deum quæsita, inspectis sibyllæ libris, factumque Jovi Salutari, ut præceptum fuerat, sacrificium. Nam et pestilentia tanta exstiterat, vel Romæ, vel in Achaicis urbibus, ut uno die quinque millia hominum pari morbo perirent. Sæviente fortuna, quum hinc terræ motus, inde hiatus soli, ex diversis partibus pestilentia orbem Romanum vastaret, capto Valeriano, Gallis parte maxima obsessis, quum bellum Odenatus inferret, quum Aureolus perurgeret Illyricum, quum Æmilianus Ægyptum occupasset : Gothi, et Clodius, de quo dictum est superius [7], occupatis Thraciis, Macedoniam vastarunt, Thessalonicam obsederunt, neque usquam quies mediocriter salutem ostentare visa est; quæ omnia contemptu, ut sæpius diximus, Gallieni fiebant, hominis luxuriosissimi, et, si esset securus, ad omne dedecus paratissimi.

ni l'espérance des gens de bien, qu'un prince qui est craint pour sa cruauté ou méprisé pour sa dissolution. Sous le consulat de Gallien et de Faustinus, au milieu de tant de guerres et de tant de désastres, il y eut aussi un affreux tremblement de terre, et pendant plusieurs jours le ciel fut obscurci par d'épaisses ténèbres; on entendit, en outre, un bruit de tonnerre, qui venait, non des régions de l'air, mais des entrailles de la terre : beaucoup d'édifices furent engloutis avec leurs habitants, et il y eut grand nombre de gens qui moururent de frayeur. Ce désastre fut encore plus affreux dans les villes de l'Asie. Les secousses se firent sentir à la fois à Rome et dans la Libye : la terre s'entr'ouvrit en un grand nombre de lieux, et il jaillit de ses crevasses de l'eau salée. La mer envahit même plusieurs villes. Pour apaiser les dieux, on consulta les livres Sibyllins, et l'on fit, ainsi qu'ils l'ordonnaient, un sacrifice à Jupiter Sauveur. En effet, Rome et les villes de l'Achaïe avaient été, en outre, frappées d'une peste si terrible, que, dans un seul jour, elle enlevait cinq mille personnes. Ainsi la fortune épuisait sur nous à la fois toutes ses rigueurs : des tremblements de terre, des abîmes qui s'ouvraient, la peste en diverses régions à la fois, ravageaient l'empire romain; Valérien gémissait dans la captivité, les Gaules étaient en grande partie envahies, Odenat livrait des combats, Aureolus opprimait l'Illyrie, Émilien était maître de l'Égypte. Pour comble à tant de calamités, les Goths, et Clodius, dont nous avons parlé plus haut, s'emparèrent des Thraces, ravagèrent la Macédoine, assiégèrent Thessalonique, et nulle portion de l'empire n'était en repos, nulle part ne brillait la moindre lueur de salut. Or, nous ne nous lassons point de le dire, tous ces maux nous venaient du mépris qu'inspirait Gallien, le plus débauché des hommes, et qui, si les dangers ne l'avaient quelque peu retenu, se serait vautré dans toutes les infamies.

VI. Pugnatum est in Achaia, Martiano duce, contra eosdem Gothos[8]; unde victi per Achæos, recesserunt. Scythæ autem, hoc est pars Gothorum, Asiam vastabant. Tunc etiam templum Dianæ Ephesiæ dispoliatum et incensum est : cujus opes, fama in populos satis notæ. Pudet numerare inter hæc tempora, quum ista gererentur, quæ sæpe Gallienus malo generis humani quasi per jocum dixerit. Nam quum ei nuntiatum esset Ægyptum descivisse, dixisse fertur : « Quid? sine lino Ægyptio esse non possumus? » Quum autem vastatam Asiam et elementorum concursionibus, et Scytharum incursionibus, comperisset, « Quid, inquit, sine aphronitris esse non possumus? » Perdita Gallia, arrisisse ac dixisse perhibetur : « Non sine trabeatis sagis tuta respublica est? » Sic denique de omnibus partibus mundi, quum eas amitteret, quasi detrimentis vilium ministeriorum videretur affici, jocabatur. Ac ne quid mali deesset Gallieni temporibus, Byzantiorum civitas, clara navalibus bellis, claustrum Ponticum, per ejusdem Gallieni milites ita omnis vastata est, ut prorsus nemo superesset; denique nulla vetus familia apud Byzantios invenitur, nisi si quis, peregrinatione vel militia occupatus, evasit; qui antiquitatem generis nobilitatemque repræsentet.

VII. Contra Postumium igitur Gallienus cum Aureolo et Claudio duce, qui postea imperium obtinuit, principe generis Constantii cæsaris nostri[9], bellum in-

VI. Ces Goths furent vaincus par les habitants de l'Achaïe, commandés par Martianus, et se retirèrent. Mais les Scythes, autre peuple du même pays, ravageaient l'Asie. C'est à l'époque de cette invasion que le temple de Diane d'Éphèse, dont la richesse est si universellement connue, fut pillé et livré aux flammes. On rougit de rapporter les misérables plaisanteries de Gallien au milieu de ces calamités qui affligeaient le genre humain. Lorsqu'on lui annonça la défection de l'Égypte, on assure qu'il dit : « Quoi donc? ne pouvons-nous nous passer du lin d'Égypte! » Lorsqu'il apprit que l'Asie était dévastée à la fois et par le choc des éléments et par les incursions des Scythes : « Eh bien, dit-il, ne pouvons-nous nous passer de fleur de nitre? » A la nouvelle que la Gaule était perdue pour l'empire, il dit en souriant : « C'en est donc fait de la république, si elle n'a plus les casaques gauloises? » C'est ainsi qu'en perdant l'une après l'autre les diverses parties du monde, il plaisantait comme s'il n'avait perdu que les produits les plus vils. Aucun genre de calamités ne devait manquer au règne de Gallien : Byzance, cette ville si célèbre par ses guerres navales, cette clef de la mer du Pont, fut saccagée par les soldats de Gallien, à tel point que pas un seul habitant n'échappa à leur barbarie, et qu'il ne s'y trouve plus d'autres familles anciennes que celles dont le nom s'est perpétué par des gens que des voyages ou le service militaire ont alors sauvés de ce désastre.

VII. Gallien donc se mit en campagne contre Postumius. Il avait avec lui Aureolus et le général Claudius qui, plus tard, fut empereur, et dont notre césar Constance tire son origine. Postumius était secondé par de

cepit : et quum multis auxiliis Postumius juvaretur Celticis ac Francicis, in bellum cum Victorino processit, cum quo imperium participaverat. Victrix Gallieni pars fuit, pluribus prœliis eventuum ratione decursis. Erat enim in Gallieno subitæ virtutis audacia : nam aliquando injuriis graviter movebatur. Denique ad vindictam Byzantiorum processit : et quum non putaret recipi se posse muris, receptus alio die, omnes milites inermes, armatorum corona circumdatos, interemit, fracto fœdere quod promiserat. Per eadem tempora etiam Scythæ, in Asia Romanorum ducum virtute ac ductu vastati, ad propria recesserunt. Interfectis sane militibus apud Byzantium, Gallienus, quasi magnum aliquid gessisset, Romam cursu rapido convolavit, convocatisque patribus, decennia celebravit, novo genere ludorum, nova specie pomparum, exquisito genere voluptatum.

VIII. Jam primum, inter togatos patres et equestrem ordinem, albatos milites, et omni populo præeunte, servis etiam prope omnium, et mulieribus, cum cereis facibus et lampadibus præcedentibus, Capitolium petiit. Processerunt etiam altrinsecus centeni albi boves, cornibus auro jugatis, et dorsualibus sericis discoloribus præfulgentes : agnæ candentes ab utraque parte ducentæ præcesserunt, et decem elephanti, qui tunc erant Romæ; mille ducenti gladiatores pompaliter ornati, cum auratis vestibus matronarum; mansuetæ feræ diversi generis ducentæ, ornatu quammaximo affectæ;

nombreux secours des Celtes et des Francs, et il avait avec lui Victorinus, qu'il s'était associé dans le pouvoir suprême. Après plusieurs combats, dont les succès furent variés, le parti de Gallien resta vainqueur; car il y avait dans Gallien des étincelles soudaines de courage, et il arrivait quelquefois qu'il ressentait vivement une injure. Enfin il se disposa à tirer vengeance des Byzantins. Il n'espérait point que cette ville lui ouvrît ses portes; cependant, dès le lendemain de son arrivée, il fut reçu dans l'enceinte des murs. Aussitôt il fit environner de ses troupes les soldats désarmés, et, contre la foi de ses promesses, il les massacra. Dans le même temps aussi, les Scythes, battus en Asie, et ne pouvant plus résister à la valeur et à l'habileté des généraux romains, se retirèrent dans leur pays. Après le massacre des soldats de Byzance, Gallien, comme s'il eût fait quelque grand exploit, courut à Rome, convoqua les sénateurs, et célébra la dixième année de son empire par des jeux, des plaisirs d'un nouveau genre, et des fêtes d'une magnificence inouïe.

VIII. Et d'abord, au milieu des sénateurs en toges, de l'ordre des chevaliers, des soldats vêtus de blanc, et précédé de tout le peuple, de presque tous les esclaves, et des femmes qui portaient à la main des flambeaux de cire et des lampes, Gallien se rendit au Capitole. A droite et à gauche s'avançaient aussi en procession deux par deux, cent bœufs blancs, les cornes dorées, et le dos couvert de riches housses de soie de diverses couleurs : en avant de ces bœufs marchaient deux cents brebis blanches sur deux lignes, et dix éléphants qui se trouvaient alors à Rome; douze cents gladiateurs magnifiquement vêtus de robes étincelantes d'or, telles qu'en portent les dames romaines; deux cents bêtes féroces de divers genres que l'on avait apprivoisées, couvertes des plus riches

carpenta cum mimis et omni genere histrionum; pugiles sacculis, non veritate pugilantes. Cyclopea etiam luserunt omnes apenarii[10], ita ut miranda quædam et stupenda monstrarent. Omnes viæ ludis, strepituque, et plausibus personabant; ipse medius cum picta toga et tunica palmata inter patres, ut diximus, omnibus sacerdotibus prætextatis, Capitolium petiit. Hastæ auratæ altrinsecus quingenæ, vexilla centena : et præter ea, quæ collegiorum erant[11], dracones[12], et signa templorum omniumque legionum ibant. Ibant præterea gentes simulatæ, ut Gothi, Sarmatæ, Franci, Persæ : ita ut non minus quam ducenti, singulis globis ducerentur.

IX. Hac pompa homo ineptus eludere se credidit populum Romanum : sed, ut sunt Romanorum facetiæ, alius Postumio favebat, alius Regilliano, alius Aureolo, alius Æmiliano, alius Saturnino : nam et ipse jam imperare dicebatur. Inter hæc ingens querela de patre, quem inultum filius liquerat, et quem externi utcunque vindicaverant. Nec tamen Gallienus ad talia movebatur, obstupefacto voluptatibus corde : sed ab iis qui circum eum erant, requirebat, et « Quid habemus in prandio? » et « Quæ voluptates paratæ sunt? » et « Qualis cras erit cœna[13]? Quales Circenses? » Sic confecto itinere, celebratisque hecatombis, ad domum regiam rediit; conviviisque et epulis depulsis, alios dies voluptatibus publicis

ornements; des chars avec des mimes et des histrions de toutes sortes; des athlètes qui, armés de cestes inoffensifs, simulaient des combats de pugilat. Il y avait aussi des saltimbanques qui représentaient diverses scènes du Cyclope, et excitaient l'étonnement et l'admiration par les choses merveilleuses qu'ils faisaient. Toutes les rues retentissaient du bruit des jeux et des applaudissements de la foule. Quant à lui, vêtu d'une toge brodée et d'une tunique ornée de palmes, environné des sénateurs, comme nous l'avons dit, et de tous les prêtres revêtus de la prétexte, il se rendit au Capitole. Des deux côtés l'on voyait s'avancer cinq cents lances dorées, et cent étendards, sans compter ceux des différentes corporations de la ville, et, en outre, les dragons et les enseignes de tous les temples et de toutes les légions. Enfin diverses nations y étaient représentées, comme les Goths, les Sarmates, les Francs, les Perses, et il n'y avait pas moins de deux cents hommes par bande.

IX. Par une telle pompe, cet homme inepte s'imaginait en imposer au peuple; mais les Romains avaient l'esprit trop fin et trop pénétrant pour s'y laisser prendre: les uns faisaient des vœux pour Postumius, les autres pour Regillianus, d'autres pour Aureolus, pour Émilien ou pour Saturninus; car on disait déjà que ce dernier avait aussi revêtu la pourpre impériale. L'on gémissait sur la captivité de Valérien, et l'on s'indignait de ce que son fils l'abandonnait à son malheureux sort, tandis que des étrangers avaient tout fait pour le venger. Mais Gallien était insensible à ces plaintes, tant les plaisirs avaient émoussé en lui les sentiments du cœur; et il disait à ceux qui l'environnaient: « Qu'avons-nous à dîner? Quels plaisirs a-t-on préparés? Et demain, quel sera notre dîner? Quels jeux y aura-t-il au Cirque? » Ayant ainsi terminé la marche triomphale, et offert les hécatombes, il retourna au palais; et, quand il se fut bien rassasié de

deputabat. Prætereundum non est haud ignobile facetiarum genus; nam quum grex Persarum, quasi captivorum [14], per pompam (rem ridiculam) duceretur, quidam scurræ miscuerunt se Persis, diligentissime scrutantes omnia, atque uniuscujusque vultum mira inhiatione mirantes; a quibus quum quæreretur quidnam agerent illa sollertia; illi responderunt, « Patrem principis quærimus. » Quod quum ad Gallienum pervenisset, non pudore, non mœrore, non pietate commotus est, scurrasque jussit vivos exuri; quod populus factum tristius, quam quisquam existimaret, tulit : milites verò ita doluerunt, ut non multo post vicem redderent.

X. Gallieno et Saturnino consulibus [15], Odenatus, rex Palmyrenorum, obtinuit totius Orientis imperium; idcirco præcipue, quod se fortibus factis dignum tantæ majestatis infulis declaravit; Gallieno aut nullas, aut luxuriosas, aut ineptas et ridiculas res agente; denique statim bellum Persis in vindictam Valeriani, quam ejus filius negligebat, indixit. Nisibin et Carras statim occupat, tradentibus sese Nisibenis atque Carrenis, et increpantibus Gallienum. Nec defuit tamen reverentia Odenati circa Gallienum; nam captos satrapas, insultandi prope gratia, et ostentandi sui, ad eum misit; qui quum Romam deducti essent, vincente Odenato triumphavit Gallienus, nulla mentione patris facta : quem nec inter deos quidem, nisi coactus, retulit, quum mortuum audisset, sed adhuc viventem : nam de illius morte falso compere-

bonne chère et de festins, il consacra les jours suivants aux plaisirs publics. Je ne dois point oublier ici une plaisanterie qui ne manquait point de finesse. Tandis que, dans la marche, pour comble de ridicule, on conduisait une troupe de Perses, comme si c'étaient des prisonniers, quelques plaisants se mêlèrent à ces prétendus Perses, paraissant chercher partout avec grand soin, et examinant chacun au visage avec une curiosité singulièr . On leur demanda ce qui les occupait tant ; ils répondirent : « Nous cherchons le père du prince. » Cette plaisanterie, rapportée à Gallien, n'excita en lui aucun sentiment de honte, ni de chagrin, ni de tendresse filiale, et il fit brûler vifs ceux qui en étaient les auteurs. Le peuple fut plus douloureusement affecté de leur supplice qu'on n'aurait pu s'y attendre ; et les soldats en furent si indignés, qu'ils ne tardèrent pas à les venger.

X. Sous le consulat de Gallien et de Saturninus, Odenat, roi de Palmyre, obtint l'empire de tout l'Orient. Il dut cette haute fortune à son courage et à ses exploits, qui le montrèrent digne de la souveraine puissance ; il la dut aussi à la honteuse indolence de Gallien, qui restait dans une inaction absolue, ou n'en sortait que pour s'occuper de débauches ou d'amusements ineptes et méprisables. Odenat déclara aussitôt la guerre aux Perses pour délivrer Valérien, qu'abandonnait son fils. Il s'empara de Nisibe et de Carres, dont les habitants, indignés contre Gallien, se soumirent à son autorité. Malgré ses succès, Odenat ne cessa point de traiter Gallien avec respect : il lui envoya même des satrapes qu'il avait faits prisonniers. Était-ce une espèce d'insulte, était-ce un prétexte pour faire étalage de ses exploits ? Quoi qu'il en soit, lorsque ces satrapes furent arrivés à Rome, Gallien triompha des ennemis qu'Odenat avait vaincus, et ne fit aucune mention de son père : ce ne fut même que malgré lui et par contrainte qu'il le mit au rang des

rat. Odenatus autem ad Ctesiphontem Parthorum multitudinem obsedit : vastatisque circum omnibus locis, innumeros homines interemit. Sed quum satrapæ omnes ex omnibus regionibus illuc, defensionis communis gratia, convolassent, fuerunt longa et varia prœlia ; longior tamen Romana victoria : et quum nihil aliud ageret, nisi ut Valerianum Odenatus liberaret, instabat quotidie, ac locorum difficultatibus, in alieno solo, imperator optimus laborabat.

XI. Dum hæc apud Persas geruntur, Scythæ in Cappadociam pervaserunt : illic captis civitatibus, bello etiam vario diu acto, se ad Bithyniam contulerunt [16]. Quare milites iterum de novo imperatore faciendo cogitaverunt : quos omnes Gallienus more suo, quum placare atque in gratiam suam reducere non posset, occidit. Quum tamen sibi milites dignum principem quærerent, Gallienus apud Athenas archon erat, id est summus magistratus, vanitate illa, qua et civis adscribi desiderabat, et sacris omnibus interesse : quod neque Hadrianus in summa felicitate, neque Antoninus in adulta fecerat pace [17] ; quum tanto studio Græcarum docti fuerint litterarum, ut raro aliquibus doctissimis magnorum arbitrio cesserint virorum. Areopagitarum præterea cupiebat ingeri numero, contempta prope republica. Fuit enim Gallienus, quod negari non potest, oratione, poe-

dieux, lorsque lui vint la fausse nouvelle de sa mort; car le bruit courut que Valérien avait cessé d'exister, quoiqu'il fût encore vivant. Odenat, de son côté, assiégea la ville de Ctésiphon, où s'étaient renfermés un grand nombre de Parthes; il dévasta tous les environs, et fit un grand carnage des ennemis. Mais, les satrapes étant venus de toutes les parties du royaume pour concourir à la défense commune, il y eut de nombreux combats dont les succès furent variés; cependant la victoire finit par rester aux Romains : car Odenat, dont l'unique pensée était d'arracher Valérien à sa captivité, revenait tous les jours à la charge, et ce grand prince luttait avec opiniâtreté contre tous les obstacles d'un pays qui lui était étranger.

XI. Tandis que ces choses se passaient chez les Perses, les Scythes firent invasion dans la Cappadoce, s'emparèrent des villes, et, après avoir longtemps combattu avec des alternatives de revers et de succès, allèrent attaquer la Bithynie. En présence de tels désastres, les soldats pensèrent de nouveau à se choisir un autre empereur; Gallien, selon sa manière d'agir habituelle, ne pouvant ni les apaiser ni les faire rentrer dans le devoir, les fit tous massacrer. Or, tandis que les troupes cherchaient à se donner un prince digne de l'empire, Gallien était archonte à Athènes, c'est-à-dire premier magistrat, par suite de cette sotte vanité qui lui avait fait désirer d'être inscrit au nombre des citoyens de cette ville et initié à tous les mystères, ce que n'avait point fait Adrien dans sa plus grande prospérité, ni Antonin au milieu d'une profonde paix, quoique l'un et l'autre fussent tellement instruits dans les lettres grecques, qu'à en croire d'excellents juges, il n'y avait guère de savants qui l'emportassent sur eux. Il voulait même faire partie de l'aréopage, tant il paraissait mépriser l'empire. Du reste, il faut avouer que Gallien était distingué par son

mate, atque omnibus artibus clarus; hujus est illud epithalamium, quod inter centum poetas præcipuum fuit; nam quum fratrum suorum filios conjugaret, et omnes poetæ Græci Latinique epithalamia dixissent, idque per dies plurimos, quum ille manus sponsorum teneret, ut quidam dicunt, sæpius ita dixisse fertur :

Ite, ait, o pueri, pariter sudate medullis
Omnibus inter vos : non murmura vestra columbæ,
Brachia non hederæ, non vincant oscula conchæ.

Longum est, ejus versus orationesque connectere, quibus suo tempore tam inter poetas, quam inter rhetores emicuit. Sed aliud in imperatore quæritur, aliud in oratore vel poeta flagitatur.

XII. Laudatur sane ejus optimum factum ; nam, consulto Valeriani fratris sui et Lucilli propinqui, ubi comperit ab Odenato Persas vastatos, redactam Nisibin et Carras in potestatem Romanam, omnem Mesopotamiam nostram, denique Ctesiphontem esse perventum, fugisse regem, captos satrapas, plurimos Persarum occisos; Odenatum, participato imperio, augustum vocavit, ejusque monetam, qua Persas captos traheret, cudi jussit : quod et senatus, et Urbs, et omnis ætas gratanter accepit. Fuit præterea idem ingeniosissimus : cujus ostendentia acumen pauca libet ponere. Nam quum taurum ingentem in arenam misisset, exissetque ad eum feriendum venator, neque perductum decies potuisset

éloquence, et par son talent dans la poésie et dans tous les beaux-arts. On a de lui un épithalame qui l'emporta sur tous ceux qu'avaient composés cent autres poëtes. Lorsqu'il maria les fils de ses frères, tous les poëtes grecs et latins ayant pendant plusieurs jours récité des pièces de vers, il prit les mains des fiancés, et dit un épithalame où se trouvaient souvent répétés ces mots :

« Allez, enfants, livrez-vous avec une égale ardeur aux plus doux plaisirs : que vos soupirs ne le cèdent point à ceux de la colombe, que vos bras s'entrelacent comme le lierre à l'ormeau; et, dans vos tendres baisers, soyez unis comme la coquille des mers s'unit à la coquille. »

Il serait trop long de rapporter ici les vers et les discours qui lui firent un rang distingué tant parmi les poëtes que parmi les orateurs. D'ailleurs, autre est le mérite que l'on cherche dans un empereur, autre celui d'un orateur ou d'un poëte.

XII. On rapporte de lui une action digne d'éloge. En effet, lorsqu'il apprit qu'Odenat avait battu les Perses, réduit sous la puissance romaine Nisibe, Carres et toute la Mésopotamie; qu'enfin il était parvenu jusqu'à Ctésiphon, qu'il avait mis le roi en fuite, fait prisonniers les satrapes, et tué un nombre infini de Perses, Gallien, après avoir pris conseil de son frère Valérien et de Lucille, son parent, appela Odenat au partage de l'empire, lui donna le titre d'auguste, et fit frapper de la monnaie à son effigie, où il était représenté traînant à son char les Perses captifs : un choix si honorable fut accueilli avec joie et reconnaissance par le sénat, par le peuple, et par tout l'empire. On ne peut refuser, non plus, à Gallien beaucoup de finesse dans l'esprit : j'en citerai ici quelques exemples. L'on avait lâché dans l'arène un énorme taureau qu'un chasseur devait tuer à coups de

occidere, coronam venatori misit; mussantibusque cunctis quid rei esset, quod homo ineptissimus coronaretur, ille per curionem dici jussit, « Taurum toties non ferire difficile est. » Idem, quum quidam gemmas vitreas pro veris vendidisset ejus uxori, atque illa, re prodita, vindicari vellet, surripi, quasi ad leonem, venditorem jussit, deinde e cavea caponem emitti : mirantibusque cunctis rem tam ridiculam, per curionem dici jussit, « Imposturam fecit, et passus est; » deinde negotiatorem dimisit. Occupato tamen Odenato bello Persico, et Gallieno rebus ineptissimis, ut solebat, incumbente, Scythæ, navibus factis, Heracleam pervenerunt; atque inde cum præda in solum proprium reverterunt, quamvis multi naufragio perierint, navali bello superati.

XIII. Per idem tempus Odenatus, insidiis consobrini sui, interemptus est cum filio Herode, quem et ipsum imperatorem appellaverat. Tum Zenobia, uxor ejus, quod parvuli essent filii ejus, qui supererant, Herennius et Timolaus, ipsa suscepit imperium, diuque rexit non muliebriter, neque more femineo; sed non solum Gallieno virago melius imperare potuisset, verum etiam multis imperatoribus fortius atque solertius. Gallieno sane ubi nuntiatum, Odenatum interemptum, bellum Persis ad seram nimis vindictam patris paravit, collectisque per Heraclianum ducem militibus, solertis principis rem gerebat; qui tamen Heraclianus, quum contra

flèches ou de javelots. Dix fois on ramena ce taureau, sans que le chasseur pût l'atteindre de ses traits. Gallien lui envoya une couronne, et, comme tout le monde murmurait de ce que l'on couronnait un homme si maladroit, il fit dire par le héraut : « C'est que manquer tant de fois un taureau est chose difficile. » Une autre fois, un marchand ayant vendu comme vraies de fausses pierreries à l'impératrice, aussitôt qu'elle eut reconnu la fraude, cette princesse irritée demanda qu'il fût châtié. Gallien fit saisir cet homme comme pour le livrer aux lions; puis, de la loge des bêtes féroces, il fit lâcher sur lui un chapon. Comme on s'étonnait de cette singularité, il fit dire par le crieur : « Cet homme a trompé, il est trompé à son tour; » et il renvoya le marchand. Tandis qu'Odenat était retenu par la guerre contre les Perses, et que Gallien, selon son habitude, perdait son temps dans de misérables occupations, les Scythes se firent une flotte, parvinrent à Héraclée, et, chargés de butin, s'en retournèrent dans leur pays : un grand nombre cependant avaient péri dans un combat naval où ils furent battus.

XIII. Sur ces entrefaites, Odenat périt par les embûches d'un cousin germain, avec son fils Hérode, auquel il avait aussi donné le titre d'empereur. Zénobie, sa veuve, dont les enfants, Herennius et Timolaüs, étaient encore en bas âge, prit elle-même les rênes de l'empire, et cette femme courageuse, si fort au-dessus de son sexe, gouverna longtemps avec une énergie et une habileté qui auraient fait honte, non-seulement à Gallien, mais à beaucoup d'autres empereurs. Lorsque Gallien apprit la mort d'Odenat, il pensa enfin à venger son père, et se prépara à porter la guerre chez les Perses. Il chargea Héraclien de lever des troupes, et montra lui-même l'activité d'un prince. Du reste, Héraclien, s'étant mis en marche contre les Perses, fut vaincu, et son armée entièrement détruite par Zénobie, qui commandait avec

Persas profectus esset, a Palmyrenis victus, omnes, quos paraverat, milites perdidit, Zenobia Palmyrenis et Orientalibus plerisque viriliter imperante. Inter hæc Scythæ, per Euxinum navigantes, Istrum ingressi, multa gravia in solo Romano fecerunt; quibus compertis, Gallienus Cleodamum et Athenæum Byzantios, instaurandis urbibus muniendisque præfecit : pugnatumque est circa Pontum, et a Byzantiis ducibus victi sunt barbari. Veneriano item duce, navali bello Gothi superati sunt : tum ipse Venerianus militari periit morte. Atque inde Cyzicum et Asiam, deinceps Achaiam omnem vastaverunt, et ab Atheniensibus, duce Dexippo, scriptore horum temporum, victi sunt; unde pulsi per Epirum, Acarnaniam, Bœotiam, pervagati sunt. Gallienus interea, vix excitatus publicis malis, Gothis vagantibus per Illyricum occurrit, et fortuito plurimos interemit; quo comperto, Scythæ facta carragine per montem Gessacem fugere sunt conati[18]. Omnes inde Scythas Martianus varia bellorum fortuna agitavit[19] : quæ omnes Scythas ad rebellionem excitarunt.

XIV. Et huc quidem Heracliani ducis erga rempublicam devotio fuit[20]. Verum quum Gallieni tantam improbitatem ferre non possent, consilium inierunt Martianus et Heraclianus, ut alter eorum imperium caperet[21] : et Claudius quidem, ut suo dicemus loco, vir omnium optimus, electus est, qui consilio non affuerat, eaque

une mâle énergie les peuples de Palmyre et de presque tout l'Orient. Sur ces entrefaites, les Scythes, ayant traversé l'Euxin, pénétrèrent dans le Danube, et firent d'affreux ravages sur le territoire romain. A cette nouvelle, Gallien chargea les Byzantins Cleodamus et Athénée de réparer et de fortifier les villes : on combattit sur les rivages du Pont, et les barbares furent vaincus par les généraux de Byzance. Venerianus, de son côté, remporta sur les Goths une victoire navale; mais lui-même perdit la vie dans la bataille. De là les barbares portèrent leurs ravages à Cyzique et dans l'Asie; ils passèrent ensuite dans l'Achaïe, qu'ils dévastèrent tout entière. Vaincus et chassés par les Athéniens, sous les ordres de Dexippe, écrivain en même temps que général, ils parcoururent en les ravageant l'Épire, l'Acarnanie et la Béotie. Enfin, ils dévastaient l'Illyrie, lorsque Gallien, que réveillaient à peine les maux publics, vint à leur rencontre, tomba sur eux à l'improviste et en fit un grand carnage. A cette nouvelle, les Scythes rassemblèrent des charrois, s'en firent un rempart, et voulurent s'enfuir par le mont Gessace. Martianus les poursuivit avec des alternatives de succès et de revers, ce qui excita toutes les peuplades scythes à prendre les armes contre Rome.

XIV. Le général Héraclien s'était jusque-là montré dévoué à la république. Mais ne pouvant supporter plus longtemps la perversité de Gallien, qui allait au delà de toutes les bornes, Martianus et lui convinrent ensemble que l'un d'eux prendrait l'empire : cependant ce fut Claudius, comme nous le dirons en son temps, qui fut élu, quoiqu'il n'eût point pris part à cette délibération. C'était l'homme le plus vertueux de cette époque, et il s'était

apud cunctos reverentia, ut dignus videretur imperio, quemadmodum postea comprobatum est; is enim est Claudius, a quo Constantius, vigilantissimus cæsar, originem ducit. Fuit iisdem socius in appetendo imperio quidam Ceronius sive Cecropius, dux Dalmatarum, qui eos et urbanissime et prudentissime adjuvit. Sed quum imperium capere vivo Gallieno non possent, hujusmodi eum insidiis appetendum esse duxerunt, ut labem improbissimam, malis fessa republica, a gubernaculis humani generis dimoverent, ne diutius theatro et Circo addicta respublica, per voluptatum deperiret illecebras. Insidiarum genus fuit tale. Gallienus ab Aureolo, qui principatum invaserat, dissidebat, sperans quotidie gravem et intolerabilem tumultuarii imperatoris adventum. Hoc scientes Martianus et Cecropius, subito Gallieno jusserant nuntiari Aureolum jam venire. Ille igitur, militibus congregatis, quasi certum processit ad prœlium, atque ita missis percussoribus interemptus est. Et quidem Cecropii Dalmatarum ducis gladio Gallienus dicitur esse percussus, ut quidam ferunt, circa Mediolanum : ubi continuo et frater ejus Valerianus est interemptus, quem multi augustum, multi cæsarem, multi neutrum fuisse dicunt : quod verisimile non est. Siquidem capto jam Valeriano, scriptum invenimus in fastis, « Valeriano imperatore consule; » quis igitur alius potuit esse Valerianus, nisi Gallieni frater? Constat de genere : non satis tamen con-

acquis tant d'estime et de respect, que tout le monde le regardait comme digne de l'empire : l'événement prouva dans la suite qu'on ne s'était point trompé. En effet, c'est le même Claudius dont Constance, ce césar qui veille avec tant de soin sur la république, a tiré son origine. Dans ce projet d'élever Claude à l'empire, les généraux dont nous avons parlé furent secondés avec autant de prudence que de désintéressement par un certain Ceronius ou Cecropius, général des Dalmates. On ne pouvait s'emparer de l'empire tant que vivrait Gallien. On résolut donc de lui dresser des embûches, et d'arracher la république à la domination de ce monstre d'infamie qui opprimait le genre humain, de peur que, si elle restait plus longtemps livrée aux plaisirs du théâtre et du Cirque, elle ne finît par y épuiser ses forces et y périr. Tel fut le piége qu'on lui tendit. Gallien était en guerre ouverte avec Aureolus, qui s'était arrogé le titre de prince, et il s'attendait à voir arriver d'un jour à l'autre cet empereur élu par une armée rebelle. Martianus et Cecropius, qui n'ignoraient point les alarmes auxquelles Gallien était en proie, lui font tout à coup annoncer qu'Aureolus arrive. Gallien réunit ses troupes, et s'avance comme à un combat certain ; mais des assassins envoyés par les généraux lui donnent la mort. Selon quelques historiens, ce fut Cecropius, le général des Dalmates, qui le frappa lui-même de son épée, aux environs de Milan. Là aussi et dans le même temps périt son frère Valérien, à qui les uns donnent le nom d'auguste, d'autres celui de césar, tandis que d'autres prétendent qu'il ne fut ni l'un ni l'autre : ce qui n'est guère vraisemblable. Car à une époque où son père Valérien était déjà prisonnier chez les Perses, nous voyons inscrit dans les fastes : « L'empereur Valérien consul. » Or de quel autre peut-il être question que du frère de Gallien ? Ainsi l'on est d'accord sur sa qualité de fils et de frère

stat de dignitate, vel, ut cœperunt alii loqui, de majestate[22].

XV. Occiso igitur Gallieno, seditio ingens militum fuit, quum, spe prædæ ac publicæ vastationis, imperatorem sibi utilem, necessarium, fortem, efficacem, ad invidiam faciendam, dicerent raptum. Quare consilium principum fuit, ut milites ejus, quo solent placari genere, sedarentur. Promissis itaque per Martianum aureis vicenis[23], et acceptis (nam præsto erat thesaurorum copia), Gallienum tyrannum militari judicio in fastos publicos retulerunt. Sic militibus sedatis, Claudius, vir sanctus ac jure venerabilis, et bonis omnibus carus, amicus patriæ, amicus legibus, acceptus senatui, populo bene cognitus, accepit imperium.

XVI. Hæc vita Gallieni fuit, breviter a me litteris intimata, qui natus abdomini et voluptatibus, dies ac noctes vino et stupris perdidit, orbem terrarum triginta prope tyrannis vastari fecit; ita ut etiam mulieres illo melius imperarent. Ac ne ejus prætereatur miseranda solertia, veris tempore cubicula de rosis fecit, de pomis castella composuit, uvas triennio servavit; hieme summa, melones exhibuit; mustum quemadmodum toto anno haberetur, docuit; ficos virides, et poma ex arboribus recentia, semper alienis mensibus præbuit; mantilibus aureis semper stravit; gemmata vasa fecit, eademque aurea; crinibus suis auri scobem aspersit: radiatus sæpe

d'empereur; mais l'on ne sait pas d'une manière aussi certaine s'il eut la dignité, ou, pour me servir du langage qui commence à s'introduire, la majesté impériale.

XV. Après la mort de Gallien, il éclata une sédition parmi les soldats, qui, dans l'espoir du butin et d'un pillage général, criaient, pour exciter le désordre, qu'on leur avait enlevé un excellent empereur, nécessaire à la république, plein de courage et d'activité. Les généraux prirent le parti de les apaiser en employant le moyen qui réussit toujours en pareil cas : ils promirent, par l'intermédiaire de Martianus, vingt pièces d'or par tête, et lorsque cette somme eut été payée (car le trésor était abondamment fourni), les soldats déclarèrent tyran l'empereur Gallien, qui fut dès lors inscrit sous ce titre dans les fastes publics. L'armée ainsi apaisée, Claude, homme irréprochable et digne de toute vénération, chéri de tous les gens de bien, dévoué à sa patrie, soumis aux lois, agréable au sénat, et estimé du peuple, fut proclamé empereur.

XVI. Telle est, en peu de mots, la vie de Gallien, qui, comme s'il n'était né que pour les festins et pour les plaisirs, consuma ses jours et ses nuits dans le vin et dans les débauches, et livra l'univers aux ravages de près de trente tyrans, de telle sorte que des femmes même régnèrent plus glorieusement que lui. Pour ne pas passer sous silence sa misérable industrie, j'ajouterai qu'au printemps il se faisait des chambres à coucher avec des roses; qu'il construisait des châteaux avec des fruits; qu'il savait conserver le raisin pendant trois ans; qu'au plus fort de l'hiver il servait à sa table des melons, et qu'il enseigna la manière d'avoir du moût toute l'année. Il avait toujours, hors de la saison, des figues vertes et des fruits nouveaux. Le linge de sa table était d'étoffes d'or, les vases également d'or, enrichis de pierreries. Il saupoudrait ses cheveux de poudre

processit[24]; cum chlamyde purpurea, gemmatisque fibulis et aureis Romæ visus est, ubi semper togati principes videbantur : purpuream tunicam auratamque virilem, eamdemque manicatam habuit; gemmato balteo usus est : caligas gemmatas annexuit, quum campagos reticulos appellaret[25]. Convivatus in publico est : congiariis populum mollivit : senatui sportulam sedens erogavit. Matronas ad consulatum suum rogavit[26], iisdemque, manum sibi osculantibus, quaternos aureos sui nominis dedit.

XVII. Ubi de Valeriano patre comperit quod captus esset, id, quod philosophorum optimus[27] de filio amisso dixisse fertur, « Sciebam, me genuisse mortalem; » dixit ille, « Sciebam, patrem meum esse mortalem. » Nec defuit Annius Cornicula, qui eum, quasi constantem principem, falso sua voce laudaret; pejor tamen ille, qui credidit. Sæpe ad tibicinem processit, ad organum se recepit, quum processui et recessui cani juberet. Lavit ad diem, septimo æstate, vel sexto; hieme secundo, vel tertio. Bibit in aureis semper poculis, aspernatus vitrum, dicens nil esse eo communius. Semper vina variavit; neque unquam in uno convivio ex uno vino duo pocula bibit. Concubinæ in ejus tricliniis sæpe accubuerunt. Mensam secundam, scurrarum et

d'or, et souvent il parut en public la tête ceinte d'une couronne à rayons. On le vit dans Rome, où les princes ne se montraient jamais qu'avec la toge, revêtu d'un manteau de pourpre avec des agrafes d'or, garnies de pierres précieuses. Il portait une tunique de pourpre à manches, telle qu'elle est d'usage pour les hommes, mais brodée en or. Son baudrier était couvert de pierres précieuses; il en garnissait également sa chaussure, qui était une espèce de brodequin; car il avait dédaigné celle de ses prédécesseurs, qu'il appelait un misérable réseau. Il donna quelquefois des repas publics, et, à force de largesses, il adoucit en sa faveur les esprits du peuple. Siégeant au sénat, il distribua la sportule aux membres de ce corps. Lorsqu'il était consul, il invitait les dames romaines elles-mêmes à assister à son entrée en charge, et, après qu'elles lui avaient baisé la main, il leur donnait à chacune quatre pièces d'or à son effigie.

XVII. Lorsqu'il apprit la nouvelle que Valérien, son père, était prisonnier des Perses, à l'imitation de ce grand philosophe qui, à la mort de son fils, se contenta de dire : « Je savais bien en lui donnant le jour qu'il était mortel, » de même Gallien dit : « Je savais bien que mon père n'était qu'un mortel. » Il se trouva un homme, Annius Cornicula, qui ne rougit point de louer la fermeté du prince; mais il fut encore plus méprisable, lui qui le crut. Souvent, lorsqu'il sortait ou qu'il rentrait, il faisait sonner la marche et la retraite. Il se baignait six ou sept fois par jour en été, et deux ou trois fois en hiver. Il buvait toujours dans des vases d'or, dédaignant le verre comme trop commun. Il changeait sans cesse de vin, et jamais il ne but deux fois du même dans un repas. Souvent ses concubines assistaient à ses festins, et presque toujours, au dessert, il avait des bouffons et des mimes. Lorsqu'il se rendait aux jardins auxquels il avait donné son nom, tous les officiers du palais le sui-

mimorum semper prope habuit. Quum iret ad hortos nominis sui, omnia palatina officia sequebantur. Ibant et præfecti, et magistri officiorum omnium[28] : adhibebantur et conviviis, et natationibus lavabant etiam simul cum principe; admittebantur sæpe etiam mulieres; cum ipso, pulchræ et puellæ; cum illis, anus deformes : et jocari se dicebat, quum orbem terrarum undique perdidisset.

XVIII. Fuit tamen nimiæ crudelitatis in milites : nam et terna millia, et quaterna militum, singulis diebus occidit. Statuam sibi majorem colosso fieri præcepit, Solis habitu; sed ea imperfecta periit. Tam magna denique cœperat fieri, ut duplex ad colossum videretur. Poni autem illam voluerat in summo Esquiliarum monte, ita ut hastam teneret, per cujus scapum[29] infans ad summum posset ascendere; sed et Claudio et Aureliano deinceps stulta res visa est; siquidem etiam equos et currum fieri jusserat pro qualitate statuæ, atque in acutissima base poni[30]. Porticum Flaminiam usque ad pontem Milvium et ipse paraverat ducere, ita ut tetrastiche fieret, ut autem alii dicunt, pentastiche : ita ut primus ordo pilas haberet, et ante se columnas cum statuis; secundus et tertius, et deinceps διὰ τεσσάρων columnas. Longum est ejus cuncta in litteras mittere; quæ qui volet scire, legat Palfurium Suram, qui ephemeridas ejus vitæ composuit. Nos ad Saloninum revertamur.

vaient. Il était aussi accompagné des préfets et de tous les chefs de service : ils étaient admis à ses repas; ils se baignaient avec lui. Dans ces occasions, il arriva souvent que des femmes même furent admises : il se réservait celles qui étaient jeunes et belles, et laissait à ses convives les vieilles et les laides : c'était là ce qu'il appelait se divertir, et cependant il avait ainsi consommé la ruine de l'univers.

XVIII. Ce même prince était, envers les soldats, d'une cruauté excessive : il en fit massacrer jusqu'à trois et quatre mille en un seul jour. Il voulut qu'on lui érigeât une statue avec les attributs du Soleil, plus grande que le Colosse; mais il périt avant qu'elle ne fût achevée. On l'avait commencée sur de si grandes dimensions, qu'elle eût été double du Colosse. Or, il voulait qu'elle fût placée au sommet du mont Esquilin, et qu'elle tînt à la main une pique creuse dans l'intérieur de laquelle un enfant pût monter jusqu'au haut. Mais, par la suite, Claude et Aurélien trouvèrent absurde l'idée de ce monument, d'autant plus que Gallien avait aussi ordonné que l'on fît des chevaux et un char en proportion avec la statue, et que le tout fût établi sur une base très-haute. Il se proposait aussi de prolonger le portique de Flaminius jusqu'au pont Milvius; il y aurait eu quatre rangs de colonnes, ou, selon d'autres, cinq, dont le premier avec des pilastres précédés de colonnes ornées de statues, et les trois autres de simples colonnes rangées quatre par quatre. Il serait trop long de dire en détail tout ce qui concerne ce prince; si l'on veut plus de développements, on n'a qu'à consulter Palfurius Sura, qui a fait un journal de la vie de Gallien. Mais revenons à Saloninus.

SALONINUS GALLIENUS[1].

[A. U. .... — 1013][2]

I. SALONINUS hic Gallieni filius fuit, nepos Valeriani, de quo nihil est quod dignum in litteras mittatur, nisi quod nobiliter natus, educatus regie, occisus deinde non sua, sed patris causa. De hujus nomine magna est ambiguitas; nam multi eum Gallienum, multi Saloninum in historiis prodiderunt; et qui Saloninum, idcirco, quod apud Salonas natus esset, cognominatum ferunt; qui autem Gallienum, patris nomine cognominatum, et avi Gallieni[3], summi quondam in republica viri. Fuit denique hactenus statua in pede montis Romulei, hoc est ante Sacram viam, intra templum Faustinæ, advecta ad arcum Fabianum, quæ haberet inscriptum, GALLIENO JUNIORI, SALONINO additum : ex quo ejus nomen intelligi poterit. Transisse decennium imperium Gallieni, satis clarum est : quod idcirco addidi, quia multi, cum imperii sui nono anno periisse, dixerunt[4]. Fuisse autem et alias rebelliones sub eodem, proprio dicemus loco; siquidem placuit, triginta tyrannos uno volumine includere, idcirco, quod nec multa de his dici possunt, et in Gallieni vita pleraque jam dicta sunt. Et hæc quidem de Gallieno hoc interim libro dixisse sufficiat; nam et multa jam in Valeriani vita, in libro qui *De triginta tyrannis* inscribendus est, jam loquemur, quæ iterari, ac sæpius dici, minus utile videbatur. Huc

SALONINUS GALLIEN.

[De J.-C. .... — 260]

I. SALONINUS était fils de Gallien et petit-fils de Valérien. Son histoire ne présente rien de remarquable, si ce n'est l'éclat de sa naissance, la magnificence royale dans laquelle il fut élevé, et la mort funeste qu'il subit en haine de son père. Il est difficile de décider quel fut son vrai nom; car parmi les historiens, les uns l'appellent Gallien, les autres Saloninus. Ceux qui lui attribuent ce dernier nom prétendent qu'il lui fut donné parce qu'il était né à Salone; ceux qui l'appellent Gallien, disent que ce nom lui vint de l'empereur son père, et de son aïeul Gallien, qui avait été un personnage très-distingué dans la république. Du reste, il a existé jusqu'à nos jours une statue de lui au pied du mont de Romulus, c'est-à-dire en avant de la voie Sacrée, dans le temple de Faustine, qui a été transportée près de l'arc de triomphe des Fabius. Dans l'inscription qui y était gravée, le nom de GALLIEN LE JEUNE se trouvait placé après celui de SALONINUS; ce qui indique assez quel fut le vrai nom de ce prince. Il paraît constant que l'empire de Gallien dura plus de dix ans; j'ajoute ici cette observation, parce que certains historiens prétendent que ce prince a péri la neuvième année de son règne. Quant aux diverses rébellions qui éclatèrent de son temps, nous leur consacrerons un livre séparé, réunissant ainsi les trente tyrans qui désolèrent alors la république. Un seul livre nous a paru devoir suffire, parce que l'histoire a peu de chose à dire sur chacun d'eux, et que déjà, dans la vie de Gallien, nous avons donné sur eux les détails les plus importants. Nous n'ajouterons rien ici sur Gallien, d'autant plus qu'en écrivant l'histoire de Valérien, nous avons eu souvent occasion de parler de ce prince, et que nous y reviendrons encore dans notre livre sur

accedit, quod quædam etiam studiose prætermisi, ne ejus posteri multis rebus editis læderentur.

II. Scis enim ipse, quales homines cum iis, qui aliqua de majoribus eorum scripserint, quantum gerant bellum : nec ignota esse arbitror, quæ dixit Marcus Tullius in *Hortensio*, quem ad exemplum protreptici scripsit[5]. Unum ponam tamen, quod jucunditatem quamdam, sed vulgarem, habuit, morem tamen novum fecit. Nam quum cingula sua plerique militantium, qui ad convivium venerant, ponerent hora convivii; Saloninus puer, sive Gallienus, his auratos constellatosque balteos rapuisse perhibetur : et, quum esset difficile in aula Palatina requirere, quod periisset, ac taciti militares viri detrimenta pertulissent; postea rogati ad convivium, cincti accubuerunt. Quumque ab his quæreretur cur non solverent cingulum, respondisse dicuntur, « Salonino deferimus : » atque hinc tractum morem, ut deinceps cum imperatore cincti discumberent. Negare non possum, aliunde plerisque videri hujus rei ortum esse morem. Dicunt enim, militare prandium, quod dictum est prandium, ab eo, quod ad bellum milites paret, a cinctis initum : cui rei argumentum est, quod a discinctis etiam cum imperatore cœnatur. Quæ idcirco posui, quia digna et memoratu videbantur, et cognitu.

les trente tyrans : il serait inutile de répéter sans cesse les mêmes choses. D'ailleurs, il y a, dans sa vie, plus d'une particularité que, par ménagement pour ses descendants, j'ai dû passer sous silence.

II. Car, lorsqu'on se hasarde à écrire la vie de certains hommes, vous savez vous-même à quelles attaques passionnées, à quelles violences on doit s'attendre de la part de leurs descendants, et vous n'avez sans doute point oublié ce que dit Marcus Tullius dans son livre de préceptes et d'exhortations intitulé *Hortensius*. Je rapporterai cependant ici un seul trait, dont le peuple s'amusa alors, et qui fit naître une coutume nouvelle. Des officiers que l'empereur avait invités à un repas, s'étant rendus au palais, lorsque l'heure fut venue, déposèrent pour la plupart leurs baudriers; mais Saloninus, ou, si l'on veut, Gallien, qui était encore enfant, enleva, à ce que l'on assure, ces ceintures étincelantes d'or; et comme dans le palais il était embarrassant pour eux de réclamer contre un semblable larcin, ils prirent leur mal en patience et se turent; mais, dans la suite, ayant été de nouveau invités par l'empereur, ils se mirent à table avec leurs baudriers. Comme on leur demandait pourquoi ils ne s'en débarrassaient point : « C'est, répondirent-ils, en considération de Saloninus. » De là vint, à ce que l'on assure, pour les militaires, l'usage de garder leur ceinture à la table de l'empereur. Je dois avouer cependant que l'on donne généralement une autre origine à cette coutume : on dit que primitivement les militaires venaient toujours avec la ceinture au repas du matin, parce que ce repas était comme une préparation au combat, ce qu'indique même son nom (*prandium* ou *parandium*, venant de *parare*). La preuve que telle est bien l'origine de cet usage, c'est qu'au repas du soir, même à la table de l'empereur, ils ne gardent pas leur ceinture. J'ai cru ne devoir point omettre ce détail, parce qu'il m'a paru digne d'être connu.

III. Nunc transeamus ad triginta tyrannos, qui Gallieni temporibus, contemptu mali principis, exstiterunt. De quibus breviter et pauca dicenda sunt; neque enim digni sunt eorum plerique ut volumen talium hominum saltem nominibus occuparetur, quamvis eorum aliqui non parum in se virtutis habuisse videantur, multum etiam reipublicæ profuisse. Tam variæ item opiniones sunt de Salonini nomine, ut, qui se verius putant dicere, a matre sua Salonina[6] appellatum esse dicant, quum is perdite dilexerit Piparam nomine, barbaram regis filiam[7]. Gallienus cum suis semper flavum crinem condidit[8]. De annis autem Gallieni et Valeriani, ad imperium pertinentibus[9], adeo incerta traduntur, ut, quum quindecim annos eosdem imperasse constet, id est Gallienum usque ad quintum decimum pervenisse, Valerianus vero sexto sit captus; alii novem annis, alii decem etiam Gallienum imperasse in litteras mittant: quum constet, et decennalia Romæ ab eodem celebrata, et post decennalia Gothos ab eo victos, cum Odenato pacem factam, cum Aureolo initam esse concordiam, pugnatum contra Postumium, contra Lollianum; multa etiam ab eo gesta, quæ ad virtutem, plura tamen, quæ ad dedecus, pertinebant; nam et semper noctibus popinas dicitur frequentasse, et cum lenonibus, mimis scurrisque vixisse.

III. Passons maintenant aux trente tyrans qui, sous Gallien, usurpèrent l'empire, grâce au mépris qu'inspirait ce mauvais prince. Je parlerai d'eux avec toute la brièveté possible; car la plupart ne méritent guère de tenir une place dans l'histoire, quoique, dans le nombre, il s'en trouve quelques-uns qui n'étaient point dépourvus de mérite, et qui même ont rendu à la république d'importants services. Parmi les diverses opinions relatives au nom de Saloninus, la plus vraisemblable, c'est qu'il le reçut de Salonina, sa mère, dans le temps où l'empereur s'éprit d'amour pour Pipara, la fille d'un roi des barbares. Gallien, même dans l'intérieur du palais, avait toujours les cheveux parsemés de poudre d'or. Quant à la durée de l'empire de Gallien et de Valérien, on est loin d'être d'accord. En effet, quoiqu'il soit constant que leur empire a duré quinze ans, c'est-à-dire que Gallien a gouverné jusqu'à la fin de ces quinze ans, et que Valérien a été fait prisonnier la sixième année, les uns donnent neuf ans de durée à l'empire de Gallien, d'autres dix; et cependant, il faut bien reconnaître qu'il célébra à Rome le dixième anniversaire de son avénement à l'empire, et qu'après ces décennales, il vainquit les Goths, fit la paix avec Odenat, se réconcilia avec Aureolus, combattit contre Postumius et contre Lollianus, et fit beaucoup d'autres choses encore, les unes honorables pour lui, les autres, en bien plus grand nombre, qui le couvrirent d'opprobre; car on assure que toutes les nuits il courait les tavernes, en société avec des débauchés, des mimes et des bouffons.

[A. U. 989 — 1025]

TRIGINTA TYRANNORUM VITÆ[1].

Scriptis jam pluribus libris[2], non historico nec diserto, sed pedestri eloquio, ad eam temporum venimus seriem, in qua per annos, quibus Gallienus et Valerianus rempublicam tenuerunt, triginta tyranni, occupato Valeriano magnis belli Persici necessitatibus, exstiterunt; quum Gallienum non solum viri, sed etiam mulieres, contemptui haberent, ut suis locis probabitur. Sed quoniam tanta obscuritas eorum hominum fuit, qui ex diversis orbis partibus ad imperium convolabant, ut non multa de his vel dici possint a doctioribus, vel requiri; deinde ab omnibus historicis, qui Græce ac Latine scripserunt, ita nonnulli prætereantur, ut eorum nec nomina frequententur; postremo quum tam varie a plerisque super his nonnulla sint prodita : in unum eos libellum contuli, et quidem brevem; maxime quum vel in Valeriani[3], vel in Gallieni vita pleraque de his dicta, nec repetenda tamen satis constet.

[De J.-C. 236 — 272]

VIES DES TRENTE TYRANS.

Après avoir écrit plusieurs livres, non en historien ou en orateur, mais dans le style simple du langage ordinaire, j'en viens à l'époque où, sous le règne de Gallien et de Valérien, on vit s'élever trente tyrans, tandis que celui-ci était retenu loin de Rome par les désastres de la guerre des Perses, et que Gallien, comme nous n'aurons que trop d'occasions de le démontrer, était un objet de mépris pour tout le monde, même pour des femmes. Mais comme la vie de ceux qui alors, dans les diverses parties de la république, usurpèrent le souverain pouvoir, se trouve environnée de tant d'obscurités, que même les plus instruits ne peuvent donner à leur sujet que bien peu de détails; que, d'autre part, les historiens grecs ou latins passent si légèrement sur quelques-uns d'entre eux, qu'ils font à peine mention de leurs noms; que, d'ailleurs, sur ceux même dont ils parlent, ils sont loin d'être d'accord les uns avec les autres : j'ai cru devoir les réunir tous dans un seul livre de peu d'étendue, d'autant plus que déjà, dans la vie de Valérien et dans celle de Gallien, j'ai dit à peu près tout ce qu'on en sait, et que je ne veux point tomber dans d'inutiles répétitions.

CYRIAS[4].

[A. U. 1010 — 1012]

I. Hic patrem Cyriadem fugiens, dives et nobilis, quum luxuria sua, et moribus perditis, sanctum senem gravaret, direpta magna parte auri, argenti etiam infinito pondere, Persas petiit : atque inde Sapori regi conjunctus atque sociatus, quum hortator belli Romanis inferendi fuisset, Odenatum primum, deinde Saporem ad Romanum solum traxit[5] : Antiochia etiam capta et Cæsarea, cæsarianum nomen accepit. Atque inde vocatus augustus, quum omnem Orientem vel virium audacia, vel terrore quateret, patrem vero interemisset, quod alii historici negant factum, ipse per insidias suorum, quum Valerianus jam ad bellum Persicum veniret, occisus est. Neque plus de hoc historiæ quidquam mandatum est, quod dignum memoria esse videatur; quem clarum, perfugium, et parricidium, et aspera tyrannis, et summa luxuries, litteris dederunt.

POSTUMIUS[6].

[A. U. 1013 — 1020]

II. Hic vir in bello fortissimus, in pace constantissimus, in omni vita gravis, usque adeo, ut Saloninum filium suum eidem Gallienus in Gallia positum crederet, quasi custodi vitæ[7] et morum, et actuum imperialium institutori. Sed, quantum plerique asserunt, quod ejus non convenit moribus, postea fidem fregit, et, occiso

CYRIADE.

(De J.-C. 257 — 259)

I. Cyriade, issu d'une famille noble et riche, s'enfuit de chez son père, dont il affligeait la vieillesse par son libertinage et la dissolution de ses mœurs. Muni d'une grande quantité d'or et d'argent, qu'il avait enlevée de la maison paternelle, il passa chez les Perses, se lia avec le roi Sapor, et, par ses conseils, détermina d'abord Odenat, et ensuite Sapor lui-même, à envahir les terres de l'empire; s'étant même rendu maître d'Antioche et de Césarée, il prit le nom de césar, et bientôt après celui d'auguste. Enfin, après avoir ébranlé tout l'Orient par l'audace de ses entreprises, et par la terreur de ses armes, ce tyran, qui, selon quelques historiens contredits, il est vrai, par d'autres, avait donné la mort à son père, périt à son tour massacré par ses propres soldats, lorsque déjà Valérien se mettait en marche contre les Perses. Voilà tout ce que nous trouvons de remarquable dans l'histoire de cet homme, qui ne dut sa célébrité qu'à sa fuite, à son parricide, à la cruauté de sa tyrannie, et à l'excessive dépravation de ses mœurs.

POSTUMIUS.

(De J.-C. 260 — 267)

II. Postumius, par sa bravoure à la guerre, et par la dignité de sa vie pendant la paix, s'était concilié tant d'estime et de considération, que, quand Gallien envoya son fils Saloninus dans la Gaule avec le titre d'auguste, il le confia à ses soins, le chargeant de veiller sur sa vie et sur ses mœurs, et de le former à l'exercice de l'autorité impériale. Dans la suite cependant, si l'on en croit le témoignage d'un grand nombre d'historiens sur

Salonino, sumpsit imperium. Ut autem verius plerique tradiderunt, quum Galli vehementissime Gallienum odissent, puerum autem apud se imperare ferre non possent, eum, qui commissum regebat imperium, imperatorem appellarunt, missisque militibus adolescentem interfecerunt. Quo interfecto, ab omni exercitu et ab omnibus Gallis Postumius gratanter acceptus, talem se præbuit per annos septem[8], ut Gallias instauraverit[9], quum Gallienus luxuriæ et popinis vacaret, et amore barbaræ mulieris consenesceret. Gestum est autem a Gallieno contra hunc bellum, tunc cum sagitta Gallienus est vulneratus. Siquidem nimius amor erga Postumium omnium erat in Gallica gente populorum, quod, submotis omnibus Germanicis gentibus, Romanum in pristinam securitatem revocasset imperium. Sed quum se gravissime regeret, more illo, quo Galli novarum rerum semper sunt cupidi, Lolliano agente, interemptus est. Si quis sane Postumii meritum requirit, judicium de eo Valeriani, ex hac epistola, quam ille ad Gallos misit, intelliget : « Transrhenani limitis ducem, et Galliæ præsidem Postumium fecimus, virum dignissimum severitate Gallorum : præsente quo, non miles in castris, non jura in foro, non in tribunalibus lites, non in curia dignitas pereat : qui unicuique proprium et suum servet : virum, quem ego præ ceteris stupeo, et qui locum principis[10] mereatur jure : de quo spero quod mihi gratias agetis. Quod si me fefellerit opinio, quam de illo

un fait qui s'accorde si peu avec le caractère de Postumius, il viola sa foi, assassina Saloninus et usurpa l'empire. D'autres, il est vrai, disent, ce qui est plus vraisemblable, que les Gaulois, qui détestaient Gallien, et souffraient impatiemment l'autorité d'un enfant, proclamèrent d'eux-mêmes empereur celui qui, en dirigeant le pouvoir suprême, en exerçait réellement les fonctions, et envoyèrent des soldats pour mettre à mort le jeune prince. Aussitôt après, l'armée et la Gaule tout entière s'empressèrent de reconnaître l'autorité de Postumius. Sept ans de suite il gouverna avec tant d'habileté qu'il rétablit les Gaules, tandis que Gallien usait sa vie dans la débauche, dans les tavernes et dans le honteux amour d'une femme étrangère. Ce dernier cependant vint lui faire la guerre, et ce fut alors qu'il fut blessé d'un coup de flèche. Tous les peuples de la Gaule avaient pour Postumius un attachement excessif, parce qu'il avait repoussé loin des frontières les nations de la Germanie, et rendu à l'empire romain son ancienne sécurité. Et cependant, tandis qu'il exerçait avec énergie l'autorité impériale, ces mêmes Gaulois, par suite de cette mobilité naturelle qui les entraîne si facilement à tout ce qui est nouveau, prêtèrent l'oreille aux suggestions de Lollianus, et mirent à mort leur empereur. Si l'on veut des preuves du mérite remarquable de Postumius, on verra ce que pensait de lui Valérien dans cette lettre adressée aux habitants des Gaules : « Nous avons établi commandant de nos frontières du Rhin et gouverneur des Gaules Postumius, qui, par l'austérité de ses mœurs, est digne de commander aux Gaulois; il saura, par sa présence, maintenir la discipline dans les camps, les droits du peuple dans les assemblées, les intérêts des particuliers dans les tribunaux, la dignité du pouvoir dans les magistrats : enfin il conservera à chacun ce qui lui appartient. C'est un homme que je considère au-dessus de tous les autres,

habeo, sciatis, nusquam gentium reperiri, qui possit penitus approbari. Hujus filio, Postumio nomine, tribunatum Vocontiorum dedi, adolescenti, qui se dignum patris moribus reddet. »

POSTUMIUS JUNIOR.

[A. U. 1020]

III. De hoc prope nihil est quod dicatur, nisi quod a patre appellatus est cæsar, ac deinceps in ejus honore augustus cum patre dicitur interemptus, quum Lollianus, in locum Postumii subrogatus, delatum sibi a Gallis sumpsisset imperium. Fuit autem, quod solum memoratu dignum est, ita in declamationibus disertus, ut ejus controversiæ Quintiliano dicantur insertæ; quem declamatorem Romani generis acutissimum, vel unius capitis lectio, prima statim fronte demonstrat.

LOLLIANUS".

[A. U. 1019 — 1020]

IV. Hujus rebellione in Gallia Postumius, vir omnium fortissimus, interemptus est, quum jam nutans Gallieni luxuria in veterem statum Romanum reformasset imperium. Fuit quidem etiam iste fortissimus, sed rebellionis intuitu minorem apud Gallos auctoritatem de suis viribus tenuit. Interemptus autem est a Victorino, Victorinæ

et qui a tous les droits possibles aux fonctions les plus élevées : je ne doute point que vous ne me sachiez gré de mon choix. Si je m'étais trompé dans l'opinion que j'ai conçue de lui, il faudrait en conclure qu'il n'existe personne au monde sur qui l'on puisse entièrement compter. J'ai donné le tribunat des Vocontiens à Postumius, son fils, jeune homme qui se montrera digne de son père. »

POSTUMIUS LE JEUNE.

(De J.-C. 267)

III. Je ne vois guère rien à dire de Postumius le Jeune, si ce n'est qu'il reçut de son père le titre de césar, que plus tard, en l'honneur de son père, il fut proclamé auguste, et qu'enfin il fut massacré avec lui, lorsque les Gaulois élevèrent Lollien à l'empire. La seule chose qui mérite d'être ajoutée, c'est qu'il fut très-éloquent, et que même, à ce que l'on assure, quelques-unes de ses déclamations ont été insérées parmi celles de ce Quintilien dont il suffit de lire un seul chapitre pour reconnaître en lui l'un des hommes les plus éloquents de Rome.

LOLLIEN.

(De J.-C 266—267)

IV. Ce Lollien est celui dont la rébellion dans la Gaule coûta la vie à Postumius, prince remarquable par son courage, qui avait raffermi l'empire romain ébranlé par les débauches de Gallien. Lollien, il est vrai, ne manquait point non plus de bravoure; mais le souvenir de sa rébellion l'empêcha d'obtenir chez les Gaulois toute l'autorité que son mérite aurait dû lui assurer. Il fut massacré à son tour par Victorin, fils de cette Victorina

vel Victoriæ filio, quæ postea mater castrorum appellata est, et augustæ nomine affecta, quum ipsa per se fugiens tanti ponderis molem, primum in Marium, deinde in Tetricum atque ejus filium contulisset imperia. Et Lollianus quidem nonnihilum reipublicæ profuit; nam plerasque Galliæ civitates, nonnulla etiam castra, quæ Postumius per septem annos in solo barbarico ædificaverat, quæque, interfecto Postumio, subita irruptione Germanorum, et direpta fuerant, et incensa, in statum veterem reformavit : deinde a suis militibus, quod in labore nimius esset, occisus est. Ita Gallieno perdente rempublicam, in Gallia primum Postumius, deinde Lollianus, Victorinus deinceps, postremo Tetricus, nam de Mario nihil dicimus, assertores Romani nominis exstiterunt. Quos omnes datos divinitus credo, ne, quum illa pestis inaudita luxuria impediretur, in aliis possidendi Romanum solum Germanis daretur facultas : qui si eo genere tunc evasissent, quo Gothi et Persæ, consentientibus in Romano solo gentibus, venerabile hoc Romani nominis finitum esset imperium. Lolliani autem vita in multis obscura est, ut ipsius Postumii; sed privata virtute clari, non nobilitatis pondere, vixerunt.

VICTORINUS.

[A. U. 1017 — 1021]

V. Postumius senior, quum videret, multis se Gallieni viribus peti, atque auxilium non solum militum, verum

ou Victoria qui, dans la suite, reçut le titre de mère des camps et d'auguste, quoique, pour détourner d'elle le fardeau si pesant du pouvoir suprême, elle eût remis l'empire, d'abord à Marius, ensuite à Tetricus et à son fils. L'on doit reconnaître que Lollien ne fut point, non plus, inutile à la république; car il rétablit des villes et des forts que Postumius, pendant les sept années de son règne, avait construits sur les terres des barbares, et qui, après sa mort, dans une irruption soudaine des Germains, avaient été ravagés et réduits en cendres. Plus tard, lui-même fut mis à mort par ses soldats, à cause des travaux pénibles qu'il exigeait d'eux. Ainsi, tandis que Gallien poussait la république à sa ruine, le nom romain trouva dans la Gaule des défenseurs, d'abord Postumius, ensuite Lollien, puis Victorin, et enfin Tetricus : car je ne nomme point parmi eux Marius. On croirait que chacun de ces princes a été envoyé du ciel afin que, si cette peste publique restait uniquement occupée de ses débauches inouïes, il se trouvât du moins quelqu'un pour défendre le sol romain contre les peuplades de la Germanie : si, en effet, de concert avec les nations qui vivent sous la domination de Rome, les Germains avaient, comme les Goths et les Perses, envahi les terres de l'empire, c'en était fait à jamais du nom romain. Les détails manquent sur la vie de Lollien comme sur celle de Postumius; ce qu'il y a de certain, du moins, c'est qu'ils durent l'un et l'autre l'éclat dont ils jouirent à leur mérite personnel, et non à la noblesse de leur origine.

VICTORIN.

[De J.-C. 264 — 268]

V. Postumius le père, voyant que Gallien marchait contre lui à la tête d'une armée considérable, comprit

etiam alterius principis necessarium, Victorinum, militaris industriæ virum, in participatum vocavit imperii, et cum eodem contra Gallienum conflixit. Quumque, adhibitis ingentibus Germanorum auxiliis, diu bella traxissent, victi sunt. Tunc interfecto etiam Lolliano, solus Victorinus in imperio remansit : qui et ipse, quod matrimoniis militum et militarium corrumpendis operam daret, a quodam actuario, cujus uxorem stupraverat, composita factione, Agrippinæ percussus, Victorino filio cæsare a matre Victorina, sive Victoria, quæ mater castrorum dicta est, appellato : qui et ipse puerulus statim est interemptus, quum apud Agrippinam pater ejus esset occisus. De hoc, quod fortissimus fuerit, et præter libidinem optimus imperator, a multis multa sunt dicta. Sed satis credimus, Julii Ateriani partem libri cujusdam ponere, in quo de Victorino sic loquitur : « Victorino, qui Gallias post Junium Postumium rexit, neminem existimo præferendum : non in virtute Trajanum, non Antoninum in clementia, non in gravitate Nervam, non in gubernando ærario Vespasianum, non in censura totius vitæ ac severitate militari Pertinacem, vel Severum. Sed omnia hæc, libido et cupiditas muliebrariæ voluptatis sic perdidit, ut nemo audeat virtutes ejus in litteras mittere, quem constat omnium judicio meruisse puniri. » Ergo quum id judicii de Victorino scriptores habuerint, satis mihi videor de ejus dixisse moribus.

---

qu'il lui fallait, non-seulement de nouvelles troupes, mais un associé à l'empire. Il appela donc au partage du pouvoir suprême Victorin, guerrier habile et expérimenté, et, avec lui, soutint la guerre contre Gallien. A l'aide des secours considérables qu'ils tirèrent de la Germanie, ils prolongèrent longtemps leur résistance; mais enfin ils furent vaincus. Postumius ayant été mis à mort, et après lui Lollien, Victorinus resta seul empereur dans la Gaule; mais sa passion pour les femmes était excessive, et, comme ses débauches jetaient le trouble et la corruption dans les familles de son armée, un simple greffier, dont il avait outragé la femme, fit contre lui un complot, et l'assassina à Cologne. Son fils, du même nom que lui, avait été appelé césar par Victorina ou Victoria, mère de l'empereur, qui portait aussi le titre de mère des camps; mais cet enfant fut tué lui-même à Cologne aussitôt après son père. Je ne répèterai point tout ce que disent les historiens sur la bravoure de ce prince, qui, selon eux, sans sa passion pour les femmes, eût été un excellent empereur. Il suffira, je pense, de rapporter à son sujet un passage de Julius Aterianus : « Victorinus, qui gouverna les Gaules après Junius Postumius, ne le cède en rien à aucun autre empereur, ni à Trajan pour le courage, ni à Antonin pour la clémence, ni à Nerva pour la dignité, ni à Vespasien pour la bonne administration des finances, ni à Pertinax ou à Sévère pour l'austérité de sa vie et pour la discipline militaire. Mais toutes ces grandes qualités, sa passion effrénée pour les femmes et ses débauches lui en ont tellement fait perdre le mérite, que personne n'ose louer ses vertus, tant il est constant aux yeux de tout le monde qu'il a mérité son châtiment. » Après un semblable jugement porté par les historiens, il me semble que je n'ai rien à ajouter sur ce prince.

VICTORINUS JUNIOR.

[A. U. 1021]

VI. De hoc nihil amplius in litteras est relatum, quam quod nepos Victoriæ, Victorini filius fuit, et a patre, vel ab avia, sub eadem hora, qua Victorinus interemptus, cæsar nuncupatus est, ac statim a militibus ira occisus. Exstant denique sepulcra circa Agrippinam, brevi marmore impressa, humilia, in quibus unus est inscriptus : HIC DUO VICTORINI TYRANNI SITI SUNT.

MARIUS.

[A. U. 1021]

VII. Victorino, Lolliano, et Postumio interemptis, Marius, ex fabro, ut dicitur, ferrario, triduo tantum imperavit[12]. De hoc quid amplius requiratur ignoro, nisi quod eum insigniorem brevissimum fecit imperium; nam ut consul ille, qui sex pomeridianis horis[13] consulatum suffectus tenuit, a Marco Tullio tali aspersus est joco : « Consulem habuimus tam severum tamque censorium, ut in ejus magistratu nemo pranderit, nemo cœnaverit, nemo dormierit; » de hoc etiam dici posse videtur : qui una die factus est imperator, alia die visus est imperare, tertia interemptus est. Et vita quidem strenuus, ac militaribus usque ad imperium gradibus evectus : quem plerique Mamurium[14], nonnulli Veturium, opificem utpote ferrarium, nuncuparunt. Sed de

VICTORIN LE JEUNE.

[De J.-C. 268]

VI. Tout ce qu'on rapporte de lui, c'est qu'il était petit-fils de Victoria et fils de Victorin, qu'il fut nommé césar par son père ou par son aïeule à l'instant où Victorin fut tué, et que les soldats, dans leur fureur, le massacrèrent lui-même aussitôt. Enfin il existe près de Cologne deux sépulcres fort peu élevés, unis ensemble par une petite table de marbre, sur laquelle se trouve cette unique inscription : ICI GISENT LES DEUX TYRANS VICTORIN.

MARIUS.

[De J.-C. 268]

VII. Victorin, Lollien et Postumius ayant péri, Marius, qui avait été, à ce que l'on rapporte, ouvrier en fer, fut empereur pendant trois jours. Tout ce que je puis dire de lui, c'est que ce qu'il y eut de plus remarquable dans son règne, ce fut sa brièveté. Cicéron disait en plaisantant, de ce consul subrogé qui n'avait occupé sa charge que six heures de l'après-midi : « Nous avons eu un consul si rigide, si austère, que, pendant sa magistrature, personne n'a dîné, ni soupé, ni dormi. » Nous pourrions le dire également de Marius, qui le premier jour fut créé empereur, le second régna, et le troisième fut tué. Du reste, pendant toute sa vie, il se distingua par son intrépidité, et ce fut à travers tous les grades de l'armée qu'il s'éleva jusqu'à l'empire. Comme ayant été forgeron ou armurier, on l'appelait généralement Mamurius ou Vecturius. Mais en voilà déjà bien assez à son sujet; j'ajouterai cependant que jamais personne n'eut une si prodigieuse force dans la

hoc nimis multa; de quo illud addidisse satis est, nullius manus vel ad feriendum, vel ad impellendum fortiores fuisse, quum in digitis nervos videretur habuisse, non venas. Nam et carra venientia digito salutari [15] repulisse dicitur, et fortissimos quosque uno digito sic afflixisse, ut quasi ligni vel ferri obtusioris ictu percussi dolerent. Multa duorum digitorum allisione contrivit. Occisus est a quodam milite, qui, quum ejus quondam operarius in fabrili officina fuisset, contemptus est ab eodem, vel quum duxisset [16], vel quum imperium cepisset. Addidisse hæc verba dicitur interemptor : « Hic est gladius quem ipse fecisti. » Hujus concio prima talis fuisse dicitur : « Scio, commilitones, posse mihi objici artem pristinam, cujus mihi omnes testes estis. Sed dicat quisque quod vult; utinam semper ferrum exerceam : non vino, non floribus, non mulierculis, non popinis, ut facit Gallienus, indignus patre suo et sui generis nobilitate, depeream. Ars mihi objiciatur ferraria, dum me et exteræ gentes ferrum attrectasse suis cladibus recognoscant in Italia. Denique, ut omnis Alemannia omnisque Germania cum ceteris, quæ adjacent, gentibus, Romanum populum ferratam putent gentem, ut specialiter in nobis ferrum timeant. Vos tamen cogitetis velim, fecisse vos principem, qui nunquam quidquam scierit tractare, nisi ferrum. Quod idcirco dico, quia scio mihi a luxuriosissima illa peste nihil opponi posse, nisi hoc quod gladiorum armorumque artifex fuerim. »

---

main, soit pour frapper, soit pour pousser : on eût dit que ses doigts n'avaient que des nerfs et point de veines. On assure que d'un seul doigt il repoussait un chariot en marche, ou frappait si rudement l'homme le plus robuste qu'il en éprouvait autant de douleur que d'une pièce de bois ou d'une barre de fer. Il n'y avait guère de choses qu'il ne brisât en les serrant entre deux doigts. Il fut tué par un soldat qui avait autrefois travaillé dans sa forge, et qu'il avait traité avec mépris lorsqu'il était parvenu à un commandement militaire ou à l'empire. On ajoute que l'assassin, en lui plongeant son épée dans le corps, lui dit : « Tiens, c'est toi qui l'as forgée. » Telle fut, dit-on, la première harangue qu'il fit à ses troupes : « Compagnons d'armes, je sais qu'on peut me reprocher le métier que je faisais autrefois et que vous connaissez tous. Mais que l'on en dise ce que l'on voudra. Puissé-je toujours manier le fer, et ne point me laisser abrutir par le vin, les parfums, les femmes, les tavernes, comme ce Gallien, si indigne de son père et de la noblesse de sa race ! Que l'on me reproche mon métier, pourvu que les nations étrangères reconnaissent à leurs désastres qu'en Italie j'ai manié le fer ; enfin que toute l'Allemagne, toute la Germanie, et toutes les nations qui les avoisinent, apprennent à regarder les Romains comme un peuple de fer, et que surtout ils craignent le fer dans mes mains. Vous, de votre côté, n'oubliez point que vous avez fait empereur un homme qui n'a jamais su manier que le fer. Je vous dis ceci, parce que je sais que tout ce que peut objecter contre moi Gallien, ce monstre de débauche, c'est que j'ai forgé des épées et des armes. »

INGENUUS.

[A. U. 1013]

VIII. Fusco et Basso consulibus, quum Gallienus vino et popinis vacaret, quumque se lenonibus, mimis et meretricibus dederet, ac bona naturæ luxuriæ continuatione deperderet, Ingenuus, qui Pannonias tunc regebat, a Mœsiacis legionibus imperator est dictus, ceteris Pannoniarum volentibus : neque in quoquam melius consultum reipublicæ a militibus videbatur, quam quod, instantibus Sarmatis, creatus est imperator, qui fessis rebus mederi sua virtute potuisset. Causa autem ipsi arripiendi tunc imperii fuit, ne suspectus esset imperatoribus, quod erat fortissimus ac reipublicæ necessarius, et militibus, quod imperantes vehementer movet, acceptissimus. Sed Gallienus, ut erat nequam et perditus, ita etiam, ubi necessitas coegisset, velox, furibundus, ferus, vehemens, crudelis, denique Ingenuum, conflictu habito, vicit, eoque occiso, in omnes Mœsiacos, tam milites, quam cives, asperrime sæviit : nec quemquam suæ crudelitatis exsortem reliquit, usque adeo asper et truculentus, ut plerasque civitates vacuas a virili sexu relinqueret. Fertur sane idem Ingenuus civitate capta [17] intrasse domum, in qua se pugione transfodit; atque ita vitam finisse, ne in tyranni crudelis potestatem veniret. Exstat sane epistola Gallieni, quam ad Celerem Verianum scripsit, qua ejus nimietas crudelitatis ostenditur : quam ego idcirco interposui, ut omnes

INGENUUS.

(De J.-C. 260)

VIII. Sous le consulat de Fuscus et de Bassus, tandis que Gallien, environné de débauchés, d'histrions et de courtisanes, achevait de s'abrutir par le vin et par l'habitude d'infâmes voluptés, Ingenuus, qui alors gouvernait les Pannonies, fut proclamé empereur par les troupes de la Mésie, et les autres légions des Pannonies s'empressèrent de reconnaître son autorité. Dans un temps où les Sarmates menaçaient l'empire, les soldats ne pouvaient rien faire de plus avantageux pour la république que de créer empereur un homme dont la valeur pouvait porter remède à ses maux. Quant à lui, ce qui le détermina alors à prendre la pourpre, ce fut la crainte d'être suspect aux empereurs; car c'était un général plein de courage, d'une grande importance pour la république, et, ce qui excite le plus la défiance des princes, très-aimé des soldats. Mais Gallien, tout perdu de débauche qu'il était, devenait à l'occasion actif, furieux, violent, sanguinaire : il vint livrer bataille à Ingenuus, le vainquit, le tua, et exerça d'horribles cruautés contre les troupes aussi bien que contre les habitants de la Mésie : personne n'échappa à sa fureur. Son implacable vengeance alla si loin, que, dans la plupart des villes, il détruisit tout ce qu'il y avait d'hommes. On dit qu'Ingenuus, voyant que la ville où il s'était renfermé était prise, se retira dans sa maison, et se poignarda lui-même pour ne point tomber au pouvoir d'un tyran féroce. Il existe une lettre de Gallien à Celer Verianus, qui montre jusqu'où allait la cruauté de ce prince. J'ai cru devoir la rapporter ici, pour que l'on juge à quel excès de barbarie peut, à l'occasion, se porter un homme abruti par la débauche. « Gallien à Verianus. Il ne me suffit point que vous mettiez à mort tous ceux qui portent

intelligerent, hominem luxuriosum crudelissimum esse, si necessitas postulet. « Gallienus Veriano. Non mihi satisfacies, si tantum armatos occideris, quos et fors belli interimere potuisset. Perimendus est omnis sexus virilis, si et senes atque impuberes sine reprehensione nostra occidi possent. Occidendus est quicumque male voluit : occidendus est quicumque male dixit contra me, contra Valeriani filium, contra tot principum patrem et fratrem. Ingenuus factus est imperator! Lacera, occide, concide : animum meum intelligere potes, mea mente irascere, qui hæc manu mea scripsi. »

REGILLIANUS.

[A. U. 1011]

IX. Fati publici fuit, ut Gallieni tempore, quicumque potuit, ad imperium prosiliret. Regillianus denique, in Illyrico ducatum gerens, imperator est factus, auctoribus imperii Mœsis, qui cum Ingenuo fuerant ante superati; in quorum parentes [8] graviter Gallienus sævierat. Hic tamen multa fortiter contra Sarmatas gessit : sed, auctoribus Roxolanis, consentientibusque militibus; et timore provincialium, ne iterum Gallienus graviora faceret, interemptus est. Mirabile fortasse videatur, si, quæ origo imperii ejus fuerit, declaretur; militari enim joco regna promeruit. Nam quum milites quidam cum eo cœnarent, exstitit Valerianus tribunus, qui diceret : « Regilliani nomen unde credimus dictum? » Alius continuo : « Credimus, quod a regno. » Tum is, qui ade-

les armes, et que le sort des combats aurait tout aussi bien pu faire périr. Il faut massacrer tout ce qu'il y a d'hommes, et même les vieillards et les enfants, si cela pouvait se faire, sans qu'il en rejaillît du blâme sur nous. Il faut tuer quiconque a eu des intentions malveillantes, quiconque a mal parlé de moi, du fils de Valérien, du père et du frère de tant de princes. Ingenuus a été proclamé empereur! Déchirez, tuez, massacrez : vous devez comprendre mes sentiments, pénétrez-vous bien de toute ma colère, en lisant ce que je vous écris ici de ma propre main. »

REGILLIANUS.

[De J.-C. 261]

IX. Telle fut, du temps de Gallien, la destinée de la république romaine, que quiconque le put, usurpa l'empire. Regillianus, qui avait le commandement de l'Illyrie, fut à son tour créé empereur par les habitants de la Mésie, qui, après avoir soutenu Ingenuus, avaient été vaincus avec lui, et dont les parents avaient eu à subir les implacables vengeances de Gallien. Ce nouveau prince déploya une grande valeur contre les Sarmates; et cependant, malgré les nombreux succès qu'il avait remportés, les Roxolans le mirent à mort, de concert avec l'armée et avec les autres habitants de ces pays, qui craignaient d'attirer sur eux de nouvelles et de plus horribles cruautés. L'on n'apprendra peut-être pas sans étonnement quelle avait été l'origine de son élévation : un jeu de mots lui donna l'empire. Un jour qu'il dînait avec quelques-uns des officiers de l'armée, un tribun nommé Valerianus se mit à dire : « D'où croyons-nous

rat, scholasticus, cœpit quasi grammaticaliter declinare et dicere : « Rex, regis, regi, Regillianus. » Milites, ut est hominum genus pronum ad ea quæ cogitant, dixerunt : « Ergo potest rex esse ? » Item alius : « Ergo potest nos regere ? » Item alius : « Deus tibi regis nomen imposuit. » Quid multa ? his dictis, quum alia die mane processisset, a principiis imperator est salutatus[19]. Ita, quod aliis vel audacia, vel judicium detulit, huic jocularis astutia. Fuit, quod negari non potest, vir in militari re semper probatus, et Gallieno jam ante suspectus, quod dignus videretur imperio : gentis Daciæ, Decibali ipsius, ut fertur, affinis. Exstat epistola divi Claudii adhuc privati, qua Regilliano, Illyrici duci, gratias agit ob redditum Illyricum, quum omnia Gallieni segnitia deperirent : quam ego repertam in archivis, inserendam putavi, fuit enim publica. « Claudius Regilliano multam salutem. Felicem rempublicam, quæ te talem virum habere rei castrensis, bellis his, meruit : felicem Gallienum, etiamsi ei vera nemo nec de bonis, nec de malis nuntiat. Pertulerunt ad me Bonitus et Celsus, stipatores principis nostri, qualis apud Scupos[20] in pugnando fueris, quot uno die prœlia, et qua celeritate confeceris. Dignus eras triumpho, si antiqua tempora exstarent. Sed quid multa ? Memor cujusdam ominis[21], cautius velim vincas. Arcus Sarmaticos et duo saga ad me velim mittas, sed fibulatoria, quum ipse miserim de nostris ». Hac epistola ostenditur, quid de Regilliano

que vienne le nom de Regillianus? — Sans doute de roi ou de régner, » répondit un des assistants. Alors le tribun, qui se souvenait de ses classes, se mit à expliquer la dérivation grammaticale de ce nom en déclinant : *Rex, regis, regi,* d'où *Regillianus*. Les militaires se laissent naturellement aller à la première idée qui leur vient : « Dans le fait, se disent-ils, pourquoi ne serait-il pas roi? — Pourquoi, dit un autre, ne règnerait-il point sur nous? » Un autre enfin : « C'est Dieu, dit-il à Regillianus, qui vous a donné le nom de roi. » En un mot, le lendemain matin, lorsqu'il parut hors de sa tente, il fut salué empereur par les principaux officiers de l'armée. Ainsi, ce que les autres doivent à leur audace ou à un choix réfléchi, il le dut au hasard d'une conversation frivole. Du reste, il est juste de dire qu'il avait été dans tous les temps un excellent militaire, et que déjà il était suspect à Gallien, parce qu'il paraissait digne de l'empire. Il était Dace de nation, et même, à ce qu'on assure, parent de Décibale. Il existe une lettre du divin Claude, avant qu'il fût parvenu à l'empire, dans laquelle il le félicite d'avoir reconquis l'Illyrie, dans un temps où tout périssait par l'insouciance de Gallien. Je l'ai trouvée dans les archives, et je crois pouvoir l'insérer ici, car elle a été publique. « Claude à Regillianus, salut. Heureuse la république, d'avoir eu dans cette guerre un général aussi habile et aussi vaillant que vous l'êtes : heureux aussi Gallien, quoique personne ne lui dise la vérité, ni sur les bons, ni sur les mauvais citoyens. J'ai appris par Bonitus et par Celsus, qui sont attachés à la personne de notre prince, quelle a été votre belle conduite à Scupi, combien de combats vous avez livrés en un seul jour, et avec quelle promptitude vous avez décidé la victoire. Du temps de nos pères, on vous aurait décerné le triomphe. Mais n'en disons pas davantage : souvenez-vous que les succès sont quelquefois de fâcheux

senserit Claudius, cujus gravissimum judicium suis temporibus fuisse non dubium est. Nec a Gallieno quidem vir iste promotus est, sed a patre ejus Valeriano, et ut Claudius, et Macrianus, et Ingenuus, et Postumius, et Aureolus : qui omnes in imperio interempti sunt, quum mererentur imperium. Mirabile autem hoc fuit in Valeriano principe, quod omnes quoscumque duces fecit, postea militum testimonio ad imperium pervenerunt : ut appareat, senem imperatorem in deligendis reipublicæ ducibus talem fuisse, qualem Romana felicitas, si continuari fataliter potuisset, sub bono principe requirebat. Et utinam vel illi, qui arripuerant imperia, regnare potuissent, vel ejus filius in imperio diutius non fuisset, ut libere se in suo statu respublica nostra tenuisset. Sed nimis sibi Fortuna indulgendum putavit, quæ cum Valeriano et bonos principes tulit, et Gallienum diutius, quam oportebat, reipublicæ reservavit.

AUREOLUS.

(A. U. 1013 — 1021)

X. Hic, quoque Illyricianos exercitus regens, in contemptum Gallieni, ut omnes eo tempore, coactus a militibus, sumpsit imperium. Et quum Macrianus, cum filio suo Macriano, contra Gallienum veniret cum plu-

présages, et mettez plus de précaution à vaincre. Envoyez-moi, je vous prie, des arcs des Sarmates, et deux saies, mais avec leurs agrafes, puisque je vous ai envoyé des nôtres. » Cette lettre montre clairement ce que Claude pensait de Regillianus, et l'on n'ignore point quelle autorité avait alors la parole de ce grand homme. D'ailleurs, Regillianus dut son avancement militaire, non point à Gallien, mais à Valérien, son père, ainsi que Claude, Macrien, Ingenuus, Postumius et Aureolus, qui tous parvenus à l'empire, périrent sur le trône qu'ils méritaient d'occuper. En effet, il est digne de remarque que tous les généraux que créa Valérien furent dans la suite appelés au pouvoir suprême par le suffrage des armées : ce qui prouve que cet auguste vieillard avait su choisir, pour leur confier les grands intérêts de l'empire, des hommes qui, sous un bon prince, auraient fait le bonheur de la république, si le terme de sa prospérité et de sa grandeur n'avaient point été marqué par les destins. Plût aux dieux que ceux qui s'étaient emparés du trône eussent pu le conserver, ou que l'empire de Gallien ne se fût point prolongé d'une manière si funeste ! la république aurait pu librement et sans obstacle se maintenir dans son ancienne grandeur. Mais la fortune s'est plue à exercer sur nous ses rigueurs, en nous enlevant avec Valérien d'autres bons princes, et en laissant peser si longtemps sur nous le joug funeste de Gallien.

AUREOLUS.

[De J.-C. 260 — 268]

X. Aureolus aussi commandait les armées d'Illyrie, lorsqu'il fut à son tour, comme tous les autres généraux à cette époque, contraint par ses soldats à revêtir la pourpre impériale ; tant était universel le mépris où était tombé Gallien ! Macrien avec son fils marchait alors con-

riinis, exercitus ejus cepit[22]; aliquos corruptos fidei suæ addixit; et quum factus esset hinc validus imperator[23], quumque Gallienus expugnare virum fortem frustra tentasset, pacem cum eo contra Postumium pugnaturus fecit; quorum pleraque et dicta sunt et dicenda. Hunc eumdem Aureolum Claudius, interfecto jam Gallieno, conflictu habito apud eum pontem interemit, qui nunc pons Aureoli nuncupatur[24], atque illic, ut tyrannum, sepulcro humiliore donavit. Exstat etiam epigramma Græcum in hanc formam[25]:

Donat sepulcro victor[26] post multa tyranni
Prœlia, jam felix Claudius Aureolum :
Munere prosequitur mortali, et jure superstes,
Vivere quem vellet, si pateretur amor
Militis egregii, vitam qui jure negavit
Omnibus indignis, et magis Aureolo :
Ille tamen clemens, qui corporis ultima servans,
Et pontem Aureoli dedicat et tumulum.

Hos ego versus, a quodam grammatico translatos, ita posui, ut fidem servarem : non quo melius non potuerint transferri, sed ut fidelitas historica servaretur, quam ego præ ceteris custodiendam putavi, qui id, quod ad eloquentiam pertinet, nihil curo. Rem enim vobis proposui deferre, non verba : maxime tanta rerum copia, ut triginta tyrannorum simul vitas scribendas accesserim.

tre ce prince à la tête d'une armée nombreuse; Aureolus s'empara d'une portion de son armée, et en entraîna une autre dans son parti. Son autorité s'étant ainsi affermie, Gallien n'osa se mesurer avec un adversaire si redoutable, d'autant plus qu'il avait déjà Postumius à combattre. Il fit donc la paix avec Aureolus. Mais j'ai déjà parlé de ces événements, et il me faudra y revenir encore plus tard. Ce même Aureolus, après la mort de Gallien, fut tué à son tour par Claude dans un combat auprès du pont qui est appelé maintenant le pont d'Aureolus. Le vainqueur lui fit construire en cet endroit un sépulcre peu élevé, comme il est d'usage pour les tyrans. L'inscription, en vers grecs, existe encore; en voici le sens :

« Après plus d'un combat, Claude, heureux vainqueur, donne ce sépulcre au tyran Aureolus : il rend les derniers devoirs aux restes mortels de celui qu'il a justement vaincu; il l'aurait sauvé de la mort, si l'affection si dévouée de ses soldats le lui avait permis; mais, fidèles aux lois de la justice, ils n'ont point voulu laisser la vie à ceux qui s'en étaient rendus indignes, et encore moins à Aureolus qu'à tout autre. Cependant Claude, dans sa clémence, conservant le respect que l'on doit à la mort, lui consacre ce pont et ce tombeau. »

Je rapporte ici ces vers, tels qu'ils ont été traduits par un grammairien, tenant surtout à conserver, dans toute sa vérité, le sens de l'inscription. Ce n'est point que l'on ne pût la mieux rendre; mais la fidélité historique est la première des obligations que je me suis imposées, et je n'ai aucune prétention au mérite du style. Ce sont des faits que je veux vous présenter, et non des mots, d'autant plus que les faits ne me manquent point, puisque j'ai entrepris d'écrire à la fois la vie de trente tyrans.

MACRIANUS.

[A. U. 1015]

XI. Capto Valeriano, diu clarissimo principe civitatis, fortissimo deinde imperatore, ad postremum omnium infelicissimo, vel quod senex apud Persas consenuit, vel quod indignos se posteros dereliquit; quum Gallienum contemnendum Balista præfectus Valeriani, et Macrianus, primus ducum, intelligerent, quærentibus etiam militibus principem, unum in locum concesserunt, quærentes, quid faciendum esset. Tuncque constitit, Gallieno longe posito, Aureolo usurpante imperium, debere aliquem principem fieri, et quidem optimum, ne quispiam tyrannus exsisteret. Verba igitur Balistæ, quantum Mæonius Astyanax, qui consilio interfuit, asserit, hæc fuerunt : « Mea ætas et professio et voluntas longe ab imperio absunt : et ego, quod negare non possum, bonum principem quæro. Sed quis tandem est, qui Valeriani locum possit implere? nisi talis, qualis tu es, Macriane, fortis, constans, integer, probatus in republica, et, quod maxime ad imperium pertinet, dives. Arripe igitur locum meritis tuis debitum. Me præfecto, quandiu voles, uteris; tu cum republica tantum bene agas, ut te Romanus orbis factum principem gaudeat. » Ad hæc Macrianus : « Fateor, Balista, imperium prudenti non frustra est. Volo enim reipublicæ subvenire, atque illam pestem a legum gubernaculis dimovere : sed non hoc in me ætatis est : senex sum, ad exemplum

MACRIEN.

[De J.-C. 261]

XI. Valérien était tombé au pouvoir des Perses. Longtemps le plus illustre des citoyens, puis empereur plein de courage, il était devenu le plus malheureux des princes, puisqu'il lui fallait consumer sa vieillesse chez un peuple ennemi, et qu'il laissait une postérité indigne de lui. Baliste, préfet de Valérien, et Macrien, le premier des généraux, voyant donc que Gallien n'était digne que de mépris, et que l'armée elle-même demandait un prince, se réunirent pour délibérer sur ce qu'il y avait à faire. L'on convint d'abord que, Gallien se trouvant éloigné, et Aureolus usurpant l'empire, il fallait créer un empereur, et si bien le choisir qu'aucun tyran n'osât tenter de s'emparer du pouvoir. Si l'on en croit Méonius Astyanax, qui assista à cette délibération, Baliste parla ainsi : « Mon âge, ma situation, ma volonté, tout m'éloigne de l'empire ; et cependant, je ne puis le nier, je désire qu'un bon prince soit mis à la tête de la république. Mais enfin, qui peut remplir dignement la place de Valérien, s'il n'est tel que vous, Macrien, courageux, ferme, intègre, estimé de tous, et, ce qui est important pour un empereur, possesseur de grandes richesses? Montez donc au rang que vous assigne votre mérite. Pour moi, je serai votre préfet aussi longtemps que vous le voudrez; vous, seulement, montrez-vous tel envers la république que tout l'empire se félicite de vous avoir pour prince. » Macrien répondit : « J'en conviens, Baliste, il faut donner l'empire à un homme sage et prudent. Pour moi, je ne demanderais pas mieux que de venir au secours de la république, et d'arracher le gouvernement à ce misérable qui la déshonore. Mais mon âge ne convient point à une telle entreprise : je suis vieux, je ne puis plus monter à cheval et donner l'exem-

equitare non possum. Lavandum est mihi frequentius, edendum delicatius; divitiæ me jamdudum ab usu militiæ retraxerunt. Juvenes aliqui sunt quærendi, nec unus, sed duo vel tres fortissimi, qui ex diversis partibus orbis Romani rempublicam restituant, quam Valerianus fato, Gallienus vitæ suæ genere perdiderunt. » Post hæc intellexit eum Balista sic agere, ut de filiis suis videretur cogitare, atque adeo sic aggressus est : « Prudentiæ tuæ rempublicam tradimus. Da igitur liberos tuos Macrianum et Quietum, fortissimos juvenes, olim tribunos a Valeriano factos, qui, Gallieno imperante, quod boni sunt, salvi esse non possunt. » Tunc ille, ubi intellectum se esse comperit, « Do, inquit, manus, de meo stipendium militi duplex daturus : tu tantum præfecti mihi studium, et annonam in necessariis locis præbe. Jam ego faxim, ut Gallienus, sordidissimus feminarum omnium, duces sui parentis intelligat. » Factus est igitur cum Macriano et Quieto duobus filiis, cunctis militibus volentibus, imperator : ac statim contra Gallienum venire cœpit, utcumque rebus in Oriente derelictis. Sed quum quadraginta quinque millia militum secum duceret, in Illyrico vel in Thraciarum extremis congressus cum Aureolo, victus et cum filio interemptus est. Triginta denique millia militum in Aureoli potestatem concessere. Domitianus autem eumdem vicit, dux Aureoli fortissimus et vehementissimus, qui se originem diceret a Domitiano imperatore trahere, atque a Domitilla. De Ma-

ple. Ma santé réclame des bains fréquents, une nourriture plus délicate. L'état de ma fortune m'a depuis longtemps éloigné des habitudes de la vie militaire. Il nous faut chercher des hommes jeunes et courageux, non point un seul, mais deux et même trois, qui, dans les diverses parties de l'empire, rétablissent la puissance romaine, que Valérien, par sa funeste destinée, et Gallien, par son genre de vie, ont presque anéantie. » Baliste comprit par ces paroles que Macrien voulait faire penser à ses fils; il reprit en ces termes : « Nous confions la république à votre prudence. Donnez-nous donc vos fils Macrien et Quietus, ces braves jeunes gens, que jadis Valérien créa tribuns, et qui d'ailleurs, sous l'empire de Gallien, sont trop distingués pour que leur vie puisse être en sûreté. » Alors Macrien, voyant que sa pensée était comprise : « J'y consens, dit-il : je donnerai de mes propres deniers une double paye aux soldats. Vous, Baliste, remplissez avec zèle les fonctions de préfet, et assurez les approvisionnements de vivres partout où il est nécessaire. Pour moi, je ferai bientôt comprendre à Gallien, ce monstre de mollesse et de débauche, ce que sont les généraux de son père. » Macrien fut donc créé empereur avec ses deux fils Macrien et Quietus, par le suffrage unanime de tous les soldats; et aussitôt, abandonnant les affaires de l'Orient dans l'état où elles se trouvaient, il marcha contre Gallien, à la tête de quarante-cinq mille hommes. Mais, arrivé dans l'Illyrie ou aux frontières de la Thrace, il en vint aux mains avec l'armée d'Aureolus, fut vaincu et mis à mort avec son fils : trente mille de ses soldats passèrent sous les étendards du vainqueur. Cette victoire fut remportée, non par Aureolus lui-même, mais par Domitien, son général, homme plein de courage et d'activité, qui prétendait appartenir à la famille de l'empereur Domitien, et descendre de Domitilla, sœur de ce prince. Je ne dois

criano autem nefas mihi videtur judicium Valeriani præterire, quod ille in oratione sua, quam ad senatum e Persidis finibus miserat, posuit. Inter cetera ex oratione divi Valeriani : « Ego, patres conscripti, bellum Persicum gerens, Macriano totam rempublicam credidi quidem, a parte militari. Ille vobis fidelis, ille mihi devotus, illum et amat et timet miles. Utcumque res exegerit, cum exercitibus aget; nec, patres conscripti, nova vel inopina nobis sunt : pueri ejus virtus in Italia, adolescentis in Gallia, juvenis in Thracia, in Africa jam provecti, senescentis denique in Illyrico et Dalmatia, comprobata est, quum in diversis prœliis ad exemplum fortiter faceret. Huc accedit, quod habet juvenes filios, Romano dignos collegio, nostra dignos amicitia[27], » et reliqua.

MACRIANUS JUNIOR.

[A. U. 1015]

XII. Multa de hoc in patris imperio prælibata sunt, qui nunquam imperator factus esset, nisi prudentiæ patris ejus creditum videretur. De hoc plane multa miranda dicuntur, quæ ad fortitudinem pertineant juvenilis ætatis. Sed ad facta, aut quantum in bellis, minus valet fortitudo[28]. Hic enim vehemens cum prudentissimo patre, cujus merito imperare cœperat, a Domitiano victus, triginta, ut superius dixi, millibus militum spoliatus est : matre nobili, patre tantum forti, et ad bel-

point passer sous silence le jugement que Valérien porta sur Macrien dans un discours que, des frontières de la Perse, il envoya au sénat. Entre autres choses, il disait : « Pères conscrits, me trouvant occupé à la guerre des Perses, j'ai confié à Macrien toute la république, pour ce qui concerne les armées. C'est un homme fidèle au sénat, dévoué à son empereur : le soldat l'aime et le craint. Il agira avec les armées selon que les circonstances l'exigeront. Et ne croyez point, pères conscrits, qu'il y ait rien de téméraire ni de hasardé dans le jugement que je porte sur lui : enfant, sa valeur s'est signalée en Italie ; adolescent, dans la Gaule ; jeune homme, dans la Thrace ; parvenu à l'âge mûr, il s'est distingué dans l'Afrique ; enfin déjà sur le retour de l'âge, il a déployé une égale bravoure dans l'Illyrie et dans la Dalmatie ; partout, dans les combats, il s'est montré de manière à servir à tous de modèle. Joignez à cela qu'il a des fils dans la fleur de l'âge, et qui sont dignes de prendre place dans nos conseils et dans notre amitié. »

MACRIEN LE JEUNE.

[De J.-C. 262]

XII. J'ai déjà, dans la Vie précédente, dit quelques mots de ce prince, qui jamais ne serait parvenu à l'empire, sans la confiance qu'inspirait la sagesse et la prudence de son père. On rapporte beaucoup de traits remarquables qui prouvent que ce prince avait toute la bravoure et toute l'impétuosité de la jeunesse. Mais il arrive souvent, surtout à la guerre, que le courage ne peut rien contre les événements. En effet, ce vaillant jeune homme, avec un père plein d'habileté, au mérite duquel il avait dû son élévation, fut vaincu par Domitien, qui leur enleva, comme je l'ai dit plus haut, trente mille de leurs soldats. Sa mère était de noble origine ;

lum parato, atque ab ultima militia in summum perveniente ducatum, et splendore sublimi.

QUIETUS.

[A. U. 1015]

XIII. Hic, ut diximus, Macriani filius fuit : cum patre et fratre, Balistæ judicio, imperator est factus. Sed ubi comperit Odenatus, qui olim jam Orientem tenebat, ab Aureolo Macrianum patrem, Quietum, et ejus fratrem Macrianum victos [29], milites in ejus potestatem concessisse; quasi Gallieni partes vindicaret, adolescentem cum Balista præfecto dudum interemit [30]. Idem quoque adolescens dignissimus Romano imperio fuit, ut vere Macriani filius, et Macrianus etiam frater : qui duo afflictis rebus potuerunt rempublicam gerere. Videtur mihi non prætermittendum de Macrianorum familia, quæ hodieque floret, id dicere, quod speciale semper habuerunt. Alexandrum Magnum Macedonem viri in auro et argento, mulieres et in reticulis et dextrocheriis, et in annulis, et in omni ornamentorum genere, exsculptum semper habuerunt : eousque, ut tunicæ, et limbi, et pænulæ matronales in familia ejus hodieque sint, quæ Alexandri effigiem de liciis variantibus monstrent. Vidimus proxime Cornelium Macrum in eadem familia virum, quum cœnam in templo Herculis daret, pateram electrinam, quæ in medio vultum Alexandri

mais son père n'avait pas d'autre illustration que son courage et ses talents militaires, qui, des derniers grades de l'armée, l'avaient porté jusqu'au commandement le plus élevé, et même jusqu'à l'empire.

QUIETUS.

[De J.-C. 262]

XIII. Quietus, comme je l'ai déjà dit, était fils de Macrien, et avait, grâce à Baliste, été proclamé empereur avec son père et son frère. Mais Odenat, qui depuis longtemps déjà était maître de l'Orient, ayant appris que Macrien et ses deux fils avaient été battus par Aureolus, et que leur armée s'était livrée au vainqueur, sous le prétexte de venger la cause de Gallien, fit périr Quietus avec Baliste, qui, depuis peu, était son préfet. Ce jeune prince et son frère Macrien étaient tous deux dignes de leur père, et dignes de l'empire romain : tous deux auraient pu venir en aide aux malheurs de la république. Je ne crois point devoir passer sous silence une particularité remarquable de la famille des Macrien, qui est encore aujourd'hui florissante. De tout temps l'image d'Alexandre le Grand de Macédoine fut tellement en honneur dans cette famille, que les hommes la portaient en or et en argent, et les femmes sur leurs réseaux, leurs bracelets, leurs anneaux et tous leurs ornements; bien plus, aujourd'hui encore elles ont des tuniques, des ceintures, des manteaux, où les traits de ce prince se trouvent reproduits par le tissu lui-même. Dernièrement, nous avons vu Cornelius Macer, qui appartient à cette famille, dans un repas qu'il donnait dans le temple d'Hercule, présenter au pontife une coupe d'un métal composé d'or et d'argent, au milieu de laquelle était la figure d'Alexandre, environnée de ses principaux exploits, représentés dans de moindres dimensions : cette coupe passa de main en main

haberet, et in circuitu omnem historiam contineret, signis brevibus et minutulis, pontifici propinare : quam quidem circumferri ad omnes tanti illius viri cupidissimos jussit. Quod idcirco posui, quia dicuntur juvari in omni actu suo, qui Alexandrum expressum vel auro gestitant, vel argento.

ODENATUS.

[A. U. 1016 — 1020]

XIV. Nisi Odenatus, princeps Palmyrenorum, capto Valeriano, fessis Romanæ reipublicæ viribus, sumpsisset imperium, in Oriente res perditæ essent. Quare assumpto nomine primum regali cum uxore Zenobia, et filio majore, cui erat nomen Herodes, minoribus Herenniano et Timolao, collecto exercitu contra Persas profectus est. Nisibin primum et Orientis pleraque, cum omni Mesopotamia, in potestatem recepit, deinde ipsum regem victum fugere coegit : postremo Ctesiphonta usque, Saporem et ejus liberos persequutus, captis concubinis, capta etiam magna præda, ad Orientem vertit, sperans, quod Macrianum, qui imperare contra Gallienum cœperat, posset opprimere : sed illo jam profecto contra Aureolum et contra Gallienum, eo interempto, filium Quietum interfecit, Balista, ut plerique asserunt, regnum usurpante, ne et ipse posset occidi. Composito igitur magna ex parte Orientis statu, a consobrino suo Mæonio, qui et ipse imperium sumpserat, interemptus est cum filio suo Herode, qui et ipse, post reditum de

pour satisfaire la curiosité des convives qui étaient avides de contempler les traits de ce grand homme. Je suis entré dans ce détail, parce que l'on prétend que ceux qui portent l'image d'Alexandre, représentée sur l'or ou l'argent, réussissent dans tout ce qu'ils font.

ODENAT.

[De J.-C. 263 — 267]

XIV. Si, lorsque Valérien tomba au pouvoir des Perses, et que les forces de la république romaine se trouvèrent épuisées, Odenat, prince de Palmyre, ne s'était point emparé du pouvoir, c'en était fait de notre domination en Orient. Ayant donc pris d'abord le titre de roi avec sa femme Zénobie, et son fils aîné, nommé Hérode, ses autres fils, Herennianus et Timolaüs, étant encore en bas âge, il rassembla une armée et marcha contre les Perses. Il fit rentrer d'abord sous la domination romaine Nisibe, une grande partie de l'Orient, et toute la Mésopotamie; puis il vainquit le roi lui-même et le força à prendre la fuite; enfin, après avoir poursuivi Sapor et ses enfants jusqu'à Ctésiphon, et s'être emparé de ses concubines et d'un riche butin, il tourna sa marche vers l'Orient, dans l'espoir de détruire Macrien, qui venait de se révolter et avait pris le titre d'empereur. Mais déjà Macrien, qui était parti pour aller combattre Aureolus et Gallien, avait trouvé la mort dans cette expédition. Odenat fit périr son fils Quietus; Baliste, à ce que disent la plupart des historiens, avait usurpé l'empire pour échapper lui-même à la mort. Après avoir ainsi rétabli en grande partie les affaires de l'Orient, Odenat, qui, après son retour de la Perse, avait reçu, ainsi que son fils Hérode, le titre d'empereur, fut assassiné avec lui par Méonius, son

Perside, cum patre imperator est appellatus. Iratum fuisse reipublicæ Deum credo, qui, interfecto Valeriano, noluit Odenatum reservare. Ille plane cum uxore Zenobia non solum Orientem, quem jam in pristinum reformaverat statum, sed omnes omnino totius orbis partes reformasset, vir acer in bellis, et, quantum plerique scriptores loquuntur, venatu memorabili semper inclytus; qui a prima ætate capiendis leonibus et pardis, ursis, ceterisque silvestribus animalibus, sudorem officii virilis impendit, quique semper in silvis ac montibus vixit, perferens calorem, pluvias, et omnia mala quæ in se continent venatoriæ voluptates : quibus duratus, solem ac pulverem in bellis Persicis tulit : non aliter etiam conjuge assueta, quæ multorum sententia, fortior marito fuisse perhibetur; mulier omnium nobilissima orientalium feminarum, et, ut Cornelius Capitolinus asserit, speciosissima.

HERODES.

[A. U. 1016 — 1020]

XV. Herodes, non Zenobia matre, sed priore uxore genitus, cum patre accepit imperium, homo omnium delicatissimus, et prorsus Orientalis et Græcæ luxuriæ, cui erant sigillata tentoria, et aureati papiliones, et omnia Persica; denique, ingenio ejus usus Odenatus, quidquid concubinarum regalium, quidquid divitiarum

cousin, qui lui-même avait revêtu la pourpre. Il fallait que les dieux fussent bien irrités contre la république, puisqu'après la mort de Valérien, ils ne voulurent pas même lui laisser Odenat. Sans aucun doute, ce prince, aidé de sa femme Zénobie, aurait rétabli les affaires de la république dans toutes les parties de l'empire, comme déjà il l'avait fait dans l'Orient : car c'était un homme d'une activité et d'une intrépidité rares dans les combats. D'après le rapport d'un grand nombre d'historiens, il avait toujours eu la réputation d'un excellent chasseur; dès sa première jeunesse, il se livrait à des fatigues au-dessus de son âge pour prendre des lions, des léopards, des ours et d'autres bêtes féroces; il vivait toujours dans les forêts et sur les montagnes, supportant la chaleur, la pluie et toutes les fatigues qu'entraîne avec soi le plaisir de la chasse. Grâce à de tels exercices, qui endurcirent son corps, il supporta sans peine, dans la guerre qu'il fit chez les Perses, et les ardeurs du soleil et les sables brûlants de ce pays. Zénobie elle-même ne menait pas une vie moins dure, et, d'après un grand nombre d'historiens, elle l'emportait même en courage sur son mari. Elle était la plus noble, et, si l'on en croit Cornelius Capitolinus, la plus belle des femmes de l'Orient.

HÉRODE.

[De J.-C. 263 — 267]

XV. Hérode, qui était fils, non de Zénobie, mais d'une première femme d'Odenat, fut revêtu de la pourpre en même temps que son père. Ce prince, le plus efféminé des hommes, avait toute la mollesse et le faste des Orientaux ou des Grecs : ses tentes étaient d'étoffes enrichies de figures, l'or brillait sur ses pavillons; tout, autour de lui, respirait le luxe des Perses. Aveuglé par sa tendresse paternelle, Odenat, pour complaire aux

gemmarumque cepit, eidem tradidit, paternæ indulgentiæ affectione permotus. Et erat circa illum Zenobia novercali animo : qua re commendabiliorem patri eum fecerat; neque plura sunt, quæ de Herode dicantur.

MÆONIUS.

[A. U. 1010]

XVI. Hic consobrinus Odenati fuit : nec ulla re alia ductus, nisi damnabili invidia, imperatorem optimum interemit; quum ei nihil aliud objiceretur, præter filii Herodis delicias. Dicitur autem primum cum Zenobia consensisse, quæ ferre non poterat, ut privignus ejus Herodes priore loco, quam filii ejus, Herennianus et Timolaus, principes dicerentur. Sed hic quoque spurcissimus fuit; quare imperator appellatus per errorem, brevi a militibus pro suæ luxuriæ meritis interemptus est.

BALISTA.

[A. U. 1015]

XVII. De hoc, utrum imperaverit, scriptores inter se ambigunt. Multi enim dicunt, Quieto per Odenatum occiso, Balistæ veniam datam : tamen eum imperasse, quod nec Gallieno, nec Aureolo, nec Odenato se crederet. Alii asserunt, privatum eum in agro suo, quem apud Daphnem sibi comparaverat, interemptum. Multi, et sumpsisse illum purpuram, et more Romano impe-

goûts de son fils, lui donna toutes les concubines, les richesses et les pierres précieuses qu'il avait enlevées à Sapor. Zénobie avait pour Hérode toute la haine d'une marâtre, ce qui ajoutait encore à la tendresse d'Odenat pour lui. Voilà tout ce que je trouve dans les historiens sur ce prince.

MÉONIUS.

(De J.-C. 267)

XVI. Méonius était cousin d'Odenat par sa mère. Sans autre motif qu'une exécrable envie, il donna la mort au meilleur des princes, auquel on ne pouvait rien reprocher que les débauches de son fils Hérode et sa faiblesse pour lui. On dit que, pour commettre ce crime, Méonius s'était concerté avec Zénobie, qui ne pouvait supporter que son beau-fils fût nommé prince de préférence à ses propres enfants, Herennianus et Timolaüs. Méonius fut, comme Hérode, un prince perdu de débauche, et ce ne fut que par erreur qu'on lui donna le titre d'empereur : aussi ne tarda-t-il point à être massacré par les soldats, comme le méritait la dépravation de ses mœurs.

BALISTE.

(De J.-C. 262)

XVII. Baliste a-t-il été empereur? c'est un point sur lequel les historiens sont peu d'accord. Les uns disent qu'Odenat, après avoir fait périr Quietus, fit grâce à Baliste; mais que ce dernier, ne se fiant ni à Gallien, ni à Aureolus, ni à Odenat, prit le parti de se faire empereur. D'autres assurent qu'il était simple particulier lorsqu'on vint le tuer dans sa campagne près de Daphné. D'autres encore disent qu'il prit la pourpre, exerça le pouvoir suprême à la manière des empereurs romains, com-

rasse, exercitum duxisse, et de se plura promisisse, dixerunt; occisum autem per hos, quos Aureolus miserat ad comprehendendum Quietum, Macriani filium, quem prædam suam esse dicebat. Fuit vir insignis, eruditus ad gerendam rempublicam, in consiliis vehemens, in expeditionibus clarus, in provisione annonaria singularis; Valeriano sic acceptus, ut eum quibusdam litteris hoc testimonio prosequutus sit : « Valerianus Ragonio Claro, præfecto Illyrici et Galliarum. Si quid in te bonæ frugis est, quam esse scio, parens Clare, dispositionem Balistæ prosequere. Hac in forma rempublicam vides, ut nec ille provinciales gravet; ut illic equos contineat, ubi sunt pabula; illic annonas militum mandet, ubi sunt frumenta : non provincialem, non possessorem cogat, illic frumenta, ubi non habet, dare; illic equum, ubi non potest, pascere : nec est ulla alia provisio melior, quam ut in locis suis erogentur, quæ nascuntur, ne aut vehiculis aut sumptibus rempublicam gravent. Galatia frumentis abundat, referta est Thracia, plenum est Illyricum : illic pedites collocentur; quanquam in Thracia etiam equites, sine noxa provincialium, hiemare possint. Multum enim ex campis fœni colligitur. Jam ubi laridum, jam ceteræ species, in his dandæ sunt locis, in quibus affatim redundant. Quæ omnia sunt Balistæ consilia, qui ex quaque provincia unam tantum speciem præberi jussit, quod ea redundaret, atque ab ea milites submoveri : id quod publicitus est decretum. »

manda une armée, et fit en son propre nom de nombreuses promesses; mais qu'il fut tué par les gens qu'Aureolus avait envoyés pour s'emparer de Quietus, fils de Macrien, qu'il revendiquait comme une proie qui lui était due. Baliste était un homme d'un mérite distingué, s'entendant bien aux affaires, excellent dans le conseil, général expérimenté, et surtout fort habile dans l'administration des vivres. Valérien faisait tant de cas de lui, qu'il en parle ainsi dans une de ses lettres : « Valérien à Ragonius Clarus, préfet de l'Illyrie et des Gaules. Si vous êtes un homme d'ordre, mon cher Clarus, et je sais que vous l'êtes, vous suivrez les dispositions établies par Baliste. Vous voyez qu'il a introduit dans l'administration un tel système, qu'il ne surcharge point les habitants des provinces; qu'il n'envoie des chevaux que là où il y a des pâturages; qu'il n'exige des fournitures de vivres que dans les lieux où il y a du blé; qu'il ne force ni l'habitant ni le propriétaire de fournir des subsistances qu'ils n'ont point, ni de recevoir des chevaux qu'il leur est impossible de nourrir. Il n'y a point de meilleur système que de consommer les subsistances dans les lieux mêmes qui les fournissent : on épargne ainsi à la république des transports et des frais de toute sorte. Le blé abonde dans la Galatie, dans la Thrace, dans l'Illyrie : c'est là qu'il faut établir de l'infanterie. Dans la Thrace cependant, on peut aussi envoyer de la cavalerie en quartiers d'hiver, sans faire tort aux habitants : car il s'y récolte beaucoup de foins. Enfin, pour le lard et les autres genres de subsistances, il faut les donner dans les lieux où ils abondent. Ce sont là les conseils de Baliste, qui a voulu que chaque province ne fournît qu'un seul objet de consommation, celui qui s'y trouve plus abondant, et qu'ensuite on fît passer les troupes dans une autre; ce qui, du reste, est consigné dans un décret public. » On a encore une autre lettre de Valérien, où il

Est et alia ejus epistola, qua gratias Balistæ agit : in qua docet, sibi præcepta gubernandæ reipublicæ ab eodem data, gaudens, quod ejus consilio nullum adscriptitium, id est vacantem, haberet, et tribunum nullum stipatorem, qui non vere pugnaret. Hic igitur vir, in tentorio suo cubans, a quodam gregario milite Odenati, in Gallieni gratiam, dicitur interemptus. De quo ipse vera non satis comperi, idcirco quod scriptores temporum de hujus præfectura multa, de imperio pauca dixerunt.

VALENS.

[A. U. 1014]

XVIII. Hic vir militaris, simul etiam civilium virtutum gloria pollens, proconsulatum Achaiæ, dato a Gallieno tunc honore, gubernabat : quem Macrianus vehementer reformidans, simul quod in omni genere vitæ satis clarum norat, simul quod inimicum sibi esse invidia virtutum sciebat, misso Pisone, nobilissimæ tunc et consularis familiæ viro, interfici præcepit. Valens, diligentissime cavens et providens, neque aliter sibi posse subveniri existimans, sumpsit imperium, et brevi a militibus interemptus est.

VALENS SUPERIOR[1].

[A. U. 1004]

XIX. Fuit et Valens superior : et bene venit in mentem, ut, quum de hoc Valente loquimur, etiam de illo

remercie Baliste des instructions qu'il a reçues de lui pour le gouvernement de la république, se félicitant de ce que, grâce à ses conseils, il n'a auprès de lui aucun titulaire de charge qui ne la remplisse réellement, aucun tribun qui ne combatte à la tête de ses troupes. Ce même Baliste donc, tandis qu'il était couché dans sa tente, fut assassiné, dit-on, par un simple soldat qu'avait envoyé Odenat, qui voulait ainsi plaire à Gallien. Je n'ai rien trouvé de plus positif à dire sur ce prince, les historiens de ces temps ayant parlé beaucoup de sa préfecture, mais peu de son empire.

VALENS.

[De J.-C. 261]

XVIII. Valens, non moins illustre par ses vertus civiles que par ses talents militaires, gouvernait l'Achaïe avec le titre de proconsul que lui avait donné Gallien. Macrien, à qui il inspirait de sérieuses craintes par l'éclat de son mérite en tout genre, et qui d'ailleurs voyait en lui un rival et un ennemi, donna à Pison, personnage distingué, dont la famille, l'une des plus illustres de ce temps, avait été décorée du consulat, la commission de le mettre à mort. Valens, qui était sur ses gardes, ne trouva point d'autre moyen d'échapper au danger que de se déclarer empereur; mais, peu après, il fut massacré par son armée.

VALENS L'ANCIEN.

[De J.-C. 251]

XIX. Avant ce Valens, dont nous venons de parler, il y en eut un autre, qui fut tué sous les empereurs précé-

Valente, qui superiorum principum temporibus interemptus est, aliquid dicamus. Nam hujus Valentis, qui sub Gallieno imperavit, avunculus magnus fuisse perhibetur. Alii tantum avunculum dicunt; sed par in ambobus fuit fortuna; nam et ille, quum paucis diebus Illyrico imperasset, occisus est.

PISO.

(A. U. 1014)

XX. Hic a Macriano ad interficiendum Valentem missus, ubi eum providum futurorum imperare cognovit, Thessaliam concessit, atque illic, paucis sibi consentientibus, sumpsit imperium, Thessalicusque appellatus, interemptus est; vir summæ sanctitatis, et temporibus suis Frugi dictus, et qui ex illa Pisonum familia ducere originem diceretur, cui se, nobilitandi causa, Cicero sociaverat[3] Hic omnibus principibus acceptissimus fuit. Ipse denique Valens, qui ad eum percussores misisse perhibetur, dixisse dicitur, non sibi apud deos inferos constare rationem, quod, quamvis hostem suum, Pisonem tamen jussisset occidi, virum, cui similem Romana respublica tunc non haberet. Senatusconsultum de Pisone factum ad noscendam ejus majestatem, libenter inserui. Die septimo kalendas julias, quum esset nuntiatum Pisonem a Valente interemptum, ipsum Valentem a suis occisum, Arellius Fuscus, consu-

dents, et dont il me semble convenable de faire ici mention, parce qu'il fut le grand-oncle, ou, selon d'autres historiens, l'oncle de celui qui prit la pourpre du temps de Gallien. Du reste, leur fortune, à l'un et à l'autre, fut semblable; car ce Valens, quelques jours après avoir été proclamé empereur en Illyrie, fut également massacré par ses soldats.

PISON.

(De J.-C. 261)

XX. Pison, que Macrien avait envoyé en Achaïe, pour mettre à mort Valens, ayant appris que celui-ci, prévoyant le danger qui le menaçait, s'était déclaré empereur, se retira en Thessalie. Là, soutenu d'un petit nombre de partisans, il prit lui-même la pourpre, se fit donner le nom de Thessalique, et bientôt après fut mis à mort. C'était un homme d'une vertu si pure, qu'on l'appela Piso Frugi, c'est-à-dire Pison le Vertueux : on dit qu'il tenait son origine de cette ancienne famille des Pison, à laquelle Cicéron s'était allié pour donner du lustre à la sienne. Il s'était fait aimer de tous les empereurs, à tel point que Valens lui-même, qui le fit mettre à mort, disait, à ce que l'on assure, qu'il aurait un terrible compte à rendre aux dieux des enfers pour avoir ordonné le meurtre de Pison, son ennemi, il est vrai, mais le plus honnête homme qu'il y eût alors dans la république. J'ai cru devoir rapporter ici un sénatus-consulte qui montrera encore mieux à quel point il était vénéré. Le 25 de juin, lorsqu'on reçut la nouvelle que Pison avait été tué par Valens, et Valens lui-même par ses propres soldats, Arellius Fuscus, personnage consulaire, qui, ayant succédé à Valérien comme prince du

laris primæ sententiæ, qui in locum Valeriani successerat [33], ait : « Consul, consule. » Quumque consultus esset, « Divinos, inquit, honores Pisoni decerno, patres conscripti : Gallienum, et Valerianum, et Saloninum imperatores, nostros esse confido [34]. Neque enim melior vir quisquam fuit, neque constantior. » Post quem ceteri consulti, statuam inter triumphales, et currus quadrijugos Pisoni decreverunt. Sed statua ejus videtur; quadrigæ autem, quæ decretæ fuerant, quasi transferendæ ad alium positæ sunt, nec adhuc redditæ : nam in his locis fuerunt, in quibus thermæ Diocletianæ sunt exædificatæ, tam æterni nominis, quam sacrati.

ÆMILIANUS [35].

[A. U. 1015 — ....]

XXI. Et hoc familiare est populo Ægyptiorum, ut vel furiosi ac dementes, de levibus quibusque ad summæ reipublicæ pericula perducantur. Sæpe illi, ob neglectas salutationes, locum in balneis non concessum, carnem et olera sequestrata, calceamenta servilia, et cetera talia, usque ad summum reipublicæ periculum seditionis, ita ut armarentur contra eos exercitus, pervenerunt. Familiari ergo sibi furore, quum quodam die cujusdam servus curatoris, qui Alexandriam tunc regebat, militari ob hoc cæsus esset [36], quod crepidas suas meliores esse quam militis diceret; collecta multitudo ad domum

sénat, devait opiner le premier, dit au consul : « Prenez les avis ; » et lorsqu'on lui eut demandé le sien : « Pères conscrits, dit-il, je décerne à Pison les honneurs divins, et je ne doute point que les empereurs Gallien, Valérien et Saloninus ne soient de notre avis ; car jamais il n'y eut d'homme plus vertueux ni d'un caractère plus honorable. » Tous les autres ayant été consultés après lui, on décerna à Pison, d'une voix unanime, une statue qui serait placée parmi les statues triomphales, et un char attelé de quatre chevaux. L'on voit encore sa statue ; mais le char fut enlevé du lieu où il était, pour être replacé dans un autre, et il n'a point encore été rendu aux regards du public : il se trouvait d'abord dans l'endroit où furent élevés les Thermes, qui portent le nom à jamais sacré de Dioclétien.

ÉMILIEN.

(De J.-C. 262 — ...)

XXI. Il n'y a rien de plus ordinaire chez les Égyptiens, que de les voir, pour les motifs les plus futiles, se jeter, comme des furieux ou des insensés, dans des séditions de nature à mettre en danger la république elle-même. Souvent, pour la moindre négligence, soit à les saluer, soit à leur céder une place d'honneur dans des bains ; pour de la viande ou des légumes dont la vente a été interdite, pour des chaussures d'esclave, ou d'autres sujets aussi misérables, ils en sont venus à de telles révoltes, que la république, sérieusement menacée, fut plus d'une fois forcée de faire marcher contre eux des armées. Un jour donc qu'un esclave du gouverneur d'Alexandrie avait été frappé par un homme attaché à l'armée, pour avoir dit que sa chaussure valait mieux que

Æmiliani ducis anceps venit, atque cum omni seditionum instrumento et furore persequuta est; ictus est lapidibus, petitus est ferro; nec desiit ullum seditionis telum; qua re coactus Æmilianus sumpsit imperium, quum sciret sibi undecumque pereundum. Consenserunt ei Ægyptiacus exercitus, maxime in Gallieni odium. Nec ejus ad regendam rempublicam vigor defuit; nam Thebaidem totamque Ægyptum peragravit, et quatenus potuit, barbarorum gentes forti auctoritate submovit; denique Alexander, vel Alexandrinus, nam incertum id quoque habetur, virtutum merito vocatus est. Et quum contra Indos pararet expeditionem, misso Theodoto duce, Gallieno jubente dedit pœnas : siquidem strangulatus in carcere captivorum veterum more perhibetur[37]. Tacendum esse non credo, quod quum de Ægypto loquor, vetus suggessit historia, simul etiam Gallieni factum : qui quum Theodoto vellet imperium proconsulare decernere, a sacerdotibus est prohibitus, qui dixerunt fasces consulares ingredi Alexandriam non licere; cujus rei etiam Ciceronem, quum contra Gabinium loquitur, meminisse satis novimus; denique non exstat memoria rei frequentatæ. Quare scire oportet, Herennium Celsum[38], vestrum parentem, dum consulatum cupit, hoc, quod desiderat, non licere. Fertur enim apud Memphim in aurea columna Ægyptiis litteris scriptum, tunc demum Ægyptum liberam fore, quum in eam venissent Romani fasces, et prætexta Romanorum. Quod apud Proculum grammati-

celle d'un soldat, la populace, avec sa violence ordinaire, se rassembla, courut, sans savoir ce qu'elle faisait, à la maison d'Émilien, qui commandait les troupes romaines, et l'attaqua avec toutes les armes dont se sert la fureur et la sédition. On lui jeta des pierres; on lui lança des traits; on fit usage contre lui de tout ce qu'on avait sous la main. Dans cette extrémité, et voyant que d'une manière ou d'une autre il fallait périr, Émilien se fit empereur. L'armée d'Égypte le reconnut, entraînée surtout par sa haine pour Gallien. Le nouveau prince ne manqua point de vigueur dans sa nouvelle autorité. Il parcourut la Thébaïde et toute l'Égypte, et, par son courage et sa fermeté, repoussa, autant qu'il le put, des frontières, les nations barbares. Enfin il reçut, en récompense des grandes qualités qu'il avait déployées, le surnom d'Alexandre ou d'Alexandrinus; car là-dessus aussi il y a de l'incertitude. Il se préparait à une expédition contre les Indiens, lorsque Théodote, envoyé par Gallien à la tête d'une armée, le punit cruellement de son usurpation; s'il est vrai, comme on le dit, qu'il fut jeté en prison et étranglé, comme l'étaient jadis les prisonniers de guerre. Puisque je parle de l'Égypte, je crois devoir faire ici une observation que me suggère l'histoire des temps anciens, et qui se rattache à une circonstance de la vie de Gallien. Ce prince voulant donner à Théodote le proconsulat, il en fut empêché par les prêtres, qui lui dirent qu'il n'était point permis que les faisceaux consulaires entrassent dans Alexandrie. Nous savons, au reste, que Cicéron fait mention de cette même croyance dans son discours contre Gabinius; et, en réalité, on ne se souvient point que cela ait jamais eu lieu. Ainsi il est bon que vous sachiez que votre parent, Herennius Celsus, en demandant le consulat, désire une chose qui n'est point permise On rapporte, en effet, qu'il y a près de Memphis une colonne d'or sur laquelle se trouve une inscription en caractères

cum, doctissimum sui temporis virum, quum de peregrinis regionibus loquitur, invenitur.

SATURNINUS.

[A. U. 1016 — 1020] [39]

XXII. Optimus ducum Gallieni temporibus, sed a Valeriano dilectus, Saturninus fuit. Hic quoque, quum dissolutionem Gallieni, pernoctantis in publico, ferre non posset, et milites non exemplo imperatoris sui, sed suo regeret, ab exercitibus sumpsit imperium : vir prudentiæ singularis, gravitatis insignis, vita amabilis, victoriarum barbaris etiam ubique notarum. Hic ea die, qua est amictus a militibus peplo imperatorio, concione habita, dixisse fertur : « Commilitones, bonum ducem perdidistis, et malum principem fecistis. » Denique quum multa strenue in imperio fecisset ; quod esset severior et gravior militibus, ab iisdem ipsis a quibus factus fuerat, interemptus est. Hujus insigne est, quod convivio discumbere milites, ne inferiora denudarentur, cum sagis jussit, hieme gravibus, æstate perlucidis.

TETRICUS SENIOR.

[A. U 1021 — 1025] [40]

XXIII. Interfecto Victorino, et ejus filio, mater ejus Victoria, sive Victorina, Tetricum, senatorem populi Ro-

égyptiens, qui dit que l'Égypte recouvrera sa liberté lorsque les faisceaux et la prétexte romaine y auront pénétré. Ce détail se trouve dans les écrits du grammairien Proculus, le plus savant homme de son temps en tout ce qui concerne les nations étrangères.

SATURNINUS.

[De J.-C. 263 — 267]

XXII. Saturninus, excellent général du temps de Gallien, devait son rang au choix de Valérien. Lui aussi, ne pouvant supporter les excès de Gallien, qui passait publiquement les nuits dans de crapuleuses débauches, se laissa proclamer empereur par son armée, qu'il avait habituée à suivre l'exemple de son général, et non de son prince. C'était un homme plein de sagesse et de dignité, d'une vie douce et aimable, qui s'était acquis une grande réputation par ses victoires même chez les barbares. On rapporte que le jour où son armée le revêtit du manteau impérial, il leur dit : « Camarades, vous avez perdu un bon général, et vous avez fait un mauvais empereur. » Enfin, après avoir donné beaucoup de preuves d'activité et de courage, comme on le trouvait trop sévère et trop rigide, les mêmes soldats qui l'avaient fait empereur, le mirent à mort. On rapporte de lui cette particularité, que, pour empêcher que les soldats ne découvrissent, en se couchant à table, la partie inférieure de leur corps, il exigea qu'ils fussent vêtus, pendant leurs repas, de saies légères en été et plus épaisses en hiver.

TETRICUS L'ANCIEN.

[De J.-C. 268 — 271]

XXIII. Après que Victorin eut été tué avec son fils, Victoria ou Victorina, sa mère, excita à prendre la

mani, præsidatum in Gallia regentem [41], ad imperium hortata, quod ejus erat, ut plerique loquuntur, affinis, augustum appellari fecit, filiumque ejus cæsarem nuncupavit. Et quum multa Tetricus feliciter egisset, diuque imperasset, ab Aureliano victus, quum militum suorum impudentiam et procacitatem ferre non posset, volens se gravissimo principi et severissimo dedit. Versus denique illius fertur, quem statim ad Aurelianum scripserat :

Eripe me his, invicte, malis.

Quare quum Aurelianus nihil simplex, neque mite, aut tranquillum facile cogitaret, senatorem populi Romani, eumdemque consularem, qui jure præsidiali omnes Gallias rexerat, per triumphum duxit, eodem tempore, quo et Zenobiam Odenati uxorem, cum filiis minoribus Odenati, Herenniano et Timolao : pudore tamen victus vir nimium severus, eum, quem triumphaverat, correctorem totius Italiæ fecit, id est Campaniæ, Samnii, Lucaniæ, Brutiorum, Apuliæ, Calabriæ, Etruriæ atque Umbriæ, Piceni et Flaminiæ, omnisque annonariæ regionis [42] : ac Tetricum, non solum vivere, sed etiam in summa dignitate manere passus est; quum illum sæpe collegam, nonnunquam commilitonem, aliquando etiam imperatorem appellaret.

TETRICUS JUNIOR.

[A. U. 1021 — 1023]

XXIV. Hic puerulus a Victoria cæsar est appellatus, quum illa Mater castrorum ab exercitu nuncupata esset,

pourpre Tetricus, sénateur romain, qui gouvernait la Gaule en qualité de président, et qui, à ce qu'on assure, était son parent. Grâce à elle, il fut proclamé auguste, et son fils reçut en même temps le titre de césar. Tetricus obtint de nombreux succès, et se maintint longtemps au pouvoir; mais enfin, vaincu par Aurélien, et ne pouvant d'ailleurs supporter l'indiscipline et l'insolence de ses troupes, il se livra volontairement à ce prince hautain et sévère. On dit que, dans la lettre qu'il s'empressa de lui envoyer, il y avait ce vers:

> Invincible guerrier, abrégez ma misère!
>
> (VIRGILE, *Én.*, liv. VI, v. 365.)

Aurélien, qui était incapable de toute pensée simple, douce et humaine, sans égard pour un sénateur romain, pour un personnage consulaire qui avait eu le gouvernement de toutes les Gaules, le mena en triomphe en même temps que Zénobie, l'épouse d'Odenat, et ses deux plus jeunes fils, Herennianus et Timolaüs. Plus tard cependant, honteux de sa trop grande rigueur, il donna à celui dont il avait triomphé les fonctions de correcteur de toute l'Italie, c'est-à-dire de la Campanie, du Samnium, de la Lucanie, du Brutium, de l'Apulie, de la Calabre, de l'Étrurie et de l'Ombrie, du Picentin et de la Flaminie, en un mot de toutes les régions de l'Italie en dehors de la circonscription de Rome. Ainsi, non-seulement il le laissa vivre, mais il le revêtit d'une haute dignité, l'appelant souvent son collègue, quelquefois son compagnon d'armes, d'autres fois même lui donnant le nom d'empereur.

TETRICUS LE JEUNE.

(De J.-C. 268 — 271.)

XXIV. Ce Tetricus était encore enfant lorsqu'il fut déclaré césar par Victoria, que l'armée appelait la Mère

qui et ipse cum patre per triumphum ductus, postea omnibus senatoriis honoribus functus est, illibato patrimonio, quod quidem ad suos posteros misit, ut Gellius Fuscus dicit, semper insignis. Narrabat avus meus, hunc sibi familiarem fuisse, neque quemquam illi ab Aureliano, aut postea ab aliis principibus, esse prælatum. Tetricorum domus hodieque exstat in monte Cœlio inter duos lucos contra Isium Metellinum, pulcherrima, in qua Aurelianus pictus est, utrique prætextam tribuens et senatoriam dignitatem; accipiens ab his sceptrum, coronam civicam picturatam de museo[43]; quam quum dedicasset, Aurelianum ipsum dicuntur duo Tetrici adhibuisse convivio.

TREBELLIANUS.

[A. U. 1017 — 1018]

XXV. Pudet jam persequi, quanti sub Gallieno fuerunt tyranni, vitio pestis illius : siquidem erat in eo ea luxuria, ut rebelles plurimos mereretur, et ea crudelitas, ut jure timeretur. Quare et Trebellianum factum in Isauria principem[44], ipsis Isauris sibi ducem quærentibus : quem quum alii archipiratam vocassent, ipse se imperatorem appellavit. Monetam etiam cudi jussit. Palatium in arce Isauriæ constituit : qui quidem quum se in intima et tuta Isaurorum loca, munitus difficultatibus locorum et montibus contulisset, aliquandiu apud Cilicas imperavit. Sed per Gallieni ducem Causisoleum, natione Ægyptium, fratrem Theodoti, qui Æmilianum ceperat,

des camps. Il fut traîné en triomphe avec son père, et plus tard il jouit, comme lui, de tous les honneurs attachés au titre de sénateur : il les conserva jusqu'à sa mort, ainsi que son patrimoine, qui lui avait été laissé intact et qu'il transmit à sa postérité. Mon aïeul racontait que ce Tetricus avait été son ami, et que nul citoyen ne fut traité avec plus de distinction par Aurélien et par les princes ses successeurs. La maison des Tetricus existe encore aujourd'hui sur le mont Célius, entre deux bois sacrés, en face du temple d'Isis, bâti par Metellus. Elle est très-belle, et l'on y voit, peint en mosaïque, Aurélien, donnant à l'un et à l'autre la prétexte et la dignité de sénateur, et recevant d'eux le sceptre et la couronne civique. On dit que lorsqu'ils célébrèrent la dédicace de cette maison, Aurélien assista au festin.

TRÉBELLIEN.

[De J.-C. 264—265]

XXV. J'ai honte de continuer ma tâche, et de dire quel genre de tyrans s'élevèrent sous Gallien, cette peste publique qui, par ses débauches, excitait partout la révolte, et, par sa cruauté, inspirait partout la terreur. Les Isaures voulurent donc à leur tour se donner un chef, et Trébellien, à qui ils offraient le titre de chef des pirates, prit de lui-même celui d'empereur. Il fit battre monnaie, et s'éleva un palais sur une montagne de l'Isaurie; il s'était établi au cœur même du pays, où il se trouvait défendu et comme fortifié par les montagnes et les difficultés naturelles des lieux; grâce à ces précautions, son empire dans la Cilicie eut quelque durée. Mais enfin un général de Gallien, Causisoléus, Égyptien de nation, frère de ce Théodote qui avait pris Émilien, parvint à l'attirer en plaine, le vainquit et le tua. Néanmoins les

ad campum deductus, victus est et occisus. Neque tamen postea Isauri, timore, ne in eos Gallienus sæviret, ad æqualitatem perduci quavis principum humanitate potuerunt. Denique post Trebellianum pro barbaris habentur; et, quum in medio Romani nominis solo regio eorum sit, novo genere custodiarum, quasi limes includitur, locis defensa, non hominibus. Nam non sunt statura decori, non virtute graves, non instructi armis, non consiliis prudentes, sed hoc solo securi, quod in editis positi adiri nequeunt : quos quidem divus Claudius pæne ad hoc perduxerat, ut a suis semotos locis in Cilicia collocaret; daturus uni ex amicissimis omnem Isaurorum possessionem, ne quid ex ea postea rebellionis oriretur.

HERENNIANUS.

[A. U. 1020 — 1025]

XXVI. Odenatus moriens duos parvulos reliquit, Herennianum et fratrem ejus Timolaum : quorum nomine Zenobia, usurpato sibi imperio, diutius, quam feminam decuit, rempublicam obtinuit, parvulos Romani imperatoris habitu proferens purpuratos, eosdemque adhibens concionibus, quas illa viriliter frequentavit; Didonem, et Semiramidem, et Cleopatram sui generis principem, inter cetera prædicans. Sed de eorum exitu incertum est; multi enim dicunt eos ab Aureliano interemptos, multi

Isaures, qui craignaient les fureurs de Gallien, ne voulurent point se soumettre, et, dans la suite, les empereurs employèrent vainement tous les moyens de douceur pour les faire rentrer dans le devoir; enfin, depuis Trébellien, ils sont considérés comme un peuple barbare, et leur pays, au milieu d'un territoire romain, se trouve, comme une frontière, protégé et enfermé par un genre particulier de défense, qui consiste dans la nature même du lieu, et non dans ses habitants; car ils ne sont redoutables ni par la force du corps, ni par le courage, ni par l'habileté et la prudence; les armes mêmes leur manquent : tout ce qui fait leur sécurité, ce sont leurs montagnes, où l'on ne peut les atteindre. Le divin Claude cependant les avait presque amenés à sortir de leurs retraites pour s'établir dans la plaine : s'il avait réussi dans son projet, il aurait donné tout le pays des Isaures à l'un de ses amis les plus dévoués, pour que désormais il n'y eût plus à craindre de ce côté aucune rébellion.

HERENNIANUS.

(De J.-C. 267 — 272)

XXVI. Odenat en mourant avait laissé deux fils en bas âge, Herennianus et Timolaüs. Zénobie prit l'empire en leur nom et le garda plus longtemps qu'il ne convenait à une femme. Elle les faisait paraître revêtus de la pourpre comme des empereurs romains, et les conduisait aux assemblées publiques, où, malgré son sexe, elle ne craignait point de se présenter elle-même, parlant sans cesse dans ses discours de Didon, de Sémiramis et de Cléopâtre, dont elle prétendait tirer son origine. On ne sait quelle a été la fin de ces princes. Les uns disent qu'Aurélien les fit périr, les autres qu'ils moururent de mort naturelle; ce qui est plus probable, puisqu'il reste en-

morte sua esse consumptos : siquidem Zenobiæ posteri etiam nunc Romæ inter nobiles manent.

TIMOLAUS.

[A. U. 1020 — 1025]

XXVII. De hoc ea putamus digna memoria, quæ de fratre sunt dicta. Unum tamen est, quod eum a fratre separat, quod tanti fuit ardoris ad studia Romana, ut brevi consequutus, quæ insinuaverat grammaticus, esse dicatur : potuisse quin etiam summum Latinorum rhetorem facere.

CELSUS.

[A. U. 1017]

XXVIII. Occupatis partibus Gallicanis, Orientalibus, quin etiam Ponti, Thraciarum et Illyrici, dum Gallienus popinatur, et balneis ac lenonibus deputat vitam, Afri quoque, auctore Vibio Passieno, proconsule Africæ, et Fabio Pomponiano, duce limitis Libyci, Celsum imperatorem appellaverunt, peplo deæ Cœlestis ornatum. Hic, privatus ex tribunis, in Africa positus, in agris suis vivebat; sed ea justitia, et corporis magnitudine, ut dignus videretur imperio. Quare creatus, per quamdam mulierem, Gallienam nomine, consobrinam Gallieni, septimo imperii die interemptus est, atque adeo etiam inter obscuros principes vix relatus est. Corpus ejus a canibus consumptum est, Siccensibus, qui Gal-

core aujourd'hui des descendants de Zénobie parmi les nobles familles de Rome.

TIMOLAÜS.

[De J.-C. 267 — 272]

XXVII. Nous n'avons rien à dire de Timolaüs que ce que nous avons déjà dit de son frère. Une chose cependant le distingue de lui, c'est qu'il se livra avec tant d'ardeur à l'étude de la littérature romaine, qu'il eut bientôt appris tout ce que lui enseignait son maître de grammaire, et que même il eût pu devenir un excellent rhéteur latin.

CELSUS.

[De J.-C. 264]

XXVIII. Les Gaules, l'Orient, le Pont, les Thraces et l'Illyrie étaient tombés entre les mains des tyrans, tandis que Gallien, environné de misérables débauchés, consumait sa vie dans les tavernes et dans les bains. Les Africains aussi voulurent avoir leur empereur, et, à la sollicitation de Vibius Passienus, proconsul d'Afrique, et de Fabius Pomponianus, qui commandait les frontières de la Libye, ils proclamèrent Celsus, et le revêtirent du manteau de la déesse Céleste. C'était un ancien tribun qui, rentré dans la condition privée, vivait alors dans ses terres en Afrique; mais telle était sa réputation de justice, et en même temps la noblesse de son extérieur, qu'il paraissait digne de l'empire. Mais sept jours après qu'il eut été créé empereur, une femme, nommée Galliena, cousine de Gallien, le fit assassiner : aussi on le compte à peine, même parmi les princes les plus obscurs. Son corps fut livré à des chiens dévorants par les habitants de Sicca.

lieno fidem servaverant, perurgentibus : et novo injuriæ genere imago in crucem sublata, persultante vulgo, quasi patibulo ipse Celsus videretur affixus.

ZENOBIA.

[A. U. 1020 — 1025]

XXIX. Omnis jam consumptus est pudor : siquidem fatigata republica, eousque perventum est, ut, Gallieno nequissime agente, optime etiam mulieres imperarent; et quidem peregrina, nomine Zenobia, de qua jam multa dicta sunt, quæ se de Cleopatrarum Ptolemæorumque gente jactaret, post Odenatum maritum imperiali, sagulo perfuso per humeros, habitu, donis ornata, diademate etiam accepto, nomine filiorum Herenniani et Timolai, diutius quam femineus sexus patiebatur, imperavit. Siquidem Gallieno adhuc regente rempublicam, regale mulier superba munus obtinuit, et Claudio bellis Gothicis occupato : vix denique ab Aureliano victa et triumphata, concessit in jura Romana. Exstat epistola Aureliani, quæ captivæ mulieri testimonium fert; nam quum a quibusdam reprehenderetur quod mulierem, veluti ducem aliquem vir fortissimus, triumphasset, missis ad senatum populumque Romanum litteris, hac se attestatione defendit : « Audio, patres conscripti, mihi objici, quod non virile munus impleverim, Zenobiam triumphando. Næ illi qui me reprehendunt, satis laudarent,

qui étaient restés fidèles à Gallien. Ils y ajoutèrent un nouveau genre de supplice : son effigie fut attachée à une croix, et le peuple l'insultait, comme si c'était Celsus lui-même qui fût suspendu à la potence.

ZÉNOBIE.

[De J.-C. 267 — 272]

XXIX. Désormais la mesure de l'infamie est comblée : tandis que la république est lassée, et que Gallien déshonore le trône par ses débauches, des femmes même prennent la pourpre, et la portent avec gloire. Une étrangère, cette Zénobie, dont nous avons déjà parlé, qui se vantait d'être issue de la race des Cléopâtre et des Ptolémée, après la mort d'Odenat, son mari, revêtue du manteau impérial, chargée d'ornements précieux, la tête ceinte du diadème, gouverna au nom de ses fils, Herennianus et Timolaüs, et, malgré son sexe, garda longtemps l'empire. Il n'est que trop vrai : pendant que Gallien régnait encore, et que Claude était occupé à combattre les Goths, une femme orgueilleuse occupa le trône, jusqu'à ce qu'enfin Aurélien la vainquit, la mena en triomphe, et la réduisit à vivre sous la loi du peuple romain. Il existe une lettre d'Aurélien où il rend témoignage en faveur de sa captive. Voyant, en effet, qu'on trouvait à redire de ce qu'un homme aussi vaillant que lui avait mené en triomphe une femme, comme si c'eût été quelque grand général vaincu, il se justifia ainsi dans une lettre adressée au sénat et au peuple : « J'apprends, pères conscrits, que l'on me reproche, comme une action indigne d'un homme, d'avoir triomphé de Zénobie. Certes, ceux qui me blâment, ne manqueraient pas de me louer, s'ils savaient quelle femme est Zénobie ; quelle est sa prudence dans le conseil, sa constance dans l'exécution,

si scirent qualis illa est mulier, quam prudens in consiliis, quam constans in dispositionibus, quam erga milites gravis, quam larga, quum necessitas postulet, quam tristis, quum severitas poscat. Possum dicere, illius esse, quod Odenatus Persas vicit, ac fugato Sapore Ctesiphontem usque pervenit. Possum asserere, tanto apud Orientales et Ægyptiorum populos timori mulierem fuisse, ut se non Arabes, non Saraceni, non Armenii commoverent. Nec ego illi vitam conservassem, nisi eam scissem multum Romanæ reipublicæ profuisse, quum sibi, vel liberis suis, Orientis servaret imperium. Sibi ergo habeant propriarum venena linguarum hi, quibus nihil placet; nam si vicisse ac triumphasse feminam, non est decorum; quid de Gallieno loquuntur, in cujus contemptum hæc bene rexit imperium? quid de divo Claudio, sancto ac venerabili duce, qui eam, quod ipse Gothicis esset expeditionibus occupatus, passus esse dicitur imperare; idque occulte ac prudenter: ut, illa servante Orientalis fines imperii, ipse securius, quæ instituerat, perpetraret? » Hæc oratio indicat, quid judicii Aurelianus habuerit de Zenobia: cujus ea castitas fuisse dicitur, ut ne virum suum quidem sciret, nisi tentatis conceptionibus; nam quum semel concubuisset, exspectatis menstruis, continebat se, si prægnans esset: sin minus, iterum potestatem quærendis liberis dabat. Vixit regali pompa[45]: more magis Persico adorata est: more regum Persarum convivata est. Imperatorum more Romanorum ad con-

sa fermeté envers ses soldats, sa libéralité dans l'occasion, sa sévérité lorsqu'elle est nécessaire. Je ne crains pas de dire que c'est à elle qu'Odenat a dû de vaincre les Perses, de mettre Sapor en fuite et d'arriver jusqu'à Ctésiphon. Je puis assurer que, si les Arabes, les Sarrasins, les Arméniens n'ont pas remué, c'est grâce à la crainte qu'elle inspirait aux peuples de l'Orient et de l'Égypte. Je ne lui aurais point laissé la vie, si je ne savais qu'elle a rendu un grand service à la république romaine, lorsque, soit pour elle, soit pour ses enfants, elle a conservé intact l'empire de l'Orient. Qu'ils gardent donc pour eux le venin de leurs censures, ceux qui se plaisent à tout dénigrer ; car s'il n'est pas beau de vaincre une femme et de triompher d'elle, que diront-ils donc de Gallien, à la honte duquel cette femme a si bien gouverné l'empire? Que diront-ils du divin Claude, ce prince vertueux et vénérable, qui, occupé de la guerre des Goths, ferma, dit-on, volontairement les yeux sur son usurpation, suivant en cela une politique sage et prudente? En effet, tandis qu'elle conserverait en Orient les frontières de l'empire, il pouvait lui-même, avec plus de sécurité, conduire à fin son entreprise. » Ce discours fait assez connaître ce qu'Aurélien pensait de Zénobie. Telle était la chasteté de cette femme, qu'elle n'admettait auprès d'elle son mari que pour propager sa famille, et chaque fois qu'elle l'avait reçu dans sa couche, elle attendait l'époque régulière où elle pouvait juger si elle avait conçu. Une fois enceinte, elle tenait son mari éloigné d'elle : dans le cas contraire, elle se livrait de nouveau à ses embrassements. Elle vivait avec un faste royal, se faisait adorer à la manière des rois de Perse, qu'elle imitait aussi dans ses repas. Elle haranguait les troupes comme les empereurs romains, le casque en tête, revêtue d'un manteau bordé de pourpre, dont le bas était enrichi de pierreries, et dont les deux côtés étaient réunis

ciones galeata processit cum limbo purpureo, gemmis dependentibus per ultimam fimbriam; media etiam coclide veluti fibula muliebri adstricta, brachio sæpe nudo. Fuit vultu subaquilo, fusci coloris, oculis supra modum vigentibus, nigris, spiritus divini, venustatis incredibilis : tantus candor in dentibus, ut margaritas eam plerique putarent habere, non dentes; vox clara et virilis : severitas, ubi necessitas postulabat, tyrannorum : bonorum principum clementia, ubi pietas requirebat : larga prudenter, conservatrix thesaurorum, ultra femineum modum. Usa vehiculo carpentario, raro pilento, equo sæpius. Fertur autem vel tria vel quatuor milliaria frequenter cum peditibus ambulasse. Nata est Hispanorum cupiditate : bibit sæpe cum ducibus, quum esset alias sobria : bibit etiam cum Persis atque Armeniis, ut eos vinceret. Usa est vasis aureis gemmatis ad convivia, quibus et Cleopatra usa est. In ministerio eunuchos gravioris ætatis habuit, puellas nimis raras. Filios Latine loqui jusserat, adeo ut Græce vel difficile, vel raro loquerentur. Ipsa Latini sermonis non usquequaque ignara, sed ut loqueretur pudore cohibita : loquebatur et Ægyptiace ad perfectum modum. Historiæ Alexandrinæ atque Orientalis ita perita, ut eam epitomasse dicatur : Latinam autem Græce legerat. Quum illam Aurelianus cepisset, atque in conspectum suum ductam sic appellasset, « Quid, o Zenobia, ausa es insultare Romanis imperatoribus? » illa dixisse fertur, « Imperatorem te esse cognosco, qui

sur la poitrine par une pierre précieuse qui servait d'agrafe ; souvent elle avait le bras nu. Son teint était brun, ses yeux noirs, pleins de vivacité et d'expression, d'une beauté incroyable : elle avait les dents d'une telle blancheur, qu'on aurait cru voir des perles et non des dents. Sa voix était sonore et mâle. On trouvait en elle, suivant l'occasion, la sévérité des tyrans ou la clémence des bons princes. Libérale avec prudence, elle savait ménager ses trésors au delà de ce qu'on peut attendre d'une femme. Elle allait en voiture, rarement en litière, plus souvent à cheval. On dit qu'il lui arriva fréquemment de faire à pied trois ou quatre milles avec les troupes. Elle avait naturellement toute la cupidité des Espagnols. Quoiqu'elle vécût ordinairement avec sobriété, souvent elle buvait avec ses généraux, et même avec des Perses et des Arméniens, jusqu'à l'emporter sur eux. Elle se servait à table de vases enrichis de pierreries, dont Cléopâtre avait fait usage. Sa maison était composée d'eunuques âgés et d'un très-petit nombre de jeunes filles. Elle voulut que ses fils parlassent la langue latine, de sorte qu'ils s'exprimaient en grec avec difficulté, ou du moins rarement. Elle-même n'était point sans connaître le latin; mais une sorte de timidité l'empêchait de le parler : elle s'exprimait en égyptien d'une manière parfaite, et elle savait si bien l'histoire d'Alexandrie et de l'Orient, qu'on dit même qu'elle en fit un abrégé. Quant à l'histoire romaine, elle l'avait lue en grec. Lorsqu'elle fut tombée au pouvoir d'Aurélien, il la fit venir en sa présence, et lui dit : « Comment, Zénobie, avez-vous osé braver les empereurs romains ! — Je vous reconnais pour empereur, lui répondit-elle, vous qui savez vaincre; mais je n'ai pu regarder comme tels ni Gallien, ni Aureolus, ni les autres princes. Croyant que Victoria me ressemblait, j'ai désiré partager le trône avec elle, si la distance des lieux le permettait. » Elle fut donc menée en triomphe,

vincis : Gallienum, et Aureolum, et ceteros principes non putavi. Victoriam mei similem credens, in consortium regni venire, si facultas locorum pateretur, optavi. » Ducta est igitur per triumphum, ea specie, ut nihil pompabilius populo Romano videretur ; jam primum ornata gemmis ingentibus, ita ut ornamentorum onere laboraret. Fertur enim mulier fortissima sæpissime restitisse, quum diceret se gemmarum onera ferre non posse. Vincti erant præterea pedes auro, manus etiam catenis aureis : nec collo aureum vinculum deerat, quod scurra Persicus præferebat. Huic ab Aureliano vivere concessum est ; ferturque vixisse cum liberis, matronæ jam more Romanæ, data sibi possessione in Tiburti, quæ hodieque Zenobia dicitur, non longe ab Hadriani palatio, atque ab eo loco cui nomen est Conchæ.

VICTORIA.

(A. U. 1021)

XXX. Non tam digna res erat, ut etiam Victorina, sive Victoria, in litteras mitteretur, nisi Gallieni mores hoc facerent, ut memoria dignæ etiam mulieres censerentur. Victoria enim, ubi filium ac nepotem a militibus vidit occisos, Postumium, deinde Lollianum, Marium etiam, quem principem milites nuncuparunt, interemptos, Tetricum, de quo superius dictum est, ad imperium hortata est, ut virile semper facinus auderet : insignita est præterea hoc titulo, ut castrorum se diceret

et jamais le peuple romain n'avait vu un spectacle plus magnifique. Et d'abord, elle était ornée de pierres précieuses d'une dimension si considérable, que leur poids la fatiguait. On dit même que, malgré sa force naturelle, elle s'arrêta plus d'une fois, disant qu'elle ne pouvait supporter le fardeau de ses ornements. Elle avait des chaînes d'or aux pieds et aux mains : son cou même était également environné d'une chaîne d'or, que soutenait un de ses serviteurs perses qui la précédait. Aurélien lui laissa la vie, et l'on rapporte qu'elle passa le reste de ses jours en dame romaine avec ses enfants, à Tivoli, dans une terre qu'on lui donna, et qui porte encore aujourd'hui son nom : elle n'est pas loin du palais d'Adrien et du lieu qu'on appella Conches.

VICTORIA.

[De J.-C. 268]

XXXI. Sans doute je ne croirais point devoir aussi écrire la vie de Victorina, ou Victoria, si telle n'avait point été l'infamie de Gallien, que des femmes mêmes parussent dignes du souvenir de l'histoire. Victoria donc avait vu son fils et son petit-fils, et, plus tard, Postumius, Lollien et Marius massacrés, l'un après l'autre, par l'armée qui les avait proclamés empereurs. Mais, loin d'être découragée par de tels exemples, cette femme, toujours audacieuse et entreprenante au delà de son sexe, détermina Tetricus, dont nous avons parlé plus haut, à s'emparer de l'empire. Elle-même prit le titre de Mère

Matrem. Cusi sunt ejus nummi ærei, aurei, et argentei, quorum hodieque forma exstat apud Treviros; quæ quidem non diutius vixit; nam, Tetrico imperante, ut plerique loquuntur, occisa; ut alii asserunt, fatali necessitate consumpta. Hæc sunt quæ de triginta tyrannis dicenda videbantur : quos ego in unum volumen idcirco contuli, ne, si de singulis singula quæque narrarem, nascerentur indigna fastidia, et ea quæ ferre lector non posset. Studiose in medio feminas posui, ad ludibrium Gallieni, quo nihil prodigiosius passa est respublica Romana. Duos etiam nunc tyrannos, quasi extra numerum, quod alieni essent temporis, additurus : unum, qui fuit Maximini temporibus; alterum, qui Claudii : ut tyrannorum triginta viri hoc volumine tenerentur. Quæso, qui expletum jam librum acceperas, boni consulas, atque hos volumini tuo volens addas : quos ego, quemadmodum Valentem superiorem huic volumini, sic post Claudium et Aurelianum, his, qui inter Tacitum et Diocletianum fuerunt, addere destinaveram [46]. Sed errorem meum major historiæ diligentia tuæ eruditionis avertit. Habeo igitur gratiam, quod titulum meum prudentiæ tuæ benignitas implevit. Nemo in templo Pacis [47] dicturus est, me feminas inter tyrannos, cum risu et joco tyrannas videlicet et tyrannides, ut ipsi de me solent jactare, posuisse. Habent integrum numerum ex arcanis historiæ in meas litteras datum. Titus enim et Censorinus, quorum unus, ut dixi, sub Maximino, alter

des camps. On battit à son effigie de la monnaie d'airain, d'or et d'argent, dont le coin existe encore aujourd'hui à Trèves. A la vérité, elle ne jouit pas longtemps de cette haute fortune; car la plupart des historiens disent qu'elle fut tuée, tandis que Tetricus occupait l'empire; d'autres, qu'elle mourut de sa mort naturelle. Voilà ce que j'ai cru devoir écrire sur les trente tyrans : je les ai réunis en un seul livre, de peur de pousser à bout la patience de mes lecteurs, si j'entrais dans le fastidieux détail de tout ce qui concerne chacun d'eux. J'ai placé à dessein deux femmes au nombre de ces tyrans, pour mieux faire ressortir l'infamie de Gallien, le plus honteux fléau qu'ait jamais subi la république romaine. J'ajouterai à ce livre, et comme par-dessus le nombre, deux tyrans qui ont vécu à d'autres époques, l'un du temps de Maximin, le second sous Claude, de manière qu'on aura dans ce volume trente tyrans, sans compter les femmes. J'espère que vous voudrez bien ajouter ce supplément au livre que je vous ai envoyé. Je m'étais proposé, comme je l'ai fait ici pour le premier des Valens, de placer ces deux tyrans après Claude et Aurélien, avec ceux qui ont usurpé l'empire dans l'intervalle de Tacite à Dioclétien. Mais votre profonde connaissance de l'histoire et votre esprit si judicieux m'ont sauvé de cette erreur. Je vous remercie donc de ce que, grâce à vos lumières et à votre bienveillance, j'ai pu remplir le titre et les conditions que je m'étais imposés. L'on ne dira plus, dans le temple de la Paix, que j'ai mis des femmes au nombre des usurpateurs de l'empire, et il faudra bien que mes critiques renoncent aux mauvaises plaisanteries qu'ils font aujourd'hui sur mes tyrans féminins. Ils ont maintenant leur nombre complet, pris dans le sein même de l'histoire. Car Titus et Censorinus, l'un sous Maximin, comme je l'ai dit, le second sous le règne de Claude, ont été

sub Claudio fuit, ambo ab iisdem militibus, a quibus purpura velati fuerant, interempti sunt.

TITUS.

[A. U. 989] 48

XXXI. Docet Dexippus, nec Herodianus tacet, omnesque, qui talia legenda posteris tradiderunt, Titum, tribunum Maurorum 49, qui a Maximino inter privatos relictus fuerat, timore violentæ mortis, ut alii dicunt; invitum vero, et a militibus coactum, ut plerique asserunt, imperasse: atque hunc intra paucos dies, post vindicatam defectionem, quam consularis vir Magnus Maximino paraverat, a suis militibus interemptum; imperasse autem mensibus sex. Fuit hic vir de primis erga rempublicam domi forisque laudabilis; sed imperio parum felix. Alii dicunt, ab Armeniis sagittariis, quos Maximinus, ut Alexandrinos, et oderat, et offenderat, principem factum. Nec mireris, tantam esse varietatem de homine cujus vix nomen agnoscitur. Hujus uxor Calpurnia fuit sancta et venerabilis femina, de genere Cæsoninorum, id est Pisonum, quam majores nostri univiriam sacerdotem 50, inter sacratissimas feminas, adorarunt: cujus statuam in templo Veneris adhuc videmus Argolicam, sed auratam 51. Hæc uniones Cleopatranos habuisse perhibetur: hæc lancem centum librarum argenti, cujus plerique poetæ meminerunt, in qua majorum ejus expressa ostenderetur historia. Longius mihi videor processisse, quam res postulabat; sed quid fa-

tous deux revêtus de la pourpre par les armées, et tous deux massacrés par elles.

TITUS.

[De J.-C. 236]

XXXI. D'après Dexippe, Hérodien et tous ceux qui ont écrit l'histoire de ces temps, Titus, tribun des Maures, que Maximin avait laissé dans la vie privée, prit le titre d'empereur, parce qu'il craignait d'être mis à mort par ce prince, ou, selon beaucoup d'autres, parce que ses troupes l'y contraignirent. Peu de temps après, lorsqu'on eut réprimé le complot que le consulaire Magnus avait tramé contre Maximin, Titus fut massacré par ses propres soldats : il avait régné six mois. C'était un des personnages les plus distingués de la république, par ses vertus civiles et par ses talents militaires; mais il eut peu à se féliciter d'être monté sur le trône. D'autres historiens prétendent qu'il dut l'empire aux archers arméniens que Maximin avait pris en haine ainsi que ceux d'Alexandrie, et dont il s'était fait des ennemis. Qu'on ne s'étonne point de cette variété d'opinions sur un homme dont on connaît à peine le vrai nom. Il eut pour épouse Calpurnie, femme vertueuse et respectable, de la famille des Césoninus, c'est-à-dire des Pison. Elle ne connut qu'un seul époux, et nos ancêtres l'honorèrent, à ce titre, du sacerdoce entre les femmes les plus vénérées : nous voyons encore aujourd'hui sa statue dans le temple de Vénus; elle est dans le genre de celles d'Argos, mais dorée. On assure qu'elle possédait des perles qui venaient de Cléopâtre, et un bassin d'argent de cent livres, dont parlent la plupart des poëtes, sur lequel était représentée l'histoire de ses ancêtres. Je m'aperçois que je me suis laissé aller à plus de détails qu'il ne fallait.

ciam? Omnis scientia naturæ facilitate verbosa est; quare ad Censorinum revertar, hominem nobilem, sed qui non tam bono, quam malo reipublicæ, septem diebus dicitur imperasse.

CENSORINUS.

[A. U. 1023]

XXXII. Censorinus, vir plane militaris et antiquæ in curia dignitatis, bis consul, bis præfectus prætorii[52], ter præfectus Urbis, quarto proconsul, tertio consularis, legatus prætorius secundo, ædilitius quarto, quæstorius tertio, extra ordinem quoque legatione Persica functus, etiam Sarmatica. Post omnes tamen honores quum in agro suo degeret senex, atque uno pede claudicans vulnere, quod bello Persico, Valeriani temporibus, acceperat, factus est imperator, et scurrarum joco Claudius appellatus est. Quumque se gravissime gereret, neque a militibus ob disciplinam censoriam ferri posset, ab his ipsis, a quibus factus fuerat, interemptus est. Exstat ejus sepulcrum, in quo grandibus litteris circa Bononiam incisi sunt omnes ejus honores, ultimo tamen versu adscripto, FELIX AD OMNIA, INFELICISSIMUS IMPERATOR. Exstat ejus familia, Censorinorum nomine frequentata : cujus pars Thracias, odio rerum Romanarum, pars Bithyniam petiit; exstat etiam domus pulcherrima, adjuncta gentibus Flaviis, quæ quondam Titi principis fuisse perhibetur.

Habes integrum numerum triginta tyrannorum, qui cum

Mais que faire? On aime si naturellement à dire ce que l'on sait. Revenons donc à Censorinus, personnage distingué, qui, pour le malheur plutôt que pour le bien de la république, fut empereur, dit-on, pendant sept jours.

CENSORINUS.

[De J.-C. 269]

XXXII. Censorinus, excellent militaire, occupait depuis longtemps dans le sénat un rang distingué. Il avait été deux fois consul, deux fois préfet du prétoire, trois fois préfet de la ville, quatre fois proconsul, trois fois lieutenant consulaire, deux fois lieutenant prétorien, quatre fois édile, trois fois questeur; enfin il avait été aussi envoyé dans la Perse et dans la Sarmatie en qualité de lieutenant extraordinaire. Après tous ces honneurs, vieux et boiteux par suite d'une blessure qu'il avait reçue dans la guerre contre les Perses, du temps de Valérien, il vivait dans ses terres, lorsqu'il fut proclamé empereur: de mauvais plaisants lui donnèrent, à cause de son infirmité, le nom de Claudius. Mais la sévérité de son gouvernement et la rigueur de sa discipline déplurent aux soldats, et il fut massacré par ceux-là mêmes qui l'avaient proclamé. On voit auprès de Bologne son sépulcre, où sont inscrits en grandes lettres tous ses titres, avec ces mots à la dernière ligne: HEUREUX EN TOUT LE RESTE, EMPEREUR TRÈS-MALHEUREUX. Sa famille existe encore, et porte le même nom que lui: une partie, dégoûtée de Rome, s'est retirée dans la Thrace, une autre dans la Bithynie. On voit aussi sa maison près de celle des Flavius; elle est très-belle, et l'on assure qu'elle appartint jadis à l'empereur Titus.

Vous avez maintenant le nombre complet des trente

malevolis quidem, sed bono animo, causabaris. Da nunc cuivis libellum, non tam diserte, quam fideliter scriptum; neque ego eloquentiam videor pollicitus esse, sed rem : qui hos libellos, quos de vita principum edidi, non scribo, sed dicto; et dicto cum ea festinatione, quam, si quid vel ipse promisero, vel tu petieris, sic perurges, ut respirandi non habeam facultatem. Nunc ad Claudium principem redeo : de quo speciale mihi volumen, quamvis breve, merito vitæ illius, videtur edendum, addito fratre singulari viro; ita ut de familia tam sancta, et tam nobili, saltem pauca referantur.

tyrans, et je n'ai plus à craindre les reproches ni les plaisanteries qu'en même temps que des critiques malveillants vous me faisiez vous-même, mais avec les intentions les plus amicales. Vous pouvez maintenant communiquer à qui vous voudrez ce livre, que j'ai écrit avec plus de fidélité que d'élégance. Après tout, ce n'est point de l'éloquence que j'ai promis, mais de la vérité. Ces livres que j'ai publiés sur la vie des princes, je ne les écris pas, je les dicte, et encore je les dicte en toute hâte; car, lorsque je vous ai promis ou que vous m'avez demandé quelque chose, vous me pressez tellement que je n'ai pas le temps de respirer. Je passe maintenant à l'empereur Claude, auquel je consacrerai un volume qui sera de peu d'étendue; mais les grandes qualités de ce prince méritent bien que sa vie soit traitée à part. J'y parlerai aussi de son frère, personnage si distingué sous tous les rapports, et je donnerai du moins une légère idée de cette famille si respectable et si illustre.

[A. U. 1021 — 1023]

DIVI CLAUDII VITA

AD CONSTANTIUM AUG.[1]

I. VENTUM est ad principem Claudium[2], qui nobis, intuitu Constantii Cæsaris, cum cura in litteris digerendus est; de quo ego idcirco recusare non potui, quod alios, tumultuarios videlicet, imperatores ac regulos scripseram eo libro, quem *de Triginta tyrannis* edidi, qui Cleopatranam etiam stirpem, Victorinamque[3], nunc detinet; siquidem eo res processit, ut mulierum etiam vitas scribi Gallieni comparatio effecerit; neque enim fas erat eum tacere principem, qui tantam generis sui prolem, qui bellum Gothicum sua virtute confecit, qui manum publicis cladibus victor imposuit; qui Gallienum, prodigiosum imperatorem, etiamsi non auctor consilii fuit, tamen ipse imperaturus bono generis humani, a gubernaculis publicis depulit : qui si diutius in hac esset commoratus republica, Scipiones bonis et Camillos, omnesque illos veteres suis virtutibus, suis consiliis, sua providentia reddidisset.

II. Breve illius in imperio fuit tempus; sed breve

[De J.-C. 268 — 270]

VIE DU DIVIN CLAUDE

ADRESSÉE A CONSTANCE AUGUSTE.

I. Nous voici parvenus à l'empereur Claude, dont je dois, en considération de Constance César, écrire avec soin l'histoire. Comment pourrais-je me soustraire à cette obligation, lorsque, dans mon livre *des Trente tyrans*, j'ai écrit la vie d'autres empereurs et d'autres princes tumultuairement élus, et que l'on y voit même figurer la race de Cléopâtre et Victoria? Car, dans le désir de mieux faire ressortir par la comparaison l'infamie de Gallien, j'ai été jusqu'à écrire la vie de deux femmes. Il ne m'était donc point permis de passer sous silence un prince qui a laissé après lui une si noble race; qui a exterminé les Goths par sa valeur, et, à force de victoires, mis un terme aux désastres publics; qui, lorsque des efforts qu'il n'avait point suscités, renversèrent du trône Gallien, ce monstre de perversité, prit en main, pour le bonheur de l'univers, les rênes de l'empire; qui enfin, s'il avait été plus longtemps conservé à la république, lui aurait rendu, par ses vertus, sa sagesse et sa vigilance, les beaux temps des Scipion, des Camille, et de tous ces grands hommes de l'antiquité.

II. Le temps qu'il passa sur le trône fut de peu de

fuisset, etiamsi, quantum hominum vita suppetit, tantum vir talis imperare potuisset. Quid enim in illo non mirabile? quid non conspicuum? quid non triumphalibus vetustissimis præferendum? In quo Trajani virtus, Antonini pietas, Augusti moderatio, et magnorum principum bona sic fuerunt, ut non ab aliis exemplum caperet, sed etiamsi illi non fuissent, hic ceteris reliquisset exemplum. Doctissimi mathematicorum, centum et viginti annos homini ad vivendum datos judicant, neque amplius cuiquam jactitant esse concessum: etiam illud addentes, Mosem solum, Dei, ut Judæorum libri loquuntur, familiarem, centum viginti quinque annos vixisse[4]: qui quum quereretur, quod juvenis interiret, responsum ei ab incerto ferunt numine, neminem plus esse victurum[5]. Quare etiamsi centum et viginti quinque annos Claudius vixisset, necessariam quidem mortem ejus exspectandam fuisse, ut Tullius de Scipione loquitur pro Milone[6], stupenda et mirabilis docet vita. Quid enim magnum vir ille domi forisque non habuit? Amavit parentes; quid mirum? Amavit et fratres; jam potest dignum esse miraculo. Amavit propinquos: res nostris temporibus comparanda miraculo. Invidit nulli, malos persequutus est. Fures judices palam aperteque damnavit. Stultis, quasi negligeret, indulsit. Leges optimas dedit. Talis in republica fuit, ut ejus stirpem ad imperium summi principes eligerent[7], emendatior senatus optaret.

durée; mais quand son règne se serait prolongé jusqu'aux dernières bornes de la vie humaine, il eût encore été bien court. Qu'y avait-il, en effet, dans ce prince qui ne fût admirable, merveilleux, au-dessus de tout ce que l'antiquité nous offre de plus glorieux et de plus illustre? Il avait en lui la valeur de Trajan, la piété d'Antonin, la modération d'Auguste, et toutes les grandes qualités des plus illustres empereurs; et, loin d'avoir besoin de leurs exemples, si ces grands princes n'avaient point existé, il eût pu lui-même servir d'exemple à la postérité. Les astrologues les plus éclairés calculent que la durée accordée à la vie humaine est de cent vingt ans, et qu'il n'est donné à personne de passer ce terme; ils ajoutent que Moïse, selon les livres des Juifs, fut le seul qui, parce qu'il était ami de Dieu, vécut jusqu'à cent vingt-cinq ans; et que, s'étant plaint de mourir si jeune, je ne sais quelle divinité lui répondit qu'aucun mortel n'irait au delà. Eh bien, si Claudius avait vécu, comme lui, cent vingt-cinq ans, alors même on aurait dû attendre sa mort, malheureusement inévitable, de la même manière que Cicéron le dit de Scipion, dans sa harangue pour Milon : tant sa vie était admirable et merveilleuse! En effet, quelles grandes qualités ne montra-t-il point, soit en public, soit en particulier? Il aima les auteurs de ses jours : rien ici d'extraordinaire. Il aima ses frères : c'est déjà plus étonnant. Il aima ses parents, et de nos jours ceci tient du prodige. Il ne porta envie à personne, il poursuivit les méchants. Il punit publiquement, et aux yeux de tous, les magistrats prévaricateurs. Il eut pitié de la sottise et la méprisa. Il donna d'excellentes lois. En un mot, il fut tel envers la république que, d'après les vœux de tout ce qu'il y avait de sain et de pur dans le sénat, les plus grands princes appelèrent sa postérité à l'empire.

III. In gratiam me quispiam putet Constantii Cæsaris loqui : sed testis est et tua conscientia, et vita mea, me nihil unquam cogitasse, dixisse, fecisse gratiosum. Claudium principem loquor, cujus vita, probitas, et omnia, quæ in republica gessit, tantam posteris famam dedere, ut senatus populusque Romanus novis cum honoribus post mortem affecerit. Illi clypeus aureus, vel ut grammatici loquuntur, clypeum aureum, senatus totius judicio, in Romana curia collocatum est; ut etiam nunc videtur expressa thorace vultus ejus imago. Illi, quod nulli antea, populus Romanus sumptu suo in Capitolio, ante Jovis Optimi Maximi templum, statuam auream decem pedum collocavit. Illi totius orbis judicio, in rostris posita est columna, cum palmata statua superfixa, librarum argenti mille quingentarum. Ille, velut futurorum memor, gentes Flavias, quæ Vespasiani et Titi, nolo autem dicere Domitiani, fuerant, propagavit[8]. Ille bellum Gothicum brevi tempore implevit. Adulator igitur senatus, adulator populus Romanus, adulatrices exteræ gentes, adulatrices provinciæ : siquidem omnes ordines, omnis ætas, omnis civitas, statuis, vexillis, coronis, fanis, arcubus bonum principem, aris ac templis honoraverunt.

IV. Interest eorum, qui bonos imitantur principes, et totius orbis humani, cognoscere quæ de illo viro senatusconsulta sint condita, ut omnes judicium publicæ mentis agnoscant. Nam quum esset nuntiatum nono kalend. aprilis ipso in sacrario Matris, sanguinis die[9], Claudium

III. On croira peut-être qu'en m'exprimant ainsi je cherche à plaire à Constance César ; mais j'appelle à témoin et votre conscience et toute ma vie, que je n'ai jamais rien pensé, rien dit, rien fait en vue de m'attirer la faveur des princes. Mais je parle de l'empereur Claude qui, par la pureté de sa vie, sa probité, et tous les services qu'il a rendus à la république, a laissé après lui de si glorieux souvenirs, que le sénat et le peuple romain lui ont décerné, même après sa mort, de nouveaux honneurs. Le sénat, d'un accord unanime, a placé, dans le lieu même de ses séances, un bouclier d'or qui existe encore, et sur lequel ses traits sont représentés. En outre, ce qui ne s'était jamais fait pour aucun autre, le peuple romain lui a érigé à ses frais, dans le Capitole, en face du temple de Jupiter, une statue d'or de dix pieds. Aux applaudissements de tout l'empire, on lui a consacré, dans la tribune aux harangues, une colonne surmontée d'une statue d'argent de quinze cents livres, ornée de palmes. Comme s'il avait le pressentiment de l'avenir, il s'attacha à agrandir et à propager la famille des Flavius, qui avait produit Vespasien et Titus : car je ne veux point parler ici de Domitien. C'est lui enfin qui, en peu de temps, termina la guerre des Goths. Qu'on accuse donc d'adulation et le sénat, et le peuple, et les nations étrangères, et les provinces ; car tous les ordres de l'État, tous les citoyens de tous les âges, toutes les villes de l'empire ont honoré cet excellent prince par des statues, des étendards, des couronnes, des sanctuaires, des arcs de triomphe, des autels et des temples.

IV. Il importe et à ceux qui veulent imiter les bons princes, et à l'univers entier, de savoir quels furent à son occasion les décrets du sénat : on pourra ainsi reconnaître quel était sur ce grand homme le jugement universel. Le 24 de mars, jour de sang, lorsqu'il fut annoncé, dans le temple même de la Mère des dieux, que

imperatorem factum, neque cogi senatus, sacrorum celebrandorum causa, posset, sumptis togis itum est ad Apollinis templum, ac lectis litteris Claudii principis, hæc in Claudium dicta sunt : « Auguste Claudi, dii te nobis præstent (dictum sexagies) : Claudi Auguste, principem te, aut qualis tu es, semper optavimus (dictum quadragies) : Claudi Auguste, te respublica requirebat (dictum quadragies) : Claudi Auguste, tu frater, tu pater, tu amicus, tu bonus senator, tu vere princeps (dictum octuagies) : Claudi Auguste, tu nos ab Aureolo vindica (dictum quinquies) : Claudi Auguste, tu nos a Palmyrenis vindica (dictum quinquies) : Claudi Auguste, tu nos a Zenobia et a Victoria libera (dictum septies) : Claudi Auguste, Tetricus nihil fecit [10] (dictum septies). »

V. Qui primum ut factus est imperator, Aureolum, qui gravior reipublicæ fuerat, quod multum Gallieno placebat, conflictu habito a reipublicæ gubernaculis depulit, tyrannumque, missis ad populum edictis, datis etiam ad senatum orationibus, judicavit. His accedit, quod arrogantem Aureolum, et fœdus petentem [11], imperator gravis et severus non audivit, responso tali repudiatum : « Hæc a Gallieno petenda fuerant, qui consentire moribus poterat, et timere. » Denique judicio militum apud Mediolanum Aureolus dignum exitum vitæ ac moribus suis habuit : et hunc tamen quidam historici laudare conati sunt, et ridicule quidem. Nam Gallus Antipater, ancillariorum et historicorum dehonestamen-

Claude avait été proclamé empereur, le sénat, qui ne pouvait être convoqué à cause de la célébration des sacrifices, prit la toge, se rendit au temple d'Apollon, et après la lecture des lettres de Claude, fit entendre ces acclamations : « Auguste Claude, que les dieux te donnent à nous (ceci fut répété soixante fois) : Claude Auguste, nous t'avons toujours souhaité pour prince, ou quelqu'un qui fût tel que toi (répété quarante fois) : Claude Auguste, la république t'appelait (quarante fois) : Claude Auguste, tu es un bon frère, un bon père, un bon ami, un bon sénateur, un véritable prince (quatre-vingts fois) : Claude Auguste, délivre-nous d'Aureolus (cinq fois) : Claude Auguste, délivre-nous des Palmyréens (cinq fois) : Claude Auguste, délivre-nous de Zénobie et de Victoria (sept fois) : Claude Auguste, Tetricus n'a rien fait contre l'empire (sept fois). »

V. Claude, une fois empereur, livra bataille à Aureolus, que la république avait supporté avec d'autant plus de peine qu'il plaisait à Gallien : il lui arracha les rênes de l'empire, et lui donna le nom de tyran, dans les édits qu'il envoya au peuple et dans les discours qu'il adressa au sénat. Aureolus eut encore l'arrogance de demander un traité; mais ce prince grave et sévère rejeta ses propositions en disant : « C'était à Gallien qu'il lui fallait adresser de telles demandes : car Gallien était par ses mœurs de nature à s'entendre avec lui, et même à le craindre. » Enfin Aureolus fut condamné par ses propres soldats, et reçut à Milan une mort digne de sa vie et de ses mœurs. Quelques historiens cependant ont essayé de faire l'éloge de ce tyran, et ils l'ont fait d'une manière bien ridicule. Gallus Antipater, l'opprobre des courtisans et des historiens, débute en ces termes : « Nous voici venus à un empereur qui est digne de son

tum, principium de Aureolo sic habuit : « Venimus ad imperatorem nominis sui. » Magna ejus videlicet virtus, ab auro nomen accipere. At ego scio, sæpius inter gladiatores bonis pugnatoribus hoc nomen appositum. Habuit proxime tuus libellus munerarius hoc nomen in indice ludorum [12].

VI. Sed redeamus ad Claudium. Nam, ut superius diximus, illi Gothi, qui evaserant eo tempore, quo illos Martianus est persequutus, quosque Claudius emitti non siverat [13], ne quid fieret quod effectum est, omnes gentes suorum ad Romanas incitaverunt prædas. Denique Scytharum diversi populi, Peucini [14], Trutungi, Austrogothi, Virtingui, Sigipedes, Celtæ etiam, et Heruli, prædæ cupiditate in Romanum solum et rempublicam venerunt, atque illic pleraque vastarunt, dum aliis occupatus est Claudius, dumque se ad id bellum, quod confecit, imperatorie instruit; ut videantur fata Romana boni principis occupatione lentata; sed credo, ut Claudii gloria accresceret, ejusque fieret gloriosior toto penitus orbe victoria. Armatarum denique gentium trecenta viginti millia tunc fuere. Dicat nunc, qui nos adulationis accusat, Claudium minus esse amabilem. Armatorum trecenta viginti millia! Quis tandem Xerxes hoc habuit [15]? quæ fabella istum numerum effinxit? quis poeta composuit? Trecenta viginti millia armatorum fuerunt. Adde servos, adde familias, adde carraginem, et epota flu-

nom : » comme si c'était un grand mérite pour Aureolus, que son nom fût tiré du mot *or*. On sait que ce même nom a été plus d'une fois donné à des gladiateurs qui se distinguaient parmi les autres. Vous l'aviez dernièrement dans le livret indicateur des jeux.

VI. Mais revenons à Claude. Comme nous l'avons dit plus haut, ces Goths qui s'étaient enfuis dans leur pays, dans le temps que Martien les poursuivait, Claude ne voulant point qu'on les laissât échapper, dans la crainte des malheurs qui sont arrivés depuis, avaient appelé tous les peuples de leur race au pillage du territoire romain. Toutes les nations des Scythes, les Peucins, les Trutonges, les Austrogoths, les Virtingues, les Sigipèdes, et même les Celtes et les Hérules, attirés par le butin, fondirent donc sur les terres de la république, et promenèrent la dévastation dans nos provinces, tandis que Claude était occupé d'autres soins, et qu'il faisait des préparatifs dignes d'un empereur, pour terminer cette guerre. Ainsi les destinées de Rome parurent retardées par les occupations de ce grand prince ; mais c'était sans doute pour que sa gloire s'en accrût, et que ses triomphes jetassent plus d'éclat dans tout l'univers. Toutes ces nations s'étaient réunies au nombre de trois cent vingt mille guerriers. Que ceux qui m'accusent d'adulation viennent dire maintenant que Claude ne mérite point tout notre amour. Trois cent vingt mille hommes armés ! Quel Xerxès eut jamais une telle masse de troupes ? Dans quelle fable, dans quelle fiction trouverons-nous un tel nombre de combattants ? Quel poëte a jamais imaginé une telle guerre ? Oui, ils étaient trois cent vingt mille hommes armés. Ajoutez-y les esclaves, les familles entières, les voitures de transport, les fleuves mis à sec par

mina consumptasque silvas. Laborasse denique ipsam, quæ tantum barbarici tumoris excepit, terram puto.

VII. Exstat ipsius epistola, missa ad senatum legenda ad populum, qua indicat de numero barbarorum, quæ talis est : « Senatui populoque Romano Claudius princeps. » (Hanc autem ipse dictasse perhibetur : ego verba magistri memoriæ non requiro.) « Patres conscripti, militantes audite, quod verum est[16]. Trecenta viginti millia barbarorum in Romanum solum armati venerunt : hæc si vicero, vos vicem reddite meritis : si non vicero, scitote, me post Gallienum velle pugnare. Fatigata est tota respublica. Pugnabimus post Valerianum, post Ingenuum, post Regillianum, post Lollianum, post Postumium, post Celsum, post mille alios, qui contemptu Gallieni principis a republica defecerunt. Non scuta, non spathæ, non pila jam supersunt. Gallias et Hispanias, vires reipublicæ, Tetricus tenet, et omnes sagittarios, quod pudet dicere, Zenobia possidet. Quidquid fecerimus, satis grande est. » Hos igitur Claudius ingenita illa virtute superavit, hos brevi tempore attrivit ; de his vix aliquos ad patrium solum redire permisit. Rogo, quantum pretium est clypeus in curia tantæ victoriæ ? quantum una aurea statua ? Dicit Ennius de Scipione : « Quantam statuam faciet populus Romanus, quantam columnam, quæ res tuas gestas loquatur ? » Possumus dicere, Flavium Claudium, unicum in terris principem, non columnis, non statuis, sed famæ viribus adjuvari.

leur soif avide, les forêts consumées. La terre elle-même a dû se fatiguer à porter une telle masse de barbares

VII. Il existe une lettre de Claude qu'il avait adressée au sénat, et qui devait être lue au peuple, où il rend compte de l'armée innombrable des barbares. Grâce au ciel, c'est lui-même, dit-on, qui a dicté cette lettre, et non son secrétaire. La voici : « L'empereur Claude au sénat et au peuple romain. Pères conscrits, apprenez de nous quelle est en réalité la guerre que nous faisons. Trois cent vingt mille barbares sont entrés en armes sur le territoire romain : si je parviens à les vaincre, vous aurez à reconnaître un grand service rendu ; si je ne suis point vainqueur, sachez que c'est après Gallien que je vais combattre. La république tout entière est épuisée. Nous combattrons après Valérien, après Ingenuus, après Regillianus, après Lollien, après Postumius, après Celsus, après mille autres, qui, par dégoût pour Gallien, se sont séparés de la république. Il ne nous reste plus de boucliers, d'épées, de javelots. Tetricus est maître des Gaules et de l'Espagne, qui font la force de l'empire, et tous nos archers, j'ai honte de le dire, sont au pouvoir de Zénobie. Quoi que nous fassions, ce sera déjà beaucoup. » Or, ces innombrables barbares, Claude, avec sa valeur naturelle, les vainquit, les écrasa en peu de temps, et à peine en laissa-t-il quelques-uns regagner leur patrie. Je le demande, qu'est-ce qu'un bouclier dans le sénat pour une si grande victoire? Qu'est-ce qu'une statue d'or? Ennius a dit de Scipion : « Quelle statue, quelle colonne le peuple romain pourra-t-il vous élever, qui puisse rappeler dignement vos exploits? » Et nous aussi, nous pouvons dire que pour Flavius Claude, ce prince unique sur la terre, sa gloire n'a rien à attendre des colonnes, ni des statues, mais de la renommée seule.

VIII. Habuerunt præterea duo millia navium, duplicem scilicet numerum, quam illum, quo tota pariter Græcia[17] omnisque Thessalia urbes Asiæ quondam expugnare conata est. Sed illud poëticus stilus fingit : hoc vera continet historia. Claudio igitur scriptores adulamur; qui duo millia navium barbararum, et trecenta viginti millia armatorum delevit, oppressit, attrivit : qui carraginem tantam, quantam numerus hic armatorum sibimet aptare potuit et parare, nunc incendia fecit, nunc cum omnibus familiis Romano servitio deputavit, ut docet ejusdem epistola, quam ad Junium Brocchum scripsit Illyricum tuentem. « Claudius Broccho. Delevimus trecenta viginti millia Gothorum, duo millia navium mersimus. Tecta sunt flumina scutis : spathis et lanceolis omnia litora operiuntur. Campi ossibus latent tecti : nullum iter purum est : ingens carrago deserta est. Tantum mulierum cepimus, ut binas et ternas mulieres victor sibi miles possit adjungere. »

IX. Et utinam Gallienum non esset passa respublica : utinam sexcentos tyrannos non pertulisset ! Salvis militibus, quos varia prœlia sustulerunt, salvis legionibus, quas Gallienus male victor occidit, quantum esset additum reipublicæ? Siquidem nunc verba naufragii publici colligit nostra diligentia, ad Romanæ reipublicæ decus[18]. Pugnatum est enim apud Mœsos, et multa prœlia fuerunt apud Marcianopolin; multi naufragio perierunt; plerique capti reges; captæ diversarum gentium nobiles fe-

VIII. Les barbares avaient, en outre, deux mille vaisseaux, c'est-à-dire deux fois plus que n'en avaient toute la Grèce et la Thessalie entière, lorsque, dans les temps anciens, elles s'unirent pour attaquer les villes de l'Asie. Encore n'est-ce là qu'une fiction poétique, tandis que nous parlons ici le langage véridique de l'histoire. Sommes-nous donc les flatteurs de Claude, lorsque nous disons qu'il a détruit, coulé à fond, anéanti deux mille vaisseaux barbares, et trois cent vingt mille hommes armés? qu'il a livré aux flammes cette masse énorme de bagages et de transports, qui suivait naturellement une telle armée; et enfin, qu'il a enrichi les Romains de toutes ces innombrables familles d'esclaves, comme il le dit lui-même dans sa lettre à Junius Brocchus, gouverneur de l'Illyrie : « Claude à Brocchus. Nous avons détruit trois cent vingt mille Goths, coulé à fond deux mille vaisseaux. Les fleuves sont couverts de boucliers, les rivages d'épées et de lances. Les champs sont cachés sous les ossements : aucun chemin n'est libre; partout des voitures, des bagages abandonnés. Tant de femmes sont tombées en notre pouvoir, que chaque soldat vainqueur peut en prendre deux et même trois pour sa part. »

IX. Plût aux dieux que la république n'eût point eu à supporter Gallien et cette multitude innombrable de tyrans! Si elle avait conservé tant de soldats qui périrent sur les champs de bataille, et ces légions que Gallien, dans son affreuse victoire, a massacrées, quel surcroît de force et de grandeur c'eût été pour la république! Au reste, si je rappelle ici les désastres de l'empire, c'est pour mieux faire ressortir sa gloire. En effet, on a combattu dans la Mésie, de nombreuses luttes ont signalé la valeur romaine sous les murs de Marcianopolis; un grand nombre d'ennemis ont péri dans les flots; des rois

minæ; impletæ barbaris servis, senibusque cultoribus Romanæ provinciæ. Factus miles barbarus et colonus ex Gotho[19]; nec ulla fuit regio, quæ Gothum servum triumphali quodam servitio non haberet. Quid boum barbarorum nostri videre majores? quid ovium? quid equarum, quas fama nobilitat, Celticarum? Hoc totum ad Claudii gloriam pertinet. Claudius et securitate rempublicam, et opulentiæ nimietate donavit. Pugnatum præterea est apud Byzantios, ipsis, qui superfuerant, Byzantiis fortiter facientibus[20]; pugnatum apud Thessalonicenses, quos Claudio absente obsederant barbari; pugnatum in diversis regionibus; et ubique auspiciis Claudianis victi sunt Gothi, prorsus ut jam tunc Constantio Cæsari nepoti futuro videretur Claudius securam parare rempublicam

X. Et bene venit in mentem, exprimenda est sors, quæ Claudio data esse perhibetur : eo magis, ut intelligant omnes, genus Claudii ad felicitatem reipublicæ divinitus constitutum. Nam quum consuleret factus imperator, quamdiu imperaturus esset, sors talis emersit :

Tu, qui nunc patrias gubernas oras[21],
Et mundum regis, arbiter deorum;
. . . . . in veteres tuis novellis[22],
Regnabunt etenim tui minores,
Et reges facient suos minores.

ont été faits prisonniers; des femmes du plus haut rang parmi tous ces peuples sont tombées en notre pouvoir; les provinces romaines ont été remplies d'esclaves barbares, et ils ont vieilli à labourer nos champs. Oui, nos campagnes ont vu le soldat goth cultiver de ses bras le sol romain; et, dans tout l'empire, il n'est point de région où des esclaves goths n'aient attesté nos triomphes. Combien de bœufs conquis sur les barbares, nos ancêtres n'ont-ils pas vus? combien de brebis? combien de ces juments celtiques si renommées? Or, c'est à Claude qu'il faut rapporter toute cette gloire; c'est Claude qui a donné à la république la sécurité et l'opulence. On combattit aussi à Byzance, et ceux de ses habitants qui avaient survécu au désastre de leur ville, ont signalé eux-mêmes leur valeur; on combattit à Thessalonique, que les barbares, pendant l'absence de Claude, avaient assiégée; enfin l'on a combattu dans les régions les plus diverses, et partout, sous les auspices de Claude, les Goths furent vaincus, comme si ce prince, perçant des yeux l'avenir, voulait dès lors préparer à sa future postérité, à Constance César, un empire paisible et à l'abri de tous les dangers.

X. Je crois à propos de rapporter ici les prédictions que l'on dit avoir été faites à Claude : elles seront des preuves de plus que la divinité l'avait elle-même établi sur le trône, afin que sa race fît le bonheur de la république. Devenu empereur, il consulta sur la durée de son empire, et voici la réponse que lui donna le sort :

« Toi qui gouvernes maintenant la patrie et l'univers, arbitre envoyé par les dieux, tu l'emporteras en durée sur tous les princes qui t'ont précédé, grâce aux rejetons qui sortiront de ta race : car tes petits-fils règneront, et, après eux, les descendants de tes petits-fils. »

Item quum in Apennino de se consuleret[23], responsum hujusmodi accepit :

Tertia dum Latio regnantem viderit æstas (1).

Item quum de posteris suis :

His ego nec metas rerum nec tempora pono (2).

Item quum de fratre Quintillo, quem consortem habere volebat imperii, responsum est :

Ostendent terris hunc tantum fata (3).

Quæ idcirco posui, ut sit omnibus clarum, Constantium divini generis virum, sanctissimum Cæsarem, et Augustæ ipsum familiæ esse, et augustos multos de se daturum, salvis Diocletiano et Maximiano augustis, et ejus fratre Galerio[24].

XI. Sed dum hæc a divo Claudio aguntur, Palmyreni, ducibus Saba et Timogene[25], contra Ægyptios bellum sumunt; atque ab his, Ægyptia pervicacia et indefessa pugnandi continuatione, vincuntur. Dux tamen Ægyptiorum Probatus[26] Timogenis insidiis interemptus est. Ægyptii vero omnes se Romano imperatori dediderunt, in absentis Claudii verba jurantes. Atticiano et Orphito consulibus, auspicia Claudiana favor divinus adjuvit. Nam quum se in Hæmimontum multitudo barbararum gentium[27], quæ superfuerant, contulisset, illic ita fame

(1) Virg., Æn. lib. I, v. 266. — (2) Æn. lib. I, v. 279. — (3) Æn. lib. VI, v. 870.

Une autre fois que, sur l'Apennin, il consultait le sort sur le temps qu'il règnerait lui-même, il reçût cette réponse :

« Jusqu'à ce que l'été, pour la troisième fois, t'ait vu régner sur le Latium. »

Au sujet de ses descendants :

« Pour eux, je n'assigne aucun terme à leur durée, aucune limite à leur puissance. »

Enfin, à l'occasion de son frère Quintillus, qu'il voulait associer à l'empire, voici la réponse qui lui fut faite :

Les Destins ne feront que le montrer au monde.
[*Énéide*, liv. VI, trad. de Delille.]

Si j'ai parlé de ces prédictions, c'était pour qu'il fût évident à tous que Constance César appartient à une race divine et sainte, que sa famille est vraiment impériale, et que de lui sortira une longue suite d'empereurs. Puissent les dieux accomplir ce présage, en nous conservant toutefois les augustes Dioclétien et Maximien, et Galerius, le frère de Constance!

XI. Tandis que le divin Claude accomplit ces admirables exploits, les Palmyréens, sous la conduite de Saba et de Timogène, entreprennent la guerre contre les Égyptiens; mais ils sont vaincus par la valeur et la constance indomptable de leurs ennemis. Le général des Égyptiens cependant, Probatus, périt dans une embuscade que lui avait dressée Timogène. Tous les peuples de l'Égypte se soumirent alors à l'empereur romain, et prêtèrent serment à Claude, quoiqu'il fût éloigné. Sous le consulat d'Atticianus et d'Orphitus, la faveur divine vint encore le seconder. Car une multitude de barbares, qui avaient survécu à leurs nations, s'étant retirés dans l'Hémimont, la famine et la peste firent parmi eux de tels ravages, que Claude dédaigna même de les vaincre. Enfin cette

ac pestilentia laborarunt, ut jam Claudius dedignaretur et vincere. Denique finitum est asperrimum bellum, terroresque Romani nominis sunt depulsi. Vera dici fides cogit; simul ut sciant hi, qui adulatores nos existimari cupiunt, id, quod historia dici postulat, non tacere. Eo tempore, quo parta est plena victoria, plerique milites Claudii, secundis rebus elati, quæ sapientium quoque animos fatigant[28], ita in prædam versi sunt, ut non cogitarent, a paucissimis se posse fatigari, dum occupati animo atque corporibus, avertendis prædis inserviunt; denique in ipsa victoria prope duo millia militum a paucis barbaris, et iis, qui fugerant, interempti sunt. Sed ubi hoc comperit Claudius, omnes, qui rebelles animos extulerant, conducto exercitu rapit, atque in vincula Romam etiam mittit, ludo publico deputandos; ita id, quod vel fortuna, vel miles egerat, virtute boni principis antiquatum est; nec sola de hoste victoria, sed etiam vindicta præsumpta est. In quo bello quod gestum est, equitum Dalmatarum ingens exstitit virtus, quod originem ex ea provincia Claudius videbatur ostendere[29]; quamvis alii Dardanum, et ab Ilio Trojanorum, atque ipso Dardano, sanguinem dicerent trahere.

XII. Fuerunt per ea tempora et apud Cretam Scythæ, et Cyprum vastare tentarunt: sed ubique morbo exercitu laborante, superati sunt. Finito sane bello Gothico, gravissimus morbus increbuit; tunc quum etiam Claudius affectus morbo mortales reliquit, et familiare virtutibus

guerre terrible fut terminée, et l'empire fut délivré de ses alarmes. Notre conscience nous fait une obligation de dire la vérité tout entière; et d'ailleurs, il faut que ceux qui veulent nous faire passer pour des flatteurs, sachent que nous ne taisons rien de ce qu'exige l'histoire. Dans le temps même où l'on venait de remporter une victoire complète, la plupart des soldats de Claude, entraînés par le succès, auquel résiste si difficilement le sage lui-même, se livrèrent avec avidité au pillage, sans réfléchir que, tandis qu'ils étaient tout entiers occupés du butin, il suffisait d'une poignée d'ennemis pour les tailler en pièces. Enfin, au milieu même de la victoire, près de deux mille soldats romains furent massacrés par un petit nombre de barbares, qui, un instant auparavant, étaient en fuite. Mais aussitôt qu'il en reçoit la nouvelle, Claude rassemble son armée, fait prisonniers tous ces rebelles, et les envoie à Rome, pour y être jetés dans les fers, et servir aux jeux publics. Ainsi, la faute de la fortune ou des soldats fut réparée par le courage et l'activité de ce grand prince, et ce ne fut point seulement une victoire, mais une vengeance. Dans cette guerre, la cavalerie des Dalmates se distingua par sa valeur, voulant sans doute montrer que leur pays était digne d'avoir donné naissance à Claude : car il paraissait tirer de là son origine, quoique des historiens prétendent qu'il venait d'Ilion, et même qu'il descendait de Dardanus, roi des Troyens.

XII. A cette époque, des Scythes étant venus attaquer la Crète, et ayant tenté de dévaster l'île de Chypre, la maladie fit de grands ravages dans leur armée, et partout ils furent vaincus. La guerre des Goths était terminée, mais, à sa suite, il se répandit une affreuse contagion; Claude lui-même en fut atteint, et, abandonnant les

suis petiit cœlum. Quo ad deos atque ad sidera demigrante, Quintillus frater ejusdem, vir sanctus, et sui fratris, ut vere dixerim, frater, delatum sibi omnium judicio suscepit imperium, non hæreditarium, sed merito virtutum : qui factus esset imperator, etiamsi frater Claudii principis non fuisset. Sub hoc barbari, qui superfuerant, Anchialo vastata, conati sunt Nicopolin etiam obtinere. Sed illi provincialium virtute obtriti sunt. Quintillus autem ob brevitatem temporis, nihil dignum imperio gerere potuit : nam septimadecima die, quod se gravem et serium contra milites ostenderat, ac verum principem pollicebatur, eo genere, quo Galba, quo Pertinax, interemptus est. Et Dexippus quidem Quintillum non dicit occisum, sed tantum mortuum [30] ; nec tamen addidit morbo, ut dubium sentire videatur.

XIII. Quoniam res bellicas diximus, de Claudii genere et familia saltem pauca dicenda sunt, ne ea, quæ scienda sunt, præterisse videamur. Claudius, Quintillus, et Crispus, fratres fuerunt. Crispi filia, Claudia : ex ea et Eutropio, nobilissimo gentis Dardanæ viro, Constantius Cæsar est genitus. Fuerunt etiam sorores : quarum una, Constantina nomine, nupta tribuno Assyriorum, in primis annis defecit. De avis nobis parum cognitum ; varia enim plerique prodiderunt. Ipse Claudius insignis morum gravitate, insignis vita singulari et unica castimonia, vini parcus, ad cibum promptus, statura procerus, oculis ardentibus, lato et pleno vultu,

mortels, il s'éleva au ciel, auquel il appartenait par ses vertus. Lorsque les dieux eurent ainsi reçu parmi eux ce grand prince, Quintillus, cet homme vertueux, ce digne frère de Claude, prit, d'un consentement universel, les rènes de l'empire, qui furent remises entre ses mains, non comme un héritage, mais comme le digne prix de ses vertus. Il eût été élu empereur, quand même il n'aurait point été le frère de l'auguste Claude. Sous son règne, les barbares qui restaient ravagèrent Anchiale, et cherchèrent à s'emparer de Nicopolis; mais ils ne purent résister à la valeur des habitants du pays. Du reste, le règne de Quintillus fut si court qu'il n'eut le temps de rien faire de ce qu'on pouvait attendre de son empire. En effet, s'étant montré ferme et sévère à l'égard des soldats, ainsi qu'il convenait à un prince, il fut massacré après dix-sept jours, comme l'avaient été Galba et Pertinax. Dexippe, à la vérité, ne dit point que Quintillus ait été tué, mais seulement qu'il est mort; toutefois, comme il n'ajoute point que ce soit de maladie, il paraît laisser à ce sujet quelque doute.

XIII. Après avoir parlé des actions militaires de Claude, il est bon que nous donnions sur son origine et sur sa famille quelques détails que nous ne pourrions passer sous silence, sans nous exposer à de justes reproches. Claude avait deux frères, Quintillus et Crispus. La fille de Crispus, nommée Claudia, fut mariée à Eutrope, personnage très-distingué chez les Dardaniens, et de cette union est né Constance César. Claude eut aussi des sœurs, dont l'une, nommée Constantina, eut pour époux un tribun des Assyriens, et mourut dans les premières années de son mariage. Nous savons peu de choses de ses aïeux : il y a sur eux une grande variété dans les rapports des historiens. Pour Claude lui-même, il était remarquable par la gravité de son caractère et la pureté incroyable de ses mœurs; sobre dans l'usage du vin, donnant fort peu de temps à ses repas; la taille haute, les yeux

digitis usque adeo fortibus, ut sæpe equis et mulis ictu pugni dentes excusserit. Fecerat hoc etiam adolescens in militia, quum, ludicro Martiali, in Campo luctamen inter fortissimos quosque monstraret; nam iratus ei, qui non balteum, sed genitalia sibi contorserat, omnes dentes uno pugno excussit; quæ res indulgentiam meruit, pudore vindictæ : siquidem tunc Decius imperator, quo præsente fuerat perpetratum, et virtutem et verecundiam Claudii publice prædicavit; donatumque armillis et torquibus, a militum congressu facessere præcepit, ne quid atrocius, quam luctamen exigit, faceret. Ipsi Claudio liberi nulli fuerunt; Quintillus duos reliquit; Crispus, ut diximus, filiam.

XIV. Nunc ad judicia principum veniamus, quæ de illo a diversis edita sunt : et eatenus quidem, ut appareret, quandoque Claudium imperatorem futurum. Epistola Valeriani ad Zosimionem, procuratorem Syriæ : « Claudium, Illyricianæ gentis virum, tribunum Martiæ quintæ legioni fortissimæ dedimus, virum devotissimis quibusque ac fortissimis veterum præferendum. Huic salarium de nostro privato ærario dabis, annuos frumenti modios tria millia, hordei sex millia, laridi libras duo millia, vini veteris sextarios tria millia quingentos, olei boni sextarios centum quinquaginta, olei secundi sextarios sexcentos, salis modios viginti, ceræ pondo centum quinquaginta; fœni, paleæ, aceti, oleris, herbarum, quantum satis est; pellium tentoriarum decu-

très-vifs, la figure large et pleine ; il avait tant de force dans les mains que souvent, d'un coup de poing, il brisa les dents à des chevaux et à des mulets. Il avait donné des preuves de sa vigueur même dès sa première jeunesse, et, dans le Champ de Mars, il luttait contre les plus forts. Un jour que son adversaire l'avait pris violemment, non à la ceinture, mais aux parties génitales, dans sa colère, il lui brisa d'un coup de poing toutes les dents. Decius, qui était présent, lui pardonna sa vengeance en considération de sa pudeur ; il loua même publiquement sa vertu et sa modestie, lui donna des bracelets et des colliers, et cependant lui défendit de se commettre à l'avenir avec des soldats, dans la crainte qu'il n'allât au delà de ce que permet une lutte. Claude n'eut point d'enfants ; Quintillus laissa deux fils ; Crispus, comme nous l'avons dit, eut une fille.

XIV. Passons maintenant aux jugements que divers princes ont portés sur lui. Ils étaient de telle nature que l'on pouvait présager qu'il s'élèverait un jour à l'empire. Valérien écrit ainsi à Zosimion, procurateur de Syrie* : « Nous avons donné pour tribun à la brave cinquième légion de Mars, Claudius, Illyrien d'origine, qui, pour son dévouement et son courage, peut être comparé aux meilleurs guerriers de l'antiquité. Vous prendrez ses appointements sur notre trésor particulier, à savoir : trois mille boisseaux de blé par an, six mille d'orge, deux mille livres de lard, trois mille cinq cents setiers de vin vieux, cent cinquante de bonne huile, six cents d'huile de seconde qualité, vingt boisseaux de sel, cent cinquante livres de cire ; du foin, de la paille, du vinaigre, des légumes, des herbes, autant qu'il lui en faudra ; trente dizaines de peaux pour les tentes ; six mulets par an, trois chevaux, dix chameaux, neuf mules ; en argent travaillé, cinquante

rias triginta, mulos annuos sex, equos annuos tres, camelos annuas decem, mulas annuas novem; argenti in opere annua pondo quinquaginta, Philippeos nostri vultus annuos centum quinquaginta, et in strenis quadraginta septem, et trientes centum sexaginta. Item in caucos et scyphos pondo undecim[31]: item in caucos et scyphos et zuma[32] pondo undecim. Tunicas russas militares annuas, sagochlamydes annuas duas, fibulas argenteas inauratas duas, fibulam auream cum acu cyprea unam. Balteum argenteum inauratum unum, annulum bigemmeum uncialem, brachialem unum unciarum septem. Torquem libralem unum, cassidem inauratam unam. Scuta chrysographata duo, loricam unam, quam refundat. Lanceas Herculeanas duas, aclides duas, falces duas, falces fœnarias quatuor. Cocum, quem refundat, unum: mulionem, quem refundat, unum. Mulieres speciosas ex captivis duas. Albam subsericam unam, cum purpura Succubitana: subarmale unum cum purpura Maura. Notarium, quem refundat, unum: structorem, quem refundat, unum. Accubitalium Cypriorum paria duo. Interulas puras duas: fascias viriles duas: togam, quam refundat, unam. Latum clavum, quem refundat, unum. Venatores, qui obsequantur, duos: carpentarium unum. Curam prætorii unum[33]. Aquarium unum. Piscatorem unum. Dulciarium unum. Ligni quotidiani pondo mille, si est copia: sin minus, quantum fuerit, et ubi fuerit: coctilium quotidiana batilla quatuor. Balneatorem unum, et ad balneas ligna: si minus lavetur in publico. Jam

livres par an, cent cinquante philippes à notre effigie, et aux étrennes quarante-sept autres, et cent soixante triens d'or; onze livres d'argent pour les coupes et vases de table; de même, onze livres pour les mêmes vases et pour les marmites. Deux tuniques militaires rousses par an, deux casaques [sagochlamydes] par an, deux agrafes d'argent doré et une d'or avec sa pointe en cuivre. Un baudrier d'argent doré, un anneau à deux pierres du poids d'une once, un bracelet de sept onces. Un collier d'une livre, un casque doré. Deux boucliers ciselés en or, et une cuirasse de même, qu'il rendra. Deux lances d'Hercule, deux javelots courts, deux faux ordinaires, et quatre autres pour le foin. Un cuisinier et un muletier, qu'il rendra. Deux belles femmes, choisies entre les captives. Une robe blanche demi-soie, garnie de pourpre de Succube; un subarmal garni de pourpre de Mauritanie. Un secrétaire, et un maître d'hôtel, qu'il rendra. Deux paires de garnitures de lit, de Chypre. Deux vêtements intérieurs simples, deux écharpes, une toge, qu'il rendra. Un laticlave, qu'il rendra également. Deux chasseurs pour son service, un cocher, un intendant de sa maison, un porteur d'eau, un pêcheur, un pâtissier. Mille livres de bois par jour, si le bois est abondant; sinon, autant que les lieux pourront en fournir : quatre mesures de charbon de bois par jour. Un baigneur et le bois nécessaire pour les bains, à moins qu'il ne fasse usage des bains publics. Quant aux autres articles, trop peu importants pour être détaillés, vous les lui fournirez dans la mesure convenable, sans cependant en établir l'évaluation ni en donner l'équivalent en argent, si, par circonstance, quelque détail venait à manquer. J'ai accordé toutes ces choses à Claude d'une manière toute spéciale, voulant le traiter, non comme un tribun, mais comme un général d'armée; car c'est un

cetera, quæ propter minutias suas scribi nequeunt, pro moderatione præstabis, sed ita, ut nihil adæretur : et si alicubi aliquid defuerit, non præstetur, nec in nummo exigatur. Hæc autem omnia idcirco specialiter, non quasi tribuno, sed quasi duci detuli, quia vir talis est, ut ei plura etiam deferenda sint. »

XV. Item ex epistola ejusdem alia, inter cetera ad Ablavium Murenam, præfectum prætorii : « Desine autem conqueri, quod adhuc Claudius est tribunus, nec exercitus ducem loco accipit : unde etiam senatum et populum conqueri jactabas; dux factus est, et dux totius Illyrici; habet in potestatem Thracias, Mœsias, Dalmatas, Pannonios, Dacos exercitus : vir ille summus, nostro quoque judicio, speret consulatum; si ejus animo accommodum est, quando voluerit, accipiat prætorianam, accipiat præfecturam. Sane scias, tantum ei a nobis decretum salarii, quantum habet Ægypti præfectura : tantum vestium, quantum proconsulatui Africano detulimus : tantum argenti, quantum accipit curator Illyrici Metatius : tantum ministeriorum, quantum nos ipsi nobis per singulas quasque decernimus civitates : ut intelligant omnes, quæ sit nostra de viro tali sententia. »

XVI. Item epistola Decii de eodem Claudio : « Decius Messalæ, præsidi Achaiæ, salutem. » Inter cetera, « Tribunum vero Claudium, optimum juvenem, fortissimum militem, constantissimum civem, castris, senatui et reipublicæ necessarium, in Thermopylas ire præcepimus,

homme tel, qu'il mériterait que l'on fît encore plus pour lui. »

XV. Dans une autre lettre adressée à Ablavius Murena, préfet du prétoire, le même prince disait : « Cessez de vous plaindre de ce que Claude est encore tribun, et qu'il n'a point le titre et le rang de général : cessez de me répéter que le sénat et le peuple s'en plaignent également. Claude est général, et, qui plus est, général de toute l'Illyrie. Il a sous ses ordres les armées de Thrace, de Mésie, de Dalmatie, de Pannonie, de Dacie. C'est, à mes yeux comme aux vôtres, un homme du plus haut mérite; il peut compter sur le consulat; il sera préteur; il sera préfet, si cela lui convient, quand il le voudra. Sachez que nous lui avons attribué autant d'appointements qu'au préfet d'Égypte; autant de vêtements qu'au proconsul d'Afrique; autant d'argenterie qu'à Metatius, gouverneur de l'Illyrie; autant de fournitures de toutes sortes dans chaque ville que nous nous en sommes attribué à nous-même. Nous avons voulu montrer ainsi à tout le monde quelle estime nous faisons de lui. »

XVI. Voici comme Decius s'exprimait au sujet de Claude : « Decius à Messala, gouverneur de l'Achaïe, salut. Le tribun Claude est un jeune homme plein des plus belles qualités, un brave militaire, un excellent citoyen, dont l'armée, le sénat et la république doivent attendre les plus grands services. Nous l'avons

mandata eidem cura Peloponnensium; scientes, neminem melius omnia, quæ injungimus, esse curaturum. Huic ex regione Dardania dabis milites ducentos, ex cataphractariis centum, ex equitibus centum et sexaginta, ex sagittariis Creticis sexaginta, ex tironibus bene armatos mille; nam bene illi novi creduntur exercitus: neque enim illo quisquam devotior, fortior, gravior invenitur.»

XVII. Item epistola Gallieni, quum nuntiatum esset per frumentarios, Claudium irasci, quod ille mollius viveret: «Nihil me gravius accepit[34], quam quod notoria tua intimasti, Claudium, parentem amicumque nostrum, insinuatis sibi falsis plerisque, graviter irasci. Quæso igitur, mi Venuste, si mihi fidem exhibes, ut eum facias a Grato et Herenniano placari, nescientibus hoc militibus Dacisianis, qui jam sæviunt, ne graviter ferant. Ipse ad eum dona misi: quæ ut libenter accipiat, tu facies. Curandum præterea est ne me hoc scire intelligat, ac sibi succensere judicet, et pro necessitate ultimum consilium capiat. Misi autem ad eum pateras gemmatas trilibres duas; scyphos aureos gemmatos trilibres duos; discum corymbiatum argenteum librarum viginti; lancem argenteam pampinatam librarum triginta; patinam argenteam hederatam librarum viginti et trium; boletar halieuticum argenteum librarum viginti; urceos duos auro inclusos, argenteos, librarum sex, et in vasis minoribus argenti libras viginti quinque; calices Ægyptios, operisque diversi, decem; chlamydes

envoyé aux Thermopyles, pour administrer, en qualité de curateur, le Péloponnèse, étant bien convaincu que personne ne remplira mieux que lui nos intentions. Vous lui donnerez deux cents soldats, tirés de la Dardanie, cent hommes pris dans la grosse cavalerie, et cent soixante dans la cavalerie légère, soixante archers crétois, et mille soldats nouveaux bien armés. On peut sans crainte lui confier de jeunes troupes; car il est plein de zèle, de courage et de sagesse. »

XVII. Voici encore une lettre qu'écrivit Gallien à l'occasion de Claude; il avait appris par des employés des vivres qu'il était indigné de la mollesse dans laquelle le prince était plongé : « Rien ne m'a plus péniblement affecté que ce que vous m'apprenez dans votre rapport: que Claude, notre parent et notre ami, sur des insinuations mensongères pour la plupart, s'irrite et s'indigne contre moi. Je vous en prie donc, mon cher Venustus, si vous voulez me donner une preuve de votre attachement, faites en sorte que Gratus et Herennianus l'apaisent, sans que les soldats sachent rien de ce qui se passe. Car ces Daces sont déjà mécontents, et cela pourrait les aigrir encore davantage. Moi-même, je lui ai envoyé des présents : faites qu'il les reçoive de bonne grâce. Il faut, en outre, qu'il ignore que je suis informé de ses dispositions à mon égard, de crainte que me croyant moi-même irrité contre lui, il ne se jette dans quelque parti extrême. Voici ce que je lui ai envoyé : deux coupes garnies de pierreries, de trois livres; deux autres vases d'or, également de trois livres, et enrichis de pierreries; un plat d'argent, de vingt livres, où sont ciselées des grappes de lierre; un autre orné de pampres, de trente livres; un autre avec des branches de lierre, de vingt-trois livres; un autre encore, qui représente une pêche, de vingt livres; deux cruches d'argent de six livres, incrustées d'or, et plusieurs autres vases

veri luminis[35] limbatas duas; vestes diversas sedecim, albam subsericam[36], paragaudem[37] triuncem unam, zanchas de nostris Parthicis[38] paria tria, singiliones Dalmatenses[39] decem, chlamydem Dardanicam mantuelem unam, penulam Illyricianam unam, bardocucullum unum, cucutia villosa duo, oraria Sarabdena quatuor; aureos valerianos centum quinquaginta; trientes Saloninianos trecentos. »

XVIII. Habuit et senatus judicia, priusquam ad imperium perveniret, ingentia. Nam quum esset nuntiatum illum cum Macriano fortiter contra gentes in Illyrico dimicasse, acclamavit senatus: « Claudi, dux fortissime, habeas[40]! Virtutibus tuis, devotioni tuæ. Claudio statuam omnes dicamus. Claudium consulem omnes cupimus. Qui amat rempublicam, sic agit: qui amat principes, sic agit. Antiqui milites sic egerunt. Felicem te, Claudi, judicio principum, felicem te virtutibus tuis, consulem te, te præfectum[41]. Vivas, Valerie: ameris a principe[42]. » Longum est, tam multa, quam meruit vir ille, perscribere: unum tamen tacere non debeo, quod illum et senatus, et populus, ante imperium, et in imperio, et post imperium sic dilexit, ut satis constet, neque Trajanum, neque Antoninos, neque quemquam alium principem sic amatum.

d'argent plus petits, le tout pesant vingt-cinq livres; dix coupes d'Égypte, diversement travaillées; deux chlamydes bordées de vraie pourpre; seize robes de différents genres; une tunique blanche demi-soie, à la manière des Parthes, de trois onces; trois paires de nos chaussures parthiques; dix ceintures dalmatiques; un manteau dardanien; un autre d'Illyrie; un autre avec capuchon; deux autres à longs poils; quatre mouchoirs de Saraptène; cent cinquante valériens d'or; trois cents triens de Saloninus.»

XVIII. Le sénat aussi témoigna hautement l'estime qu'il faisait de Claude, avant qu'il fût parvenu à l'empire. Car, lorsqu'on reçut la nouvelle qu'il avait vaillamment combattu dans l'Illyrie avec Macrien, le sénat s'écria : « Claude, général plein de vaillance, salut! Honneur à vos vertus, à votre dévouement. Tous, d'une voix unanime, nous décernons une statue à Claude. Nous demandons tous qu'il soit consul. C'est ainsi que se conduit celui qui aime la république et son prince. Ainsi ont agi dans les combats les grands hommes des temps anciens. Vous êtes heureux, Claude, de l'estime de vos princes; heureux de vos vertus. Soyez consul, soyez préfet. Vivez heureux, Valerius, et jouissez de l'amour du prince. » Il serait trop long de raconter en détail tous les témoignages d'estime et d'affection que mérita ce grand homme. Ce que cependant il ne m'est pas permis de taire, c'est que le sénat et le peuple lui ont témoigné une affection si vive avant qu'il fût empereur, pendant son empire, et après sa mort, qu'il est manifeste qu'ils n'ont jamais aimé à ce point ni Trajan, ni les Antonin, ni aucun autre prince.

FRAGMENTS

DES VIES DES DEUX VALÉRIEN.

Valerianus inter hæc in Retia exsistens ab exercitu augustus est appellatus, volente populo, ac senatu gaudente. Fuit enim vir nobilis, scientia ac eloquentia clarus, qui per multas dignitates ac officia rempublicam nobilissime administravit. Fuit enim prætor insignis, censor æquissimus. Post adeptum principatum in dispositione ducum et magistratuum, nemo justior, nemo melior. Quo tempore Romæ Gallienus filius ejus a populo cæsar est appellatus. Valerianus igitur cum ingenti exercitu profectionem paravit in Persas, relicto, ut plerique asserunt, Romæ filio Gallieno. Denique Valerianus, regnum Persarum potenter invadens, incauto suorum ductu a Sapore. Persarum rege, captus est : et ignominiosa apud Persas

Sur ces entrefaites, Valérien, qui se trouvait dans la Rhétie, fut proclamé auguste par son armée : le peuple approuva ce choix, et le sénat s'en réjouit. En effet, c'était un personnage d'une illustre origine, distingué par son savoir et son éloquence, et qui, dans les diverses dignités dont il avait été successivement revêtu, s'était fait remarquer par la noblesse et l'intégrité de son administration : il avait été excellent préteur et censeur plein d'équité. Devenu empereur, personne ne fut plus juste que lui, ni plus habile dans le choix des généraux et des magistrats. Dans le même temps, Gallien, son fils, ayant reçu du peuple le titre de césar, Valérien, selon la plupart des historiens, le laissa à Rome, et partit pour la Perse avec une grande armée. Enfin, tandis qu'il envahissait le pays des ennemis, l'imprudence de ses généraux le fit tomber au pouvoir de Sapor, roi des Perses. Il consuma sa vieillesse dans une honteuse servitude, et

servitute consenuit, ac infamis officii, donec vixit, damnationem sortitus est, ut ipso acclinis humi regem semper ascensurum in equum non manu, sed dorso, attolleret....

exerça le reste de sa vie le plus vil ministère : chaque fois que Sapor se préparait à monter à cheval, il fallait que, se prosternant devant lui, il lui présentât le dos pour lui servir de marchepied *....

* Dans la *Vie de Valérien*, telle que Casaubon la reproduit d'après un manuscrit de la Bibliothèque royale, à la suite du morceau ci-dessus, se retrouve le texte que nous avons donné d'après les éditions vulgaires, depuis le chapitre IV jusqu'à la fin du chapitre VII, où les mots *hæc sunt digna cognitu de Valeriano* se trouvent immédiatement rattachés à la quatrième ligne du ch. I, *cujus per annos septuaginta*. De là, le fragment coïncide avec notre texte jusqu'à la quatrième ligne du ch. III, *fatali quadam necessitate superatus est*. La fin de ce troisième chapitre n'existe point dans le fragment, qui en vient aussitôt à Valérien le Jeune : *ad Valerianum Juniorem revertor, qui alia, quam Gallienus, matre genitus, etc.* Le reste s'accorde presque en tout avec le texte vulgaire.

Dans le détail, il se trouve quelques différences de mots qui ne changent point le sens d'une manière essentielle. Il est bon d'observer cependant que le fragment appelle *Valenus* au lieu de *Balerus*, le roi des Cadusiens qui, au ch. V, écrit à Sapor.

Un SECOND FRAGMENT, que Saumaise a trouvé dans un manuscrit de la bibliothèque Palatine, n'a ni le commencement du texte vulgaire, ni celui du premier fragment, dont nous avons donné plus haut la traduction. Mais pour le reste, il y a coïncidence parfaite avec ce dernier.

Les différences de détail sont peu nombreuses, et ne font au sens du texte vulgaire aucun changement notable. Voici les principales :

Au lieu de *Sapori, rex regum Belsolus*, il dit : *Sapori rex regum vel solus*, c'est-à-dire « le roi des rois ou même le seul roi, à Sapor. »

Il donne le nom de *Velenus* au roi des Cadusiens, qui est appelé *Balerus* au ch. V du texte vulgaire, et *Valenus* dans le premier fragment.

Dans le même chapitre, au lieu de *nec fortuna te inflet*, il dit *nec forma te inflet*, « qu'une vaine apparence ne t'enorgueillisse pas. »

Il paraîtrait donc que les premiers éditeurs, choqués de ce que les manuscrits parlaient de la censure de Valérien, après avoir raconté sa captivité, ont voulu rétablir un ordre qui leur semblait plus rationnel, en mettant à la fin ce qui était au commencement, et au commencement ce qui était à la fin. En cela ils ont commis, ce semble, une grave erreur; car la méthode suivie dans ces fragments, bonne ou mauvaise, est justement celle que les auteurs contenus dans ce volume ont observée dans les autres Vies : d'abord ils racontent les faits, et ensuite ils citent les documents et actes publics qui établissent, aux diverses époques de la vie de celui dont ils écrivent l'histoire, quel était le jugement qu'on portait sur son compte.

Quant à l'espèce d'introduction qui se trouve au texte vulgaire et dans le premier fragment, il paraît assez évident qu'elle n'a d'autre but que de déguiser l'énorme lacune du commencement de cette Vie, et l'on ne se hasarde pas beaucoup, je pense, en l'attribuant à quelque correcteur maladroit, qui a voulu donner une tête à un corps mutilé.

NOTES

SUR TREBELLIUS POLLION.

VIE DE VALÉRIEN PÈRE.

(An. de J.-C. 253 — 259.)

1. — A. U. 1006-1012. Cette date est celle de l'avénement de Valérien à l'empire et de sa captivité. Il vécut plusieurs années encore chez les Perses.

2. — *Cui deberet censura deferri.* Il y avait longtemps que les fonctions de la censure se trouvaient réunies à l'autorité impériale. Les Decius rétablissent cette ancienne magistrature en faveur de Valérien : c'est la dernière mention qui en soit faite dans l'histoire romaine.

3. — *Quæ quum essent sæpius dicta, addiderunt : « Omnes! »* Vopiscus, dans la *Vie de Tacite* : « Hac oratione et Tacitus ipse vehementer est motus, et totus senatorius ordo concussus statimque acclamatum est : « Omnes, omnes! » Cette acclamation indiquait que la proposition était accueillie à l'unanimité.

4. — *Tu æstimabis, qui manere in curia debeant, etc.* Ce passage est important, en ce qu'il indique quelles étaient, dans les anciens temps de la république, la nature et l'étendue des fonctions de la censure.

5. — *Seu fraude, seu adversa fortuna, in ea esset loca deductus.* Zosime dit que Valérien fut pris par sa propre faute. Aurelius Victor, de son côté, est loin de juger Valérien aussi favorablement que Trebellius : « Licinius Valerianus, cognomento Colobius, imperavit annos quindecim : parentibus ortus splendidissimis, stolidus tamen, et multum iners, neque ad usum aliquem publici officii consilio seu gestis accommodatus. »

6. — *Atque cum Romanorum rege, ut vili et abjecto mancipio, loqueretur.* Aurelius Victor va plus loin : « Nam quamdiu vixit rex ejusdem provinciæ, incurvato eo pedem cervicibus ejus imponens, equum conscendere solitus erat. » Le fragment de la *Vie de Valérien* que Casaubon trouve dans son manuscrit royal, raconte

le même fait : « Infamis officii, donec vixit, damnationem sortitus est, ut ipse acclinis humi regem semper ascensurum in equum non manu, sed dorso attolleret. »

7. — *Sapori, rex regum Belsolus.* Quel est ce Belsolus qui s'intitule le roi des rois en écrivant à Sapor? L'histoire ne fait aucune mention de ce nom ; et d'ailleurs pouvait-il y avoir dans l'Orient un roi, quel qu'il fût, qui osât écrire ainsi au successeur de cet Artaxerce, qui avait conquis aux Perses le royaume des Parthes? Il y a évidemment ici altération dans le texte. Le manuscrit Palatin et une ancienne édition disent *Velsolus* au lieu de *Belsolus;* mais ce texte, même en supposant que l'on écrive *vel solus,* n'est pas plus satisfaisant. L'on concevrait bien plutôt ces épithètes d'honneur donnés à Sapor lui-même. Elles sont conformes aux habitudes orientales, et elles s'accorderaient mieux avec la grandeur de sa puissance, surtout au moment où la défaite des Romains et la captivité de leur empereur paraissaient faire de lui le roi des rois, et presque le seul roi de l'univers.

VIE DE VALÉRIEN LE JEUNE.

(An. de J.-C. ... — 268.)

1. — VALERIANUS JUNIOR. Ce titre paraît inutile; car cet article sur Valérien le Jeune fait naturellement partie de la Vie précédente, qui a pour titre : *Valerianus pater et filius.*

2. — A. U. ....-1021. Il est bien difficile de fixer à quelle époque Valérien le Jeune reçut de son père le titre de césar, et de son frère celui d'auguste. Il est même permis de douter qu'il ait régné, car nous ne le voyons nulle part faire aucun acte d'empereur. Nous trouvons du moins au ch. XIV de la *Vie de Gallien le Père,* la date de sa mort. Trebellius y dit qu'il fut tué à Milan, en même temps que Gallien lui-même.

VIE DE GALLIEN PÈRE.

(An. de J.-C. 253 — 268.)

1. — GALLIENI DUO. Cette Vie se trouve sans nom d'auteur dans le manuscrit royal de Casaubon, et, dans le manuscrit palatin de Saumaise, elle est attribuée à Julius Capitolinus, ainsi que les suivantes, jusqu'à Aurélien. *Voyez* la *Notice sur Trebellius.*

2. — *Macrianum cum filiis suis.* Les fils de Macrien étaient Macrianus le Jeune et Quietus : ils se trouvent après leur père dans le livre des *Trente tyrans*, ch. XII, XIII.

3. — *Et triginta millia militum ducens.* Trebellius (*Triginta tyranni, de Macriano*) raconte lui-même différemment ce fait : il dit que Macrien marcha contre Aureolus avec 45,000 hommes, et que 30,000 passèrent du côté de son adversaire.

4. — *Festinavit ad alterum filium Macriani, quum exercitus hoc daret fortuna, capiendum.* Ce passage a embarrassé Saumaise et Casaubon, qui tous les deux proposent des corrections. Le premier lit : « Festinavit ad alterum filium Macriani, cum exercitu, si hoc daret fortuna, capiendum; » le second : « Festinavit ad alterum filium Macriani cum exercitu, si hunc daret fortuna, capiendum. » Mais est-il bien nécessaire de faire ces changements à un texte qui, par lui-même, présente un sens raisonnable? Trebellius vient de dire que Macrien et l'un de ses fils ont péri, que l'armée s'est livrée à Aureolus. Odenat, voyant d'une part l'inaction de Gallien, de l'autre le parti de Macrien à peu près anéanti, profite de l'occasion que lui présente la défection de l'armée, pour s'emparer du dernier fils de Macrien, qui se trouve sans défense. Ce sens s'accorde bien avec la manière dont Trebellius raconte le même fait dans son article sur Quietus, au ch. XIII des *Trente tyrans* : « Ubi comperit Odenatus.... ab Aureolo Macrianum patrem, Quietum, et ejus fratrem Macrianum victos, milites in ejus potestatem concessisse; quasi Gallieni partes vindicaret, adolescentem cum Balista præfecto dudum interemit. »

5. — *Galli, quibus insitum est esse leves, ac degenerantes a civitate Romana, etc.* Saumaise et Gruter, d'après les manuscrits de la bibliothèque Palatine, donnent ici un texte différent : « Galli, quibus insitum est, leves ac degenerantes a civitate Romana, etc. » Nous n'avons pas cru devoir répudier le texte vulgaire, qui, en faisant peser sur les Gaulois le reproche d'inconstance, s'accorde très-bien avec ce que dit Trebellius de ces mêmes Gaulois, au ch. II des *Trente tyrans* : « More illo, quo Galli novarum rerum semper sunt cupidi, etc. »

6. — *Contra hunc Theodotus exercitum duxit.* Les manuscrits se trouvent ici, comme dans un grand nombre de passages de Trebellius, gravement mutilés. Casaubon et Saumaise font, pour corriger le texte, de grands efforts qui paraissent avoir des résultats peu satisfaisants. Saumaise lit : « Contra hunc ipse Gallienus exercitum duxit : quumque urbem in qua erat Postumius obsi-

dere cœpisset, acriter eam defendentibus Gallis, Gallienus muros circumiens sagitta ictus est. » Casaubon est choqué de ces mots *decernentibus Gallis*, et, changeant la ponctuation, il lit : « Contra hunc Theodotus exercitum duxit : quumque urbem in qua erat, Postumius obsidere cœpisset decernentibus Gallis, Gallienus, etc. »

7. — *Gothi, et Clodius, de quo dictum est superius*. Sans doute Trebellius avait parlé des Scythes et de Clodius dans les Vies qui nous manquent. Ce passage est un de ceux qui se trouvent gravement altérés dans les manuscrits. Ce Clodius est-il le même que Claudius le Gothique, qui devint plus tard empereur? Cela est plus que probable, malgré la manière différente dont ce nom se trouve ici écrit.

8. — *Pugnatum est in Achaia, Martiano duce, contra eosdem Gothos*. Le texte vulgaire dit *Maciano duce*, au lieu de *Martiano*. Nous avons suivi l'autorité de Zosime, qui, dans la manière dont il écrit ce nom, n'est point contredit par les meilleurs manuscrits de Trebellius. D'ailleurs, il se trouve ainsi écrit au ch. XIII de cette même Vie. *Voir* la note 19.

9. — *Principe generis Constantii cæsaris nostri*. Les éditions disent *Constantini*; mais l'on trouve dans le manuscrit palatin *Constantii*, et d'ailleurs la *Vie de Claude*, où Trebellius répète sans cesse les mêmes mots *Constantii cæsaris nostri*, ne laisse aucun doute sur l'exactitude de cette correction. *Voir* la note 1 de la *Vie de Claude*.

10. — *Cyclopea etiam luserunt omnes apenarii*. — *Apenarii* ou *Apinarii*, venu de Apina, très-petite ville de la Pouille. Martial emploie *apinæ* pour signifier des bagatelles, des bouffonneries. Par *apenarii*, il faut donc entendre des saltimbanques qui faisaient des tours, et représentaient par des pantomimes des scènes bouffonnes. Ici on les voit représenter diverses scènes dont le Cyclope est le héros.

11. — *Vexilla centena : et præter ea, quæ collegiorum erant*. On voit par ce passage que les différentes corporations de Rome avaient chacune leur bannière.

12. — *Dracones*. Végèce et Ammien Marcellin font mention de drapeaux romains où un dragon était représenté.

13. — *Et qualis cras erit cœna?* Saumaise veut que l'on écrive *scena* : je n'en vois point l'utilité. Ces quatre interrogations sont en rapport, deux par deux : Quel repas et quels jeux, *voluptates*, avons-nous aujourd'hui? quel repas et quels jeux aurons-nous demain?

14. — *Nam quum grex Persarum, quasi captivorum.* Les éditions disent *rex Persarum;* mais est-il bien probable que Gallien ait poussé l'extravagance jusqu'à promener dans Rome, parmi les captifs, un faux roi des Perses? Casaubon conjecture avec infiniment de raison, qu'au lieu de *rex* il faut lire *grex*. J'ai traduit dans ce sens. Cela d'ailleurs se lie mieux avec le détail qui suit.

15. — *Gallieno et Saturnino consulibus.* C'est le sixième consulat de Gallien, dont on trouve la mention dans les fastes consulaires.

16. — *Bello etiam vario diu acto, se ad Bithyniam contulerunt.* Les éditions disent *acies ad*, ce qui ne présente pas un sens bien net. Mais Saumaise trouve dans son manuscrit palatin : « Bello etiam vario diu actos ad Bithyniam contulerunt, » et à l'aide d'une correction fort heureuse, il lit : « Bello etiam vario diu acto ; se ad Bithyniam contulerunt. » Nous avons cru devoir adopter cette rectification.

17. — *Quod neque Hadrianus in summa felicitate, neque Antoninus in adulta fecerat pace.* Ce passage veut-il dire qu'Adrien ni Antonin n'ont pris part aux cérémonies sacrées des Grecs, ni à leurs magistratures? cela serait entièrement faux. Ou bien ne signifie-t-il pas seulement qu'ils n'ont point été jusqu'aux mêmes excès, comme de se faire inscrire comme citoyens d'Athènes, d'assister à tous les sacrifices, de vouloir faire partie de l'aréopage, etc.? Saumaise propose de lire : « Quod neque Hadrianus nisi in summa felicitate, neque Antoninus nisi in adulta fecerat pace. »

18. — *Scythæ facta carragine per montem Gessacem fugere sunt conati.* Nous voyons dans Procope (liv. IV) ce que c'est que *carraginem facere :* Τὰς ἁμάξας μετωπηδὸν στῆσαι' ὅπως τὰ νῶτα ἐν τῷ ἀσφαλεῖ ἔχοντες θαρσήσωσι μᾶλλον. Les Scythes, pour protéger leur fuite, rangèrent derrière eux leurs chariots, et s'en firent un rempart. Il est difficile de dire ce qu'était ce mont Gessace, dont aucun autre que Trebellius ne fait mention.

19. — *Omnes inde Scythas Martianus varia bellorum fortuna agitavit, etc.* Les mêmes faits sont racontés avec plus de développements par Trebellius, dans la *Vie de l'empereur Claude*, ch. VI : « Nam, ut superius diximus, illi Gothi, qui evaserant eo tempore, quo illos Martianus est persequutus, quosque Claudius emitti non siverat, ne quid fieret quod effectum est, omnes gentes suorum ad Romanas incitaverunt prædas. » On se souvient qu'au ch. VI de la *Vie de Gallien*, Trebellius a dit que les Scythes faisaient partie de la nation des Goths; c'est donc bien du même peuple qu'il parle ici. Ces deux passages s'expliquent et se complètent l'un par l'autre. Les Goths sont battus par Gallien dans l'Illyrie. Les

Scythes, leurs compatriotes, l'apprennent et veulent s'enfuir par le mont Gessace. Claude, l'un des généraux romains, et qui avait sur les autres une grande autorité ou une grande influence, puisque bientôt après ils le font empereur, ne veut point qu'on les laisse échapper, dans la crainte qu'ils ne reviennent avec des forces plus considérables, ce qui, dans le fait, est arrivé. Martianus se conforme à ses intentions, les poursuit et leur fait la guerre, peut-être même dans leur pays, mais avec des succès variés; circonstance qui encourage toutes les peuplades scythes à prendre les armes contre Rome.

20. — *Et huc quidem Heracliani ducis erga rempublicam devotio fuit.* Le texte vulgaire dit *et hæc quidem.* Trebellius vient de parler de Martianus; que signifie cette phrase : « Tel fut le dévouement d'Héraclien envers la république? » On ne peut pas dire que *hæc* se rapporte à ce qui suit : *verum* qui commence la phrase suivante s'y oppose. Le changement de *hæc* en *huc* paraît présenter un sens plus raisonnable.

21. — *Ut alter eorum imperium caperet.* A quoi se rapporte *eorum?* Si nous ne voyons que les mots, et surtout *alter*, il s'agit de délibération entre Martianus et Heraclianus, pour décider qui des deux prendra l'empire; si l'on considère ce qui suit, « Claudius.... electus est, qui consilio non affuerat, » il est difficile de trouver quelque liaison raisonnable entre ces deux phrases, et il est permis de penser qu'il manque encore ici quelque chose, par suite de l'altération des manuscrits.

22. — *Non satis tamen constat de dignitate, vel, ut cœperunt alii loqui, de majestate.* On avait dit *majestas populi Romani*, dans le temps que le peuple était le pouvoir le plus grand et le plus élevé; nous voyons ici pour la première fois ce mot employé pour désigner la dignité impériale.

23. — *Aureis vicenis.* Le *nummus aureus*, comme nous l'avons dit, valait 100 sesterces, 17 fr. 79 c. de notre monnaie. Vingt *aurei* font 355 fr. 80 c.

24. — *Radiatus sæpe processit.* La couronne à rayons appartenait aux dieux.

25. — *Quum campagos reticulos appellaret.* — *Campagus* ou *campacus*, venu du grec κάμπτω, était une chaussure dont les courroies ou aiguillettes, se croisant l'une sur l'autre, de manière à former une espèce de réseau, venaient s'attacher au milieu de la jambe. Cette chaussure était noire, et quelquefois blanche pour

les sénateurs, et ornée d'une agrafe en forme de croissant; pour l'empereur, elle était couleur de pourpre. Gallien dédaigne cette chaussure, qui n'est qu'un réseau, et adopte celle des gens de guerre, *caliga*, espèce de brodequin qui couvrait et garantissait mieux la jambe.

26. — *Matronas ad consulatum suum rogavit.* C'était une coutume, que les consuls, à leur entrée en charge, fissent des distributions d'argent. Gallien y admet même les femmes.

27. — *Philosophorum optimus.* C'est de Xénophon qu'il veut parler. Tout le monde sait la fermeté qu'il montra en apprenant la mort de son fils.

28. — *Et magistri officiorum omnium.* Chaque genre d'office, au palais, avait son chef, que l'on appelait *magister*, ou *princeps*, ou *primicerius officii*.

29. — *Per cujus scapum.* Les éditions disent *caput* au lieu de *scapum*. Que l'on fasse rapporter *caput* à la statue ou à la javeline, on ne trouve point une explication satisfaisante. Scaliger change *caput* en *scapum*, et cette correction éclaircit le passage : la javeline que tenait cet énorme colosse était si vaste, qu'un enfant pouvait monter par un escalier intérieur jusqu'au sommet.

30. — *In acutissima base poni.* Comment une base très-aiguë, par conséquent en pointe, aurait-elle pu supporter cette masse énorme? Saumaise propose de lire *auctissima*. Avec ce changement, la base se trouverait, non plus aiguë, mais d'une grande dimension.

VIE DE SALONINUS GALLIEN.

(An. de J.-C. ... — 260.)

1. — Saloninus Gallienus. Ce titre paraît déplacé; ce qui suit fait nécessairement partie de la Vie des deux Gallien, qu'a annoncée le titre précédent.

2. — A. U. 1013. Cette date est celle de la mort de Saloninus.

3. — *Patris nomine cognominatum, et avi Gallieni.* Quel est cet aïeul dont il est ici question? Trebellius a dit lui-même que Saloninus Gallien est fils de Gallien et petit-fils de Valérien.

4. — *Quia multi, eum imperii sui nono anno periisse, dixerunt.* Les éditions disent *primo* au lieu de *nono*; mais le manuscrit palatin ne reconnaît point ce *primo*, et Saumaise, d'après Aure-

lius Victor et Eutrope, propose de le remplacer par *nono* : l'un et l'autre historien, en effet, le font périr dans la neuvième année de son empire. Trebellius lui-même, à la fin de Saloninus, revient sur cette diversité d'opinions relative à la durée de l'empire de Gallien, et il dit que les uns lui donnent un règne de dix ans, et les autres de neuf. La correction de Saumaise me paraît si vraie, que je l'ai adoptée dans le texte. *Voir* ci-après la note 9.

5. — *Nec ignota esse arbitror, quæ dixit Marcus Tullius in Hortensio, quem ad exemplum protreptici scripsit.* Le livre d'*Hortensius*, dont il parle ici, est au nombre des ouvrages de Cicéron que nous avons perdus. Il n'en reste que quelques fragments, cités par divers auteurs. Nous y trouvons ce passage, qui a quelque rapport avec ce que veut dire ici Trebellius : « Qui quum publicas injurias lente tulisset, suam non tulit. » Un autre de ces fragments explique le mot *protrepticus* de Spartien : « Nam quod vereris, ne non conveniat nostris ætatibus ista oratio, quæ spectat ad hortandum.... »

6. — *A matre sua Salonina.* Elle est appelée Cornelia Salonina sur les médailles grecques et latines. On ne sait point quelle était sa famille, ni même de quel pays elle était; quelques auteurs cependant la supposent d'origine grecque.

7. — *Quum is perdite dilexerit Piparam nomine, barbaram regis filiam.* Le texte vulgaire écrit *quam is perdite*. Mais que voudrait dire ainsi Trebellius? Il commence par donner à la mère de Saloninus le nom de Salonina, puis il dit qu'elle s'appelait Pipara. Il y a évidemment encore dans ce passage quelque chose de défectueux. Si l'on considère en outre que les phrases qui suivent manquent de liaison, on ne pourra douter que cet endroit ne soit l'un des plus altérés d'un auteur qui, jusqu'ici, présente partout des traces de mutilation. Il est remarquable que ni Casaubon ni Saumaise n'aient parlé de l'incohérence de ce passage, et qu'ils se soient appuyés sur une phrase évidemment mutilée pour confondre en une seule personne l'épouse de Gallien, et cette autre femme, appelée Pipara ou Pipa, fille d'un roi des Germains ou des Marcomans, pour laquelle il était épris d'un honteux amour, que Trebellius lui-même flétrit plus tard (ch. III des *Trente tyrans*). Du reste, en changeant *quam* en *quum*, on aura un sens un peu plus raisonnable, et j'ai cru pouvoir hasarder cette correction.

8. — *Gallienus cum suis semper flavum crinem condidit.* Phrase tout à fait déplacée en cet endroit, et qui ne fait que répéter ce

que Trebellius a dit plus haut, ch. XVI de la *Vie de Gallien le Père :* « Crinibus suis auri scobem aspersit. » En outre, que signifie *cum suis?* Évidemment il manque encore quelque chose avant cette phrase.

9. — *De annis autem Gallieni et Valeriani, ad imperium pertinentibus, etc.* Trebellius paraît s'étonner ici d'une chose bien simple, et trouve une diversité d'opinions où il n'y a qu'une différente manière de dire la même chose. « Il est constant, dit-il, qu'à prendre ensemble Valérien et Gallien, leur empire a duré quinze ans, c'est-à-dire que Gallien a régné ces quinze ans entiers, mais que Valérien a été fait prisonnier la sixième année. » — « Et cependant, ajoute-t-il, les uns prétendent qu'il a régné neuf ans, les autres dix ; tandis qu'il n'est pas moins constant qu'il a célébré ses décennales, et qu'après cela il a vaincu les Goths, etc. » En quoi consiste donc ici cette grande diversité d'opinions? c'est que les uns calculent à la fois le temps que Gallien a régné avec son père, et celui qu'il a régné seul, tandis que les autres ne parlent que du temps où il a régné seul. Six ans avec son père, et neuf ans seul, cela fait bien quinze ans de règne. Or il a pu naturellement célébrer ses décennales, et après cela, il lui restait cinq ans pour toutes les guerres qu'il a faites depuis.

VIES DES TRENTE TYRANS.

(An. de J.-C. 236 — 272.)

1. — TRIGINTA TYRANNORUM VITÆ. Tous les manuscrits et toutes les éditions anciennes attribuent ce livre à Julius Capitolinus. Ce qu'il y a de bien certain, du moins, c'est que son auteur, quel qu'il soit, est aussi celui des *Vies des deux Valérien* et des *deux Gallien*, qui précèdent, et en outre de la *Vie de Claude* qui suit ; car l'auteur de ces différents écrits revendique, dans plusieurs passages, le livre des *Trente Tyrans* comme son ouvrage. Le motif qui, malgré cet accord des manuscrits et des éditions, nous fait persister à regarder Trebellius comme le vrai auteur de ces Vies, c'est le témoignage de Vopiscus, que nous avons cité dans notre Notice. Sans doute, dit Saumaise, les copistes, ne voyant pas d'énonciation d'auteur à la tête de ces livres, dans le manuscrit mutilé qu'ils avaient entre les mains, et qu'ils ne pouvaient confronter avec aucun autre, ont trouvé tout simple de les mettre sous le nom de l'historien qui précédait. Or, ils ne pouvaient voir cette énonciation au commencement de ces livres, puisque ce commencement manquait totalement.

2. — *Scriptis jam pluribus libris.* Trebellius avait commencé son travail à la *Vie des deux Philippe*, d'après le témoignage de Vopiscus, cité dans la Notice.

3. — *Maxime quum vel in Valeriani, etc.* Ce n'est pas dans la *Vie de Valérien*, telle qu'elle nous est parvenue, qu'il a donné ces détails. Ce passage est une preuve de plus que nous n'avons de cette Vie que des fragments.

4. — CYRIAS. Nulle autre part que dans Trebellius, l'on ne trouve le nom de Cyriade. Il y a toute probabilité que le vrai nom de cet usurpateur est Mariades. *Voir* là-dessus l'excellent article de M. Saint-Martin sur Odenat, dans la *Biographie universelle* de Michaud. Nous avons pris pour date de son avénement la prise d'Antioche, où il fut proclamé, et pour celle de sa mort l'arrivée de Valérien dans la Perse.

5. — *Odenatum primum, deinde Saporem ad Romanum solum traxit.* Le manuscrit palatin dit *Odomastem*, et cette leçon paraît plus vraisemblable à Saumaise; c'était sans doute quelque général ou satrape du roi des Perses. Néanmoins, il n'y a rien d'improbable à ce qu'il soit ici réellement question d'Odenat.

6. — POSTUMIUS. Trebellius ne suit pas l'ordre des temps : après Cyriade, devait venir Ingenuus, qu'il a placé au huitième rang. Il n'est pas plus exact pour les autres tyrans.

7. — *Filium suum eidem Gallienus in Gallia positum crederet, quasi custodi vitæ, etc.* Zosime dit que Gallien confia son fils, non point à Postumius, mais à Silvanus; la lettre de l'empereur Valérien à Antoninus Gallus, dans la *Vie d'Aurélien*, vient à l'appui de ce que dit ici Trebellius.

8. — *Per annos septem.* Eutrope dit que Postumius régna dix ans.

9. — *Ut Gallias instauraverit.* Sur les médailles de Postumius on voit *restitutori Galliæ*.

10. — *Et qui locum principis, etc.* Valérien veut-il dire que Postumius est digne du rang impérial? ces mots semblent le signifier, et cependant il n'est pas probable qu'il s'exprime d'une manière si contraire à ses intérêts et à ceux de sa famille. Saumaise préférerait *principem locum*, qui, dans le fait, obvierait à tout inconvénient.

11. — LOLLIANUS. Lollien est très-probablement le même que d'autres historiens ont nommé Ælianus et Lélianus.

12. — *Triduo tantum imperavit.* Les médailles de Marius sont

trop nombreuses, surtout en France, pour qu'on puisse croire qu'il n'ait régné que trois jours. Deboze lui donne quatre à cinq mois de règne (Dissertation sur un médaillon de Tetricus, *Mémoires de l'Académie des Inscriptions*, t. XXVI).

13. — *Nam ut consul ille, etc.* C'est de Caninius Rebilus que Cicéron parlait ainsi. Le consul Q. Fabius Maximus étant mort le dernier jour de son exercice, Caninius lui avait été subrogé, et ne devait remplir sa charge que jusqu'au lendemain. *Voir* pour plus de détails les *Épîtres familières de Cicéron*, liv. VII, lett. 30. *Voir* aussi DION, liv. XLIII.

14. — *Plerique Mamurium.* Mamurius Veturius ou Vecturius, excellent ouvrier du temps de Numa, fit les onze anciles ou boucliers sacrés parmi lesquels on mêla celui qui était tombé du ciel. Mamurius demanda pour prix de son travail, qu'il fût fait mention de lui dans les hymnes des Saliens. *Voir* DENYS d'HALIC., liv. II, et PLUT., *Vie de Numa.*

15. — *Digito salutari.* C'est en levant le doigt appelé *index* que l'on saluait.

16. — *Quum duxisset.* Il sous-entend *ordines*, ou peut-être *exercitum.*

17. — *Civitate capta.* Aurelius Victor nous dit quelle est cette ville de Pannonie où Ingenuus s'est donné la mort : « Gallienus in Illyrico Ingebum, quem curantem Pannonios, comperta Valeriani clade, imperandi cupido incesserat, Mursiæ devicit. »

18. — *In quorum parentes.* Nous avons déjà fait remarquer, dans les notes de Spartien, le mot *parentes* pris dans le sens étendu que nous donnons en français au mot *parents.*

19. — *A principiis imperator est salutatus.* — *Principia* se trouve souvent employé par Ammien Marcellin dans le sens de *principes milites*, les premiers, les chefs parmi les soldats, par conséquent les officiers, les chefs de l'armée. *Voir* la note 10.

20. — *Qualis apud Scupos.* — *Scupi*, ville de la Mésie, aujourd'hui Scopia ou Uscopia dans la Bulgarie.

21. — *Memor cujusdam ominis.* Vaincre, sous un mauvais prince, est d'un funeste présage. Ce sens n'a rien qui ne puisse se comprendre. Cependant Saumaise propose de lire *hominis* au lieu de *ominis*, ce qui donnerait à la phrase ce sens : « Souviens-toi de Gallien, et de sa jalousie contre tout ce qui se distingue. »

22. — *Et quum Macrianus.... contra Gallienum veniret cum plurimis, exercitus ejus cepit.* Le texte vulgaire dit : « Veniret, cum

plurimis exercitus, etc. » Nous avons adopté la ponctuation proposée par Saumaise, qui seule présente un sens raisonnable. Macrien marchait contre Gallien à la tête de quarante-cinq mille hommes, comme il va le répéter à l'article consacré à ce tyran.

23. — *Et quum factus esset hinc validus imperator.* Le texte vulgaire est différent : « Et quum factus esset *invalidus* imperator. » La correction de Saumaise, que nous avons adoptée, présente un sens plus naturel, « Aureolus ayant ainsi affermi son autorité d'empereur par le meurtre de Macrien, et la réunion de son armée à la sienne. » Il est cependant à remarquer que les manuscrits et les éditions s'accordent avec le texte vulgaire, et qu'il ne serait peut-être pas impossible de l'expliquer : « L'empereur Valérien est, depuis un an ou deux, prisonnier des Perses, et réduit ainsi à l'impuissance, *invalidus factus ;* Gallien, de son côté, tente inutilement de renverser un compétiteur plein de courage. Ne pouvant y parvenir, il fait un traité avec lui. »

24. — *Apud eum pontem interemit, qui nunc pons Aureoli nuncupatur.* Aujourd'hui Pontiruolo, village entre Milan et Bergame.

25. — *Exstat etiam epigramma Græcum in hanc formam.* Voici cette épigramme grecque :

Κλαύδιος Αὐρεόλῳ μετὰ δήϊον ἄρεα, Καῖσαρ
Τὰ κτέρεα, θνητῶν ὡς θέμις, ἐνδίδοσι.
Τῷ γὰρ καὶ ζωήν· ἀλλ' οὐκ ἠθέλησε φρόνημα
Πᾶσιν ἐπιῤῥήτοις τοῦ στρατοῦ ἀντίβιον.
Κεῖνος δ' οἰκτίρμων καὶ σώματος ἔσχατ' ὀπίζων
Αὐρεόλου γέφυραν εἵσατο τήν τε ταφήν.

26. — *Donat sepulcro victor, etc.* Il est inutile de faire remarquer que dans cette traduction latine de l'inscription, la première syllabe de *sepulcro* est prise pour longue, contre l'usage des bons siècles de la littérature latine.

27. — *Huc accedit quod habet juvenes filios, Romano dignos collegio, nostra dignos amicitia.* Les empereurs avaient un conseil d'État, dont les membres étaient appelés *contubernales principis, familiares, collegæ, comites, amici.* — *Collegium Romanum* signifie ici ce conseil de l'empire romain, que choisissait le prince, et avec lequel il délibérait sur les affaires publiques ou rendait la justice, lui communiquant ainsi une portion de la puissance impériale. Les membres de ce conseil faisaient partie de la maison, de la famille du prince, *familiares ;* ils vivaient au palais, accom-

pagnaient partout le prince, à Rome ou dans les camps, *contubernales, comites, amici*. Ces titres étaient devenus, en outre, des titres d'honneur, et il y avait des *comites* de différents degrés, *primi, secundi, tertii ordinis;* et sous Constantin, nous voyons s'établir une hiérarchie de ce genre, qui n'était sans doute que la régularisation par la loi de ce qui, depuis longtemps, existait dans les usages.

28. — *Sed ad facta, aut quantum in bellis, minus valet fortitudo.* J'ai cherché à donner un sens à ce passage singulièrement embarrassé. Saumaise propose une correction qui ferait disparaître l'obscurité : *Sed ad facta, aut in bellis, quantum unius valet fortitudo?* « Que peut, à la guerre, la valeur d'un seul? »

29. — *Ab Aureolo Macrianum patrem, Quietum, et ejus fratrem Macrianum victos.* Trebellius veut sans aucun doute parler de la défaite de l'armée des trois princes; mais il s'exprime de manière que l'on pourrait croire que Quietus lui-même avait assisté à cette funeste bataille, tandis que, comme le répète Trebellius en plusieurs endroits, il était resté en Orient, pendant que son père marchait avec toutes ses forces contre Aureolus, qui était en Illyrie.

30. — *Adolescentem cum Balista præfecto dudum interemit.* Ce passage prête à deux sens différents : « Odenat, d'accord avec Baliste, donna la mort à Quietus, » ce qui est d'accord avec ce que l'auteur a dit dans la *Vie de Gallien*, ch. IV; ou bien, il veut dire « qu'Odenat fait périr à la fois Quietus et Baliste, » et il est en désaccord avec le passage cité ci-dessus. Le fait est que Trebellius n'a point là-dessus d'opinion arrêtée, comme il l'avoue lui-même dans son article sur Baliste, qu'il est bon de consulter.

31. — VALENS SUPERIOR. Julius Valens prit la pourpre sous le règne de Dèce, et fut tué, après un règne de quelques jours, à Rome, suivant Aurelius Victor, ou dans l'Illyrie, suivant Trebellius.

32. — *Cui se, nobilitandi causa, Cicero sociaverat.* Cicéron avait donné sa fille Tullie en mariage à C. Piso Frugi.

33. — *Qui in locum Valeriani successerat.* Valérien avait été prince du sénat avant de devenir empereur. Arellius lui avait succédé, et en cette qualité il devait dire le premier son opinion au sénat, *consularis primæ sententiæ.*

34. — *Gallienum, et Valerianum, et Saloninum imperatores, nostros confido.* Le texte adopté généralement ne met pas de virgule après *imperatores.* Saumaise propose de lire : *Imperatores nostros id probaturos esse confido;* mais il me semble qu'il suffit de

mettre une virgule après *imperatores*, pour donner le sens qu'il désire : « J'ai la confiance que les empereurs Gallien, Valérien et Saloninus sont nôtres, c'est-à-dire sont des nôtres, sont de notre avis. »

35. — A. U. 1015 .... Il est difficile de donner une date précise à l'usurpation de cet Émilien, qui a laissé si peu de traces dans l'histoire. Cependant, comme Trebellius, dans la *Vie de Gallien*, ch. III, parle du meurtre de Macrien et de ses fils, et qu'immédiatement après, ch. IV, il ajoute : « Per idem tempus Æmilianus apud Ægyptum sumpsit imperium, etc., » j'ai cru pouvoir fixer l'avénement d'Émilien à la même date que la mort de Macrien. Son règne a nécessairement eu quelque durée, puisque Trebellius dit, dans l'article qu'il lui consacre : « Thebaidem totamque Ægyptum peragravit; et quatenus potuit, barbarorum gentes forti auctoritate submovit.... Et quum contra Indos pararet expeditionem.... »

36. — *Militari ob hoc cæsus esset.* On trouve dans les manuscrits et les éditions, tantôt *militaris*, tantôt *militare* : Saumaise, s'appuyant sur les uns et sur les autres, écrit *militari*, et arrive ainsi à un sens raisonnable. Ce n'est pas la première fois que ce mot est pris substantivement chez les auteurs de l'*Histoire Auguste*, pour signifier un *homme attaché aux armées*; nous voyons même, dans l'article de Trebellius sur Victorin, un passage où il marque nettement la distinction qu'il met entre *miles* et *militaris* : « Qui et ipse, quod matrimoniis militum et militarium corrumpendis operam daret, a quodam actuario, cujus uxorem stupraverat,... percussus. »

37. — *Siquidem strangulatus in carcere captivorum veterum more perhibetur.* C'était une ancienne coutume chez les Romains, que, quand on célébrait un triomphe remporté sur un peuple ennemi, au moment où le triomphateur montait au Capitole, on reconduisait les généraux vaincus dans la prison, où ils étaient étranglés.

38. — *Herennium Celsum, vestrum parentem, dum consulatum cupit, hoc, quod desiderat, non licere.* Cet Herennius Celsus était alors préfet augustal d'Égypte, et, ignorant que les faisceaux consulaires ne pouvaient entrer dans Alexandrie, il sollicitait de Dioclétien la faveur d'être nommé consul. *Voir*, dans Spartien, *Vie de Sévère*, note 28, p. 239.

39. — A. U. 1016-1020. Nous avons établi ces dates d'après les médailles de Saturnin, qui, du reste, sont toutes regardées

comme suspectes par les savants. Trebellius ne dit pas même en quelle partie de l'empire a eu lieu son usurpation, et aucun document historique ne nous donne de lumière sur ce point.

40. — A. U. 1021-1024. La seconde date indique la fin de l'empire de Tetricus. Il a vécu encore plusieurs années dans la vie privée. La date probable de sa mort est 1028 de Rome, de Jésus-Christ 275.

41. — *Præsidatum in Gallia regentem.* Aurelius Victor dit que Tetricus était président de l'Aquitaine.

42. — *Omnisque annonariæ regionis.* Des diverses provinces de l'Italie, les unes étaient appelées *annonariæ*, parce qu'elles étaient soumises à un tribut en nature, destiné à la subsistance de l'armée et de la maison de l'empereur; d'autres étaient appelées *urbicariæ* : c'étaient celles qui environnaient Rome jusqu'à la centième borne milliaire (147 kilomètres 200 mètres) et étaient sous la juridiction du préfet de la ville. Leur proximité de Rome était probablement l'unique chose qui les distinguât des provinces annonaires : car elles étaient, comme toutes les autres parties de l'Italie, soumises aux mêmes prestations en nature. L'on trouve dans les auteurs deux provinces qui sont appelées tantôt *Urbicariæ*, tantôt *Annonariæ* . la Toscane et le Picentin. Le motif en est qu'une portion de ces provinces se trouvait dans la limite de la juridiction du préfet de la ville, et cette portion s'appelait *urbicaria*; l'autre, qui était au delà, était *Annonaria*. Nous voyons, dans ce passage, que Trebellius cite en les réunissant la Toscane et l'Ombrie, le Picentin et la Flaminie; c'est qu'elles étaient ainsi réunies pour former par leur ensemble une région, ou département de l'Italie. Tetricus est donc nommé correcteur, c'est-à-dire gouverneur de toute l'Italie, excepté de la région *Urbicaire*, soumise à la juridiction du préfet de la ville. Vopiscus, d'accord en cela avec Aurelius Victor et Eutrope, dit que Tetricus n'a été nommé correcteur que de la Lucanie.

43. — *Accipiens ab his sceptrum, coronam civicam picturatam de museo.* Le sceptre et la couronne étaient les insignes des triomphateurs.

44. — *Quare et Trebellianum factum in Isauria principem.* Il manque ici quelque chose, à moins que Trebellius ne veuille faire dépendre cette phrase de *pudet persequi*.

45. — *Vixit regali pompa, etc.* La ponctuation de ce passage est celle que propose Saumaise. Voici celle des éditions : « Vixit

regali pompa, more magis Persico. Adorata est more regum Persarum : convivata est imperatorum more Romanorum. Ad conciones galeata processit cum limbo purpureo. »

46. — *His, qui inter Tacitum et Diocletianum fuerunt, addere destinaveram.* Il paraît, d'après ce passage, que Trebellius avait l'intention de continuer son travail au delà de la *Vie de Claude.* Vopiscus nous donne la preuve qu'il n'a pas effectué son projet, puisqu'il déclare formellement que Trebellius s'est arrêté à la *Vie de Claude* et de son frère *Quintillus.* Voir la *Notice sur Trebellius.*

47. — *Nemo in templo Pacis, etc.* Il y avait dans ce temple de la Paix, une bibliothèque, dont Aulu-Gelle fait mention : les hommes de lettres s'y réunissaient.

48. — A. U. 989. Trebellius, dans son article sur Titus, dit : « Hunc intra paucos dies, post vindicatam defectionem, quam consularis vir Magnus Maximino paraverat, a suis militibus interemptum; imperasse autem mensibus sex. » C'est sur cette indication qu'a été basée la date ci-dessus.

49. — *Titum, tribunum Maurorum.* Capitolin, dans la *Vie des Maximin,* donne également à ce tyran le nom de Titus. Hérodien, dont Trebellius invoque ici le témoignage, ne cite ce nom nulle part. Saumaise conjecture que Titus n'était point son seul nom, et que c'est le Quartinus dont parle Hérodien. Il se serait donc appelé Titus Quartinus.

50. — *Univiriam sacerdotem.* Nous avons ici une preuve qu'au milieu de la dépravation des mœurs, les Romains savaient cependant encore respecter la sainteté du mariage. Tertullien dit : « Monogamia apud ethnicos in summo honore est. »

51. — *Cujus statuam in templo Veneris adhuc videmus Argolicam, sed auratam.* Tous les manuscrits portent *acrolicam statuam.* Saumaise propose de lire *acrolitam* ou *acrolitham,* ce qui voudra dire une statue de pierre. Trebellius dirait donc qu'à la vérité la statue de Calpurnie était de pierre, mais dorée.

52. — *Bis consul, bis præfectus prætorii, etc.* Trebellius, dans l'énumération des honneurs et des dignités de Censorinus, commence par les charges les plus élevées, et finit par celles qui le sont le moins. Cette gradation est évidente. Aussi, lorsqu'il en vient à dire qu'il fut trois fois *consulaire,* il ne veut pas dire qu'il ait été trois fois consul : car il vient de dire plus haut qu'il ne l'a été que deux fois. Nous avons eu déjà l'occasion, dans nos notes, de faire observer que le lieutenant de l'empereur envoyé dans une

province consulaire pour la gouverner, était appelé *legatus consularis*, et même simplement *consularis*, quoiqu'il n'eût jamais été consul. Celui qu'il envoyait gouverner une province prétorienne était appelé *legatus prætorius*, et rarement, dans ce cas, l'on supprimait le mot *legatus*. C'est sans doute pour ce motif, qu'après avoir supprimé avec *consularis* le mot *legatus*, il dit ensuite *legatus prætorius*. Quant à *ædilitius* et *quæstorius*, qui viennent après, comme il n'y avait point de lieutenants d'édiles ni de questeurs, ils sont naturellement pris dans le sens ordinaire, et veulent dire qu'il avait été édile et questeur.

VIE DU DIVIN CLAUDE.

(An. de J.-C. 268 — 270)

1. — *Ad Constantium Augustum*. Les éditions disent : *ad Constantinum Augustum*, ce que Saumaise, Casaubon et beaucoup d'autres savants regardent avec raison comme une erreur manifeste. La Vie même de Claude nous en donne plus d'une preuve. Au ch. x nous voyons : « Quæ idcirco posui, ut sit omnibus clarum, Constantium divini generis virum, sanctissimum Cæsarem, et Augustæ ipsum familiæ esse, et augustos multos de se daturum, salvis Diocletiano et Maximiano augustis, et ejus fratre Galerio. » Au commencement même de cette Vie, Trebellius dit : « Ventum est ad principem Claudium, qui nobis intuitu Constantii Cæsaris, cum cura in litteris digerendus est. » Dans *les Gallien*, ch. VII : « Contra Postumium igitur Gallienus cum Aureolo et Claudio duce, qui postea imperium obtinuit, principe generis Constantii Cæsaris nostri, bellum incepit. » Au ch. XIV : « Is enim est Claudius, a quo Constantius, vigilantissimus cæsar, originem ducit. »

2. — *Ventum est ad principem Claudium*. Toutes les anciennes éditions commencent ainsi : *Feliciter ventum est, etc.* Les manuscrits ne donnent point ce mot *feliciter*. Sans doute il s'est introduit dans le texte, par suite de l'usage ancien de terminer tout écrit par ce mot, soit de félicitation, soit de vœu, qui, à la longue, n'avait plus d'autre signification que le mot *fin*, et de commencer immédiatement à la suite d'autres travaux.

3. — *Qui Cleopatranam etiam stirpem Victorinamque, nunc detinet*. Les éditions disent : *et Victorinam, et quæ nunc est, detinet*; texte qui paraît altéré. Que signifie *et quæ nunc est?* Le

manuscrit palatin dit : « Qui Cleopatranam etiam stirpem Victorianam quæ nunc detinet. » Saumaise, par une légère modification, paraît avoir rétabli le vrai texte : « Qui Cleopatranam etiam stirpem Victorinamque nunc detinet. » J'ai cru pouvoir adopter cette correction.

4. — *Mosem solum, Dei, ut Judæorum libri loquuntur, familiarem, centum viginti quinque annos vixisse.* Il est difficile de deviner dans quel passage des livres saints Trebellius trouve ce qu'il dit ici de Moïse : il ne s'y trouve rien de semblable. Il est probable que Trebellius confond Moïse avec Noé. Même dans ce cas, il ferait une grave erreur, car Noé a vécu 850 ans. *Voyez*, dans la note suivante, ce qui concerne la parole de Dieu relative à l'âge qu'il accorde à l'homme.

5. — *Responsum ei ab incerto ferunt numine, neminem plus victurum.* Ἔσονται αἱ ἡμέραι αὐτῶν ἑκατὸν εἴκοσιν ἔτη. (*Genèse*, ch. VI, ℣. 3). Dieu fixe ainsi la vie de l'homme du temps de Noé, avant le déluge. Malgré ce que dit ici Trebellius, il n'est point du tout question de Moïse dans ce passage des livres saints.

6. — *Necessariam quidem mortem ejus exspectandam fuisse, ut Tullius de Scipione, etc.* Voici le passage du discours de Cicéron *pour Milon*, ch. VII : « Quis tum non gemuit? quis non arsit dolore? quem immortalem, si fieri posset, omnes esse cuperent, ejusne necessariam quidem exspectatam esse mortem? » L'on voit qu'il n'y a guère de rapport entre ce passage de Cicéron et le texte de Trebellius. Saumaise et Casaubon se donnent beaucoup de peine pour l'expliquer. L'un corrige le texte et écrit *ne necessariam quidem*; l'autre ajoute après *exspectandam fuisse*, une suite de cinq ou six mots : *sed immortalitatem tamen ei optandam fuisse.* Sans aucun doute, c'est là le sens que veut faire entendre Trebellius; mais, pour y arriver, il n'y a, ce me semble, aucun changement à faire à la phrase. Ne peut-on pas la traduire ainsi : « Sa mort, malheureusement nécessaire, aurait dû être attendue de la même manière que, selon Cicéron, aurait dû être attendue celle de Scipion? » Or, Cicéron dit que « tout le monde aurait désiré que Scipion fût immortel. » La mort de Claudius aurait donc dû être attendue dans les mêmes sentiments que celle de Scipion, c'est-à-dire avec le regret qu'il ne fût pas immortel.

7. — *Ut ejus stirpem ad imperium summi principes eligerent.* L'on sait que Dioclétien et Maximien, lorsqu'ils créèrent deux césars, firent tomber leur choix, l'un sur Galère, et l'autre sur Flavius Valerius Constance, surnommé Chlore à cause de sa

pâleur. Ce dernier devait le jour à Claudia, nièce de l'empereur Claude II. surnommé le Gothique.

8. — *Gentes Flavias, quæ Vespasiani et Titi, nolo autem dicere Domitiani, fuerant, propagavit.* Claude s'appelait Marcus Aurelius Flavius. Il s'était donc rattaché à la famille des Flavien. Il propage cette famille par le mariage de la fille de Crispus, son frère, qui donna le jour à l'empereur Flavius Valerius Constance, surnommé Chlore.

9. — *Nono kalend. aprilis ipso in sacrario Matris, sanguinis die.* Les prêtres de Bellone se déchiraient, se tailladaient le corps, pour apaiser la déesse par l'effusion de leur sang; de là vient le nom de *dies sanguinis*, donné au 24 mars, jour où cela avait lieu. Il paraît, au reste, que les prêtres de Bellone avaient soin de se ménager; car nous voyons que Commode leur ordonna de se taillader bien réellement les bras : « Bellonæ servientes vere exsecare brachium præcepit. » (Lampridius, *in Commodo.*)

10. — *Tetricus nihil fecit.* Ce passage présente de l'incertitude. Le sénat veut-il parler en faveur de Tetricus, qui lui-même était sénateur, et en même temps qu'il demande la punition des autres tyrans, demande-t-il sa grâce? Les faits historiques donnent à cette conjecture une grande probabilité; car, bien loin que Claude ait poursuivi Tetricus, il existe une médaille qui porte les effigies de Claude et de Tetricus, ce qui ferait supposer que les deux princes firent ensemble quelque traité. Il est du moins certain que Tetricus gouverna jusqu'à l'avénement d'Aurélien, qui, lui-même, le fit sénateur, et correcteur des provinces annonaires de l'Italie.

11. — *His accedit, quod arrogantem Aureolum, et fœdus petentem.* Saumaise prétend que c'est *rogantem* qu'il faut lire et non *arrogantem*. Cependant ni les manuscrits, ni les éditions n'autorisent en rien ce changement. D'ailleurs Aureolus, quoique vaincu, n'est point au pouvoir de Claude; il a encore une armée : car ce n'est que plus tard que ses soldats se tournent contre lui. L'on conçoit que, dans une telle situation, ce prince ait eu encore assez d'arrogance pour demander un traité.

12. — *Habuit proxime tuus libellus munerarius hoc nomen in indice ludorum.* Les jeux que donnaient au peuple des consuls, des préteurs ou d'autres magistrats, s'appelaient *munus*, sans doute parce que ces jeux étaient une des obligations de leur charge. Après avoir parlé de combats de gladiateurs, Cicéron dit : « Erat enim munus Scipionis. » (*Pro Sextio*, c. LXIV.) Il paraît

qu'il y avait un livret, *libellus munerarius*, qui indiquait les divers jeux, et les noms mêmes des gladiateurs qui devaient combattre.

13. — *Illi Gothi, qui evaserant eo tempore, quo illos Martianus est persequutus, quosque Claudius emitti non siverat, etc.* Les éditions disent *Macrianus*; mais, dans le ch. XIII des *deux Gallien*, nous voyons le même fait rapporté, et l'on y donne le nom de Marcianus au général chargé de poursuivre et d'exterminer les Goths. *Voir* ce passage et la note qui s'y rapporte.

14. — *Peucini.* Strabon (liv. VII, ch. 3) dit qu'à l'embouchure du Danube il y avait une grande île nommée Peucé, et que ceux des Bastarnes qui s'y étaient établis en avaient tiré le surnom de *Peucini*.

15. — *Quis tandem Xerxes hoc habuit?* Cela est une exagération oratoire. On sait que l'armée de Xerxès comptait jusqu'à trois millions de combattants.

16. — *Militantes audite, quod verum est.* Ce passage est obscur. Casaubon veut mettre *lætantes* à la place de *militantes*, ce qui s'accorderait bien peu avec le reste de la lettre, qui, tout entière, annonce de grands dangers, et ne donne que peu d'espoir de vaincre. Saumaise n'essaie pas même d'explication. J'ai cru devoir, dans ma traduction, m'en tenir au sens que me paraissaient présenter ces mots, tout en reconnaissant la singularité de la phrase : « Écoutez ceux qui sont à la guerre, en une chose qui est vraie, » c'est-à-dire, « apprenez de ceux qui sont sur le théâtre même de la guerre, quelle est la vraie situation des choses. »

17. — *Duplicem scilicet numerum, quam illum, quo tota pariter Græcia, etc.* Il est évident qu'il veut ici parler de la guerre de Troie, où les Grecs avaient mille vaisseaux.

18. — *Siquidem nunc verba naufragii publici colligit nostra diligentia, ad Romanæ reipublicæ decus.* Casaubon transforme totalement ce passage : « Siquidem nunc reliqua naufragii colligit vestra diligentia. » Gruter approuve le changement; Saumaise se tait. Même sans aucun changement dans le texte, ce passage ne me paraît pas inexplicable. Trebellius vient de rappeler les pertes qu'a essuyées l'empire du temps de Gallien; et il ajoute : « Si toutefois, dans l'intérêt de la gloire de Rome, nous rappelons maintenant avec notre exactitude ordinaire le naufrage de la république. »

19. — *Factus miles barbarus et colonus ex Gotho.* La difficulté

de ce passage, que Saumaise renonce à expliquer, paraît tenir surtout à un mauvais arrangement de mots. Trebellius veut dire probablement : *Miles barbarus ex Gotho factus est et* (pour *etiam*) *colonus.* « Le soldat barbare, de Goth qu'il était, devint même colon romain. » Il y aurait même une manière plus simple de l'expliquer : « Le barbare, de Goth qu'il était, est devenu soldat et colon romain. » Mais comme il n'est question nulle part, dans tout ce morceau, de l'incorporation des Goths dans les armées de l'empire, je n'ai pas cru devoir m'arrêter à ce sens.

20. — *Ipsis, qui superfuerant, Byzantiis fortiter facientibus.* — *Voir* le ch. VI des *deux Gallien.*

21. — *Tu qui nunc patrias gubernas oras.* Dans ce vers, la dernière syllabe de *gubernas* devient brève par une licence dont les exemples sont fréquents à cette époque. Ce sont des vers trochaïques.

22. — *In veteres tuis novellis.* Il suffit de jeter les yeux sur ces vers, pour voir qu'il manque au commencement de celui-ci deux syllabes longues. Saumaise propose de lire : *Tu vinces veteres tuis novellis,* « Tu l'emporteras en durée sur tous les anciens empereurs par ta postérité. » Faute de mieux, j'ai adopté ce sens, qui du moins est en rapport avec ce qui suit.

23. — *Quum in Apennino de se consuleret.* Casaubon voudrait que l'on écrivît *Aponino,* ou *Aponi fonte,* la fontaine d'*Aponi,* aujourd'hui *Abano,* dans le territoire de Venise, près de Padoue. Cette fontaine, outre qu'elle guérissait grand nombre de maladies, avait le mérite de faire connaître l'avenir. Suétone, *Vie de Tibère,* ch. XIV : « Sorte tracta, qua monebatur ut de consultationibus in Aponi fontem talos aureos jaceret, evenit ut summum numerum jacti ab eo ostenderent : hodieque sub aqua visuntur ii tali. » *Voir* dans Claudien l'éloge de cette fontaine, dans la pièce intitulée *Aponus.*

24. — *Et ejus fratre Galerio.* Galère ayant été, en même temps que Constance, déclaré césar, il était, par cette adoption, devenu son frère.

25. — *Palmyreni, ducibus Saba et Timogene.* Zosime appelle l'un Zabda et l'autre Timagène.

26. — *Dux tamen Ægyptiorum Probatus.* Zosime et Zonare disent *Probus* au lieu de *Probatus.*

27. — *Nam quum se in Hæmimontum multitudo barbararum*

gentium, etc. On appelait *Hæmimontus*, la partie de la Thrace où se trouvait le mont Hémus, aujourd'hui Balkan ou Emineh-Dag.

28. — *Secundis rebus elati, quæ sapientium quoque animos fatigant.* Pris mot pour mot de Salluste, *Catil.*, ch. XI.

29. — *Quod originem ex ea provincia Claudius videbatur ostendere.* Victor raconte d'une manière fort singulière l'origine de Claudius : « Claudium plerique putant Gordiano satum, dum adolescens a muliere matura institueretur ad uxorem. » On voit, d'après le texte même, qu'il y avait sur l'origine de Claude des opinions contradictoires. Trebellius y revient au ch. XIII, mais sans rien dire de son père, ni de ses aïeux.

30. — *Et Dexippus quidem Quintillum non dicit occisum, sed tantum mortuum.* Les éditions disent *Claudium* au lieu de *Quintillum.* Trebellius a dit plus haut que Claudius était mort d'une maladie contagieuse, et aucune de ses expressions n'indique qu'il y eût là-dessus le moindre doute. Maintenant il parle de Quintillus, frère de Claudius, et dit qu'il a été tué, *interemptus.* A cette occasion, il cite l'expression dont se sert Dexippe en parlant de sa mort. Ces idées se suivent dans un ordre naturel et évident. Saumaise a donc raison de penser que le nom de Claudius est ici une erreur. Nous voyons dans Zosime qu'il y a eu, en effet, diverses opinions sur la mort de Quintillus.

31. — *Item in caucos et scyphos pondo undecim.* Tout ceci devrait sans doute être effacé : car, immédiatement après, le même détail se trouve répété.

32. — *Et zuma.* C'est la même chose que *zema*, venant de ζέω, bouillir ; ce mot signifie sans doute une marmite.

33. — *Curam prætorii unum.* — *Cura* est ici pour *curator.* Il signifie un intendant du prétoire, chargé de tous les détails de l'administration intérieure de la maison.

34. — *Nihil me gravius accepit.* Singulière locution pour *nihil gravius accepi.*

35. — *Chlamydes veri luminis.* Pour les Romains, la pourpre était la couleur par excellence, et de nombreux exemples indiquent qu'ils lui appliquaient le nom de *lumen* à cause de son éclat. Par *veri luminis*, Trebellius entend donc *de la vraie pourpre* : le mot *holovera vestis*, chez ces auteurs et dans les codes, signifie *vêtement tout entier de pourpre.*

36. — *Albam subsericam.* Sous-entendu *vestem.* Le vêtement tout entier de soie n'était d'usage que pour les empereurs.

37. — *Paragaudem.* Casaubon veut que ce mot *paragaudem* signifie un ornement d'or que l'on ajoutait à la tunique, et il cite un passage de la seconde loi du *Codex* : « Nemo vir auratas habeat aut in tunicis aut in lineis paragaudas. » Saumaise prétend que c'était le nom d'un vêtement venu des Parthes. Montfaucon dit que c'était une espèce de vêtement fait de lin, adhérent au corps, et orné de bandes de soie brodées ou tissues d'or.

38. — *Zanchas de nostris Parthicis.* Il paraît que c'était une chaussure de peau d'un grand prix, venue des Parthes.

39. — *Singiliones Dalmatenses.* Casaubon veut écrire *cingiliones*, et traduit ce mot par *cingula parva*, « petites ceintures. » Saumaise y voit un genre de vêtement particulier, où il y avait des ornements, *sigilla.* Au reste, pour cette énumération de vêtements et de vases, et pour celle du ch. XIV, si l'on veut plus de détails, l'on peut voir les explications mêmes, ou plutôt les conjectures contradictoires de Casaubon et de Saumaise. Je n'ai pas cru devoir en gonfler les notes de ce livre.

40. — *Claudi, dux fortissime, habeas.* — *Habe* pour *ave*, est d'un usage commun à cette époque.

41. — *Consulem te, te præfectum.* Sous-entendu *optamus.* Ce sens est indiqué par ce qui précède : *Claudium consulem omnes cupimus.*

42. — *Vivas Valerie : ameris a principe.* — *Valerie* pour *Valeri.* Claude s'était donné les noms de Flavius Valerius Claudius. Il est à remarquer que tous ces princes, d'origine étrangère, se hâtaient, aussitôt arrivés à l'empire, de prendre les noms des grandes familles de Rome, pour cacher ainsi l'obscurité de leur point de départ.

TABLE ALPHABÉTIQUE

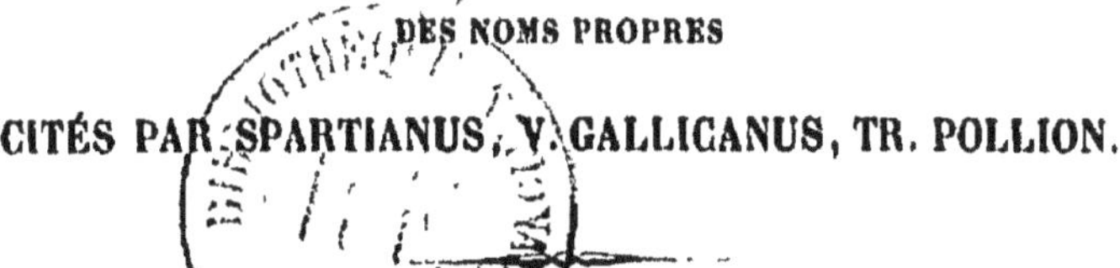

DES NOMS PROPRES

CITÉS PAR SPARTIANUS, V. GALLICANUS, TR. POLLION.

ÆLIUS SPARTIANUS.

VULCATIUS GALLICANUS.

TREBELLIUS POLLION.

BIBLIOTHÈQUE NATIONALE
R.F.
IMPRIMÉS

TABLE

DES MATIÈRES DU TOME PREMIER.

FIN DU TOME PREMIER.